COLLECTION FOLIO

Italo Svevo

La conscience de Zeno

Traduit de l'italien
par Paul-Henri Michel

Nouvelle édition
revue par Mario Fusco

Gallimard

Titre original :

LA COSCIENZA DI ZENO

© *Corbaccio-dall'Oglio Editore, 1938.*
© *Éditions Gallimard, 1954, et 1986*
pour la traduction française

Né à Trieste en 1861, mort en septembre 1928 des suites d'un accident d'automobile, Italo Svevo était associé, depuis 1897, à une grande entreprise industrielle. Romancier du dimanche — mais de quels dimanches! — il a publié, en trente ans, trois romans : Una Vita (1892), Senilità (1898) et, après un long silence qu'explique l'insuccès immérité de ces deux ouvrages, La Coscienza di Zeno (1923). Cette fois, la malchance fut désarmée. Joyce, Valery Larbaud et Benjamin Crémieux attirèrent l'attention sur une œuvre qui parut d'une qualité si rare qu'André Thérive n'hésitait pas à écrire à son sujet : « C'est une réussite incroyable... On n'en voit pas cinq ou six par siècle de cet ordre-là. »

La conscience de Zeno est le roman d'une vie. Non pas un journal intime, mais une confession. La confession tardive d'un homme âgé qui rappelle ses souvenirs, en commençant par les plus lointains, pour l'instruction et sur le conseil de son médecin psychanalyste.

Zeno est un malade, un être sans volonté, impuissant à agir parce qu'il s'analyse trop. Voilà ce qu'on pense d'abord, et non sans raison, bien sûr. Mais il faut aller plus loin, voir de plus près, et peut-être alors en arrive-t-on à se demander si l'histoire de Zeno n'est pas celle d'un triomphe plutôt que d'une série d'échecs. La rigueur avec laquelle Zeno étudie les moindres réactions de son organisme entrave chez lui tout mouvement. Mais qu'importe ? Son intelligence est satisfaite, et nous pouvons être certains que Zeno hésiterait à échanger ses faiblesses et ses maladresses contre la désinvolture et la santé qu'il fait semblant de tant admirer chez ceux qui l'entourent.

C'est en octobre 1927 que parut pour la première fois en France la traduction de *La coscienza di Zeno*, le troisième roman d'Italo Svevo, qui avait été publié en Italie en 1923. Un numéro spécial de la revue « Le navire d'argent », en février 1926, avait déjà attiré l'attention du public français sur cet auteur vieillissant mais encore pratiquement inconnu dans son propre pays.

L'idée de se voir traduit et publié en France avait rempli Svevo d'une joie qui fut assombrie par la perspective de voir son roman un peu abrégé. Benjamin Crémieux, qui avait été en quelque sorte le parrain de cette traduction, avait en effet suggéré quelques coupures ; les éditeurs confirmèrent cette décision, finalement le volume sortit en librairie dans une version abrégée, simplement intitulée Zeno. La traduction était due à Paul-Henri Michel, qui par la suite, traduisit également *Senilità*, puis quelques nouvelles de Svevo. Lui écrivant afin de le remercier de son travail, Svevo ne put s'empêcher de lui confier qu'il avait quelque peu souffert de cet « allègement » de son roman, et il ajoutait : « J'ai lu aussi la dernière partie (la plus amputée), et je ne peux nier que je ne m'en sois parfois senti… *froissé*. Comme si quelqu'un me coupait brutalement la parole dans la bouche. » Et il ajoutait : « Mais j'étais préparé à des choses graves, et j'ai eu la satisfaction de découvrir aussi en vous un chirurgien habile, qui sait effleurer de son scalpel des parties vitales sans les atteindre. Quoique un peu dolent, je vous envoie mes remerciements… »

Si l'on tient compte de l'extrême courtoisie habituelle de Svevo, on peut imaginer facilement à quel point, en réalité, cette « opération » l'avait peiné.

En fait, il faudra attendre 1954 pour que paraisse dans la collection « Du monde entier », la traduction intégrale du roman qui portait, enfin, le titre complet de *La conscience de Zeno*. Il reste que c'est le *Zeno* de 1927 qui suscita d'emblée un vif intérêt, et qu'il marque bien le début de la découverte de l'œuvre de Svevo par les lecteurs français.

Cela dit, à près de soixante ans de cette première publication, une relecture attentive de la traduction, même dans sa version intégrale, laisse apparaître quelques problèmes : ainsi, des omissions qui, sans doute, s'expliquent précisément par les coupures imposées à l'édition originale. Plus voyante, compte tenu de l'évolution des habitudes et du goût en ce domaine, la transposition, disons plutôt la francisation du texte, sensible, par exemple, en ce qui concerne les noms des personnages ou les noms de lieux : nous supportons mieux maintenant, pour tout un ensemble de raisons, que des quantités de termes ou de noms étrangers conservent leur forme originale. Non seulement ces termes étrangers ne nous surprennent plus, mais ils jouent au contraire un rôle qu'on pourrait qualifier de relais ou de témoins de la localisation particulière d'un texte. Si l'on a tant insisté, et à juste titre, sur le caractère déterminant de l'appartenance de Svevo au monde si particulier de Trieste, il est inutile, voire fâcheux, de gommer les signes qui témoignent de cette appartenance. Ce ne sont que des détails, dira-t-on, mais ce sont justement des détails tels que ceux-ci qui contribuent à maintenir leur couleur originale à des textes dont nous n'attendons plus qu'ils soient coulés dans des moules linguistiques ou culturels dictés par nos habitudes.

Là où les choses sont plus complexes, plus difficiles aussi, c'est dans le domaine de la construction des phrases, ou plutôt des paragraphes. En effet, et ceci de façon assez fréquente, la traduction de Paul-Henri Michel, par ailleurs claire et exacte, présente d'assez sensibles différences dans l'agencement des phrases et dans l'argumentation de Svevo. Tantôt clarifiant une syntaxe complexe, tantôt rétablissant un ordre logique dans une démarche narrative où, à travers le monologue de Zeno, se fait jour une pensée continuellement déviée par des éléments externes, associations, retours en arrière, interprétations, censures, celle-ci tendait en effet vers une expression volontiers linéaire là où, en revanche, Svevo s'exprimait dans un ressassement demeuré assez proche de son prétexte narratif : il s'agit, ne l'oublions pas, d'un récit autobiographique effectué en vue d'une psychanalyse.

Or, sur ce point, il me semble que le travail de traduction de Paul-Henri Michel s'est ressenti du poids de plusieurs influences convergentes. D'une part, un idéal de prose « française », claire, agile, marquée à la fois par la tradition du XVIIIe siècle et par Stendhal. D'autre part, le goût « N.R.F. » des années Vingt : je veux dire une exigence de correction et de limpidité dont, après tout, Marcel Proust lui-même avait, dans un premier temps, ressenti la rigueur (n'oublions pas que la traduction a été faite pour les éditions Gallimard). Enfin, et plus spécifiquement en ce qui concerne Italo Svevo, Paul-Henri Michel, compte tenu des raisons que je viens de rappeler, a fort bien pu se trouver lui-même sensibilisé par les jugements d'une partie de la critique italienne, qui reprochait à Svevo d'écrire mal. Ce n'est pas ici le lieu de relever et de réfuter cette accusation, qui s'est répétée pendant des dizaines d'années, en fonction de critères somme toute assez académiques et surannés et dont, vers les mêmes années, Pirandello eut, lui aussi à souffrir.

Mais le fait est que ces divers éléments ont pu, les uns et les autres, jouer dans un même sens et conduire le traducteur à s'écarter parfois sensiblement d'une démarche narrative dont l'apparente obscurité, toute relative d'ailleurs, n'est due ni à la facilité ni, surtout, à une négligence supposée.

C'est la raison pour laquelle j'ai essayé de retrouver ici quelque chose de la phrase ample, parfois hésitante, et toujours complexe d'Italo Svevo, indissociable, en effet, de ces confessions, de ces redites, de ces aveux tour à tour ironiques ou émus de l'un des personnages les plus singuliers et les plus originaux du roman contemporain.

M. F.

I

PRÉFACE

Je suis le médecin dont il est parlé en termes parfois peu flatteurs dans le récit qui va suivre. Quiconque a des notions de psychanalyse saura localiser l'antipathie que nourrit le patient à mon adresse.

Je ne parlerai pas ici de psychanalyse; il en sera assez question dans ce livre. Il faut que je m'excuse d'avoir poussé mon malade à écrire son autobiographie; les psychanalystes fronceront les sourcils à pareille nouveauté. Mais il était vieux et j'espérais que cet effort d'évocation rendrait vigueur à ses souvenirs et que l'autobiographie serait un bon prélude à son traitement. Encore aujourd'hui, cette idée me semble juste, elle m'a donné des résultats inespérés qui auraient été plus considérables encore si le malade, au moment le plus intéressant, ne s'était soustrait à la cure, me dérobant ainsi les fruits de la longue et minutieuse étude que j'avais faite de ces mémoires.

Je les publie par vengeance et j'espère qu'il en sera furieux. Qu'il sache cependant que je suis prêt à partager avec lui les sommes importantes que je ne manquerai pas de retirer de cette publication. Je n'y mets qu'une condition : qu'il reprenne le traitement. Il semblait si curieux de lui-même ! S'il savait toutes les surprises que lui réserverait le commentaire du tas de vérités et de mensonges qu'il a accumulés dans les pages que voici !

Docteur S.

II

PRÉAMBULE

Mon enfance, voir mon enfance ? Plus de dix lustres
me séparent d'elle et mes yeux presbytes pourraient
peut-être y parvenir si la lumière qui en émane n'était
interceptée par des obstacles de tous genres, hautes
montagnes en vérité : toutes les années et certaines
heures de ma vie.

Le docteur m'a recommandé de ne pas m'obstiner à
regarder si loin. Les événements récents sont également précieux pour ces messieurs et en particulier les
imaginations et les rêves de la nuit précédente. Mais il
faudrait un peu d'ordre en tout ceci. Pour pouvoir
commencer *ab ovo*, dès que j'eus laissé le docteur qui
va quitter Trieste pour longtemps, et uniquement en
vue de faciliter sa tâche, j'achetai et je lus un traité de
psychanalyse. Il n'est pas difficile à comprendre, mais
très ennuyeux.

Après déjeuner, commodément étendu dans un
fauteuil club, me voici un crayon et une feuille de
papier à la main. Mon front n'a pas une ride, je viens
d'éliminer tout effort de mon esprit. Ma pensée
m'apparaît dissociée de moi-même. Je la vois. Elle
monte, elle descend... mais c'est là sa seule activité.
Pour lui rappeler qu'elle est la pensée et qu'elle a pour

mission de se manifester, je saisis mon crayon. Et voici mon front qui se charge de rides parce que chaque mot se compose de lettres ; le présent impérieux renaît et me voile le passé.

Hier, j'avais essayé d'un abandon total. L'expérience s'acheva dans le sommeil le plus profond, sans autre résultat qu'un bon repos et la curieuse sensation d'avoir vu en dormant quelque chose d'important. Mais cette chose était oubliée, à jamais perdue.

Aujourd'hui, grâce à ce crayon que je garde à la main, je demeure éveillé. Je vois, j'entrevois des images bizarres qui ne peuvent avoir aucun rapport avec mon passé ; une locomotive qui halète le long d'une montée en traînant après elle d'innombrables voitures ; qui sait d'où elle vient, où elle va, pourquoi elle se trouve là en ce moment !

Dans mon assoupissement, je me souviens que mon livre assure qu'avec ce système on peut arriver à se rappeler sa première enfance, celle des langes. Aussitôt un enfant au maillot m'apparaît, mais pourquoi serait-ce moi ? Il ne me ressemble en rien, je croirais plutôt que c'est le bébé auquel ma belle-sœur a donné le jour il y a quelques semaines et qu'on nous a montré comme un miracle à cause de la petitesse de ses mains et de la grandeur de ses yeux. Pauvre enfant ! Ah ! il s'agit bien de me rappeler mon enfance ! Je ne trouve même pas le moyen de te prévenir, toi qui vis la tienne, de l'importance qu'il y aurait à ne pas l'oublier, aussi bien pour le profit de ton intelligence que pour celui de ta santé. Quand réussiras-tu à savoir qu'il serait bon de retenir par cœur ta vie, y compris les portions de cette vie qui te répugneront ? Pour l'instant, pauvre inconscient, tu vas découvrant ton petit organisme à la recherche du plaisir et tes découvertes délicieuses t'achemineront vers la douleur et la maladie où te pousseront ceux-là mêmes qui t'en voudraient préservé. Que faire ? Impossible de protéger ton berceau ! En toi, mon petit, ont lieu de mystérieuses combinaisons. Chaque minute qui passe y jette un réactif. Il y a pour toi bien des chances de maladies, parce qu'il est impossible que toutes ces minutes soient pures. Et d'ailleurs, mon petit, tu es du même sang que certains êtres que je connais. Les minutes qui s'écoulent en ce moment pourraient bien être pures, les siècles qui t'ont préparé ne l'étaient certes pas.

Me voilà fort éloigné des images qui précèdent le sommeil. Je tenterai demain un nouvel essai.

III

FUMER

Le docteur à qui j'en ai parlé m'a conseillé de commencer mon travail par une analyse historique de mon goût pour le tabac.

— Écrivez ! écrivez ! Vous verrez comme vous arriverez à vous voir tout entier !

Je crois que sur ce sujet : le tabac, je puis écrire ici à mon bureau sans aller rêver sur le fauteuil. Je ne sais par où commencer et j'invoque l'assistance des cigarettes, toutes si pareilles à celle que j'ai aux lèvres.

Aujourd'hui, je découvre tout de suite quelque chose que j'avais oublié. Les premières cigarettes que j'ai fumées ne se trouvent plus dans le commerce. Vers 1870, on avait, en Autriche, des cigarettes qui se vendaient dans des boîtes en carton timbrées de l'aigle bicéphale. Ah ! ah !... autour d'une de ces boîtes se groupent aussitôt plusieurs personnes et assez de leur physionomie pour que leur nom me revienne à la mémoire, pas assez cependant pour que cette rencontre imprévue m'émeuve. J'essaie d'obtenir davantage et je m'étends sur le fauteuil. Les apparitions pâlissent et des bouffons qui se moquent de moi prennent leur place. Découragé, je regagne mon bureau.

Une de ces apparitions, à la voix un peu enrouée,

c'est Giuseppe, un garçon de mon âge, et l'autre, mon frère, d'un an plus jeune que moi et mort depuis bien des années déjà. Giuseppe recevait, je crois, beaucoup d'argent de son père et il nous distribuait de ces cigarettes. Mais je suis certain qu'il en offrait beaucoup plus à mon frère qu'à moi. D'où la nécessité où je me trouvais de m'en procurer d'autres tout seul. C'est à cette occasion que je me fis voleur. En été, mon père laissait sur une chaise, dans la salle à manger, son gilet dont les goussets contenaient toujours de la petite monnaie : j'y prenais les dix sous qu'il fallait pour acheter la précieuse petite boîte et je fumais l'une après l'autre les dix cigarettes qu'elle contenait, pour ne pas conserver longtemps le fruit compromettant de mon larcin.

Tout cela reposait dans ma conscience à portée de ma main. Si ces souvenirs ne se réveillent qu'aujourd'hui, c'est que j'ignorais jusqu'à présent leur importance éventuelle. Voilà en tout cas enregistrée l'origine de cette mauvaise habitude et (qui sait ?) peut-être en suis-je déjà guéri. Pour essayer, je vais allumer une dernière cigarette. Peut-être la jetterai-je aussitôt, dégoûté...

Puis je me rappelle qu'un jour mon père me surprit, son gilet à la main. Avec une effronterie que je n'aurais pas aujourd'hui et qui après si longtemps me dégoûte encore (qui sait si ce dégoût n'aura pas une grande importance dans ma cure ?), je lui expliquai que la curiosité m'était venue d'en compter les boutons. Mon père se mit à rire de mes dispositions pour la profession de mathématicien ou de tailleur et ne s'aperçut pas que j'avais les doigts dans un des goussets. A mon honneur, je puis dire que ce rire, provoqué par mon innocence, alors que cette innocence n'existait plus, suffit à tout jamais à me détourner du vol. Ou plutôt... j'eus encore l'occasion de voler, mais sans le savoir. Mon père abandonnait partout dans la maison des cigares Virginia à moitié fumés, en équilibre au bord des tables et des commodes. Je croyais que c'était là sa façon de les jeter et je croyais même savoir que notre vieille servante, Catina, les faisait disparaître. Je les fumais en cachette. A la minute précise où je m'en emparais, une nausée m'envahissait. Je savais quel malaise ils allaient me donner. Après quoi je me mettais à fumer jusqu'au moment où mon front se couvrait de sueurs froides et où mon estomac se soulevait. On ne dira pas qu'étant enfant, je manquais d'énergie.

Je sais parfaitement comment mon père me guérit aussi de cette habitude. Un jour d'été, après une excursion scolaire, j'étais rentré à la maison, fatigué et couvert de sueur. Ma mère m'avait aidé à me déshabiller, puis, enveloppé d'un peignoir, m'avait étendu pour dormir sur un sofa où elle était assise elle-même, occupée à quelque travail de couture. Je touchais au sommeil, mais j'avais encore les yeux emplis de la clarté solaire et je tardais à perdre conscience. La douceur qui à cet âge accompagne le repos après une grande fatigue m'apparaît avec la précision d'une image isolée, aussi nette, aussi distincte que si j'étais là, à côté de ce cher corps qui n'existe plus.

Je me rappelle cette grande pièce fraîche où nous jouions enfants et qui aujourd'hui, où l'on est avare d'espace, a été divisée en deux. Dans cette scène, mon frère n'apparaît pas, ce qui m'étonne. Je me dis qu'il avait dû lui aussi prendre part à l'excursion et par conséquent avoir sa part de ce repos. Est-il endormi à l'autre bout du grand sofa ? Je regarde, ce bout-là me semble vide. Je ne vois que moi, la douceur du repos, ma mère, puis mon père dont j'entends les paroles. Il était entré et tout d'abord ne m'avait pas vu, car il avait appelé à voix haute :

— Maria !

Maman, d'un geste accompagné d'un léger bruit de lèvres, me désigna. Elle me croyait au fond du sommeil, alors qu'en pleine conscience je nageais à sa surface. J'étais si heureux de voir mon père se gêner pour moi que je ne bougeai pas.

Mon père se plaignit à voix basse :

— Je crois que je deviens fou. Je suis presque sûr d'avoir laissé, il y a une demi-heure, une moitié de cigare sur cette commode et je ne la retrouve plus. Ça ne va plus du tout. Les choses m'échappent.

A voix basse également, mais d'un ton où se trahissait un rire retenu seulement par la crainte de m'éveiller, ma mère répondit :

— Et pourtant depuis le déjeuner personne n'est entré dans cette pièce.

Mon père murmura :

— Je le sais bien et c'est pourquoi j'ai l'impression que je deviens fou !

Il tourna le dos et sortit.

J'entrouvris les yeux pour regarder ma mère. Elle avait repris sa couture, mais continuait à sourire. Certainement elle ne pensait pas que mon père fût menacé de folie, puisqu'elle souriait ainsi de ses craintes. Ce sourire m'est resté si présent que je l'ai reconnu du coup le jour où je l'ai retrouvé sur les lèvres de ma femme.

Plus tard ce ne fut plus le manque d'argent qui me rendit malaisée la satisfaction de mon vice ; mais les interdictions servirent à l'exciter.

Je me rappelle avoir fumé beaucoup, caché dans tous

les endroits possibles. A cause du grand dégoût physique qui le suivit, je me rappelle un séjour d'une demi-heure dans une cave obscure avec deux autres gamins dont je ne retrouve dans ma mémoire que les vêtements enfantins : deux paires de culottes courtes qui tiennent debout parce qu'il y a eu dedans deux corps que le temps a effacés. Nous avions une grande quantité de cigarettes et nous voulions voir qui en fumerait le plus en trente minutes. Je sortis vainqueur de l'épreuve, et dissimulai héroïquement le malaise que cette étrange gageure m'avait procuré. Nous sortîmes ensuite au soleil et à l'air. Pour éviter un étourdissement, je dus fermer les yeux. Un peu remis, je vantai ma victoire. Un des petits bonshommes me dit alors :

— Ça m'est égal d'avoir perdu ; moi, je ne fume que tant que j'en ai envie.

Je me rappelle cette saine parole, mais j'ai oublié la petite frimousse, saine elle aussi, bien sûr, qui devait être tournée vers moi à ce moment-là.

A cette époque j'ignorais si j'aimais ou détestais les cigarettes, leur saveur et l'état où me mettait la nicotine. Quand j'appris que je détestais tout cela, ce fut bien pis. Je l'appris vers ma vingtième année. Vers cet âge, je souffris durant plusieurs semaines d'un violent mal de gorge accompagné de fièvre. Le docteur m'ordonna de garder le lit et de m'abstenir de fumer : interdiction absolue. Je me rappelle ce mot : *absolue !* Il m'avait frappé, la fièvre le colora : un vide énorme et rien pour résister à la pression formidable qui se produit tout de suite autour d'un vide.

Quand le docteur fut parti, mon père (ma mère était morte depuis de longues années déjà) me tint un moment compagnie un gros cigare aux lèvres. En me quittant, il passa doucement sa main sur mon front brûlant et me dit :

— Défense de fumer, hein !

Une affreuse inquiétude s'empara de moi. Je pensais : « Puisque tout cela me fait du mal, je ne fumerai plus, mais d'abord je veux fumer une dernière fois. » J'allumai une cigarette et mon inquiétude s'envola, malgré la fièvre qui montait et le tison ardent qui, à chaque bouffée, brûlait mes amygdales. Je fumai la cigarette jusqu'au bout, avec le soin de l'homme qui accomplit un vœu. Et malgré d'atroces souffrances, j'en fumai beaucoup d'autres durant ma maladie. Mon père allait et venait, toujours le cigare aux lèvres, et me disait :

— Très bien ! Quelques jours encore sans fumer et te voilà guéri !

Cette phrase suffisait à me faire souhaiter qu'il me laissât tout de suite, oh ! tout de suite et que je pusse me jeter sur une cigarette. Je faisais même semblant de dormir pour le pousser à s'en aller plus vite.

Cette maladie me procura le deuxième de mes tourments : l'effort pour me libérer du premier. Mes journées finirent pas être remplies de cigarettes et de décisions de ne plus fumer et, pour tout dire tout de suite, de temps à autre il en est encore ainsi. La ronde des dernières cigarettes, qui a commencé quand j'avais vingt ans, n'a pas encore achevé de tourner. Ma décision est moins énergique, ma faiblesse trouve dans mon vieux cœur plus d'indulgence. Quand on est vieux, on sourit de la vie et de tout ce qu'elle contient. Je puis même dire que depuis quelque temps je fume bien des cigarettes... qui ne sont pas des « dernières ».

Sur la page de garde d'un dictionnaire, je trouve

cette inscription en belle calligraphie, encadrée de quelques fioritures :

« Aujourd'hui, 2 février 1886, j'abandonne l'étude du droit pour celle de la chimie. Dernière cigarette ! ! »

Cette dernière cigarette-là était de grande importance. Je me rappelle tous les espoirs qui l'accompagnèrent. L'étude du droit canon, si éloigné de la vie, m'avait excédé et je courais à une science qui est la vie même, bien qu'enfermée dans des cornues. Cette dernière cigarette exprimait mon désir d'activité (même manuelle), et de pensée sereine, sobre et solide.

Pour échapper à la série des combinaisons à base de carbone auxquelles je ne croyais pas, je revins au droit. Hélas ! Ce fut une erreur, marquée elle aussi par une dernière cigarette dont je trouve la date notée sur un livre. Date importante elle aussi ; je me résignais à revenir aux disputes sur le tien et le mien avec les meilleures intentions du monde, renonçant finalement aux séries du carbone. Je m'étais montré peu fait pour la chimie et ma maladresse manuelle y était pour quelque chose. Comment aurais-je pu n'être pas maladroit en continuant, ainsi que je le faisais, à fumer comme un Turc ?

A présent que je suis là, en train de m'analyser, un doute m'assaille : peut-être n'ai-je tant aimé les cigarettes que pour pouvoir rejeter sur elle la faute de mon incapacité. Qui sait si, cessant de fumer, je serais devenu l'homme idéal et fort que j'espérais ? Ce fut peut-être ce doute qui me cloua à mon vice : c'est une façon commode de vivre que de se croire grand d'une grandeur latente. Je hasarde cette hypothèse pour expliquer ma faiblesse juvénile, mais sans une ferme conviction. A présent que je suis vieux et que personne n'exige rien de moi, je vais toujours de cigarettes en

bonnes résolutions et de bonnes résolutions en cigarettes. A quoi riment aujourd'hui ces résolutions?
Comme le vieil hygiéniste que décrit Goldoni, vou-
drais-je mourir bien portant après avoir passé toute ma
vie malade?

Une fois, étant étudiant, comme je changeais de
chambre, je fus obligé de faire retapisser à mes frais les
murs de celle que je quittais et que j'avais couverts de
dates. Il est probable que si j'abandonnais cette
chambre, c'est qu'elle était devenue le cimetière de
mes bonnes intentions et que je ne croyais plus possible
en ce lieu d'en former de nouvelles.

J'estime qu'une cigarette a une saveur plus intense
quand c'est la dernière. Toutes les autres ont aussi leur
saveur particulière, mais moins intense. La saveur que
prend la dernière lui vient du sentiment qu'on a d'une
victoire sur soi-même et de l'espoir d'un avenir pro-
chain de force et de santé. Les autres ont leur
importance, parce qu'en les allumant, on affirme sa
liberté et l'avenir de force et de santé demeure, mais
s'éloigne un peu plus.

Les dates sur les murs de ma chambre étaient de
couleurs variées; certaines étaient peintes à l'huile. Ma
décision, affirmée chaque fois avec la confiance la plus
ingénue, trouvait une expression adéquate dans la
vivacité de la couleur qui devait faire pâlir l'inscription
consacrée à la décision précédente. Certaines dates
avaient ma préférence à cause de la concordance des
chiffres. Je me rappelle une date du siècle passé qui me
sembla devoir clore à jamais le cercueil où je prétendais
ensevelir mon vice : « Neuvième jour du neuvième
mois de 1899. » Date significative, n'est-ce pas? Le
siècle nouveau m'apporta des dates bien autrement
musicales : « Premier jour du premier mois de 1901. »

Aujourd'hui encore, il me semble que si cette date pouvait se répéter, je saurais commencer une nouvelle vie.

Mais les dates ne manquent pas dans les calendriers et avec un peu d'imagination, il n'en est pas une qui ne puisse s'adapter à une bonne intention. Je me rappelle celle-ci parce qu'elle me sembla contenir un impératif suprêmement catégorique : « Troisième jour du sixième mois de 1912, 24 heures. » Quelle résonance ! Chaque chiffre semble doubler la mise...

L'année 1913 me procura un instant d'hésitation. Il manquait un treizième mois pour l'accorder avec le millésime. Mais qu'on n'aille pas croire qu'il faut tant d'accords dans une date pour donner tout son relief à une dernière cigarette. Bien des dates que je retrouve sur mes livres ou mes cahiers préférés se font remarquer par leurs dissonances. Par exemple le troisième jour du second mois de 1905, six heures ! Cette date a son rythme cependant, pour peu qu'on y réfléchisse : chaque chiffre nie le précédent. De nombreux événements, que dis-je, tous les événements sans exception, depuis la mort de Pie IX jusqu'à la naissance de mon fils, me parurent dignes d'être consacrés par mon ferme propos habituel. Tout le monde dans la famille est émerveillé de ma mémoire des anniversaires joyeux ou tristes et j'en tire une réputation de grande bonté !

Pour diminuer son apparence grossière, j'essayai de donner un contenu philosophique à la maladie de la dernière cigarette. On prend une fière attitude et l'on dit : « Jamais plus ! » Mais que devient cette fière attitude si on tient la promesse ? Pour la garder, il faut avoir à renouveler le serment. Et d'ailleurs, le temps, pour moi, n'est pas cette chose impensable qui ne s'arrête jamais. Pour moi, pour moi seul, le temps revient.

*

La maladie est une conviction et je suis né avec cette conviction. Je ne me rappellerais pas grand-chose de celle de mes vingt ans si je ne l'avais à cette époque décrite à un médecin. Il est curieux qu'on se rappelle mieux les mots qu'on a dits que les sentiments qui ne sont pas arrivés à faire vibrer l'air.

J'étais allé chez ce médecin parce qu'on m'avait dit qu'il guérissait les maladies nerveuses avec l'électricité. Je pensais pouvoir puiser dans l'électricité la force suffisante pour cesser de fumer.

Ce docteur avait un gros ventre et sa respiration asthmatique accompagnait les grésillements de la machine électrique mise en branle dès la première séance. Je fus déçu, car j'avais espéré que le docteur en m'étudiant découvrirait le poison qui corrompait mon sang. Mais il me jugea de constitution saine et comme je m'étais plaint de mal digérer et de mal dormir, il supposa que mon estomac manquait d'acides et que chez moi les mouvements péristaltiques (il répéta tellement ce mot que je ne l'ai plus oublié) étaient ralentis. Là-dessus il m'ordonna un certain acide dont les effets furent désastreux, car je souffre depuis lors d'une acidité excessive.

Quand j'eus compris qu'il n'arriverait jamais tout seul à découvrir la nicotine dans mon sang, je voulus l'aider et j'exprimai le soupçon que mon indisposition provenait peut-être de là. Il haussa pesamment les épaules :

— Mouvements péristaltiques... Acide... La nicotine n'y est pour rien !

Il me fit soixante-dix applications électriques et elles auraient continué si je n'avais jugé que c'était suffisant. Plutôt que d'en espérer des miracles, je courais à ces séances avec l'espoir de convaincre le docteur de me défendre de fumer. Qui sait comment les choses auraient tourné si j'avais été fortifié dans mes bonnes intentions par une telle interdiction ?

Voici la description de ma maladie telle que je la fis au docteur : « Je ne peux pas travailler, et les rares fois où je vais au lit de bonne heure, je reste éveillé jusqu'aux premières cloches du matin. C'est pourquoi j'hésite entre le droit et la chimie ; ce sont deux disciplines qui exigent un travail qui commence à heure fixe et je ne sais à quelle heure je pourrai être levé. »

— L'électricité guérit toutes les insomnies, déclarait mon Esculape, fixant les yeux sur son cadran au lieu de regarder son malade.

J'en vins à causer avec lui comme s'il avait pu comprendre la psychanalyse dont j'étais un modeste précurseur. Je lui racontai mes malheurs avec les femmes. Une seule ne me suffisait pas, et plusieurs, pas davantage. Je les désirais toutes ! Dans la rue mon agitation était effroyable : toutes les femmes qui passaient m'appartenaient. Je les dévisageais avec insolence par besoin de me sentir brutal. En pensée je les déshabillais, complètement, sauf les bottines, je les emportais dans mes bras ; et je les abandonnais seulement quand elles n'avaient plus rien de secret pour moi.

Vaine sincérité, vains discours ! Le docteur haletait :

— J'espère bien que mes applications électriques ne

vous guériront pas de cette maladie-là. Il ne manquerait plus que ça ! Je ne toucherais plus une bobine de
Rhumkorff si je redoutais de tels effets.

Il me raconta une anecdocte qu'il trouvait des plus
plaisantes. Un malade atteint de la même maladie que
moi était allé trouver un médecin célèbre, en le priant
de le guérir, et le médecin, y ayant parfaitement réussi,
dut émigrer, sinon l'autre l'aurait envoyé *ad patres*. Je
hurlais :

— Mon excitation n'est pas saine. Elle vient du
poison qui enflamme mon sang !

Le docteur murmurait avec tristesse :

— Personne n'est jamais content de son sort !

Ce fut pour le convaincre que je fis ce qu'il refusait
de faire et que j'étudiai mon mal, en rassemblant tous
les symptômes :

— Ma distraction ! Elle aussi m'empêche de travailler. Quand je préparais à Graz le premier examen
d'État, j'avais noté avec le plus grand soin tous les
textes dont je devais avoir besoin dans tout le cours de
mes études. Cela finit ainsi : quelques jours avant
l'examen, je m'aperçus que j'avais étudié des matières
dont je n'aurais pas besoin avant quelques années. Je
dus ajourner mon examen. Il est vrai que je n'avais
guère travaillé les autres matières à cause d'une fillette
du voisinage qui, d'ailleurs, ne m'accordait rien de
plus qu'une coquetterie assez effrontée. Quand elle
paraissait à sa fenêtre, je ne voyais plus ce que je lisais.
Se livrer à une telle activité, n'est-ce pas le fait d'un
imbécile ? Je me rappelle ce joli minois clair à la
fenêtre, l'ovale de ce visage encadré de bouclettes
folles, si rousses. Je la regardais, je rêvais d'écraser sur
mon oreiller cette blancheur, ces flammes d'or rouge...

Esculape murmura :

— Les coquetteries, il y a toujours quelque chose de bon derrière. A mon âge, vous ne penserez plus à la bagatelle.

Je sais aujourd'hui avec certitude qu'il n'entendait rien à la bagatelle. J'ai cinquante-sept ans, et je suis sûr que si je ne cesse pas de fumer ou si la psychanalyse ne me guérit pas, mon dernier regard, à mon lit de mort, sera l'expression de mon désir pour mon infirmière, à condition que ce ne soit pas ma femme et que ma femme ait permis qu'elle soit jolie !

Je fus aussi sincère qu'à confesse. Les femmes ne me plaisaient pas en bloc, mais... en détail ! Chez toutes j'aimais les petits pieds bien chaussés, chez un grand nombre, le cou, frêle ou puissant, les seins légers. Je continuais l'énumération des parties anatomiques du corps féminin quand le docteur m'interrompit.

— Eh bien, mais toutes ces parties font une femme entière.

Je prononçai alors cette parole importante :

— L'amour sain est celui qui embrasse une femme seule et toute une femme, y compris son caractère et son intelligence.

Jusqu'alors, je n'avais assurément pas connu pareil amour. Du reste, quand cela m'arriva, je n'y trouvai pas la guérison ; mais je tiens à rappeler ici que j'avais dépisté la maladie là où un homme de l'art ne voyait que la santé, et mon diagnostic se vérifia par la suite.

Chez un de mes amis, non médecin, je rencontrai une compréhension plus juste de mon mal. Lui non plus ne me rendit pas la santé, mais grâce à lui il y eut, dans ma vie, une note nouvelle, qui résonne toujours.

Mon ami était un homme riche qui occupait noblement ses loisirs à des études et à des travaux littéraires. Il parlait beaucoup mieux qu'il n'écrivait, en sorte que le monde ignore quel excellent lettré il fut. Il était gros et gras, et je le connus au moment où il suivait un traitement énergique pour maigrir. En peu de jour, il avait obtenu un si beau résultat que bien des gens le recherchaient dans l'espoir de bien jouir de leur bonne santé auprès d'un malade comme lui. Pour moi, je l'enviais parce qu'il savait faire ce qu'il voulait et je m'attachai à lui aussi longtemps que dura sa cure. Il me laissait toucher son ventre, qui diminuait de jour en jour. La jalousie me rendait malveillant, et comme je lui disais, pour affaiblir sa résolution : « Mais une fois la cure finie, que ferez-vous de toute cette peau ? » il me répondit avec un grand calme, que son visage émacié rendait comique :

— Encore deux jours et la cure de massage commencera.

Sa cure avait été ordonnée à l'avance dans tous ses détails et il était certain de se conformer ponctuellement à son programme.

De là vint que je mis en lui toute ma confiance et que je lui décrivis ma maladie. Je me rappelle aussi cette description-là. Je lui expliquai comment il m'eût été plus facile de renoncer à manger trois fois par jour que de ne pas fumer ces innombrables cigarettes, qui m'obligeaient à prendre des résolutions fatigantes, à tout instant renouvelées. Ces résolutions m'interdisaient toute autre activité : seul Jules César pouvait faire plusieurs choses à la fois. Il est vrai que personne ne me demande de faire quoi que ce soit tant que vit mon fondé de pouvoir Olivi, mais est-il possible qu'un garçon comme moi ne soit bon en ce monde qu'à rêver et à racler un violon, art pour lequel je n'ai aucune aptitude ?

Le gros homme amaigri ne donna pas aussitôt sa

réponse. Il la médita longuement. Puis, du ton docto-
ral qui convenait à son esprit méthodique et à son
incontestable supériorité en ces matières, il m'exposa
que ma vraie maladie ce n'était pas la cigarette mais
bien la résolution. Au cours des années, selon lui, deux
êtres s'étaient formés en moi, dont l'un commandait et
dont l'autre n'était qu'un esclave. A peine la vigilance
du premier se relâchait-elle, que l'autre agissait à sa
guise ; c'est pourquoi il fallait donner à l'esclave, épris
de liberté, une liberté absolue, et, en même temps,
regarder mon vice en face, comme un objet nouveau et
que je n'aurais jamais vu. Il ne fallait pas le combattre,
mais le traiter par le mépris, l'oublier, en quelque
sorte, lui tourner le dos sans façon comme à une
compagnie indigne de moi. Simple, n'est-ce pas ?

Je crus que c'était simple en effet. Au prix d'un
grand effort, j'éliminai de mon esprit toute décision, si
bien que je réussis à ne pas fumer pendant plusieurs
heures. Quand ma bouche nettoyée retrouva une
saveur innocente comme l'enfant qui vient de naître,
j'eus envie d'une cigarette. Je la fumai, puis, saisi de
remords, je renouvelai la résolution que j'avais voulu
abolir. Par un chemin un peu plus long, j'aboutissais
au même point.

Un jour, cette canaille d'Olivi me donne une idée :
parier pour fortifier ma décision.

Je pense qu'Olivi n'a jamais changé. Comme je le
vois aujourd'hui, je l'ai toujours vu : un peu voûté,
mais solide. Il a maintenant quatre-vingts ans. Il a
travaillé et travaille pour moi, mais je ne l'en aime pas
davantage, car c'est lui qui m'a empêché de travailler
comme il le fait lui-même.

— Parions ! Le premier qui fumera paiera la somme
convenue, et chacun reprendra sa liberté.

Ainsi, l'administrateur qu'on m'avait imposé pour m'empêcher de dilapider l'héritage de mon père s'attaquait à celui de ma mère, dont je disposais librement.

L'expérience du pari s'avéra désastreuse. Je n'étais plus alternativement maître et esclave, mais seulement esclave, et de cet Olivi que je n'aime pas. Je me remis aussitôt à fumer ; puis l'idée me vint de le rouler en continuant à fumer en cachette. Mais alors pourquoi avoir parié ? Je me fixai, pour une dernière cigarette, une date ayant quelque rapport avec celle de notre convention. Ainsi je me donnais l'illusion d'être en règle. Après quoi, je me révoltais de nouveau et je fumais à en perdre le souffle. Pour me libérer de ce poids, je m'en allai voir Olivi, et je lui dis tout.

Le vieux encaissa l'argent, le sourire aux lèvres et, aussitôt après, tira de sa poche un gros cigare qu'il alluma et fuma avec volupté. Je n'eus jamais le soupçon qu'il avait triché lui aussi. Évidemment... les autres ne sont pas faits comme moi.

Mon fils venait d'avoir trois ans quand ma femme eut une bonne idée. Elle me conseilla, pour me guérir de mon vice, de m'enfermer pour quelque temps dans une maison de santé. J'acceptai aussitôt, d'abord parce que je voulais que mon fils, quand il serait en âge de me juger, me trouvât équilibré et calme, et en second lieu pour la raison plus urgente qu'Olivi était souffrant et menaçait de m'abandonner ; je pouvais être obligé de prendre d'un moment à l'autre la direction de mes affaires et je me jugeais inapte à une grande activité avec toute cette nicotine dans le corps.

Nous avions d'abord pensé à nous rendre en Suisse, pays classique des maisons de santé, mais nous apprîmes qu'il y avait à Trieste un Dr Muli qui venait d'ouvrir un établissement de ce genre. Je chargeai ma femme d'aller le voir et il lui offrit de mettre à ma disposition un petit appartement bien clos où je serais surveillé par une infirmière aidée de plusieurs autres personnes. En me rapportant cela, tantôt ma femme souriait, tantôt elle riait aux éclats. L'idée de me faire enfermer l'amusait et je riais de bon cœur avec elle. C'était la première fois qu'elle s'associait à mes tentatives de guérison. Jusque-là elle n'avait jamais pris ma maladie au sérieux et elle prétendait que fumer n'était qu'une manière un peu étrange, mais point trop ennuyeuse de vivre. Je crois qu'elle avait été agréablement surprise après notre mariage de ne m'entendre jamais regretter ma liberté, occupé comme je l'étais à regretter cent autres choses.

Nous allâmes à la maison de santé le jour où Olivi me déclara qu'en aucun cas il ne resterait chez moi au-delà du mois suivant. Nous avions mis un peu de linge dans une malle et le soir venu nous nous rendîmes chez le docteur Muli.

Il nous reçut en personne sur le seuil. A cette époque le Dr Muli était un très joli garçon. On était au fort de l'été et ce petit homme nerveux, au visage bruni par le soleil où luisaient d'un éclat plus vif ses yeux noirs, était l'image même de l'élégance, tout vêtu de blanc du col aux souliers. Il provoquait mon admiration, mais de toute évidence, je provoquais moi-même la sienne, et je devinais bien pourquoi.

Un peu embarrassé, je lui dis :

— Je vois bien que vous ne croyez ni à la sincérité de cette cure, ni au sérieux avec lequel je l'entreprends.

Avec un léger sourire qui pourtant me blessa, le docteur me répondit :

— Pourquoi ? Il est peut-être exact que les cigarettes vous sont plus nuisibles que nous ne l'admettons, nous autres médecins. Ce que je ne comprends pas, c'est uniquement ceci : pourquoi au lieu de cesser de fumer complètement d'une minute à l'autre, ne vous êtes-vous pas plutôt résolu à diminuer le nombre des cigarettes que vous fumiez ; on peut très bien fumer, il suffit de ne pas exagérer.

A la vérité, à force de vouloir cesser complètement de fumer, je n'avais jamais envisagé l'éventualité de fumer moins. Mais au moment où il m'était donné, ce conseil ne pouvait qu'affaiblir ma décision. Je répondis résolument :

— Puisque c'est décidé, laissez-moi tenter cette cure.

— Tenter ? Le docteur se mit à rire d'un air supérieur. Si vous la commencez la cure réussira. A moins que vous n'usiez de votre force musculaire contre la pauvre Giovanna, vous ne pourrez sortir d'ici. Les formalités pour vous délivrer dureraient si longtemps que vous auriez dans l'intervalle le loisir d'oublier votre vice.

Nous nous trouvions dans l'appartement qui m'était destiné et où nous étions arrivés en redescendant au rez-de-chaussée après être montés au second étage.

— Vous voyez ? Cette porte fermée au verrou empêche de communiquer avec l'autre côté du rez-de-chaussée où se trouve la sortie sur la rue. Et Giovanna n'en a même pas les clefs. Pour sortir elle doit monter au second étage et redescendre ; elle n'a que les clefs de la porte qui s'est ouverte pour nous sur ce palier ; d'ailleurs au second étage il y a toujours de la surveillance. Ce n'est pas mal, n'est-ce pas, pour une maison de santé destinée à des enfants et à des femmes en couches ?

Et il se mit à rire, peut-être à l'idée de m'avoir emprisonné avec des enfants.

Il appela Giovanna et me la présenta. C'était une petite bonne femme d'un âge impossible à préciser et qui pouvait aller de quarante à soixante ans. Elle avait de petits yeux qui brillaient intensément sous des cheveux complètement gris. Le docteur lui dit :

— Voici le monsieur avec qui vous devez être prête à boxer.

Elle me considéra d'un œil scrutateur, son visage s'empourpra et elle s'écria d'une voix stridente :

— Je ferai mon devoir, mais je ne peux certainement pas lutter avec vous. Si vous me menacez, j'appellerai l'infirmier qui est un hercule et, s'il ne vient pas tout de suite, je vous laisserai aller où il vous plaira ; je n'ai pas l'intention de risquer ma peau !

J'appris plus tard que le docteur lui avait confié cette mission en lui promettant une indemnité assez forte et c'est ce qui avait contribué à l'épouvanter. Ces paroles, sur le moment, m'irritèrent. Je m'étais mis volontairement dans de beaux draps !

— Mais votre peau ne risque rien ! hurlai-je. Qui touchera à votre peau ?

Je m'adressai au docteur :

— Je voudrais que cette femme soit priée de ne pas m'embêter ! J'ai apporté avec moi quelques livres et je voudrais être laissé en paix.

Le docteur intervint et adressa quelques conseils à Giovanna. Pour s'excuser, celle-ci continua à me harceler :

— J'ai des filles, il y en a deux, encore en bas âge, et je dois gagner ma vie.

— Je ne daignerai pas vous tuer, répliquai-je sur un

ton bien certainement peu propre à rassurer la pauvre femme.

Le docteur la fit sortir en la chargeant d'aller chercher je ne sais quoi à l'étage au-dessus et pour m'apaiser il me proposa de la remplacer par quelqu'une·d'autre en ajoutant :

— Ce n'est pas une méchante femme et quand je lui aurai recommandé de se montrer plus discrète, elle ne donnera plus lieu à aucune plainte.

Désireux de montrer que je n'accordais aucune importance à la personne chargée de me surveiller, je me déclarai disposé à la supporter. Je sentais le besoin de me calmer, je tirai de ma poche l'avant-dernière cigarette et la fumai avec avidité. J'expliquai au docteur que je n'en avais que deux sur moi et que je voulais cesser de fumer à minuit tapant.

Ma femme prit congé de moi en même temps que le docteur. Elle me dit en souriant :

— Puisque ta décision est prise, sois fort.

Son sourire que j'aimais tant me parut une moquerie et ce fut à cet instant précis que se glissa dans mon âme le premier germe d'un sentiment nouveau qui devait faire misérablement échouer dès ses débuts une tentative entreprise avec tant de sérieux. Je sentis aussitôt que j'avais mal, mais je ne me rendis compte de ce qui me faisait souffrir que quand je fus seul. C'était une folle jalousie, la plus amère jalousie, et c'était le jeune docteur qui la provoquait. Il était beau, il était libre ! On le surnommait la *Venere de' Medici* [1]. Pourquoi ma femme ne l'aurait-elle pas aimé ? En la suivant, quand ils m'avaient quitté, il avait regardé les pieds élégamment chaussés de ma femme. C'était la première fois

---

1. On comprendra la *Vénus de Médicis* ou la Vénus des Médecins.

depuis mon mariage que j'éprouvais de la jalousie.
Quelle tristesse ! Ce sentiment était certainement provoqué par cet abject état de prisonnier où je me
trouvais ! Je luttai. Le sourire de ma femme était son
sourire ordinaire et non pas le sourire moqueur de
quelqu'un qui a su débarrasser le plancher d'un mari
gênant. Sans aucun doute, c'était elle qui m'avait fait
enfermer, bien que n'accordant aucune importance à
mon vice ; mais sans aucun doute aussi elle l'avait fait
pour me complaire. Est-ce que j'allais oublier qu'il
n'était pas tellement facile d'être amoureux de ma
femme ? Si le docteur avait regardé ses pieds, c'était
certainement pour voir quelles bottines il devait acheter à sa maîtresse. Je fumai là-dessus ma dernière
cigarette ; il n'était pas minuit, onze heures seulement,
une heure impossible pour une dernière cigarette.

J'ouvris un livre. Je lisais sans comprendre, j'avais
proprement des visions. La page où je fixais mon
regard se couvrait de la photographie du Dr Muli dans
toute la gloire de sa beauté et de son élégance. Je ne pus
résister. J'appelai Giovanna. Le calme me viendrait
peut-être en bavardant.

Elle vint et me regarda tout de suite d'un œil défiant.
Elle glapit de sa voix aiguë :

— N'espérez pas me faire manquer à mon devoir.

Pour l'apaiser, je fis un mensonge, je l'assurai que
j'étais loin d'y penser, que je n'avais plus envie de lire
et que je préférais converser un peu avec elle. Je la fis
asseoir en face de moi. Elle me dégoûtait avec son air
de vieille et ses yeux juvéniles et mobiles comme ceux
de tous les animaux faibles. Je m'attendrissais sur moi,
sur la compagnie que je devais subir. Il est vrai que
même en liberté je ne sais pas choisir les compagnons
qui me conviendraient le mieux ; d'habitude ce sont

eux qui me choisissent, exactement comme le fit ma femme.

Je priai Giovanna de me distraire, mais elle me déclara qu'elle n'avait rien à me dire qui valût de retenir mon attention ; je lui demandai alors de me parler de sa famille, en ajoutant que presque tout le monde ici-bas en avait au moins une.

Elle obéit et commença par me raconter qu'elle avait dû mettre ses deux filles à la Charité.

Je goûtais ce début ; cette façon de se débarrasser de dix-huit mois de gestation me faisait rire. Mais elle aimait trop la polémique et je ne l'écoutai plus lorsqu'elle voulut me prouver qu'elle n'aurait pas pu faire autrement, vu le peu qu'elle gagnait, et que le docteur avait eu tort quelques jours plus tôt en lui déclarant que deux couronnes par jour devaient lui suffire puisque la Charité entretenait toute sa famille. Elle hurlait :

— Et le reste ? La nourriture et les vêtements, ce n'est pas tout !...

Et elle dénombrait une foule de choses qu'elle devait procurer elle-même à ses filles et que j'ai oubliées, d'autant que pour me protéger de cette voix stridente, je m'appliquais à penser à autre chose. Mais je n'en avais pas moins le tympan blessé et il me sembla que j'avais droit à une compensation :

— On ne pourrait pas avoir une cigarette, une seule ? Je la paierais bien dix couronnes, mais demain, car je n'ai pas un sou sur moi.

Giovanna fut tout à fait épouvantée de ma proposition. Elle se mit à crier ; elle parlait d'appeler tout de suite l'infirmier ; elle quitta son siège pour s'en aller.

Pour la faire taire je renonçai à mon projet et, pour

dire quelque chose et me donner une contenance, je demandai :

— Mais au moins, dans cette prison, il doit bien y avoir quelque chose à boire ?

Giovanna fut prompte à me répondre et à mon étonnement, ce fut sur le ton de la conversation la plus posée, sans crier :

— Mais certainement ! Le docteur, avant de sortir, m'a même remis cette bouteille de cognac. Voici la bouteille encore bouchée. Voyez, elle est intacte.

Je me trouvais dans un tel état que je ne vis d'autre issue à ma situation que dans l'ivrognerie. Voilà où m'avait conduit ma confiance en ma femme !

A ce moment précis, mon vice ne me paraissait pas valoir l'effort que je m'étais laissé pousser à tenter. Il y avait une demi-heure déjà que je ne fumais plus et je n'y prenais pas garde, la pensée tout occupée par ma femme et le Dr Muli. J'étais donc complètement guéri, mais irrémédiablement ridicule.

Je débouchai la bouteille, et me versai un petit verre. Giovanna me regardait, bouche bée, mais j'hésitai à lui en offrir un.

— Est-ce que je pourrai en avoir d'autre quand j'aurai vidé cette bouteille ?

Giovanna, toujours sur le ton le plus affable de la conversation, me rassura :

— Tant que vous en voudrez ! Pour satisfaire un de vos désirs, la dame qui a les clés de la réserve devrait se lever, fût-ce à minuit !

Je n'ai jamais été avare et Giovanna eut aussitôt son petit verre plein à ras bord. Elle n'avait pas fini de dire merci que son verre était déjà vide et qu'elle dardait un regard luisant vers la bouteille. Ce fut elle en vérité qui me donna l'idée de la saouler. Mais ce ne fut pas facile.

Je ne saurais répéter exactement ce qu'elle me dit dans son pur patois triestin après avoir avalé pas mal de petits verres, mais j'eus l'impression d'avoir à mes côtés une personne que j'aurais pu écouter avec plaisir, sans les préoccupations qui m'en détournaient.

Tout d'abord elle me confia que c'était exactement comme cela qu'elle aimait travailler. Tout le monde, disait-elle, devrait avoir le droit de passer chaque jour une heure ou deux sur un bon fauteuil, en face d'une fine bouteille de liqueur, — de celles qui ne font pas de mal.

J'essayai de parler à mon tour. Je lui demandai si, du vivant de son mari, son travail était organisé de cette façon.

Elle se mit à rire. De son vivant, son mari l'avait plus battue que caressée et, en comparaison de ce qu'elle avait travaillé avec lui, tout maintenant pouvait lui paraître du repos, même avant mon arrivée dans cette maison de santé.

Puis Giovanna devint pensive et me demanda si je croyais que les morts voient ce que font les vivants. Brièvement, je fis un signe affirmatif. Mais elle voulut savoir si les morts, en arrivant dans l'au-delà, y apprenaient tout ce qui était arrivé en ce bas monde de leur vivant.

Cette question réussit un moment à me distraire. Elle m'avait été adressée d'une voix de plus en plus suave ; c'est que, pour ne pas se faire entendre des morts, Giovanna avait baissé la voix.

— Vous avez donc, lui dis-je, trompé votre mari ?

Elle me supplia de ne pas crier et m'avoua ensuite qu'elle l'avait trompé, mais seulement dans les premiers mois de leur mariage. Ensuite elle s'était habituée aux coups et s'était mise à aimer son homme.

Pour conserver sa vivacité à la conversation, je demandai :

— C'est donc l'aînée de vos filles qui est de votre amant ?

Toujours à voix basse elle voulut bien l'admettre en se fondant sur certaines ressemblances. Elle regrettait beaucoup d'avoir trahi son mari. Elle l'affirmait, mais toujours en riant, car ce sont choses dont on rit même quand on les regrette. Mais elle le regrettait seulement depuis qu'il était mort, parce qu'avant, comme il n'en savait rien, la chose ne pouvait avoir aucune importance.

Poussé par une sorte de sympathie fraternelle, j'essayai d'adoucir sa douleur et lui dis que je croyais bien que les morts savaient tout, mais qu'ils se moquaient de certaines choses.

— Seuls les vivants en souffrent ! m'écriai-je en frappant du poing sur la table.

Je relevai ma main toute contusionnée ; rien de mieux qu'une douleur physique pour éveiller des idées neuves. J'entrevis une possibilité : pendant que je me torturais à l'idée que ma femme profitait de ma réclusion pour me tromper, le docteur se trouvait peut être dans la maison de santé ; dans ce cas, toute tranquillité m'était rendue. Je priai Giovanna d'aller voir, en lui disant que j'éprouvais le besoin de parler au docteur et en lui promettant pour récompense la bouteille entière. Elle protesta qu'elle n'aimait pas boire autant, mais elle m'obéit sans retard et je l'entendis se hisser en titubant le long de l'escalier de bois jusqu'au deuxième étage pour sortir de notre prison. Elle redescendit aussitôt, mais elle dégringola bruyamment en poussant des cris :

— Que le diable t'emporte ! murmurai-je avec fer-

veur. Si elle s'était rompu le cou, ma situation aurait
été simplifiée de beaucoup !

Mais elle vint à moi en souriant, elle était dans cet
état où l'on ne sent plus la douleur. Elle me raconta
qu'elle avait parlé à l'infirmier qui allait se coucher,
mais restait au lit à sa disposition dans le cas où je
deviendrais mauvais. Elle leva la main et de l'index
tendu accompagna ces mots d'un geste de menace
atténué par un sourire. Puis plus sèchement elle ajouta
que le docteur n'était pas rentré, depuis qu'il était sorti
avec ma femme. Depuis ce moment-là, exactement !
Pendant plusieurs heures l'infirmier avait espéré qu'il
rentrerait parce qu'un malade avait besoin de lui. Mais
à présent il ne l'espérait plus.

Je la dévisageais, cherchant à savoir si le sourire qui
tordait sa face était stéréotypé ou s'il était entièrement
neuf, s'il provenait du fait que le docteur se trouvait
avec ma femme au lieu d'être avec moi, son malade. Je
fus envahi par une colère qui me faisait tourner la tête.
Je dois avouer que, comme toujours, deux hommes
luttaient en moi ; l'un, le plus raisonnable, me disait :
« Imbécile ! Pourquoi penser que ta femme te trompe ?
Elle n'aurait nul besoin de t'enfermer pour en trouver
l'occasion. » L'autre, et c'était certainement celui qui
voulait fumer, me traitait aussi d'imbécile, mais me
criait : « Tu ne sais donc pas la commodité que donne
l'absence du mari ? Avec le docteur que tu paies ! »

Giovanna, tout en continuant à boire, dit :

— J'ai oublié de fermer la porte du second étage.
Mais je ne veux pas remonter ces deux étages. D'ailleurs il y a toujours du monde là-haut, et si vous tentiez
de vous sauver, vous en seriez pour vos frais.

— Pour sûr, fis-je avec le minimum d'hypocrisie
qu'il fallait pour tromper la pauvre femme.

J'avais aussi un peu de cognac à ma disposition, je me moquais des cigarettes. Elle me crut aussitôt et je lui racontai alors que ce n'était pas moi qui ne voulais plus fumer, que c'était ma femme qui exigeait ce sacrifice. Il fallait savoir qu'après avoir fumé une dizaine de cigarettes, je devenais terrible. Toutes les femmes qui étaient alors à ma portée se trouvaient en danger.

Giovanna se mit à rire bruyamment, en se laissant aller sur sa chaise :

— Et c'est votre femme qui vous empêche de fumer les dix cigarettes qu'il faut pour ça ?

— Mais oui. Du moins, elle me l'empêchait, à moi.

Giovanna n'était pas sotte quand elle avait tant de cognac dans le corps. Elle fut prise d'une crise d'hilarité qui manquait la faire tomber de son siège, mais chaque fois que le souffle le lui permettait, en paroles entrecoupées, elle s'employait à dépeindre un magnifique tableautin inspiré par ma maladie :

— Dix cigarettes... une demi-heure... on met le réveil... et puis...

Je la repris.

— Pour dix cigarettes, j'ai besoin d'une heure environ. Puis pour en obtenir le plein effet, il faut encore une autre heure, à dix minutes près...

Brusquement, Giovanna reprit son sérieux et se leva de sa chaise sans grand effort. Elle dit qu'elle allait se coucher parce qu'elle se sentait un léger mal de tête. Je l'invitai à emporter la bouteille ; j'avais, quant à moi, assez de cette liqueur. Hypocritement j'ajoutai que je désirais pour le jour suivant qu'elle me procurât du bon vin.

Mais elle ne pensait pas au vin. Avant de sortir, la bouteille sous le bras, elle me regarda et me lança une œillade qui m'épouvanta.

J'avais laissé la porte ouverte et quelques instants plus tard tomba au milieu de la pièce un paquet que je ramassai aussitôt : il contenait onze cigarettes. Pour atteindre plus sûrement son but, Giovanna avait voulu se montrer généreuse. Des cigarettes hongroises, ordinaires. Mais la première que je grillai fut excellente. Je me sentais très allégé. Je crus d'abord que je me réjouissais d'avoir réussi à m'évader de cette maison bonne pour garder des enfants, mais non pas un homme tel que moi. Puis, je découvris que je jouais aussi un bon tour à ma femme et il me semblait que je la payais de la même monnaie. S'il en avait été autrement, pourquoi ma jalousie aurait-elle fait place à une curiosité si supportable ? Je restai tranquille à ma place à fumer ces cigarettes écœurantes.

Après environ une demi-heure, je me souvins qu'il fallait fuir de cette maison où Giovanna attendait sa récompense. J'ôtai mes souliers et sortis dans le corridor. La porte de la chambre de Giovanna était entrouverte et, à en juger par sa respiration bruyante et régulière, elle me parut dormir. Je montai avec précaution jusqu'au second étage et avant de franchir cette porte, orgueil du Dr Muli, je remis mes chaussures. Je sortis sur le palier et commençai à descendre lentement pour ne pas éveiller de soupçons.

J'étais arrivé au palier du premier quand une jeune fille, qui revêtait non sans élégance un costume d'infirmière, m'aborda pour me demander courtoisement :

— Vous cherchez quelqu'un ?

Elle était charmante et j'aurais volontiers fini auprès d'elle mes dix cigarettes. Je lui décochai un sourire un peu agressif :

— Le Dr Muli n'est pas là ?

— A pareille heure, il n'y est jamais.

— Vous ne pourriez pas me dire où j'ai la chance de le trouver en ce moment ? J'ai chez moi un malade qui aurait besoin de lui.

Courtoisement elle me donna l'adresse du docteur et je la répétai plusieurs fois pour lui faire croire que je ne voulais pas l'oublier. Je ne me serais pas hâté de m'en aller si, un peu ennuyée, elle ne m'avait tourné le dos. Littéralement on me jetait hors de ma prison.

Au rez-de-chaussée une femme fut prompte à m'ouvrir la porte. Je n'avais pas un sou sur moi ; je murmurai :

— Je vous donnerai un pourboire la prochaine fois.

On ne peut jamais connaître l'avenir. Dans ma vie, les choses se répètent : il n'était pas impossible que je fusse appelé à repasser par là.

La nuit était claire et chaude. Je quittai mon chapeau pour mieux sentir la brise de la liberté. Je regardai les étoiles avec admiration comme si je les avais conquises à l'instant. Le lendemain, libéré de la maison de santé, j'allais cesser de fumer. En attendant, dans un débit encore ouvert je me procurai de bonnes cigarettes ; il ne m'était vraiment pas possible de terminer ma carrière de fumeur avec une des cigarettes de cette pauvre Giovanna. Le garçon qui me servit me connaissait et me les laissa à crédit.

Arrivé à ma villa, je sonnai furieusement. D'abord ce fut la bonne qui se mit à la fenêtre, puis après un certain temps, que je trouvai long, ma femme. J'attendis qu'elle apparût en pensant avec une certaine froideur : « On dirait bien que le Dr Muli est là. »

Mais en me reconnaissant, ma femme fit retentir la rue déserte d'un éclat de rire si sincère qu'il aurait suffi à effacer tout soupçon.

Je m'attardai à faire dans la maison un tour d'inquisiteur. Ma femme, à qui j'avais promis de raconter le lendemain mes aventures qu'elle croyait deviner, me demanda :

— Pourquoi ne vas-tu pas au lit ?

Pour m'excuser, je répondis :

— Il me semble que tu as profité de mon absence pour changer cette armoire de place.

Il est vrai que je crois que les objets chez moi sont constamment changés de place et il est vrai d'ailleurs que ma femme les en change souvent, mais à cet instant je regardais dans tous les coins si l'élégante petite personne du Dr Muli ne s'y dissimulait pas.

Ma femme m'apprit une bonne nouvelle. En revenant de la maison de santé, elle avait rencontré le fils d'Olivi qui lui avait raconté que son père allait beaucoup mieux après avoir pris une drogue ordonnée par un nouveau médecin.

En m'endormant je pensais que j'avais bien fait de quitter la maison de santé ; j'avais devant moi tout le temps nécessaire pour une cure lente. Mon fils qui dormait dans la chambre voisine n'était pas encore près de me juger ou de m'imiter. Non, il n'y avait absolument pas besoin de se hâter.

IV

LA MORT DE MON PÈRE

Le docteur est parti et je ne sais vraiment pas s'il y a lieu de faire la biographie de mon père. Si je décrivais trop minutieusement mon père, il pourrait apparaître que, pour ma guérison, il aurait été nécessaire de l'analyser lui-même au préalable, et on en arriverait ainsi à renoncer à la cure. Mais je reprends courage à l'idée que si mon père avait eu besoin de ce même traitement, c'eût été pour une maladie sans aucun rapport avec la mienne. De toute façon, pour ne pas perdre de temps, je ne dirai de lui que ce qui pourra servir à raviver le souvenir de moi-même.

« 15. IV. 1890, 4 h. 1/2. Mon père meurt. U.S. » — Pour qui l'ignorerait, ces deux dernières lettres ne signifient pas *United States*, mais *Ultima Sigaretta* : dernière cigarette. Telle est la note que je trouve sur un volume de philosophie positive d'Ostwald, sur lequel, plein d'espérance, j'ai passé des heures, mais auquel je n'ai rien compris. On ne le croirait pas, mais, sous cette forme indécente, cette note enregistre l'événement le plus important de ma vie.

Je n'avais pas quinze ans quand ma mère mourut. Je composai des vers à sa mémoire, mais composer des vers, ce n'est pas pleurer. J'avais le sentiment qu'à compter de ce jour commencerait pour moi une vie de travail, une vie sérieuse, intense, dont ma douleur me montrait le chemin. En outre, une foi religieuse encore efficace atténuait et adoucissait mon infortune. Ma mère continuait à vivre et bientôt elle allait jouir de mes succès qu'elle contemplerait de l'autre monde. Agréable commodité ! Je me rappelle exactement mon état d'esprit d'alors. Par la mort de ma mère et par la salutaire émotion que cette mort me procurait, tout, en moi, devait devenir meilleur.

En revanche, la mort de mon père fut une vraie, une grande catastrophe. Le paradis n'existait plus et moi, à trente ans, j'étais un homme fini. Moi aussi ! Pour la première fois, je m'aperçus que la partie la plus importante, la partie décisive de ma vie gisait derrière moi, irrémédiablement. Ma douleur n'était pas seulement égoïste, comme ces mots le feraient croire. Loin de là ! Je pleurais sur lui et sur moi, et, sur moi, parce qu'il était mort, lui. Jusqu'alors j'avais été de cigarette en cigarette — et d'une faculté à l'autre — avec une confiance indestructible en mes capacités. Je crois que cette confiance qui me rendait la vie bien douce, je l'aurais encore aujourd'hui si mon père n'était pas mort. Mais, lui mort, je n'avais plus un « demain » où situer ma résolution.

Souvent, je demeure stupéfait à cette pensée que je n'ai désespéré de moi-même et de mon avenir qu'à la mort de mon père, pas avant. Ces jours-là ne sont pas si lointains et, pour me souvenir de mon immense douleur, et de tous les détails de l'événement, je n'ai certes pas besoin de rêver comme le veulent messieurs les analystes. Je me rappelle tout, mais je ne comprends rien. Jamais je n'ai vécu pour mon père, jamais je n'ai fait un effort pour me rapprocher de lui ; chaque

fois que je pouvais le faire sans l'offenser, je l'évitais.
Mes camarades d'université connaissaient tous le sur-
nom que je lui avais donné : « le vieux qui envoie des
mandats ». Il fallut sa maladie pour me lier à lui ; ou
pour mieux dire sa mort, car sa maladie fut très courte,
et le docteur le considéra tout de suite comme perdu.
Quand j'étais à Trieste, je le voyais peut-être une heure
par jour, une petite heure. Nous ne fûmes jamais si
longtemps ensemble qu'en ces jours où je pleurais près
de lui. Si au moins je l'avais mieux soigné, au lieu de
pleurer tant ! J'aurais été moins éprouvé. Entre lui et
moi, intellectuellement, il n'y avait rien de commun.
Cela aussi rendait nos rapports difficiles. Nous avions
l'un pour l'autre un même sourire de pitié ; mêlé
d'amertume, chez lui, à cause de son inquiétude
paternelle de mon avenir, et, chez moi, pénétré
d'indulgence, car j'avais le sentiment que ses faiblesses
étaient sans conséquences désormais ; je les attribuais
même en grande partie à son âge. Il fut le premier à
douter de mon énergie et il en douta, me semble-t-il,
trop tôt. Je soupçonne que, fût-ce sans l'aval d'une
certitude scientifique, il doutait aussi de moi parce que
c'était lui qui m'avait fait : cela (et j'en ai une croyance
scientifique certaine) contribuait à augmenter ma
défense à son égard.

On lui faisait une réputation de négociant habile,
mais je savais que son commerce était dirigé par Olivi
depuis des années. L'inaptitude aux affaires était,
entre lui et moi, un trait de ressemblance. Il y en avait
d'autres ; mais je puis dire que, de nous deux, c'était
moi qui représentais la force et lui la faiblesse. D'après
ce que j'ai déjà noté dans ces cahiers, il est clair que j'ai
et que j'ai toujours, toujours été possédé (pour mon
plus grand malheur peut-être) de l'impétueux désir de

devenir meilleur. Mes rêves d'équilibre et de force,
comment les définirais-je autrement ? Mon père ignorait tout cela. Il vivait en parfait accord avec l'être
qu'on avait fait de lui et je dois dire qu'il n'eut jamais le
souci de s'améliorer. Il fumait du matin au soir et,
depuis la mort de maman, quand il ne dormait pas,
même la nuit. De plus, il ne se privait pas de boire
comme un *gentleman*, à dîner surtout, pour être sûr de
trouver le sommeil, la tête à peine sur l'oreiller. Mais, à
l'entendre, le tabac et l'alcool étaient d'excellents
médicaments.

Quant aux femmes, j'ai su, par de bonnes langues de
parents, que ma mère avait eu quelques sujets de
jalousie. Elle aurait même dû intervenir violemment,
douce comme elle était, pour tenir son mari en bride. Il
se laissait conduire par elle, qu'il aimait et respectait,
mais jamais il ne se laissa aller à avouer ses trahisons,
en sorte qu'elle mourut dans la certitude qu'elle s'était
trompée. Les gens de la famille n'en racontaient pas
moins qu'elle avait trouvé son mari chez sa couturière,
en flagrant délit ou presque. Mon père mit cela sur le
compte d'une distraction un peu forte et il s'en tint si
fermement à cette explication qu'il parvint à se faire
croire. Le seul résultat fut que ma mère quitta cette
couturière et mon père aussi. Je pense qu'à sa place
j'aurais fini par avouer, mais que je ne me serais pas
résigné à abandonner la couturière : là où je m'arrête,
je prends racine.

Mon père savait défendre sa tranquillité en vrai *pater
familias*. Cette tranquillité, il l'avait dans sa maison et
dans son esprit. Il ne lisait que des livres insipides et
moraux. Non par hypocrisie, mais par conviction : je
crois qu'il sentait vivement la vérité de ces prêches et
qu'une adhésion sincère à la vertu tranquillisait sa

conscience. Maintenant que je suis vieux et que je me rapproche du genre « patriarche », je comprends à mon tour que prêcher l'immoralisme est plus répréhensible que commettre une action immorale. L'amour ou la haine conduisent à l'assassinat, mais la propagande de l'assassinat ne peut être l'effet que d'une méchanceté foncière.

Nous étions si dissemblables que j'étais, à ses yeux, un des êtres les plus inquiétants au monde. Mon désir de santé m'avait poussé à l'étude du corps humain. Lui, au contraire, avait réussi à éliminer de son esprit l'idée de cette effroyable machine. Pour lui, le cœur ne battait pas, et il n'était pas besoin de rappeler les valvules, les veines, le métabolisme pour expliquer comment vivait son organisme. Aucun mouvement, car, l'expérience l'enseigne, tout mouvement aboutit à l'arrêt. Même la terre était immobile, pour lui, et solidement établie sur ses bases. Il se gardait de l'affirmer, bien entendu ; mais la moindre parole qui contrariait cette conception le faisait souffrir. Un jour que je parlais des antipodes, il m'interrompit avec un mouvement de dégoût. La pensée de ces gens, la tête en bas, lui soulevait le cœur.

Outre cela, il me reprochait deux choses : ma distraction et ma tendance à rire des objets les plus sérieux. Pour la distraction, contrairement à moi, il avait un carnet où il notait tout ce dont il voulait se souvenir et qu'il consultait plusieurs fois par jour. Par ce moyen, il croyait avoir vaincu sa maladie et il n'en souffrait plus. Il m'imposa son remède et moi aussi j'eus mon carnet, mais il ne me servit qu'à enregistrer quelques « dernières cigarettes ».

Quant aux choses sérieuses, il est vrai que je m'en moquais, mais, lui, en revanche, il avait le tort de tout prendre au tragique. Un exemple : quand, après avoir passé du droit à la chimie, je revins, avec sa permission, à mes premières études, il me dit d'un ton bon enfant : « Il y a une cnose qui est sûre, c'est que tu es fou. »

Loin de m'offenser, je lui sus gré de sa condescendance et, pour l'en remercier, je voulus le faire rire un peu. J'allai me faire examiner par le Dr Canestrini, à qui je demandai un certificat. L'examen fut minutieux mais j'obtins un certificat en règle, que je portai triomphalement à mon père. Mais il n'eut pas la moindre envie de rire. D'une voix altérée, les larmes aux yeux, il s'écria : « Mon pauvre ami, vraiment tu es fou ! »

Telle fut la récompense de mon innocente et laborieuse comédie. Il ne me la pardonna jamais, et c'est pourquoi il s'abstint d'en rire. Se prêter, par plaisanterie, à un examen médical ; faire rédiger, par plaisanterie, un certificat sur papier timbré, peut-on imaginer pire folie ?

En somme, comparé à lui, j'étais la force même ; et je dus me trouver diminué quand disparut cette faiblesse qui me rehaussait à mes propres yeux.

Sa faiblesse, il en donna la mesure quand cette canaille d'Olivi le poussa à rédiger son testament. La chose, pour Olivi, était d'importance, car ce testament plaçait mes affaires sous sa tutelle et il semble qu'il ait tourmenté longtemps le vieux avant de le décider à entreprendre une tâche aussi pénible. Mon père, enfin, s'y résigna, mais, dès lors, son grand front serein s'assombrit. Il pensait constamment à la mort, comme s'il avait de ce fait, pris contact avec elle.

Un soir, il me posa cette question : « Quand on est mort, crois-tu que ce soit la fin de tout ? »

Le mystère de la mort, j'y pense chaque jour, mais je n'étais pas encore à même de fournir à mon père le renseignement demandé. Pour lui faire plaisir, j'étalai la foi la plus rassurante :

— Je crois que le plaisir survit, tandis que la douleur n'est plus nécessaire. La décomposition pourrait rappeler le plaisir sexuel. A coup sûr, elle s'accompagne d'un sentiment de félicité et de détente, puisque c'est l'effort pour se recomposer sans cesse qui fatigue l'organisme. La dissolution serait ainsi la récompense de la vie !

Je n'eus aucun succès. Nous étions encore à table, après dîner. Mon père se leva sans un mot, vida son verre et dit : « Ce n'est pas le moment de philosopher, surtout avec toi. »

Et il sortit. Je le suivais, navré, pour lui tenir compagnie et le distraire de ses idées noires, mais il m'éloigna sous prétexte que je lui rappelais la mort et ses plaisirs.

Il ne m'avait pas encore parlé de son testament, et chaque fois qu'il me voyait, il y pensait. Un beau jour, il éclata :

— Il faut que je te dise une chose : j'ai fait mon testament.

Pour dissiper son cauchemar, je maîtrisai un geste de surprise et répondis :

— Quant à moi, je me dispenserai de ce tracas : j'espère bien enterrer tous mes héritiers.

Mon rire, à propos d'une chose pareille, le choqua et l'envie de me punir lui revint aussitôt. Il n'eut donc aucun scrupule à me raconter le joli tour qu'il m'avait joué en me mettant sous la tutelle d'Olivi.

Je me montrai bon garçon (pourquoi le tairais-je ?). Je n'élevai pas la moindre objection, soucieux seulement de l'arracher à cette pensée qui le faisait souffrir. Je me déclarai prêt à me soumettre à ses dernières volontés, quelles qu'elles fussent. J'ajoutai même :

— Peut-être saurai-je me conduire de telle manière que tu seras amené à changer tes dispositions.

Ma réponse lui plut. Elle impliquait qu'il vivrait encore longtemps, très longtemps. Malgré tout, il exigea de moi le serment que, si aucune décision nouvelle n'intervenait, je ne tenterais jamais de réduire les pouvoirs d'Olivi. Je jurai, puisqu'il ne voulut pas se contenter de ma parole d'honneur. Et, depuis ce jour-là, chaque fois que le remords de n'avoir pas assez aimé mon père me torture, j'évoque cette scène au cours de laquelle je fus si obéissant et si doux. Pour être sincère, je dois dire qu'il ne m'en coûtait guère de me résigner, car à cette époque l'idée d'être contraint à ne pas travailler m'était plutôt agréable.

Environ un an avant sa mort, j'eus le mérite d'intervenir avec une certaine énergie dans l'intérêt de sa santé. Comme il m'avait confié qu'il ne se sentait pas bien, je l'obligeai à aller voir un médecin et je l'y accompagnai. Le docteur prescrivit une drogue et nous dit de revenir le trouver dans quelques semaines. Mais mon père ne voulut pas. Il déclara qu'il avait les médecins en horreur, autant que les croque-morts, et il ne prit même pas le remède qu'on lui avait ordonné sous prétexte qu'il lui rappelait les médecins et les croque-morts. Il réussit à passer quelques heures sans fumer et à prendre un unique repas sans vin. Une fois délivré du souci de sa cure, il se sentit mieux ; et moi, le voyant content, je ne me préoccupai plus de rien.

Par la suite, je le trouvai triste quelquefois. Mais vieux et seul comme il était, j'eusse été bien surpris qu'il fût joyeux.

★

Un soir de la fin de mars, j'étais rentré à la maison un peu plus tard que de coutume. Rien de grave : un savant ami entre les mains duquel j'étais tombé avait voulu me faire part de ses idées sur les origines du christianisme. C'était la première fois qu'on exigeait de mon esprit qu'il s'arrêtât à ce grave objet, mais pour ne pas fâcher mon ami j'avais écouté sans broncher sa longue leçon. Il tombait une pluie fine et froide. Tout paraissait gris et laid, y compris les Grecs et les Hébreux dont on venait, deux heures durant, de m'infliger la compagnie. Voilà bien ma faiblesse habituelle. Je parie qu'aujourd'hui encore, je suis si incapable de me défendre que si quelqu'un s'en donnait la peine, il arriverait à me persuader d'étudier l'astronomie, au moins quelque temps.

J'entrai dans le jardin qui entoure notre villa. On y accède par un tronçon de route carrossable. Maria, notre servante, qui me guettait à la fenêtre, entendit mon pas sur le gravier dès que j'eus franchi la grille et me cria dans l'obscurité :

— C'est vous, monsieur Zeno ?

Maria était une domestique comme on n'en voit plus. Dans la maison depuis quinze ans, elle déposait chaque mois une bonne part de ses gages à la caisse d'épargne, pour ses vieux jours. Cet argent ne lui servit d'ailleurs jamais à rien puisqu'elle mourut chez nous, à la tâche, peu de temps après mon mariage.

Elle me raconta que mon père était de retour à la maison depuis plusieurs heures, mais qu'il avait voulu m'attendre pour dîner. Comme elle avait insisté pour qu'il prît son repas, il l'avait renvoyée avec des mots peu aimables. Ensuite, il avait demandé plusieurs fois de mes nouvelles, d'un air inquiet et anxieux. Sûrement il se sentait mal. Elle lui trouvait le souffle court, la parole difficile. Je dois dire que Maria, toujours seule avec mon père, avait fini par se mettre dans la tête qu'il était malade. Notre logis solitaire n'offrait pas à la pauvre femme un champ d'observation bien varié et, depuis qu'elle avait vu partir ma mère, elle s'attendait à voir tout le monde mourir avant elle.

Je courus à la salle à manger, un peu intrigué mais sans inquiétude encore. Mon père, qui était étendu sur un sofa, se leva à mon entrée et manifesta une grande joie de me revoir. Je ne fus pas autrement ému par cet affectueux accueil où je crus discerner une nuance de reproche ; je n'y vis qu'un indice rassurant de bonne santé. Je ne découvrais pas trace de ce bégaiement et de ce halètement dont m'avait parlé Maria. Il ne me fit d'ailleurs aucun reproche, mais au contraire s'excusa de s'être obstiné à m'attendre.

— Que veux-tu ? me dit-il, nous sommes seuls au monde tous les deux et je voulais te voir avant d'aller me coucher.

Ah ! j'aurais bien dû, tout simplement, embrasser mon cher papa que la maladie rendait si gentil, si doux ! Au lieu de cela, j'examinai froidement son cas. Que signifiait cette mansuétude insolite ? Était-il malade pour de bon ? Je le regardai d'un œil soupçonneux et je ne trouvai rien de mieux que de lui dire avec humeur :

— Mais pourquoi m'as-tu attendu pour manger ? Tu pouvais dîner et puis m'attendre.

Il me répondit en souriant :

— On dîne avec plus de plaisir quand on est deux.

Cette gaieté pouvait être signe d'appétit. Tranquillisé de nouveau, je commençai à manger. Il s'avança vers la table d'un pas mal assuré, traînant ses pantoufles, et s'assit à sa place habituelle. Puis il me regarda dîner. Pour sa part, il ne put avaler que deux ou trois cuillerées de soupe, après quoi il éloigna son assiette avec dégoût. Son vieux visage restait souriant. Je me rappelle seulement, comme si c'était d'hier, que chaque fois que nos yeux se rencontraient, il détournait son regard du mien. Preuve de fausseté, dit-on ; je dirai plutôt, aujourd'hui, preuve de maladie. Autant qu'il le peut, l'être malade soustrait aux regards les fissures par lesquelles on pourrait découvrir sa faiblesse.

Il attendait toujours que je lui dise ce qui m'avait mis en retard. Voyant qu'il en était si curieux, je posai soudain ma fourchette et déclarai que je sortais d'une discussion sur les origines du christianisme.

Il me regarda, sceptique et perplexe.

— Toi aussi, maintenant, tu penses à la religion ?

Il était clair que je lui aurais donné une grande consolation si j'avais accepté d'y penser avec lui. Mais j'avais, du vivant de mon père, un caractère combatif (je l'ai perdu après sa mort), et je lui répondis par une de ces phrases usées qu'on entend chaque jour et partout dans les cafés des quartiers universitaires :

— Pour moi, la religion est un phénomène quelconque, qu'il faut étudier.

— Un phénomène ? fit-il, déconcerté. Il chercha une prompte riposte et ouvrit la bouche pour parler. Puis il hésita, regarda le second plat, que Maria lui présentait juste à ce moment et auquel il ne toucha point. Enfin, comme pour se bien clore la bouche, il y enfonça un bout de cigare qu'il alluma et laissa bientôt s'éteindre. Il s'était ainsi donné le temps de la

réflexion. Une minute plus tard, il me dit avec
fermeté :

— Tu ne songes pas à rire de la religion, je
suppose ?

Moi, parfaitement naturel dans mon rôle d'étudiant désœuvré, je répondis, la bouche pleine :

— Rire ? Qui a dit cela ? Je l'étudie !

Il se tut et contempla longuement le bout de cigare
qu'il avait posé sur une soucoupe. Je comprends
maintenant pourquoi il m'avait parlé de la sorte. Je
comprends ce qui traversait cette âme déjà troublée
et je ne suis plus étonné que de l'inintelligence totale
dont je fis preuve ce jour-là. C'est l'affection qui
ouvre l'esprit et mon esprit manquait d'affection.
Depuis, j'ai bien changé ! Mon père évitait d'affronter mon scepticisme : la lutte était trop difficile pour
lui à cet instant : mais il espérait pouvoir l'attaquer
doucement, de biais. Cette tactique convenait mieux
à ses forces défaillantes. Quand il se remit à parler,
ce fut avec peine et je remarquai, cette fois, que sa
respiration n'était pas normale. Je pensais cependant
qu'il ne se serait pas résigné à monter se coucher
sans m'avoir dit mon fait et je me préparais à une
discussion. Elle n'eut pas lieu.

— Moi, dit-il, les yeux toujours fixés sur son bout
de cigare éteint, je sens que j'ai une grande expérience et une grande science de la vie. On ne vieillit
pas en vain. Je sais bien des choses et, malheureusement, je ne sais pas te les enseigner comme je
voudrais. Oh ! comme je voudrais savoir ! Je vois au
fond des choses, je vois ce qui est juste et vrai et ce
qui ne l'est pas.

Il n'y avait rien à répliquer. Je murmurai, peu
convaincu et sans cesser de manger :

— Oui, papa.

Je ne voulais pas le heurter.

— C'est dommage que tu sois rentré si tard. Tout à l'heure j'étais moins fatigué et j'aurais su te dire bien des choses.

Je croyais qu'il allait encore me chicaner à propos de mon retard et je lui proposai de remettre cette discussion à demain.

— Il ne s'agit pas d'une discussion. Non, pas du tout, répondit-il comme dans un rêve. Il s'agit d'une chose qui ne peut pas se discuter et que tu sauras aussi bien que moi, à peine je te l'aurai dite. Mais le difficile est de l'exprimer.

A ces mots, j'eus un soupçon :

— Tu ne te sens pas bien ?

— Je ne puis pas dire que je me sente mal, mais je suis très las et j'ai hâte de dormir.

Il sonna et, en même temps, appela notre servante. Dès qu'elle parut, il lui demanda si tout était prêt dans sa chambre et, sans attendre davantage, se dirigea vers la porte en traînant ses pantoufles. Arrivé près de moi, il baissa la tête et tendit sa joue au baiser de chaque soir.

A voir ses mouvements mal assurés, j'eus de nouveau l'impression qu'il allait mal. Je le lui répétai ; il me fit la même réponse qu'un instant plus tôt et ajouta :

— Je vais penser au discours que je te tiendrai demain ; tu verras que je te convaincrai.

— Papa, déclarai-je avec émotion, je serai heureux de t'écouter.

Me trouvant si disposé à me soumettre à l'épreuve, il hésita à me quitter : il fallait profiter du mouvement favorable. Il passa les mains sur son front, s'assit sur la

chaise où il venait de s'appuyer pour se pencher vers
moi. Il était légèrement essoufflé.

— C'est curieux ! dit-il. Je ne trouve rien à te dire,
réellement rien.

Il eut un regard circulaire comme pour chercher
hors de lui ce qu'il ne parvenait pas à saisir en lui.

— Et pourtant je sais tant de choses ! Je sais tout !
Ce doit être l'effet de ma longue expérience.

Souriant à sa propre force, à sa propre grandeur, il
souffrait moins, déjà, de ne pouvoir s'exprimer.

Je ne sais pas pourquoi je n'ai pas appelé le docteur
tout de suite. Mais, je l'avoue avec peine et remords, je
considérais les paroles de mon père comme l'effet
d'une présomption que je croyais avoir plus d'une fois
remarquée chez lui. Sa faiblesse m'apparaissait toutefois évidente et je ne songeai même pas à lui répondre.
J'étais content de le voir heureux, dans l'illusion de la
puissance alors qu'il était si faible. Sûr de n'avoir rien à
apprendre de lui, je n'en étais pas moins flatté de
l'estime qu'il me témoignait en montrant le désir de
m'instruire dans la science dont il se croyait détenteur.
Je voulus lui faire un compliment pour le calmer et je
lui racontai qu'il ne devait surtout pas forcer son
inspiration, si, aujourd'hui, les mots lui manquaient.
En pareilles conjonctures, les plus grands savants
laissaient dormir les problèmes trop compliqués dans
un coin de leur cerveau afin qu'ils se simplifient d'eux-
mêmes.

— Ce que je cherche, répondit-il, n'est pas compli-
qué du tout. Il ne s'agirait que de trouver un mot, un
seul mot. Et je le trouverai ! Mais pas cette nuit car je
compte ne penser à rien et ne faire qu'un somme.

Cependant, il ne se levait pas de sa chaise. Il hésitait,
il me scrutait ; et enfin :

— Si j'ai peur de ne pouvoir te dire ma pensée, c'est à cause de ton habitude de tourner tout en dérision.

Là-dessus, il m'adressa un sourire, comme pour me demander de ne pas lui savoir mauvais gré de ce reproche, il se leva et me tendit une seconde fois la joue. Je ne cherchai pas à lui expliquer qu'il y a en ce monde des quantités de choses dont il est préférable, dont on a le devoir de rire et je ne lui répondis qu'en le prenant dans mes bras. Mon étreinte fut peut-être un peu forte, car il s'en dégagea plus oppressé qu'avant, mais il n'en comprit pas moins l'intention affectueuse. Il me salua de la main, d'un geste amical.

— Allons nous coucher, dit-il gaiement ; et il sortit suivi de Maria.

Demeuré seul (voilà encore qui est étrange !) je ne me préoccupai plus de la santé de mon père, mais je déplorai avec émotion et, je puis le dire, avec un respect tout filial, qu'un esprit tourné comme le sien vers des fins élevées n'eût pas été servi par une culture plus étendue. Maintenant que j'ai presque atteint l'âge que mon père avait alors, je sais de science certaine qu'un homme peut avoir de son intelligence une très haute idée et n'en donner d'autre signe que le sentiment qu'il en a. Voilà ; on aspire à pleins poumons, on accepte, on admire la nature, telle qu'elle nous est offerte entière et immuable : et voici qu'on participe à l'intelligence suprême qui a voulu la création tout entière. Chez mon père, il est clair que dans le dernier instant lucide de sa vie ce sentiment d'intelligence jaillit d'une soudaine inspiration religieuse. Cela est si vrai que les seuls mots d'origines du christianisme amenèrent ses confidences. Mais je sais aussi que son orgueilleuse certitude était le premier symptôme de l'œdème cérébral.

Maria vint desservir et me dit que mon père lui paraissait s'être endormi à peine couché. J'allai donc au lit moi-même, tout rasséréné. Dehors, le vent soufflait et hurlait. Je l'entendais comme une berceuse, toujours plus lointaine. Bientôt je fus plongé dans le sommeil.

Je ne sais combien de temps j'ai dormi. Je fus réveillé par Maria. Plusieurs fois déjà elle avait dû venir dans ma chambre pour m'appeler et repartir en courant. Dans mon profond sommeil, j'eus d'abord conscience d'un remue-ménage inexplicable, puis j'entrevis la vieille femme qui sautillait ; enfin je compris. Elle voulait m'éveiller. Et pourtant, au moment où je me réveillai pour de bon, j'étais seul. Le bruit du vent m'invitait encore au sommeil et j'avoue que je me dirigeai vers la chambre de mon père un peu de mauvaise humeur. Maria le croyait toujours mourant. Cette fois, s'il n'était pas malade, gare à elle !

La pièce où couchait mon père était petite, encombrée de meubles, faiblement éclairée par une lampe à gaz posée sur une table de nuit très basse. A la mort de maman, pour mieux oublier, il s'était installé dans ce réduit et y avait transporté toutes ses affaires. Je l'entrevis dans la pénombre, couché sur le dos, le buste hors du lit, soutenu par Maria. Sa figure, trempée de sueur et en pleine lumière, paraissait rouge et brillante ; il appuyait son front à la poitrine de la fidèle Maria. Il rugissait de douleur et sa bouche était tellement inerte que la salive lui coulait sur le menton. Immobile, les yeux fixés au mur, il ne tourna pas la tête à mon entrée.

Maria me mit au courant en quelques mots. Elle l'avait entendu gémir et était arrivée juste à temps pour l'empêcher de tomber du lit. Tout d'abord, assurait-elle, il avait été plus agité. Maintenant, il semblait un peu plus calme mais elle n'osait pas se risquer à le laisser seul. Peut-être voulait-elle s'excuser de m'avoir appelé, mais j'avais déjà compris qu'elle avait eu raison. En me parlant, elle pleurait. Moi, non. Je lui enjoignis au contraire de rester calme et de ne pas augmenter par ses lamentations l'épouvante de cette heure. Je ne me rendais pas encore bien compte de la situation. La pauvre femme fit un effort pour retenir ses sanglots.

Je m'approchai de l'oreille de mon père et criai :

— Pourquoi te plains-tu, papa ? Tu te sens mal ?

Je pense qu'il m'entendit, car son gémissement devint plus faible ; il détacha son regard du mur et parut vouloir tourner les yeux vers moi, sans y réussir. Je lui posai plusieurs fois la même question, toujours criant à ses oreilles et toujours avec le même insuccès. Je ne pus garder plus longtemps mon attitude virile. Mon père était plus près de la mort que de moi puisque mon cri ne l'atteignait plus. Une grande frayeur me saisit et les paroles que nous avions échangées la veille me revinrent à la mémoire. Déjà, il s'était mis en route pour aller voir qui de nous deux avait raison. Chose étrange ? A ma douleur se mêlait un remords. Je cachai mon visage dans l'oreiller de mon père et je me mis à pleurer désespérément. Après avoir reproché à Maria ses sanglots, voilà que je sanglotais moi-même.

Ce fut à son tour de me calmer. Elle s'y prit de singulière façon. Au milieu de ses exhortations, elle me parlait de mon père (qui gémissait toujours les yeux trop grands ouverts), comme d'un homme mort.

« Le pauvre », disait-elle. « Mourir ainsi ! Avec ces beaux cheveux encore drus. » Elle les caressait. Et en vérité, une abondante chevelure, blanche et bouclée, couronnait le front de mon père, tandis que moi, à trente ans, j'avais déjà les cheveux très clairsemés.

J'avais oublié que les médecins existaient et qu'on leur supposait le talent de guérir les gens malades. Je voyais déjà la mort dans les traits bouleversés de mon père et je n'espérais plus. Ce fut Maria qui pensa à appeler le docteur et elle alla réveiller le jardinier pour l'envoyer en ville.

Je restai seul à soutenir mon père pendant dix minutes qui me parurent un siècle. Toute la douceur dont j'étais envahi, je tâchai de la faire passer dans mes mains, qui touchaient ce corps torturé. Il ne pouvait plus entendre mes paroles. Comment lui faire savoir à quel point je l'aimais ?

A l'arrivée du jardinier, je me retirai dans ma chambre pour écrire un billet et j'eus la plus grande peine à mettre bout à bout les quelques mots qui devaient donner au docteur une idée de l'état où se trouvait mon père et lui permettre de se munir de médicaments. La pensée de la mort imminente de mon père ne me quittait pas, et je me demandais : « Et moi, que ferai-je désormais en ce monde ? »

Ce furent ensuite de longues heures d'attente. J'en ai gardé un souvenir assez précis. Nous n'avions plus à soutenir mon père, étendu maintenant dans son lit, sans connaissance. Son gémissement avait cessé et son insensibilité était complète. Il respirait avec une précipitation que j'imitais presque inconsciemment. Ne pouvant me régler longtemps sur ce rythme, je m'accordais des repos et j'espérais y inviter le malade. Mais lui courait devant, infatigable. Nous tentâmes en vain de lui faire prendre une cuillerée de thé. Il retrouvait sa connaissance dès qu'il s'agissait de se défendre contre notre intervention. Il serrait les dents, résolu. Son indomptable obstination ne l'avait pas quitté. Elle survivait à sa conscience. Longtemps avant l'aube, son souffle changea de rythme. C'étaient des périodes qui débutaient par quelques respirations lentes qu'on pouvait croire d'un homme sain ; puis en venaient de plus hâtives et enfin un arrêt très long, terrifiant, où Maria croyait reconnaître l'annonce de la mort. Mais la période reprenait, toujours pareille ; une période musicale, sans couleur, d'une tristesse infinie. Par la suite cette respiration qui changea plusieurs fois de rythme, mais sans cesser d'être bruyante, finit par s'incorporer à la chambre du malade où elle se fit entendre des jours et des jours.

Maria était assise près du lit. Moi, je passai quelques heures allongé sur un sofa. C'est là que j'ai pleuré mes larmes les plus amères. Les pleurs obscurcissent nos fautes et nous laissent libres d'accuser, sans réserve, la destinée. Je pleurais parce que je perdais un père pour lequel j'avais toujours vécu. Peu importait que je ne lui eusse guère tenu compagnie. Dans mon effort pour devenir meilleur, ne visais-je pas à lui donner satisfaction ? Si je désirais tant de succès, c'était un peu pour pouvoir en tirer gloire devant lui, qui doutait de moi, et c'était aussi pour lui donner une consolation. Et maintenant, il n'avait plus le temps d'attendre ma réussite et il s'en allait, convaincu de mon incurable faiblesse. Oui, mes larmes étaient très amères.

Au moment où j'écris, où je grave sur le papier ces douloureux souvenirs, je découvre que l'image qui m'a obsédé lors de ma première tentative pour retrouver mon passé (je veux parler de cette locomotive traînant sur une côte une file de wagons) me traversa l'esprit pour la première fois tandis que j'écoutais, du sofa, la respiration de mon père. Je pensais au bruit de ces locomotives qui tirent des poids énormes : elles émettent ainsi des souffles qui, réguliers d'abord, s'accélèrent pour aboutir à un silence menaçant pendant lequel on peut craindre de voir la machine, entraînée par le poids du train, reculer et se fracasser au bas de la pente. C'est vrai ! Mon premier effort pour me ressouvenir m'avait donc reporté à cette nuit-là, aux heures les plus importantes de ma vie !

Le docteur Coprosich arriva chez nous avant l'aube, accompagné d'un infirmier qui portait une pleine boîte de médicaments. Il avait dû venir à pied, n'ayant pu trouver de voiture à cause de l'ouragan.

Je le reçus en pleurant et il usa avec moi de beaucoup de douceur, m'encourageant même à espérer. Et pourtant, depuis lors, j'ai rencontré peu de personnes au monde qui aient éveillé en moi une antipathie aussi vive que le docteur Coprosich. Il est encore vivant, décrépit et entouré de l'estime de toute la ville. Même aujourd'hui, quand je le vois cheminer le long des rues, tout branlant, en quête d'un peu d'activité et d'air pur, je sens mon aversion renaître.

Le docteur devait alors avoir dépassé un peu la quarantaine. Il était réputé comme médecin légiste et, bien que son patriotisme italien fût notoire, les autorités impériales et royales lui avaient confié les expertises les plus importantes. C'était un homme maigre et nerveux, au visage insignifiant, mais relevé par une calvitie qui donnait l'illusion d'un front très vaste. D'une autre imperfection, il tirait également avantage : quand il ôtait ses lunettes (ce qui lui arrivait chaque fois qu'il voulait méditer), ses yeux aveuglés se fixaient un peu au-dessus de son interlocuteur et ressemblaient curieusement à des yeux sans couleur de statues, menaçants ou, peut-être, ironiques. En tout cas bien déplaisants. Mais s'il avait quelque chose à dire, ne fût-ce qu'un mot, il remettait ses lunettes sur son nez et du coup ses yeux redevenaient ceux d'un bon bourgeois quelconque, attentif et pesant ses paroles.

Il s'assit dans l'antichambre et se reposa un instant. Il me demanda de lui raconter exactement ce qui s'était passé depuis la première alerte jusqu'à son arrivée. Puis il ôta ses lunettes et tendit son regard étrange, pardessus ma tête, vers le mur.

Je tâchai d'être exact, ce qui m'était difficile dans l'état où je me trouvais. En outre, le docteur Coprosich ne tolérait pas que les profanes se servissent de termes techniques pour se donner l'air d'entendre quelque chose à la médecine. Aussi, quand j'en arrivai à parler de ce que je croyais être une « respiration cérébrale », il remit ses lunettes et me dit : « Laissons là les définitions. Nous verrons tout à l'heure de quoi il s'agit. » Je n'avais pas caché au docteur l'étrange attitude de mon père, son désir anxieux de me revoir, puis sa hâte à monter se coucher. Par contre, je n'avais pas rapporté ses propos. Peut-être par crainte de devoir dire quelque chose des réponses que j'avais données alors. Mais je racontai que papa ne parvenait plus à s'exprimer de façon correcte, qu'il avait l'air de penser avec intensité à quelque chose qu'il roulait dans sa tête sans pouvoir le formuler. Le docteur s'exclama triomphalement : « Je sais ce qui roulait dans cette tête. »

Je le savais aussi, mais je ne le dis point, pour ne pas faire enrager le docteur Coprosich. C'étaient les œdèmes.

Nous allâmes auprès du lit du malade. Avec l'aide de l'infirmier, le docteur tourna et retourna le pauvre corps inerte pendant un temps qui me parut très long.

Il l'ausculta, il l'explora. Il tâcha de se faire aider un peu par le patient ; mais en vain.

« En voilà assez », prononce-t-il soudain. Puis il s'approche de moi, les lunettes à la main, les yeux baissés, et, avec un soupir : « Ayez du courage, me dit-il, le cas est très grave. »

Nous passâmes dans ma chambre, où il se lava les mains et aussi la figure. Il était donc sans lunettes et quand il se redressa pour s'essuyer, sa petite tête mouillée semblait celle d'un fétiche de bois taillé par des mains malhabiles. Il me confia qu'il avait été étonné de ne pas nous avoir vus depuis plusieurs mois. Il pensait même que nous l'avions abandonné pour un autre médecin. Il se rappelait très bien nous avoir dit alors que mon père avait besoin de soins. Ses reproches, quand il était sans lunettes, étaient terribles. Il avait élevé la voix, et il exigeait des explications que ses yeux cherchaient partout.

Certes, il avait raison ; je méritais des reproches. Et j'ajoute ici que ma haine pour le docteur Coprosich ne remonte pas à cette juste semonce. Je m'excusai en alléguant la méfiance de mon père à l'endroit des médecins et de la médecine ; je pleurais en parlant et le docteur, avec une bonté généreuse, s'efforça de me rendre un peu de calme en me disant que si nous l'avions consulté plus tôt sa science aurait pu tout au plus retarder la catastrophe à laquelle nous assistions mais non pas la conjurer.

Il poursuivit cependant ses investigations et elles lui fournirent contre moi de nouveaux sujets de reproche. Il voulait savoir si, durant ces derniers mois, mon père s'était plaint de son appétit, de son sommeil, de son état de santé en général. Je ne sus rien lui dire de précis ; même pas si mon père avait beaucoup mangé à cette table où, chaque jour, nous étions assis face à face. Le docteur n'insista pas. L'évidence de ma faute m'atterrait. Je lui appris seulement que Maria croyait toujours mon père mourant et que je la plaisantais à ce propos.

Il regardait le plafond en se nettoyant les oreilles.

— Dans une heure ou deux, dit-il, il reprendra connaissance, au moins en partie.

— Il y a donc quelque espoir, m'écriai-je.

— Pas le moindre, répondit-il d'un ton sec. Mais en pareil cas les sangsues ne manquent jamais leur effet. Il retrouvera certainement un peu de conscience. Peut-être pour devenir fou.

Il haussa les épaules et remit l'essuie-mains à sa place. Ce haussement d'épaules m'enhardit à parler. Il signifiait que le docteur considérait sa propre tâche avec un découragement dédaigneux. L'idée que mon père pouvait se réveiller de sa torpeur pour se voir mourir me terrifiait, mais sans ce haussement d'épaules, je n'aurais pas eu l'audace de le dire.

— Docteur, suppliai-je, ne vous semble-t-il pas que ce serait une mauvaise action que de lui faire reprendre ses sens ?

J'éclatai en sanglots. Je cédai sans résistance à mes nerfs secoués, pour que le docteur, voyant mes larmes, me pardonnât le jugement que j'osais porter sur la valeur de son intervention.

Il me dit avec bonté :

— Allons ! Calmez-vous. La conscience du malade ne sera jamais assez claire pour qu'il puisse comprendre son état. Il n'est pas médecin. Il suffira de ne pas lui dire qu'il est moribond et il ne s'en doutera pas. Ce qui pourrait nous arriver de pire, au contraire, ce serait qu'il devienne fou. Mais j'ai ici une camisole de force et l'infirmier restera ici.

Plus épouvanté que jamais, j'implorai qu'on ne lui applique pas les sangsues. Il me répondit avec le plus grand calme que certainement l'infirmier avait déjà procédé à cette opération puisqu'il lui en avait donné l'ordre avant de quitter la chambre de mon père. Alors j'entrai en fureur. Y avait-il pire méchanceté que de rappeler un malade à la conscience, sans la moindre chance de guérison, que de risquer inutilement de l'exposer soit au désespoir, soit à la camisole de force ? Toujours pleurant, comme si mes larmes devaient obtenir le pardon de ma violence, je déclarai que c'était à mon sens une cruauté inouïe que de ne pas laisser mourir en paix un homme condamné sans recours.

Je hais cet homme parce qu'il se mit alors en colère contre moi ; et c'est ce que je ne lui ai jamais pardonné. Il était si agité qu'il avait oublié de remettre ses lunettes ; il finit pourtant par repérer ma figure, qu'il fixait avec des yeux terribles. A ce qu'il lui semblait, je voulais rompre le fil ténu d'une dernière espérance. Voilà, tout crûment, ce qu'il osa me dire !

Le conflit était imminent. Au milieu de mes cris et de mes sanglots, j'objectai que peu d'instants auparavant il avait lui-même exclu toute possibilité de sauver le malade. S'il avait besoin d'un terrain d'expérience, il n'avait qu'à le chercher ailleurs. Je ne voulais pas tolérer que ma maison servît à cet usage.

Avec une sévérité que son calme chargeait d'une sorte de menace, il répondit :

— Je vous ai expliqué quel était présentement l'état de la science. Mais nul ne peut prévoir ce qu'il

en sera demain, ou dans une demi-heure. En maintenant votre père en vie, je laisse la porte ouverte à
toutes les possibilités.

Il remit alors ses lunettes, retrouva son aspect de
petit employé pédant, et ce furent d'interminables
commentaires relatifs aux effets possibles de l'intervention du médecin sur les destinées économiques des
familles. Retarder d'une demi-heure l'issue fatale
d'une maladie, c'était parfois sauver un patrimoine.

J'avais une raison de plus de pleurer : je me prenais
moi-même en pitié d'être obligé d'entendre de tels
discours en un tel moment. A bout de forces, je cessai
de discuter. Aussi bien, on avait déjà mis les sangsues.

Le médecin est une puissance, au chevet du
malade. Aussi traitai-je le docteur Coprosich avec
égards. Avec tant d'égards même que je n'osai proposer une consultation, faiblesse que je me suis longtemps reprochée par la suite. Ce remords, aujour-
d'hui, est mort, comme tous les autres sentiments
dont je parle ici et que je puis considérer avec autant
de sang-froid que s'il s'agissait d'un étranger. Seule
s'obstine à vivre en mon cœur, dernier résidu de ces
jours lointains, mon antipathie pour le docteur Coprosich.

Plus tard, nous revînmes encore auprès de mon
père. Nous le trouvâmes endormi, couché sur le côté
droit. On lui avait mis une compresse sur la tempe
pour cacher les plaies produites par les sangsues. Le
docteur voulut éprouver aussitôt si la conscience du
malade s'était réveillée. Il lui cria quelque chose à
l'oreille mais n'obtint aucune espèce de réaction.

— Tant mieux, dis-je avec beaucoup de courage,
mais toujours en pleurant.

— L'effet attendu se produira à coup sûr, répondit le docteur. N'entendez-vous pas comme la respiration s'est déjà modifiée ?

En effet, bien que toujours pénible et précipitée, elle ne formait plus ces périodes qui m'avaient jeté dans l'épouvante.

L'infirmier demanda quelque chose au docteur qui fit oui de la tête. Il s'agissait d'essayer la camisole de force. Ils tirèrent cet engin de leur valise, soulevèrent le malade et le maintinrent assis. Mon père ouvrit les yeux. Ses pupilles, non réhabituées à la lumière, étaient dilatées. Je craignis qu'à son premier regard il ne devinât tout. Mais non : quand sa tête retomba sur l'oreiller ses yeux se refermèrent comme ceux de certaines poupées.

Le docteur triomphait :

— C'est bien autre chose, murmura-t-il.

Bien autre chose ! C'est-à-dire, pour moi, une menace grave. Je baisai mon père au front avec ferveur et lui adressai mentalement ce souhait : « Oh ! dors ; ne te réveille pas avant le sommeil éternel ! » Ainsi, j'ai souhaité la mort de mon père, mais le docteur ne devina rien car il me dit d'un ton affable :

— Vous voyez ! vous êtes content maintenant de le voir revenir à lui.

Quand partit le docteur, l'aube pointait. Une aube hésitante et grise. Le vent soufflait toujours en rafales mais il me sembla moins violent, bien qu'il soulevât une poussière de neige glacée.

J'accompagnai le docteur jusqu'à la grille du jardin. J'exagérais les gestes de courtoisie pour qu'il ne devine pas ma fureur. Mon visage ne trahissait que respect et considération. Je ne m'autorisai une grimace de dégoût qui me soulagea de mes efforts que lorsque je le vis s'éloigner dans la petite rue qui menait à la sortie de la villa. Tout petit et noir parmi la neige, il titubait et s'arrêtait à chaque rafale afin de mieux résister. Mais cette grimace ne me suffit pas et je ressentis le besoin d'autres gestes de violence, après de tels efforts. Je me mis à marcher quelques minutes dans l'allée du jardin ; j'allais tête nue, au froid, piétinant avec colère la neige épaisse. Je ne sais toutefois pas si cette colère puérile était tournée contre le docteur ou si elle ne s'adressait pas plutôt à moi-même. Surtout à moi-même, parce que j'avais souhaité la mort de mon père et que je n'avais pas osé le dire. Mon silence transformait ce désir, inspiré par le plus pur amour filial, en un véritable crime, qui me pesait horriblement.

Le malade continuait à dormir. Il prononça deux mots inintelligibles, sur un ton calme qui contrastait violemment avec son souffle agité. Était-ce déjà le retour à la conscience et au désespoir ?

Maria était maintenant assise près du lit, avec l'infirmier. Celui-ci m'inspira confiance ; je lui en voulais seulement de ses scrupules exagérés ; quand Maria voulut faire prendre au malade une cuillerée de bouillon, pensant que c'était là un bon remède, il s'y opposa : le docteur n'avait pas parlé de bouillon et on ne pouvait pas prendre avant son retour une initiative de cette importance. Ceci fut dit d'un ton plus impérieux que l'affaire ne le méritait. La pauvre Maria n'insista pas ; moi non plus. Mais pour la seconde fois, je fis la grimace.

Ils me conseillèrent d'aller dormir. Deux personnes suffisaient pour assister le malade, et la nuit, ce serait à moi de veiller avec l'infirmier. Je me couchai sur le sofa et m'endormis aussitôt d'un sommeil profond, avec une complète, agréable perte de conscience, et — j'en suis sûr — sans l'interruption de la moindre lueur de rêve.

Cette nuit, en revanche, après avoir passé toute ma soirée à recueillir mes souvenirs, j'ai rêvé de ces jours anciens avec une précision hallucinante. Un bond énorme à travers le temps m'avait remis en face du docteur Coprosich, dans la pièce où nous avions discuté au sujet des sangsues et de la camisole de force. Cette pièce, qui est aujourd'hui notre chambre à coucher, à ma femme et à moi, avait repris son aspect de jadis. Le docteur n'était pas le vieillard chancelant qu'il est aujourd'hui, mais l'homme nerveux et vigoureux que j'avais vu au chevet de mon père. Je lui indiquais un traitement que je croyais efficace, et lui, furieux, les lunettes à la main, les yeux égarés, hurlait qu'il était inutile de se donner tant de mal. Dans mon rêve, c'était lui qui disait : « Les sangsues le rappelleraient à la vie et à la douleur, à quoi bon les lui appliquer ! » Et moi, au contraire, je frappais du poing sur un livre de médecine et je criais : « Les sangsues ! Je veux les sangsues ! Et aussi la camisole de force ! »

Mon rêve devait être agité car ma femme me réveilla. Ombres lointaines ! Je crois que, pour vous apercevoir, il faut un instrument d'optique, et que c'est celui-ci qui vous renverse.

Mon paisible sommeil est le dernier souvenir que j'ai gardé de cette journée à laquelle succéda une longue suite de jours dont chaque heure ressemblait aux autres. Le temps s'était amélioré ; l'état de mon père aussi, disait-on. Il marchait facilement dans la chambre et avait commencé son va-et-vient, de son lit à son fauteuil, en quête d'un peu d'air. A travers les vitres fermées, il regardait longuement le jardin couvert d'une neige éblouissante au soleil. Chaque fois que j'entrais chez lui, je me sentais prêt à discuter et à troubler cette conscience dont le docteur Coprosich guettait le réveil. Mais, bien que mon père semblât chaque jour entendre et comprendre un peu mieux, cette conscience était toujours bien loin.

Je dois avouer, hélas, que mon cœur abritait, au lit de mort de mon père, des sentiments de rancune qui, par leur étrange alliage avec elle, falsifiaient ma douleur. J'en voulais à Coprosich, d'abord, et d'autant plus que je m'efforçais de le lui cacher. Je m'en voulais à moi-même de ne pas avoir le courage de reprendre la discussion avec lui, de lui tenir tête, de lui dire que je n'aurais pas donné un radis de toute sa science et que je souhaitais à mon père la mort, pourvu que la souffrance lui fût épargnée.

Je finis par en vouloir à mon père lui-même. Quiconque a fait l'expérience de passer des jours et des semaines auprès d'un malade inquiet me comprendra. Impropre au métier d'infirmier, j'étais là, spectateur passif de ce que faisaient les autres. Et puis j'aurais eu besoin de repos pour m'éclaircir les idées, pour mettre un peu d'ordre dans ma douleur et peut-être aussi pour en goûter l'amertume. Or j'avais à batailler sans cesse contre mon père pour lui faire avaler des drogues et pour l'empêcher de quitter sa chambre. La lutte engendre toujours la rancœur.

Un soir, Carlo, l'infirmier, m'appela pour me faire constater chez mon père un nouveau progrès. J'accourus, le cœur battant à la pensée que le vieillard allait peut-être s'apercevoir qu'il était malade et me le reprocher.

Mon père était debout au milieu de la chambre, en caleçon, coiffé de son bonnet de nuit de soie rouge. Bien que toujours très oppressé, il parvenait de temps à autre à prononcer quelques brèves paroles sensées. Au moment où j'entrai, il dit à Carlo :

— Ouvre !

Il voulait qu'on ouvrît la fenêtre. L'infirmier répondit que c'était impossible à cause du froid, et mon père, pour un instant, ne pensa plus à ce qu'il venait de dire. Il alla s'asseoir sur un fauteuil près de la fenêtre et chercha une bonne position. En me voyant, il sourit et me demanda : « Tu as dormi ? »

Je ne crois pas que ma réponse l'atteignit. Ce n'était pas là la conscience que j'avais redoutée ! Quand on meurt, on a bien autre chose à faire qu'à penser à la mort. Tout son organisme était tendu vers un seul but : respirer. Sans m'écouter, il cria de nouveau à Carlo :

— Ouvre !

Il n'avait pas de repos. Il quittait son fauteuil pour se tenir debout. A grand-peine, avec l'aide de l'infirmier, il se hissait sur son lit où il s'étendait sur le côté gauche ; mais aussitôt il se sentait oppressé ; il se retournait et demeurait quelques instants sur le côté droit. Puis il réclamait de nouveau le secours de l'infirmier pour se remettre sur ses jambes et retourner à son fauteuil, où, parfois, il restait plus longtemps.

Un jour, en passant du lit au fauteuil, il s'arrêta devant la glace, se regarda et murmura :

— J'ai l'air d'un Mexicain !

Le même jour, afin, j'imagine, de rompre la monotonie de cette éternelle promenade, il essaya de fumer. Il ne put aspirer qu'une seule bouffée, qu'il rejeta aussitôt, avec effort, comme s'il allait s'étouffer.

Carlo m'avait justement fait appeler pour que je visse mon père durant un instant de claire conscience. Il avait demandé sur un ton angoissé :

— Je suis donc gravement malade ?

Mais jamais il ne retrouva une semblable lucidité.
Au contraire, un moment plus tard, il eut un peu de
délire. Il se leva de son lit avec l'idée qu'il se réveillait
dans une chambre d'hôtel, à Vienne. Sans doute le
désir de rafraîchir sa gorge brûlante l'avait-il fait rêver
de Vienne, à cause de la bonne eau glacée qu'on boit
dans cette ville. Il parla en effet d'une certaine fontaine
et de l'eau qu'il allait boire.

C'était un malade inquiet, mais docile. Ma seule
peur était qu'il se rendît compte de son état, et cette
peur était telle que sa docilité n'atténuait en rien ma
fatigue. Lui, se prêtait à tout, acceptait tout dans
l'espoir que nous porterions remède à son oppression.
Quand l'infirmier lui proposa d'aller lui chercher un
verre de lait, ce fut une vraie joie. Il attendait son lait
avec une impatience d'enfant, mais après une première
petite gorgée, voyant qu'il n'en obtenait pas l'effet
espéré, il laissa tomber le verre par terre.

Le docteur ne se montrait jamais surpris ni déçu de
l'état où il trouvait le malade. Chaque jour il constatait
une amélioration et n'en prévoyait pas moins une
catastrophe imminente. Une fois, il vint en voiture et
repartit presque aussitôt. Il me recommanda d'engager
le malade à rester au lit le plus longtemps possible
parce que la position horizontale était la meilleure pour
la circulation. Il en parla à mon père lui-même qui
l'écouta avec l'air de comprendre parfaitement, promit
d'obéir, mais resta debout au milieu de la pièce.
Aussitôt après le départ du docteur, il retomba dans sa
distraction ou plutôt dans ce que je croyais être sa
méditation sur son mal.

Dans la nuit qui suivit, j'éprouvai pour la dernière
fois la terreur de voir renaître cette conscience tant

redoutée. Mon père, assis sur son fauteuil, regardait à travers les carreaux de la fenêtre le ciel clair et constellé d'étoiles. Son souffle était toujours oppressé mais il ne semblait pas en souffrir, occupé qu'il était à regarder en haut. Peut-être à cause des efforts qu'il faisait pour respirer, il semblait approuver de la tête quelque interlocuteur invisible.

« Le voici, pensai-je avec effroi, qui s'attaque à des problèmes qu'il a toujours évités. » Je cherchais à découvrir quel point du ciel il fixait. Le buste dressé, il regardait avec une attention douloureuse comme pour observer je ne sais quel phénomène à travers un trou situé trop haut. Son œil me paraissait tendu vers les Pléiades. C'était la première fois de sa vie qu'il examinait aussi longuement un objet aussi éloigné. Soudain, sans baisser la tête, il se tourna vers moi :

— Regarde ! Regarde ! me dit-il. Et après cet ordre, donné d'un ton sévère, il se remit à fixer le ciel. Un instant après il reprit :

— Tu as vu ? Tu as vu ?

Il tenta de poursuivre son observation des étoiles mais en vain. Épuisé, il se laissa retomber sur le dossier du fauteuil et quand je lui demandai ce qu'il avait voulu me montrer, il ne me comprit pas et ne se rappela pas ce qu'il avait vu, ni ce qu'il avait voulu que je visse. Le mot qu'il avait cherché désespérément pour me le transmettre lui avait échappé pour toujours.

La nuit fut longue mais je dois l'avouer, elle ne fut pas particulièrement fatigante pour l'infirmier et pour moi. Nous donnâmes toute liberté au malade qui en profita pour se promener dans son étrange costume, sans se douter qu'il attendait la mort. Il essaya une fois de sortir dans le vestibule. Je l'en empêchai à cause du froid très vif et il n'insista pas. Un peu plus tard, l'infirmier, se rappelant la prescription du médecin, voulut lui imposer de rester couché, mais alors mon père se révolta. Il sortit de sa stupeur et se leva, en pleurant et en jurant. J'obtins qu'on le laissât libre d'aller et venir à sa guise et, aussitôt calmé, il reprit sa promenade, course vaine et silencieuse, à la recherche d'un impossible soulagement.

Quand le médecin revint, mon père se laissa examiner et fit même son possible pour respirer profondément comme on le lui demandait. Puis, s'adressant à moi, il murmura :

— Que dit-il ?

Et, après une brève absence :

— Quand pourrai-je sortir ?

Encouragé par tant de douceur, le docteur voulut encore que je lui dise de se forcer à rester au lit. Mon père n'entendait plus que les voix auxquelles il était très habitué : la mienne, celle de l'infirmier, celle de Maria. Je ne croyais pas à l'efficacité de la recommandation. Je la proférai, néanmoins, y mettant même un accent de menace.

— Oui, oui, promit mon père. Et au même instant il se leva et alla à son fauteuil.

Le médecin le regardait, résigné :

— Cela le soulage un peu de changer de place.

Peu après, j'étais couché, mais je ne pus fermer l'œil. Je pensais à l'avenir, me demandant pourquoi désormais, et pour qui, je poursuivrais mes efforts en vue de devenir meilleur. Je pleurai beaucoup, mais plutôt sur moi-même que sur le pauvre malade qui, sans repos, parcourait sa chambre.

Je me relevai au milieu de la nuit pour relayer Maria. Las et abattu, je tenais compagnie à l'infirmier dans la chambre de mon père qui semblait plus agité que jamais.

Ce fut alors que se déroula la scène terrible que je n'oublierai jamais et qui étendit son ombre immense sur tous mes élans de courage, sur toutes mes joies. Pour en oublier la douleur, il a fallu que tous mes sentiments fussent émoussés par l'âge.

L'infirmier me dit :

— Il faudrait bien que nous réussissions à le maintenir couché. Le docteur y attache tant d'importance !

Jusqu'à ce moment, j'étais resté étendu sur le sofa. Je me levai et m'approchai du lit où mon père, plus oppressé que jamais, s'était couché. Ma résolution était prise : pour obéir aux ordres du médecin, j'obligerais mon père à prendre au moins une demi-heure de repos. N'était-ce pas là mon devoir ?

Aussitôt, mon père tenta de se retourner vers le bord du lit afin d'échapper à la pression que j'exerçais et de se lever. D'une main vigoureuse appuyée sur son épaule, je l'en empêchai tandis que, d'une voix forte et impérieuse je lui ordonnais de ne pas bouger. Pendant un instant, terrorisé, il obéit. Puis il s'écria :

— Je meurs !

Et il se dressa. Épouvanté à mon tour par son cri, je laissai mon bras se détendre c'est pourquoi il put s'asseoir au bord du lit, juste en face de moi.

Je pense que sa colère s'accrut alors du fait qu'il me trouva devant lui pour le gêner, ne fût-ce qu'une seconde de plus, dans ses mouvements. Il dut avoir l'impression qu'en me tenant debout devant lui, assis, je lui ôtais jusqu'à l'air dont il avait besoin. Au prix d'un effort suprême, il arriva à se mettre debout ; il leva la main le plus haut qu'il put, comme s'il s'était rendu compte qu'il ne pouvait lui communiquer d'autre force que celle de son propre poids, et il la laissa retomber sur ma joue. Puis il glissa sur le lit et du lit sur le parquet. Mort !

Je ne savais pas qu'il était mort, mais mon cœur se contracta douloureusement sous le coup de cette punition que, mourant, il avait voulu m'infliger. Carlo m'aida à le replacer sur son lit. En pleurs, tout comme un enfant puni, je lui criai à l'oreille :

— Ce n'est pas ma faute ! C'est ce maudit docteur qui voulait que tu restes allongé.

C'était un mensonge. J'y ajoutai, toujours comme un enfant, la promesse de ne plus recommencer :

— Je te laisserai aller et venir comme tu voudras !

L'infirmier dit :

— Il est mort.

On dut employer la force pour me faire quitter la chambre. Il était mort, et je ne pouvais plus lui prouver mon innocence.

Seul, je tâchai de me ressaisir. Je raisonnais, j'ergotais : que mon père, hors de son bon sens comme il était, ait pu prendre la décision de me punir et diriger sa main avec assez d'adresse pour me frapper à la joue, c'était exclu.

Mais mon raisonnement était-il juste ? Comment savoir ? Je pensai à m'adresser au docteur Coprosich. En sa qualité de médecin, il pourrait me renseigner sur la capacité de vouloir et d'agir chez les moribonds. J'avais peut-être été victime d'un mouvement provoqué par une tentative du malade pour faciliter sa respiration. Pour finir, je ne dis rien à Coprosich. Il m'était impossible de lui révéler de quelle façon mon père avait pris congé de moi. A lui surtout, qui déjà m'avait reproché mon peu d'affection à l'égard de mon père.

Le soir, j'entendis l'infirmier qui racontait à Maria, dans sa cuisine : « Le vieux a levé la main très haut, très haut ct, dans un dcrnicr cffort, il a giflé son fils. » Ce dernier coup m'accablait : Carlo le savait, donc le docteur Coprosich le saurait.

Quand je rentrai dans la chambre de mon père, je vis qu'on avait achevé sa toilette. L'infirmier avait même peigné sa belle chevelure blanche. Le corps, déjà raidi, gisait, superbe et menaçant. Ses grandes mains, belles et puissantes, étaient livides, mais elles reposaient sur le drap avec tant de naturel qu'elles semblaient encore prêtes à saisir, à punir. Je ne voulais plus, je ne pouvais plus le revoir.

A l'enterrement, je parvins à réveiller en moi le souvenir de mon père, tel que je l'avais toujours connu depuis mon enfance, faible et bon, et à me convaincre que ce soufflet qu'il m'avait donné en mourant n'avait pas été voulu par lui. Je me fis d'une douceur extrême et je communiquai un peu de cette douceur au personnage du mort que je faisais revivre dans ma pensée. Ce fut comme un songe délicieux. Désormais nous étions parfaitement d'accord l'un et l'autre, lui devenu le plus fort et moi le plus faible.

Je revins et restai longtemps fidèle à la religion de mon enfance. J'imaginais que mon père pouvait m'entendre et je lui disais que cela n'avait pas été ma faute mais celle du docteur. Le mensonge n'avait plus d'importance puisqu'il comprenait tout, et moi aussi. Ces colloques avec mon père se poursuivirent assez longtemps, doux et secrets comme ceux d'un amour illicite : en public, je continuais à me moquer de toutes les pratiques religieuses tandis que c'est vrai, et je veux l'avouer ici, chaque jour, avec ferveur, je recommandai

à quelqu'un l'âme de mon père. La religion véritable,
c'est proprement celle qu'on n'a pas besoin de profes-
ser tout haut pour en obtenir le réconfort qui parfois —
rarement — nous est indispensable.

V

HISTOIRE DE MON MARIAGE

Dans l'esprit d'un jeune homme de famille bourgeoise, le concept de vie humaine se relie à celui de carrière, et, dans la première jeunesse, on entend par carrière celle de Napoléon. Ce n'est pas qu'on rêve pour cela de devenir empereur : on peut ressembler à Napoléon en restant au-dessous, très au-dessous. Le bruit élémentaire des vagues est un récit synthétique de la vie la plus intense. A peine né, il se modifie constamment jusqu'à l'instant où il meurt. Moi aussi, je voulais me transformer puis me défaire, à l'exemple de Napoléon et à la manière des flots.

Mais voilà : je ne pouvais tirer de ma vie qu'une seule note, sans la moindre variation ; une note assez haute et que plus d'un m'enviait, mais affreusement ennuyeuse. Mes amis me conservèrent toute ma vie durant la même estime et je crois bien que mon opinion sur moi-même ne s'est guère modifiée depuis que j'ai l'âge de raison.

Il est donc possible que l'idée de me marier me soit venue par lassitude, à force d'émettre et d'entendre cette note unique ! Qui n'en a pas encore fait l'épreuve attribue au mariage plus d'importance qu'il ne convient. La compagne choisie perpétuera notre espèce, en la rendant meilleure ou pire ; mais la Nature qui, pour nous diriger dans ses voies, est obligée de dissimuler son but (quand nous nous marions, les enfants sont notre dernier souci), nous donne à croire que grâce à notre femme, il résultera aussi un renouvellement de nous-mêmes — illusion vraiment curieuse et qu'aucun texte n'autorise. On vit en effet l'un près de l'autre et chacun demeure ce qu'il était. On ne gagne qu'une antipathie nouvelle, née de la dissemblance des deux époux, ou teintée d'envie chez celui qui juge l'autre supérieur à soi.

Le plus beau est que mon aventure matrimoniale débuta par la connaissance que je fis de mon futur beau-père et par l'amitié admirative qu'il m'inspira alors que j'ignorais encore qu'il eût des filles à marier. Évidemment ce ne fut pas une décision volontaire qui m'orienta vers un but dont j'étais inconscient. Celle des filles dont je pensai, un moment, qu'elle était à ma convenance, je la négligeai, et cela tout en restant attaché à mon futur beau-père. Je serais tenté de croire au destin.

Giovanni Malfenti satisfaisait ma passion de la nouveauté. Il était très différent de moi et de toutes les personnes dont j'avais jusqu'à présent recherché la compagnie. J'étais assez cultivé, après deux cycles d'études universitaires et à cause de ma longue inertie (je crois l'inertie très instructive). Lui, au contraire, était un grand négociant, ignorant et actif. De son ignorance résultait une force sereine dont le spectacle faisait mon enchantement et mon envie.

Malfenti avait alors cinquante ans environ, une santé de fer, un corps énorme : gros, grand et pesant plus d'un quintal. Les rares idées qui s'agitaient dans sa large tête étaient par lui si clairement conçues, si parfaitement assimilées, si constamment appliquées à la pratique des affaires qu'elles semblaient faire partie de sa personne, au même titre que ses membres. J'étais bien pauvre d'idées semblables et je m'attachai à Malfenti pour m'enrichir.

J'avais commencé à fréquenter la Bourse sur le conseil d'Olivi qui me disait que ce serait une bonne préparation à mon activité commerciale. En outre, je pouvais recueillir pour lui, au *Tergesteum* [1], des renseignements utiles. Une fois assis à cette table où trônait mon futur beau-père, je ne songeais plus à bouger ; j'étais au comble de mes vœux : je croyais occuper une véritable chaire commerciale.

Il ne tarda pas à s'apercevoir de mes sentiments admiratifs et il y répondit par une affection qui, dès le début, me sembla paternelle. Aurait-il saisi du premier coup d'œil comment tout cela devait finir ? Quand un soir, enthousiasmé par l'exemple de son activité, je déclarai vouloir me libérer d'Olivi et prendre mes affaires en main, il m'en dissuada et parut même alarmé de mon projet. Je pouvais travailler de mon côté mais je devais me tenir solidement à Olivi. Il connaissait cet homme-là.

Il était tout disposé à m'instruire ; il inscrivit même sur mon carnet les trois commandements où se résumait, selon lui, le secret d'une entreprise prospère : I. Il est inutile de savoir travailler, mais qui ne sait pas faire travailler les autres périt ; II. Il n'existe qu'un grand remords : celui de n'avoir pas agi dans le sens de son intérêt ; III. En affaires, la théorie est très utile, mais elle n'est applicable qu'une fois l'affaire liquidée.

---

1. C'est le nom de la Bourse à Trieste.

Ces axiomes, je les sais par cœur, ceux-là et bien d'autres ; mais ils ne m'ont jamais servi.

Quand j'admire quelqu'un, j'essaie immédiatement de lui ressembler. Je copiai Malfenti. Je voulus être et je me sentis très rusé. Une fois même j'essayai d'être plus malin que lui. Je croyais avoir découvert un défaut dans son organisation commerciale et je courus le lui dire dans l'espoir de gagner son estime. Un jour, à la table du *Tergesteum*, je l'interrompis au cours d'une discussion d'affaires. Il traitait justement son interlocuteur d'imbécile. Je lui fis remarquer qu'il avait tort, selon moi, de faire parade de son savoir-faire. Un vrai malin devrait, dis-je, se laisser prendre pour un sot.

Il se moqua de moi. Rien n'est plus utile qu'une bonne réputation de ruse. Chacun venait prendre ses conseils et, par la même occasion, on lui apportait des nouvelles fraîches, en échange desquelles, il donnait des avis fondés sur une expérience qui remontait au Moyen Âge. Il arrivait aussi qu'outre les nouvelles on lui offrait la possibilité de vendre ses marchandises. Enfin — il proféra d'une voix de stentor cet argument décisif — on s'adresse toujours au plus retors pour vendre et acheter à bon compte. Tout ce qu'on peut demander à un imbécile, c'est qu'il renonce complètement à son bénéfice, mais sa marchandise est quand même plus chère que celle des autres, puisqu'il a déjà été trompé au moment de l'achat.

A cette table, aux yeux de Malfenti, j'étais le personnage le plus important. Il me confia des secrets commerciaux. Confiance bien placée : non seulement je ne l'ai jamais trahi, mais il put encore me rouler deux fois alors que j'étais déjà devenu son gendre. La première fois, son habileté me coûta de l'argent. Il est vrai que le responsable de la mauvaise affaire était Olivi et cela me consolait. Olivi avait demandé certains renseignements à Malfenti par mon intermédiaire. Je les lui avais simplement transmis ; mais ils étaient de telle nature qu'Olivi ne me le pardonna jamais. Par la suite, chaque fois que j'ouvrais la bouche pour lui donner une information, il me disait : « De quelle source tenez-vous cela ? De votre beau-père ? » Pour me défendre, je devais prendre le parti de Giovanni et je finis par me sentir plutôt trompeur que trompé. Sentiment très agréable.

La seconde fois, par exemple, j'ai proprement joué le rôle de l'imbécile, mais je n'ai pas davantage gardé rancune à mon beau-père. Il provoquait à la fois mon envie et mon hilarité. Je ne voyais dans ma disgrâce que l'exacte application des principes qu'il m'avait si bien expliqués. Il nous arriva même d'en rire ensemble. Une seule fois, il avoua le tour qu'il m'avait joué. C'était le jour du mariage (pas avec moi !) de sa fille Ada, et le champagne avait troublé ce grand corps, ordinairement abreuvé d'eau claire.

Il raconta la chose en hurlant pour dominer le fou rire qui lui coupait la parole à chaque phrase :

Voilà donc ce décret qui paraît. Consterné, je fais mon calcul pour voir ce que cela me coûte. A ce moment surgit mon gendre ; il déclare qu'il veut à toute force faire du commerce. Je lui dis : « Voilà une belle occasion ! » Il se précipite sur l'acte de vente pour signer sans perdre une minute. Pensez donc ! Olivi pouvait arriver d'un moment à l'autre et l'en empêcher. Et l'affaire est dans le sac.

Et là-dessus il faisait mon éloge :

— Il connaît ses classiques par cœur. Il sait toujours de qui est ceci, qui a dit cela. Mais il est incapable de lire un journal.

Et c'était vrai ! Si j'avais su découvrir ce décret dans un des cinq journaux que je lisais quotidiennement, je ne serais pas tombé dans le piège.

J'aurais dû toutefois comprendre aussitôt le sens du texte, en apercevoir les conséquences, ce qui n'était pas tellement facile. Il s'agissait de la réduction des droits d'entrée d'une certaine marchandise, laquelle, par le fait même, subissait une baisse sur la place.

Le lendemain, mon beau-père démentit ses aveux et rendit à l'affaire la physionomie qu'elle avait toujours eue avant ce repas de noces.

— Le vin donne de l'imagination, disait-il avec sérénité.

Il restait que le décret avait bien été publié, mais deux jours après la conclusion de notre marché ; et jamais il n'émit la supposition que si je l'avais lu j'aurais pu ne pas le comprendre. J'en fus flatté ; pourtant s'il m'épargnait, ce n'était pas par gentillesse, mais simplement parce qu'il pensait que chacun, en lisant le journal, a en vue son intérêt. Mais moi, pas du tout. Quand je lis un journal, je m'identifie à l'opinion publique. Cette réduction d'une taxe d'octroi m'aurait fait songer à Cobden, au libre-échange, sujets très importants qui, dans mon esprit, n'auraient guère laissé de place au souvenir de mes modestes transactions particulières.

Une fois pourtant il m'arriva de conquérir son admiration, une admiration qui s'adressait bien à moi, à moi tel que je suis, et je dirais plus : à mes pires défauts. Nous possédions depuis quelque temps, lui et moi, des actions d'une fabrique de sucre dont on attendait des merveilles. Et voilà qu'au contraire, les actions baissaient, faiblement, mais chaque jour. Giovanni, qui n'était pas homme à nager à contre-courant, se débarrassa de son paquet et me conseilla de vendre le mien. Entièrement d'accord, je me proposai de passer cet ordre de vente à mon agent de change et en attendant j'en pris note sur mon carnet, car à cette époque-là j'avais un carnet : c'était ma dernière trouvaille. Malheureusement, dans la journée, on ne regarde pas ses poches, si bien que, plusieurs soirs de suite, j'eus la surprise de relire ma note, au moment de me coucher et trop tard pour m'en servir. Une fois je fus tellement furieux que je poussai un cri. Pour éviter de donner des explications à ma femme, je lui dis que je m'étais mordu la langue. Une autre fois, constatant mon étourderie, je me mordis les mains. « Prends garde à tes pieds, maintenant », dit en riant ma femme. Mais il n'y eut pas d'autre incident : l'habitude était prise. Je regardais stupidement ce maudit carnet, trop mince pour signaler sa présence, le long du jour, ne fût-ce que par son poids, et je n'y pensais plus jusqu'au lendemain soir.

Un jour, une averse soudaine m'obligea à me réfugier au *Tergesteum*. Là, par hasard, je rencontrai mon agent de change qui me dit qu'au cours de la dernière semaine le prix de ces fameuses actions avait presque doublé.

— Eh bien, je vends, m'écriai-je triomphalement.

Je courus chez mon beau-père qui, déjà informé de la hausse de ces titres, regrettait amèrement d'avoir vendu et un peu moins amèrement de m'avoir poussé à vendre.

— Prends la chose du bon côté, me dit-il en riant. C'est la première fois que tu perds pour avoir suivi mon conseil.

(Dans la première affaire, il ne s'agissait pas d'un conseil, mais d'une offre. C'était donc bien différent.)

Je me mis à rire de bon cœur :

— Mais je ne l'ai pas suivi, votre conseil !

La chance ne me suffisait pas : j'essayai de m'en faire un mérite. Je lui racontai que mes actions ne seraient vendues que le lendemain et, prenant un air important, je lui donnai à croire que j'avais eu certains renseignements dont j'avais oublié de lui faire part et qui m'avaient induit à ne pas tenir compte de ce qu'il m'avait dit.

Furieux et vexé, il me parla sans me regarder en face :

— Quand on a une cervelle comme la tienne, on ne s'occupe pas d'affaires. Et quand on a fait un mauvais coup, on ne l'avoue pas. Tu as encore pas mal à apprendre, toi.

Je n'avais aucun plaisir à l'irriter : il était tellement plus amusant, quand il me portait tort. Aussi lui racontai-je sincèrement les choses comme elles s'étaient passées.

— Tu vois bien que c'est avec une cervelle comme la mienne qu'on fait des affaires !

Aussitôt radouci, il rit avec moi :

— Ce que tu retires de celle-là, ce n'est pas un bénéfice, c'est une indemnité. Tu as une tête qui t'a coûté cher, il n'est que juste qu'elle te rembourse une partie de ta perte.

Je ne sais pourquoi je m'attarde à raconter mes petits différends avec mon beau-père ? Si peu de chose ! Vraiment, je l'aimais beaucoup. Je recherchais sa société bien qu'il eût besoin de crier à tue-tête pour penser clairement. Mon tympan s'y était accoutumé. S'il avait crié moins fort, ses théories immorales eussent été plus choquantes et s'il avait été mieux élevé, sa force n'aurait pas éclaté de cette façon magnifique. J'avais beau être très différent de lui, je crois qu'il répondait à mon affection. Ma certitude sur ce point serait plus complète s'il n'était pas mort si vite. Après mon mariage, il continua à me donner des leçons, régulièrement assaisonnées de vociférations et d'insolences que j'acceptais sans mot dire, convaincu de les mériter.

J'épousai sa fille. On verra avec quelle violence impérieuse mère Nature me dirigea. Et aujourd'hui il m'arrive de scruter les visages de mes enfants pour voir si, à côté du menton aigu (signe de faiblesse) et des yeux rêveurs qu'ils tiennent de moi, je ne trouverais pas quelques traits rappelant la force brutale du grand-père que je leur ai choisi.

Pauvre Malfenti ! J'ai pleuré sur sa tombe ; et pourtant le dernier adieu qu'il m'adressa fut dénué de tendresse. De son lit de mort, il me dit qu'il admirait ma veine insolente : j'avais toute la liberté de mes mouvements tandis que lui était là, cloué sur ce lit. Moi, tout ahuri, je lui demandai ce que je lui avais fait pour qu'il souhaitât me voir malade. Et il me répondit mot pour mot :

— Si, en te donnant ma maladie, je pouvais m'en débarrasser, je te la donnerais sans hésiter, et au besoin même en doublant la dose. Tu sais, je n'ai pas de lubies humanitaires comme toi !

Ce n'était pas bien méchant, au fond : il ne s'agissait, cette fois encore, que de me repasser une marchandise dépréciée. Et puis, il y avait la caresse en même temps que le coup de griffe, parce que j'étais flatté qu'on trouvât dans mes « lubies humanitaires » l'explication de ma faiblesse.

Sur sa tombe comme sur toutes celles où j'ai pleuré, mes regrets allaient aussi à cette part de moi-même qui

était ensevelie avec le mort. Privé de ce second père,
ignorant, vulgaire, lutteur féroce qui mettait en relief
ma timidité et ma culture, je me sentais amoindri. Car
c'est la vérité : je suis un timide. Je ne m'en serais pas
douté si je n'avais étudié Giovanni. Et peut-être me
serais-je mieux connu si je l'avais eu plus longtemps à
mes côtés.

Je m'aperçus assez vite qu'à la table du *Tergesteum* —
où il se donnait volontiers pour ce qu'il était et pour
pire qu'il n'était — Giovanni, sur un point, s'imposait
une grande réserve : il ne parlait jamais de sa maison à
moins qu'il n'y fût contraint, et, en ce cas, il en parlait
en termes mesurés et d'une voix plus douce qu'à son
habitude. Il respectait profondément son foyer et ceux
qui s'asseyaient à cette table ne lui paraissaient pas
dignes d'être mis au courant de ce qui s'y passait. Tout
ce que je pus apprendre, au *Tergesteum*, de sa vie
domestique fut qu'il avait quatre filles et que leurs
noms, à toutes quatre, commençaient par la lettre A :
chose très pratique, puisque le linge ou les objets
marqués à leur chiffre pouvaient passer indifférem-
ment de l'une à l'autre. Elles s'appelaient Ada,
Augusta, Alberta et Anna. Toutes étaient belles, à ce
qu'on disait. Je fus frappé plus que de raison par leur
commune initiale, par la vertu de laquelle elles m'appa-
raissaient toutes quatre comme une marchandise à
livrer en stock. L'initiale voulait dire autre chose
encore : je m'appelais Zeno, et j'avais donc le sentiment que j'allais chercher femme dans un pays très
lointain.

Avant de me présenter chez les Malfenti, j'avais mis
fin à une liaison assez ancienne avec une femme qui eût
mérité peut-être un peu plus de ménagements. Sans
doute cette rupture fut-elle un hasard, mais un hasard

qui donne à penser. Un motif bien futile m'en avait inspiré la décision. La pauvre petite s'était imaginé qu'un bon moyen de m'attacher davantage à elle était de me rendre jaloux. Mais tout au contraire le soupçon qu'elle éveilla en moi me détermina à l'abandonner définitivement. Elle ne pouvait deviner qu'alors j'étais possédé tout entier par l'idée du mariage et que je croyais impossible de l'épouser, elle, pour cette simple raison que la nouveauté n'eût pas été assez grande. Le soupçon qu'elle avait fait exprès de provoquer prouvait la supériorité du mariage, où pareilles manœuvres ne sont pas de mise. Et quand ce soupçon, dont je ne tardai pas à sentir l'inconsistance, s'évanouit, il me vint en tête qu'elle dépensait trop. Aujourd'hui, après vingt-quatre ans d'union légitime, je ne suis plus de cet avis.

Pour elle, ce fut une vraie chance, car peu de mois après elle épousa un homme riche et obtint plus tôt que moi le changement de vie que nous souhaitions tous les deux. A peine marié moi-même, je la retrouvai dans mon entourage, son époux étant un ami de mon beau-père. Nous eûmes souvent l'occasion de nous voir, mais pendant de longues années, autant que dura notre jeunesse, nous nous tînmes sur la plus grande réserve et ne fîmes jamais allusion au passé. L'autre jour, elle me demanda à brûle-pourpoint, et son visage encadré de cheveux gris se colorait d'une rougeur juvénile :

— Pourquoi m'avez-vous quittée ?

Pris de court, je n'eus pas le temps de fabriquer un mensonge. Aussi fus-je sincère :

— Je ne sais plus... mais j'ignore tant d'autres choses de ma propre vie.

— Moi, je regrette, dit-elle. (Et déjà je m'inclinais à cette promesse de compliment.) — Il me semble que vous devenez très drôle en vieillissant.

Je me redressai avec effort. Décidément il n'y avait pas lieu de remercier.

J'appris un jour que les Malfenti étaient rentrés à Trieste après une assez longue villégiature suivie d'un voyage d'agrément. Je n'eus aucune démarche à faire pour être introduit chez eux puisque Giovanni prit les devants.

Il me montra la lettre d'un de ses amis intimes qui demandait de mes nouvelles. Cet ami était un de mes anciens camarades d'université pour qui j'avais eu beaucoup d'affection au temps où je le croyais destiné à devenir un grand chimiste. Mais il était simplement devenu un gros négociant en engrais et je ne m'intéressais plus à lui. L'existence de cet ami commun fut pourtant le prétexte de la première invitation de Giovanni et, comme on pense bien, je ne risquai sur son compte aucune réflexion désobligeante.

Je me souviens de cette première visite chez les Malfenti comme si cela datait d'hier. Je revois cet après-midi d'automne, sombre et froid. Je me rappelle jusqu'au plaisir que j'éprouvai à me débarrasser de mon pardessus dans la tiédeur de cette maison. En vérité, j'entrais au port. J'admire aujourd'hui un aveuglement que je prenais pour de la clairvoyance : je poursuivais la chimère d'une existence saine, légitime. Sans doute, derrière cet A initial, se cachaient quatre jeunes filles, mais trois d'entre elles seraient éliminées du premier coup et la quatrième subirait un sévère examen. Oui, j'allais être un juge très sévère. En attendant, je n'aurais pas su dire quelles qualités bonnes ou mauvaises j'exigerais ou réprouvais chez ma future épouse.

Dans le salon élégant et vaste, divisé, comme c'était l'usage, en deux parties (d'un côté, du Louis XIV et de l'autre, un mobilier vénitien avec de l'or jusque sur les cuirs), je trouvai Augusta, seule, lisant près d'une fenêtre. Son père avait annoncé ma visite et je n'eus pas à me présenter. Elle me tendit la main et courut appeler sa mère.

Voici que, sur les quatre, il y en avait déjà une de moins en ce qui me concernait ! Comment pouvait-on dire qu'elle était jolie ? Ce qui frappait d'abord chez elle c'était un strabisme si fort que longtemps dans ma pensée, il la personnifia tout entière. Ses cheveux, pas très abondants, étaient blonds, mais d'un blond éteint, sans lumière. La taille n'était pas laide, peut-être un peu épaisse pour son âge. Resté seul dans le salon, je pensais : « Si les trois autres lui ressemblent !... »

Un instant plus tard, le nombre des fiancées possibles se réduisait à deux : Mme Malfenti entrait avec la plus jeune de ses filles, âgée de huit ans. Gentille, cette petite, avec ses longs cheveux bouclés et dorés sur ses épaules. Tant qu'elle se taisait, sa figure douce et pleine semblait celle d'un angelot pensif de Raphaël.

Ma belle-mère... Eh bien, oui, j'ai quelque scrupule à en parler en toute liberté. Depuis bien des années j'ai pour elle des sentiments d'affection filiale et si je dois consigner dans ces cahiers, qu'elle ne lira pas, une vieille histoire où elle ne joue pas toujours pour moi le rôle d'une amie, son nom n'en sera pas moins prononcé avec le respect qui lui est dû. Son intervention, au surplus, fut si brève que j'aurais pu l'oublier : une petite poussée au moment critique, juste ce qu'il fallait pour me faire perdre mon équilibre. Et en fin de compte, je l'aurais peut-être perdu sans elle ; je ne sais même pas si vraiment elle voulut ce qui arriva. Elle est trop bien élevée pour faire des aveux, comme son mari, sous l'effet de la boisson. En fait, il ne lui arriva jamais

rien de pareil. Aussi n'ai-je pas la connaissance entière
de l'histoire que je suis en train de raconter. Pour tout
dire, je ne sais trop s'il faut attribuer à son habileté ou à
ma sottise le fait que j'ai épousé celle de ses filles que je
ne voulais pas.

Ce qui est certain, c'est qu'à l'époque de cette
première visite, ma belle-mère était encore une belle
femme élégante dans sa façon de s'habiller avec un luxe
discret. Tout en elle était mesuré et d'un ton juste.

Mes beaux-parents m'offraient l'exemple du couple
idéal. Ils étaient très heureux ensemble, lui toujours
criant et elle souriant d'un sourire qui exprimait à la
fois son assentiment et un peu de compassion. Elle
aimait son gros homme ; il l'avait conquise et la
conservait à force de bonnes affaires. Pourtant, ce
n'était pas l'intérêt qui l'attachait à lui, mais plutôt une
sorte d'admiration que je comprenais d'autant mieux
que je la partageais. Sa vitalité débordante, dans
l'univers restreint qui était le sien (une cage où il n'y
avait rien d'autre qu'une marchandise et deux adver-
saires, les deux contractants, ce qui donnait lieu à une
infinité de relations et de combinaisons) créait autour
de lui une animation merveilleuse.

Il racontait à Mme Malfenti toutes ses affaires : elle,
pleine de réserve, craignant surtout de l'induire en
erreur, s'abstenait de le conseiller, et lui, d'autre part,
avait besoin de cette assistance muette. Souvent il
courait monologuer chez lui, après quoi il revenait à la
Bourse avec la conviction « d'avoir pris conseil de sa
femme ».

Je ne fus pas surpris d'apprendre qu'il la trompait,
qu'elle le savait et qu'elle ne lui en gardait pas rancune.
J'étais marié depuis un an environ, quand un jour je vis
Giovanni tout agité : il avait perdu une lettre très

importante et espérait qu'elle s'était glissée au milieu de certains papiers qu'il m'avait remis. Une semaine plus tard, il m'annonçait d'un air joyeux qu'il avait retrouvé la fameuse lettre dans son portefeuille. « C'était d'une femme ? » demandai-je. Il fit signe que oui, prêt à se vanter de sa bonne fortune. A quelque temps de là, comme on m'accusait d'avoir égaré je ne sais quel document, je dis à ma femme et à ma belle-mère que « tout le monde ne pouvait pas avoir autant de chance que papa : ses papiers, à lui, revenaient tout seuls dans son portefeuille ». Ma belle-mère se mit à rire de si bon cœur que je ne doutai plus qu'elle n'eût elle-même remis la lettre à sa place. Manifestement cela n'avait pas la moindre importance dans leur vie conjugale. Chacun aime à sa façon, et la leur, à mon avis, n'était pas la plus sotte, loin de là.

L'accueil de Mme Malfenti fut très aimable. Elle s'excusa d'être obligée de garder Anna auprès d'elle. La petite me regardait de tous ses grands yeux sérieux. Augusta revint ; elle s'assit sur un petit sofa en face de celui où nous nous trouvions, Mme Malfenti et moi, et Anna vint se blottir sur les genoux de sa sœur d'où elle ne cessa de m'observer. Elle y mettait une persévérance qui m'amusait beaucoup ; ou du moins qui m'amusa jusqu'au moment où je sus quelles pensées s'agitaient dans cette petite tête.

La conversation tout d'abord manqua un peu d'entrain. Ma belle-mère, comme toutes les personnes bien élevées, était plutôt ennuyeuse lors d'une pre mière rencontre. Elle me demanda, avec une insistance presque exagérée, des nouvelles de cet ami qui était censé m'avoir introduit dans la maison et dont j'avais oublié le nom de baptême.

Enfin parurent Ada et Alberta. Je respirai. Elles

étaient vraiment belles toutes deux et apportaient dans
ce salon la lumière qui, jusqu'alors, y manquait.
Toutes deux brunes, grandes et élancées, mais très
différentes l'une de l'autre. Mon choix n'était pas
difficile. Alberta n'avait pas dix-sept ans. Quoique
brune, elle avait, comme sa mère, un teint frais et rose
qui faisait paraître encore plus jeune son visage
d'enfant. Ada au contraire était une vraie femme, avec
des yeux profonds et des cheveux lourds et bouclés,
mais disposés avec une grâce sévère, qui jetaient sur sa
figure très blanche des reflets d'azur.

Il est difficile de remonter aux premiers et humbles
débuts d'un amour devenu par la suite d'une violence
extrême, mais je suis sûr de n'avoir pas eu, pour Ada,
ce qu'on appelle le *coup de foudre*. J'eus en revanche
dès que je la vis, la conviction que seule cette femme
pourrait me ramener à la santé physique et morale par
le moyen de la sainte monogamie. Quand j'y repense,
je n'arrive pas à comprendre pourquoi, au coup de
foudre classique, se substitua cette conviction. Nous
autres hommes, on sait que nous ne demandons pas à
nos épouses les qualités que nous adorons et méprisons
chez nos maîtresses. Il semblerait donc qu'Ada m'eût
séduit d'abord, non par sa beauté et sa grâce, mais bien
par son sérieux, son énergie, en un mot par les qualités
mêmes, un peu atténuées et adoucies, que j'admirais
chez son père. Étant donné, d'autre part, que j'ai cru
(et crois encore) ne pas m'être trompé, et que ces
mérites-là, Ada les possédait véritablement, il se trouva
que j'ai été bon juge. Mais un bon juge un peu aveugle.
Lors de cette première rencontre avec Ada, je n'éprouvais qu'un seul désir : celui de devenir amoureux d'elle
puisque enfin, avant de l'épouser, il fallait en passer
par là. Je m'y appliquai avec toute l'énergie que je

consacre à mes pratiques d'hygiène. Il m'est difficile de préciser le moment où j'obtins le résultat cherché. Peut-être dès le premier jour.

Giovanni devait avoir beaucoup parlé de moi à ses filles. Elles savaient, entre autres choses, que j'avais étudié le droit, puis la chimie, puis de nouveau (hélas !) le droit. Je voulus m'expliquer : se cantonner dans une seule étude, n'était-ce pas laisser un plus grand champ à l'ignorance ?

— Si le sérieux de la vie ne pesait maintenant sur moi, dis-je (mais je ne disais pas que ce sérieux était aussi récent que mon désir de me marier), j'aurais continué à passer d'une faculté à l'autre.

Et, pour faire rire, j'ajoutai que, curieusement, quand je quitte une faculté, c'est toujours à la veille des examens. Oh ! simple hasard !

J'accompagnai ce dernier mot d'un sourire fin, destiné à le démentir. C'était pourtant la pure vérité.

Aussi me lançai-je à la conquête d'Ada. Et depuis lors, toute mon étude fut de la faire rire à mes dépens ; j'oubliais que je l'avais choisie pour ses qualités de sérieux. Je suis un peu bizarre mais je dus lui sembler, à elle, déséquilibré pour de bon. Ce n'était pas tout à fait ma faute, puisque Augusta et Alberta que je n'avais pas choisies me jugeaient autrement.

Assez sérieuse pour mettre ses beaux yeux en campagne, à la recherche de l'homme qui prendrait place dans son nid, Ada était incapable d'aimer qui la faisait rire. Car elle riait de mes boutades ; elle en riait longtemps, trop longtemps, et son rire recouvrait d'un aspect ridicule la personne qui l'avait provoqué : c'était là une infériorité réelle qui, à la longue, devait lui porter tort, mais qui, pour commencer, me porta tort à moi.

Si j'avais su me taire à temps, le cours des événements eût pu être changé. Je lui aurais au moins laissé le temps de parler elle-même, de se révéler, de me donner des armes contre elle.

Les quatre sœurs étaient assises sur le petit sofa, serrées l'une contre l'autre. Elles étaient belles ainsi ; les voies de l'admiration et de l'amour s'ouvraient devant moi, magnifiques. Oui, elles étaient belles : la chevelure pâle d'Augusta mettait en valeur les cheveux noirs des deux autres.

J'avais parlé de l'Université à Alberta qui suivait les cours du lycée, en avant-dernière année. A son tour, elle me mit au courant de ses études. Le latin lui semblait très difficile. Je lui dis que cela ne m'étonnait point, que le latin n'était pas une langue faite pour les femmes et que, du temps des Romains, à mon avis, les femmes parlaient déjà en italien. Quant à moi, le latin était, au contraire, mon étude préférée. Là-dessus je fis imprudemment une citation latine qu'Alberta dut corriger : un vrai désastre ! Je n'y attachai aucune importance. Je prévins seulement Alberta d'avoir à se garder des citations latines quand elle aurait derrière elle une dizaine de semestres universitaires.

Ada qui, récemment, avait passé quelques mois à Londres avec son père, dit que beaucoup de jeunes Anglaises savaient le latin. Puis, toujours de sa même voix posée, sans timbre et plus grave qu'on n'aurait cru, à voir sa gentille petite personne, elle raconta que les femmes n'étaient pas du tout, en Angleterre, ce qu'elles sont chez nous ; qu'elles s'associaient en vue d'œuvres de bienfaisance, pour défendre des intérêts religieux et même économiques. Les sœurs d'Ada la poussaient à parler, heureuses d'entendre une fois de plus ces particularités des mœurs anglaises, qui, dans notre ville et à cette époque, semblaient dignes d'un conte de fées. Pour leur complaire, Ada évoquait ces dames présidentes, journalistes, secrétaires et propagandistes politiques qui montaient à la tribune et discouraient devant des centaines de personnes, sans rougir, sans se troubler devant les contradicteurs. Elle disait cela simplement, sans chercher le pittoresque, n'ayant nullement l'intention de nous étonner ou de nous divertir.

J'aimais cette façon d'exposer les choses. Moi, si je n'avais pas tout défiguré, j'aurais jugé inutile d'ouvrir la bouche. Bien que je ne fusse pas orateur, j'avais la maladie de la parole. Je la considérais comme un acte qui se suffit à lui-même et non pas comme un moyen, comme l'esclave du fait. Seulement, je détestais la perfide Albion et je le déclarai, au risque de choquer Ada — qui, du reste, n'avait manifesté, pour les Anglais, ni amour ni haine. J'étais allé en Angleterre, moi aussi, mais je n'avais pas fréquenté la bonne société ; j'avais perdu en voyage les quelques lettres de recommandations que j'avais obtenues d'amis de mon père. Ne voyant à Londres que des familles françaises ou italiennes, j'avais fini par croire que, dans cette ville, toutes les personnes un peu convenables provenaient du continent. De plus, je connais mal la langue anglaise et ce que je pouvais entrevoir de la vie de ces insulaires se réduisait à peu de chose. J'étais averti surtout de leur mépris pour ce qui n'est pas anglais.

Je décrivis aux jeunes filles les impressions peu agréables d'un séjour au milieu d'ennemis.

Toutefois j'aurais résisté, j'aurais supporté l'Angleterre pendant ces six mois que mon père et Olivi m'infligeaient dans l'espoir que j'étudierais le commerce anglais (avec lequel d'ailleurs je n'eus aucun

contact, car il semble que là-bas le commerce s'exerce
en des lieux secrets); oui, j'aurais résisté, mais une
désagréable aventure détermina mon départ. J'étais
entré dans une librairie pour acheter un dictionnaire.
Sur le comptoir reposait un gros et magnifique chat
angora dont le poil soyeux provoquait véritablement
les caresses. Eh bien, cet animal, à peine l'eus-je
effleuré, sauta sur moi et me griffa les mains avec une
rare méchanceté. Dès ce moment, il me devint impossible de supporter l'Angleterre : le lendemain, j'étais à
Paris.

Augusta, Alberta et même Mme Malfenti rirent de
bon cœur. Ada en revanche, restait stupéfaite, croyait
avoir mal entendu. Si au moins ç'avait été le libraire
qui m'avait attaqué et griffé ! Je dus répéter mon
histoire, ce qui m'ennuyait car on bredouille toujours
en répétant.

Alberta, la savante, voulut venir à mon secours :

— Les anciens se laissaient ainsi dicter leurs décisions par les mouvements des animaux.

Je refusai la perche qu'elle me tendait : le chat
anglais n'avait pas agi en tant qu'oracle, mais en tant
que destin.

Ada écarquillait les yeux ; elle réclamait d'autres
explications :

— Et ce chat représentait pour vous le peuple
anglais tout entier !

Quel manque de chance ! Cette aventure, bien que
véridique, n'en était pas moins, à mon sentiment, aussi
instructive et intéressante qu'une belle fable. Pour la
rendre intelligible, ne suffisait-il pas d'ajouter qu'en
Italie, par exemple, où j'ai tant de bons amis, l'action
de ce chat n'aurait pu prendre à mes yeux une telle
importance ? Mais je répliquai :

— Un chat italien n'aurait certainement pas été capable d'une méchanceté pareille.

Ada riait, elle n'en finissait plus de rire. Un tel succès dépassait la mesure ; aussi ne manquai-je pas de tout gâter :

— Oui, le libraire lui-même fut étonné de l'attitude de son chat qui jamais n'avait fait de mal à un client. S'il m'a allongé un coup de griffe, c'est parce que c'était moi, ou peut-être parce que j'étais Italien. *It was really disgusting.* Je n'avais plus qu'à m'enfuir.

Il se produisit alors un fait qui aurait dû m'avertir — et me sauver. La petite Anna, qui n'avait pas encore prononcé un mot et continuait à m'observer, immobile, exprima soudain tout haut ce qu'Ada pensait tout bas.

— C'est vrai qu'il est fou, complètement fou ?

Sa mère la gronda :

— Veux-tu te taire ? Et ne pas te mêler à la conversation des grandes personnes ?

Mais cette intervention eut les pires effets. La gamine se mit à crier plus fort :

— Il est fou ! Il parle aux chats ! Il faut vite une corde pour l'attacher.

Augusta, rouge de déplaisir, la prit dans ses bras et la porta hors du salon tout en m'adressant des excuses. Mais de la porte, la petite peste trouva encore le moyen de me faire une vilaine grimace et de crier, en me regardant droit dans les yeux :

— Tu verras ! On va t'attacher !

Devant une attaque aussi inattendue, j'étais resté court. Mais j'eus aussitôt une consolation : je vis qu'Ada regrettait l'expression donnée à son propre sentiment ; l'impertinence de la petite nous rapprochait.

Je racontai en riant de bon cœur que je possédais un certificat attestant mon équilibre mental et comment je l'avais fait établir pour jouer un tour à mon pauvre père. Je proposai de produire ce certificat pour qu'Annetta fût rassurée.

Je me levai, mais on m'obligea à me rasseoir. On ne voulait pas me laisser partir sous l'impression du coup de griffe que j'avais reçu de cet autre chat, et l'on m'offrit une tasse de thé.

Je sentais obscurément que pour plaire à Ada j'aurais dû être un peu différent de ce que j'étais, et je croyais facile de devenir tel qu'elle me voulait. On continua à parler de la mort de mon père. Il me semblait qu'en révélant cette grande douleur qui m'accablait encore, je pouvais faire naître la sympathie de la sérieuse Ada. Mais dans mon effort pour lui ressembler, je cessais d'être naturel et ainsi m'éloignais d'elle. Je dis que la perte de mon père m'avait causé tant de chagrin que, si j'avais des enfants, je tâcherais de faire en sorte qu'ils m'aimassent moins afin de leur épargner plus tard, quand je mourrais, de souffrir ce que j'avais souffert. Je fus embarrassé quand on me demanda comment je m'y prendrais pour atteindre mon but. Je maltraiterais mes enfants ? Je les battrais ?

— Le plus sûr serait de les tuer, dit en riant Alberta.

Je voyais qu'Ada brûlait d'envie de me contredire mais qu'elle hésitait par crainte de me déplaire. Enfin elle n'y tint plus. Elle savait bien que c'était par bonté d'âme que je voulais organiser la vie de mes enfants de cette manière, mais elle croyait injuste et déraisonnable de vivre pour se préparer à la mort. Je m'obstinai ; j'affirmai que la mort est la vraie organisatrice de la vie. Je pensais constamment à la mort, aussi n'étais-je sensible qu'à une seule souffrance : la certitude de mourir un jour. Le reste, par comparaison, devenait si peu important que je pouvais tout accueillir le sourire ou le rire aux lèvres. Je m'étais laissé entraîner à dire des choses qui ne répondaient plus à la réalité, surtout en présence d'Ada, car elle était déjà une part très importante de ma vie. A la vérité, je crois qu'en lui parlant ainsi j'étais poussé par le désir de lui faire savoir que j'étais un homme gai. La gaieté m'avait souvent réussi auprès des femmes.

Pensive et hésitante, elle m'avoua qu'elle n'aimait guère cet état d'esprit : en diminuant la valeur de la vie on la rendait encore plus précaire que la nature n'avait voulu. C'était me faire entendre que nous n'étions pas faits l'un pour l'autre ; mais j'avais réussi à la troubler, à l'émouvoir et je regardai cela comme un succès.

Alberta cita un philosophe de l'Antiquité dont la conception de la vie s'apparentait à la mienne, et Augusta dit que c'était une bien belle chose que le rire. Leur père était un grand rieur.

— Parce qu'il aime les bonnes affaires, ajouta Mme Malfenti.

J'interrompis enfin cette mémorable conversation et je pris congé.

Il n'y a rien de plus difficile au monde que de se marier comme on voudrait. On le voit d'autant mieux par mon exemple alors que ma décision de prendre femme avait précédé de longtemps le choix de la fiancée. J'aurais eu le loisir de voir bien des jeunes filles avant de me décider. Mais non ! J'avais sans doute peur de me fatiguer à voir trop de femmes. Au moins aurais-je pu examiner attentivement celle que j'avais élue, m'assurer qu'elle était disposée à faire la moitié du chemin à ma rencontre, comme c'est l'usage

dans les romans d'amour qui finissent bien. Point du
tout ! Je choisissais cette enfant à la voix trop grave,
aux cheveux rebelles mais retenus sévèrement ; et je
pensais qu'une personne si sérieuse ne refuserait pas
un homme intelligent, pas trop laid, riche et de bonne
famille — comme moi. Aux premières paroles que
nous échangeâmes, je sentis bien quelques dissonances, mais la dissonance est la voie de l'unisson.
« D'ailleurs qu'importe ? me disais-je. Qu'elle reste ce
qu'elle est, puisqu'elle me plaît ainsi ; c'est moi qui
changerai selon son désir. » Au fond, j'étais modeste
dans mon ambition, car il est plus facile de se
transformer soi-même que de rééduquer autrui.

Très rapidement la famille Malfenti devint le centre
de ma vie. Je passais toutes mes soirées avec Giovanni
qui, depuis qu'il m'avait introduit à son foyer, se
montrait à mon égard très affable. Dès que notre
intimité m'en donna le droit, je multipliai mes visites
aux dames Malfenti. Je finis par les voir tous les jours ;
chaque après-midi, je demeurais des heures auprès
d'elles. Les prétextes ne me manquaient pas et je ne
crois pas me tromper en disant qu'on m'en eût offert
au besoin. Parfois j'apportais mon violon et je faisais
un peu de musique avec Augusta, la seule qui jouât du
piano.

Il était dommage qu'Ada ne sût point jouer, il était
dommage que je joue si mal du violon, et tout à fait
dommage qu'Augusta ne fût pas une grande musi-
cienne. Nous sautions, dans chaque sonate, quelques
phrases trop difficiles, sous le prétexte fallacieux que je
n'avais pas touché mon violon depuis un siècle. Entre
amateurs, le pianiste est presque toujours supérieur au
violoniste et Augusta avait une technique passable.
Mais j'avais beau jouer beaucoup plus mal qu'elle, je

ne me montrais jamais satisfait de son accompagnement. Je pensais : « Si je savais jouer comme elle, comme je jouerais mieux ! »

Du reste, pendant que je jugeais Augusta, les autres me jugeaient, moi, et, comme je l'appris plus tard, sans indulgence.

Augusta aurait voulu que nos séances de musique devinssent plus fréquentes, mais je m'aperçus qu'Ada s'y ennuyait : je feignis donc à plusieurs reprises d'avoir oublié mon violon chez moi et Augusta n'en parla plus.

Les heures que je passais dans cette maison n'étaient pas les seules que je vivais avec Ada. Elle m'accompagnait partout. Elle était la femme élue, elle était mienne déjà et je lui donnais toutes les grâces du songe pour que m'apparût plus belle la récompense de mon amour. Je l'ornais de toutes les vertus, je lui prêtais toutes les qualités qui me manquaient et dont j'éprouvais le besoin, car elle allait devenir pour moi, non seulement une compagne, mais une seconde mère qui me guiderait sur le chemin d'une vie complète, virile, d'une vie de lutte et de victoire.

Dans mes rêves, je l'embellis, même physiquement, avant de la passer à quelqu'un d'autre. En réalité, dans ma vie, je courus après bien des femmes et beaucoup d'entre elles se laissèrent même rejoindre. Mais, en rêve, je les rejoignis toutes. Naturellement, je ne les embellis pas en modifiant leurs traits, mais je fais comme un de mes amis, un peintre très délicat : quand il fait le portrait de jolies femmes, il pense aussi, intensément, à d'autres belles choses ; par exemple, à de la porcelaine très fine. C'est un rêve dangereux, car il peut conférer un autre pouvoir aux femmes dont on a rêvé et qui, lorsqu'on les revoit à la lumière réelle, conservent quelque chose des fruits, des fleurs et de la porcelaine dont on les a recouvertes.

Il m'est difficile de raconter ma cour à Ada. J'ai employé une longue période de ma vie à m'efforcer d'oublier cette absurde aventure dont la pensée me laisse rouge de honte et amène à mes lèvres un cri de protestation. « Cet imbécile, c'était donc moi ? » Et qui alors ? Mais refuser d'y croire me soulageait. Si encore je m'étais conduit de la sorte dix années plus tôt, à vingt ans !

Mais avoir été affligé d'une telle sottise uniquement parce que j'avais décidé de me marier, cela me semble vraiment injuste. Moi qui avais déjà l'expérience de bien des aventures amoureuses, menées hardiment, avec effronterie parfois, voilà que j'étais redevenu le garçonnet timide dont toute l'audace est d'effleurer la main de la personne aimée, à la rigueur sans qu'elle s'en aperçoive, pour adorer ensuite sa propre main qui avait eu l'honneur d'un tel contact. Cette aventure, qui fut la plus pure de ma vie, aujourd'hui que je suis vieux, je me la rappelle encore comme la plus honteuse. J'y pense comme à une chose hors de lieu, hors de saison : voir un garçon de dix ans s'attaquer aux seins de sa nourrice ne m'inspirerait pas plus de dégoût.

Et comment expliquer ma longue hésitation ? cette impossibilité de parler clairement à Ada, de lui crier : « Décide-toi ! Veux-tu de moi, oui ou non ? » J'arrivais chez les Malfenti mal réveillé de mes rêves. Je comptais les marches qui conduisaient à leur étage en pensant : « Si c'est un nombre impair, elle m'aime. » C'était toujours un nombre impair puisqu'il y avait quarante-trois marches. Je franchissais la porte avec un senti-ment de profonde certitude et je finissais toujours par différer l'heure des aveux. Je me taisais, et Ada ne trouvait pas l'occasion de me signifier son dédain ! A sa place, ce benêt de trente ans, je l'aurais reçu à coups de pied au derrière.

Je dois dire que, sous certains rapports, je ne ressemblais pas tout à fait au petit jeune homme amoureux qui attend en silence que sa bien-aimée se jette à son cou. Je n'espérais rien de pareil. J'étais décidé à parler, mais plus tard. Si je n'allais pas plus loin, cela venait des doutes que j'avais sur moi-même. Je m'attendais à devenir plus noble, plus fort, plus digne de ma divine enfant. Cela pouvait se produire d'un jour à l'autre. Pourquoi ne pas attendre le bon moment ?

Je suis encore honteux de n'avoir pas su prévoir mon échec. J'avais affaire à une fille des plus simples et mon imagination à la torture me la présentait comme une coquette raffinée ! Après son refus, je lui gardai une rancune énorme — bien injustement, mais j'avais à tel point mêlé le réel à mes rêves que je ne pouvais pas croire que nous ne nous étions jamais embrassés.

Se méprendre sur les sentiments d'une femme est l'indice d'une médiocre virilité. Il fut un temps où je ne m'y trompais pas ; mais j'avais faussé dès le principe mes rapports avec Ada et de là vinrent mes erreurs. Je la recherchais, non pour la conquérir, mais pour l'épouser. Or le mariage est, vers l'amour, une voie insolite : une voie large et commode qui conduit tout près du but, mais non pas au but même. L'amour que l'on atteint par elle est dénué de son caractère principal : l'assujettissement de la femme. L'homme se prépare ainsi à jouer son rôle avec une mollesse qui peut envahir tous ses sens, jusqu'à ceux de la vue et de l'ouïe.

Chaque jour, j'apportais des fleurs aux trois jeunes filles ; à toutes trois j'offrais mes bizarreries et surtout je leur faisais, avec une légèreté incroyable, le récit de mon existence.

Il arrive communément qu'on se souvienne avec d'autant plus de ferveur du passé que l'heure présente acquiert une importance plus considérable. On prétend même que les moribonds, dans un dernier sursaut de fièvre, revoient toute leur vie. Mon passé s'accrochait alors à moi avec la violence des derniers adieux, parce que j'avais le sentiment de m'en éloigner beaucoup. Et sans cesse je parlais de ce passé aux trois jeunes filles, encouragé par l'attention intense d'Augusta et d'Alberta et sans remarquer l'inattention d'Ada dont je ne suis du reste pas sûr.

Augusta, d'une nature douce, s'émouvait facilement, et Alberta, en écoutant certains récits un peu lestes de ma vie d'étudiant, avait les joues en feu à la pensée qu'elle serait peut-être un jour mêlée à des événements semblables.

Longtemps après, je sus par Augusta qu'aucune des trois ne croyait à la réalité de mes aventures. Augusta ne les en trouvait que plus précieuses : inventées par moi, elles lui paraissaient miennes beaucoup plus que si le destin me les avait infligées. Pour Alberta, vraies ou non, elles contenaient des suggestions excellentes.

Par contre, la sérieuse Ada s'indignait de mes mensonges. Beau résultat de tant d'efforts ! Je ressemblais à un tireur qui, visant une cible, fait mouche, mais sur celle d'à côté.

Et pourtant, ces petites anecdotes étaient vraies pour une bonne part. Pour quelle part exactement, je n'oserais le dire, car je les avais déjà racontées à bien des femmes et peu à peu, à mon insu, elles s'étaient altérées pour devenir plus expressives. Mais dès lors que je n'aurais su les raconter autrement, elles étaient vraies. Je ne me soucierais guère, aujourd'hui, de prouver qu'elles sont authentiques. Je ne voudrais pas décevoir Augusta, qui se plaît à les croire de mon invention. Quant à Ada, je pense qu'elle a changé d'avis et qu'elle les tient désormais pour vraies.

Mon complet insuccès auprès d'Adeline se manifesta juste au moment où je croyais pouvoir enfin parler clair. J'en accueillis l'évidence avec surprise et, tout d'abord, avec incrédulité. Pas un mot sorti de sa bouche ne m'avait exprimé son aversion ; seuls quelques gestes furtifs eussent pu me laisser deviner son peu de sympathie pour moi, mais j'avais fermé les yeux pour ne pas les voir. Moi-même, d'ailleurs, je n'avais jamais prononcé les mots nécessaires. Je pouvais même supposer qu'Ada ne savait pas que j'étais là, tout prêt à l'épouser, et qu'elle pouvait donc croire que moi, cet étudiant bizarre et peu sérieux, j'avais des intentions toutes différentes.

Or c'étaient mes intentions trop résolument matrimoniales qui prolongeaient le malentendu. Désormais, certes, je la désirais tout entière : je ne cessais de l'embellir dans mes rêves, je lui prêtais des joues plus veloutées, des pieds et des mains plus petits, une taille plus fine. Je la désirais pour maîtresse autant que pour épouse... Mais le sentiment dans lequel on s'approche d'une femme pour la première fois est décisif.

Il advint donc que, trois fois de suite, je fus reçu chez les Malfenti par Augusta et Alberta. La première fois, l'absence d'Ada fut mise sur le compte d'une visite à faire ; la deuxième fois, une migraine servit d'excuse ; la troisième, on ne me donna aucune explication jusqu'au moment où, alarmé, j'en demandai.

Augusta, à qui par hasard je m'adressais, ne répondit pas. Son regard semblait invoquer le secours d'Alberta, qui parla pour elle : Ada était allée chez une tante.

Le souffle me manqua. Ada m'évitait, cela crevait les yeux. La veille, j'avais encore supporté son absence, j'avais prolongé ma visite dans l'espoir qu'elle finirait par apparaître. Ce jour-là, au contraire, je demeurai un instant comme hébété, incapable d'articuler un mot, puis, prétextant un soudain mal de tête, je me levai pour partir. Il est curieux qu'en me heurtant à la résistance d'Ada, le premier sentiment que j'éprouvai fut un sentiment de colère et d'indignation. J'eus même la pensée de faire appel à Giovanni pour qu'il mît cette gamine à la raison. Un homme qui tient à se marier est très capable d'agir de la sorte ; ses ancêtres revivent en lui.

L'absence d'Ada prit bientôt son sens véritable : elle était chez elle, enfermée dans sa chambre, et le hasard voulut que je la découvrisse. On va voir comment.

Une autre personne de la famille que je n'avais pas su conquérir était la petite Anna. Elle ne m'attaquait plus de front devant les autres depuis qu'on l'avait rabrouée durement. Quelquefois même, elle se joignait à ses sœurs et venait écouter mes histoires. Mais quand je partais, elle me rattrapait au seuil de la porte, me priait de me pencher vers elle, se haussait sur la pointe des pieds et, sa petite bouche littéralement collée à mon oreille, elle me disait, en baissant la voix pour n'être entendue que de moi seul :

— Tu es fou, tu sais. Fou pour de bon !

Le plus joli est qu'en société, cette sainte Nitouche me disait « vous ». Si sa mère paraissait, elle courait se blottir dans ses bras et Mme Malfenti, tout en la caressant, me prenait à témoin :

— Ma petite Annetta est bien gentille maintenant, n'est-ce pas ?

Je ne protestais pas et la gentille Annetta continuait à me traiter de fou. J'acceptais cela avec un sourire lâche, presque reconnaissant ! J'espérais que la gamine n'oserait pas raconter ses exploits aux grandes personnes et je préférais qu'Ada ne sût pas comment me jugeait sa petite sœur. Anna finissait par m'intimider. Si, pendant que je parlais, mon regard rencontrait le sien, je détournais aussitôt les yeux. J'essayais de le faire avec naturel, mais je rougissais. Il me semblait que cette enfant innocente pouvait, rien qu'en me jugeant, me nuire. En vain lui apportais-je des cadeaux pour l'amadouer. Elle devait se rendre compte de son pouvoir et de ma faiblesse, car elle m'examinait, me scrutait avec insolence. Je pense que nous avons tous, dans notre conscience comme dans notre corps, des régions délicates et secrètes auxquelles on ne pense pas volontiers. On ne sait pas au juste ce qu'elles sont mais on sait qu'elles existent. Et j'évitais cet œil d'enfant qui me dénudait.

Or, ce jour-là, je quittai la maison des Malfenti seul et abattu ; et quand Anna me rejoignit à la porte pour me faire entendre son compliment habituel, j'abaissai jusqu'à elle un visage si bouleversé — un vrai visage de fou — je tendis vers elle dans un geste si menaçant mes mains crispées qu'elle s'enfuit en pleurant et en poussant des cris affreux.

C'est ainsi que je parvins à voir Ada, même ce jour-là, parce que ce fut elle qui accourut à ces cris. La petite raconta, avec des sanglots, que je l'avais menacée brutalement parce qu'elle m'avait traité de fou.

— Enfin, il est fou ! Et si je veux le lui dire, moi, où est le mal ?

Je n'écoutais plus la petite, stupéfait de constater la présence d'Ada à la maison. Ses sœurs avaient donc menti, ou plutôt la seule Alberta, puisque Augusta avait préféré lui laisser ce soin. Je fus un instant en pleine vérité ; je devinais tout.

— Je suis enchanté de vous voir, dis-je à Ada. Je vous croyais depuis trois jours chez votre tante.

Occupée à consoler sa petite sœur, elle ne répondit pas tout de suite et ce retard à me fournir des explications auxquelles je pensais avoir droit me fit monter le sang à la tête. Je ne trouvais plus mes mots. Je fis encore un pas vers la porte et si Ada s'était tue une seconde de plus, je serais parti pour toujours. Dans ma colère, renoncer à un bonheur dont j'avais rêvé si longtemps me paraissait chose facile.

Mais déjà Ada s'était tournée vers moi, rougissante, pour me dire qu'elle venait de rentrer, n'ayant pas trouvé sa tante chez elle.

Il n'en fallut pas plus pour me calmer. Comme je l'aimais dans cette pose maternelle ! Son corps flexible, penché en avant, semblait se faire plus menu contre celui de l'enfant qui continuait à hurler. Je m'attardais à l'admirer : voici que de nouveau elle était mienne.

Rasséréné, je ne pensais plus qu'à faire oublier mon mouvement d'humeur. Je me montrai plein de bonhomie :

— Anna m'a traité de fou si souvent ! J'ai voulu qu'elle voie ce que sont les traits et les gestes d'un vrai fou, dis-je en riant à Ada. Excusez-moi. Et toi, petite Annetta, n'aie pas peur : je ne suis pas un fou méchant.

De son côté, Ada fut aimable au possible. Elle

gronda la petite qui continuait à sangloter et me demanda pardon pour elle. Si j'avais eu la chance qu'Anna, dans son dépit, se fût sauvée et nous eût laissés seuls, j'aurais parlé. J'aurais prononcé une de ces phrases comme on en trouve même dans les manuels de langues vivantes, une de ces phrases bien faites pour vous faciliter l'existence quand vous vous trouvez en pays étranger : « M'autorisez-vous, mademoiselle, à demander votre main à votre père ? » En vérité, j'étais en pays inconnu, puisque je ne m'étais jamais marié. Les femmes avec qui j'avais eu affaire jusqu'alors, je les traitais différemment : les mains en avant, tout de suite.

Mais la phrase décisive, je ne parvins pas à la prononcer. Pour dire ces quelques mots, il fallait tout de même un espace de temps ; il fallait aussi les accompagner d'une expression suppliante qu'il m'était difficile de donner instantanément à mon visage encore altéré après ma lutte avec Anna et avec Ada. D'ailleurs, du fond du corridor, s'avançait déjà Mme Malfenti, accourue aux cris de son enfant.

Je tendis la main à Ada, qui aussitôt me tendit cordialement la sienne, et je lui dis : « Au revoir, à demain. Vous m'excuserez auprès de madame votre mère. »

J'hésitais pourtant à relâcher cette main confiante. Je sentais que je renonçais à une occasion unique en quittant sans rien oser une Ada tout appliquée à être aimable pour me dédommager des mauvaises façons de sa sœur. Alors je suivis mon inspiration du moment : je m'inclinai sur la main de la jeune fille et je l'effleurai de mes lèvres.

Puis j'ouvris la porte et en un clin d'œil je fus dehors, mais non sans avoir vu le mouvement d'Ada.

Celle-ci, qui jusqu'alors m'abandonnait sa main droite tandis que, de la gauche, elle soutenait l'enfant accrochée à ses jupes, se mit à regarder, stupéfaite, ses doigts qui avaient subi le contact de mes lèvres, comme si quelque chose y était demeuré gravé. Je crois que tout ce jeu de scène échappa à Mme Malfenti.

Je m'arrêtai un instant au milieu de l'escalier, étonné moi-même de mon geste, nullement prémédité. Ne pouvais-je encore remonter, sonner à cette porte que j'avais fermée derrière moi et dire à Ada le mot qu'elle cherchait, sans le trouver, sur sa propre main ? Je ne le crus pas. J'aurai manqué de dignité en laissant voir trop d'impatience. D'ailleurs, en l'ayant avisée que je reviendrais, je lui avais annoncé des explications. Il ne dépendait plus que d'elle de les recevoir, en faisant naître l'occasion, pour moi, de les lui donner. J'avais enfin cessé de raconter des histoires aux trois jeunes filles, et, à une d'entre elles, j'avais baisé la main.

Le reste de la journée fut plutôt morose. J'étais inquiet, anxieux. Je me persuadais que mon inquiétude n'était due qu'à l'impatience de voir cette aventure éclaircie. Je me figurais que si Ada m'avait dit non, j'aurais pu, en toute tranquillité, me mettre en quête d'autres femmes. Je croyais que mon attachement à elle provenait d'une libre détermination qu'il m'eût été facile d'annuler par un contrordre. Je n'avais pas suffisamment conscience que pour le moment les autres femmes n'existaient plus pour moi et que j'avais besoin d'Ada, et d'elle seule.

La nuit aussi me sembla très longue. Je la passai presque tout entière sans fermer l'œil. Depuis la mort de mon père, j'avais renoncé à mes habitudes de noctambule, et maintenant que j'étais décidé à me marier, il eût été étrange d'y revenir. Aussi m'étais-je couché de bonne heure, ne souhaitant que le sommeil, qui fait passer le temps si vite.

Dans la journée, j'avais accepté les explications d'Ada, relativement à ses trois absences avec une foi aveugle, convaincu que j'étais que la femme sérieuse que j'avais choisie ne saurait mentir. Mais au cours de la nuit, cette belle confiance décrut. Je me demandais si je ne lui avais pas fourni moi-même l'excuse de la visite chez la tante, en lui rapportant les propos d'Alberta. Je ne me rappelais plus exactement les paroles que je lui avais adressées, la tête en feu, mais à coup sûr je lui avais parlé de cette visite. Quel dommage ! Si je n'avais rien dit, peut-être aurait-elle imaginé une autre excuse et moi, démasquant son mensonge, j'aurais obtenu l'éclaircissement désiré.

Pour me calmer, je me répétais que si Ada ne voulait pas de moi, je renoncerais pour toujours au mariage. Cette pensée même aurait dû me faire comprendre quelle place elle occupait en moi. Son refus pouvait bouleverser ma vie. Je me berçais, il est vrai, dans l'illusion que ce refus était ma meilleure chance. Je me souvenais de ce philosophe grec pour qui le repentir accompagnait aussi bien le mariage que le célibat. Allons ! j'étais encore capable de rire de ma mésaventure. Je n'étais incapable que d'une seule chose : dormir.

Je ne trouvai le sommeil qu'au point du jour et je me réveillai si tard que l'heure approchait déjà de ma visite quotidienne chez les Malfenti. Nul besoin, d'ici là, de me fatiguer l'esprit à deviner les sentiments d'Ada. Mais l'homme serait un animal trop heureux s'il savait se retenir de penser à ce qui le préoccupe. En faisant ma toilette, à laquelle j'apportai un soin exagéré, je ne cessai de me poser cette question : avais-je bien fait de baiser la main d'Ada ou avais-je eu tort de ne pas la baiser sur les lèvres ?

C'est aussi durant cette matinée qu'un nouveau doute vint m'ôter le peu d'initiative virile que me laissait mon curieux état d'adolescence. Un doute pénible : et si Ada m'épousait sur les injonctions de ses parents, sans m'aimer, en éprouvant même de l'aversion à mon égard ? Car toute la famille me voulait du bien : Giovanni, Mme Malfenti, Augusta, Alberta. Mais Ada ?... Et voici qu'à l'horizon se dessinait l'éternel roman populaire de la jeune fille contrainte par les siens à une union qui lui fait horreur. Eh bien, non, je ne le permettrais pas ! C'était une raison de plus de parler à Ada et à elle seule. Et lui adresser la phrase que j'avais préparée pour elle ne suffirait pas. Je la regarderais dans les yeux et je lui demanderais : « M'aimes-tu ? » Et au cas où elle répondrait « oui », je la serrerais dans mes bras pour sentir vibrer la sincérité de cet aveu.

Ainsi me croyais-je prêt à toute éventualité. Au contraire, je m'aperçus que j'étais arrivé à cette espèce d'examen en ayant oublié de repasser ces pages de texte dont on m'imposerait de parler.

Je fus reçu par la seule Mme Malfenti. Elle me fit asseoir dans un coin du grand salon et se lança tout aussitôt dans un impétueux bavardage, en sorte que je ne pus même pas lui demander des nouvelles de ses filles. Je l'écoutais, un peu distrait ; je me répétais ma leçon pour ne pas l'oublier au bon moment. Soudain, mon attention fut réveillée comme par une sonnerie de trompettes : Mme Malfenti élaborait un préambule. Elle m'assurait de son amitié, de celle de son mari, de l'affection de toute la famille, y compris la petite Anna. Nous étions désormais de vieilles connaissances : depuis quatre mois, nous nous étions vus chaque jour.

— Depuis cinq mois, rectifiai-je ; car j'en avais fait le compte la nuit, songeant à ma première visite qui avait eu lieu en automne alors que nous étions maintenant en plein printemps.

— Cinq mois, en effet, dit Mme Malfenti après réflexion, comme si elle avait refait mon calcul. Puis, d'un air de reproche : J'ai l'impression que vous compromettez Augusta.

— Augusta ? demandai-je, pensant avoir mal entendu.

— Oui, confirma l'excellente dame, vous flattez ses illusions et vous la compromettez.

Je révélai, avec ingénuité, mon sentiment :

— Mais Augusta, je ne lui dis jamais un mot !

Mme Malfenti eut un geste de surprise, et, je crois bien, de surprise douloureuse. Quant à moi, je m'efforçais de rassembler mes esprits, afin de tirer au clair le plus tôt possible un quiproquo dont je pressentais les graves conséquences. Je me revoyais durant ces mois, occupé à épier les moindres gestes d'Ada. Avec Augusta, j'avais fait de la musique ; et il est vrai que bien des fois je m'étais adressé plutôt à elle, qui m'écoutait, qu'à Ada mais toujours dans l'espoir qu'elle expliquerait mes récits à sa sœur en y ajoutant un commentaire élogieux. Devais-je parler franchement, avouer mes projets à Mme Malfenti ? Si je m'en étais ouvert alors, les choses se seraient peut-être passées autrement ; je n'aurais épousé aucune de ses filles. Mais me laissant diriger par la résolution que j'avais prise avant de voir Mme Malfenti, et après avoir entendu les choses surprenantes qu'elle m'avait dites, je me tus.

Je pensais intensément, et, par là même, avec quelque confusion. Je voulais comprendre, je voulais

deviner tout de suite. Quand on écarquille les yeux, on
discerne moins bien les choses. J'envisageai la possibilité d'être chassé de la maison. Je l'écartai aussitôt ;
j'étais innocent puisque je ne faisais pas la cour à cette
Augusta qu'on protégeait. Mais peut-être m'attribuait-
on des intentions sur elle pour mettre sa sœur hors de
cause. Et alors pourquoi cette défense autour d'Ada
qui n'était plus une enfant ? J'étais sûr de ne l'avoir
jamais saisie par les cheveux autrement qu'en rêve. En
réalité, je lui avais tout juste effleuré la main d'un
baiser. Je ne voulais pas être mis à la porte avant
d'avoir obtenu l'explication de tout ce mystère. Aussi
demandai-je d'une voix tremblante :

— Mais, madame, comment dois-je faire pour ne
causer de déplaisir à personne ? Dites-le-moi vous-
même.

Elle hésita. J'eusse préféré avoir affaire à Giovanni,
qui pensait en hurlant. Puis, résolue, mais avec une
inflexion de voix qui trahissait un désir de paraître
aimable :

— Vous devriez, dit-elle, venir moins souvent nous
voir pendant quelque temps ; pas tous les jours, deux
ou trois fois seulement par semaine.

Obsédé comme je l'étais par ma décision, il est
probable que si elle m'avait congédié durement, je
l'eusse conjurée de me souffrir encore un jour ou deux
chez elle ; le temps de régler mes comptes avec Ada.
Au contraire son attitude, moins brutale que je n'avais
craint, me donna le courage de manifester mon dépit :

— Mais, madame, si vous le désirez, je ne remettrai
plus les pieds dans cette maison !

Ce que j'espérais se produisit. Elle protesta, se remit
à parler de l'estime qu'on avait pour moi, me supplia
de ne pas me fâcher. Alors, je me montrai magna-

nime : je promis tout ce qu'elle voulut, c'est-à-dire de ne plus revenir de quatre ou cinq jours, de reprendre ensuite mes visites en les espaçant un peu et surtout de ne pas lui tenir rigueur.

Le pacte conclu, je voulus m'y conformer sans plus attendre et je me levai pour partir. Mme Malfenti se récria :

— Mais vous pouvez rester, dit-elle avec enjouement ; vous ne risquez pas de me compromettre, moi !

Et comme je lui demandais de m'excuser, alléguant un rendez-vous d'affaires dont je venais de me souvenir (alors que mon seul désir était de me retrouver seul pour mieux réfléchir à cette extraordinaire aventure), elle insista : il me fallait absolument rester pour donner la preuve que je n'étais pas en colère contre elle. Je continuai donc à subir la torture de sa conversation, qui maintenant roulait sur les nouvelles modes féminines, qu'elle se refusait à suivre, sur le théâtre et sur le temps trop sec de ce début de printemps.

Un instant plus tard, je me félicitai d'être resté, car il me vint à l'esprit que j'avais encore un point à éclaircir. Sans aucun égard pour elle, j'interrompis Mme Malfenti dont les vains propos n'arrivaient même plus à mon oreille.

— Tout le monde ici, lui demandai-je, saura que vous m'éloignez de la maison ?

Elle prit d'abord un air étonné, comme si elle avait oublié ce dont il s'agissait. Puis elle protesta :

— Vous éloigner ? Mais pour quelques jours, entendons-nous bien ! Je n'en soufflerai mot à personne, même pas à mon mari et je vous serais reconnaissante d'user de la même discrétion.

Je promis encore. Je promis enfin que si on me demandait pourquoi on me voyait moins souvent, j'inventerais divers prétextes. Sur le moment, j'ajoutai foi aux paroles de Mme Malfenti et je me figurai (avec bonheur !) qu'Ada pourrait être surprise et peinée de ma retraite imprévue.

Je prolongeais ma visite, dans l'attente de je ne sais quelle inspiration, tandis que ma future belle-mère parlait des prix des comestibles, devenus, ces temps derniers, très onéreux.

Quelqu'un entra. Ce n'était pas l'inspiration, c'était la tante Rosina, une sœur de Giovanni, plus âgée que lui mais beaucoup moins intelligente. On la reconnaissait toutefois pour sa sœur à certains traits de physionomie morale. Prompte, elle aussi, à élever la voix, elle ressemblait surtout à son frère par cette conscience qu'elle avait de ses propres droits et des devoirs d'autrui. Conscience désarmée, chez elle, et qui, dès lors, prêtait à rire. Elle prétendait gouverner la maison de son frère et longtemps (je l'appris plus tard) elle considéra Mme Malfenti comme une intruse. Restée fille, elle vivait avec une servante qui, à l'entendre, était sa pire ennemie. Sur le point de mourir, elle recommanda à ma femme de bien surveiller la maison jusqu'au départ de cette domestique. Chez les Malfenti, on la ménageait par crainte de son humeur agressive.

Sachant qu'Ada était sa nièce préférée, j'eus le désir de gagner sa sympathie et je cherchai une phrase aimable à son adresse. Je me rappelais vaguement que la dernière fois que je l'avais vue (ou plutôt entrevue, car je n'avais pas éprouvé le besoin de la regarder), ses nièces, aussitôt après son départ, avaient remarqué qu'elle n'avait pas bonne mine. L'une d'elles avait même dit :

— Elle se sera pourri le sang à force d'enrager contre sa bonne.

Je tenais ma phrase aimable. Contemplant d'un œil

affectueux la grosse figure plissée de tante Rosina,
je lui dis :

— Je vous trouve bien rétablie, madame.

Ah ! comme j'aurais mieux fait de me taire ! Elle
me regarda, stupéfaite, et protesta :

— Moi ? Je suis toujours la même. Depuis
quand serais-je rétablie ?

Elle se mit à chercher la date de notre dernière
rencontre. Je ne m'en souvenais plus exactement.
Je me rappelais seulement que nous avions passé
tout un après-midi, assis dans ce salon, avec les
trois jeunes filles, mais pas de ce côté-ci du salon,
de l'autre. Je voulais lui témoigner de l'intérêt,
mais je m'embrouillais dans trop d'explications. Ce
mensonge prolongé me causait une vraie douleur.

Mme Malfenti intervint en souriant :

— Vous ne voulez pas dire que tante Rosina a
grossi ?

Diable ! voilà donc pourquoi la vieille avait mal
pris mon compliment. Elle était, comme son frère,
très forte, et conservait l'espoir de maigrir.

— Grossi ? Jamais de la vie ! Je voulais dire simplement que Madame avait meilleure mine.

Je m'efforçais de garder mon air gentil et je me
tenais à quatre pour ne pas lui dire des sottises.

Elle n'était pas encore satisfaite. Elle n'avait pas
été malade ces temps derniers et elle ne comprenait
pas pourquoi elle aurait dû avoir mauvaise mine.
Mme Malfenti lui donna raison.

— C'est même sa caractéristique de ne jamais
changer de mine, me dit-elle. Vous ne trouvez
pas ?

Oui, je trouvais. Oui, c'était évident. Là-dessus,
je pris congé. Je tendis très cordialement la main à

tante Rosina, espérant la radoucir, mais elle me tendit la sienne sans me regarder.

A peine étais-je dehors que mon état d'esprit se modifia. Quelle libération ! Je n'avais plus à sonder les intentions de Mme Malfenti, à faire ma cour à tante Rosina. Je crois bien que sans la brutale intervention de cette dernière, cette grande diplomate de Mme Malfenti aurait parfaitement atteint son but et que je serais parti content, avec l'impression d'avoir été bien traité. Du haut en bas de l'escalier, je courais. Tante Rosina avait, à sa façon, commenté la pensée de sa belle-sœur. Mme Malfenti me proposait de ne pas revenir chez elle de quelques jours. Trop aimable, chère Madame ! Mais elle serait servie, et au-delà de ses souhaits, puisque elle ne me reverrait jamais plus. Ah ! elle m'avait mis au supplice, elle et sa vieille tante Rosina ! Et de quel droit ? Parce que j'avais voulu me marier ? Mais il n'en était plus question, je vous jure. Comme la liberté était belle !

Je marchais dans la rue d'un pas rapide, en proie à ces sentiments. Au bout d'un quart d'heure, je sentis le besoin d'une liberté encore plus complète. Il fallait trouver le moyen de marquer de façon définitive ma volonté de ne plus remettre les pieds dans cette maison. J'écartai pourtant l'idée d'écrire une lettre pour prendre congé. Cette rupture serait plus offensante pour eux si je m'abstenais de les en prévenir. J'oublierais tout simplement l'existence de Giovanni et de sa famille.

Je trouvai, pour signifier ma résolution, un geste discret, aimable, un peu ironique. Je courus chez un fleuriste et j'achetai une magnifique gerbe que je fis adresser à Mme Malfenti. J'y joignis ma carte de visite sur laquelle j'inscrivis seulement la date du jour.

C'était suffisant. Cette date, je ne l'oublierais jamais et, qui sait, Ada et sa mère ne l'oublieraient peut-être jamais, elles non plus. C'était le 5 mai, anniversaire de la mort de Napoléon.

Je m'occupai immédiatement de l'envoi des fleurs : il était très important qu'elles arrivassent le jour même.

Et ensuite ? Tout était fait, tout, puisqu'il ne restait plus rien à faire. Ada était devenue inaccessible pour moi, ainsi que tous les siens, et il me fallait demeurer dans l'inaction, en attendant que quelqu'un d'entre eux vînt me chercher et me donner l'occasion de faire ou de dire quelque chose d'autre.

Je courus chez moi pour réfléchir, toutes portes fermées. Si j'avais cédé à ma douloureuse impatience, je serais tout de suite retourné chez les Malfenti, au risque d'y arriver avant mes fleurs. Les prétextes ne m'auraient pas manqué. Au besoin j'aurais dit que j'avais oublié mon parapluie.

J'en repoussai la tentation. Avec l'envoi de cette gerbe, j'avais adopté une très belle attitude ; je devais m'y tenir. Je n'avais plus qu'à attendre ; c'était à eux de jouer.

Hélas ! Enfermé dans mon bureau, je ne tirai d'autre résultat de ma méditation que de voir clairement les raisons d'un désespoir qui s'exaspérait jusqu'aux larmes. J'aimais Ada. Aimer ? Était-ce le mot propre ? Et je poursuivais mon analyse : je voulais qu'elle soit à moi ; bien mieux, qu'elle soit ma femme. Elle, avec ce visage de marbre, sur ce corps acerbe ; elle encore, avec son esprit sérieux, incapable de comprendre ma forme d'esprit que je ne lui apprendrais pas, mais à quoi je renoncerais pour toujours, elle qui m'apprendrait une vie d'intelligence et de

travail. Je la voulais toute, d'elle, je voulais tout. Aimer
était bien le mot propre : j'aimais Ada.

Je crus donc avoir acquis une certitude décisive. Ma
route était désormais tracée. Plus d'hésitations !
Qu'elle m'aimât ou non, elle, que m'importait ? Il
fallait l'obtenir et pour cela parler, non pas à elle, mais
à son père, qui disposait d'elle. Ou j'atteignais le
bonheur du coup, ou il ne me restait plus qu'à oublier,
à guérir. Dans les deux cas, une situation nette.
Pourquoi souffrir dans l'attente ? Une fois certain
d'avoir perdu définitivement Ada (et cette certitude,
Giovanni seul pouvait me la donner), je n'aurais plus
qu'à laisser le temps suivre son cours sans lutter contre
lui, sans m'affliger de sa lenteur. Une chose définitive
est toujours calme, puisqu'elle est détachée du temps.

Je me mis aussitôt en quête de Giovanni. Je courus
d'abord à son bureau, situé dans cette rue que nous
continuons à dire des « Maisons-Neuves » parce que
nos aïeux faisaient ainsi. Ce sont de hautes bâtisses
anciennes qui assombrissent une rue si proche du bord
de la mer, mais peu fréquentée au crépuscule, et où
j'avançais d'un bon pas. En marchant, je ne pensais
qu'à préparer mon discours. Il serait bref. Il suffirait
de faire part à Giovanni de ma détermination d'épouser
sa fille. Aucun besoin de plaider, d'argumenter. Cet
homme d'affaires, à peine il m'entendrait, saurait
quelle réponse me donner. Un seul point me préoccupait : devrais-je m'exprimer en italien ou en dialecte
triestin ?

Giovanni avait déjà quitté son bureau pour aller au
Tergesteum. Je pris donc le chemin de la Bourse, mais
cette fois sans me presser, sachant que là je devrais, de
toute façon, attendre avant de lui parler seul à seul. Via
Cavana, je fus arrêté par la foule qui obstruait l'étroite

chaussée. Et ce fut à ce moment précis, en jouant des coudes pour passer d'un trottoir à l'autre, que je trouvai le mot de l'énigme. Je fus comme frappé d'un trait de lumière : les Malfenti voulaient que j'épouse Augusta, et non Ada, pour cette raison bien simple qu'Augusta était amoureuse de moi et qu'Ada ne l'était pas. Naturellement, elle ne l'était pas, car autrement pourquoi cette intervention de la famille ? On m'avait dit que je compromettais Augusta, mais, en réalité, c'est Augusta qui se compromettait en m'aimant. Je comprenais tout, et aussi clairement que si les Malfenti me l'avaient expliqué, en mettant les points sur les *i*. Je devinais aussi qu'Ada était d'accord pour m'éloigner. Elle ne m'aimait pas et, aussi longtemps que sa sœur m'aimerait, ne m'aimerait jamais. Au milieu de cette rue pleine de monde, j'avais donc plus judicieusement pensé que dans mon bureau solitaire.

Aujourd'hui que je revis par la pensée ces cinq mémorables journées qui me conduisirent au mariage, une chose m'étonne, c'est que la révélation de l'amour d'Augusta n'ait pu adoucir ma rancœur. Exclu de chez les Malfenti, j'aimais Ada avec rage. Je voyais nettement qu'en dépit des efforts de Mme Malfenti pour m'éloigner, je restais chez elle, et tout près d'Ada : dans le cœur d'Augusta. Mais je n'en éprouvais nulle joie. Au contraire, cette invitation à ne pas compromettre Augusta — c'est-à-dire à l'épouser — me semblait une nouvelle offense. Pour la disgracieuse enfant qui m'aimait j'avais tout le dédain que je n'admettais pas que sa sœur plus belle, et que j'aimais, eût pour moi.

Je pressai le pas de nouveau, mais cette fois pour rentrer à la maison. A quoi bon parler à Giovanni, puisque je savais désormais ce que j'avais à faire ; l'évidence de mon malheur apaiserait du moins mon inquiétude, le désespoir me délivrerait du temps. Au surplus, la brutalité de Giovanni était un danger. Mme Malfenti s'était exprimée de telle sorte que je ne l'avais comprise que via Cavana, mais son mari était capable de me crier en face : « Pourquoi veux-tu épouser Ada ? Voyons ! Ne ferais-tu pas mieux d'épouser Augusta ? » Car je me rappelais un de ses axiomes, qui pouvait fort bien trouver son application à ce cas particulier : « Tu dois toujours expliquer clairement l'affaire à ton adversaire, car c'est seulement alors que tu seras sûr de la comprendre mieux que lui ! » Et alors ? Ce serait la rupture ouverte : le temps pourrait marcher à sa guise ; je n'aurais plus aucune raison de m'en mêler : j'en serais au point mort.

Je me souvins aussi d'un autre aphorisme de Giovanni qui me rendit l'espoir et qui fut mon idée fixe durant ces cinq journées au cours desquelles ma passion se transforma en maladie. Giovanni avait coutume de dire qu'il ne faut jamais se hâter de liquider une affaire quand, de cette liquidation, on ne peut attendre aucun avantage. Toute affaire arrive d'elle-même, tôt ou tard, à sa liquidation : la preuve en est dans l'histoire du monde, qui est si longue, et dans le petit nombre d'affaires qui sont restées en suspens. Et tant qu'une affaire n'est pas liquidée, il reste possible qu'elle évolue dans un sens favorable.

D'autres aphorismes de Giovanni enseignaient tout le contraire, mais je les oubliais pour m'attacher à celui-là. Il fallait bien m'attacher à quelque chose. Je pris l'inflexible résolution de ne pas bouger avant qu'un fait nouveau se fût produit dans le sens de mon intérêt. Et il en résulta pour moi un préjudice tel que c'est peut-être pour cela que, par la suite, je ne suis jamais resté longtemps attaché à une résolution prise.

J'en étais là quand je reçus la carte de Mme Malfenti. Je reconnus son écriture sur l'enveloppe et je me flattai d'un succès que j'attribuai à la fermeté de mon vouloir. Déjà, on se repentait, on courait à ma poursuite ! Or, sur cette carte, il n'y avait rien d'écrit que deux lettres : « P. R. » Par cette abréviation, Mme Malfenti me remerciait de ma gerbe de fleurs. Ce dernier coup me consterna. Je me jetai sur mon lit et mordis mon oreiller profondément : j'avais besoin de me clouer sur place pour ne pas sortir au mépris de ma propre décision. Quelle ironique sérénité dans ces deux initiales ! La date dont j'étais si fier n'exprimait pas une sérénité pareille ! Elle signifiait déjà une résolution et aussi un reproche. *Remember,* avait dit Charles.Ier sur l'échafaud en un jour qu'il dut trouver mémorable. De même, j'avais exhorté mon adversaire à se souvenir et à trembler.

Ce furent cinq jours et cinq nuits terribles. J'en comptais toutes les heures, qui me rapprochaient de celle de ma liberté, du moment où je pourrais reprendre une bataille dont mon amour était l'enjeu.

Je me préparais à cette bataille. Je savais maintenant ce qu'Ada voulait que je sois. Je n'ai aucune peine à me souvenir des résolutions que je pris alors, car j'en ai formé d'identiques à une époque plus récente ; et puis je les avais consignées sur une feuille de papier que je garde toujours. Je me proposais de devenir plus sérieux. J'entendais par là ne plus raconter de ces historiettes qui prêtaient à rire et me diffamaient, qui me valaient l'amour de la laide Augusta et le mépris de mon Ada. Deuxième résolution : je devais être chaque matin, à huit heures, à mon bureau (où on ne me voyait plus), non pour discuter de mes droits avec Olivi, mais afin de travailler avec lui et de pouvoir assumer, en temps voulu, la direction de mes affaires. Ceci aurait lieu en des jours plus calmes. Je remettais aussi à plus tard de cesser de fumer. Inutile de jouer la difficulté : la crise était déjà assez pénible. Mais comme il fallait à Ada un mari parfait, d'autres résolutions furent prises incontinent : celle de m'adonner à des lectures sérieuses, celle de faire tous les jours une demi-heure d'escrime, celle de monter à cheval deux fois par semaine. Les vingt-quatre heures de la journée n'y suffisaient pas !

Durant ces jours de séparation, la plus amère jalousie fut la compagne de tous mes instants. Le dessein était héroïque de vouloir me corriger de mes défauts pour tenter à nouveau, dans quelques semaines, la conquête d'Ada. Mais d'ici là ? Pendant que je m'assujettissais à la plus dure discipline, les autres hommes, mes rivaux, allaient-ils se tenir tranquilles ? Ne tenteraient-ils pas de me devancer ? A coup sûr, il s'en trouverait un parmi eux qui n'aurait pas besoin de tant d'exercices préparatoires pour être agréé. Je savais, je croyais savoir qu'Ada, dès qu'elle aurait trouvé un fiancé à sa convenance, promettrait sa main sans même attendre d'être amoureuse. Et ces jours-là, quand je rencontrais en ville quelque beau garçon bien vêtu, respirant le calme et la santé, je lui jetais un regard haineux, parce qu'il me semblait qu'il faisait l'affaire d'Ada. La jalousie s'était abattue sur ma vie comme un brouillard.

Cet atroce pressentiment de me voir arracher Ada n'a rien de risible pour qui sait comment tournèrent les choses. Au contraire, en repensant à ces jours de passion, je ne puis qu'admirer mon âme prophétique.

Il m'arriva plusieurs fois de passer, de nuit, sous les fenêtres des Malfenti. Selon les apparences, on conti-

nuait à s'y divertir sans moi. A minuit ou peu avant, les
lumières s'éteignaient. Sûrement un visiteur attardé
allait sortir. Je me sauvais, tremblant d'être découvert.

Aux tourments de la jalousie, s'ajoutaient ceux de
l'impatience. Pourquoi ne me donnait-on pas signe de
vie ? Pourquoi Giovanni ne bougeait-il pas ? Il devait
pourtant s'étonner de ne plus me voir chez lui ni au
Tergesteum. Donc lui aussi était d'accord avec les
autres ? Souvent, j'interrompais mes promenades, de
jour ou de nuit, et je courais chez moi m'assurer si
personne n'était venu me demander. Dans le doute, je
n'aurais pu aller dormir ; je réveillais au besoin la
pauvre Maria pour l'interroger. Je passais des heures
dans mon antichambre, espérant un message, une
visite. Mais rien ne vint, ni personne, et si je ne m'étais
pas décidé à bouger moi-même, je serais encore
célibataire.

Un soir, j'allai jouer au club. Il y avait des années
que je ne m'y étais pas montré pour tenir une promesse
faite à mon père. Mais il me semblait que cette
promesse était devenue sans valeur, mon père n'ayant
pu prévoir les douloureuses circonstances où je me
trouvais et la nécessité, urgente pour moi, d'une
diversion. Je commençai par gagner avec une chance
qui me fut douloureuse, parce qu'elle me parut être la
contrepartie de mon infortune en amour. Puis je
perdis, et la perte aussi me fut douloureuse, car elle me
donna l'impression d'une double défaite. Je me dégoû-
tai vite du jeu. Jouer n'était pas digne de moi, non plus
que d'Ada. On voit que la passion me rendait pur !

Une rude réalité avait anéanti mes rêves amoureux.
Si je rêvais, ce n'était plus d'amour mais de victoire, ce
qui est bien différent. Je me rappelle un de mes rêves,
embelli par la présence d'Ada. Vêtue en mariée, elle

m'accompagnait à l'autel. Puis quand nous fûmes laissés seuls, nous ne fîmes pas l'amour. Moi, son mari, j'avais acquis le droit de lui demander : « Comment astu pu permettre que je fusse traité de la sorte ? » Mes autres droits m'importaient peu.

Je trouve dans un coffret des brouillons de lettres à Ada, à Giovanni et à Mme Malfenti. Ils datent de cette semaine-là. A Mme Malfenti, j'écrivais un simple mot d'adieu à la veille d'un long voyage. Pourtant je ne crois pas avoir eu l'intention de partir. Je ne pouvais quitter la ville tant qu'il restait un espoir qu'on vînt me chercher. Si on était venu et qu'on ne m'eût pas trouvé chez moi, quelle catastrophe ! Aucune de ces lettres ne fut expédiée. Je pense ne les avoir écrites que pour fixer mes idées.

Depuis des années, je me considérais comme malade, mais d'une maladie qui faisait souffrir les autres plutôt que moi-même. Ce fut alors que je connus la maladie « dolente » — cette foule de sensations physiques désagréables qui m'ont rendu si malheureux.

Cela commença ainsi. Vers une heure du matin, incapable de m'endormir, je me levai et me mis à marcher dans la nuit tiède. Je finis par arriver à la porte d'un café de banlieue où je n'étais jamais entré et où je ne rencontrerais sûrement personne de connaissance. C'était exactement ce qu'il me fallait, car je voulais continuer, avec Mme Malfenti, une discussion commencée dans mon lit, et où personne n'avait à intervenir. Mme Malfenti m'avait encore fait des reproches. Elle disait que j'avais essayé de « faire du pied » à ses filles. Mais pourquoi « ses filles » ? Même si cela avait été vrai, je ne m'en serais jamais pris qu'à la seule Ada. Il me venait des sueurs froides à la pensée que, dans la famille Malfenti, on me soupçonnait peut-être de choses semblables. Les absents ont toujours tort, et ils avaient dû profiter de mon éloignement pour se liguer contre moi. Aux vives lumières du café, je me défendais mieux. Parfois, c'est vrai, j'avais eu le désir de toucher de mon pied le pied d'Ada. Une fois même, j'avais cru y être arrivé, et sans résistance de sa part. Mais je m'étais rendu compte ensuite que j'avais touché seulement le pied de la table, qui était en bois et ne pouvait rien manifester.

Je feignais de m'intéresser à une partie de billard quand un client, appuyé sur une béquille, vint s'asseoir juste à côté de moi. Il commanda une citronnade et, voyant que le garçon attendait mes ordres, j'en commandai une moi aussi — sans réfléchir, car je ne peux pas supporter le goût du jus de citron. A ce moment, la béquille de mon voisin tomba contre la banquette où nous étions assis et glissa à terre. Instinctivement, je me baissai pour la ramasser.

— Oh! Zeno! s'écria le pauvre boiteux qui me reconnut au moment où il allait me remercier.

— Tullio! m'écriai-je à mon tour. Et nous nous serrâmes la main. Nous avions été camarades d'école et nous ne nous étions pas revus depuis des années. Je savais qu'il occupait une bonne place, dans une banque.

Avec la brusquerie des gens distraits, je lui demandai pourquoi il avait besoin d'une béquille. Lui, de très bonne humeur, me raconta qu'il souffrait depuis six mois d'un rhumatisme qui avait fini par lui abîmer la jambe droite.

Je m'empressai de lui indiquer une foule de traitements : excellent moyen de simuler sans grand effort une vive participation à son mal. Il avait tout essayé. Je suggérai encore :

— Et pourquoi n'es-tu pas couché ? Il me semble que cela ne doit pas te faire de bien de t'exposer à l'air de la nuit ?

Il se moqua gentiment de moi : l'air nocturne ne devait pas être fameux pour moi non plus. Celui qui n'a pas de rhumatismes est toujours à temps d'en attraper. Et pourtant la constitution autrichienne elle-même n'interdit pas de se coucher tard. Du reste, contrairement à l'opinion générale, le froid et le chaud n'avaient rien à voir avec les rhumatismes. Il avait étudié les causes de sa maladie, et même il ne faisait rien d'autre que d'en analyser les causes et les remèdes : il avait eu besoin d'un long congé non pas tant pour se soigner que pour poursuivre et approfondir cette étude. Pour se soigner, il avait sa méthode, une étrange méthode d'ailleurs : il ingurgitait chaque jour une quantité énorme de jus de citron. Aujourd'hui, il était arrivé à trente citrons ; mais avec un peu d'exercice, il battait ce record. Il me confia que, selon lui, le citron était un remède à tous les maux : depuis qu'il en prenait, l'abus du tabac, auquel il était condamné comme moi, le faisait moins souffrir.

J'eus un frisson à la pensée de tant d'acide, mais j'eus en même temps la vision d'une vie plus heureuse : je n'aimais pas le citron, mais si par la vertu de ce fruit, j'étais sûr de pouvoir faire sans dommage ce que je devais ou ce que je voulais, si le citron pouvait me libérer de toute autre contrainte, j'étais prêt à en absorber autant et plus que Tullio. Pouvoir faire ce qui nous plaît à la seule condition de s'acquitter d'une obligation un peu pénible, c'est une liberté complète. Le véritable esclavage, c'est la condamnation à s'abstenir : Tantale et non Hercule.

Tullio feignit à son tour d'être anxieux de mes nouvelles. J'étais bien décidé à ne rien lui dire de mon amour malheureux et d'autre part j'avais besoin de me soulager. Je parlai donc de mes petites misères (si peu de chose alors !) avec tant d'exagération que je finis par avoir les larmes aux yeux, cependant que Tullio, me croyant plus malade que lui, se sentait guérir.

Il me demanda si je travaillais. Toute la ville savait que je ne faisais rien et je craignais qu'il n'en vienne à me jalouser au moment où j'avais besoin de sa commisération. Je mentis. Je lui racontai que je travaillais dans mes bureaux, pas beaucoup, mais enfin six heures par jour environ. Outre cela j'avais sur les bras les affaires très embrouillées que m'avaient laissées mon père et ma mère : encore six heures de travail.

Tullio fit l'addition : douze heures par jour ! Il sourit, satisfait, et m'accorda ce que j'attendais de lui :

— Sais-tu que ton sort n'est guère enviable ?

La conclusion était exacte, et j'en fus si ému que je dus faire un effort pour retenir mes larmes. Je me sentis plus malheureux que jamais ; et ainsi pénétré d'une morbide pitié de moi-même, on concevra que j'étais exposé à toutes les atteintes.

Tullio se remit à parler de son rhumatisme, qui était aussi sa principale distraction. Il avait étudié l'anatomie de la jambe et du pied. Il m'expliqua en riant que, pour peu qu'on marchât à bonne allure, la durée d'un pas n'excède pas une demi-seconde, et que, pendant cette demi-seconde, cinquante-quatre muscles entrent en jeu : pas un de moins ! Ma pensée chavira et tout aussitôt se porta à mes jambes pour y chercher la monstrueuse machine. Elle la trouva. Bien sûr, je ne distinguai pas les cinquante-quatre rouages, mais j'eus conscience d'une complication inextricable d'où mon attention tendue bannissait toute ordonnance.

Je sortis du café en boitant et, plusieurs jours durant, je boitai. Marcher était devenu pour moi un exercice fatigant, douloureux même. Il me semblait que l'huile manquait à cet enchevêtrement d'organes et qu'ils s'usaient l'un contre l'autre à chaque mouvement. Quelques jours après, je fus atteint d'un mal plus grave qui me fit oublier le premier. N'empêche qu'aujourd'hui encore, si quelqu'un me regarde marcher, les cinquante-quatre mouvements s'embarrassent et j'ai l'impression que je vais tomber.

Ce mal, comme les autres, je le dois à Ada. Nombre d'animaux, quand ils sont en amour, deviennent une proie facile pour le chasseur. Ainsi devins-je la proie de la maladie ; et je suis sûr que si l'existence de la monstrueuse machine m'avait été révélée à un autre moment, je n'en aurais subi aucun dommage.

Parmi tant de papiers datant de cette fameuse semaine, entre la notation d'une « dernière cigarette » et l'expression de mon désir confiant de guérir de la maladie des cinquante-quatre mouvements, je retrouve un essai de poésie : des vers... sur une mouche ! Si ces vers n'étaient pas de moi, je les croirais l'œuvre d'une demoiselle bien élevée qui chante les insectes et qui leur dit : « tu ». Mais il n'y a pas d'erreur, ils sont de moi. Preuve que nous sommes tous capables de tout.

Voici comment naquirent ces vers. J'étais rentré chez moi très tard et, au lieu de me coucher, je m'étais rendu dans mon petit bureau où j'avais allumé le gaz. Une mouche bourdonnait autour de la lampe et m'importunait. Je réussis à l'atteindre d'une chiquenaude, légèrement, pour ne pas l'écraser sous mon doigt. Je l'avais oubliée quand je la revis au bout d'un moment sur ma table. Elle se remettait lentement. Immobile, dressée, elle paraissait plus grande parce qu'une de ses pattes, qui était ankylosée, ne pouvait fléchir. Avec ses deux pattes postérieures, elle se lissait consciencieusement les ailes. Elle tenta enfin un mouvement, mais retomba sur le dos, se redressa et recommença à se lisser les ailes avec obstination.

J'écrivis alors ma poésie, stupéfait de découvrir que ce petit organisme, envahi par une telle douleur, était dirigé dans son effort par deux convictions erronées. D'abord, en se lissant les ailes, demeurées intactes, l'insecte montrait qu'il ne savait pas de quelle partie de son corps la douleur venait ; et de plus l'assiduité de son effort révélait, en cette minuscule conscience, l'inébranlable certitude que tous les êtres ont droit à la santé et doivent la recouvrer s'ils l'ont momentanément perdue. On excusera volontiers ces erreurs chez un insecte dont l'expérience est courte puisqu'il ne vit qu'une seule saison.

Mais dimanche arriva. Cinq jours avaient passé depuis ma dernière visite chez les Malfenti. Moi qui travaille si peu, j'ai toujours respecté religieusement le repos dominical qui divise l'existence en courtes périodes et nous la rend ainsi plus supportable. Ce dimanche marquait la fin d'une dure semaine. J'avais besoin de détente. Pour ce jour-là (pour ce jour-là seulement !) la règle que je m'étais imposée ne valait plus : je verrais Ada. Et puis — sait-on jamais ? — si les choses s'étaient déjà modifiées à mon profit, pourquoi continuer à souffrir.

Donc à midi, avec autant de hâte que m'en permettaient mes pauvres jambes, je courus en ville et me postai dans une rue où je savais que passaient ces dames Malfenti au retour de la messe. C'était un dimanche plein de soleil et, tout en marchant, je pensais que peut-être allait se produire, en pleine rue, ce fait nouveau que j'espérais : l'amour d'Ada.

Il n'en fut rien, mais j'en eus un instant l'illusion. La chance me favorisa de façon incroyable. Ada et moi nous nous heurtâmes presque. Nous étions face à face. Elle était seule. Je chancelai et ma gorge se serra. Que faire ? J'aurais dû, pour me conformer à ma résolution, m'écarter légèrement et la laisser passer en lui adressant un salut un peu froid. Mais il y avait de la confusion dans mon esprit, à cause d'autres résolutions antérieures, et notamment de celle de lui parler seul à seul et d'apprendre de sa bouche quel serait mon destin.

Elle me salua comme si nous nous étions quittés depuis cinq minutes : « Bonjour, monsieur Cosini, je suis un peu pressée. »

Et moi, au lieu de m'écarter, je lui répondis : « Si vous voulez bien, je vous accompagne ! »

Elle accepta avec un sourire. Aurais-je dû parler ? Elle ajouta qu'elle rentrait tout droit à la maison. Je n'avais donc à ma disposition que cinq minutes et je perdis la plus grande partie de ce temps à calculer s'il serait suffisant pour dire ce que j'avais à dire. Mieux valait me taire que de ne pas aller jusqu'au bout de mon discours ! Ma confusion s'augmentait du fait que dans notre ville, à cette époque, se laisser accompagner dans la rue par un jeune homme, c'était déjà, pour une demoiselle, se compromettre. Elle y consentait, bravant les on-dit : ne pouvais-je me contenter de cette faveur ? Chemin faisant, je la regardais, m'efforçant de retrouver mon amour, perdu dans la colère et le soupçon. Ressaisirais-je au moins mes songes ? Elle m'apparaissait petite et grande à la fois, dans l'harmonie de ses lignes. A côté d'elle, réellement présente, les fantômes de mes rêves accouraient en foule. C'était là ma façon d'éprouver du désir, et j'y retournais avec une joie intense. De mon esprit, toute trace de ressentiment et de rancœur s'effaçait.

Mais soudain, derrière notre dos, j'entendis cet appel hésitant :

— Vous permettez, Mademoiselle ?

Je me retournai, indigné. Qui donc osait interrompre mes explications avant qu'elles ne fussent commencées ? Un jeune homme imberbe, brun et pâle, regardait Ada d'un œil anxieux. Je la regardai à mon tour avec le fol espoir qu'elle invoquerait ma protection. Un signe eût suffi : je me serais jeté sur cet individu pour lui demander raison de son audace. Que ne m'en a-t-elle donné l'ordre ! Je suis sûr qu'un acte de force brutale m'aurait guéri de tous mes maux.

Mais Ada ne me fit pas le moindre signe. Elle sourit — sans feinte, car ce sourire ne modifia pas seulement la ligne de ses lèvres mais la lueur de ses yeux — et tendit la main à l'étranger :

— Monsieur Guido !

Ce prénom me fit mal. Un instant plus tôt, elle m'avait appelé par mon nom de famille !

J'examinai ce M. Guido. Il était vêtu avec une élégance recherchée. De son poing ganté, il tenait une canne à très long manche d'ivoire que je n'aurais jamais portée, même si on m'avait payé tant par kilomètre. Je ne me reprochai nullement d'avoir cru Ada menacée par cet homme-là. Il est de louches personnages qui s'habillent élégamment et qui portent des cannes de ce genre.

Le geste d'Ada me refoula dans les barrières des

usages mondains. La présentation eut lieu. Je souriais moi aussi. Sur le visage d'Ada errait comme un frisson d'une eau limpide effleurée par une brise légère ; sur le mien, c'était plutôt comme si on avait jeté un caillou dans une mare.

Il s'appelait Guido Speier. Mon sourire se fit plus spontané : l'occasion s'offrait déjà de lui dire quelque chose de désagréable.

— Vous êtes Allemand ?

Du ton le plus aimable, il reconnut que son nom pouvait le laisser croire. Toutefois des documents de famille établissaient que les Speier étaient Italiens depuis plusieurs siècles. Il parlait toscan avec facilité tandis que nous étions condamnés, Adeline et moi, à notre mauvais patois.

Je le regardais pour mieux entendre ce qu'il disait. C'était un très beau jeune homme. Ses lèvres entrouvertes laissaient voir des dents parfaitement blanches. Son œil était vif, plein d'expression ; et quand il ôta son chapeau, je pus constater que ses cheveux noirs et légèrement bouclés couvraient toute la surface qui leur était destinée par la nature, tandis que le front, chez moi, envahissait le sommet de la tête !

Adeline n'aurait pas été là que je l'aurais quand même détesté, mais la haine que j'éprouvais était une souffrance. Pour l'atténuer un peu, je me disais : « Il est trop jeune pour elle. » J'eus aussi la pensée que la familiarité aimable d'Ada à son égard résultait d'un ordre de son père. Guido était peut-être un puissant homme d'affaires que Giovanni tenait à se concilier. Et en pareil cas, toute la famille collabore. Je lui demandai :

— Vous vous fixez à Trieste ?

Il me répondit qu'il y était depuis un mois et qu'il

fondait une maison de commerce. Je respirai : je pouvais avoir deviné juste !

Je boitais, mais allègrement, et personne ne s'en avisait. Je contemplais Ada et m'efforçais d'oublier le reste du monde, y compris notre compagnon. Au fond, je suis l'homme du moment présent ; le futur ne me préoccupe que s'il jette sur le présent une ombre trop noire. Ada marchait entre nous deux. Elle avait sur le visage, stéréotypée, une vague expression de bonheur, presque un sourire. Que signifiait ce bonheur ? A qui allait ce sourire ? Était-ce à moi, qu'elle n'avait pas vu depuis si longtemps ?

Je prêtai l'oreille à leurs propos. Ils parlaient de spiritisme et je compris que Guido avait initié la famille Malfenti aux secrets des tables tournantes.

Je brûlais du désir de m'assurer que le doux sourire qui errait sur les lèvres d'Ada était pour moi et je me mêlai à la conversation. J'improvisai une histoire de revenants. Nul poète n'eût été plus fort que moi aux bouts-rimés. Sans même savoir où j'allais en venir, je commençai en déclarant que je croyais moi aussi aux esprits, depuis certaine aventure qui m'était arrivée la veille, dans cette rue... ou plutôt non, dans la rue parallèle ! Mlle Ada avait sûrement connu le professeur Bertini, mort l'année dernière à Florence où il s'était retiré. Nous avions appris par un journal local la nouvelle de sa mort ; mais cette nouvelle, je l'avais oubliée, et quand il m'arrivait de penser à lui, je me l'imaginais toujours faisant sa promenade aux Cascine. Eh bien, la veille, en un point que je précisai, je fus accosté par un monsieur que j'étais certain d'avoir déjà vu quelque part. Il avait la curieuse allure d'une petite femme qui se démène pour se frayer un chemin.

— Évidemment ! ça pouvait être Bertini, fit Ada en riant.

Le rire était pour moi. Encouragé, je poursuivis :

— Je savais que je le connaissais mais je n'arrivais pas à le reconnaître. On parla politique. C'était bien Bertini car il dit sottise sur sottise d'une voix de brebis bêlante.

— Sa voix aussi ! Et Ada, riant toujours, m'interrogeait du regard, impatiente de savoir la fin.

— Oui, ce devait être Bertini ! dis-je, simulant l'effroi avec ce beau talent d'acteur que j'ai perdu. Il me serra la main et me quitta. Tandis qu'il se dandinait au milieu de la rue, je le suivais, cherchant à rassembler mes esprits. Ce n'est qu'après l'avoir perdu de vue que j'eus conscience d'avoir parlé à Bertini. A Bertini, mort depuis un an !

Un instant plus tard, nous arrivions devant la maison des Malfenti. En lui serrant la main, Ada dit à Guido qu'elle l'attendrait ce soir. Puis, m'ayant également dit au revoir, elle me dit que, si je n'avais pas peur de m'ennuyer, je devais aller ce soir chez eux pour faire tourner la table.

J'évitai de répondre et de remercier. Avant de dire oui, il me fallait analyser cette invitation. J'y percevais un ton de politesse obligée. Et puis, notre rencontre matinale suffisait pour ce dimanche. D'autre part, refuser eût été peu courtois et je voulais me réserver la possibilité de venir. Je demandai des nouvelles de Giovanni : j'avais un mot à lui dire. Ada me répondit que je le trouverais à son bureau où il s'était rendu pour une affaire urgente.

Une seconde, nous nous arrêtâmes, Guido et moi, pour regarder la silhouette gracieuse d'Ada disparaître dans la demi-obscurité du vestibule. Je ne sais trop à quoi Guido pensait à ce moment-là. Quant à moi, je me sentais très malheureux. Pourquoi ne m'avait-elle pas invité le premier ?

Nous revînmes ensemble sur nos pas, presque jusqu'à l'endroit où nous avions rencontré Ada. Guido, aimable et désinvolte (ce que je lui enviais le plus, c'était précisément sa désinvolture), reparla de cette histoire que j'avais imaginée et qu'il prenait au sérieux. Elle renfermait d'ailleurs une petite part de vérité : il existait à Trieste une personne qui ressemblait un peu à Bertini par sa façon de débiter des âneries, par sa démarche et par le son de sa voix ; j'avais fait récemment la connaissance de cette personne et elle m'avait aussitôt rappelé Bertini. Je n'étais pas fâché de voir Guido se rompre la tête à propos de mon invention. Il était établi que je n'avais pas à le haïr puisqu'il n'était, pour les Malfenti, qu'un homme d'affaires important ; mais il m'était antipathique à cause de son élégance recherchée et de sa canne. Il m'était même tellement antipathique que je n'avais plus qu'une idée : le planter là. Je l'entendis conclure :

— Il se pourrait que la personne avec laquelle vous avez parlé ait été plus jeune que Bertini, qu'elle ait eu une voix mâle, la démarche d'un grenadier. Du moment qu'elle débitait des sottises, cela devait suffire à évoquer en vous le souvenir de ce pauvre homme. Pour croire que c'était lui, toutefois, il aurait fallu que vous fussiez bien distrait.

Je ne fis rien pour venir à son secours :

— Distrait, moi ? Quelle idée ! Je suis un homme d'affaires. Si j'étais distrait, que deviendrais-je ?

Je perdais mon temps : il me fallait aller chez Giovanni.

Puisque j'avais vu la fille, je pouvais bien voir le

père, beaucoup moins important à mes yeux. Si je tenais à le trouver à son bureau, je n'avais pas de temps à perdre.

Guido continuait à examiner quelle part de miracle on peut attribuer à l'inattention de celui qui l'accomplit ou qui y assiste. Dans mon souci de l'égaler en désinvolture, je l'interrompis pour lui dire au revoir et je le quittai, le tout d'une façon qui voulait être désinvolte, mais qui n'était que brusque, et même brutale.

Pour moi les miracles existent, et ils n'existent pas. A quoi bon compliquer les choses ? On y croit ou on n'y croit pas ; et dans les deux cas tout est très simple.

Mon intention n'était pas de témoigner de l'antipathie à Guido ; dans mon esprit, je lui faisais même une concession, puisque je suis un positiviste convaincu et que je n'ai pas foi aux miracles. Mais c'était une concession faite avec une bonne dose de mauvaise humeur.

Je m'éloignai, boitant plus que jamais et avec l'espoir que Guido n'éprouverait pas le besoin de me regarder marcher.

Il m'importait de parler à Giovanni afin de fixer ma ligne de conduite. Je comprendrais bien, d'après son attitude, si je pouvais accepter l'invitation d'Adeline ou si je devais au contraire m'en tenir aux recommandations expresses de Mme Malfenti. Il fallait que mes rapports avec ces gens-là fussent bien définis et si le dimanche ne suffisait pas j'emploierais aussi le lundi à éclaircir la situation. Je continuais à contrevenir à ma résolution, mais sans m'en douter. J'avais plutôt l'impression d'exécuter un plan arrêté après cinq jours de méditations. C'est ainsi que je désignais mon activité au cours des cinq dernières journées.

Giovanni me salua d'un « bonjour » sonore qui me
fit du bien et me pria de m'asseoir dans un fauteuil, en
face de son bureau :

— Deux minutes et je suis à vous.

Puis, sans transition :

— Mais vous boitez ?

Je me sens rougir ; toutefois j'étais en veine d'improvisation et je lui expliquai que j'avais glissé en sortant
du café — je pris soin de nommer le café où l'accident
m'était arrivé. Puis, craignant qu'il n'attribuât ma
chute à un excès de boisson, j'ajoutai en riant que je me
trouvais justement, à ce moment-là, avec un ami affligé
d'un rhumatisme, et qui boitait.

Un employé et deux commissionnaires se tenaient
debout à côté du bureau. Il devait s'être produit
quelque désordre dans une livraison de marchandises
et Giovanni remettait rudement les choses à leur place.
En règle générale il n'intervenait pas dans le fonctionnement de son magasin, afin de garder sa liberté
d'esprit pour faire — disait-il — ce qu'il était seul à
pouvoir faire. Il criait plus fort que d'habitude, comme
pour graver ses dispositions dans les oreilles de ses
subordonnés. Je crus comprendre qu'il s'agissait de
régler les rapports entre le magasin et le bureau de
ville.

— Cette feuille, hurlait Giovanni en brandissant un
morceau de papier, sera signée par toi et l'employé qui
la recevra t'en remettra une identique signée par lui.

Il dévisageait ses interlocuteurs, tantôt à travers,
tantôt par-dessus ses lunettes. Il conclut dans un
nouveau hurlement :

— Vous avez compris ?

Il allait recommencer ses explications, mais moi, je
pensais avoir déjà perdu trop de temps. J'avais le

sentiment curieux que moins j'attendrais, plus j'aurais
de chance de gagner la bataille ; puis je m'aperçus, et
non sans surprise, que personne ne m'attendait, que je
n'attendais personne, que je n'avais proprement rien à
faire là, dans cette pièce. J'allai à Giovanni, la main
tendue.

— Je viens chez vous ce soir.

Il se tourna vers moi tandis que les autres se
retiraient au fond de la salle.

— Pourquoi ne vous voit-on plus ? demanda-t-il
avec simplicité.

Ce mot fut pour moi comme une illumination. Voilà
la question qu'Ada aurait dû me poser, à laquelle
j'avais droit. Si nous avions été sans témoins j'aurais
parlé à Giovanni à cœur ouvert. Ses paroles prouvaient
qu'il n'avait aucune part au complot tramé contre moi.
Lui seul était innocent ; il méritait ma confiance.

Peut-être ma pensée, alors, n'était-elle pas aussi
claire ? La preuve en est que je n'eus pas la patience
d'attendre le départ des deux commissionnaires et de
l'employé. Et puis il restait à savoir si Ada, prête à me
poser la même question que son père, n'en avait pas été
empêchée par l'arrivée inopinée de Guido.

D'ailleurs cette fois ce fut Giovanni qui m'empêcha
de parler. Il avait hâte de se remettre au travail.

— Alors on vous voit ce soir ? Vous entendrez un
violoniste comme vous n'en avez jamais entendu. Il se
présente comme un amateur parce qu'il est riche et
qu'il n'a pas à gagner sa vie. Son idée est de faire du
commerce. (Ici, un haussement d'épaules assez méprisant.) Oh ! moi, j'aime le commerce, mais à sa place je
préférerais tirer parti de mon talent. Je ne sais pas si
vous le connaissez : il s'appelle Guido Speier.

— Ah, vraiment ?

Et je secouais la tête, j'ouvrais la bouche, je mettais en somme tout en mouvement pour simuler de mon mieux le plaisir que j'aurais dû prendre à cette nouvelle. Donc, ce petit jeune homme jouait du violon, par-dessus le marché ? Et il jouait bien ! C'était un comble. J'eus un instant l'espoir que Giovanni voulait plaisanter et que l'exagération de son éloge signifiait que Guido lui écorchait les oreilles. Mais non : son hochement de tête exprimait une sérieuse admiration.

Je lui serrai la main :

— Au revoir !

Je me dirigeais vers la porte en boitant quand un doute m'arrêta : « Je ferais peut-être mieux de ne pas accepter l'invitation et, en ce cas, de prévenir Giovanni. » Je fis demi-tour pour lui parler et je m'aperçus alors qu'il me regardait avec une grande attention ; il était même penché en avant pour mieux voir. Je ne pus pas supporter cet examen et, décidément, je partis.

Un violoniste ! Si vraiment il jouait si bien, moi, c'est bien simple, j'étais un homme détruit. Si au moins je n'avais pas joué du violon moi-même et surtout si je n'en avais jamais joué chez les Malfenti ! Je n'avais pas apporté mon instrument dans cette maison avec la prétention de conquérir les cœurs. Un prétexte à prolonger mes visites, voilà tout. Et il y en avait tant d'autres, moins compromettants ! Imbécile que j'étais !

On ne pourra pas dire que je me fais des illusions sur mon compte. J'ai conscience d'avoir un sentiment profond de la musique ; et si j'aime la musique la plus complexe, ce n'est nullement par affectation. D'autre part, ce sentiment même m'avertit que je ne jouerai jamais assez bien pour donner du plaisir à qui m'écoute. Je sais cela depuis des années. Malgré tout, je continue à jouer, comme je continue à me soigner et pour la même raison. Je jouerais bien si je n'étais pas malade et, sur les quatre cordes, je cherche mon équilibre. La légère paralysie qui affecte mon organisme, elle se révèle à l'état pur au moment où je donne le coup d'archet. A l'état pur, donc plus facilement guérissable.

L'être le plus bas, quand il sait ce que sont les triolets, les groupes de quatre ou de six notes, sait également passer de l'une à l'autre avec la même facilité que d'une couleur à une autre couleur. Mais moi, quand j'ai produit une de ces figures, je ne puis plus m'en libérer ; elle adhère à moi, elle contamine la figure suivante et la déforme. Pour remettre les notes à leur juste place je suis obligé de battre la mesure du pied, de la tête. Mais alors adieu désinvolture, adieu sérénité, adieu musique !

La musique provenant d'un organisme équilibré est elle-même le temps qu'elle crée et qu'elle épuise. Quand je jouerai vraiment bien, je serai guéri.

Pour la première fois, je songeai à abandonner la partie, à quitter Trieste, à aller n'importe où chercher l'oubli. Il n'y avait plus rien à espérer. Ada était perdue. J'en étais sûr. Ne savais-je pas qu'elle n'aurait épousé un homme qu'après l'avoir soupesé et passé au crible, comme s'il se fût agi de lui décerner une distinction académique ? C'était ridicule, car le plus ou moins grand talent de violoniste est une chose qui ne devrait pas entrer en ligne de compte dans le choix d'un mari. Mais il n'y avait pas à discuter : l'épreuve musicale était aussi décisive pour moi que si nous avions été des oiseaux chanteurs.

Je m'enfermai chez moi pour attendre la fin de la journée. Je tirai mon violon de son étui sans bien savoir si j'allais en jouer ou le mettre en pièces. Puis, comme pour lui adresser un dernier adieu, je me mis à étudier l'éternel Kreutzer. Mon archet avait déjà parcouru tant de kilomètres que, tout désorienté que je fusse, je pouvais, machinalement, lui en faire parcourir encore quelques-uns.

Tous ceux qui se sont escrimés sur ces quatre maudites cordes se sont (tant qu'ils ont vécu seuls) fait cette illusion qu'à chaque effort correspond un progrès. Sans cet espoir, quel homme serait assez fou pour accepter une vie de forçat, comme s'il avait tué père et mère ? Au bout de peu de temps, il me sembla que la bataille n'était pas définitivement perdue. Qui sait s'il ne me serait pas donné d'intervenir, entre Guido et Ada, armé d'un violon vainqueur ?

Ce n'était pas là présomption, mais le fait d'un optimisme dont je ne me suis jamais libéré. Toute menace, d'abord, m'atterre, mais je reprends courage presque aussitôt. Il ne s'agissait cette fois que de juger mon coup d'archet avec un peu de bienveillance. En ces matières un jugement sûr se fonde sur une comparaison, et je n'en avais pas les éléments. Et puis le son qui naît sous vos doigts et à votre oreille, comment ne trouverait-il pas le chemin de votre cœur ?

Quand je m'arrêtai, rompu de fatigue, je me dis : « Mon brave Zeno, tu as gagné ton pain » ; et, sans hésiter un instant, je pris le chemin de la maison Malfenti. J'avais accepté l'invitation : je ne pouvais plus me dérober.

La femme de chambre m'accueillit avec un sourire qui me parut de bon augure et me demanda gentiment si j'avais été malade pour être resté si longtemps sans venir. Je lui donnai un pourboire. Par sa bouche, toute la famille, dont elle était la représentante, s'était informée de ma santé.

Elle m'introduisit au salon où je me trouvai plongé

soudain dans une obscurité complète. Venant du
vestibule bien éclairé je ne distinguai rien pendant un
moment et je n'osais pas faire un mouvement. Bientôt
cependant, je discernai autour d'un guéridon, assez
loin de moi, diverses silhouettes.

Je fus salué par la voix d'Ada qui, dans le noir, me
parut sensuelle, souriante : une caresse.

— Asseyez-vous de ce côté et ne troublez pas les
esprits. Si cela continuait ainsi, ce n'est certainement
pas moi qui les aurais troublés.

Une autre voix lui fit écho. Celle d'Augusta ou celle
d'Alberta, je n'en sais rien.

— Si vous voulez prendre part à l'évocation, il y a
encore une petite place ici.

J'étais bien résolu à ne pas me laisser mettre en
quarantaine et je me dirigeai d'un pas décidé vers le
point d'où m'était venu le salut d'Ada. Je heurtai du
genou l'angle du guéridon — un guéridon vénitien tout
en angles. Mais la douleur intense que je ressentis
n'arrêta pas mon élan. Quelqu'un, je ne sais qui,
m'avança un siège et je me trouvai assis entre deux
jeunes filles dont l'une, celle de droite, devait être Ada
et l'autre, pensais-je, Augusta. Pour éviter le contact
de cette dernière je me portai vers ma droite le plus
possible. Et pour m'assurer que ma voisine était bien
Ada, je lui demandai :

— Êtes-vous déjà en communication avec les
esprits ?

Guido, qui me parut être en face de moi, m'interrompit par un « Silence ! » impérieux.

Puis, d'un ton radouci :

— Recueillez-vous et pensez intensément au mort
que vous désirez évoquer.

Les tentatives quelles qu'elles soient, pour épier

l'au-delà ne m'inspirent aucune aversion. Je regrettais même de n'avoir pas introduit plus tôt cette mode chez Giovanni, puisqu'elle obtenait un succès pareil. Mais comme je n'avais nulle envie d'obéir aux ordres de Guido, je ne songeais à rien moins qu'à me recueillir. Je m'étais assez reproché d'avoir laissé les choses en venir à ce point sans m'être franchement expliqué avec Ada. Maintenant que je la tenais à côté de moi, dans cette obscurité favorable, il faudrait bien que je les clarifie. Je n'étais retenu que par la douceur de la sentir si proche après avoir craint de la perdre pour toujours. Je devinais la mollesse et la tiédeur des étoffes qui effleuraient mes vêtements, je pensais que, serrés comme nous l'étions, mon pied devait toucher les siens, chaussés, comme chaque soir, de petits souliers vernis. En vérité c'était trop, après un si long martyre.

Guido insista :

— Je vous en prie, recueillez-vous. Suppliez l'esprit que vous invoquez de se manifester en faisant bouger la table.

Il me plaisait qu'il continuât à s'occuper des esprits. Je pesais de presque tout mon poids sur Ada. Et elle s'y résignait ; elle ne me repoussait pas. Donc elle m'aimait, c'était évident. L'heure des explications sonnait. Je détachai ma main droite du guéridon et, doucement, je passai mon bras autour de la taille de la jeune fille :

— Je vous aime, Ada, fis-je à voix basse en approchant mon visage tout près du sien.

Ma voisine attendit un instant avant de répondre, puis, dans un souffle de voix (mais de la voix d'Augusta) :

— Pourquoi, dit-elle, n'êtes-vous pas venu pendant si longtemps ?

De surprise et de déplaisir, je faillis tomber du haut
de ma chaise. Je compris aussitôt qu'il fallait écarter
de mon destin cette importune créature, mais qu'il
fallait aussi la traiter avec tous les égards qu'un galant
homme doit à la femme dont il est aimé, fût-elle la
plus laide du monde. Elle m'aimait ! Dans ma douleur
j'eus conscience de son grand amour. L'amour seul
avait pu lui suggérer de ne pas dire :« Ada, ce n'est
pas moi » mais de m'adresser la question que j'avais
en vain attendue de sa sœur et qu'elle-même s'était
préparée à me poser à notre premier revoir.

Je suivis mon instinct. Je ne répondis pas à sa
demande, mais, après une brève hésitation :

— Je suis tout de même content, Augusta, lui dis-
je, de m'être confié à vous que je crois si bonne !

Je me remis d'aplomb sur mon trépied. Je ne
m'étais pas expliqué avec Ada, mais avec Augusta,
complètement. De ce côté, plus de malentendus possibles.

Guido réitérait ses avertissements :

— Si vous ne voulez pas vous taire, il est bien
inutile que nous restions dans l'obscurité !

Il ignorait qu'au contraire, j'avais besoin d'un peu
d'obscurité pour m'isoler et me reprendre. L'équilibre de mon siège était encore le seul que j'eusse
reconquis.

Allons, je ne parlerais à Ada qu'en pleine lumière.
Mais à propos, qui avais-je à ma gauche ? Elle ou
Alberta ? Nouveau doute, nouvelle rupture d'équili-
bre. Pour ne pas tomber, je me retins à la table et tout
le monde se mit à hurler : « Elle bouge, elle bouge ! »
Mon geste involontaire aurait pu me conduire à la
clarification. D'où venait la voix d'Ada ? Celle de
Guido, couvrant le tumulte, avait de nouveau réclamé

le silence que je lui aurais bien volontiers imposé. Puis d'un autre ton, d'un ton suppliant (quel imbécile !) il s'adressa à l'esprit :

— Je t'en prie, dis ton nom, en l'épelant suivant notre alphabet !

Il prévoyait tout. Il avait peur que l'esprit ne se servît de l'alphabet grec.

Je continuai la comédie, épiant toujours l'obscurité à la recherche d'Ada. Grâce à moi, le guéridon frappa sept coups : la lettre G ! L'idée me parut bonne et, en dépit de l'effort prolongé que demandait la lettre U, la table énonça clairement le nom de Guido. Je pense que le désir m'inspirait de le reléguer chez les esprits.

Quand le mot Guido fut épelé, Ada, enfin, parla :

Un de vos ancêtres, je suppose.

Elle était assise juste à côté de lui. J'aurais voulu pousser le guéridon entre eux pour les séparer.

— Peut-être, répondit Guido.

Il croyait avoir des ancêtres, mais il ne me faisait pas peur. La réelle émotion qui altérait sa voix me procura le soulagement que doit éprouver un escrimeur quand il s'aperçoit que son adversaire est moins redoutable qu'il ne le craignait. Ces expériences, il ne les faisait même pas de sang-froid. C'était un vrai imbécile ! Ma compassion s'éveillait facilement à toutes les faiblesses, mais pas à la sienne.

Il parla de nouveau à l'esprit :

— Si tu t'appelles Speier, fais un seul mouvement, sinon, deux.

Comme il tenait à ses ancêtres, je fis remuer la table une fois.

— Mon grand-père, murmura-t-il.

La conversation avec l'esprit s'animait. On demanda à l'esprit s'il avait des nouvelles à donner. Il répondit

« oui ». S'il s'agissait d'affaires ou non ? Il s'agissait
d'affaires. Ces réponses-là étaient très faciles car il
suffisait que la table frappât un coup. Guido demanda
ensuite si ces nouvelles étaient bonnes ou mauvaises.
Pour les bonnes, un coup ; pour les mauvaises, deux.
Sans la moindre hésitation, je soulevai la table par deux
fois, mais la deuxième fois mon mouvement fut
combattu. C'est à croire qu'une personne de la société
voulait absolument que les nouvelles fussent bonnes.
Ada, peut-être ? Pour obtenir le second coup je me jetai
véritablement sur la table. Je triomphai. Les nouvelles
étaient mauvaises.

A cause de cette lutte, le deuxième mouvement fut
excessif et la table bouscula tout le monde.

— Étrange ! murmura Guido.

Et soudain :

— Assez, assez ! Il y a quelqu'un ici qui se moque
de nous.

On se leva. Plusieurs personnes s'empressèrent
d'allumer des lampes, et la lumière jaillit à la fois de
tous les coins du salon. Guido me sembla très pâle. Ada
se trompait sur le compte de cet individu et j'aurais vite
fait de lui ouvrir les yeux.

Dans le salon, outre les trois demoiselles Malfenti, il
y avait leur mère, et une autre dame dont la vue
m'inspira comme un malaise car je crus reconnaître
tante Rosina. Pour des raisons différentes, j'adressai
aux deux dames un salut compassé.

Autour de la table il ne restait plus qu'Augusta et
moi. Nouvelle compromission, mais je ne pouvais me
résigner à me joindre aux autres, qui entouraient
Guido. Celui-ci expliquait avec véhémence comment il
avait compris que la table avait été ébranlée non par un
esprit mais par un mauvais plaisant en chair et en os.

Ce n'était pas Ada, c'était lui-même qui avait voulu arrêter le guéridon devenu trop bavard. Il disait :

— Je retenais la table de toutes mes forces pour l'empêcher de remuer une seconde fois. Quelqu'un a dû se jeter dessus pour venir à bout de ma résistance.

Donc un effort puissant ne pouvait être le fait d'un esprit ? Joli spiritisme !

J'examinais la pauvre Augusta pour voir quelle mine elle faisait après avoir entendu ma déclaration d'amour à sa sœur. Elle était toute rouge mais elle me regardait avec un sourire bienveillant. Elle se décida enfin à montrer qu'elle m'avait compris.

— Je ne le dirai à personne, me dit-elle à voix basse.

Ce mot me fit plaisir. « Merci », répondis-je en serrant la main assez forte mais parfaitement modelée de la jeune fille. Bien qu'il me soit difficile d'éprouver de l'amitié pour une personne laide, j'étais disposé à devenir pour Augusta un bon camarade. D'ailleurs sa taille que j'avais serrée et que j'avais trouvée plus fine que je n'aurais cru, m'était sympathique. Son visage aussi était passable. Enlaidi, certes, par cet œil qui battait la campagne ; mais évidemment j'avais exagéré en étendant cette infirmité jusqu'à la cuisse.

On avait fait apporter à Guido de la limonade. En m'approchant du groupe qui l'entourait je tombai sur Mme Malfenti qui s'en détachait. Je lui demandai :

— A-t-il besoin d'un cordial ?

Elle eut une légère moue de mépris et prononça nettement :

— Il n'aurait vraiment pas l'air d'un homme !

Je me flattais que ma victoire pût avoir des conséquences décisives. Ada jugerait comme sa mère. Mais cette victoire eut pour premier effet celui qu'elle ne pouvait manquer d'avoir sur un vainqueur de ma sorte. Toute rancune s'évanouit en moi et je ne songeai plus qu'à épargner à Guido de plus longues souffrances. Si beaucoup de gens me ressemblaient, le monde serait moins rude, c'est certain.

Je m'assis à côté de lui et sans regarder les autres, je lui dis :

— Il faut m'excuser, Monsieur Guido ; je me suis permis une plaisanterie de mauvais goût. C'est moi qui ai fait épeler votre nom par la table. Je ne l'aurais pas fait si j'avais su que vous portiez le nom d'un de vos grands-pères.

Son visage s'éclaira. On voyait trop combien mon aveu était important pour lui, mais il ne voulut pas l'admettre et me dit :

— Ces dames sont trop bonnes. Je n'ai pas besoin de réconfort. La chose est sans importance. Je vous remercie de votre sincérité mais j'avais déjà deviné que quelqu'un avait coiffé la perruque de mon grand-père.

Puis, avec un rire satisfait :

— Vous êtes robuste, vous. J'aurais dû comprendre qui luttait contre moi puisque nous n'étions que deux hommes à cette table.

J'avais prouvé que j'étais le plus fort, mais bientôt je dus me reconnaître plus faible que lui. Ada, qui me regardait d'un œil peu amical, marcha sur moi, ses belles joues enflammées :

— Je regrette pour vous, dit-elle, que vous ayez pu vous croire autorisé à jouer cette comédie.

Je balbutiai, à court de souffle :

— C'était pour rire ! Je croyais que personne ne prenait au sérieux cette histoire de table tournante.

Il était un peu tard pour m'attaquer à Guido ; et même, si j'avais eu l'oreille sensible, j'aurais compris que jamais plus, dans une lutte contre lui, la victoire ne serait à moi. La colère d'Ada ne laissait guère de doute sur ce point. Elle était à lui, déjà. Mais je m'obstinais à penser qu'il ne la méritait pas, qu'il n'était pas l'homme que cherchait son œil sérieux. Mme Malfenti ne l'avait-elle pas exprimé elle-même ?

Tous les autres se mirent de mon côté, ce qui aggrava ma situation. Mme Malfenti dit en riant : « Voilà une plaisanterie excellente, et parfaitement réussie. » Tante Rosina, dont le gros corps était encore secoué de rire, s'écria avec admiration : « Magnifique ! »

Guido même me témoigna une amabilité qui me déplut. Lui, n'avait plus rien à craindre, puisque les mauvaises nouvelles avaient été transmises à la table par moi et non par un vrai esprit. C'était la seule chose qui l'intéressait.

— Je parie, me dit-il, qu'au début vous n'avez pas fait exprès d'appuyer sur la table. Le mouvement a commencé malgré vous, puis vous avez décidé de le diriger par malice. Ainsi la chose garde une certaine importance, c'est-à-dire seulement jusqu'au moment où vous avez saboté votre inspiration.

Ada me regardait avec curiosité. Sa dévotion excessive à Guido la disposait à me pardonner, puisque Guido m'accordait son pardon. Je l'en empêchai :

— Mais non, dis-je tout net. J'étais fatigué d'attendre ces esprits qui n'arrivaient pas et je me suis substitué à eux.

Ada me tourna le dos avec un mouvement des épaules qui me fit l'effet d'une gifle. Même les petites boucles folles, sur sa nuque, criaient son indignation.

Comme toujours, au lieu de regarder et d'écouter, je n'étais occupé que de ce qui se passait en moi. Ada se compromettait horriblement et j'en souffrais. Ma douleur était celle d'un mari qui vient de constater la trahison de son épouse. En dépit de ses manifestations de sympathie pour Guido, elle pouvait encore être mienne, mais je sentais que jamais je ne pardonnerais son attitude. Sans doute ma pensée est-elle trop lente pour suivre les événements qui se déroulent, sans attendre que se soient effacées de mon cerveau les traces laissées par les événements précédents. Toujours est-il que la décision prise me traçait une voie dont je ne croyais pas pouvoir m'écarter. Obstination vraiment aveugle… Je voulus même m'affermir dans mon propos en l'exprimant une fois de plus. Je revins vers Augusta, qui m'adressait des regards anxieux et des sourires d'encouragement sincères, et lui dis d'un ton navré :

— C'est peut-être ma dernière soirée ici, car ce soir même je déclarerai mon amour à Ada.

— Ne le faites pas, supplia-t-elle. Ne voyez-vous pas où en sont les choses ? Je serais fâchée si vous deviez souffrir.

Elle s'interposait encore entre Ada et moi ! Avec l'intention de la froisser, je répliquai :

— Je parlerai à votre sœur puisque c'est mon devoir. Quant à ce qu'elle répondra, cela m'est indifférent.

Là-dessus je la quittai. C'est alors que passant devant une glace, je m'aperçus que j'étais moi aussi très pâle, ce qui eut pour résultat de me faire pâlir davantage. Je luttais pour me ressaisir et pour paraître à mon aise ; tout à cet effort, je pris par distraction le verre de Guido, puis, embarrassé de ce verre et pour ne pas perdre toute contenance, je le vidai.

Guido éclata de rire :

— Vous allez savoir toutes mes pensées : j'ai bu avant vous dans ce verre !

Je n'aime pas le citron. Mais cette fois, pour le coup,

je me crus empoisonné. Son verre! Écœuré à l'idée de
ce contact odieux, je fus frappé, d'autre part, de
l'impatience irritée que reflétait le visage d'Ada. Elle
appela aussitôt la femme de chambre et commanda un
autre verre de limonade sans écouter les protestations
de Guido qui déclarait n'avoir plus soif.

Elle se compromettait de plus en plus. J'eus pitié
d'elle :

— Excusez-moi, Ada, lui dis-je humblement,
comme si je m'étais attendu à des reproches — je n'ai
pas voulu vous déplaire.

A ce moment-là, je crus que j'allais pleurer et, pour
me sauver du ridicule, je m'écriai :

— Je me suis fait gicler du citron dans l'œil!

Je portai mon mouchoir à mes yeux. Ainsi je n'avais
plus à retenir mes larmes ; il me suffisait de prendre
garde à ne pas sangloter.

Je n'oublierai jamais cette obscurité, derrière ce
mouchoir. Je ne cachais pas mes larmes seulement,
mais un accès de folie : je disais tout à Ada, elle
m'écoutait, elle m'aimait et je lui refusais mon pardon.

Je remis mon mouchoir dans ma poche et, laissant
voir mes yeux larmoyants, je fis un effort pour rire et
faire rire :

— Je suppose que M. Giovanni a un stock d'acide
citrique pour les citronnades.

Au même instant Giovanni entra. Il me salua avec
son habituelle cordialité. Ce fut un réconfort, mais qui
dura peu, car il déclara aussitôt qu'il était rentré plus
tôt que d'habitude pour entendre jouer Guido. Il
s'interrompit pour me demander ce qui me faisait
pleurer. Je lui fis part de mes soupçons quant à la
qualité de ses citronnades.

Il prit la chose en riant, et moi, je fus assez lâche

pour m'associer chaleureusement à son désir. N'étais-je pas venu pour écouter Guido jouer du violon ? Et puis j'espérais que mes sollicitations adouciraient l'humeur d'Ada. Je la regardais avec l'espoir d'obtenir cette fois au moins son assentiment. Comme c'est étrange ! Je m'étais cependant proposé de lui parler avec fermeté, d'être inflexible. Je ne vis d'ailleurs que son dos et ses bouclettes dédaigneuses. Elle tirait déjà le violon de son étui.

Guido demanda un quart d'heure de répit. Il paraissait hésitant. Au cours des années qui suivirent j'ai observé qu'il hésitait toujours ainsi avant de consentir aux choses les plus simples. Il ne faisait que ce qui lui plaisait. Et avant d'agir il sondait les dernières profondeurs de sa conscience pour y surprendre son plus secret penchant.

Ce quart d'heure fut pour moi le plus glorieux de la soirée. Mon bavardage amusa tout le monde, même Ada. Il était dû à mon excitation et aussi à un suprême effort pour vaincre ce violon redoutable dont la menace, de minute en minute, grandissait. Et ce court intervalle de temps qui, aux autres, parut si divertissant, fut rempli, pour moi, par une lutte angoissée.

Giovanni raconta qu'en revenant en tramway, il avait été témoin d'une scène pénible. Une femme qui avait voulu descendre pendant la marche était tombée maladroitement et s'était blessée. Avec une certaine outrance, Giovanni décrivait son angoisse. La femme allait sauter. Il voyait bien qu'elle roulerait à terre, qu'elle passerait sous les roues peut-être — et il n'était plus temps de la retenir.

J'eus une trouvaille. Je dis que j'avais découvert un remède à ces vertiges dont j'avais naguère souffert. Chaque fois que je voyais une personne âgée descendre

d'une voiture en marche ou un acrobate se balancer sur
la corde raide je me libérais de toute angoisse en
souhaitant la catastrophe. J'arrivais même à prononcer
les mots par lesquels je souhaitais à la personne en
danger de tomber et de se rompre le cou. C'était assez
pour me tranquilliser et me permettre d'assister,
inerte, à l'exécution du geste périlleux. Bien entendu,
si mon vœu ne se réalisait pas, je pouvais me dire
encore plus content.

Guido se montra enthousiasmé de mon idée qu'il
considérait comme une découverte psychologique. Il
l'analysait, car toutes les stupidités étaient de sa part
l'objet d'une analyse. Il avait hâte de faire l'expérience
de mon remède. Il ne formulait qu'une réserve : et si le
mauvais augure portait malheur ? Ada s'associait à son
commentaire et je bénéficiai même d'un coup d'œil
admiratif. Moi, pauvre nigaud, j'en conçus une grande
satisfaction et je me rendis compte par le fait même que
je pourrais encore lui pardonner. C'était toujours cela
de gagné.

On riait de bon cœur, en bons amis qui s'entendent
bien. A un certain moment, je me retrouvai dans un
coin du salon, à côté de tante Rosina, qui parlait
toujours de la table tournante. Lourdement assise dans
son fauteuil, elle parlait sans me regarder. Je m'arran-
geai pour faire comprendre aux autres que ses propos
m'ennuyaient. Mon attitude provoqua des sourires ; et
moi, pour augmenter la bonne humeur générale, j'eus
l'idée de dire tout à coup, sans aucune préparation :

— Vraiment, Madame, je vous trouve bien rétablie ;
je vous trouve rajeunie.

Il y aurait eu de quoi rire si elle s'était mise en rage.
Mais pas du tout : mon attention la touchait. En effet,
elle relevait d'une récente maladie. Sa réponse me

stupéfia si bien que mon visage prit une expression des plus comiques, en sorte que l'hilarité que j'avais escomptée ne manqua point. J'eus bientôt la clef du mystère. Croyant parler à tante Rosina, je parlais à tante Maria, une sœur de Mme Malfenti. Ainsi j'avais éliminé de ce salon une des causes de mon malaise, mais non la principale.

Guido demanda son violon. Ce soir, il n'aurait pas besoin d'accompagnement ; il jouerait la *Chaconne*. Ada lui tendit son violon avec un sourire empreint de gratitude. Il ne la regarda même pas. Il regardait son instrument comme s'il eût voulu s'isoler avec l'inspiration. Puis il se retira un peu à l'écart et, tournant le dos à la société, il toucha légèrement les cordes. Le violon accordé, il fit quelques arpèges, puis :

— Il faut que j'aie un beau courage, dit-il. Depuis la dernière fois que j'ai joué ici, je n'ai pas touché mon violon.

Charlatan, va ! Il tournait le dos à Ada. Je me demandai anxieusement si elle en souffrait, mais il ne semblait pas. Le coude sur un coin de table, le menton dans la main, elle se recueillait à l'avance.

Le grand Bach en personne se dressa contre moi. Jamais, ni avant ni après ce jour-là je n'ai senti la beauté de cette musique, surgissant des quatre cordes comme une figure ailée de Michel-Ange d'un bloc de marbre. Elle était nouvelle pour moi, parce que mon état d'esprit était nouveau. Je l'écoutais les yeux au plafond, en extase ; et en même temps je me défendais contre elle, je m'efforçais de la tenir à distance. Je ne cessais de me dire : « Le violon est une sirène ; avec un pareil instrument on peut faire pleurer sans avoir le cœur d'un héros. » Mais finalement la musique triompha de moi et me saisit tout entier. J'avais l'impression qu'elle me parlait de ma maladie, de mes souffrances, d'une voix douce et consolatrice. Pourtant c'était Guido qui parlait ! Je tâchai encore de rompre ce charme en me disant : « Pour en faire autant, il suffirait de disposer d'un organisme rythmique, d'une main sûre et d'un certain don d'imitation. Je ne possède rien de tout cela, mais ce n'est pas une infériorité, c'est une malchance. »

J'avais beau protester. Bach poursuivait sa route avec la calme assurance du destin. Son chant s'élevait avec passion aux notes les plus hautes, puis descendait jusqu'à rejoindre cette basse obstinée, gravée dans la mémoire, pressentie par le cœur, mais, pour l'oreille, toujours surprenante. Elle arrivait au juste point. Un instant plus tôt, elle se serait évanouie sans atteindre la résonance, un instant plus tard, elle se serait superposée au chant qu'elle eût étouffé. Mais Guido était trop sûr de lui. Son bras ne tremblait pas, même en affrontant Bach. Et cela, c'était une vraie infériorité.

J'en ai la preuve aujourd'hui, j'en ai toutes les preuves. Mais je n'ai pas à me réjouir d'avoir vu juste. J'étais plein de haine alors, et cette musique, que j'accueillais comme une part de mon âme ne pouvait rien contre une haine qui ne devait être réduite que plus tard, et sans résistance de mon côté, par la vie de tous les jours. Elle sait faire tant de choses, cette vulgaire vie de tous les jours ! Les hommes de génie ne s'en doutent pas, et c'est bien heureux !

Guido, avec une science parfaite, donna son dernier coup d'archet. Personne n'applaudit, sauf Giovanni, et, pendant quelques instants, personne ne parla. J'éprouvai le besoin de rompre ce silence. Je ne sais trop comment j'eus l'audace de dire mon mot en présence de ces gens qui m'avaient entendu jouer,

moi ! C'est comme si j'avais voulu opposer mon violon,
qui n'avait guère que la nostalgie de la musique, à celui
de Guido, sur lequel, on ne pouvait le nier, la musique
était devenue vie, air et lumière.

— Très bien ! dis-je d'un air plutôt indulgent qu'admiratif. Cependant je ne saisis pas pourquoi, un peu
avant la fin, vous avez détaché des notes qui, d'après
les indications de Bach, doivent être liées.

Je connaissais la *Chaconne* note par note. A une
certaine époque, je m'étais imaginé que pour faire des
progrès, il fallait m'attaquer à des morceaux de ce
genre. Et durant des mois, mesure par mesure, j'avais
étudié les pages les plus difficiles de Bach.

Je me sentis plongé soudain dans une atmosphère de
blâme et de dérision. Bravant l'hostilité, je poursuivis
ma critique :

— Bach est tellement discret dans le choix de ses
moyens qu'il n'admet pas certaines séductions faciles.

J'avais probablement raison ; mais certainement, à la
place de Guido, j'eusse été incapable d'une séduction
quelconque.

Mon adversaire se montra aussi inconsidéré que
moi-même. Il déclara avec fatuité :

— Bach ignorait la possibilité d'une telle expression : c'est un cadeau que je lui fais.

Guido se hissait sur les épaules de Bach, mais, dans
cette famille, personne ne protesta, alors que je
devenais un objet de moquerie pour avoir essayé de
donner une leçon à Guido.

Il se produisit alors un événement de minime
importance, mais qui décida de mon sort. Dans une
chambre assez éloignée du salon éclatèrent les hurlements d'Anna : la petite venait de se couper légèrement la lèvre en tombant. En moins de trois secondes,

nous nous trouvâmes seuls, Ada et moi. Tous les autres étaient sortis du salon en courant, y compris Guido qui, auparavant, avait remis son précieux violon entre les mains d'Ada.

— Si vous voulez aller voir, je tiendrai le violon, lui dis-je.

Je ne m'étais pas avisé encore que l'occasion tant cherchée se présentait.

Ada hésita. Puis, saisie de je ne sais quelle bizarre méfiance, elle serra le violon contre elle.

— Non, dit-elle. C'est inutile. Anna crie pour un rien. Elle n'a pas dû se faire grand mal.

Elle s'assit, le violon à la main. Il me sembla qu'elle m'invitait ainsi à m'expliquer. Du reste, comment aurais-je pu rentrer chez moi sans avoir parlé ? Comment aurais-je passé les longues heures de la nuit ? A me retourner dans mon lit, à courir les rues, les tripots ? Non, il me fallait à tout prix le calme, la pleine lumière.

Je tâchai d'être simple et bref. Ou mieux, j'y fus contraint parce que le souffle me manquait :

— Ada, je vous aime, dis-je. Pourquoi ne me permettriez-vous pas de parler à votre père ?

Elle me regarda, stupide, épouvantée. Je craignis qu'elle ne se mît à crier, comme sa petite sœur. Je savais que son œil serein et sa face aux lignes précises ignoraient l'amour mais, à ce point éloignés de l'amour, je ne les avais jamais vus. Elle commença à parler. J'entendis des mots qui, sans doute, formaient un exorde. Mais je voulais une réponse nette : un oui ou un non. Peut-être son hésitation me semblait-elle déjà une offense. Je coupai court, lui déniant le droit de prendre son temps :

— Comment ne vous en êtes-vous pas aperçue ?

Vous ne pouviez pas croire pourtant, vous, que je faisais la cour à Augusta !

Dans ma précipitation, j'exagérai un peu l'emphase, et mal à propos. Le nom de la pauvre Augusta fut accompagné d'un accent et d'un geste de mépris.

Ce fut ainsi que je tirai Ada d'embarras. Elle ne releva que l'offense faite à sa sœur.

— Pourquoi vous croyez-vous supérieur à Augusta ? Je ne pense pas du tout qu'Augusta accepterait de devenir votre femme.

Puis, se souvenant qu'elle me devait une réponse :

— Quant à moi... je suis étonnée que vous ayez pu vous mettre pareille chose en tête !

Cette phrase cruelle devait venger Augusta. L'esprit en déroute, je me dis qu'elle n'avait peut-être pas d'autre intention. Je pense que si Adeline m'avait souffleté, j'aurais hésité à interpréter son soufflet.

— Pensez-y, Adeline, insistai-je. Je ne suis pas un mauvais homme. Je suis riche... Un peu bizarre, mais il vous sera facile de me corriger.

Elle se radoucit, mais se remit à parler de sa sœur :

— Pensez-y vous-même, Zeno. Augusta est une bonne fille et elle vous convient. Sans vouloir m'engager à sa place, je crois...

Pour la première fois, Ada m'avait appelé par mon prénom. C'était une grande douceur. J'y vis de plus un encouragement à m'expliquer tout à fait. Je renonçais à elle, du moins pour longtemps — car plus tard elle reviendrait peut-être sur sa décision. Mais en attendant il fallait absolument lui ouvrir les yeux sur le compte de Guido pour qu'elle ne se compromît pas davantage. Je commençai donc par lui dire que j'estimais et respectais beaucoup Augusta, mais que je ne voulais absolument pas l'épouser. Je le répétai par deux fois afin de me faire clairement comprendre : « je ne voulais pas l'épouser ». Ainsi je pouvais espérer radoucir Ada qui, tout d'abord, avait cru que je voulais offenser Augusta.

— Augusta est une chère, une aimable, une excellente jeune fille, mais elle ne me convient pas.

Aussitôt après, je précipitai les choses, d'autant plus que j'entendais déjà du bruit dans le couloir, et qu'on pouvait me couper la parole d'un moment à l'autre :

— Ada ! cet homme n'est pas ce qu'il vous faut. C'est un imbécile. Vous n'avez pas vu comme les réponses de la table l'ont affecté ? Vous n'avez pas remarqué sa canne ? Il joue bien du violon, oui. Mais il y a des singes qui jouent du violon. Toutes ses paroles crient sa bêtise...

Après m'avoir écouté avec stupeur, comme si elle se refusait à admettre le sens des mots, elle se redressa soudain et m'interrompit. Debout, le violon à la main, elle me dit, d'une voix altérée, des choses vraiment offensantes. J'ai fait de mon mieux pour les oublier et j'y suis parvenu. Je me rappelle seulement qu'elle me demanda tout d'abord comment j'osais parler ainsi de lui et d'elle et que j'écarquillai les yeux de surprise, car il me semblait n'avoir parlé que de lui seul. J'ai oublié ce qu'elle m'a dit. Mais je n'ai pas oublié ses traits sculpturaux devenus soudain plus rigides, sa belle, noble et saine figure à la fois rouge de colère et pétrifiée d'indignation. Quand je songe à mon amour et à ma jeunesse je revois le visage d'Ada au moment où elle m'élimina pour jamais de son destin.

Les autres reparurent, entourant Mme Malfenti qui portait dans ses bras la petite Annetta. Personne ne prit garde à nous et moi, sans saluer personne, je quittai le salon. Au vestibule, et déjà le chapeau sur la tête, je m'avisai qu'on ne me retenait pas. Ah ! vraiment ? Eh bien, je me retiendrais tout seul. Un homme bien élevé ne quitte pas ses hôtes sans dire au revoir. Peut-être aussi l'horreur de ce qui m'attendait empêcha-t-elle ma fuite. Je prévoyais une nuit plus atroce que les cinq nuits précédentes, et maintenant que j'avais cette « pleine lumière » à laquelle je tenais tant, j'éprouvais un autre besoin : celui de la paix, de la paix avec Ada, avec tous. Si je réussissais à ne pas laisser derrière moi de colères ni de rancunes, il me serait plus facile de dormir. Pourquoi tant de fureur ? Guido n'avait aucun mérite à m'avoir été préféré, mais ce n'était pas sa faute non plus. Pourquoi lui en vouloir ?

Ada qui seule avait remarqué ma promenade dans le couloir ne me vit pas rentrer sans trahir quelque angoisse. Craignait-elle un éclat ? Pour la rassurer tout de suite, je murmurai en passant près d'elle :

— Pardon, si je vous ai offensée.

Rassérénée, elle me prit la main. Je fermai les yeux un instant pour savourer la consolation que me donnait cette étreinte et mesurer l'apaisement qu'elle répandait en mon âme.

Tandis qu'on s'empressait encore autour de la petite Anna, mon destin me conduisit du côté d'Alberta. Je m'assis près d'elle sans la voir et je ne constatai sa présence qu'au moment où elle me parla :

— Elle ne s'est pas fait mal. Le plus grave c'est que papa est ici, et chaque fois qu'il l'entend pleurer il lui fait un beau cadeau.

Inutile de m'analyser davantage : je me voyais tout entier. Pour retrouver la paix, il fallait faire en sorte que cette maison cessât de m'être interdite. Je regardais Alberta. Elle ressemblait à Ada. Elle était un peu moins grande et gardait quelques-uns des traits et des signes de l'enfance. Sa voix devenait facilement aiguë et un rire excessif contractait son petit visage soudain rougissant. Chose singulière, quand elle m'adressa la parole, une recommandation de mon père me revint à l'esprit : « Choisis une femme très jeune ; il te sera plus aisé de l'éduquer suivant ton goût. » Ce souvenir me décida. Je tournai les yeux vers Alberta. Je la déshabillais par la pensée et j'imaginais avec plaisir son corps doux et tendre.

— Écoutez, Alberta, lui dis-je. J'ai une idée. N'avez-vous jamais songé que vous êtes en âge de prendre un mari ?

— Je n'ai pas l'intention de me marier, me répondit-elle en souriant doucement, sans le moindre embarras et sans rougir. Je préfère continuer mes études. C'est aussi l'avis de maman.

— Rien ne vous empêcherait de continuer vos études une fois mariée.

Je crus spirituel d'ajouter :

— Moi, je pense les commencer après mon mariage.

Elle se mit à rire. Je perdais mon temps. Ce n'est pas avec de telles fadaises que l'on conquiert une femme — et la paix. Il s'agissait d'en venir aux choses sérieuses. A supposer le pire, je ne risquais pas d'être rudoyé comme je l'avais été un instant plus tôt.

Je fus vraiment sérieux. Ma future femme ne devait rien ignorer. D'une voix émue, je lui dis :

— J'ai adressé à Ada la proposition que je vous adresse à vous maintenant. Elle m'a repoussé avec colère. Vous imaginez dans quel état je suis.

Ces derniers mots étaient mes derniers mots d'amour pour Ada. Pour en atténuer un peu la tristesse, j'ajoutai en souriant :

— Si vous acceptiez de m'épouser, je crois que je serais très heureux et que j'oublierais tout le reste.

Posément, sérieusement, elle me répondit :

— Ne vous offensez pas, Zeno, j'en serais fâchée. Je vous tiens en grande estime. Vous êtes un bon garçon ; et, sans le savoir, vous savez bien des choses, tandis que mes professeurs savent ce qu'ils savent, exactement. Je ne veux pas me marier, voilà tout. Peut-être m'en repentirai-je un jour, mais pour le moment j'ai une autre ambition : écrire ! Jugez de la confiance que je vous témoigne. Je ne l'ai dit à personne et j'espère que vous ne me trahirez pas. De mon côté, je vous promets d'être discrète.

— Mais vous pouvez le dire à tout le genre humain, m'écriai-je avec dépit.

Je me sentais de nouveau sous la menace d'être expulsé de ce salon. Un seul refuge s'offrait à moi et en même temps un seul moyen d'abaisser un peu chez Alberta l'orgueil d'avoir eu à m'éconduire.

— Je vais, de ce pas, faire la même proposition à Augusta et je raconterai partout que je l'ai épousée parce que ses deux sœurs n'ont pas voulu de moi.

Je riais ; l'étrangeté de mon procédé me remplissait d'une bonne humeur excessive. Mon esprit, dont j'étais si fier, je ne le mettais pas dans mes paroles, mais dans mes actes.

Je cherchai Augusta du regard. Elle sortait du salon, portant sur un plateau un verre à moitié vide (Anna venait d'y boire une gorgée de potion calmante). Je la suivis d'un pas rapide et l'appelai par son nom. Elle s'adossa au mur pour m'attendre. Je me mis en face d'elle, et lui dit aussitôt :

— Écoutez, Augusta, voulez-vous que nous nous mariions tous les deux ?

La proposition était vraiment rude. Je l'épousais et elle m'épousait. Son rôle se bornait à dire oui ou non.

Elle n'avait pas d'explication à me demander et je ne paraissais pas croire que j'avais à lui en fournir. Je faisais ce qu'on attendait de moi, après tout !

Elle leva les yeux, des yeux dilatés d'effarement ; celui qui louchait était plus différent de l'autre que d'habitude. Ses joues veloutées et blanches pâlirent d'abord, puis brusquement s'empourprèrent. De sa main restée libre, elle saisit le verre qui dansait sur le plateau. Avec un filet de voix elle me dit :

— Vous plaisantez et cela n'est pas bien.

Craignant qu'elle ne se mît à pleurer, j'eus la singulière idée de la consoler en lui racontant mes malheurs.

— Je n'ai pas le cœur à plaisanter, fis-je avec tristesse. J'ai demandé à Ada d'être ma femme, puis je l'ai demandé à Alberta. Elles m'ont repoussé toutes deux, Alberta gentiment, Ada avec colère. Je ne leur en veux ni à l'une ni à l'autre, seulement je me sens très très malheureux.

Devant ma douleur, Augusta se reprit. Elle me regardait tout émue, absorbée dans ses réflexions. Ce regard était comme une caresse, mais je n'en éprouvais aucun plaisir.

— J'aurai donc à savoir et à me rappeler que vous ne m'aimez pas ? demanda-t-elle.

Que signifiait cette phrase sibylline ? Le prélude d'un consentement ? Elle aurait à se rappeler : à se rappeler durant toute la vie que nous passerions ensemble. J'étais dans les sentiments d'un homme qui, pour se tuer, s'est mis dans une position périlleuse et se voit réduit à peiner pour en sortir. Il valait peut-être mieux que je fusse repoussé encore par Augusta ; je serais revenu chez moi sain et sauf ; chez moi, dans mon petit bureau... Je répondis :

— Oui, je n'aime qu'Ada, mais je vous épouserais...

J'allais ajouter que je ne pouvais me résigner à devenir un étranger pour Ada et que je me contenterais de devenir son beau-frère. C'eût été excessif, et Augusta aurait pu croire encore que je voulais me moquer d'elle. Aussi dis-je simplement :

— Je ne puis me résigner à vivre seul.

Elle restait adossée au mur ; peut-être avait-elle besoin de ce soutien ; mais elle était déjà plus calme et tenait d'une seule main son plateau. Étais-je encore un homme libre ? En ce cas je devais quitter ce salon. Ou pouvais-je y rester ? Et alors Augusta devenait ma femme. J'étais impatient de sa réponse. Comme elle ne venait pas, je poursuivis :

— Je suis un bon diable et je crois qu'on peut vivre facilement avec moi, même sans un grand amour.

Cette phrase-là, je l'avais préparée depuis plusieurs jours. Elle devait décider Ada à m'épouser sans m'aimer.

Augusta haletait légèrement et ne répondait toujours pas. Ce silence pouvait avoir la signification d'un refus — un refus d'une délicatesse extrême. Pour un peu j'aurais fui. J'avais encore le temps de mettre mon chapeau sur la tête d'un homme sauvé.

C'est alors qu'Augusta se dressa, résolue, abandonnant l'appui de la cloison avec un mouvement plein de dignité que je n'ai jamais oublié. Dans le corridor étroit, elle se rapprocha encore de moi qui me trouvais en face d'elle :

— Vous, Zeno, vous avez besoin d'une femme qui veuille vivre avec vous et vous assister. Je serai cette femme.

Elle me tendit une main potelée que je baisai instinctivement. Il n'y avait plus autre chose à faire. Je dois avouer aussi qu'à ce moment-là, je fus envahi par une sorte de satisfaction qui me dilatait la poitrine. Il ne me restait rien à résoudre, tout était réglé. Je l'avais, la pleine lumière.

C'est ainsi que je me suis fiancé. Aussitôt, on nous fit fête. J'eus autant de succès que Guido avec son violon. Tout le monde applaudissait. Giovanni m'embrassa et se mit à me tutoyer.

— Depuis longtemps, me disait-il avec une expression exagérément affectueuse, je me sentais un cœur de père pour toi ; oui, depuis que j'ai commencé à te donner des conseils pour ton commerce.

Ma future belle-mère me tendit sa joue, que j'effleurai. Enfin, ce baiser-là, même si j'avais épousé Ada, je n'y aurais pas échappé. « Vous voyez que j'avais tout deviné ! » me dit-elle avec une désinvolture incroyable — et qui resta impunie, car je n'avais ni l'envie ni le moyen de protester. Puis elle embrassa Augusta et la grandeur de son amour maternel s'exprima en un sanglot qui interrompit un instant les manifestations de sa joie.

Je ne pouvais souffrir Mme Malfenti, mais je dois dire que ce sanglot, au moins pour cette soirée, colora mes fiançailles d'une lumière sympathique.

Alberta me serra la main, rayonnante :

— Je veux être une sœur pour vous !

Et Ada :

— Bravo, Zeno ! — Puis à voix basse : Sachez-le, jamais homme, croyant avoir fait une chose avec précipitation, n'a agi plus sagement que vous.

Guido, lui, m'étonna :

— Depuis ce matin j'avais compris que vous étiez amoureux d'une des demoiselles Malfenti. Je n'arrivais pas à deviner laquelle.

Comment ! Ada ne lui avait pas parlé de mes avances ? Ils n'étaient donc guère intimes. Aurais-je agi, vraiment, avec précipitation ? Non, car un instant après Ada me dit encore :

— Je veux que vous m'aimiez comme un frère. Que le reste soit oublié. Je ne confierai jamais rien à Guido.

Au fond c'était une belle chose que d'avoir provoqué cette grande joie dans une famille. Je n'en jouissais pas beaucoup moi-même parce que j'étais très fatigué. Je tombais de sommeil. Ceci prouvait que j'avais opéré le plus adroitement possible : la nuit serait bonne.

A dîner, Augusta et moi nous écoutions, muets, les congratulations de chacun. Incapable de prendre part à la conversation générale, elle crut devoir s'en excuser :

— Je ne sais rien trouver à dire : songez que j'ignorais, il y a une demi-heure, ce qui allait m'arriver.

Elle disait toujours l'exacte vérité. Entre le rire et les larmes, elle me regarda. Mes yeux firent un effort pour être caressants. Je ne sais s'ils y réussirent.

Ce même soir, à table, je subis une autre lésion. Le coup vint de Guido.

Un peu avant la séance de spiritisme, il avait raconté à toute la famille comment, ce matin même, j'avais déclaré n'être pas un homme distrait, et chacun, aussitôt, lui avait donné tant de preuves que j'avais menti que lui, pour se venger (ou pour montrer qu'il savait dessiner) fit de moi deux caricatures. La première me représentait le nez en l'air, appuyé sur un parapluie. Sur la seconde, le même personnage (absolument identique et caractérisé par une large calvitie) s'était transpercé le dos avec le manche du parapluie. Ces deux dessins formaient une image, assez drôle en vérité, de ma distraction ; j'étais tombé, je m'étais empalé sur mon parapluie et, traversé de part en part,

je ne m'apercevais de rien. Aucun trait de mon
visage n'avait bougé.

On rit, et même trop à mon goût. Le succès de
cette tentative pour me couvrir de ridicule me faisait
atrocement mal. Pour la première fois je fus pris de
ma douleur lancinante. Tout l'avant-bras droit et la
hanche droite étaient atteints. Brûlure intense,
affreuse contraction des nerfs. Sous le choc je portai
la main droite à la hanche et, de la main gauche, je
saisis l'avant-bras douloureux. Augusta me
demanda :

— Qu'as-tu donc ?

Je répondis que je ressentais des élancements au
point où je m'étais fait mal en tombant devant le
café. On avait reparlé de cette chute avant le dîner.

Je fis immédiatement un énergique effort pour me
libérer de ce malaise. Il me sembla que le seul
moyen de guérir était de prendre ma revanche. Je
demandai un crayon et du papier et je tentai de
dessiner un individu terrassé par une table qui lui
tombait sur le dos. A côté, gisait une canne échappée
à ses mains pendant la catastrophe. Comme personne
ne reconnut la canne, je manquai mon meilleur effet.
Pour qu'on reconnût du moins le personnage, j'écrivis en dessous : « Guido Speier aux prises avec le
guéridon. »

D'ailleurs ce malheureux était sous la table : on ne
voyait de lui qu'une paire de jambes, en lesquelles, à
la rigueur, on aurait pu reconnaître les jambes de
Guido si je n'avais pris plaisir à les lui faire toutes
tordues. Un dessin d'enfant que mon désir de vengeance rendait encore plus détestable !

A cause de ma douleur, je dessinais nerveusement.
Jamais, certes, mon pauvre corps n'avait été envahi à

ce point par le désir de blesser. Si j'avais tenu un sabre, au lieu de ce crayon dont je ne savais pas me servir, la cure eût peut-être réussi.

Guido rit franchement de ma caricature, puis il observa du ton le plus doux :

— Il ne semble pas que la table m'ait fait grand tort.

En effet, elle ne lui avait pas porté tort et c'était bien là l'injustice qui me tourmentait.

Ada prit les dessins de Guido et déclara vouloir les conserver. Nos yeux se rencontrèrent et les siens durent se détourner devant mon expression de reproche. Le reproche, elle le méritait puisqu'elle accroissait ma douleur.

Je trouvai une défense auprès d'Augusta. Elle voulut que j'inscrivisse sur mon dessin la date du jour afin de garder, elle aussi, cette horreur, en souvenir de nos fiançailles. A cette marque d'une tendresse dont je sentis pour la première fois de quel prix elle était pour moi, j'eus l'impression qu'un sang plus chaud inondait soudain mes veines. Cependant ma douleur ne cessa point, et je dus penser que si cette même tendresse pour moi eût été le fait d'Ada, le flot de sang qui m'eût traversé eût balayé de mon organisme toutes les impuretés qui s'y étaient accumulées.

Cette douleur ne m'abandonna jamais. Maintenant que je suis vieux, j'en souffre moins. Quand elle me prend, je la supporte avec indulgence : « Ah ! te voilà, toi — preuve évidence que j'ai été jeune ! » Mais au temps de ma jeunesse, ce n'était pas la même chose. Je ne puis pas dire que cette douleur ait été insupportable, bien qu'elle ait parfois paralysé mes mouvements et qu'elle m'ait tenu éveillé des nuits entières. Je dirais plutôt qu'elle absorba une grande part de ma vie. Je voulais en guérir. Pourquoi aurais-je consenti à porter

sur mon corps, toute mon existence, les stigmates du
vaincu à devenir le monument ambulant de la victoire
de Guido ? Il fallait effacer cette douleur humiliante.

Ainsi commencèrent des soins qui me firent peu à
peu oublier l'origine rageuse de ma maladie. J'ai eu
quelque peine, aujourd'hui, à la retrouver. Il ne
pouvait en être différemment : j'ai toujours eu la plus
grande confiance dans les médecins qui m'ont soigné et
je les ai sincèrement crus quand ils ont, tour à tour,
attribué mon mal soit à la digestion, soit à la circulation
du sang — à moins que ce ne fût à la tuberculose, sans
parler d'affections diverses, dont quelques-unes hon-
teuses. Il faut dire aussi qu'il n'est pas de traitement
qui ne m'ait procuré un soulagement passager, en sorte
que chaque nouveau diagnostic me semblait le bon.
Tôt ou tard, il se révélait moins exact mais non pas
totalement erroné, puisque aucun de mes organes ne
fonctionne parfaitement.

Une seule fois il y eut vraiment erreur : une espèce
de vétérinaire entre les mains duquel je m'étais mis
s'obstina pendant des semaines à attaquer mon nerf
sciatique avec ses vésicants et finit par être confondu et
bafoué par ma douleur, laquelle, au cours d'une
séance, sauta de la hanche à la nuque, faisant bien voir
que le nerf sciatique était hors de cause. Mon homme
entra en fureur, me jeta dehors, et moi je m'en allai, je
m'en souviens très bien, sans me sentir nullement
offensé, tout à l'étonnement de constater que ma
douleur, en changeant de place, restait la même. N'est-
il pas étrange que toutes les parties de notre corps
sachent souffrir de la même manière ?

Quant aux autres diagnostics, tous vivent en moi et
se disputent la première place. Il y a des jours où je
n'existe que pour la diathèse urique, d'autres où la

diathèse est tuée, c'est-à-dire guérie par une inflammation des veines. J'ai plusieurs tiroirs pleins de médicaments et de tous mes tiroirs ce sont les seuls que je tienne moi-même en ordre. J'éprouve une vraie tendresse pour mes médicaments et quand j'en abandonne un, je suis sûr que, tôt ou tard, j'y reviendrai. Je ne crois pas, du reste, avoir perdu mon temps. Dieu sait depuis combien d'années je serais mort — et de quelle maladie, si ma douleur ne les avait toutes simulées assez tôt pour me permettre de les combattre avant qu'elles ne m'atteignissent.

Même incapable d'expliquer la nature intime de ma douleur, je sais du moins l'instant précis où elle prit naissance : à ce dîner, à cause de cette caricature — la goutte d'eau qui fait déborder le vase. Je suis sûr de n'avoir jamais ressenti cette douleur auparavant. J'ai voulu en confier l'origine à un médecin mais il ne m'a pas compris. Peut-être la psychanalyse apportera-t-elle quelque clarté sur la révolution que subit mon organisme pendant cette période et spécialement au cours de la soirée, de l'interminable soirée qui suivit mes fiançailles.

Quand enfin on se sépara, tard dans la nuit, Augusta me dit gaiement :

— A demain !

L'invitation me fut agréable ; j'avais atteint mon but ; rien n'était fini, tout continuerait le jour suivant. Augusta lut dans mes yeux un consentement empressé qui avait de quoi lui donner courage. Je descendis les escaliers sans compter les marches. Je me demandais :

— Qui sait si je l'aime ?

Ce doute ne m'a jamais quitté, et aujourd'hui j'ai sujet de croire que l'amour accompagné d'un tel doute est le véritable amour.

Une fois dehors, il ne me fut pas permis de rentrer directement chez moi pour me coucher et recueillir, sous la forme d'un long sommeil réparateur, la récompense de mes efforts. Il faisait chaud. Guido eut envie de prendre une glace et me pria de l'accompagner dans un café. Il s'accrocha amicalement à mon bras et, non moins amicalement, je le laissai s'appuyer sur moi. Il était, à mon point de vue, un personnage important et je n'avais rien à lui refuser. Et la grande lassitude qui aurait dû me pousser vers mon lit me rendait incapable de toute résistance.

Nous entrâmes justement dans le café où le pauvre Tullio m'avait infecté de sa maladie et nous prîmes une table à l'écart. En chemin, ma douleur, dont je ne soupçonnais pas encore quelle serait la longue fidélité, m'avait fait beaucoup souffrir et elle parut s'atténuer au moment où je pus enfin m'asseoir.

La conversation de Guido fut une épreuve vraiment cruelle. Il me harcelait de questions sur l'histoire de mes amours avec Augusta. Se méfiait-il de quelque mensonge ? Je lui dis effrontément que j'étais tombé amoureux d'Augusta dès ma première visite chez les Malfenti. Ma douleur me poussait à parler, à m'étourdir, à crier plus haut qu'elle. En fait, je devenais trop bavard et si Guido avait eu l'oreille plus fine, il se serait aperçu que je n'étais pas tellement amoureux. Je commentais les particularités de la personne d'Augusta : la plus intéressante était cet œil louche qui faisait croire, mais faussement, que le reste non plus n'était pas à sa place. Puis, comme Guido s'était peut-être étonné de mon irruption dans cette maison et de mes soudaines fiançailles, j'expliquai pourquoi j'avais tant tardé à me déclarer : « Les demoiselles Malfenti étaient

habituées à un grand luxe et je ne savais pas si je
pouvais me mettre sur le dos une affaire pareille. »

Ma phrase se rapportait aussi à Ada et j'en étais
fâché, mais comment faire ? Il était difficile d'isoler
Augusta de sa sœur. Je continuai en baissant la voix
pour mieux surveiller mes paroles :

— Il m'a fallu calculer. J'ai vu que mon argent n'y
suffirait pas. Alors je me suis mis à étudier les moyens
d'étendre mon commerce...

A m'en croire, ce beau calcul m'avait pris du temps
et c'est pourquoi je n'allais plus voir les Malfenti
depuis cinq jours. Finalement cette improvisation
effrénée me conduisit à un mot sincère. J'étais sur le
point de pleurer. Je murmurai, la main à la hanche :

— C'est long, cinq jours !

Guido exprima sa satisfaction de découvrir en moi
un être si prévoyant. J'observai sèchement :

— Le prévoyant n'est pas plus agréable aux autres
que l'étourdi.

Guido se mit à rire :

— Il est étrange, dit-il, que ce soit le prévoyant qui
éprouve le besoin de prendre fait et cause pour
l'étourdi.

Puis, sans aucune transition, il me fit part de son
projet de demander bientôt la main d'Ada.

M'avait-il entraîné au café pour me faire cette
confidence ou, fatigué de m'entendre parler de moi,
pensait-il que son tour était venu d'entrer en scène ? Je
n'en sais rien, mais je suis à peu près sûr d'avoir réussi
à lui montrer une extrême surprise et une extrême
sympathie. Mais aussitôt après je trouvai le moyen de
lui porter un vigoureux coup de patte :

— Je saisis maintenant pourquoi Ada aimait tant
votre Bach déformé. Vous jouiez très bien, mais

comme on dit, « il est interdit de déposer des ordures » à certains endroits.

La botte était rude et Guido en rougit de déplaisir. Il répondit avec douceur — car il était privé de l'appui de son petit public enthousiaste :

— Mon Dieu..., commença-t-il pour gagner du temps, quand on joue, il arrive qu'on cède à un caprice. Peu de gens connaissaient la *Chaconne* dans mon auditoire : je leur ai présenté un Bach légèrement modernisé.

Il parut satisfait de sa trouvaille, mais je l'étais autant que lui, parce qu'elle avait plutôt l'air d'une excuse, d'un acte de soumission. Cela suffit à m'apaiser d'autant plus que, pour rien au monde, je n'aurais voulu me disputer avec le futur mari d'Ada — et je proclamai aussitôt que j'avais rarement entendu un amateur jouer aussi bien.

Ce compliment lui sembla médiocre : il observa que s'il était tenu pour un amateur c'est parce que lui-même refusait l'étiquette de professionnel.

Était-ce là tout ce qu'il voulait ? J'abondai dans son sens. Bien sûr, on ne pouvait pas le considérer comme un amateur.

Là-dessus, nous redevînmes bons amis.

De but en blanc, il se mit à dire du mal des femmes. J'en restai bouche bée. Je ne le connaissais pas encore. Je n'étais pas habitué à cette façon qu'il avait, quand il se croyait sûr de plaire, de se lancer dans n'importe quelle direction et de discourir sans fin. Il revint à ce que je disais un instant plus tôt sur le luxe des demoiselles Malfenti. Il commença par insister sur ce point et finit par énumérer toutes les mauvaises qualités des femmes. Mon extrême fatigue m'empêchait de l'interrompre ; j'avais déjà assez de mal à

répondre à chacune de ses phrases par un signe
d'assentiment. Sans quoi, j'aurais protesté. Moi,
certes, j'aurais été fondé à dire du mal des femmes,
représentées à mes yeux par Ada, par Augusta et par
ma future belle-mère. Mais lui ! quelle raison avait-il ?
Tout le sexe féminin se résumait pour lui en Ada —
qui l'aimait.

Il savait une foule de choses et, malgré ma lassitude, je l'écoutais avec admiration. Je n'ai découvert
que beaucoup plus tard qu'il s'appropriait sans scrupule les géniales théories du jeune suicidé Otto Weininger.

Pour le moment je subissais le poids de sa supériorité : elle était aussi écrasante que quand il jouait du
Bach. Puis il me vint la pensée que son intention était
de me guérir, car autrement, pourquoi aurait-il
cherché à me convaincre de l'absence totale, chez la
femme, de génie et de bonté ? Administré par Guido,
le remède ne pouvait être qu'inefficace. Je gardai
néanmoins le souvenir de ces théories, et plus tard, je
les approfondis par la lecture de Weininger. Elles sont
d'agréables compagnes pour un homme qui court
après les femmes — mais elles ne guérissent pas sa
passion.

Notre glace terminée, Guido éprouva le besoin de
respirer un peu d'air frais et me persuada de faire avec
lui une promenade vers la périphérie de la ville.

Je me rappelle que dans la journée on avait désiré la
pluie, car la saison était prématurément chaude. Pour
moi, je ne m'étais même pas aperçu de la chaleur. Le
soir, de légers nuages blancs, de ceux qui présagent
une pluie abondante, avaient paru, mais maintenant
dans le ciel, d'un bleu profond là où il n'était pas
couvert, la lune s'avançait, une de ces lunes aux joues

rondes, capables, comme dit le peuple, de « manger les
nuages ». Et de fait, sur son chemin, elle dispersait et
nettoyait tout.

Impatient d'interrompre le bavardage de Guido qui
me contraignait à une continuelle approbation signifiée
par des hochements de tête (une vraie torture), je lui
décrivis le baiser de la lune découvert par le poète
Zamboni : comme il était doux, ce baiser, au centre de
nos nuits, comme il contrastait agréablement avec
l'injustice dont j'étais victime ! Enfin, je parlais, je
secouais la torpeur où m'avait plongé mon muet
assentiment et il me semblait que ma douleur s'atténuait. Telle était la récompense de ma révolte. J'y
insistai. J'obligeai Guido à lever les yeux et à laisser un
moment les femmes en paix. Un moment bien court !
Comme je lui faisais voir dans la lune une pâle figure de
femme, il rattrapa son sujet par une plaisanterie dont il
rit aux éclats, mais tout seul, dans la rue déserte :

— Elle en voit des choses, cette femme-là ! Dommage qu'étant femme, elle ne sache pas se souvenir.

C'était un des éléments de sa thèse (ou de celle de
Weininger) que la femme ne peut pas avoir de génie
parce qu'elle est incapable de mémoire.

Nous étions au bas de la route du Belvédère. Guido
estima qu'une petite ascension nous ferait du bien.
Une fois de plus, j'acceptai. Quand nous fûmes en haut
de la côte, il sauta sur le parapet comme un enfant de
quinze ans et s'y allongea. Il pensait montrer du
courage en s'exposant à une chute d'une dizaine de
mètres. Le voir dans ce péril me donna d'abord le
frisson, puis je me souvins du système que j'avais si
bien exposé chez les Malfenti et je souhaitai mentalement, mais avec ferveur, qu'il tombât.

Dans cette position, il continuait à se répandre en

discours contre les femmes. Il disait qu'il leur fallait, comme aux enfants, des jouets — mais des jouets chers. Je me rappelai qu'Adeline aimait les bijoux. C'était à elle, donc, qu'il en voulait ! J'eus alors une idée effrayante. Pourquoi n'aurais-je pas fait faire à Guido cette chute de dix mètres ? N'était-il pas juste de supprimer l'homme qui me dérobait Adeline, sans l'aimer ? Après l'avoir tué, je n'aurais plus qu'à aller chercher ma récompense — car il me semblait qu'Adeline était près de nous, dans cette étrange nuit si claire, et qu'elle s'entendait diffamer par la bouche de Guido.

Je dois avouer que, l'espace d'une seconde, je me préparai vraiment à tuer Guido. Debout près de lui, qui était étendu sur le petit mur bas j'examinai par où l'attraper pour être sûr de ne pas manquer mon coup. Je me rendis compte qu'il était inutile de lui saisir les bras : il était couché sur le dos, les mains croisées sous la nuque ; une bonne poussée à l'improviste et il perdait irrémédiablement l'équilibre.

Puis il me vint une autre idée, une idée admirable, aussi grandiose que cette pleine lune qui s'avançait dans le ciel, balayant les nuages : si je m'étais fiancé à Augusta, c'était pour être assuré de dormir cette nuit. Or comment aurais-je pu dormir après avoir tué Guido ? Cette idée-là nous sauva l'un et l'autre. Je voulus abandonner sans tarder la position trop avantageuse qui m'induisait au meurtre et je me jetai à terre, tout replié sur moi-même en me plaignant d'une douleur subite :

— Oh ! criai-je, j'ai mal ! C'est affreux !

Épouvanté, Guido sauta sur ses pieds et me demanda des explications. Je continuai à gémir, mais plus doucement, sans répondre. Je savais bien, moi, pourquoi je gémissais : parce que j'avais voulu tuer, et peut-être parce que je n'avais pas su le faire. Tout venait de ma maladie et de ma douleur. Pourtant je me rappelle parfaitement qu'à ce moment précis, je ne souffrais pas du tout. Contorsions et gémissements n'étaient que pure comédie. Pour soutenir mon rôle, j'essayais de souffrir pour de bon ; j'évoquais ma douleur, mais vainement, car ma douleur ne vient que quand elle veut.

Comme d'habitude, l'esprit de Guido procédait par hypothèses : « C'était peut-être les suites de cette chute devant le café ? » Je m'empressai de dire oui.

Il me prit affectueusement le bras et m'aida à me relever. Puis, avec beaucoup de sollicitude, et toujours me soutenant, il me fit descendre la petite côte. Une fois en bas je déclarai que je me sentais mieux et qu'en m'appuyant sur lui je pourrais marcher un peu plus vite. Ainsi on allait se coucher ! Ce fut la première grande satisfaction que j'obtins ce jour-là. Il travaillait pour moi ; il me portait presque. C'était moi, finalement, qui lui imposais ma volonté.

Nous trouvâmes une pharmacie encore ouverte et il voulut m'envoyer au lit avec un calmant. Il construisit toute une théorie sur la douleur réelle et sur le sentiment exagéré qu'on en a : toute douleur s'exaspère et, par cette exaspération, se multiplie. Le petit flacon qu'il acheta fut la première pièce de ma collection de drogues : il était juste qu'elle fût choisie par lui.

Pour donner à sa théorie une base plus solide, il supposa que ma douleur me tourmentait déjà depuis longtemps. J'eus le regret de le contredire. Je déclarai qu'au surplus, au cours de cette soirée chez les Malfenti, je n'avais pas souffert un instant. Comment aurais-je pu souffrir alors que je réalisais mon rêve ?

Pour mieux jouer la sincérité, j'essayai de me convaincre moi-même, et à plusieurs reprises, intérieurement, je me répétai : « J'aime Augusta, je n'aime pas Ada. J'aime Augusta et ce soir, enfin, j'ai réalisé mon rêve. »

Nous avancions dans la nuit lumineuse. Je suppose que Guido peinait sous mon poids car, maintenant, il se taisait. Il proposa de m'accompagner jusqu'à ma chambre. Je refusai, et quand j'eus fermé ma porte je poussai un soupir de soulagement. Guido dut certainement en faire autant de l'autre côté de la porte.

Je grimpai quatre à quatre les escaliers de ma villa, et en dix minutes, je fus au lit. Je m'endormis très vite et dans le court moment qui précéda mon sommeil, je ne revis plus ni Ada, ni Augusta, mais Guido seul, un Guido plein de douleur, de bonté et de patience. Je n'avais pas oublié, certes, qu'un instant plus tôt je voulais l'occire, mais cela n'avait aucune importance car les choses que tout le monde ignore et qui ne laissent pas de traces n'existent pas.

Le lendemain je me rendis chez ma future épouse d'un pas mal assuré. Je n'étais pas sûr que les engagements pris la veille avaient toute la valeur que je croyais devoir leur conférer. Je m'aperçus qu'ils l'avaient aux yeux des autres. Je dirais même qu'Augusta avait une conscience beaucoup plus nette que moi de la réalité de nos fiançailles.

Ce furent des fiançailles laborieuses. J'ai le sentiment de les avoir annulées à plusieurs reprises et de les avoir reconstituées à grand-peine. Je suis surpris que personne n'en ai rien vu. Toutefois mes hésitations ne m'empêchèrent pas de me comporter en fiancé suffisamment amoureux. Je serrais dans mes bras et j'embrassais la sœur d'Ada chaque fois que je le

pouvais. Augusta subissait mes assauts comme elle se
figurait qu'une bonne épouse devait faire et moi, si j'ai
évité d'aller trop loin, c'est grâce à Mme Malfenti qui ne
nous laissait guère seuls. Augusta était moins laide que
je n'aurais pensé et je découvris, en l'embrassant, son
plus grand charme : là où je posais mes lèvres surgissait en mon honneur une rougeur vive, une tache de
feu. L'expérience réussissait chaque fois. J'embrassais
volontiers Augusta non pas tant par amour que pour
observer ce phénomène.

Mais le désir vint et donna un peu d'attrait à cette
triste époque. Dieu merci, Augusta et sa mère m'ont
empêché de brûler cette flamme en une seule fois,
comme j'en eus souvent envie. Comment aurais-je
continué à vivre, après ? Au moins le désir réfréné me
rendait-il, quand je montais les escaliers des Malfenti,
un peu de cette angoisse que j'éprouvais au temps où je
les gravissais à la conquête d'Ada. Le nombre impair
des marches me prédisait que ce jour-là j'allais enfin
montrer à Augusta en quoi consistaient ces fiançailles
qu'elle avait voulues. Je rêvais de violences qui m'eussent rendu le sentiment de ma liberté. Car tel était mon
but. Mais Augusta, comme c'est bizarre ! quand elle
comprit ce que je voulais d'elle, interpréta mon
exigence comme un symptôme de fièvre amoureuse.

Dans mon souvenir, cette période se divise en deux
phases. Pendant la première phase, Mme Malfenti nous
faisait surveiller par Alberta, ou bien elle envoyait la
petite Anna au salon, avec son institutrice. Ada ne se
montrait jamais. J'essayais de me persuader que cela
valait mieux, mais je pensais obscurément qu'il m'eût
été agréable d'embrasser Augusta en présence d'Ada.
Qui sait quelle fureur j'aurais montrée ?

le début de la deuxième phase fut marqué par les

fiançailles officielles d'Ada avec Guido. Mme Malfenti, femme pratique, réunit les deux couples dans le même salon afin qu'ils puissent se surveiller réciproquement.

Je sais que, durant la première phase, Augusta se déclarait satisfaite de moi. Quand je ne la harcelais pas de caresses, j'étais extraordinairement loquace. J'avais besoin de parler. Pour m'en donner le prétexte je m'étais mis en tête que j'avais à faire l'éducation d'Augusta avant de l'épouser. Je lui enseignais la douceur, l'affection et surtout la fidélité conjugale. Je ne me souviens plus exactement de ce que je lui disais, mais Augusta, elle, n'a jamais oublié mes sermons. Elle me les répète encore de temps en temps. Elle m'écoutait, attentive et soumise. Un jour, entraîné par ma propre éloquence, je proclamai que s'il m'arrivait de la tromper cela lui donnerait plein droit de me payer de la même monnaie. Indignée, elle protesta que, même avec ma permission, elle serait incapable de me tromper et que ma trahison envers elle ne lui donnerait qu'un droit, celui de pleurer.

Ce que je disais importait peu : ce n'était pas pour dire quelque chose que je parlais. Cependant ces sermons eurent sur mon mariage une influence bénéfique et ils éveillèrent chez Augusta des sentiments qui, eux du moins, étaient sincères. Sa fidélité ne fut jamais mise à l'épreuve, car elle ignora toujours mes trahisons, mais les promesses que je l'avais incitée à me faire, elle les tint : son affection et sa douceur demeurèrent inaltérées au cours des longues années que nous vécûmes ensemble.

Quand la seconde phase commença, je crus être définitivement guéri de mon amour pour Ada. Jusqu'alors j'avais pensé qu'à cette cure suffirait la rougeur d'Augusta. On n'est jamais assez guéri !

Pourtant cette même rougeur sur la joue au contact des baisers de Guido, allait extirper jusqu'à la racine du mal.

Mon envie de violer Augusta se rapporte à la phase numéro 1. Au cours de la seconde, je fus moins excité : Mme Malfenti avait vu clair en organisant, à peu de frais, notre surveillance.

Un jour que nous étions tous quatre au salon, je me mis à embrasser Augusta. Pure gaminerie. Mais Guido, qui suivit mon exemple, ne se contenta pas, comme moi d'un baiser chaste. Il avait collé ses lèvres à celles d'Ada qu'il suçait littéralement. Cette façon me sembla peu délicate. Dès cette époque, je suis sûr que je considérais Ada comme une sœur, mais je n'étais pas préparé à la voir servir à un tel usage. Je ne pense pas qu'un vrai frère serait content de voir manipuler sa sœur de la sorte.

Depuis lors, en présence de Guido, je m'abstins d'embrasser Augusta. Par contre, Guido, en ma présence, essaya une fois encore d'attirer à lui Ada. Elle s'en défendit, il est vrai, et il ne renouvela plus sa tentative.

Toutes les soirées que nous passâmes ensemble se confondent dans ma mémoire. Je ne vois qu'une scène, indéfiniment répétée : tous quatre, nous sommes assis autour de la table vénitienne. Une grosse lampe à pétrole, coiffée d'un abat-jour vert, en étoffe, n'éclaire que les travaux de broderie des deux jeunes filles : le mouchoir de soie qu'Ada tient à la main et le petit tambour rond posé devant Augusta. Guido pérore ; je suis seul, le plus souvent, à lui donner la réplique. Sur les cheveux noirs légèrement bouclés d'Ada la lumière jaune et verte produit un étrange effet.

On discuta beaucoup autour de cette lampe. Guido

qui, entre autres talents, savait peindre, nous apprit, à
propos de couleur de cheveux, comment on analyse
une couleur. Cette leçon non plus, je ne l'ai pas
oubliée ; et aujourd'hui encore, quand je veux bien
comprendre la couleur d'un paysage, j'abaisse mes
paupières jusqu'au moment où les lignes s'estompent,
où je ne perçois plus que les lumières qui, elles-mêmes,
s'affaiblissent, ne laissant apparaître que la tonalité
dominante. Toutefois, quand j'essaye d'analyser une
couleur suivant la méthode qu'il nous enseignait, ma
rétine est moins frappée par l'objet que je regarde que
par l'image obsédante du salon des Malfenti et de la
lumière jaune et verte jouant dans les cheveux bruns
où, pour la première fois, s'éduquaient mes yeux.

Je me souviens encore d'un mouvement de jalousie
d'Augusta, suivi d'une parole indiscrète de ma part.
Guido et Ada étaient allés s'asseoir loin de nous, à la
table Louis XIV. Je me tournais, pour leur parler, à
m'en donner le torticolis.

— Laisse-les donc, me dit Augusta. Ne dérange pas
les vrais amoureux.

Je lui confiai alors à mi-voix que Guido n'était pas un
vrai amoureux puisqu'il méprisait les femmes. Mon
esprit paresseux trouve cette excuse toute prête et je
commis ainsi un acte de malveillance inexcusable, car
jamais Guido n'avait laissé deviner à personne qu'à moi
ses sentiments misogynes. Le remords d'avoir si
sottement parlé me remplit d'amertume pendant plusieurs jours. Celui d'avoir voulu tuer Guido ne m'avait
pas troublé seulement une heure. Mais tuer, fût-ce par
traîtrise, est chose plus virile que de desservir un ami
en abusant d'une confidence.

Augusta n'avait d'ailleurs aucune raison d'être
jalouse. Si je me tordais le cou, ce n'était pas pour voir

Ada, mais pour écouter Guido, dont la loquacité me faisait paraître le temps moins long. Nous étions déjà bons amis à ce moment-là ; nous passions une partie de nos journées ensemble. J'étais même attaché à lui par un sentiment de gratitude à cause de l'estime qu'il me témoignait et qu'il communiquait aux autres. Même Ada, quand je parlais, m'écoutait maintenant avec attention.

J'attendais chaque soir avec une certaine impatience le coup de gong qui nous appelait à table. De ces dîners, je me rappelle surtout mes perpétuelles indigestions. Je mangeais trop, par besoin de m'occuper à quelque chose. Quand je n'avais pas la bouche pleine, je murmurais à Augusta des mots affectueux. Ses parents durent avoir la triste impression que mon grand amour était combattu par une voracité bestiale. Ils furent surpris de constater, au retour de notre voyage de noces, que je mangeais beaucoup moins. Parce qu'on ne m'obligeait plus à donner les signes d'une passion que je ne ressentais pas, mon appétit avait disparu.

Il n'est pas permis de montrer de la froideur à une future épouse devant ses parents. Augusta se rappelle encore les discours que je lui tenais à table. Moi, je ne me rappelle plus rien, mais il est vraisemblable qu'entre deux coups de fourchette j'eus des trouvailles magnifiques. Augusta me répète parfois certaines choses que j'ai dites et dont je suis stupéfait.

Mon beau-père s'y est trompé, malgré toute sa finasserie. Tant qu'il vécut, s'il voulait parler d'une grande passion, il citait en exemple la mienne pour sa fille — c'est-à-dire pour Augusta. Il en souriait, en bon père qu'il était, mais cela augmentait encore son mépris pour moi, car ce n'était pas à ses yeux, se

conduire en homme que de remettre son destin entre
les mains d'une seule femme et surtout d'oublier
l'existence de toutes les autres. On voit par là que je
n'ai pas toujours été jugé équitablement.

Ma belle-mère, en revanche, ne crut jamais à mon
amour (même quand Augusta eut en cet amour la plus
sereine confiance), et pendant des années, elle me
considéra d'un œil soupçonneux, inquiète sur le sort de
sa fille préférée. C'est une des raisons pour lesquelles je
suis persuadé qu'elle m'a manœuvré durant la semaine
qui précéda mes fiançailles. Il m'était impossible de la
tromper, elle : je crois qu'elle savait mieux que moi-
même ce que j'éprouvais.

Enfin arriva le jour de mon mariage et ce jour-là
j'eus une dernière hésitation. Je devais être chez ma
fiancée à huit heures du matin. Or, à sept heures trois
quarts, je fumais encore avec rage, dans mon lit, tout
en regardant ma fenêtre où brillait ironiquement le
premier soleil qui fût apparu cet hiver-là. Je méditais
d'abandonner Augusta. L'absurdité de mon mariage
devenait évidente maintenant qu'il m'importait peu de
continuer à voir Ada. Si je ne me présentais pas au
rendez-vous, en résulterait-il des catastrophes ? Non.
Et puis Augusta était une fiancée aimable, mais qui sait
comment elle allait se comporter au lendemain des
noces ? Si elle allait me traiter d'imbécile, pour m'être
laissé ainsi prendre au piège ?

Par bonheur, Guido arriva, et, loin de résister, je
m'excusai d'être en retard, lui disant que je m'étais
trompé d'heure. Guido ne me fit pas de reproches. Il
rappela au contraire une foule de circonstances dans
lesquelles il avait manqué des rendez-vous par distraction. Même en fait d'étourderie, il voulait être supérieur à moi. Il me fallut l'interrompre pour me

préparer à sortir. C'est ainsi que je suis allé me marier au pas de course.

J'arrivai quand même avec un grand retard. Personne ne me fit de reproches et la famille se contenta des explications que Guido voulut bien donner à ma place. Augusta, elle, était très pâle ; ses lèvres mêmes étaient livides. Je ne puis dire que je l'aimais, et pourtant il est certain que je n'aurais pas voulu lui faire du mal. J'eus la sottise, voulant tout arranger, d'inventer non pas une, mais trois excuses. C'est trop, c'était même avouer si clairement ce que j'avais pensé du fond de mon lit en regardant le soleil hivernal qu'il fallut encore retarder le départ du cortège pour donner à Augusta le temps de se remettre.

Devant le prêtre, je prononçai un oui distrait, préoccupé que j'étais de trouver à mon retard une quatrième explication, qui devait être la meilleure de toutes. Mais elle fut inutile, car au sortir de l'église, je m'aperçus qu'Augusta avait repris ses couleurs. J'en fus un peu vexé. Je ne croyais pas que mon « oui » dût suffire à la rassurer quant à mes sentiments à son égard. Allait-elle se moquer de moi, maintenant ? Je m'attendais à tout, et je me préparais à lui répondre avec rudesse. Mais de retour à la maison, elle profita du premier moment où on nous laissa seuls pour me dire, les larmes aux yeux :

— Je n'oublierai jamais que, ne m'aimant pas, tu m'as épousée.

Je ne protestai pas. La chose était trop évidente, mais, pénétré de compassion, je l'embrassai.

Par la suite il ne fut plus question de tout cela une seule fois entre nous. L'état de mariage n'a aucun rapport avec les fiançailles. C'est bien plus simple.

Marié, on n'a plus à épiloguer sur l'amour. S'il arrive qu'on en parle, l'animalité ne tarde pas à intervenir et à faire le silence. Parfois, cette animalité s'humanise au point de se compliquer, de se falsifier ; il arrive alors qu'en se penchant sur la chevelure d'une femme, on fasse effort pour y évoquer un reflet qu'elle ne possède pas. On ferme les yeux et cette femme en est une autre. Elle redevient elle-même après l'amour ; c'est à elle que va notre gratitude et celle-ci est d'autant plus grande que l'artifice a mieux réussi. En sorte que si j'avais à naître une seconde fois (la nature est capable de tout), je consentirais à épouser Augusta, mais non pas à me fiancer avec elle.

A la gare, Ada tendit sa joue à mon baiser fraternel. Je la découvris seulement alors au milieu du groupe qui nous entourait, ma femme et moi. Je songeai : « C'est toi et nulle autre qui m'as fourré dans ces beaux draps ! » J'avançai les lèvres mais je pris soin de ne pas même effleurer sa joue. Ce fut ma première satisfaction de la journée ; je compris à cet instant en quelle posture avantageuse me mettait mon mariage : je me vengeais d'Ada en dédaignant la seule occasion qui m'avait jusqu'alors été offerte de l'embrasser. Puis, dans le train, assis à côté d'Augusta, je me demandais si j'avais eu raison. N'avais-je pas compromis mon amitié avec Guido ? Quand, d'autre part, je me disais qu'Ada ne s'en était même pas aperçue, cela me faisait souffrir davantage.

Elle s'en était aperçue parfaitement. Je ne le sus qu'après bien des mois, le jour où, à son tour, elle prit le train — avec Guido. Elle embrassa toute la famille. A moi seul, elle tendit une main que je serrai froidement. Sa revanche arrivait un peu tard car les circons-

tances n'étaient plus les mêmes. Depuis mon voyage de
noces, je n'avais eu avec elle que des rapports fraternels
et on ne s'expliquait plus pourquoi elle me refusait son
baiser.

VI

L'ÉPOUSE ET LA MAITRESSE

Il y eut plus d'un moment dans ma vie où je crus me trouver sur le chemin du bonheur et de la santé. Mais ce sentiment ne fut jamais plus fort que pendant mon voyage de noces et les quelques semaines qui suivirent notre retour à la maison. Pour commencer, je fis une découverte qui me stupéfia : j'aimais Augusta ! Je l'aimais comme elle m'aimait. A vrai dire, je demeurai d'abord en défiance. Heureux de la bonne journée présente, je m'attendais à un tout autre lendemain. Mais les jours se suivaient, également lumineux, sans que se démentît la gentillesse d'Augusta ni — ô surprise ! — la mienne. Chaque matin, je retrouvais chez ma femme le même élan affectueux, et en moi cette même gratitude qui, si elle n'était de l'amour, y ressemblait beaucoup. Qui aurait pu s'attendre à cela quand j'avais trébuché d'Ada à Alberta pour aboutir à Augusta ? Donc, je n'avais pas été la grosse bête aveugle qui se laisse mener où l'on veut, mais au contraire un homme très habile. Me voyant tout émerveillé de ma découverte, Augusta me dit :

— Pourquoi t'étonnes-tu ? Ne savais-tu pas que l'amour vient après le mariage ? Je ne l'ignorais pas, moi qui suis bien moins savante que toi.

Je ne sais si c'est avant ou après l'amour que s'éveilla dans mon cœur une espérance, la grande espérance de pouvoir un jour ressembler à Augusta qui était la santé personnifiée. Pendant nos fiançailles, je ne m'étais pas aperçu de cette santé radieuse, absorbé que j'étais dans l'étude de mon propre moi, puis d'Ada et de Guido. La lampe à pétrole du salon n'avait jamais illuminé la pauvre chevelure d'Augusta.

Et maintenant ce n'est pas seulement à sa rougeur que je pensais. Quand celle-ci s'évanouit, aussi simplement que les couleurs de l'aurore disparaissent sous la lumière directe du soleil, Augusta avança d'un pas assuré sur la voie qu'avaient parcouru ses sœurs sur cette terre, ces femmes qui peuvent tout trouver dans la loi et dans l'ordre, ou qui, autrement, renoncent à tout. Je l'aimais pour cette belle confiance, pour cette sécurité que je savais bien précaire, puisqu'elle était fondée sur moi, mais que je devais considérer avec la même modestie prudente que les expériences de spiritisme, cela pouvait être, et, par conséquent, la confiance dans la vie pouvait exister elle aussi.

Malgré tout, j'en étais parfois abasourdi. Augusta semblait vraiment croire que la vie ne devait pas finir. Non qu'elle affirmât rien de tel, mais cette conviction ressortait de toutes ses paroles et de tous ses actes. Un jour, je ne pus m'empêcher de lui rappeler la brièveté de notre existence et elle en demeura tout étonnée.

— Bien sûr, me dit-elle, nous devons tous mourir. On le sait. Mais cela n'empêche pas qu'étant mari et femme, nous sommes liés, liés l'un à l'autre, à jamais.

Elle ne voyait donc pas combien sont brèves les unions de ce monde ! Elle ne sentait pas comme il est étrange que deux êtres se tutoient pendant quelques années, entre ces deux temps infinis, l'un où ils ne se connaissaient pas, l'autre où ils ne se reverront plus ! Je compris finalement ce qu'était la santé parfaite quand je devinai que la vie présente était pour Augusta la réalité tangible où l'on peut se mettre à l'abri et se tenir au chaud. J'essayai d'être admis dans ce monde clos et d'y résider à mon tour, bien décidé à m'abstenir des critiques et des railleries qui étaient les signes d'une maladie dont je ne devais pas infecter celle qui s'était confiée à moi. Mon effort pour la préserver me permit d'imiter quelque temps les réflexes d'un homme sain.

Toutes les choses qui font mon désespoir, elle les savait comme moi, mais quand elle les prenait en main, ces choses-là changeaient de nature. La terre tourne : est-ce une raison d'avoir mal au cœur ? La terre tourne, mais tout reste en place. Et tout ce qui faisait partie de ce monde immuable avait pour elle une importance énorme : son alliance, ses bijoux, ses robes, la verte, la noire, la robe d'après-midi qui rentrait dans l'armoire aussitôt après la promenade, et celle du soir que, sous aucun prétexte, elle n'eût portée dans la journée. Et les heures des repas, aussi immuables que celles du lever et du coucher ! Ces heures avaient comme une existence réelle ; c'étaient des êtres qu'on trouvait là, toujours à leur poste.

Le dimanche elle allait à la messe. Je l'accompagnais quelquefois pour voir comment elle supportait les images de la douleur et de la mort. Mais ces images n'existaient pas pour elle, et de sa visite à l'église elle emportait de la sérénité pour toute la semaine. Elle allait encore aux offices certains jours de fête qu'elle connaissait par cœur et c'était tout. Si j'avais eu de la religion, moi, je serais resté à l'église tout le jour, afin d'être assuré de la béatitude éternelle.

Il y avait, ici-bas aussi, un monde organisé d'auto-

rités qui la déchargeait de toute inquiétude. D'abord
l'administration autrichienne ou italienne qui assurait
la sécurité de la rue et de la maison et pour laquelle je
m'efforçais de partager son respect. Puis, par exemple, les médecins. Ceux-ci ont fait régulièrement
toutes les études requises pour vous assister et vous
guérir, s'il arrivait — ce qu'à Dieu ne plaise — qu'il y
eût à la maison quelque maladie. A cette autorité-là
j'avais recours chaque jour, elle jamais. Et pourtant je
savais bien la chose affreuse qui arriverait quand la
maladie mortelle m'aurait enfin saisi. Elle, au
contraire, solidement étayée là-haut et ici-bas, ne
doutait nullement, même alors, de pouvoir se tirer
d'affaire.

Mais je m'aperçois qu'en décrivant la santé d'Augusta, mon analyse la convertit, je ne sais comment,
en maladie. A mesure que j'écris, j'en viens même à
me demander s'il ne faudrait pas soigner cette santé et
avoir recours, pour la guérir, à un traitement médical.
Pendant tant d'années où je vécus près de ma femme,
jamais cette idée ne m'était venue.

Une importance extrême m'était attribuée dans son
petit univers. A tout propos, je devais exprimer ma
volonté : pour le choix des aliments, des habits, des
relations, des lectures. Je n'avais pas un moment de
répit, ce qui d'ailleurs ne me déplaisait pas. Je
contribuais à l'édification d'une famille patriarcale, et
j'étais moi-même le patriarche, fonction que j'avais
jadis en horreur et où je voyais maintenant l'image et
le signe de la santé. C'est tout autre chose d'être
patriarche pour son propre compte ou d'avoir à
vénérer en autrui la dignité patriarcale.

Je voulais la santé pour moi ; la maladie, je l'estimais bonne pour les non-patriarches, et, particulière-

ment au cours de notre voyage, il m'arriva parfois de prendre sans déplaisir, une attitude de statue équestre.

Cependant le rôle n'était pas toujours facile. En voyage, justement, Augusta voulait tout voir, comme si nous étions là pour nous instruire. Il ne suffisait pas d'entrer au palais Pitti ; il fallait visiter toutes les salles et s'arrêter devant chaque tableau. Je la laissai faire et me refusai, pour ma part, à bouger de la première salle, préférant, fatigue pour fatigue, celle de trouver des prétextes à ma paresse. Je passai ainsi une demi-journée en face des portraits des anciens Médicis, et je découvris qu'ils ressemblaient étonnamment à Carnegie et à Vanderbilt. Merveilleux !

Et pourtant ils étaient de ma race ! Augusta ne partageait pas mon étonnement. Elle savait ce qu'étaient les Yankees mais elle ne savait pas encore bien qui j'étais, moi.

Sur ce terrain-là, sa santé resta en échec et elle dut renoncer aux visites de musées. Je lui racontai qu'une fois, au Louvre, au milieu de tant d'œuvres d'art, je fus saisi d'un tel accès de colère que je me vis sur le point de mettre en pièces la Vénus de Milo. Résignée, Augusta me dit :

— Heureusement que les musées font partie du voyage de noces et qu'après, c'est fini.

Comme c'est vrai ! La vie n'a jamais la monotonie des musées. Voudrait-on encadrer certaines heures, elles restent riches de sons qui débordent le cadre ; riches non seulement de couleurs et de lignes, mais de vraie lumière, de celle qui brûle et qui, donc, n'ennuie pas.

La santé nous pousse à agir et à nous surcharger d'une foule de soucis et d'ennuis. Après les musées vinrent les emplettes. Augusta, qui n'avait jamais habité notre maison, la connaissait mieux que moi. Elle savait que dans une chambre il manquait un miroir, dans une autre un tapis, et que dans une troisième il y avait une place tout indiquée pour une statuette. Elle acheta de quoi meubler tout un salon. De chaque ville où l'on s'arrêtait il fallait faire au moins un envoi. Il me semblait, quant à moi, qu'il eût été plus simple et moins fatigant d'acheter tout cela à Trieste. Mais non, et je devais chaque fois m'occuper de l'expédition, de l'assurance, des opérations de douane.

— Voyons, ne sais-tu pas que les marchandises sont faites pour voyager ? N'es-tu pas un négociant ?

Et elle riait.

Elle n'avait pas tout à fait tort. J'objectai cependant :

On fait voyager les marchandises pour les vendre et faire un bénéfice. Sinon, il faut les laisser tranquilles et rester tranquille soi-même.

Son optimisme entreprenant était une des choses que j'aimais le plus en elle. Il était d'une naïveté délicieuse. Car il faut être bien naïf pour juger, à l'achat seulement, que l'affaire est bonne. C'est à la vente qu'on le saura.

Il me semblait être vraiment en pleine convalescence. Mes lésions étaient moins envenimées, et c'est alors que je pris définitivement les dehors d'un homme joyeux. Ce fut, de ma part, en ces jours inoubliables, une sorte d'engagement vis-à-vis d'Augusta, le seul engagement auquel je demeurai fidèle : je ne le violai que par instants, quand le rire de la vie fut plus fort que le mien. Notre vie à nous fut et demeure une relation souriante. Je souriais d'elle, croyant qu'elle ne savait pas ; elle de moi, parce qu'elle se flattait d'être un correctif à ma science et à mes erreurs. Même plus tard, quand mon mal me reprit tout entier, je gardai l'apparence de la joie, comme si je n'avais éprouvé dans mes souffrances qu'un léger chatouillement.

Pendant notre long voyage en Italie, en dépit de mon renouveau de santé, je ne fus pas exempt de bien des misères. Nous étions parti sans aucune lettre de recommandation, et j'avais très souvent l'impression que ces étrangers qui nous entouraient, au milieu desquels nous passions, étaient pour moi des ennemis. C'était une peur ridicule, mais je ne pouvais la vaincre. Si l'on m'avait attaqué, insulté, calomnié surtout, où aurais-je trouvé secours et protection?

Voici, par exemple, un de ces accès de peur irraisonnée dont personne, par bonheur, pas même Augusta, ne s'aperçut. J'avais l'habitude de prendre à peu près tous les journaux qu'on m'offrait dans la rue. Je m'arrêtai un jour devant l'étalage d'un marchand de journaux, et tout à coup j'eus l'idée que celui-ci pouvait, par malveillance, me faire arrêter comme voleur, car je ne lui avais payé qu'un seul journal et j'en tenais à la main plusieurs autres achetés ailleurs et que je n'avais pas encore ouverts. Je me mis à courir dans la rue, suivi par Augusta à qui, bien entendu, je ne dis pas le motif de ma fuite précipitée.

Je me liai d'amitié avec un cocher et avec un guide, étant sûr au moins de n'être pas accusé, en leur compagnie, de quelque vol ridicule.

Le cocher et moi nous avions un point de contact évident. Il aimait beaucoup le vin des *Castelli romani*, et il me raconta qu'à tout coup, quand il en buvait un peu trop, il avait les pieds enflés. Il allait donc à l'hôpital et, après guérison, était congédié avec la recommandation expresse de s'abstenir de vin. Il en prenait la résolution, une résolution de fer, disait-il,

parce que pour se lier par un signe matériel, il faisait
un nœud à la chaîne de métal de sa montre. Quand je
fis sa connaissance, sa chaîne pendait sur son gilet, sans
le moindre nœud. Je l'invitai à venir avec moi à
Trieste, et je lui décrivis, pour le rassurer, la saveur de
notre vin, si différente de celle du sien. Mais il ne
voulut rien savoir et refusa avec un visage où se
peignait déjà la nostalgie.

Quant au cicerone, je me liai avec lui parce qu'il
m'avait paru supérieur à ses collègues. Il n'est pas
difficile d'être, en histoire, plus savant que moi ; mais
Augusta avait vérifié dans son Baedeker, avec sa
précision habituelle, l'exactitude de ses explications.
Au surplus, ce garçon était jeune et il nous menait au
pas de course à travers les rues semées de statues.

Quand j'eus perdu ces deux amis, j'abandonnai
Rome. Le cocher ayant reçu de moi pas mal d'argent
nous fit voir comment le vin lui portait aussi à la tête :
il nous jeta contre une muraille antique très solide.
Quant au guide, il s'avisa un jour d'affirmer que les
anciens connaissaient parfaitement l'énergie électrique
et qu'ils en faisaient un grand usage, et il nous déclama
des vers latins qui en fournissaient la preuve incontestable.

Je fus atteint vers ce temps d'une autre petite
maladie dont je ne devais pas guérir. Un rien : la peur
de vieillir et surtout de mourir. Elle eut, je crois, pour
origine, une sorte particulière de jalousie. Je redoutais
la vieillesse parce qu'elle nous approche de la mort.
Tant que j'étais en vie, Augusta ne me tromperait
certainement pas. Mais je me figurais qu'à peine mort
et enterré, après avoir pourvu à l'entretien de ma
tombe et fait dire les messes d'usage, elle n'aurait rien
de plus pressé que de me chercher autour d'elle un

successeur qu'elle introduirait dans ce même univers d'ordre et de santé qui faisait ma joie. Car, enfin, cette belle santé ne pouvait mourir avec moi. Elle était indestructible. Je ne concevais pas qu'Augusta pût mourir, à moins d'être écrasée par un train lancé en pleine course.

Je me souviens d'un soir à Venise. Nous suivions en gondole un de ces canaux dont le profond silence est traversé à tout instant par la lumière et la rumeur d'une rue passant brusquement au-dessus de l'eau ténébreuse. Augusta, comme toujours, enregistrait avec soin toutes les images de la mouvante vision : un jardin vert et frais surgi d'un banc de vase laissé à découvert par le reflux, le reflet d'un clocher dans l'eau trouble, une ruelle longue et noire, avec, au fond, l'écoulement de la foule dans un fleuve de clarté. Et voici que je me sentis envahi par une étrange tristesse et je me mis à lui parler du temps où je ne serais plus et où elle referait avec un autre le même voyage de noces. J'étais tellement sûr de cela, je le voyais si nettement, qu'il me semblait raconter une chose arrivée déjà, si bien que je ne pus comprendre pourquoi elle s'était mise à pleurer, en entrecoupant ses sanglots de dénégations. Peut-être m'avait-elle mal compris et croyait-elle que je lui prêtais l'intention de me tuer. Pour m'expliquer mieux, je lui décrivis les circonstances éventuelles de ma mort : mes jambes, où la circulation avait toujours été mauvaise, seraient attaquées par la gangrène ; puis le mal gagnerait un organe essentiel, mes yeux se fermeraient, et adieu le patriarche ! Il faudrait en fabriquer un autre.

Elle continua à sangloter et son gémissement, dans la tristesse infinie de ce canal, me parut prendre un sens extraordinaire. Peut-être était-il provoqué désespérément par la vision précise de son atroce santé, et n'était-il alors que la lamentation de l'humanité tout entière. Mais non, ne savais-je pas qu'elle ignorait jusqu'à la nature de sa santé. La santé ne s'analyse pas elle-même ; elle ne se regarde pas non plus dans un miroir. Nous seuls, les malades, nous avons quelque idée de ce que nous sommes.

Ce fut alors, au milieu de ses larmes, qu'elle me raconta comment elle m'avait aimé avant de faire ma connaissance, dès la première fois qu'elle avait entendu prononcer mon nom par son père. Zeno Cosini !... Il lui avait parlé de moi comme d'un naïf qui ouvrait de grands yeux quand on l'entretenait d'une affaire et prenait des notes sur un carnet de commandes qu'il égarait une heure après. Si je ne m'étais pas aperçu de sa confusion à notre première rencontre, c'est, pensait-elle, que j'avais sans doute éprouvé un embarras semblable.

A vrai dire, je n'avais été troublé que par sa laideur, car je m'étais imaginé que les quatre filles de Malfenti, avec leur initiale commune, étaient toutes également belles. J'apprenais maintenant qu'elle m'aimait depuis longtemps. Mais qu'est-ce que cela prouvait ? Je ne lui donnai pas la satisfaction de me rétracter : après ma mort, elle n'en prendrait pas moins un autre.

Ses sanglots s'étant apaisés, elle s'appuya plus tendrement sur mon épaule, et, se mettant à rire, elle me dit :

— Et où le trouverai-je, ton successeur ? Ne vois-tu pas comme je suis laide ?

De fait, il me serait accordé, probablement, quelques jours de tranquille putréfaction.

L'obsession de la vieillesse ne me quitta plus, toujours à cause de la peur que j'avais de laisser ma femme à un autre. Cette peur ne s'atténua pas lorsque je trompai Augusta ; mais elle ne s'accrut pas non plus à l'idée qu'il me faudrait perdre aussi ma maîtresse. C'était là une chose toute différence. Quand je retombais dans ma phobie, Augusta était mon refuge. Je cherchais près d'elle un apaisement à mon angoisse, comme l'enfant qui tend au baiser de sa mère la petite main où il s'est fait mal. Et toujours elle trouvait des mots nouveaux pour me réconforter. Pendant notre voyage de noces, elle me donnait encore trente années de jeunesse ; elle m'en promet tout autant aujourd'hui. Mais je savais que ces jours heureux du voyage de noces m'approchaient, comme les autres, des horribles grimaces de l'agonie. Augusta avait beau dire, le compte est vite fait : chaque semaine qui s'écoule est une semaine de moins.

Quand mes crises étaient trop fréquentes, j'évitais de la fatiguer par la répétition des mêmes plaintes et, pour quêter son secours, je murmurais seulement : « Pauvre Cosini ! » Elle savait ce qui me tourmentait et accourait aussitôt. Il m'arriva même d'exprimer ainsi des peines d'un tout autre genre et d'en obtenir un pareil soulagement, comme ce jour où, malade du remords de l'avoir trompée, je murmurai, par habitude : « Pauvre Cosini ! » Et ce ne fut pas en vain, car sa tendresse, ce jour-là, me fut bien précieuse.

Au retour de notre voyage de noces, j'eus la surprise de trouver, en rentrant chez nous, la plus confortable maison que j'eusse jamais habitée. Augusta y avait introduit toutes les commodités de sa maison paternelle et plusieurs autres de son invention. La salle de bains qui, de mémoire d'homme, avait toujours été au bout d'un corridor, à un demi-kilomètre de ma chambre, se trouvait maintenant tout près de celle-ci et

pourvue d'une installation perfectionnée. Une petite
pièce, à côté de la salle à manger, fut aménagée pour y
prendre le café. Meublée de tapis moelleux et de
grands fauteuils de cuir, elle était fort agréable, et nous
y passions une petite heure tous les jours après le
déjeuner. On y avait mis, malgré moi, tout ce qu'il faut
pour fumer. Mon petit bureau subit aussi des modifi-
cations. J'avais d'abord protesté, car je craignais que
ces changements ne me le rendissent odieux. Mais, au
contraire, je m'aperçus bientôt qu'alors seulement il
était possible de s'y tenir. Augusta y avait aménagé la
lumière de telle sorte que je pouvais lire assis à ma
table, allongé dans le fauteuil ou étendu sur le sofa. Il y
avait un pupitre à violon, avec sa belle petite lampe qui
éclairait la musique sans blesser les yeux. Et là encore,
toujours contre ma volonté, se trouvaient toutes les
commodités pour fumer tranquillement.

Avec toutes ces améliorations, on avait toujours les
ouvriers à la maison, ce qui était cause d'un peu de
désordre et de dérangement. Pour ma femme, qui
travaillait pour l'éternité, ces petits ennuis passagers
étaient sans importance, mais pour moi, c'était autre
chose ! Aussi, quand elle projeta d'installer une buanderie qui impliquait la construction d'une petite maison dans le jardin, je m'y opposai énergiquement. Elle
assurait qu'une buanderie à la maison était indispensable pour la santé des bébés. Or, il n'y avait pas encore
de bébés, et je ne voyais pas la nécessité d'être
incommodés par eux avant même qu'ils arrivent. Mais
elle apportait dans ma vieille maison des instincts
venus du plein ciel : elle ressemblait à l'hirondelle qui,
dans ses amours, pense tout de suite au nid.

Moi aussi, d'ailleurs, à ma façon, je manifestais mon
amour : j'apportais des fleurs, des bijoux. Mon

mariage avait transformé ma vie. Après une faible
tentative de résistance, je renonçai à disposer de mon
temps à ma fantaisie et m'accommodai de l'horaire le
plus rigide. Mon éducation, à cet égard, eut des
résultats surprenants. Un jour, très peu de temps après
notre voyage de noces, je m'abstins, en toute innocence, de rentrer déjeuner à la maison et, après avoir
mangé un morceau dans un bar, je restai dehors
jusqu'à la nuit tombée. De retour chez moi, je trouvai
Augusta à demi morte de faim. Elle n'avait pas
déjeuné. Elle ne me fit aucun reproche, mais ne voulut
pas admettre qu'elle avait eu tort. Avec douceur mais
avec fermeté, elle déclara qu'à moins d'avoir été
prévenue, elle m'attendrait ainsi pour déjeuner, jusqu'à n'importe quelle heure. Il ne s'agissait pas de
plaisanter ! Une autre fois, je m'étais laissé retenir par
un ami jusqu'à deux heures du matin. Augusta m'attendait. Elle avait laissé le poêle s'éteindre et elle
claquait des dents. Il s'ensuivit une légère indisposition
qui rendit inoubliable la leçon qu'elle m'infligeait.

Un jour, je voulus lui faire un autre grand cadeau :
travailler ! Augusta le désirait, et je pensais moi-même
que ce ne serait pas inutile à ma santé. On n'est pas
malade quand on n'a pas le temps de l'être. Je me mis
donc au travail, et, si je ne persistai pas longtemps, ce
ne fut pas de ma faute. J'avais pris les meilleures
résolutions. Très modestement, je ne demandais pas à
prendre part à la direction des affaires, mais, simplement, pour débuter, à tenir le grand livre. Devant ces
feuillets imposants où les écritures s'alignaient avec
régularité, comme des maisons dans une rue bien
construite, je me sentais pénétré d'un tel respect que,
les premiers jours, je tenais la plume d'une main
tremblante.

Le fils d'Olivi, petit jeune homme à lunettes, sobrement élégant et très ferré sur le commerce, se chargea de mon instruction. Je n'eus pas à me plaindre de lui. Il m'ennuyait bien un peu avec sa science économique et la théorie de l'offre et de la demande, que j'avais comprise du premier coup, ce qu'il jugeait inadmissible ; mais on voyait qu'il avait le respect du patron, et je lui en savais gré, d'autant plus que ce n'était pas son père qui avait pu le lui inculquer. Le respect de la propriété devait faire partie de sa science économique. Il ne m'adressa jamais de reproches au sujet des nombreuses erreurs d'écriture que je commettais ; seulement il les attribuait à mon ignorance et me donnait des explications vraiment superflues.

Le malheur fut qu'à force d'enregistrer des affaires, l'envie me prit d'en faire moi-même. A mes yeux, le livre était vraiment ma caisse, et quand j'inscrivais une grosse somme au débit d'un client, j'avais l'impression de tenir en main non pas la plume du comptable, mais le râteau du croupier qui ramasse l'argent épars sur la table de jeu.

Tous les matins, le jeune Olivi me communiquait le courrier. Je le lisais avec le plus grand soin, et je dois le dire, avec l'espoir de le comprendre mieux que les autres. Or, un jour, une offre des plus ordinaires retint mon attention, une attention passionnée. Avant même d'en prendre connaissance, j'avais senti dans ma poitrine quelque chose où je reconnus tout de suite le signe précurseur d'une de ces obscures inspirations que j'avais parfois à la table de jeu. Il est difficile de décrire ce qu'on éprouve. C'est d'abord une dilatation des poumons qui nous fait respirer avec volupté l'air alourdi de la salle ; puis, soudain, la certitude qu'on respirera mieux encore dès qu'on aura doublé la mise.

Mais il faut de l'expérience pour bien interpréter ces secrets avertissements. Il faut s'être éloigné de la table de jeu, les poches vides, avec le regret de n'avoir pas suivi son inspiration. On se promet alors qu'une autre fois on ne s'en ira plus ; mais pour ce jour-là, il n'y a rien à faire : les cartes se vengent. Or, devant le tapis vert, on est bien plus excusable de n'avoir pas compris et de laisser passer la chance que si l'on est assis tranquillement en face d'un grand livre. Je le sentais bien, tandis qu'une voix criait en moi : Achète tout de suite ces fruits secs.

Je parlai de l'affaire à Olivi, en toute douceur, et, bien entendu, sans dire un mot de mon pressentiment. Olivi répondit que les opérations de ce genre, il les faisait seulement pour le compte d'un tiers, quand il pouvait réaliser un petit bénéfice. Ainsi, il excluait de mes affaires la possibilité d'une inspiration et la réservait à des tiers !

La nuit renforça ma conviction. Je respirais si bien que je ne pus dormir. Augusta s'aperçut de mon agitation et je dus lui en dire la cause. Elle eut aussitôt le même pressentiment que moi, et je l'entendis murmurer en dormant :

— Après tout, n'es-tu pas le patron ?

Et le lendemain matin, avant que je ne sorte, elle me dit toute songeuse :

— Il ne faudrait pas froisser Olivi. Veux-tu que j'en parle à papa ?

Mais je refusai, sachant que Giovanni lui aussi attachait très peu d'importance aux inspirations.

J'arrivai au bureau, bien décidé à livrer bataille pour mon idée. La discussion dura jusqu'à midi, heure où expirait le délai fixé pour l'acceptation de l'offre. Olivi demeura irréductible et, pour conclure, me ferma la bouche avec son observation habituelle :

— Peut-être voulez-vous diminuer les pouvoirs qui m'ont été attribués par votre défunt père ?

Vexé, je retournai à mon grand livre en jurant de ne plus me mêler des affaires de la maison. Mais le goût des raisins de Turquie m'était resté dans la bouche. Chaque jour, au *Tergesteum*, je m'informais de leur prix. Aucun autre article ne m'intéressait. Ils montaient lentement, lentement, comme s'ils se ramassaient pour prendre élan ; puis, tout à coup, en un seul jour, ce fut un bond fantastique : la récolte avait été misérable, et on ne l'apprenait qu'à l'instant. Étrange chose que l'inspiration ! Elle ne m'avait pas averti du déficit de la récolte, mais seulement de la hausse des cours.

Les cartes allaient se venger. En attendant, je ne pouvais tenir en place devant mon grand livre, et je perdais tout respect pour mes professeurs de science commerciale. D'ailleurs Olivi ne semblait plus si sûr d'avoir eu raison et je ne cessais de rire et de me moquer de lui ; ce fut ma principale occupation.

Sur ces entrefaites, arriva une nouvelle offre à un prix presque double. Olivi, pour me radoucir, vint me demander conseil. Je lui répondis, triomphant, qu'à ce prix-là, je ne mangerais pas de raisin. Il murmura, offensé :

— Je m'en tiens au système que j'ai suivi toute ma vie.

Et il se mit en quête de l'acheteur. Il en trouva un pour une très petite quantité, et, toujours dans les meilleures intentions, il revint me trouver et me dit en hésitant :

— J'achète le raisin pour faire cette petite vente, ou faut-il vendre à découvert ?

Toujours méchamment, je répondis :

— Moi, je me serais couvert avant de vendre, et depuis longtemps.

Pour finir, Olivi, indécis, n'ayant plus son assurance habituelle, fit imprudemment la vente à découvert. Les raisins continuèrent à monter et nous perdîmes tout ce qu'on pouvait perdre sur une si petite quantité.

Alors, furieux contre moi, il déclara qu'il n'avait joué que pour me complaire. Le coquin oubliait que je lui avais conseillé de ponter sur le rouge et que, pour me faire pièce, il avait ponté sur le noir. Notre désaccord fut irrémédiable. Olivi en appela à mon beau-père, lui disant que ces dissentiments étaient préjudiciables aux intérêts de la maison et que, si la famille le désirait, ils se retiraient, lui et son fils, pour me laisser le champ libre. Mon beau-père décida sans hésiter en faveur d'Olivi.

— L'affaire des fruits secs, me dit-il, est trop instructive. Vous êtes là deux à ne pouvoir rester ensemble. Lequel doit se retirer ? Celui qui, sans l'autre, aurait fait, une fois, une bonne affaire ou celui qui dirige seul la maison depuis un demi-siècle ?

Augusta, influencée par son père, vint à la rescousse.

— Ta bonté, ton ingénuité, me dit-elle, te rendent, paraît-il, inapte aux affaires. Reste à la maison avec moi.

Irrité, je me retirai sous ma tente, c'est-à-dire dans mon petit bureau. Pendant quelque temps je passai mes journées à lire ou à faire de la musique, puis le désir me vint d'une occupation plus sérieuse, et il s'en fallut de peu que je ne retourne à la chimie et à la jurisprudence. En fin de compte, je me consacrai à l'étude de la religion. C'était revenir aux questions qui m'avaient préoccupé après la mort de mon père. Mais peut-être y eut-il là, cette fois, une tentative énergique de me rapprocher d'Augusta et de participer à sa santé. Je ne me contentais pas d'aller à la messe avec elle. Je devais y aller différemment : je lisais Renan et Strauss, le premier avec plaisir, l'autre comme une punition. Si je rapporte tout ceci, c'est uniquement pour montrer combien était grand mon désir d'être en étroite union de pensée avec Augusta. A vrai dire, elle ne s'en doutait guère quand elle voyait entre mes mains une édition critique des évangiles. Préférant l'indifférence à la science, elle ne pouvait apprécier la grande marque d'amour que je lui donnais alors. Bien souvent, s'interrompant au milieu de sa toilette ou de ses occupations domestiques, elle paraissait à ma porte pour me dire un petit bonjour, et quand elle me voyait penché sur un texte de l'Écriture, elle murmurait en faisant la moue :

— Encore plongé là-dedans !

La religion dont Augusta avait besoin n'exigeait pas du temps pour s'acquérir ou pour se pratiquer. Une génuflexion et le retour immédiat à la vie. Rien de plus. Pour moi, la religion prenait un aspect bien différent. Si j'avais eu vraiment la foi, rien d'autre n'aurait existé en ce monde.

Mon cabinet de travail était magnifiquement aménagé. L'ennui vint pourtant m'y trouver. L'ennui ou plutôt une sorte d'anxiété, car il me semblait sentir en moi la force de travailler, je demeurais dans l'attente d'une tâche que la vie m'imposerait. Je me mis à sortir fréquemment et je passais de longues heures au *Tergesteum* ou dans quelque café.

Je vivais dans un simulacre d'activité : c'était une activité tout à fait ennuyeuse.

A ce moment, j'eus la visite d'un ami. C'était un

camarade d'université qui s'était fixé dans un village de Styrie. Atteint d'une grave maladie, il était revenu en toute hâte à Trieste pour se faire soigner. Il fut dans ma vie la Némésis, bien qu'il n'en eût guère l'aspect. Quand il m'arriva, il venait de passer plusieurs semaines au lit et l'on avait réussi à convertir sa néphrite de mal aigu en affection chronique, probablement incurable. Mais il se croyait mieux et s'apprêtait joyeusement à aller passer le printemps dans un climat plus doux que le nôtre, où il espérait se remettre tout à fait. Il ne s'était attardé que trop longtemps, pensait-il, dans son pays natal.

Je considère que la visite de cet homme si gravement malade, et pourtant gai et souriant, fut tout à fait néfaste pour moi. Après tout, j'ai peut-être tort et ne fait-elle que marquer un tournant de ma vie par lequel il fallait passer de toute façon.

Enrico Copler — c'était le nom de mon ami — s'étonna que je n'aie pas eu de ses nouvelles ni rien su de sa maladie dont Giovanni avait été sûrement informé. Mais Giovanni, malade aussi, n'était occupé que de lui-même et ne m'en avait rien dit, bien que, tous les jours de soleil, il vînt à ma villa pour dormir quelques heures en plein air.

Entre ces deux valétudinaires, l'après-midi se passa très gaiement. Ils s'entretinrent de leurs misères, ce qui est la grande distraction des malades et n'est pas trop triste pour les bien portants qui les écoutent. Il y eut seulement une petite discussion : Giovanni voulait passer au jardin : il avait besoin d'être à l'air, chose interdite à notre ami. Mais un peu de vent s'étant levé, mon beau-père se décida à rester avec nous dans la petite salle bien chaude.

Copler nous raconta sa maladie : il n'avait pas

souffert, mais il avait perdu ses forces. Maintenant seulement qu'il se sentait mieux, il comprenait combien son état avait été grave. Il nous parla des remèdes qu'il avait pris, ce qui m'intéressa davantage. C'est ainsi que son médecin lui avait indiqué un moyen efficace de se procurer un long sommeil sans s'intoxiquer avec de véritables somnifères. C'était précisément la chose dont j'avais besoin avant tout ! Je le dis à mon pauvre ami qui, sentant mon besoin de médicaments, avait supposé un moment que j'étais atteint de la même maladie que lui, et me conseilla de me faire examiner, ausculter, et analyser.

Augusta se mit à rire de bon cœur et déclara que j'étais tout simplement un malade imaginaire. A ce mot, le visage émacié de Copler s'éclaira soudain comme celui d'un homme qui prend sa revanche et qui se libère virilement de l'état d'infériorité auquel il semblait condamné. Me prenant à partie avec énergie :

— Malade imaginaire ! cria-t-il. Eh bien, moi, j'aime mieux être un malade réel. D'abord un malade imaginaire est une monstruosité ridicule ; et puis, pour lui, il n'y a pas de médicaments, tandis que pour nous, malades réels, la pharmacie a toujours quelques ressources, comme on le voit par mon exemple.

Ces paroles semblaient celles d'un homme en bonne santé et, je veux être sincère, elles me furent pénibles. Mon beau-père s'y associa énergiquement, mais on sentait trop dans son approbation la jalousie du malade pour l'homme sain. S'il était en bonne santé comme moi, disait-il, au lieu d'assommer ses proches avec ses jérémiades, on le verrait courir à ses chères et bonnes affaires, maintenant surtout qu'il avait réussi à réduire son ventre. — Il ne savait pas que cet amaigrissement était loin d'être un symptôme favorable.

Après l'assaut de Copler j'avais vraiment la figure d'un malade, et d'un malade maltraité. Augusta sentit qu'il fallait venir à mon secours. Tout en caressant ma main que j'avais laissée tomber sur la table, elle déclara que ma maladie n'importunait personne et que, d'ailleurs, elle n'était pas convaincue que je me crusse vraiment malade, car, sinon, je n'aurais pas tant de joie à vivre. Copler retomba du coup dans son état d'infériorité. Il était seul au monde, et s'il pouvait lutter avec moi en fait de santé, il n'avait à m'opposer aucune affection pareille à celle d'Augusta. Or, il avait grand besoin d'une infirmière. Il le savait bien, et il m'avoua plus tard à quel point il m'avait envié à ce sujet.

La discussion continua les jours suivants, sur un ton plus calme, pendant que Giovanni dormait dans le jardin. Copler, après y avoir réfléchi, affirmait maintenant que le malade imaginaire est un vrai malade, atteint même plus intimement que les autres, et de façon plus radicale ; en effet, ses nerfs affaiblis accusent une maladie qui n'existe pas, tandis que leur fonction est d'avertir par la douleur, du désordre de l'organisme et de permettre ainsi d'y porter remède.

— Oui, répondis-je. Exemple : le mal aux dents. La douleur apparaît quand le nerf est à découvert et qu'il n'y a plus, pour le guérir, qu'à le détruire.

Pour finir, nous nous mîmes d'accord sur ce point que les deux malades, le réel et l'imaginaire, se valent. Précisément, pour sa néphrite, il n'avait pas eu et n'avait toujours pas d'avertissement de ses nerfs, tandis que les miens, trop sensibles peut-être, me signalaient la maladie dont je mourrais vingt ans plus tard. Mais mes nerfs, à moi, étaient donc des nerfs parfaits, dont le seul défaut était d'empoisonner ma vie en ce monde. Quant à Copler, il me parut très satisfait d'avoir réussi à me mettre au nombre des malades.

Chose étrange, mon pauvre ami, dans le triste état de santé où il se trouvait, avait la manie de parler femmes. Quand Augusta n'était pas là, il n'était question de rien d'autre. Chez le malade réel, disait-il (du moins dans les maladies que nous savions), l'appétit sexuel s'affaiblit, et c'est une bonne défense de l'organisme. Chez le malade imaginaire, qui ne souffre que du désordre de ses nerfs trop tendus, cet appétit s'exagère de façon pathologique. J'apportai à l'appui de sa théorie le témoignage de mon expérience personnelle, et nous nous plaignîmes réciproquement.

Je ne sais trop pourquoi je ne voulus pas dire à Copler que ma conduite était, depuis longtemps, parfaitement régulière. J'aurais pu au moins lui avouer que je me considérais désormais comme un convalescent. Me dire en bonne santé, c'eût été trop : je lui aurais fait de la peine ; et d'ailleurs, si l'on songe à toutes les complications de notre organisme, comment oserait-on se dire en bonne santé ?

— Ainsi tu désires toutes les jolies femmes que tu vois ? me demanda Copler.

— Non, pas toutes, murmurai-je, pour ne pas sembler trop malade.

Et de fait je ne désirais nullement Ada que je voyais tous les soirs. Le froufrou de ses jupes ne me disait rien ; et aurais-je eu la permission d'y porter la main que c'eût été la même chose. Je me félicitais de n'être pas son mari. Peut-être la passion qu'elle m'avait inspirée s'était-elle épuisée par sa violence même. Ce qui est sûr, c'est qu'elle était maintenant pour moi la femme « interdite », et mon indifférence à son égard me semblait un signe de santé et de propreté morale. Il est vrai que cette indifférence s'étendait à Alberta, si mignonne pourtant, si bien prise dans son sérieux petit costume d'écolière. Faut-il croire que la possession d'Augusta avait suffi à éteindre mon désir pour toute la famille Malfenti ? Voilà qui eût été moral, pour le coup.

Peut-être aussi avais-je eu scrupule à parler de ma vertu sachant combien, en pensée, j'étais peu fidèle à Augusta. A l'instant même, tout en causant, je songeais avec un frémissement de désir à toutes les femmes dont je me privais pour elle, à celles qui vont par les rues, couvertes de leurs vêtements, et dont les organes sexuels secondaires prennent dans notre imagination une telle importance, alors que ceux de la femme possédée ont perdu tout leur attrait, comme atrophiés par la possession. J'avais toujours le vif désir d'une aventure amoureuse ; cela commençait par l'admiration d'une bottine, d'un gant, d'une jupe, de tout ce qui cache le corps et en altère les formes. Il n'y avait encore là rien de bien coupable, mais Copler eut le tort de m'analyser. Expliquer à quelqu'un ses désirs secrets, c'est l'autoriser à les satisfaire. Plus tard, il y eut pis encore tant par ce qu'il dit que par ce qu'il fit ; son excuse est qu'il ne pouvait prévoir où tout cela me conduirait.

Notre conversation s'est si bien gravée dans ma mémoire, que je retrouve, en me la rappelant, toutes les sensations qui s'y associèrent ; je revois les choses et les gens. J'avais accompagné dans le jardin mon ami qui devait rentrer chez lui avant le coucher du soleil. De ma villa, située sur une colline, la vue s'étendait sur le port et sur la mer, cachés aujourd'hui par de nouvelles constructions. Nous nous arrêtâmes à regarder longuement la mer faiblement agitée par une brise légère qui renvoyait en des milliers de feux la tranquille clarté du ciel. La courbe immense de la péninsule d'Istrie, d'un vert qui reposait les yeux, s'avançait comme une grande ombre solide. Les môles du port et les digues semblaient, de là-haut, des traits minuscules et les bassins, où dormait une eau immobile, étaient pareils à des miroirs ternis. Dans ce vaste panorama, les parties tranquilles tenaient peu de place en comparaison du rouge scintillement de la mer. Éblouis, nous nous retournâmes vers la maison et vers sa petite terrasse, où la nuit s'amassait déjà.

Devant le portique, sur un grand fauteuil, mon beau-père dormait. Sa tête, coiffée d'une calotte, était protégée encore par le col relevé de sa pelisse ; une couverture enveloppait ses jambes. Nous le regardâmes un moment. Il avait la bouche grande ouverte, la mâchoire inférieure pendait, inerte, et l'on entendait sa respiration courte et bruyante. A tout instant sa tête retombait sur sa poitrine et, tout en dormant, il la redressait. Il avait alors un mouvement des paupières, comme s'il voulait ouvrir les yeux pour mieux retrouver son équilibre, et sa respiration changeait de rythme : une vraie interruption du sommeil.

C'était la première fois que la gravité de sa maladie m'apparaissait si clairement, et j'en fus très affecté.

Copler me dit en baissant la voix :

— Il ferait bien de se soigner. Il a probablement de la néphrite. Ce sommeil n'est pas naturel. Je connais cela. Pauvre diable ! Vous devriez le faire examiner par mon médecin.

Giovanni, qui sentait qu'on le regardait, ouvrit les yeux et tout de suite parut moins malade.

— Eh ! quoi, vous restez au grand air, dit-il à Copler en plaisantant. Vous allez prendre mal !

Il croyait s'éveiller d'un bon sommeil, et il ne se doutait pas qu'il avait manqué d'air en face de la mer qui lui envoyait son grand souffle. Mais sa voix était rauque et sa parole haletante. Il avait la face terreuse et quand il se leva, il se sentit tout glacé et dut rentrer dans la maison. Je le vois encore, regagnant lourdement la porte, sa couverture sous le bras, essoufflé et riant, nous criant au revoir de loin.

— Voilà le malade réel, me dit Copler qui ne lâchait pas son idée. Il est mourant et ne se croit pas malade.

Il me parut, à moi aussi, que le malade réel souffrait peu. Voici bien des années que mon beau-père et Copler reposent dans le cimetière de Sant'Anna. Je passai un jour devant leur tombe, et le fait qu'ils dormaient là sous la pierre, depuis si longtemps, ne me sembla pas infirmer la thèse que soutenait l'un d'eux.

Avant de quitter son ancien domicile, Copler avait liquidé ses affaires. Il se trouvait donc, comme moi, sans occupation. Mais à peine sur pied, il ne put rester tranquille et n'ayant pas d'affaires personnelles, il s'occupa de celles des autres, qui lui semblaient plus intéressantes. J'en riais alors ; je devais plus tard faire comme lui ! Il s'occupait d'œuvres charitables et comme il avait décidé de vivre avec ses revenus, sans toucher au capital, il ne pouvait pas toujours se donner le luxe d'être bienfaisant à ses frais. Il organisait alors des collectes et taxait ses amis et ses connaissances.

En vrai homme d'affaires qu'il était, il tenait registre de tout sur un livre de comptes. Moi, je pensai que ce livre devait être son viatique et qu'à sa place, sans famille et n'ayant que peu d'années à vivre, je l'aurais enrichi en attaquant mon capital. Mais il était, lui, le bien portant imaginaire. Aussi croyait-il prudent d'assurer un avenir à la brièveté duquel il ne savait se résigner.

Un jour il me soutira quelques centaines de couronnes. Il s'agissait d'acheter un piano à une pauvre jeune fille qui recevait déjà de quelques-uns d'entre nous, par l'intermédiaire de Copler, un petit secours mensuel. Il fallait, disait-il, faire vite, pour profiter d'une occasion. je ne pus pas refuser, mais je lui fis observer, avec un peu de mauvaise humeur, que j'aurais fait une bonne affaire en restant chez moi ce jour-là. Je suis de temps en temps sujet à de ces accès d'avarice.

Copler prit l'argent et me quitta avec quelques mots de remerciement. Mais la réflexion que j'avais faite eut des conséquences, et elles ne furent que trop graves. Peu de jours après, il vint m'informer que le piano était en place et que la *signorina* Carla Gerco et sa mère, désirant me remercier, me priaient de les honorer de ma visite. Copler, qui craignait de perdre son client, voulait me faire savourer les hommages de la gratitude. Dans l'espoir de me dispenser de cette ennuyeuse corvée, je déclarai à Copler qu'il remplirait bien mieux que moi le rôle du bienfaiteur. Mais il insista tellement que je finis par dire oui.

— Est-elle jolie? demandai-je en riant.

— Très jolie, mais ce n'est pas un morceau pour notre bec.

Notre bec était une expression qui me plaisait d'autant moins qu'il avait les dents cariées.

Il me raconta les malheurs de cette famille honorable, dont le chef était mort il y avait plusieurs années, et qui, tombée dans la misère noire, avait gardé la plus rigide honnêteté.

C'était une journée désagréable. Il soufflait un vent glacial, et j'enviais Copler d'avoir mis sa pelisse. Tout en marchant, je devais retenir mon chapeau pour l'empêcher de s'envoler. Mais j'allais récolter la reconnaissance due à ma philanthropie et cette pensée me mettait de bonne humeur. Après avoir suivi le cours Stadion, nous traversâmes le jardin public. C'était un quartier où je n'allais jamais. Nous entrâmes enfin dans une de ces maisons dites de rapport que l'on construisit, il y a une quarantaine d'années, à quelque distance de la ville qui, très vite, les rejoignit et les absorba. L'immeuble, encore que modeste, avait toutefois meilleur aspect que les bâtisses élevées aujourd'hui pour le même objet. L'escalier n'occupait qu'une très petite surface et s'en trouvait d'autant plus raide.

J'arrivai au premier étage avant mon ami qui montait plus lentement, et j'eus le temps de remarquer que, des trois portes donnant sur le palier, celles des côtés portaient, fixée avec des clous, la carte de visite de Carla Gerco et celle du milieu une carte à un autre nom. Copler m'expliqua que les Gerco avaient à droite leur cuisine et leur chambre et à gauche une seule pièce, le petit salon de Carla. Ils avaient sous-loué la chambre du milieu, ce qui diminuait leur loyer mais les obligeait à passer par le palier pour aller d'une partie à l'autre de leur logement.

Les deux femmes, prévenues de notre visite, nous attendaient dans le petit salon. Copler fit les présentations. La *signora* était une personne très timide, pauvrement vêtue de noir, avec des cheveux d'un blanc de neige. Elle me tint un petit discours, apparemment préparé d'avance, pour me remercier de ma visite qui les honorait et pour m'exprimer leur reconnaissance du beau présent que je leur avais fait. Après quoi elle n'ouvrit plus la bouche. Copler était là comme un professeur venu pour écouter, un jour d'examen, son élève récitant devant le jury la leçon qu'il a eu tant de mal à lui faire apprendre. Il fit remarquer à la vieille dame que non seulement j'avais donné l'argent pour le piano, mais qu'en outre je contribuais au secours mensuel qu'il avait pu leur assurer. Il aimait qu'on soit exact.

Alors Mlle Carla se leva du tabouret où elle était assise devant le piano et me tendit la main en disant ce simple mot :

— Merci.

Voilà, au moins, qui n'était pas long. Mon rôle de philanthrope commençait à me peser. Moi aussi, je m'occupais donc des affaires des autres, comme un simple malade réel ! Que pouvais-je bien être aux yeux de cette gracieuse fille ? Un personnage respectable, mais pas un homme. Et elle était vraiment gracieuse ! Je soupçonne qu'elle cherchait à se rajeunir, car elle avait une robe trop courte pour la mode de cette époque, à moins qu'elle ne finît d'user à la maison une robe du temps où elle grandissait encore. Son visage était celui d'une femme, et d'une femme qui veut plaire, si j'en jugeais à l'arrangement de ses cheveux dont les belles tresses brunes étaient disposées de façon à cacher les oreilles et une partie du cou. J'étais si pénétré du sentiment de ma dignité et si intimidé par le regard inquisiteur de Copler que je ne la regardais d'abord pas très bien. Mais maintenant je la connais tout entière. Sa voix, quand elle parlait, avait je ne sais quoi de musical. Avec une affectation qui finit par lui devenir naturelle, elle se plaisait à prolonger les syllabes, comme pour les caresser à leur passage sur ses lèvres. Cette sorte de retard, joint au son très ouvert (même chez une Triestine) de certaines voyelles, lui donnait un accent étranger. (Je sus plus tard que certains professeurs, pour enseigner l'émission de la voix, altèrent la valeur des voyelles.) Sa prononciation n'avait rien de commun avec celle d'Ada. Il me semblait que, dans sa bouche, tous les mots prenaient le son de l'amour.

Pendant tout le temps de la visite, elle ne cessa pas de sourire. Peut-être se figurait-elle avoir ainsi fixé sur son visage l'expression de la gratitude. C'était un sourire un peu forcé : la vraie image de la gratitude. Lorsque je me mis, quelques heures plus tard, à y repenser, j'imaginai qu'il y avait là comme une lutte entre la douleur et la joie. Mais, par la suite, je ne trouvai en elle rien de pareil, et je me rendis compte une fois de plus que la beauté féminine simule des sentiments avec lesquels elle n'a rien à voir. Ainsi la toile sur laquelle est peinte une bataille ne contient en elle rien d'héroïque.

Copler paraissait satisfait de la présentation, comme si ces deux dames avaient été son œuvre personnelle. Il les louait de travailler et d'être toujours contentes de leur sort. Tout son discours semblait extrait d'un manuel scolaire. De mon côté j'approuvais machinalement de la tête, comme pour signifier que j'avais fait mes études et que je savais très bien ce que doivent être de pauvres femmes vertueuses qui n'ont pas d'argent.

Ensuite, Copler lui demanda de nous chanter quelque chose. Elle prétexta qu'elle était enrhumée et promit de le faire un autre jour. Je compris, avec sympathie, qu'elle redoutait notre jugement, mais, désirant prolonger la visite, je joignis mes instances à celles de Copler. J'ajoutai que je ne savais pas si je pourrais revenir, car j'étais très occupé, ce que mon ami confirma avec le plus grand sérieux, bien qu'il sût que je n'avais en ce monde absolument rien à faire. Il ne me fut pas difficile de comprendre, un peu plus tard, qu'il ne désirait pas me voir retourner chez Carla.

Elle essaya encore de se dérober, mais il insista sur un ton qui n'admettait pas de refus, et elle obéit. Je pensai : comme elle est docile !

Elle chanta *La mia bandiera*. Je l'écoutai, assis sur le sofa, avec l'ardent désir de l'admirer. Il eût été si beau de lui découvrir du génie ! Mais, bien au contraire, sa voix, quand elle chantait, perdait tout son charme musical. Et puis, comme elle était médiocre pianiste, l'imperfection de l'accompagnement rendait plus pauvre encore cette pauvre musique. Je vis que j'avais affaire à une élève, et je me contentai de considérer si le volume de sa voix était suffisant. Ah ! certes, oui ! Dans cette pièce exiguë, on en avait mal au tympan. Peut-être, me disais-je pour avoir un prétexte à l'encourager, a-t-elle suivi une mauvaise méthode.

Quand elle eut fini, je m'associai aux félicitations verbeuses de Copler.

— Figure-toi, me disait-il, l'effet que ferait une pareille voix, accompagnée par un bon orchestre ?

Il n'avait pas tout à fait tort. La voix de Carla réclamait les sonorités puissantes de l'orchestre. Très sincèrement, je lui dis que je me réservais de l'entendre de nouveau d'ici quelques mois et qu'alors je me prononcerais sur la valeur de sa méthode. Ces paroles pouvaient sembler désobligeantes. Pour en atténuer l'effet, j'émis quelques considérations sur la nécessité, pour une très belle voix, de se mettre à très bonne école. Le superlatif faisait tout passer. Mais, quand je fus seul, je m'étonnai de n'avoir pu m'empêcher d'être sincère vis-à-vis d'elle. L'aimais-je donc déjà ? Je ne l'avais même pas bien vue !

Tout en descendant l'escalier aux odeurs douteuses, Copler me dit encore :

— Sa voix est trop forte. C'est une voix de théâtre.

Il ignorait que j'en savais déjà plus long que lui. Je savais que cette voix s'était formée dans un milieu très humble, où elle pouvait être goûtée dans sa naïveté, et où l'on pouvait rêver d'y introduire l'art, c'est-à-dire la vie et la douleur. Au moment de nous séparer, il promit de me faire signe quand le professeur de Carla organiserait un concert public. Ce professeur était encore peu connu dans la ville, mais c'était un maître qui aurait un jour une grande célébrité. Copler en était sûr, bien que le maître fût déjà bien vieux. La célébrité devait lui venir, maintenant qu'il était connu de Copler. Deux faiblesses de moribonds : celle de Copler et celle du *maestro*.

Quelques jours plus tard, chose curieuse, j'éprouvai le besoin de raconter cette visite à Augusta. On pourrait croire que c'était par prudence, puisque Copler était au courant et qu'il m'eût été désagréable de lui demander de se taire. Mais la vérité est que j'en parlais volontiers. Cette confidence me soulageait. Vis-à-vis d'Augusta, je n'avais qu'une chose à me reprocher : mon silence. Ainsi tout devenait parfaitement innocent.

Ma femme me demanda ce que je pensais de la jeune fille et si elle était jolie. Je ne sus trop que répondre. Je dis que la pauvre enfant m'avait paru bien anémique. Puis il me vint une bonne idée :

— Si tu t'occupais un peu d'elle ?

Mais quoi ! Augusta avait tant à faire avec l'organisa-

tion de la maison et son père malade. Elle n'y pensa
plus. C'était pourtant une vraiment bonne idée.

Copler sut par Augusta que je lui avais parlé de notre
visite, en sorte qu'il oublia les qualités qu'il avait
attribuées au malade imaginaire, et qu'un jour il me
dit, en présence de ma femme, que nous aurions à
retourner bientôt chez Carla. J'avais toute sa
confiance.

Dans mon oisiveté, je fus pris tout à coup du désir de
revoir Carla. Je n'osais courir chez elle dans la crainte
que ma visite ne revînt aux oreilles de Copler. Les
prétextes ne m'auraient pourtant pas manqué. Je
pouvais, par exemple, aller lui offrir d'augmenter son
secours mensuel à l'insu de Copler. Mais il aurait fallu
être bien sûr, qu'elle accepterait de n'en rien dire. Et si
ce malade réel était l'amant de la jeune fille ? Au fond,
j'ignore tout des malades réels. Il pouvait très bien se
faire qu'ils eussent l'habitude de se faire payer leurs
maîtresses par les autres. Et alors il suffirait, pour me
compromettre, d'une seule visite à Carla. Je ne pouvais
pas risquer la paix de mon foyer, et je ne la risquai pas
en effet tant que mon désir de Carla ne fut pas trop
fort.

Mais ce désir ne cessait de croître. Je la connaissais
déjà bien mieux que lorsque je lui avais tendu la main
pour prendre congé d'elle. Je revoyais surtout cette
tresse noire sur son cou de neige, qu'il faudrait écarter
du nez pour baiser la place qu'elle recouvrait. Je me
disais : à tel étage de telle maison, dans ma ville,
demeure une fille charmante ; elle est là, et il suffit de
faire quelques pas pour aller la prendre. En pareilles
circonstances, la lutte contre le péché est des plus
difficiles, car elle reprend chaque jour, à chaque heure,
aussi longtemps que la tentation n'a pas disparu. La

voix de Carla m'appelait, et peut-être est-ce le son
caressant de cette voix, ce prolongement des syllabes,
qui m'avait persuadé que le jour où je ne résisterais
plus à mon désir, il ne trouverait pas d'autre résistance.
Mais, après tout, je pouvais me tromper ; et si Copler
voyait juste, la douleur de ma trahison pouvait être
épargnée à la pauvre Augusta par Carla elle-même, à
qui, en sa qualité de femme, il appartenait de résister.
Ce doute me rendait plus faible.

D'ailleurs, pourquoi aurais-je éprouvé du remords ?
Cet amour arrivait à point pour me sauver de la
dépression dont j'étais alors menacé, et il ne portait
aucune atteinte à mes bons rapports avec Augusta.
Bien au contraire, j'avais pour elle non seulement les
mots de tendresse que mon affection m'avait toujours
inspirés, mais ceux aussi qui me venaient maintenant
aux lèvres quand je pensais à Carla. Jamais, dans ma
maison, on n'avait connu pareille douceur. C'était un
véritable enchantement. Je ne manquais jamais plus à
l'exacte observation de l'horaire domestique. Par toute
ma conduite, je m'efforçais d'atténuer d'avance mes
remords futurs. J'ai une conscience si délicate !

Je ne m'abandonnai pas sans résistance. Ce qui le
prouve bien, c'est que je n'allai pas à Carla d'un seul
élan, mais par étapes. Pendant quelques jours, je me
contentai de pousser jusqu'au jardin public dans
l'intention sincère de jouir de sa verdure si fraîche dans
ce quartier grisâtre, au milieu des maisons environ-
nantes. Puis n'ayant pas eu la chance espérée de la
rencontrer par hasard, je me décidai un matin à
traverser le jardin pour m'avancer jusque sous ses
fenêtres. Le cœur battant, j'éprouvais l'émotion délicieuse d'un amoureux de vingt ans qui court au
premier rendez-vous. Il y avait si longtemps que j'étais

privé, non pas d'amour, mais des préliminaires de l'amour.

En sortant du jardin, je me rencontrai nez à nez avec ma belle-mère. Il me vint d'abord un singulier soupçon : que faisait-elle de si bonne heure, dans ce quartier lointain ? Tromperait-elle son mari valétudinaire ? Elle aussi ! Mais je la calomniais. Elle avait passé une nuit d'angoisse au chevet de Giovanni et revenait de chez le médecin auprès de qui elle était allée chercher quelques assurances. Le médecin avait dit de bonnes paroles ; elle était pourtant si agitée qu'elle me quitta tout de suite, sans songer à s'étonner de me voir dans ce lieu fréquenté seulement par des vieillards, des nourrices et des enfants.

Cette rencontre avait suffi : la famille m'avait ressaisi. D'un pas délibéré, je repris le chemin de ma maison en me répétant : « C'est fini ! c'est fini ! » La mère d'Augusta, avec son visage bouleversé, m'avait rendu au sentiment de mes devoirs. Ce fut une bonne leçon, qui devait suffire pour tout ce jour-là.

Augusta n'était pas à la maison. Elle avait couru chez son père et y resta toute la matinée. A table elle me dit qu'on s'était demandé si, en raison de l'état de Giovanni, il ne conviendrait pas de retarder le mariage d'Ada qui était fixé à la semaine suivante. Cependant Giovanni était déjà mieux. Il paraît que la veille au soir il s'était laissé aller à manger trop et qu'on avait pris une simple indigestion pour une aggravation de son mal.

Je racontai à Augusta comment j'avais déjà eu des nouvelles par sa mère, que j'avais rencontrée le matin au jardin public. Elle ne manifesta aucun étonnement, mais j'éprouvai le besoin de lui expliquer que depuis quelque temps j'allais, de préférence, me promener de ce côté. Je m'asseyais sur un banc et je lisais un journal. Puis j'ajoutai :

— Ah ! cet Olivi ! Il m'en a fait une fameuse en me condamnant à l'oisiveté.

A ce sujet, Augusta, qui se sentait un peu coupable, prit un air contrit qui me rassura. L'esprit en repos, la conscience pure, je passai l'après-midi dans mon bureau bien persuadé d'être définitivement guéri de tout coupable désir, et je me remis à la lecture de l'Apocalypse.

Bien que je fusse assuré d'avoir la permission d'aller tous les matin au jardin public, ma résistance à la tentation était maintenant si forte que, le lendemain, quand je sortis faire ma promenade, je me dirigeai du côté opposé. J'allais chercher une nouvelle méthode de violon qui m'avait été conseillée et que je voulais essayer. Avant de sortir, j'appris que mon beau-père avait passé une très bonne nuit et que, l'après-midi, il viendrait nous voir en voiture. J'en fus heureux, tant pour Giovanni que pour Guido de qui, finalement, le mariage pourrait avoir lieu. Tout allait bien. J'étais sauvé et mon beau-père aussi.

Mais ce fut précisément la musique qui me ramena à Carla ! Parmi les méthodes que le marchand me présenta, il s'en trouvait une, par erreur, qui était non pas de violon, mais de chant. J'en lus le titre attentivement : « Traité complet de l'art du chant (École de Garcia), par E. Garcia fils, précédé d'un rapport sur la mémoire et la voix humaine, présenté à l'Académie des Sciences de Paris. » Je laissai le marchand s'occuper d'un autre client et je me mis à parcourir le petit ouvrage. Je dois avouer que j'en tournais les pages avec une excitation assez semblable à celle d'un collégien qui a mis la main sur un livre pornographique. C'était le moyen d'arriver à Carla : elle avait besoin de ce traité ; ce serait un crime de ne pas le lui faire connaître. J'achetai l'ouvrage et je retournai à la maison.

Le traité comprenait deux parties, l'une théorique et l'autre pratique. J'en continuai la lecture pour bien la comprendre et être à même de donner des conseils à Carla quand j'irais la voir avec Copler. En attendant les jours passeraient et je pourrais dormir tranquille tout en rêvant à l'aventure qui m'attendait.

Mais ce fut Augusta qui précipita les événements. Elle m'interrompit dans ma lecture pour venir me dire bonjour et, se penchant sur moi, m'effleura la joue de ses lèvres. Elle me demanda ce que je faisais, jeta les yeux sur le livre, crut que c'était une méthode de violon, et ne songea pas à regarder mieux. Quand elle fut partie, je m'exagérai le danger que j'avais couru et je pensai que je ferais bien de ne pas garder chez moi ce traité compromettant. L'hésitation n'était plus permise : il fallait le porter tout de suite à l'intéressée. Et voilà comment je fus contraint de suivre ma destinée. J'avais trouvé mieux qu'un prétexte pour ne plus résister à mon désir.

Arrivé sur le petit palier, je m'arrêtai un moment devant la porte. La ballade *La mia bandiera* résonnait glorieusement dans l'escalier. Ainsi, pendant tout ce temps, Carla avait continué à chanter la même chose. Quelle enfant ! J'en étais excité et attendri. Tout doucement, sans frapper, j'ouvris la porte et j'entrai sur la pointe des pieds. Je voulais la voir tout d'un coup. Décidément, la voix n'était pas agréable, mais elle chantait avec un grand enthousiasme et avec plus de chaleur qu'elle n'avait fait devant nous. Appuyée au dossier de la chaise, elle s'était dressée à demi pour donner tout le souffle de ses poumons. Je ne vis que la petite tête sous la large tresse noire. Tout ému de ma propre audace, je regagnai le palier et refermai la porte. Cependant elle en était arrivée à la dernière note, sur laquelle elle hésita entre le grave et l'aigu avant d'affirmer sa voix. Donc elle avait le sentiment de la note juste : à Garcia d'intervenir pour lui apprendre à la trouver plus vite.

Quand je me sentis plus calme, je frappai et Carla vint aussitôt m'ouvrir. Jamais je n'oublierai la gracieuse silhouette appuyée au chambranle de la porte et ces grands yeux noirs qui me regardaient, sans me reconnaître dans l'ombre.

Cependant, je m'étais si bien ressaisi que toutes mes hésitations étaient revenues. Évidemment j'étais en train de tromper Augusta ; mais je me disais que si j'avais pu, ces jours derniers, me contenter d'aller jusqu'au jardin public, je pouvais plus aisément encore m'arrêter à cette porte, remettre le livre compromettant et m'en revenir pleinement satisfait. Ce fut un court instant rempli de bonnes résolutions. Je me souvins même d'un singulier moyen qu'on m'avait donné jadis pour se déshabituer de fumer : il suffisait de frotter une allumette, puis de jeter allumette et cigarette. C'était assez : on avait trompé son envie.

Il m'eût été bien facile de faire ainsi, car, dès qu'elle m'eut reconnu, Carla rougit et fit mine de s'enfuir. J'appris plus tard qu'elle avait été simplement confuse d'être surprise dans sa pauvre robe de maison tout usée.

Je dis, en m'excusant :

— Je vous ai apporté ce livre. Je crois qu'il vous intéressera. Si vous voulez, je puis vous le laisser et me retirer tout de suite.

J'avais parlé un peu brusquement — ou du moins, il me sembla — mais en somme je la laissais libre de décider si je devais m'en aller ou bien rester et trahir Augusta.

Elle eut vite pris son parti. Elle me saisit la main pour me retenir mieux et me fit entrer. L'émotion me troublait la vue, et c'était moins — je m'en souviens — à cause de la douce pression de sa main que pour cette familiarité qui me parut décider de mon sort et de celui d'Augusta. Il me semble que je ne suis pas entré sans opposer quelque résistance ; aussi, quand j'évoque l'histoire de ma première trahison, ai-je le sentiment d'y avoir été entraîné.

Carla, rougissante, était vraiment belle, et je vis avec une délicieuse surprise que, si elle ne m'attendait pas, elle avait pourtant espéré ma visite.

— Vous avez donc voulu me revoir ? dit-elle avec le plus charmant sourire. Vous avez voulu la revoir la pauvre petite qui vous doit tant !

Certes, si j'avais voulu, j'aurais pu tout de suite la prendre dans mes bras. Mais je n'y pensais même pas. J'y pensai si peu, au lieu de la suivre sur ce terrain dangereux, je me mis à parler de la méthode Garcia et du profit qu'elle y trouverait. J'en parlai même avec tant de chaleur que je laissai échapper quelques mots imprudents : cette méthode lui enseignerait à donner à ses notes la solidité du métal et la douceur de la brise. Et j'expliquai qu'une note doit être comme une ligne droite, ou plutôt comme une surface, mais une surface de cristal.

— Alors, dit-elle tristement, vous n'aimez pas ma façon de chanter ?

Du coup, ma belle ardeur tomba et je demeurai stupide. Je l'avais critiquée durement, mais c'était sans le savoir, et je protestai en toute bonne foi. Oui, je protestai de toutes mes forces et, certes, avec sincérité, car en continuant à parler de chant, je crois bien que je parlais d'amour et que je laissais paraître le désir qui m'avait ramené si impérieusement vers elle. Et mes paroles furent si pleines d'amour qu'elles laissèrent cependant transparaître une part de sincérité :

— Comment, lui répondis-je, pouvez-vous croire une chose pareille. Serais-je ici, si c'était vrai ? Là, devant votre porte, je suis resté un long moment à écouter avec ravissement votre voix délicieuse, si belle dans son ingénuité. Mais pour qu'elle atteigne à sa perfection, il faut à cette voix quelque chose encore, et je suis venu vous l'apporter.

Quel pouvoir, tout de même, avait sur moi la pensée d'Augusta, pour que j'aie pu me persuader encore, obstinément, que je ne subissais pas l'entraînement de mon désir !

Carla avait écouté mes paroles flatteuses, sans pouvoir bien les analyser. Elle n'était pas très cultivée, mais je m'aperçus, avec surprise, qu'elle ne manquait pas de bon sens. Elle avait elle-même, me dit-elle, de grands doutes sur son talent. Elle sentait qu'elle ne faisait pas de progrès. Souvent, après plusieurs heures d'étude, elle s'accordait le plaisir et le délassement de chanter *La mia bandiera,* avec l'espoir de découvrir dans sa voix quelque qualité nouvelle. Mais non, c'était toujours pareil, non pas plus mal et même assez bien, comme on le lui assurait et comme je venais de le lui dire moi-même. (Et là ses beaux yeux noirs me lancèrent l'éclair d'une douce interrogation qui montrait qu'elle avait besoin d'être rassurée sur le sens encore douteux de mes paroles.) Mais de vrais progrès, il n'y en avait pas. Son professeur lui disait bien que, dans les arts, on ne progresse jamais pas à pas, mais par de grands et brusques sauts qui portent au but d'un coup, et qu'un beau matin elle s'éveillerait grande artiste.

— Et cependant c'est long ! murmura-t-elle, le regard perdu, en songeant sans doute à tant d'heures d'ennui et de pénibles efforts.

L'honnête homme doit, avant tout, être sincère. Il eût été pour moi de la plus élémentaire honnêteté de conseiller à la pauvre fille de laisser là l'étude du chant et de devenir ma maîtresse. Mais je n'étais pas encore si loin du jardin public, et, d'autre part, je ne me sentais pas très sûr de ma compétence en matière de chant. Depuis quelques instants j'avais d'ailleurs une autre préoccupation : cet ennuyeux Copler qui passait tous les jours de fête à la maison, avec ma femme et avec moi. C'eût été le moment de prier Carla de ne pas lui parler de ma visite. Ne sachant quel prétexte trouver à ma demande, je m'abstins, et j'eus raison car, peu de jours après, mon pauvre ami dut s'aliter, et il mourut presque aussitôt.

Donc, j'avais dit à Carla qu'elle trouverait dans la méthode de Garcia tout ce qu'elle cherchait, et, anxieusement, elle attendait le miracle. Ce moment d'espoir fut très bref. En présence d'un flot de paroles obscures, elle ne tarda pas à mettre en doute l'efficacité de la magie. Je lisais le texte à haute voix en italien, et je l'expliquais en italien, traduisant même en dialecte triestin les passages difficiles ; mais quand elle vit que rien de particulier ne se produisait dans ses cordes vocales, ce qui eût été la seule preuve de l'efficacité de la méthode, toute sa confiance tomba. De mon côté, j'eus bientôt la conviction que ce traité de chant ne valait pas grand-chose. Je n'arrivais pas à comprendre

certaines phrases, et autant par dépit que pour faire
montre de ma supériorité, je les critiquai librement.
Garcia perdait son temps et le mien à prouver que la
voix humaine, étant donné qu'elle peut produire des
sons variés, ne doit pas être considérée comme un seul
instrument. Mais à ce compte le violon aussi devrait
être considéré comme une pluralité d'instruments.
Cette critique, j'eus peut-être tort de la développer
devant Carla ; mais en présence d'une femme que l'on
veut conquérir, on ne laisse pas volontiers échapper
une occasion de montrer sa propre supériorité. Si le
livre de Garcia fut notre Galeotto [1], ce Galeotto ne nous
mena pas bien loin : Carla, tout en admirant ma
science, le repoussa de la main. Je le repris à ma visite
suivante, puis, après la mort de Copler, il n'en fut plus
question. A ce moment, aucune communication n'était
plus à craindre entre la maison de Carla et la mienne ;
je n'avais plus d'autre frein que ma conscience.

Cependant, il s'était établi entre nous une assez
grande intimité, plus grande, à coup sûr, qu'on aurait
pu l'attendre d'une demi-heure de conversation. Rien,
je crois, ne rapproche autant que de tomber d'accord
sur un jugement critique. La pauvre enfant s'en
autorisa pour me faire la confidence de ses tristesses.
Depuis l'intervention de Copler, elle et sa mère
vivaient modestement, mais sans trop de privations.
C'est l'avenir qui les préoccupait. Copler apportait
bien son secours mensuel à date précise, mais il ne leur
permettait pas d'y compter avec certitude. Il ne voulait
pas avoir de soucis et préférait leur laisser les leurs. Et
puis, cet argent, il ne le donnait pas gratuitement ! Il
était le vrai maître à la maison, n'admettait pas de

1. *Galeotto*, cf. Dante, *Enfer*, V. 137.

dépense qu'il n'eût approuvée et autorisée, voulait être informé des moindres choses, faisait des scènes à tout propos. Quelque temps auparavant, sa mère s'étant trouvée souffrante, Carla avait, pendant quelques jours, négligé son chant, pour s'occuper du ménage. Averti par le professeur, Copler, très mécontent, avait déclaré que, dans ces conditions, il jugeait inutile d'importuner d'honorables personnes pour en obtenir des secours. Toute une semaine, elle et sa mère vécurent dans la terreur, croyant être abandonnées à leur destin. Puis Copler reparut, renouvela ses conditions, fixa strictement combien d'heures Carla devait passer à son piano et combien il lui était permis d'en consacrer aux soins domestiques. Il la menaça même de venir la surprendre à tout moment de la journée.

— Je sais, concluait-elle, qu'il ne veut que notre bien, mais il se met dans de telles colères pour la plus mince vétille, qu'un jour ou l'autre il finira par nous jeter sur le pavé. Mais maintenant que vous vous intéressez à nous, il n'y a plus de danger, n'est-ce pas ?

Et de nouveau, elle me prit la main. Comme je ne lui répondis pas tout de suite, elle eut peur que je ne me sentisse solidaire de Copler, et elle ajouta :

— M. Copler lui-même dit que vous êtes si bon !

Cette phrase voulait être un compliment à l'adresse de mon ami autant qu'à la mienne.

Le portrait peu flatteur que Carla venait de m'en faire, en me le montrant sous un jour nouveau, avait réveillé ma sympathie pour lui. J'aurais voulu lui ressembler, mais j'en étais bien loin, à ne considérer que les motifs qui m'avaient conduit ici ! Sans doute, c'est avec l'argent d'autrui qu'il venait en aide aux deux femmes, mais lui, donnait sa peine, une part de sa propre vie, et même ses fureurs étaient des fureurs paternelles. Là-dessus, pourtant, un doute me vint. N'aurait-il pas des intentions moins pures. Sans hésiter, je dis à Carla :

— Copler vous a-t-il jamais pris un baiser ?

— Jamais, répliqua-t-elle vivement. Quand il est content de moi, il me donne une brève approbation, me serre la main et s'en va. Quand il est en colère, il refuse même la poignée de main et ne s'inquiète pas de me voir pleurer de terreur. Un baiser, à ce moment, ce serait pour moi une délivrance !

Comme je me mis à rire, elle précisa :

— J'accepterais avec joie un baiser d'un homme si vieux à qui j'ai tant d'obligation.

Voilà l'avantage des malades réels : ils paraissent plus vieux qu'ils ne sont.

Je fis alors une faible tentative pour ressembler à Copler. Tout en souriant — afin de ne pas effrayer trop la pauvre petite — je lui dis que, moi aussi, quand je m'occupais de quelqu'un, je devenais vite impérieux, et qu'en somme, je trouvais, moi aussi, que lorsqu'on s'appliquait à l'étude d'un art, il fallait s'y appliquer sérieusement. Puis j'entrai si bien dans mon rôle que je cessai de sourire, et je poursuivis mon sermon d'un air vraiment sérieux et sévère : Copler avait bien raison de faire les gros yeux à une petite fille qui ne comprenait pas la valeur du temps. Elle devait se souvenir des sacrifices que tant de gens faisaient pour lui venir en aide.

Là-dessus vint l'heure d'aller déjeuner, et je n'aurais pas voulu, ce jour-là surtout, faire attendre Augusta. Je tendis la main à Carla, mais, à ce moment, je vis qu'elle était toute pâle. Je voulus la réconforter.

— Soyez bien sûre, lui dis-je, que je ferai toujours de mon mieux pour vous appuyer auprès de Copler et de tous les autres.

Elle me remercia, mais elle semblait toujours abattue. J'appris plus tard qu'en me voyant arriver elle avait pensé tout de suite que j'étais amoureux d'elle, et alors elle était sauvée ! Mais au cours de ma visite, et surtout quand je me levai, elle s'était dit que j'étais amoureux seulement d'art et de chant, et que si elle chantait mal et ne faisait pas de progrès, je l'abandonnerais.

La voyant si malheureuse, je fus pris de compassion, et, comme le temps pressait, je pris, pour la rassurer, le moyen qu'elle-même avait indiqué tout à l'heure. Au moment d'ouvrir la porte, je l'attirai à moi, j'écartai soigneusement avec mon nez la large tresse noire et j'appuyai mes lèvres sur son cou que j'effleurai de mes dents. Tout cela eut l'apparence d'une plaisanterie. Elle prit elle-même le parti d'en rire, mais seulement lorsque je l'eus lâchée, car elle était demeurée dans mes bras inerte et comme hébétée.

Elle me suivit sur le palier. Comme je commençais à descendre, elle me demanda en riant :

— Quand reviendrez-vous ?

— Demain, ou peut-être plus tard... Demain, certainement.

Et, pour ne pas trop m'avancer, j'ajoutai :

— Nous continuerons la lecture de Garcia.

Pendant ce court instant, son visage ne changea pas d'expression : elle fit oui de la tête à ma première promesse incertaine, oui encore à la seconde, une fois encore à mes derniers mots, sans jamais cesser de sourire. — Les femmes savent toujours ce qu'elles veulent. Je n'ai vu hésiter ni Ada qui me repoussa, ni Augusta qui me prit, ni Carla qui me laissa faire.

Dans la rue, je me sentis tout de suite plus proche d'Augusta que de Carla. Je respirais l'air frais, j'avais l'impression d'être libre. Tout ce qui s'était passé n'était qu'une plaisanterie, malgré la tresse écartée et le baiser sur le cou. En somme, ce baiser, Carla l'avait reçu comme une promesse d'amitié et surtout d'assistance.

Cependant, à table, ce jour-là, je commençai vraiment à souffrir. Entre Augusta et moi, il y avait cette aventure, comme une grande ombre noire que, me semblait-il, elle ne pouvait pas ne pas voir. Je me sentais chétif, coupable et malade. Ma douleur au côté me faisait souffrir et j'avais l'impression qu'elle réverbérait la grande blessure de ma conscience. Tandis que, distraitement, je faisais semblant de manger, je cherchais le soulagement d'une résolution de fer. Je pensais : « Je ne la reverrai plus, ou si, par convenance, il me faut la revoir, ce sera pour la dernière fois. » Ce qu'on exigeait de moi, c'était peu de chose : un seul effort, celui de ne plus revoir Carla.

Augusta me dit en riant :

— Viens-tu de voir Olivi, pour être si préoccupé ?

Je me mis à rire aussi. C'était un profond soulagement de pouvoir parler. Les mots n'étaient pas ceux qui avaient pu me donner une paix totale car, pour cela, il aurait fallu avouer et puis promettre ; mais, faute de mieux c'était déjà un soulagement que d'en dire d'autres. Je parlai abondamment, avec bonne humeur et bonté. Je trouvai mieux encore : cette petite buanderie qu'elle désirait tant et que je lui avais toujours refusée, je permis tout à coup de la construire. Elle en fut si émue qu'elle se leva et vint m'embrasser. Ce baiser effaçait l'autre, et je me sentis beaucoup mieux.

C'est ainsi que nous eûmes la buanderie, et, aujour-d'hui encore, je songe, en passant devant cette petite construction, que c'est Augusta qui l'a voulue et Carla qui l'a accordée.

Dès que j'étais seul, ma conscience devenait plus importune. Les paroles et l'affection d'Augusta avaient le pouvoir de l'apaiser. L'après-midi fut délicieuse, sans un nuage. Nous sortîmes ensemble ; puis je l'accompagnai chez sa mère et je passai encore toute la soirée avec elle.

Le soir, comme souvent avant de m'endormir, je regardai longuement ma femme qui dormait déjà. Elle respirait légèrement et, même dans son sommeil, tout en elle était ordonné : la couverture bien tirée jusqu'au menton, les cheveux, peu abondants, réunis en une petite tresse qu'elle nouait sur la nuque. Je pensai : « Je ne veux pas la faire souffrir. Jamais. » Et je m'endormis tranquillement. Le lendemain, mes rapports avec Carla seraient tirés au clair : je trouverais bien un moyen de rassurer la pauvre enfant sur son avenir sans être pour cela obligé de l'embrasser.

Je fis un rêve bizarre. Non seulement je baisais le cou de Carla, mais je le mangeais. Cependant il était fait de telle sorte que, sous les blessures que je lui infligeais avec une volupté rageuse, il ne saignait pas ; sous une peau blanche et lisse, il conservait sa douce forme arrondie. Carla, abandonnée dans mes bras, ne semblait pas souffrir de mes morsures. C'est Augusta qui en souffrait. Elle se trouvait là, je ne sais comment, et je lui disais, pour la calmer : « Je ne mangerai pas tout ; je t'en laisserai un morceau. »

Ce rêve n'eut les caractères d'un cauchemar qu'au moment où je me réveillai, en pleine nuit, et où je pus l'évoquer dans mon esprit sorti des brumes. Mais pas avant. Aussi longtemps qu'il dura, la présence même de ma femme ne put rien contre le sentiment de satisfaction qu'il me procurait.

A peine éveillé, j'eus la pleine conscience de la force de mon désir et du danger qu'il présentait pour Augusta et aussi pour moi. Déjà, peut-être, dans le sein de la femme qui dormait à mes côtés, commençait une nouvelle vie dont j'étais responsable. Qui sait quelles seraient les exigences de Carla quand elle serait ma maîtresse ? Elle me semblait désireuse de jouissances qui jusqu'alors lui avaient été refusées. Comment pourrais-je pourvoir à l'entretien de deux familles ? Augusta demandait une buanderie, l'autre demanderait autre chose de tout aussi coûteux. Je revis Carla debout sur le palier, me disant au revoir en riant, après que je l'eus embrassée. Elle savait déjà que je serais sa proie. J'en fus terrifié, et là, seul dans l'obscurité, je ne pus retenir un gémissement.

Ma femme, réveillée en sursaut, me demanda ce que j'avais. A peine remis de la frayeur de me voir interrogé au moment même où il me semblait avoir crié un aveu, je répondis par les premiers mots qui me vinrent à l'esprit :

— Je pensais à la vieillesse qui menace.

Elle se mit à rire et, tout en reprenant son sommeil interrompu, elle murmura, pour me consoler, sa phrase habituelle :

— N'y pensons pas, tant que nous sommes jeunes... Ah ! c'est si bon de dormir.

L'exhortation ne fut pas inutile : j'oubliai tout et me rendormis. La parole, dans la nuit, est comme un rayon de lumière. Une lumière de réalité devant laquelle se dissipent les édifices de l'imagination. Qu'avais-je tant à craindre de cette pauvre Carla, dont

je n'étais pas encore l'amant ? Je m'étais abandonné à
une épouvante que j'avais créée moi-même. Quant au
bébé évoqué dans le sein d'Augusta, le seul signe de vie
qu'il eût encore donné, c'était la construction de la
buanderie.

Le lendemain, je me levai ayant pris les meilleures
résolutions. Je courus à mon bureau et je préparai dans
une enveloppe quelque argent que je comptais offrir à
Carla en lui faisant part de mon intention de ne plus la
revoir. De plus, je me proposais de lui dire que j'étais
prêt à lui en envoyer par la poste toutes les fois qu'elle
me le demanderait en m'écrivant à une adresse convenue. Mais au moment même où j'allais sortir, Augusta
me pria, avec un doux sourire, de l'accompagner chez
son père. Le père de Guido était arrivé de Buenos Aires
pour assister au mariage et il convenait d'aller faire sa
connaissance. Elle se souciait certainement peu du père
de Guido ; elle voulait retrouver les douces heures de la
veille. Mais il me paraissait mal de ne pas exécuter tout
de suite mes bonnes résolutions. Pendant que nous
marchions dans la rue, l'un à côté de l'autre, offrant
l'image d'un couple heureux, l'autre, là-bas, se croyait
déjà sûre de mon amour. Ce n'était pas bien. Cette
promenade fut un vrai supplice.

Giovanni allait réellement mieux. Seulement, il ne
pouvait pas mettre ses bottes à cause d'une enflure des
pieds à laquelle il n'attachait aucune importance, ni
moi non plus, d'ailleurs. Nous le trouvâmes dans le
salon avec le père de Guido à qui il me présenta.
Augusta nous laissa pour aller retrouver sa mère et sa
sœur.

M. Francesco Speier me parut beaucoup moins
instruit que son fils. C'était un homme d'environ
soixante ans, petit, lourd, de peu d'idées, de peu de

vivacité d'esprit. Il avait l'oreille très dure, peut-être à la suite d'une maladie. Il mêlait à son italien quelques mots espagnols.

— *Cada volta...* Chaque fois que je viens à Trieste...

Les deux vieillards parlaient d'affaires, et Giovanni écoutait avec attention, car la question était très importante pour l'avenir de sa fille. Pour moi, je ne prêtais à leur entretien qu'une oreille distraite. Je compris néanmoins que le vieux Speier avait résolu de liquider son affaire d'Argentine et de confier tous ses *douros* à Guido pour qu'il fondât une maison à Trieste. Après cela il retournerait à Buenos Aires pour vivre avec sa femme et sa fille d'une petite terre qui lui restait. Je me demandais pourquoi il racontait tout cela en ma présence, et je me le demande encore aujourd'hui.

A un certain moment, ils s'arrêtèrent de parler et se tournèrent vers moi, comme s'ils attendaient mon avis. Je dis pour être aimable :

— Elle ne doit pas être si petite, cette terre, si elle vous suffit pour vivre.

— Qu'est-ce que tu vas dire là, se mit à hurler Giovanni d'une voix digne de ses meilleures années. S'il n'avait pas crié si fort, l'autre n'aurait pas relevé mon observation. Mais, au lieu de cela, il pâlit un peu et dit :

— J'espère bien que Guido ne manquera pas de me servir les revenus de mon capital.

Giovanni, toujours en hurlant, s'efforça de le tranquilliser.

— Qu'est-ce que vous dites, les revenus. Le double même, au besoin ! N'est-il pas votre fils, voyons !

Cependant, le vieux Speier n'avait pas l'air très

rassuré et semblait attendre de moi un assentiment que je m'empressai de donner.

Puis les deux hommes reprirent leur entretien, mais je me gardai bien d'intervenir de nouveau. Je sentais que Giovanni me surveillait par-dessus ses lunettes et sa respiration pesante me faisait l'effet d'une menace. A un certain moment, comme il avait la parole, il s'interrompit au milieu d'un assez long discours et se tourna vers moi :

— C'est bien ton avis ? demanda-t-il.

Je m'empressai de dire oui.

Mon acquiescement dut apparaître d'autant plus chaleureux que chacun de mes gestes était rendu plus expressif par la rage qui me pénétrait toujours davantage. Qu'est-ce que je faisais là, à laisser filer le temps utile pour accomplir mes bonnes résolutions ? On m'obligeait à négliger une chose si importante pour Augusta et pour moi ! Je cherchais une excuse pour me retirer ; mais à ce moment le salon fut envahi par les dames, accompagnées de Guido. Celui-ci, dès l'arrivée de son père, avait offert à sa fiancée une magnifique bague. Personne ne fit attention à moi ni ne me dit bonjour, pas même la petite Anna. Ada avait au doigt la pierre étincelante et, le bras appuyé sur l'épaule de Guido, la montrait à son père. Les dames la regardaient aussi, avec des mines extasiées.

Moi, les bagues ne m'intéressaient pas du tout. Même mon alliance, je ne l'ai jamais portée : ces choses-là nuisent à la circulation du sang. J'enfilai le corridor sans dire au revoir à personne et j'étais déjà à la porte de la maison, quand Augusta qui s'était aperçue de ma fuite me rattrapa juste à temps. Je fus surpris de son air bouleversé. Ses lèvres étaient blanches comme le jour de notre mariage, avant d'entrer à l'église. Je lui dis

que j'avais une affaire pressante, et me souvenant à
propos d'avoir acheté tout récemment des lunettes de
presbyte que je n'avais pas encore portées et que je
sentais dans la poche de mon gilet, j'ajoutai que j'avais
pris rendez-vous avec un oculiste pour faire examiner
ma vue qui paraissait s'affaiblir. Elle répondit que je
pouvais m'en aller tout de suite, mais non pas sans
avoir fait mes compliments au père de Guido. Un
sursaut d'impatience me secoua les épaules.

Je rentrai quand même dans le salon, pour lui faire
plaisir, et tout le monde me salua gentiment. J'étais
moi-même de bonne humeur, sachant qu'on allait me
rendre ma liberté.

— Nous nous reverrons encore, n'est-ce pas, avant
mon départ pour Buenos Aires ? me dit le père de
Guido qui se perdait un peu dans cette nombreuse
famille.

— Oh ! répondis-je, *cada volta...*, toutes les fois que
vous reviendrez dans cette maison, vous avez des
chances de m'y trouver !

Ils se mirent tous à rire et je m'en allai triomphalement, accompagné d'un sourire d'Augusta. J'avais
rempli tous mes devoirs, j'aurais pu cheminer tranquillement. Mais il y avait un fait nouveau qui me libérait
de mes scrupules, et c'est en courant que j'allai
retrouver Carla et que je m'éloignai de la maison de
mon beau-père. Ne m'avait-on pas soupçonné (et ce
n'était pas la première fois) de conspirer bassement
contre les intérêts de Guido ? C'est de la façon la plus
innocente et par pure distraction que j'avais parlé de
cette propriété en Argentine et non pas, comme l'avait
aussitôt pensé Giovanni, pour nuire à Guido dans
l'esprit de son père. Avec Guido, il m'eût été facile de
m'expliquer, s'il l'avait fallu ; mais Giovanni et les

autres qui me soupçonnaient capable de pareilles machinations ne méritaient qu'une seule réponse : la vengeance. Certes, je n'allais pas pour cela tromper délibérément Augusta, mais je n'allais pas me gêner non plus pour faire au grand jour ce qui me plaisait. Je rendais visite à Carla : où était le mal ? S'il m'arrive encore, pensais-je, de rencontrer ma belle-mère dans ce quartier et si elle me demande où je vais, je lui réponds sans hésiter : « Où je vais ? Mais chez Carla. » L'attitude de mon beau-père m'avait blessé à tel point que cette fois-là (et ce fut la seule), je me rendis chez Carla sans penser un seul instant à ma femme.

En arrivant sur le palier, j'eus un moment de terreur : je n'entendais pas Carla chanter. Serait-elle sortie ? Je frappai à la porte et j'entrai tout aussitôt sans attendre qu'on m'y invitât. Elle y était bien, mais sa mère aussi. Penchées sur le même travail (comme elles l'étaient souvent peut-être, mais comme je ne les avais encore jamais vues) les deux femmes ourlaient un grand drap de lit, chacune d'un côté, loin l'une de l'autre. Ainsi j'étais accouru chez Carla pour la trouver avec sa mère. Quelle malchance ! Je ne pouvais mettre en acte les bonnes résolutions que j'avais prises, ni les mauvaises non plus. Tout restait en suspens.

Quand elle me vit, Carla se leva brusquement, le visage tout enflammé, tandis que la vieille femme retirait lentement ses lunettes et les remettait dans leur étui. Il m'était permis d'être mécontent pour un autre motif que ma déception. N'était-ce pas l'heure où Carla aurait dû travailler son chant ? Je saluai sa mère aussi aimablement que je pus, et elle, sans presque la regarder.

— Je suis venu voir, dis-je en montrant le traité de Garcia qui traînait encore sur la table, si nous pourrons tirer de ceci, quelque chose d'utile.

Puis, je m'assis à la même place que la veille, et j'ouvris le livre aussitôt. Carla essaya d'abord de me sourire, mais voyant que je ne répondais pas à sa gentillesse, elle s'assit docilement à côté de moi pour suivre des yeux sur la page. Elle ne savait trop que penser. Je la regardai : son visage avait pris une expression dépitée et boudeuse, et je me figurai qu'elle devait recevoir du même front les remontrances de Copler. Mais — comme elle me l'avoua par la suite — elle n'était pas très sûre que les miennes fussent du même ordre, et, se souvenant du baiser de la veille, elle pensait à ne pas avoir à s'effrayer trop de ma colère. Elle était toute prête à changer sa moue en un sourire amical. Je dois dire ici (plus tard, je n'en aurai plus l'occasion) que cette prétention de m'avoir domestiqué pour un seul baiser qu'elle m'avait permis me déplut considérablement. Une femme qui a de telles pensées est une femme dangereuse.

Pour l'instant, j'étais aussi hargneux que Copler. Je me mis à lire à haute voix le passage que nous avions vu le jour précédent et que j'avais critiqué de façon si pédantesque. Mais ce fut, cette fois, sans faire aucun commentaire et en appuyant sur les mots qui me semblaient significatifs.

Carla m'interrompit, et d'une voix qui tremblait un peu :

— Il me semble, dit-elle, que nous avons déjà lu cela.

Je fus obligé de répondre avec des mots à moi et ces mots peuvent parfois apporter un peu de santé. Non seulement mes paroles furent plus douces que mon

humeur et que mon attitude, mais elles me rendirent
à nouveau sociable.

— Voyez-vous, mademoiselle (et j'accompagnai
cette appellation flatteuse d'un sourire qui pouvait
passer pour celui d'un amoureux) je voudrais reprendre ce passage avant d'aller plus loin. Peut-être, hier,
l'avons-nous jugé trop vite. Un de mes amis m'a
prévenu que pour bien comprendre tout ce que dit
Garcia, il ne faut rien passer.

Je sentis enfin le besoin d'user de quelques égards
envers la pauvre vieille dame qui certainement, au
cours de sa vie, si peu fortunée qu'elle eût été, ne
s'était jamais trouvée dans un embarras semblable. Je
lui adressai un sourire, qui me coûta plus d'effort que
celui que je venais d'adresser à Carla :

— Ce n'est pas très amusant, lui dis-je. Mais même
une personne qui ne s'intéresse pas spécialement à
l'art du chant peut en tirer quelque profit.

Et je continuai impitoyablement ma lecture. Mais
Carla devait à coup sûr se sentir plus à l'aise, car je vis
comme un sourire errer sur ses jolies lèvres. La vieille
dame, au contraire, semblait bien malheureuse. Elle
était là comme une pauvre bête en cage, et sa timidité
seule l'empêchait de s'en aller. A aucun prix, je
n'aurais voulu trahir l'envie que j'avais de lui voir
passer la porte. C'eût été trop grave et compromettant.

Carla montra plus de décision. M'ayant prié
d'interrompre un instant la lecture, elle se retourna
vers sa mère et lui dit qu'elle pouvait se retirer, qu'on
terminerait l'après-midi le raccommodage du drap.

La vieille dame s'avança vers moi, hésitant à me
tendre la main. Je la lui serrai affectueusement.

— Je comprends, lui dis-je comme si je regrettais

son départ, que cette lecture n'est pas très divertissante.

Elle s'en alla, après avoir posé sur une chaise le drap qu'elle pressait sur son cœur. Carla la suivit sur le palier, lui dit quelques mots, rentra, ferma la porte et, enfin, reprit sa place à côté de moi. Un pli rigide se dessinait autour de ses lèvres d'enfant têtue.

— Tous les jours, dit-elle, c'est l'heure où j'étudie. Précisément, j'avais aujourd'hui ce travail pressant...

— Mais ne voyez-vous pas, criai-je, que je me moque bien de votre chant !

Et je la pris violemment dans mes bras et l'embrassai sur la bouche d'abord, puis sur le cou, à la même place où j'avais, la veille, appuyé mes lèvres.

Comme c'est curieux ! Elle se mit à fondre en larmes en se dégageant de mes bras. Elle disait, au milieu de ses sanglots, qu'elle avait trop souffert, tout à l'heure, de me voir entrer de cette façon ; et elle semblait pleurer pour cette habituelle compassion envers soi-même qu'on ressent quand on voit quelqu'un exprimer de la pitié pour notre peine. Les larmes ne sont pas exprimées par la douleur, mais par son histoire. On pleure aussi de la longue injustice du sort. N'était-il pas injuste de contraindre à l'étude cette belle enfant qu'il était possible d'embrasser ?

Finalement, les choses tournaient assez mal, plus mal que je ne l'avais prévu. Je dus m'expliquer. Pour faire vite, n'ayant pas le temps d'inventer, je dus m'en tenir à l'exacte vérité. Je dis à Carla mon impatience de la voir et de l'embrasser et comment j'y avais pensé toute la nuit. Naturellement je ne parlai pas des résolutions que j'avais prises ; mais cela n'avait pas d'importance : cette impatience douloureuse, ne l'avais-je pas éprouvée quand je voulais aller vers elle

pour la prévenir de mon abandon et lui dire un dernier
adieu, aussi bien que lorsque j'étais accouru pour la
prendre dans mes bras ? Je lui racontai ensuite les
événements de la matinée : comment j'avais dû sortir
avec Augusta, ma visite forcée à mon beau-père, les
conversations d'affaires que j'avais dû subir et qui ne
m'intéressaient en rien, ma liberté reconquise non sans
peine, ce long chemin fait au pas de course et, au bout
de tout cela, cette pièce encombrée d'un drap de lit.

Carla éclata de rire car elle comprit que je n'avais
rien de Copler ! Le rire sur ses belles lèvres fut pour
moi comme un arc-en-ciel et je les baisai de nouveau.
Elle ne répondait pas à mes caresses mais les recevait
avec soumission, et j'adore cette faiblesse qui convient
si bien à son sexe.

Pour la première fois, elle me dit qu'elle avait appris
de Copler à quel point j'aimais ma femme.

— Aussi, ajouta-t-elle, — et je vis sur son beau
visage passer l'ombre d'une pensée grave — aussi il ne
peut y avoir entre nous deux qu'une bonne amitié, une
amitié et rien de plus.

Mais cette parole si sage me laissa assez incrédule,
car la bouche qui la prononçait ne se dérobait pas à mes
baisers.

Carla parla longuement, et je vis bien qu'elle voulait
exciter ma pitié. De tout ce qu'elle dit, je me souviens
encore. Pourquoi n'y ai-je cru que lorsqu'elle eut
disparu de ma vie ? Tant qu'elle fut près de moi, je la
redoutai comme une femme qui, tôt ou tard, profiterait
de son ascendant pour me ruiner et ruiner ma famille.
Je ne la croyais pas quand elle m'affirmait ne rien
vouloir de plus que la vie assurée pour elle et pour sa
mère. Je sais aujourd'hui qu'elle était sincère et je
rougis de honte de l'avoir si mal comprise et si mal

aimée. La pauvre petite elle n'eut rien de moi. Je lui aurais tout donné, car je suis de ceux qui payent leur dette. Mais j'attendais qu'elle demandât.

Elle me peignit la situation désespérée dans laquelle elle s'était trouvée à la mort de son père. Pendant des mois et des mois, elle avait dû, avec sa mère, travailler, jour et nuit, à des ouvrages de broderie que leur commandait un marchand. Elle croyait ingénument qu'un secours lui viendrait de la providence divine et elle passait des heures à sa fenêtre pour voir s'il n'arrivait pas. C'est Copler qui arriva. Maintenant, disait-elle, elle n'avait plus à se plaindre. Et pourtant, elle et sa mère avaient encore bien des inquiétudes, car cette aide était précaire. S'il fallait reconnaître, un jour, qu'elle n'avait ni voix ni talent, Copler l'abandonnerait. Pour le moment, il parlait de la produire sur un théâtre. Et si c'était un fiasco, qu'arriverait-il ?

S'efforçant toujours de m'apitoyer, elle me raconta que la ruine de sa famille avait aussi détruit son rêve d'amour : son fiancé l'avait abandonnée.

Mais moi, qui songeais à tout autre chose qu'à la plaindre, je lui dis :

— Ce fiancé vous a-t-il embrassée souvent ? Vous a-t-il embrassée comme ceci ?

Elle ne put que rire : je ne lui laissais pas le moyen de parler. De mon côté, je voyais surgir devant moi un homme qui me traçait la route.

Cependant l'heure du déjeuner était passée depuis longtemps et j'aurais dû être de retour à la maison. C'était assez pour aujourd'hui. Il fallait partir.

J'étais bien loin du remords qui m'avait tenu éveillé la nuit dernière, et l'inquiétude qui m'avait poussé chez Carla avait entièrement disparu. Pourtant, je n'étais pas tranquille. Peut-être est-ce mon destin de ne l'être jamais. Non, je n'avais pas de remords, car si Carla m'avait promis tous les baisers que je voudrais, c'était au nom d'une amitié dont Augusta ne pouvait s'offenser. Mais j'éprouvais un mécontentement qui faisait — comme toujours — courir de vagues douleurs dans tout mon organisme, et je crus en découvrir la cause : Carla me voyait sous un faux jour ! Elle pouvait me mépriser de rechercher à ce point ses caresses, alors que j'aimais Augusta ; et peut-être la grande estime dont elle me prodiguait les marques se mesurait-elle au grand besoin qu'elle avait de moi.

Cette estime, je décidai de la conquérir vraiment et c'est alors que je prononçai des paroles dont je devais souffrir comme du souvenir d'une lâcheté, d'une trahison gratuite, commise librement, sans raison ni nécessité.

J'étais presque à la porte, quand, avec l'air de quelqu'un qui se confie à contrecœur, je me retournai et je dis à Carla :

— Copler vous a parlé de mon affection pour ma femme. C'est vrai. J'estime beaucoup ma femme.

Puis je racontai de point en point l'histoire de mon mariage : comment je m'étais épris de la sœur aînée d'Augusta, comment, une fois repoussé, je m'étais rejeté sur sa cadette, comment, enfin, après un double échec, je m'étais résigné à l'épouser, elle.

Carla ne mit pas en doute l'exactitude de mon récit. Je sus plus tard que Copler avait eu vent de cette histoire, et qu'il la lui avait racontée avec des détails plus ou moins vrais que je venais de rectifier, ou de confirmer.

— Est-elle jolie, votre femme ? me demanda-t-elle, pensive.

— Ça dépend des goûts, répondis-je.

Il y avait encore au fond de ma conscience une résistance secrète. J'avais dit : « J'estime ma femme. » Je n'avais pas dit : « Je ne l'aime pas. » Je n'avais pas dit qu'elle me plaisait, mais non plus qu'elle ne pouvait pas me plaire. Il me semblait, à ce moment, être tout à fait sincère. Je comprends aujourd'hui que, par ces quelques mots, je trahissais à la fois les deux femmes que j'aimais, tout leur amour et tout le mien.

A vrai dire, je n'étais pas encore tranquille ; il manquait donc quelque chose. Je me souvins de l'enveloppe des bonnes résolutions, celle où j'avais mis quelque argent, et je l'offris à Carla. Elle l'ouvrit et me la rendit aussitôt en me disant que Copler lui avait remis l'argent du mois quelques jours auparavant et que, pour le moment, elle n'avait besoin de rien. Ce refus ne fit qu'augmenter mon inquiétude. C'était une vieille idée à moi que les femmes vraiment dangereuses n'acceptent pas une petite somme. S'étant aperçue de mon mécontentement, elle eut alors la naïveté délicieuse — dont je sens aujourd'hui la délicatesse — de me demander quelques couronnes pour remplacer un peu de vaisselle brisée.

Et puis arriva une chose qui laissa dans ma mémoire une trace ineffaçable. Au moment de partir, je l'embrassai, mais cette fois elle répondit sans réserve à mon baiser. Le poison avait fait son effet !

— Je vous aime bien, dit-elle ingénument, parce que vous êtes si bon que même la richesse n'a pu vous gâter.

Et elle ajouta avec malice :

— Je sais maintenant qu'il ne faut pas vous faire attendre. C'est la seule chose qu'on ait à craindre avec vous.

Sur le palier, elle me dit encore :

— Puis-je envoyer promener mon professeur de chant, et, par la même occasion, Copler ?

— Nous verrons, répondis-je tout en descendant rapidement l'escalier.

Quant au reste, la situation était nette, mais ce point-là restait à éclaircir.

J'en ressentis un tel malaise qu'une fois dans la rue, incapable de me décider, au lieu d'aller du côté de ma maison, je pris la direction opposée. J'eus presque envie de retourner tout de suite expliquer à Carla quelque chose encore : mon amour pour Augusta. Je pouvais le faire, puisque je n'avais pas dit que je ne l'aimais pas. J'avais seulement oublié d'ajouter, en conclusion à l'histoire véridique de mon mariage, que maintenant j'éprouvais pour Augusta une affection véritable. Carla en avait déduit de son côté qu'en réalité je n'aimais pas ma femme. De là sa réponse ardente à mon baiser et les paroles qui suivirent. Ah ! s'il n'y avait pas eu cet épisode, je supporterais plus facilement, me semblait-il, le regard confiant d'Augusta. Avais-je donc oublié si vite combien j'avais été heureux d'apprendre que Carla n'ignorait pas mon amour pour ma femme, et comment, en raison de cette circonstance, l'aventure que je cherchais m'avait été offerte sous la forme d'une bonne amitié assaisonnée de baisers ?

Au jardin public, je m'assis sur un banc et, du bout de ma canne, j'écrivis distraitement sur le sable la date du jour. Puis je me mis à rire avec amertume : je savais que cette date ne marquait pas la fin de mes trahisons. Elle en marquait, au contraire, le commencement. Où aurais-je trouvé la force de ne pas retourner chez cette fille si désirable qui m'attendait ? Et puis, n'avais-je pas déjà pris vis-à-vis d'elle un engagement, un engagement d'honneur ? J'avais reçu ses baisers et je n'avais pu lui donner que la valeur de quelques assiettes ! C'était une véritable dette qui me liait maintenant à Carla.

Le déjeuner fut triste. Augusta ne m'avait pas demandé d'explications sur mon retard et je ne lui en avais pas donné. Je craignais de me trahir ; d'autant plus que pendant le court trajet du jardin public à la maison, j'avais roulé dans ma tête le projet de tout avouer et l'histoire de ma faute devait être écrite sur mon front d'honnête homme. Avouer ! C'eût été ma seule chance de salut. Je me serais mis sous sa protection et sa surveillance, et cet acte de décision m'aurait permis de bonne foi de dater vraiment de ce jour mon acheminement vers l'honnêteté et vers la santé morale.

A table, on parla de choses indifférentes. Je m'efforçais d'être joyeux, mais je n'essayai même pas d'être affectueux. Quant à Augusta, elle semblait à bout de souffle et elle attendait évidemment une explication qui ne vint pas.

Elle alla ensuite continuer le rangement dans les armoires des vêtements d'hiver. Pendant l'après-midi, je l'aperçus plusieurs fois, au fond du long corridor, occupée à ce grand travail avec l'aide d'une servante. Son chagrin ne lui ôtait rien de sa saine activité.

Pour moi, je ne pouvais tenir en place et ne cessais d'aller de ma chambre à la salle de bains. J'aurais voulu appeler Augusta et lui dire au moins que je l'aimais, car pour elle — pauvre sotte — cela eût suffi. Mais au contraire je continuai à réfléchir et à fumer.

Naturellement, je passai par diverses phases. Il y eut un moment où mon accès de vertu fit place à une vive impatience d'être au lendemain pour courir trouver

Carla. Peut-être ce désir même avait-il été inspiré par quelque bonne résolution. La grande difficulté, au fond, était de me lier tout seul à mon devoir. Un aveu, qui m'eût assuré la collaboration de ma femme, était impensable. Restait Carla : le serment sauveur, je pouvais le faire sur ses lèvres, dans un dernier baiser. Mais qui était Carla ? Auprès d'elle je me mettais à tous les risques, y compris celui d'un chantage, et ce n'était même pas le plus grand. Demain elle serait ma maîtresse, et après, qu'arriverait-il ? Je la connaissais seulement par ce qu'en avait dit cet imbécile de Copler. Sur des informations provenant d'une pareille source, un homme plus prudent que moi, Olivi par exemple, n'aurait même pas conclu une affaire commerciale.

Toute la belle et saine activité qui rayonnait d'Augusta et se répandait dans ma maison allait être gaspillée. J'avais cherché dans le mariage un médicament énergique qui pût me rendre la santé ; la cure échouait : je demeurais plus malade que jamais, marié pour mon malheur et pour celui des autres.

Plus tard, quand je fus l'amant de Carla et que je repensai à ce triste après-midi, je n'arrivai pas à comprendre comment, avant de m'engager davantage, je ne m'étais pas arrêté à une résolution virile. J'avais tant déploré ma trahison avant de la commettre que j'aurais dû croire facile de l'éviter. On rit d'une sagesse qui arrive après coup, mais celle qui vient à temps est-elle moins dérisoire, puisqu'elle ne sert à rien ? Dans mon dictionnaire, à la lettre C (Carla), la date du jour où je vécus ces heures d'angoisse fut marquée en gros caractères, avec la mention « dernière trahison ». Mais la première trahison effective, celle qui m'engagea à commettre les suivantes ne devait avoir lieu, en fait, que le lendemain.

Vers la fin de l'après-midi, ne sachant à quoi m'occuper, je pris un bain. Je sentais sur mon corps une souillure et j'éprouvais le besoin de me laver. Mais une fois dans ma baignoire, je pensai : « Pour me nettoyer, être vraiment net, il faudrait que je sois capable de me dissoudre tout entier dans cette eau. » En moi toute volonté était si bien abolie que je ne pris même pas le soin de m'essuyer avant de remettre mes vêtements. Le jour tomba. Je restai longtemps à ma fenêtre à regarder, dans le jardin, les feuilles nouvelles des arbres ; et, là, je fus pris de frissons. Avec une certaine satisfaction, je pensai que c'était un accès de fièvre. Je ne souhaitais pas la mort, mais la maladie ; une maladie capable de me servir de prétexte pour faire ce que je voulais, ou de m'en empêcher.

Après avoir hésité quelque temps, Augusta vint me chercher. Quand je la vis si douce, sans un mot de reproche, mes frissons augmentèrent jusqu'à me faire claquer des dents. Ma femme, très effrayée, m'obligea à me mettre au lit ; je grelottais de froid, mais je savais que je n'avais pas de fièvre, et je ne voulus pas qu'elle fît appeler le médecin, car je savais à quoi m'en tenir. Je la priai seulement d'éteindre la lampe, de s'asseoir à côté de moi et de rester là, sans parler. Combien de temps restâmes-nous ainsi, je ne sais. J'avais repris chaleur et aussi quelque peu confiance. Pourtant, mon esprit était encore troublé, et je dis à Augusta que je connaissais la cause de cette crise et que plus tard je la lui dirais. Je revenais à l'idée de tout avouer : il ne me restait pas d'autre issue pour me libérer d'une telle oppression.

Un long temps de silence s'écoula encore. A un moment je m'aperçus qu'Augusta avait quitté son fauteuil et se penchait sur moi. J'eus peur. Peut-être avait-elle tout deviné. Elle prit ma main et la caressa, puis posa légèrement ses doigts sur mon front pour voir s'il était chaud. Enfin, elle me dit :

— Tu devais t'y attendre ! Pourquoi ce douloureux étonnement ?

Je fus surpris de ces paroles étranges qu'elle avait prononcées dans un sanglot. Il était clair qu'elle ne faisait pas allusion à mon aventure. Comment aurais-je pu prévoir que j'étais ainsi fait ?

Je lui demandai, avec quelque brusquerie :

— Mais que veux-tu dire ? A quoi devais-je m'attendre ?

Elle murmura, confuse.

— A l'arrivée du père de Guido pour les noces d'Ada.

J'avais fini par comprendre : elle croyait que je souffrais à cause du mariage imminent de sa sœur. Il me sembla qu'en vérité elle me faisais tort. Non, je n'avais pas de si coupables pensées ! Je me sentis tout à coup pur et innocent comme l'enfant qui vient de naître ; j'étais délivré du poids qui m'écrasait.

— Comment, m'écriai-je en sautant du lit, tu t'imagines que je souffre parce qu'Ada se marie ? Tu es folle. Depuis que je t'ai épousée je ne pense plus à elle. Je ne me souvenais même pas que le sieur *Cada* venait d'arriver !

Je l'embrassai et je l'étreignis avec effusion, et la sincérité de mon désir était si évidente qu'elle eut honte de son soupçon. Tout nuage disparut de son visage ingénu et nous nous empressâmes d'aller dîner, car nous avions grand-faim l'un et l'autre. A cette même table où nous avions tant souffert, quelques heures plus tôt, nous étions maintenant assis face à face, comme deux bons camarades en vacances.

Pendant le repas, elle me rappela que je lui avais promis de lui dire la cause de mon malaise. J'inventai une maladie, cette maladie qui devait me donner la faculté de faire tout ce qui me plaisait, sans commettre de faute. Je lui racontai que, le matin, pendant la conversation des deux vieux messieurs, je m'étais senti déjà profondément abattu. Puis j'étais allé prendre chez l'opticien les lunettes qu'on m'avait prescrites. Ce signe de vieillesse m'avait peut-être impressionné ; bref, pendant des heures et des heures, j'avais marché sans but à travers les rues de la ville. Je lui dis quelque chose aussi des imaginations dont j'avais tant souffert, ce qui était une ébauche de confession. Enfin, à propos des maladies imaginaires, j'en vins à parler de notre sang, de l'incessante circulation qui entretient la vie en nous, qui nous tient debout, nous rend capables de pensée et d'action, et sujets, par là, au péché et au remords. Elle ne pouvait comprendre qu'il s'agissait de Carla, mais il me semblait l'avoir dit.

Après le dîner, je chaussai mes lunettes et je fis semblant de lire le journal ; mais ces verres me troublaient la vue, ce qui me mit dans une sorte d'état d'ébriété. Continuant à faire le malade, je dis ne rien comprendre à ce que je lisais.

Je passai la nuit presque sans dormir. Je pensais à Carla ; j'attendais son étreinte avec un désir intense. C'est bien elle que je désirais, la jeune fille aux belles tresses en désordre et à la voix si musicale lorsqu'on ne lui imposait pas une note ; je la désirais pour tout ce que j'avais souffert déjà à cause d'elle. Cependant, pendant toute la nuit, ce désir fut accompagné d'une résolution irrévocable : je serais sincère avec Carla. Avant qu'elle ne se donne à moi, je lui dirais toute la vérité sur mes sentiments pour Augusta. A cette idée, je me mis à rire tout seul : il n'était pas ordinaire d'aller conquérir une femme en lui déclarant qu'on en aimait une autre. Carla retournerait peut-être à son attitude passive. Et puis ? que pouvait-elle faire qui diminuât le prix d'une soumission dont je me croyais sûr ?

Le lendemain matin, tout en m'habillant, je me répétais les paroles que j'allais lui dire. Il fallait qu'elle apprît, avant d'être à moi, qu'Augusta avait conquis mon respect et mon amour par son caractère et par sa santé. Quant à expliquer ce que j'entendais par santé, il me faudrait pour cela bien des mots, et qui ne seraient pas inutiles à l'éducation de Carla.

En prenant le café, j'étais si absorbé par la préparation de mon discours, qu'Augusta ne reçut de moi d'autre marque d'affection qu'un baiser distrait, avant de sortir. Et pourtant, Dieu sait si j'étais tout à elle ! Je n'allais à Carla que pour renflammer ma passion pour elle.

En entrant dans le salon de Carla, j'eus la bonne surprise de la trouver seule et déjà prête. Tout de suite, je l'attirai à moi et l'embrassai passionnément ! mais elle me repoussa avec une énergie dont je fus épouvanté. Une véritable violence. J'en demeurai bouche bée, debout au milieu de la chambre, douloureusement déçu.

— Ne voyez-vous pas que la porte est restée ouverte ? dit Carla, qui s'était reprise. Et quelqu'un descend l'escalier.

Je pris l'attitude d'un visiteur cérémonieux jusqu'à ce que l'importun fût passé. Alors nous fermâmes la porte, et elle pâlit en voyant que je tournai la clef. Ainsi tout était clair. Un instant après, dans mes bras, elle murmurait d'une voix étouffée :

— Tu le veux ? Vraiment, tu le veux ?

Elle m'avait tutoyé, et cela fut décisif.

— Je ne désire rien d'autre, répondis-je.

J'avais oublié que j'avais d'abord quelque chose à éclaircir : mes rapports avec Augusta.

Ayant négligé d'en parler *avant*, j'aurais voulu le faire *après*. Seulement, c'était difficile. Carla venait de se donner à moi ; l'entretenir d'autre chose, c'eût été diminuer la valeur d'un abandon auquel le plus grossier des hommes sait devoir attacher beaucoup plus d'importance après qu'il vient d'avoir lieu qu'au moment où il ne fait encore que l'espérer. C'est faire une grave offense à une femme qui vient de nous ouvrir ses bras pour la première fois, que de lui dire : « Avant tout, je dois expliquer ce que je te disais hier... » Hier ! Tout ce qui est arrivé hier ne compte plus ; il ne peut en être question. S'il arrive à un galant homme de ne pas sentir cela, tant pis pour lui ; qu'il s'arrange au moins pour qu'on ne s'en aperçoive pas.

Je fus certainement ce galant homme, car pour dissimuler ma préoccupation, je commis une bévue :

— Comment se fait-il que tu te sois donnée à moi ? demandai-je à Carla. Comment ai-je mérité une chose pareille ?

Voulais-je exprimer ma gratitude ou réprouver sa conduite ? Il est probable que j'essayais plutôt d'entrer dans la voie des explications.

Elle, un peu étonnée, leva les yeux pour voir quel air j'avais.

— Mais, il me semble que c'est toi qui m'as prise, dit-elle, — et elle sourit tendrement pour montrer qu'elle ne me le reprochait pas.

Je me souvins que les femmes exigent qu'on dise qu'elles ont été prises. Puis elle s'aperçut elle-même qu'elle s'était trompée, que ce sont les choses qui se prennent, et les personnes qui se laissent prendre ; et elle murmura :

— Je t'attendais. Tu étais le chevalier qui devait venir me délivrer. Évidemment, il est mal que tu sois marié, mais comme tu n'aimes pas ta femme, je puis me dire, au moins, que mon bonheur ne détruit pas celui d'une autre.

Je ressentis ma douleur au côté avec une telle intensité que je dus m'arrêter de l'embrasser. Je ne m'étais donc pas exagéré l'importance de mes paroles inconsidérées ! C'était bien mon mensonge qui avait décidé Carla à devenir ma maîtresse ! Si je lui parlais maintenant de mon amour pour Augusta, elle aurait le droit de me reprocher de l'avoir trompée. Rectifications et explications n'étaient plus possibles à cette heure. Peut-être le deviendraient-elles par la suite. En attendant, un nouveau lien se nouait entre nous. Là même, à côté de Carla, je sentis renaître tout entier mon amour pour Augusta. Je n'avais qu'un désir : courir auprès de ma vraie femme, la retrouver à sa besogne de fourmi laborieuse, rangeant nos vêtements d'hiver, dans une atmosphère de camphre et de naphtaline.

Mais le devoir me retenait, et ce devoir fut très pénible à cause d'un incident qui me troubla beaucoup parce que j'y vis une nouvelle menace du sphinx auquel j'avais affaire. Carla me dit que la veille, tout de suite après mon départ, le professeur de chant était venu et qu'elle l'avait tout simplement mis à la porte.

Je ne pus dissimuler un geste de contrariété. C'était mettre Copler au courant de tout !

— Que dira Copler ? m'écriai-je.

Elle se mit à rire, et se réfugiant dans mes bras :

— N'avons-nous pas dit que nous le mettrions dehors, lui aussi ?

Elle était bien mignonne, mais je ne me laissais plus convaincre. Je trouvai immédiatement l'attitude qu'il fallait prendre, celle d'un pédagogue, qui me permettait de donner cours à mon ressentiment de n'avoir pu parler de ma femme comme j'aurais voulu. — En ce monde, lui dis-je, il faut travailler, car c'est un monde dur (elle aurait dû le savoir !) un monde où ne survivent que les forts. Et si je venais à mourir, que deviendrait-elle ? J'avais fait entrevoir l'éventualité de mon abandon, de façon qu'elle ne pût s'en offenser. Puis, dans l'intention évidente de la rabaisser, j'ajoutai qu'avec ma femme, il me suffisait d'exprimer un désir pour qu'il fût aussitôt exaucé.

— Eh bien ! dit-elle, résignée, nous ferons dire au professeur de revenir !

Puis elle essaya de me communiquer son antipathie pour cet homme. C'était un vieillard déplaisant dont il lui fallait, tous les jours, subir la présence et qui lui faisait répéter indéfiniment les mêmes exercices ne servant à rien, proprement à rien. Elle n'avait connu quelques bonnes journées que lorsqu'il était malade. Elle avait même souhaité le voir mourir, mais elle n'avait pas de chance !

Enfin dans un retour violent sur sa jeunesse désespérée, elle répéta avec plus de force qu'elle n'avait pas de chance, qu'elle n'avait jamais eu de chance ! Quand elle se rappelait m'avoir aimé parce qu'elle avait cru deviner en moi, dans mes paroles, dans mes yeux, la promesse d'une vie plus libre, moins étroite, moins ennuyeuse, elle ne pouvait s'empêcher de pleurer.

C'est ainsi que je connus tout de suite ces sanglots qui m'excédaient. Ils étaient si violents que tout son faible corps en était secoué. J'eus l'impression d'une brusque attaque à ma poche et à ma liberté.

— Mais crois-tu, lui dis-je, que ma femme n'a rien à faire en ce monde ? En ce moment même, pendant que nous bavardons, elle a les poumons attaqués par le camphre et la naphtaline.

Elle sanglota :

— La maison, les armoires, les vêtements... Qu'elle est heureuse !

Je pensai, avec irritation, qu'elle aurait voulu que je courusse lui acheter tout cela pour lui procurer l'occupation souhaitée. Grâce à Dieu, je ne laissai pas paraître ma colère et j'obéis à la voix du devoir qui me criait : « Sois caressant pour cette pauvre petite qui s'est donnée à toi. » Je fus donc caressant ; je passai légèrement ma main sur ses cheveux.

Alors ses sanglots s'apaisèrent, et elle laissa couler ses larmes, comme une pluie après l'orage.

— Tu es mon premier amant, me dit-elle. Tu m'aimeras bien, n'est-ce pas ?

Premier amant, cela donne à penser qu'il y en aura un second. D'ailleurs cette déclaration ne me toucha pas beaucoup. Elle arrivait un peu tard : depuis une bonne demi-heure, il n'était plus question de cela. Et puis, n'y avait-il pas là encore une menace ? Une femme s'imagine avoir tous les droits sur son premier amant.

Je lui murmurai doucement à l'oreille :

— Et toi, tu es ma première maîtresse... depuis mon mariage.

La douceur de la voix dissimulait la tentative d'égaliser les situations.

Peu de temps après je la laissai, car je n'aurais voulu à aucun prix arriver en retard pour le déjeuner. Avant de partir, je tirai de nouveau de ma poche l'enveloppe « des bonnes résolutions ». Je l'appelais ainsi car elle

résultait d'une résolution excellente. Je voulais payer
pour me sentir plus libre. Comme la première fois,
Carla refusa doucement. J'éprouvai alors une violente
colère que je me retins de manifester, sinon en hurlant
des paroles très douces. Je criais pour ne pas la battre !
Sa possession, lui dis-je, avait mis le comble à mes
désirs ; mais je voulais, en assurant sa vie, la sentir
mienne plus étroitement encore. Et comme j'avais hâte
de m'en aller, je résumai en quelques mots ma pensée
qui, criée de la sorte, devint fort brutale :

— Tu es ma maîtresse, n'est-ce pas ? Eh bien ! Ton
entretien me regarde.

Terrifiée, elle ne résista plus et elle prit l'enveloppe
en levant les yeux sur moi avec anxiété, en se
demandant où était la vérité : dans mon hurlement de
haine ou dans les mots d'amour avec lesquels je lui
avais accordé tout ce qu'elle avait désiré. Pourtant, elle
se rasséréna un peu lorsqu'en la quittant, j'effleurai son
front de mes lèvres.

Quand je fus dans l'escalier, il me vint à l'esprit que
Carla, ayant reçu de l'argent et comprenant que je me
chargeais de son avenir, pourrait bien mettre Copler à
la porte, s'il venait la voir dans l'après-midi. J'aurais
voulu remonter pour lui recommander de ne pas me
compromettre par un tel éclat. Mais je n'en avais pas le
temps ; il me fallait au plus tôt rentrer à la maison.

Quand le docteur lira ce manuscrit, il pensera, je le
crains, que Carla serait, elle aussi, un bon sujet à
psychanalyser. Son consentement total, précédé du
congé donné au professeur de chant, lui semblera peut-
être avoir été trop rapide. Moi-même j'avais l'impression qu'en échange de son amour, elle s'attendait à trop
de concessions de ma part. Il me fallut des mois, de
longs mois, pour arriver à mieux comprendre cette

pauvre enfant. Il est probable qu'elle se donna pour se libérer de l'inquiétante tutelle de Copler, et elle dut éprouver une douloureuse surprise en s'apercevant qu'elle s'était livrée en vain, puisqu'on continuait à exiger d'elle ce qui lui pesait tant, à savoir d'apprendre à chanter. Elle était encore dans mes bras que je lui reparlais déjà de son travail. D'où cette déception et cette colère qui l'empêchaient de trouver les mots justes. L'un et l'autre, pour des raisons différentes, nous dûmes prononcer des paroles bien étranges. Quand elle commença à m'aimer, elle oublia tout calcul et retrouva son naturel ; tandis que moi, je ne sus jamais être naturel avec elle.

Tout en marchant, je pensais encore : « Si elle savait combien j'aime ma femme, elle se comporterait autrement. » Et c'est, en effet, ce qu'elle fit plus tard lorsqu'elle l'apprit.

Je respirais l'air vif, je me sentais libre et je ne souffrais pas de l'avoir compromise. Jusqu'au jour suivant, il y avait du temps, et je trouverais peut-être une échappatoire aux difficultés qui me menaçaient. En courant chez moi, j'eus même le courage de m'en prendre à l'ordre social comme au vrai responsable de mes fautes. Ne devrait-il pas permettre de faire l'amour de temps en temps (de temps en temps seulement) avec des femmes qu'on n'aime pas du tout, sans avoir à craindre les conséquences ? De remords, il n'y en avait pas trace en moi. Aussi, je pense que le remords n'est pas le pur regret d'une mauvaise action commise, mais plutôt le sentiment intime d'une disposition coupable. La partie supérieure de nous-même se penche sur la partie inférieure, la regarde, la juge, est effrayée de sa difformité et cette répulsion, c'est le remords. Dans la tragédie antique, la victime ne

revenait pas à la vie et pourtant le remords passait.
C'est que, l'âme étant guérie de sa laideur, les larmes
d'autrui n'importaient plus. Comment aurais-je
éprouvé du remords quand je retournais avec tant
d'amour et de joie à ma femme légitime ? Depuis
longtemps je ne m'étais senti le cœur si pur.

Pendant le déjeuner je fus, sans aucun effort, joyeux
et affectueux avec Augusta. Il n'y eut pas, ce jour-là, la
moindre fausse note entre nous. Rien d'excessif. J'étais
simplement ce que je devais être avec ma femme, ma
fidèle femme, honnêtement mienne. Il m'arriva, à
d'autres moments, de lui témoigner une tendresse plus
démonstrative. C'est quand il y avait en moi une sorte
de lutte entre mes deux amours. J'exagérais alors les
marques de mon affection pour mieux cacher à
Augusta l'ombre d'une autre femme entre nous ; si
bien, je dois le dire, que ma femme me préférait quand
je n'étais pas tout à fait sincère.

J'étais moi-même un peu surpris de me trouver si
tranquille. J'attribuais ce calme au fait d'être parvenu à
faire accepter à Carla cette enveloppe des bonnes
résolutions. Non pas que je crusse être ainsi quitte
envers elle ; mais j'avais commencé, me semblait-il, à
me libérer d'une dette. Pendant toute la durée de mes
relations avec Carla, la question d'argent fut malheureusement ma plus grande préoccupation. J'avais une
réserve dans un coin bien caché de ma bibliothèque
afin d'être prêt à faire face à quelqu'une de ces
exigences que je redoutais si fort de la part de ma
maîtresse. Plus tard, après que Carla m'eut abandonné
en me le laissant, ce petit trésor trouva son emploi pour
tout autre chose.

Nous devions, ce jour-là, dîner et passer la soirée
chez mon beau-père. C'était un repas auquel n'étaient

invités que les membres de la famille et qui devait remplacer le banquet traditionnel, prélude à la noce qui devait avoir lieu le surlendemain. Guido voulait profiter d'une amélioration (qu'il croyait devoir être passagère) de la santé de Giovanni.

De bonne heure dans l'après-midi, nous nous rendîmes, Augusta et moi, chez mes beaux-parents. En route, je lui rappelai comment, la veille, elle m'avait soupçonné de souffrir encore à la pensée de ce mariage. Elle eut honte de ce soupçon et je lui tins de longs discours sur mon innocence : « En rentrant à la maison, je ne me souvenais même pas que nous étions à la veille de ce dîner d'aujourd'hui !... »

On n'avait invité que les membres de la famille, mais les parents Malfenti avaient voulu faire les choses solennellement et l'on avait prié Augusta de venir aider à préparer la table. Alberta ne voulait pas en entendre parler. Elle venait d'obtenir un prix dans un concours littéraire avec une comédie en un acte, et ne s'occupait, pour l'instant, que de la réforme du théâtre national. Arrivés d'assez bonne heure dans l'après-midi, nous restâmes donc, Augusta et moi, autour de cette table, avec, pour nous seconder, une femme de chambre et Luciano, un jeune garçon de bureau de Giovanni, qui s'entendait fort bien aussi aux besognes domestiques.

J'aidais à porter des fleurs sur la table et à les disposer gracieusement.

— Tu vois, dis-je à Augusta, je contribue à leur bonheur ; et si l'on me demandait de préparer leur lit nuptial, je le ferais avec la même sérénité !

Un peu plus tard, nous allâmes rejoindre les deux fiancés, revenus d'une visite officielle. Nous les trouvâmes cachés dans un petit coin du salon et je suppose que, jusqu'à notre arrivée, ils avaient passé leur temps à se bécoter. Ada n'avait même pas retiré son manteau ; ses joues étaient encore colorées par la chaleur ; elle était tout à fait charmante.

Pour justifier leur trouble, ils voulurent nous faire croire qu'ils avaient eu une discussion scientifique. C'était stupide et peut-être même hors de propos. Tenaient-ils à nous exclure de leur intimité, ou pensaient-ils que leurs baisers risquaient de faire souffrir quelqu'un ? Pour ma part, ma bonne humeur n'en était nullement altérée. Ada — disait son fiancé — ne voulait pas croire que certaines guêpes, d'une seule piqûre de leur aiguillon, paralysent des insectes plus forts qu'elles, et peuvent ainsi les conserver vivants pour servir à leurs petits de nourriture toujours fraîche, Il me semblait bien avoir entendu parler de cette chose monstrueuse, mais je ne voulus pas donner à Guido le plaisir d'avoir raison, et je ne lui répondis que par une plaisanterie stupide :

— Pourquoi me dis-tu ça à moi ? Suis-je une guêpe ?

Après quoi, nous laissâmes nos amoureux à de plus agréables occupations. D'ailleurs, je commençais à trouver le temps long, et j'aurais bien voulu rentrer à la maison et attendre dans mon bureau l'heure du repas.

Dans le vestibule, je rencontrai le docteur Paoli qui sortait de la chambre de mon beau-père. Ce jeune médecin avait su se faire une bonne clientèle. Il était très blond, avec un visage blanc et rose de gros garçon. Mais, derrière ses lunettes, de larges yeux, dont le regard s'attachait aux choses comme une caresse, suffisaient à donner à toute sa personne un air de sérieux et d'autorité. Si je le compare au docteur S... — le psychanalyste —, il me semble que celui-ci concentre intentionnellement son regard sur l'objet de son investigation, au lieu que Paoli promène sur les choses une inlassable curiosité. Il voit son client et le voit bien, mais il voit aussi la femme de son client et la chaise où elle s'appuie. Lequel des deux arrange le mieux ses malades, Dieu seul le sait ! Pendant la maladie de mon beau-père, j'allais souvent voir Paoli pour lui recommander de cacher à la famille l'imminence de la catastrophe, et je me souviens qu'un jour, après m'avoir regardé plus longtemps qu'il ne m'aurait plu, il me dit en souriant :

— Mais vous adorez votre femme !

C'était un bon observateur car, en effet, j'adorais alors ma femme qui avait tant de chagrin de la maladie de son père, et que je trompais journellement.

Il nous dit que Giovanni allait encore mieux que la veille. Pour le moment, il n'avait pas de craintes, la saison étant très favorable, et il assurait que les nouveaux mariés pouvaient partir en voyage en toute tranquillité, bien entendu — ajoutait-il prudemment, — sauf complications imprévues. Son pronostic se trouva juste, car il y eut précisément des complications imprévues.

Au moment de prendre congé, il se rappela que nous connaissions un certain Copler auprès de qui il avait été appelé en consultation le jour même. Il l'avait trouvé atteint de paralysie rénale. La paralysie s'était annoncée par un affreux mal de dents, ce qui était un symptôme grave mais laissant place toutefois à un certain doute.

— Il peut vivre encore quelque temps, ajouta-t-il, à condition de durer jusqu'à demain.

Augusta très émue me pria, les larmes aux yeux, de courir tout de suite auprès de notre pauvre ami. Après un instant d'hésitation, j'accédai à son désir, et je le fis volontiers, en pensant à Carla. Mon cœur était de

nouveau tout plein d'elle. Comme j'avais été dur pour
la pauvre enfant ! Copler disparu, elle allait se trouver
plus solitaire encore dans son petit logement. Elle ne
risquait plus maintenant de me compromettre, n'ayant
plus de communication avec mon entourage. Il fallait
la voir sans retard pour effacer l'impression de mon
attitude sévère de la matinée.

J'eus pourtant la prudence de passer d'abord chez
Copler. Je voulais pouvoir dire à Augusta que je l'avais
vu.

Je connaissais déjà le modeste mais digne et confortable appartement qu'il habitait, corso Stadion : trois
pièces qu'un vieux retraité lui avait cédées sur les cinq
qu'il occupait. C'est le retraité qui me reçut : un gros
homme essoufflé, avec des yeux rouges, qui ne cessait
d'aller et venir dans le petit couloir obscur. Le
médecin, me dit-il, venait de se retirer après avoir
constaté le commencement de l'agonie. Il parlait à voix
basse, haletante, comme s'il eût craint de troubler le
repos du moribond et, comme lui, je baissai la voix.
C'est une marque instinctive de respect, mais il n'est
pas bien sûr que les mourants ne préféreraient pas,
pour les accompagner dans leur dernière étape, des
voix claires et sonores qui leur rappelleraient la vie.

Je m'arrêtai quelques instants devant la porte de la
chambre où le pauvre Copler, assisté d'une sœur de
charité, mesurait sa dernière heure de son râle régulier.
Dans sa respiration bruyante, on distinguait deux
sons : l'un hésitant quand il aspirait l'air, l'autre
précipité (était-ce la hâte de mourir ?) quand il l'expirait. Puis il y avait une pause, et je me disais que quand
cette pause se prolongerait, alors commencerait la vie
nouvelle.

Le vieil homme aurait voulu me faire entrer dans la

chambre. Je refusai, connaissant trop le regard de reproche des moribonds. Sans attendre que la pause se prolongeât, je courus chez Carla.

Je frappai à la porte de son salon qui était fermée à clef. Pas de réponse. Impatienté, je frappai plus fort, à coups de pieds. L'autre porte du logement s'ouvrit alors derrière moi et la voix de la mère de Carla cria :

— Qui est là ?

En même temps la vieille dame avança la tête, craintivement. Quand elle m'eut reconnu, dans la clarté qui venait de la cuisine, je m'aperçus qu'elle devenait toute rouge sous ses cheveux blancs. Carla n'y était pas, et elle m'offrit de m'ouvrir la porte du salon, seule pièce digne de me recevoir. Mais j'entrai dans la cuisine et je m'assis, sans façon, sur une chaise de bois. Au milieu du fourneau, une marmite était posée sur un petit feu de charbon. Je dis à la vieille qu'il ne fallait pas, pour moi, laisser brûler le dîner. « Ce sont des haricots ; ils ne sont jamais trop cuits », me répondit-elle. Je me sentis attendri par la pauvreté du repas, dans cette maison qu'il m'appartenait désormais d'entretenir seul, et j'oubliai mon dépit de n'avoir pas rencontré ma maîtresse prête à m'accueillir.

La vieille dame était restée debout, bien que je l'eusse priée plusieurs fois de s'asseoir. Brusquement, je lui dis que j'étais venu annoncer à Mlle Carla une très triste nouvelle : Copler était mourant.

Du coup, les bras lui tombèrent et elle dut s'asseoir.

— Seigneur ! murmura-t-elle. Qu'allons-nous faire maintenant ?

Puis, s'avisant que la chose était encore pire pour Copler, elle ajouta d'une voix plaintive :

— Ce pauvre Monsieur ! Si bon !

Elle avait déjà le visage baigné de larmes. Évidemment, elle ne savait pas que si le pauvre monsieur n'était pas mort à temps, il aurait été mis à la porte de la maison. Ceci me rassura. J'étais vraiment sûr d'une discrétion absolue ! Pour la tranquilliser, je lui dis que tout ce que Copler avait fait jusqu'ici pour elles, je continuerais à le faire. Elle protesta qu'elle ne pensait pas à elle-même (tant de bonnes gens les entouraient !) mais à leur grand bienfaiteur.

Elle voulut savoir de quelle maladie il mourait et je lui racontai de quelle façon la crise s'était annoncée. A ce propos, je me souvins de ma discussion avec Copler sur l'utilité de la douleur. Voilà donc que ses nerfs dentaires s'étaient mis à crier au secours parce qu'un mètre plus bas, ses reins ne fonctionnaient plus ! Nous comprenons par là, lui aurais-je dit, s'il avait pu m'entendre, que les nerfs du malade imaginaire peuvent bien, à leur tour, être sensibles à une maladie qui sévit à des kilomètres de distance. J'étais si indifférent au sort de l'ami dont je venais d'écouter les derniers râles, que je continuais à argumenter plaisamment contre lui !

N'ayant plus grand-chose à dire, j'acceptai d'aller attendre Carla dans son petit salon. J'ouvris le Garcia et tentai d'en lire quelques pages, mais l'art du chant ne m'intéressait guère.

Quelques instants plus tard la mère de Carla vint me rejoindre. Elle était inquiète de ne pas voir revenir sa fille, qui était sortie, me dit-elle, pour acheter des assiettes dont elles avaient un besoin urgent. Ma patience commençait à s'épuiser et je lui répondis sur un ton de brusquerie :

— Vous avez encore cassé des assiettes ? Vous ne pouviez pas faire plus attention ?

Je me débarrassai ainsi de la vieille dame qui s'en alla en bredouillant :

— Rien que deux... c'est moi qui les ai cassées...

Cet incident me procura un moment d'hilarité. Car je savais que toute la vaisselle de la maison était brisée, et non pas par la faute de la vieille. Carla — je l'appris plus tard — n'était rien moins que douce pour sa mère, si bien que celle-ci avait une peur folle de trop parler avec leurs protecteurs de ce que faisait sa fille.

Un jour, paraît-il, elle avait naïvement raconté à Copler que les leçons de chant ennuyaient beaucoup Carla. Copler s'était mis en colère contre sa protégée et celle-ci s'en était prise à sa mère.

Ma délicieuse maîtresse finit enfin par rentrer. Je l'aimai avec violence, rageusement. Elle balbutiait, ravie :

— Et moi qui doutais de ton amour ! Tout le jour j'ai eu envie de me tuer pour m'être abandonnée à un homme qui m'avait tout de suite traitée si mal.

Je lui expliquai que j'étais sujet à de violents maux de tête, et c'est une excuse à laquelle j'eus recours d'autres fois quand je me trouvais en telles dispositions qu'il me fallait résister de toutes mes forces pour ne pas rentrer chez moi au pas de course. Je commençais à me former ! En attendant nous pleurâmes ensemble le pauvre Copler, — ensemble dans toute la force du terme.

Carla n'était d'ailleurs pas indifférente à la terrible fin de son bienfaiteur. Je la vis pâlir en en parlant.

— Je me connais, dit-elle ; pendant longtemps j'aurai peur de rester seule. Il me faisait tellement peur déjà quand il était vivant !

Et, pour la première fois, timidement, elle me demanda de passer toute la nuit avec elle. Je n'en avais nulle envie et je n'aurais même pas voulu retarder mon départ d'une demi-heure. Mais toujours attentif à ne pas laisser voir à la pauvre fille les misères de mon cœur que j'étais le premier à déplorer, je lui représentai que la chose était impossible à cause de la présence de sa mère.

— Peuh ! fit-elle, nous transporterions le lit ici. Maman ne se risquerait pas à m'espionner.

J'alléguai alors qu'on m'attendait à la maison pour le repas de noces, puis je profitai de l'occasion pour lui déclarer que d'ailleurs il ne me serait jamais possible de passer la nuit avec elle. Ayant pris tout à l'heure la résolution d'être bon, je parlai d'un ton affectueux ; mais toute concession serait, me semblait il, un nouvel acte de trahison envers Augusta, et je ne voulais plus en commettre.

Je me rendis compte à ce moment que ce qui me liait le plus fortement à Carla, c'était ce parti pris de bonté à son égard, et puis surtout de l'avoir abusée sur mes sentiments pour Augusta. Il y avait là un malentendu qu'il fallait atténuer peu à peu et, finalement, effacer. Je m'y employai tout de suite, mais avec prudence, connaissant trop les avantages que j'avais retirés de mon mensonge. J'avais conscience, lui dis-je, de mes obligations envers ma femme qui était si estimable, qui méritait si bien d'être mieux aimée, à qui enfin je voulais à tout prix épargner la douleur d'apprendre ma trahison.

Carla me sauta au cou.

— Voilà comment je t'aime, bon et compatissant, tel que je t'ai jugé dès le premier jour. Jamais je n'essaierai de faire du mal à cette pauvre femme.

Il ne me plaisait guère d'entendre qualifier Augusta de pauvre femme, mais je savais gré de sa douceur à la pauvre Carla. Et c'était une bonne chose qu'elle n'eût pas de haine pour mon épouse. Je voulus lui témoigner

ma reconnaissance, lui donner une marque d'affection.
Je cherchai laquelle, et une idée me vint. Elle aurait,
elle aussi, sa buanderie ; je l'autorisai à ne pas rappeler
son professeur de chant.

Elle me remercia par un élan de tendresse dont je
l'aurais dispensée, mais que je supportai vaillamment.
Puis elle me confia qu'elle n'abandonnerait jamais le
chant : elle chantait tout le jour, mais à sa guise. Et elle
voulut me faire entendre immédiatement une de ses
romances. Je m'y refusai avec énergie et je la quittai là-
dessus, assez malhonnêtement. Je suppose que cette
nuit-là encore elle pensa au suicide, mais je ne lui
laissai pas le temps de m'en faire l'aveu.

Je retournai chez Copler, afin de porter à Augusta
les dernières nouvelles du moribond auprès de qui
j'étais censé avoir passé tout ce temps. Copler était
mort il y avait à peu près deux heures, aussitôt après
mon départ. J'entrai dans la chambre mortuaire, suivi
du vieux retraité qui n'avait cessé d'arpenter le corridor. Le corps déjà habillé était étendu sur le lit, un
crucifix entre les doigts. Le vieux me dit à voix basse
qu'on avait fait toutes les formalités et qu'un neveu du
défunt viendrait veiller cette nuit.

J'aurais pu m'en aller ; mon pauvre ami n'avait plus
besoin de rien. Je restai pourtant quelques minutes à le
regarder. J'aurais aimé sentir jaillir de mes yeux une
larme sincère de pitié pour ce malheureux ; il avait
lutté bien longtemps contre la maladie ; il avait essayé,
finalement, d'entrer en composition avec elle. « C'est
douloureux ! », dis-je. La maladie, pour laquelle — à
ce qu'il disait — il existe tant de remèdes, avait eu
raison de lui. Cela semblait une dérision, mais cette
larme ne vint pas. Jamais le visage émacié de Copler ne
m'avait paru empreint d'une si ferme gravité. On l'eût

dit sculpté dans le marbre et personne n'aurait pu croire qu'il allait si tôt se décomposer. Et pourtant ce masque rigide demeurait étrangement vivant. Son improbation dédaigneuse s'adressait-elle au malade imaginaire que j'étais, ou peut-être à Carla qui négligeait son chant ? Tout à coup, je tressaillis : il m'avait semblé que le mort s'était remis à râler. Mais non, c'était seulement le vieux retraité que l'émotion faisait souffler plus fort.

Le bonhomme me reconduisit jusqu'à la porte en me priant de penser à lui si je connaissais quelqu'un cherchant un logement comme celui-ci.

— Vous le voyez, dans cette circonstance, j'ai fait tout mon devoir, plus que mon devoir, beaucoup plus.

Il avait parlé haut pour la première fois en laissant percer un ressentiment dont le pauvre Copler, qui avait rompu son bail sans préavis, était sans doute l'objet. Je me sauvai en lui promettant tout ce qu'il voulut.

Quand j'arrivai chez mon beau-père, on venait de se mettre à table. On me demanda des nouvelles de Copler, et, pour ne pas troubler la gaieté du repas, je répondis qu'il respirait encore et que tout espoir n'était pas perdu.

Mais la réunion me semblait bien triste. Cette impression me venait peut-être de voir mon beau-père condamné à un petit potage et à un verre de lait pendant qu'on se gorgeait autour de lui. Comme il n'avait rien à faire, il regardait manger les autres. Voyant Francesco s'attaquer résolument aux hors-d'œuvre, il murmura :

— Et dire qu'il a deux ans de plus que moi !

Et quand le même Francesco vida son troisième verre de vin blanc, je l'entendis grommeler encore à demi-voix :

— Et de trois ! Puisse-t-il se changer en fiel !

La malédiction ne m'aurait pas troublé si je n'avais prévu que la même métamorphose allait être souhaitée au contenu de mon propre verre. A partir de ce moment, je n'osais plus boire et manger qu'à la dérobée. Je profitais de l'instant où mon beau-père se tournait vers son voisin ou plongeait son gros nez dans sa tasse de lait, pour engloutir une bouchée énorme ou pour avaler un grand verre de vin. Alberta, pour faire rire, prévint ma femme que je buvais trop et Augusta me menaça du doigt, en plaisantant. Il n'y aurait pas eu grand mal, si je ne m'étais dit que, dans ces conditions, je n'avais plus besoin de me cacher. Giovanni qui, jusque-là, ne semblait pas se souvenir de mon existence, me jeta, par-dessus ses lunettes, un regard haineux.

— Je n'ai jamais abusé, dit-il, ni du vin ni de la bonne chère. Celui qui en abuse n'est pas un homme, c'est un... — et il répéta plusieurs fois le dernier mot, qui n'était pas un compliment. J'avais bu ; la sortie était blessante et avait soulevé un rire général : j'éprouvai le désir irraisonné d'en tirer vengeance. Attaquant mon beau-père par son côté le plus faible, c'est-à-dire sa maladie, je lui criai :

— Ce n'est pas le bon vivant qui n'est pas un homme ; c'est celui qui se fait l'esclave des prescriptions de son médecin. J'aime autrement ma liberté ! Ne serait-ce que par affection, je ne voudrais pas, moi, aux noces de ma fille, être empêché de boire et de manger.

— Je voudrais te voir dans mes draps, dit Giovanni avec colère.

— Tu peux me voir dans les miens : est-ce que j'ai cessé de fumer ?

J'avais réussi pour la première fois à me faire gloire

de ma faiblesse. J'allumai immédiatement une cigarette. Tout le monde riait et ils racontaient tous ensemble à Francesco comment ma vie était pleine de dernières cigarettes. Mais celle-ci n'était pas la dernière, et je me sentais vigoureux et combatif. Mais je perdis aussitôt la sympathie des autres quand je m'avisai de verser du vin dans le grand verre à eau de Giovanni. Tous alors cessèrent de rire. On avait peur qu'il ne bût, on criait pour l'en empêcher, et Mme Malfenti était trop loin pour saisir le verre !

— Hé ! voudrais-tu vraiment me tuer ? demanda doucement mon beau-père, en me regardant avec curiosité. Tu as le vin mauvais, toi. — Il n'avait pas fait un geste pour prendre le verre que je lui tendais.

Je me sentis positivement rabaissé et vaincu. Volontiers je me serais jeté aux pieds de mon beau-père pour lui demander pardon. Mais c'était là, me semblait-il, une idée d'homme qui a bu, et je la repoussai. Demander pardon, c'eût été avouer ma faute, alors que le dîner durerait assez longtemps pour me donner l'occasion de faire oublier un geste malheureux. Il y a un temps pour tout en ce monde. D'ailleurs il n'est pas vrai que tous les ivrognes s'empressent d'exécuter ce que le vin leur suggère. Pour ma part, quand j'ai trop bu, j'analyse mes impulsions aussi attentivement que si j'étais dans mon état normal, et, je pense, avec le même résultat. Je m'observais ; j'essayais de comprendre comment j'en étais arrivé à avoir, à l'égard de mon beau-père, ces mauvaises pensées. C'est alors que je m'aperçus de ma fatigue : une fatigue mortelle. S'ils avaient su, tous, quelles heures je venais de traverser, ils auraient eu plus d'indulgence pour moi. Par deux fois, et avec la même violence, j'avais pris et abandonné une femme ; par deux fois, j'étais revenu à mon épouse ; par deux fois, je l'avais reniée. Ma chance fut qu'alors je ne sais quelle association d'idées réveilla en moi le souvenir de ce cadavre sur lequel j'avais tenté en vain de verser un pleur. Du coup l'image des deux femmes disparut, ce qui valait mieux ; sinon j'en serais arrivé à parler de Carla, mon désir de me confesser ne faisant que croître sous l'effet du vin. Pour finir, c'est de Copler que je parlai, avec le secret espoir que la perte de ce grand ami excuserait mon incartade.

— Copler est mort, leur criai-je. Il est mort tout de bon. Si je n'ai rien dit, c'était pour ne pas vous attrister.

Et, voyez, à ce moment, je sentis les larmes rebelles me monter enfin aux yeux et je dus détourner la tête pour les cacher.

Puis, comme on riait et qu'on ne me croyait pas, je précisai, avec l'obstination de l'ivresse :

— J'ai vu son corps rigide. On l'eût dit sculpté dans la pierre par Michel-Ange.

Dans le silence général, Guido s'écria :

— Tu ne crains donc plus de nous attrister, maintenant ?

L'observation était juste. J'avais démenti mes propres paroles. Comment sortir de là ? Je partis d'un éclat de rire assez indécent et leur criai :

— C'est une blague ! Il est vivant et il va mieux.

On me regardait sans comprendre.

— Il va mieux, repris-je sérieusement. Il m'a reconnu et souri.

Personne ne douta plus, mais ils étaient tous grandement indignés, et Giovanni déclara que s'il ne craignait de s'agiter trop il me jetterait volontiers son assiette à la figure. J'étais en effet impardonnable d'avoir troublé la fête avec une telle fausse nouvelle. Si elle avait été exacte, il n'y aurait pas eu de faute : n'aurais-je pas mieux fait de leur dire de nouveau la vérité ? Copler était mort, et, dès que je serais seul, j'aurais trouvé les larmes qu'il fallait pour le pleurer, spontanées et abondantes. Je ne savais plus que dire. Par bonheur, Mme Malfenti conclut de son air de grande dame :

— Laissons ce pauvre malade. Nous penserons à lui demain.

J'obéis sans déplaisir. Ma pensée même se détachait du mort : « Au revoir ! Attends-moi ! je reviens tout de suite ! »

L'heure des toasts était arrivée. Giovanni avait obtenu de son médecin la permission d'absorber, à ce moment-là, une coupe de champagne. Il surveilla gravement la façon dont on lui versa son vin et refusa de porter la coupe à ses lèvres avant qu'elle ne fût pleine jusqu'au bord. Après avoir adressé à Ada et à Guido des vœux de bonheur sérieux et dénués de toute fantaisie, il vida lentement son verre, puis me regardant de biais, il me dit que c'était à ma santé à moi qu'il avait bu la dernière gorgée. Le souhait ne me semblait pas bon : pour l'annuler, les deux mains sous la table, je faisais les cornes.

Le reste de la soirée demeure un peu confus dans mon souvenir. Je me rappelle qu'un peu après, sur l'initiative d'Augusta, il se dit, à table, beaucoup de bien de moi. On me citait comme le modèle des maris ; tout m'était pardonné ; mon beau-père lui-même s'était fait plus aimable. Il espérait, dit-il, que le mari d'Ada se montrerait aussi bon que moi, mais qu'il serait meilleur négociant et surtout plus... Il chercha le mot, sans le trouver, et personne ne réclama. Pas même le *signor Cada* qui, m'ayant vu pour la première fois dans la matinée, aurait pu être curieux de me connaître.

Pour ma part, je ne songeais pas à m'offenser. Ah !
comme la conscience de nos torts nous rend patients et
modérés ! J'acceptais avec gratitude tous les propos
insolents pourvu qu'ils fussent accompagnés d'une
affection que je ne méritais pas. Mon esprit troublé par
la fatigue et par le vin se formait complaisamment
l'image d'un bon mari, qui n'en est pas moins bon pour
tromper sa femme. Il faut être bon. Tout est là.
Qu'importe le reste ! Et j'envoyai de la main un baiser à
Augusta qui l'accueillit d'un sourire reconnaissant.

Après cela, on voulut, pour rire un peu, m'obliger à
porter un toast. Je finis par m'y décider, voyant là une
occasion de prendre publiquement de bonnes résolutions, ce qui serait une chose vraiment décisive. Non
pas qu'à ce moment j'aie douté de moi le moins du
monde. Je me sentais tel qu'on m'avait décrit ; mais je
deviendrais meilleur encore en affirmant devant tant
de personnes des intentions qu'elles se trouveraient
ainsi, en quelque façon, garantir.

Je ne parlai donc, dans mon toast, que de moi-même
et d'Augusta. Pour la seconde fois de la journée, je fis
l'histoire de mon mariage. Cette histoire, je l'avais un
peu arrangée en ne disant rien à Carla de mon amour
pour ma femme. Cette fois, je passai sous silence deux
personnages de première importance : Ada et Alberta.
Mais je dis mes hésitations, et que je ne pouvais m'en
consoler puisqu'elles m'avaient privé de bien des jours
de bonheur. Puis, en galant chevalier, j'affirmai
qu'Augusta avait hésité aussi. Mais ma femme protesta
que non, en riant de bon cœur.

Ayant retrouvé, non sans peine, le fil de mon
discours, j'en vins à notre voyage de noces et je
racontai que nous avions filé le parfait amour dans tous
les musées d'Italie. Puisque j'étais entré jusqu'au cou

dans le mensonge, autant faire bonne mesure ! Et on vient nous dire que la vérité est dans le vin !

Augusta m'interrompit une seconde fois pour remettre les choses au point. Elle raconta comment elle avait dû éviter les musées à cause des dangers que ma présence faisait courir aux chefs-d'œuvre. Elle ne se doutait pas qu'en signalant l'inexactitude de ce détail, elle démentait toute mon histoire. S'il s'était trouvé à cette table un bon observateur, il aurait eu tôt fait de découvrir de quelle sorte était cet amour que je décrivais si complaisamment dans l'atmosphère même où il n'avait pu éclore. Alors, je parlai du retour à la maison, des perfectionnements que nous avions apportés ensemble à notre installation, en faisant ceci, puis cela et, entre autres choses, une buanderie.

— Mais voyons, s'écria ma femme sans s'arrêter de rire, la fête n'est pas donnée en notre honneur. Parle donc d'Ada et de Guido !

Tout le monde approuva bruyamment et je me mis à rire aussi, heureux de constater que, grâce à moi, s'élevait maintenant autour de la table le joyeux brouhaha qui est de règle en pareille circonstance. Mais il me semblait avoir parlé pendant des heures, et je ne trouvais plus rien à dire. J'avalai donc, coup sur coup, quelques autres verres de vin :

— A la santé d'Ada ! — et je me haussai pour voir si elle ne faisait pas les cornes sous la nappe.

— A la santé de Guido ! — et après avoir vidé mon verre d'un seul trait, j'ajoutai : De tout cœur ! — oubliant que j'avais négligé d'en dire autant la première fois.

— A la santé de leur fils aîné !

Pour les enfants, j'aurais continué longtemps si on

n'avait pas fini par m'arrêter. Pauvres innocents ! Pour eux j'étais prêt à vider toutes les bouteilles.

A partir de ce moment, tout devint encore plus obscur. Je ne me souviens bien que d'une seule chose : ma préoccupation de ne pas paraître ivre. Je me tenais droit ; je parlais peu ; je me défiais de moi-même ; je ne prononçais pas un mot sans y avoir réfléchi d'abord ; et comme la conversation générale allait son train, je dus renoncer à la suivre et à y prendre part, n'ayant pas le temps d'éclaircir mes idées confuses.

Croyant préférable de dire quelque chose de mon cru, je me tournai vers mon beau-père :

— Tu as vu que l'*Extérieur* a baissé de deux points ?

Je rapportai là un bruit de la Bourse qui ne me concernait en rien. Je voulais simplement parler d'affaires : les affaires sont un sujet de conversation sérieux que les ivrognes ne connaissent pas. Pour mon beau-père, la chose devait se présenter sous un angle différent car il me traita tout de suite d'oiseau de mauvais augure. Avec lui je n'avais jamais de chance.

Je m'occupai alors d'Alberta, qui était ma voisine. Nous nous mîmes à parler de l'amour. Elle ne s'intéressait qu'à la théorie, ce qui tombait bien puisque la pratique, pour le moment, ne m'intéressait pas du tout. Elle me demanda de lui exposer quelques idées sur la matière. Il m'en vint une aussitôt dont l'évidence me parut résulter de mon expérience du jour même : une femme est un objet dont le prix varie bien davantage que celui de n'importe quelle valeur de bourse.

Alberta ne me comprenait pas très bien. Elle crut que j'exprimais cette vérité banale que la valeur d'une femme varie en raison de son âge. Je m'expliquai plus clairement : la valeur d'une femme peut être grande le matin, nulle à midi, très grande un peu plus tard, nettement négative au soir. J'expliquai le concept de valeur négative : une femme prend une valeur négative quand un homme calcule en lui-même quelle somme il donnerait volontiers pour la savoir très loin de lui. La pauvre petite comédiographe ne saisissait pas la beauté de ma théorie ; j'en voyais, moi, toute la justesse en me souvenant des variations subies en quelques heures par les cotes respectives de Carla et d'Augusta. Je voulus entrer dans de nouvelles explications, mais les vapeurs du vin me firent alors dévier complètement.

— Voyons, lui dis-je, supposons que tu aies en ce moment une valeur x. Si tu me permets de presser ton petit pied avec le mien, tu prends immédiatement la valeur $2x$.

Et je joignis l'acte à la parole.

Alberta retira son pied en rougissant, et pour s'en tirer avec esprit :

— Mais ceci, dit-elle, est de la pratique ; ce n'est plus de la théorie. J'en appellerai à Augusta.

Je dois confesser que ce petit pied contre le mien me semblait bien autre chose qu'une aride théorie. Mais je protestai de l'air le plus innocent.

— C'est de la théorie, de la pure théorie. Il est mal de ta part, de le prendre autrement.

Les fantaisies du vin sont de véritables événements.

N'empêche que de bien longtemps, Alberta ni moi n'oubliâmes cet incident. J'avais touché une partie de son corps pour y trouver du plaisir : la parole et l'acte s'étaient éclairés l'un par l'autre. Jusqu'à son propre mariage, elle eut toujours pour moi un rougissant sourire ; après, ce fut une rougissante colère. Les femmes sont ainsi faites : chaque jour leur apporte une nouvelle interprétation du passé. Leur vie ne doit pas

être monotone ! Moi, au contraire, j'ai toujours interprété mon geste de même façon : comme le larcin d'un
petit objet d'une saveur intense. Ce fut la faute
d'Alberta si, à une certaine époque, j'ai cherché à le lui
rappeler ; plus tard j'eusse payé cher pour qu'il fût
oublié complètement.

Je me souviens encore d'un autre incident bien plus
grave, qui se produisit au moment du départ. Giovanni
était allé se coucher, les autres prenaient congé de
Francesco qui devait regagner son hôtel en compagnie
de Guido. Je restai quelques instants seul avec Ada.
Elle était toute en blanc, avec les épaules et les bras
nus, et je demeurai là, sans rien dire, à la regarder.
J'aurais voulu lui adresser quelques mots, mais aucun
de ceux qui me venaient aux lèvres ne paraissait
convenir. C'est ainsi que je me demandai s'il m'était
permis de lui dire : « Comme je suis heureux que tu te
maries et que tu épouses mon grand ami Guido. A
partir d'aujourd'hui tout est fini entre nous. » C'eût été
une sorte de mensonge, car nul n'ignorait que « tout
était fini » depuis plusieurs mois. Mais je pensais qu'il
y avait là un mirifique compliment comme en réclamait
une si belle dame et qui devait lui plaire. Cependant, à
la réflexion, je m'abstins. Dans l'océan de vin où je
nageais, une pensée s'offrit à moi comme une planche
de salut : il ne fallait pas risquer de perdre l'affection
d'Augusta pour être agréable à Ada qui ne m'aimait
nullement. Et alors, dans cet état d'incertitude et de
trouble où je me trouvais et aussi dans l'effort que je fis
pour retenir les mots que j'aurais voulu dire, je jetai sur
ma belle-sœur un si étrange regard qu'elle se leva et
sortit, après s'être retournée pour me surveiller d'un
air terrifié, toute prête à se mettre à courir.

On se souvient aussi d'un regard, et mieux que d'un

mot ; car il n'est pas, dans tout le dictionnaire, un seul mot qui ait le pouvoir de déshabiller une femme.

Mes yeux — je le comprends maintenant — dénaturaient les paroles que je songeais à prononcer. Ada avait dû sentir mon regard tenter de pénétrer au-delà de ses vêtements et traverser même son épiderme. Il devait signifier pour elle, ce regard : « Veux-tu venir coucher avec moi tout de suite ? » Le grand danger de l'ivresse est qu'elle ne laisse pas surnager la vérité, bien au contraire. Ce qu'elle fait remonter à la surface, ce qu'elle révèle de l'individu, ce n'est pas sa volonté présente, mais son histoire passée, ancienne, oubliée. Elle va même chercher, dans le fond obscur de la conscience, pour les jeter en pleine lumière, ces imaginations baroques où l'on se complaît un moment, sans en garder le souvenir. Elle néglige ce qui a été corrigé et lit tout ce qui est encore perceptible dans notre cœur. Et l'on sait qu'il n'y a pas moyen de rien corriger de façon radicale, comme on fait, sur une traite, d'un endos fautif : notre histoire reste toujours, et l'ivresse la crie, négligeant tout ce que la vie a pu y ajouter.

Nous prîmes une voiture pour rentrer à la maison. Je crus de mon devoir de profiter de l'obscurité pour embrasser amoureusement ma femme. C'était mon habitude en pareille circonstance. J'aurais craint, si je ne l'avais fait, qu'elle ne s'imaginât qu'il y avait entre nous quelque chose de changé. Or, il n'y avait rien de changé entre nous. Cela aussi, l'ivresse le criait. Elle avait épousé Zeno Cosini, lequel, immuable, se tenait à côté d'elle. Quelle importance, si, ce jour-là, j'avais possédé d'autres femmes, dont le vin, pour accroître ma gaieté, augmentait le nombre, leur adjoignant même Ada, à moins que ce ne fût Alberta ?

Je me rappelle qu'au moment de m'endormir, je revis un instant le visage marmoréen de Copler sur son lit de mort. Il semblait demander justice, c'est-à-dire exiger les larmes que je lui avais promises. Mais il ne les obtint pas, même alors, car le sommeil me saisit et m'anéantit. A peine eus-je le temps de m'excuser auprès du fantôme : « Encore un peu de patience, je suis à toi tout de suite ! »

Je ne fus plus « à lui », jamais : je n'assistai même pas à son enterrement. Nous avions tant à faire à la maison, et en ville, qu'il ne se trouva pas une heure pour lui. Quelquefois on parla de lui à table, mais seulement pour rire, au souvenir de ce dîner où, à moitié ivre, je l'avais plusieurs fois tué et ressuscité. Cela devint même proverbial dans la famille. S'il arrivait qu'un journal annonçât puis démentît la mort de quelqu'un, nous disions : « C'est comme le pauvre Copler. »

Le lendemain, je me levai avec la tête lourde. Ma douleur au côté me faisait souffrir aussi, sans doute parce que, sous l'effet du vin, j'avais cessé de la sentir et que j'en avais ainsi perdu l'habitude. Mais, au fond, je n'étais pas triste. Augusta me dit — ce qui contribua à me rasséréner — que j'aurais eu bien tort de ne pas assister à ce repas de noces, car, jusqu'à mon arrivée, elle avait cru se trouver à un enterrement. Je n'avais donc pas à regretter mon attitude ! Une seule chose, je le sentais bien, ne pouvait m'être pardonnée : ce vilain regard à Ada.

Quand nous nous revîmes, l'après-midi, celle-ci me tendit la main avec une gêne qui accrut mon trouble. Peut-être avait-elle sur la conscience la façon vraiment peu aimable dont elle avait pris la fuite. Mais la façon dont je l'avais regardée était une grande vilenie. Je me souvenais exactement du mouvement de mes yeux, et je comprenais qu'elle ne pût l'oublier. Il fallait réparer cela par une attitude soigneusement fraternelle.

Lorsqu'on est incommodé pour avoir trop bu, le meilleur remède est, dit-on, de boire d'un autre vin. Pour moi, ce même jour, c'est auprès de Carla que j'allais chercher l'ivresse d'une vie intense, mais avec le désir que cette intensité fût d'une tout autre sorte que celle de la veille. Mes intentions, d'ailleurs peu précises, étaient des plus honnêtes. S'il m'était impossible d'abandonner tout de suite ma maîtresse, je pouvais du moins m'acheminer tout doucement vers ce dénouement très moral de son aventure. Je continuerais à lui parler de ma femme, si bien qu'un beau jour elle apprendrait, sans surprise, combien j'aimais celle-ci. J'avais dans ma veste une autre enveloppe avec de l'argent, pour être prêt à toute éventualité.

J'étais chez Carla depuis un quart d'heure lorsqu'elle me dit un mot dont je me souvins longtemps, car sa justesse me frappa : « Comme tu es rude en amour, toi ! » Je n'ai pas conscience d'avoir été rude à ce moment même. Je m'étais mis à parler de ma femme, et, sans doute, les grands éloges que je lui prodiguais avaient sonné aux oreilles de Carla comme autant de reproches à son égard.

Mais ce fut ensuite à son tour de me piquer au vif. Je venais, pour passer le temps, de lui raconter l'ennuyeux repas de famille et de lui dire mon dépit d'y avoir porté un toast déplacé et ridicule.

— Si tu aimais ta femme, fit observer Carla, tu te serais mieux tenu à la table de son père.

Et pour me remercier de ne pas aimer ma femme, elle me gratifia d'un baiser.

Le même besoin d'un stimulant qui m'avait poussé

vers Carla me fit désirer aussitôt de revenir à Augusta à qui seule je pouvais parler de mon amour pour elle. Le vin pris comme remède était déjà trop abondant ; il m'en fallait, de nouveau, un autre. Cependant mes rapports avec Carla devaient, ce jour-là, prendre un caractère plus élevé, celui d'une sympathie dont la pauvre enfant était bien digne, comme je le connus plus tard.

A plusieurs reprises elle m'avait proposé de me faire entendre une chansonnette pour savoir ce que j'en pensais. Elle me l'offrit de nouveau ; mais sa voix ne m'intéressait plus, et je lui répondis que puisqu'elle se refusait à étudier ce n'était plus la peine de chanter.

Ce refus était vraiment très offensant et lui fit de la peine. Pour que je ne la visse pas pleurer, elle regardait fixement ses mains qu'elle tenait croisées sur ses genoux.

— Comme tu dois être rude avec ceux que tu n'aimes pas, répéta-t-elle tristement, puisque tu l'es tant avec moi !

Je ne suis pas un mauvais diable ; ses larmes m'avaient attendri et je la priai de m'écorcher les oreilles avec sa terrible voix. Mais maintenant elle ne voulait plus, et je dus la menacer de m'en aller si elle refusait de me faire ce plaisir. Je dois reconnaître que je me flattai un moment d'avoir trouvé le bon biais pour reprendre, au moins momentanément, ma liberté. Cependant, devant ma menace, mon humble esclave se dirigea, les yeux baissés, vers le piano, se recueillit un instant et passa sa main sur son visage comme pour en chasser toutes les ombres. Elle y réussit avec une promptitude dont je fus surpris : quand elle retira sa main, ses traits n'offraient plus aucune impression de douleur.

Et voici que j'eus alors une grande surprise : Carla disait sa chansonnette ; elle la disait, elle ne la criait pas. Les éclats de voix, me déclara-t-elle après, lui étaient imposés par son professeur. Elle leur avait donné congé en même temps qu'à celui-ci.

La petite chanson triestine est une sorte de récit et d'aveu :

> *Je fais l'amour, c'est vrai.*
> *Qu'y a-t-il de mal à cela ?*
> *Voudrait-on qu'à seize ans*
> *Je reste assise comme une mouette ?*

Les yeux de Carla, brillants de malice, en disaient plus que les paroles. Il n'y avait pas à craindre d'avoir le tympan cassé ! Je m'approchai d'elle, étonné et ravi, et je m'assis à son côté. Elle reprit alors la chanson, comme si elle s'adressait à moi, en fermant à demi les yeux, pour me dire, sur une note légère et pure, que ses seize ans réclamaient la liberté et l'amour.

Il me semblait découvrir pour la première fois son gracieux visage : un ovale très pur qu'interrompaient les mignonnes pommettes et l'orbite profonde des yeux sous les beaux sourcils arqués. Tourné vers la lumière, pas une ombre n'offusquait sa blancheur de neige ; et sa carnation comme transparente, bien que le sang n'affleurât pas, ses douces lignes, ses veines trop faibles pour laisser voir leur réseau, appelaient l'amour et la protection.

Amour et protection, j'étais prêt maintenant à les donner sans condition, tout désireux que je pusse être de retourner à Augusta, car elle ne réclamait, à ce moment, qu'une affection paternelle, qui était exempte de trahison. Ah ! quel contentement ! J'étais près de

Carla, je lui accordais ce que demandait son gentil visage et rien, pourtant, ne me détournait de mes devoirs. Mon amour s'était ennobli! A partir de ce jour, quand j'avais soif d'honnêteté et de pureté, je ne songeais plus à abandonner mon amie : je pouvais demeurer auprès d'elle et ne changer que de discours.

Cette douceur nouvelle, à quoi était-elle due? A l'ovale de son visage que je venais de découvrir, ou à son talent de diseuse?... Talent indéniable! La singulière petite chanson triestine s'achève sur une strophe où la jouvencelle proclame qu'elle est devenue vieille et misérable et n'a plus besoin désormais d'autre liberté que de mourir. Ces pauvres vers, Carla continuait à les parer de malice et de gaieté. Tout en gardant sa jeunesse, elle feignait d'être vieille pour mieux affirmer son droit.

Quand elle eut fini de chanter, elle me vit plein d'admiration. De son côté, pour la première fois, elle fit mieux que m'aimer, elle eut vers moi un élan de tendresse. Elle savait bien que sa chanson m'aurait plu ; et que je l'aurais préférée de beaucoup au chant que lui enseignait son professeur.

— C'est dommage, dit-elle tristement, qu'en chantant comme cela, on ne puisse gagner sa vie qu'au café-concert.

Je n'eus pas de peine à la convaincre qu'il n'en était pas tout à fait ainsi et qu'il ne manquait pas de grandes artistes qui disaient plutôt qu'elles ne chantaient.

Elle en fut tout heureuse et voulut savoir leurs noms.

— Je sais bien, ajouta-t-elle ingénument, que c'est un art difficile, plus difficile que l'autre, où il suffit de crier à perdre haleine.

Je souris et ne discutai pas. Son art aussi, bien sûr, était difficile, et elle le savait, puisque c'était le seul art qu'elle connût. Cette chanson lui avait coûté une très longue étude. Elle l'avait dite et redite en corrigeant l'intonation de chaque mot, de chaque note. En ce moment, elle en étudiait une autre, mais elle ne la saurait bien que dans quelques semaines et ne voulait pas me la faire entendre avant.

Nous connûmes alors des heures délicieuses dans ce salon qui n'avait vu jusque-là que des scènes de brutalité. Voici que devant Carla s'ouvrait un avenir : une carrière qui devait me délivrer d'elle, et qui était presque celle qu'avait rêvée pour elle le pauvre Copler ! Je proposai à Carla de me mettre en quête d'un professeur, ce qui d'abord l'épouvanta. Elle se laissa pourtant persuader facilement quand je lui dis qu'on pouvait toujours essayer et qu'elle serait libre de le congédier s'il lui paraissait ennuyeux ou peu utile.

Avec Augusta aussi, je me trouvai ce jour-là tout à fait bien. J'avais l'esprit tranquille comme si je revenais d'une promenade et non de chez ma maîtresse, et comme devait l'avoir le pauvre Copler les jours où il quittait sa protégée sans avoir eu à se mettre en colère. J'étais heureux ; je me croyais arrivé dans une oasis. Il eût été si grave pour mon repos et ma santé que ma longue liaison avec Carla se fût continuée dans une perpétuelle agitation ! Désormais, grâce à la beauté esthétique, tout se passa paisiblement, avec les brèves interruptions nécessaires pour ranimer mon amour pour Carla et Augusta. Chacune de mes visites à Carla signifiait bien que je trompais mon épouse, mais tout était vite oublié, noyé dans un bain de bonne santé et de bonnes résolutions. Mes bonnes résolutions n'avaient d'ailleurs plus rien de brutal ; il ne s'agissait plus de déclarer à Carla que je ne la reverrais jamais. J'étais avec elle doux et paternel ; je pensais de nouveau à sa carrière. Rompre chaque jour avec une femme pour lui courir après le lendemain, c'est une fatigue que mon pauvre cœur n'aurait pas supportée ; tandis qu'ainsi Carla restait en mon pouvoir, et moi je l'engageais tantôt dans une voie, tantôt dans une autre.

Pendant assez longtemps, mes bonnes résolutions ne furent pas assez fortes pour me déterminer à courir la ville à la recherche d'un professeur qui fît l'affaire de Carla. J'y pensais et je ne bougeais pas. Puis, un beau jour, Augusta me confia qu'elle allait être mère. Mes résolutions devinrent, du coup, gigantesques, et Carla eut son professeur.

A vrai dire, si j'avais hésité longtemps, c'est qu'il m'apparaissait que, même sans maître, Carla était capable de fournir un travail sérieux et de progresser dans son art. Chaque semaine elle pouvait me chanter une nouvelle chanson soigneusement analysée, tant pour le geste que pour la diction. Certaines notes auraient eu parfois besoin d'être affinées un peu, mais peut-être y serait-elle parvenue toute seule. Une preuve décisive de son sens artistique était la façon dont elle ne cessait de perfectionner ses petits morceaux sans perdre pourtant le meilleur de ce qu'elle avait su d'abord y mettre d'elle-même. Chaque fois qu'elle me les redisait, j'y découvrais des effets nouveaux et ingénieux. Si l'on tient compte de son inexpérience, il était vraiment remarquable que, malgré cette recherche si attentive de l'expression, elle sût toujours se garder d'introduire dans ces chansonnettes des accents faux ou exagérés. En véritable artiste, elle ajoutait chaque jour une petite pierre à l'édifice, le reste demeurant intact : l'interprétation évoluait, mais le sentiment qui la dictait restait immuable. Avant de chanter, elle avait le geste habituel de passer sa main sur son visage, et derrière cette main, un instant de recueillement lui suffisait pour entrer dans l'esprit de la petite comédie qu'elle devait construire. Une comédie qui n'était pas toujours enfantine. Le mentor ironique de

Rosine, tu es née dans une chaumière...

savait menacer, mais pas trop sérieusement. La chanson semblait enseigner que c'était là l'histoire de tous les jours. Carla était d'un autre avis, mais le résultat final restait le même :

— Ma sympathie va à Rosine, disait-elle. Autrement la chanson ne vaudrait pas d'être chantée.

Il arrivait à Carla de rallumer sans le savoir mon amour pour Augusta et de renouveler ainsi mes remords. C'est ce qui se produisait chaque fois qu'elle se permettait un mouvement offensif contre la solide position occupée par ma femme. Elle avait toujours le vif désir de me garder toute une nuit. Il lui semblait, me confia-t-elle, que l'intimité n'est pas parfaite, tant qu'on n'a pas dormi côte à côte. Comme je voulais être doux avec elle, je ne refusais pas formellement, mais je pensais bien que jamais la chose ne serait possible, à moins de me résigner à trouver le matin Augusta à la fenêtre, m'ayant attendu toute la nuit. Et puis, n'eût-ce pas été là une nouvelle trahison ? Certains jours, quand j'accourais chez Carla, plein de désir, j'aurais voulu la contenter, mais j'en voyais aussitôt l'impossibilité et l'inconvenance. En sorte que pendant longtemps nous ne pûmes parvenir ni à réaliser ce projet ni à en éliminer la perspective. En principe, nous étions d'accord, et il était entendu que, tôt ou tard, nous passerions la nuit ensemble. Il n'y avait plus à cela de

difficultés matérielles depuis que j'avais décidé les
deux femmes à donner congé à leur locataire : l'appartement n'était plus coupé en deux, et Carla avait enfin
sa chambre à part.

Or, il advint qu'il peu de temps après le mariage de
Guido, Giovanni eut une nouvelle attaque du mal qui
devait l'emporter, et je commis l'imprudence de dire à
Carla que ma femme devait passer une nuit à son
chevet pour permettre à ma belle-mère de prendre un
peu de repos. C'était, me dit Carla, l'occasion attendue. Je ne pouvais plus me dérober, et, n'ayant pas le
courage de résister à son caprice, je lui promis, le cœur
bien gros, de passer avec elle cette nuit qui devait être
si douloureuse pour ma femme.

Je me disposai à ce sacrifice. Le matin, je n'allai pas
chez Carla, et j'y courus le soir, plein de désir, non sans
m'être persuadé que mes scrupules étaient puérils.
Après tout, était-ce trahir plus gravement Augusta que
de la trahir pendant qu'elle était attristée pour une tout
autre raison ? J'en arrivai même à m'impatienter parce
que ma pauvre femme me mettait en retard en
expliquant où je trouverais les choses dont je pourrais
avoir besoin pour le dîner, la nuit et le café du
lendemain matin.

Carla me reçut dans son salon. Sa mère nous y servit
un petit repas exquis auquel je joignis quelques
friandises que j'avais apportées. La vieille revint pour
desservir, puis nous laissa. J'aurais voulu me coucher
tout de suite, mais vraiment, il était trop tôt. Carla se
mit à chanter. Tout son répertoire y passa. Ce fut, à
coup sûr, le meilleur moment de cette soirée : j'allais
tout à l'heure posséder ma maîtresse, et mon attente
augmentait le plaisir que m'avaient toujours donné ses
chansons.

— Un public te couvrirait de fleurs et d'applaudissements, lui dis-je, oubliant qu'il eût été difficile de mettre « un public » dans l'état d'esprit où je me trouvais.

Enfin, nous allâmes au lit. La petite chambre, assez misérable, était sans le moindre ornement. On eût dit une sorte de couloir coupé par une cloison. Je n'avais pas encore sommeil, et, eussé-je eu sommeil, comment aurais-je pu dormir dans ce réduit mal aéré ?

A ce moment Carla s'entendit appeler timidement par sa mère. Pour répondre, elle entrouvrit la porte et, d'une voix dure, demanda à la vieille dame ce qu'elle voulait. Celle-ci bredouilla quelques mots dont je ne saisis pas le sens, sur quoi Carla lui claqua la porte au nez en criant :

— Laisse-moi tranquille. Je t'ai déjà dit que cette nuit je couche ici.

J'appris ainsi que Carla, ayant peur de rester seule la nuit, couchait habituellement avec sa mère, dans son ancienne chambre. Elle y avait un autre lit et celui-ci demeurait vide. La peur entrait donc pour quelque chose dans l'insulte qu'elle voulait faire à Augusta. Elle m'avoua, avec une gaieté malicieuse que je ne pus partager, qu'elle se sentait beaucoup plus rassurée avec moi qu'avec sa mère. Ce lit de fortune, à côté d'un salon solitaire, me donna beaucoup à penser. Je ne l'avais jamais vu jusqu'ici. J'étais jaloux ! D'autre part, la façon dont Carla venait de parler à sa mère m'avait grandement choqué. Quelle différence avec Augusta qui avait fait le sacrifice de ma compagnie pour prêter assistance aux siens ! Je suis très sensible au manque de respect des enfants pour leurs parents, ayant supporté moi-même avec tant de patience l'humeur irascible de mon pauvre père.

Je ne laissai voir à Carla aucun de ces sentiments. Je ne me sentais pas le droit de manifester de la jalousie, vu que je passais une bonne partie de mes journées à souhaiter qu'un autre homme me débarrassât de ma maîtresse. Quant à l'indignation que m'inspirait son attitude à l'égard de sa mère, autant valait n'en rien laisser paraître, puisque je n'avais qu'une idée en tête : abandonner définitivement la pauvre petite et bien que ma colère fût encore accrue par les raisons qui, encore peu de temps auparavant, auraient provoqué ma jalousie. Avant tout, il s'agissait de sortir au plus tôt de cette chambre où il n'y avait pas un mètre cube d'air et où il faisait affreusement chaud.

Je ne me souviens plus très bien de l'histoire que j'inventai pour justifier mon départ. Tout en me rhabillant à la hâte, je racontai que j'avais oublié de laisser à ma femme une clef sans laquelle elle ne pourrait pas, le cas échéant, rentrer à la maison. Je fis même voir la clef, qui était celle que je portais toujours sur moi mais que je présentai comme la preuve tangible de la vérité de mes affirmations. Carla n'essaya pas de me retenir ; elle passa un vêtement et m'accompagna jusqu'en bas de l'escalier pour m'éclairer.

Il me sembla que, dans la demi-obscurité, elle m'examinait d'un œil inquisiteur, et j'en fus troublé. Commencerait-elle à soupçonner mes véritables sentiments ? Ce n'était pas facile, car je ne savais que trop bien dissimuler. Pour la remercier de me laisser partir, je lui donnais de temps en temps un baiser sur les joues et je feignais d'être aussi ardemment épris qu'au moment de mon arrivée. Mon petit manège réussit très bien. Quelques instants plus tôt, au milieu de ses épanchements, Carla m'avait dit que le vilain nom de Zeno dont m'avaient gratifié mes parents n'était pas celui qui convenait à ma personne et que je devrais m'appeler Darius. Et c'est en m'appelant gentiment Darius qu'elle me dit au revoir dans l'ombre. Puis, comme le temps menaçait, elle voulut remonter chercher un parapluie. Mais je ne pouvais absolument pas la supporter un instant de plus, et je me sauvai en tenant à la main la clef libératrice à l'authenticité de laquelle je commençais à croire moi-même.

L'obscurité profonde de la nuit était traversée de temps en temps par des éclairs éblouissants. Le tonnerre grondait au loin, mais l'air était encore tranquille et il faisait une chaleur aussi suffocante que dans la chambre de Carla. De larges gouttes de pluie commençaient à tomber ; l'orage allait certainement éclater ; je me mis à courir. J'eus la chance de trouver, corso Stadion, une porte cochère encore ouverte et éclairée. Je m'y réfugiai juste à temps. A peine étais-je à l'abri que les nuages crevèrent. Une furieuse bourrasque se mit à souffler à travers la pluie diluvienne, et l'orage jusqu'alors lointain éclata brusquement sur la ville. Je ne pus m'empêcher de tressaillir. Il serait si compromettant pour moi d'être frappé de la foudre, à pareille heure, sur le corso Stadion ! Encore heureux que ma solide réputation de bizarrerie me permît toutes les extravagances, y compris celle de me promener dans ce quartier en pleine nuit.

Je dus rester là plus d'une heure. Par moments, l'orage semblait s'apaiser, mais il reprenait de plus belle avec autant de fureur sous des formes toujours différentes. Il se mit même à tomber de la grêle. Le concierge de la maison était venu me tenir compagnie et je lui donnai quelques sous pour qu'il retardât la fermeture de la porte. Puis vint se réfugier à côté de moi un monsieur vêtu de blanc et ruisselant d'eau. Il était vieux, maigre et sec. Je ne l'ai jamais plus revu, mais je n'ai pas oublié l'éclair de ses yeux noirs et l'énergie qui émanait de sa chétive personne. Être ainsi trempé le rendait furieux. Il pestait.

J'ai toujours aimé lier conversation avec les gens que je ne connais pas. Avec eux, je me sens en bonne santé, et en sécurité. C'est un véritable repos. Pourvu que je prenne garde à ne pas boiter, je suis sauvé.

Enfin, le temps finit par s'arranger un peu et je partis en courant, non pas vers ma maison mais vers celle de mon beau-père. Il me semblait que je devais aller retrouver ma femme et qu'elle m'en saurait gré.

Mon beau-père s'était endormi et Augusta, qu'assistait une sœur de charité, put venir me trouver. J'avais bien fait de venir, me dit-elle; et elle se jeta dans mes bras en pleurant. Elle avait vu son père souffrir horriblement.

S'étant aperçue que j'étais tout mouillé, elle me fit asseoir dans un fauteuil, m'enveloppa d'une couverture et resta quelques instants près de moi. J'étais très fatigué et, même durant le court moment où elle put me tenir compagnie, je luttais contre le sommeil; mais j'avais la conscience en repos puisque je m'étais refusé à passer toute la nuit hors du domicile conjugal. L'innocence est une si belle chose qu'on en voudrait toujours davantage; aussi commençai-je un discours qui ressemblait à une confession. Je dis à Augusta que je me sentais faible et coupable; aussitôt elle me regarda et me demanda des explications, en sorte que je battis prudemment en retraite, puis, me jetant dans la philosophie, je lui racontai que le sentiment de la faute accompagnait en moi toute pensée. J'étais coupable comme on respire.

— Ainsi pensent les religieux, dit-elle. Qui sait si

nous ne sommes pas punis pour des fautes que nous ignorons ?

Ces mots s'accordaient bien aux larmes qu'elle continuait à répandre. J'eus l'impression qu'elle n'avait pas tout à fait compris la différence entre ma pensée et celle des religieux, mais je préférai ne pas discuter, et, au bruit monotone du vent, l'âme tranquillisée par cette ébauche de confession, je m'endormis d'un long sommeil réparateur.

*

L'affaire du professeur de chant fut réglée en quelques heures. J'avoue que j'arrêtai mon choix tout simplement sur le moins cher. Pour ne pas me compromettre, c'est Carla elle-même qui alla s'entendre avec lui. Quant à moi je ne l'ai jamais vu, mais, je dois le dire, d'après tout ce que je sais maintenant de lui, je le tiens pour un des hommes les plus dignes d'estime qu'il y ait au monde. Ce Vittorio Lali devait être un parfait naïf, chose étrange pour un artiste qui vit de son art ; au demeurant, un homme enviable à cause de son talent et de sa bonne santé.

Je constatai bien vite que la voix de Carla s'était assouplie, qu'elle se faisait plus moelleuse et plus assurée. Nous avions craint que ce nouveau maître ne voulût la forcer, comme avait fait le précédent. Fût-ce pour complaire à Carla, je ne sais, mais, de fait, il s'en tint toujours au genre qu'elle préférait. C'est seulement au bout de plusieurs mois qu'elle s'aperçut que sa voix, tout en s'affinant, s'était légèrement étendue. Au lieu de chansons triestines ou napolitaines, elle chantait maintenant des mélodies de Mozart et de Schubert ou

de vieux airs populaires italiens. Je me souviens
surtout d'une berceuse attribuée à Mozart ; et les jours
où je sens plus vivement la tristesse de la vie, où je
songe en pleurant à cette enfant qui fut mienne et que
je ne sus pas aimer, je crois entendre encore cette
berceuse comme un reproche. Alors, je revois Carla
dans l'attitude d'une mère qui murmure doucement
une chanson pour endormir son enfant. Cette maîtresse inoubliable ne pouvait être une bonne mère,
ayant été une mauvaise fille. Mais elle savait chanter
comme une mère, et, dans le souvenir, c'est là ce qui
compte.

Je connus par Carla l'histoire de son professeur.
Après quelques années d'études au Conservatoire de
Vienne, il était venu se fixer à Trieste où il avait eu la
bonne fortune de travailler avec notre plus grand
compositeur. Le maître, qui était aveugle, avait en lui
l'entière confiance des aveugles. Vittorio Lali écrivait,
sous sa dictée, ses compositions, il recevait la confidence de ses projets, des convictions de sa vieillesse
expérimentée, de ses rêves encore juvéniles. Au bout
de peu de temps, il s'était assimilé toute la musique, y
compris celle qui convenait à Carla. Au physique,
c'était un jeune homme blond, plutôt robuste, de mise
négligée. Il portait des chemises souples, d'une blancheur souvent douteuse, une large cravate flottante
qui, jadis, avait été noire, un chapeau mou avec des
bords démesurés. Professeur consciencieux, il parlait
peu en dehors des leçons, du moins à ce qu'assurait
Carla, et ce devait être vrai, car après quelques mois il
se fit avec elle plus bavard et elle me le dit aussitôt.

Ma vie devint très vite plus compliquée. Le matin,
j'arrivais chez Carla, le cœur plein d'amour, mais plein
aussi d'une amère jalousie qui s'adoucissait au cours de

la journée. Il me semblait impossible que ce jeune homme ne profitât pas d'une proie si belle et si facile. Carla s'étonnait que j'eusse une telle pensée, mais moi c'est son étonnement qui m'étonnait. Ne se rappelait-elle donc pas comment les choses s'étaient passées entre nous ?

Un jour, elle me vit si furieux qu'elle me déclara, terrifiée, qu'elle était prête à congédier tout de suite son professeur. Je ne pense pas que son émotion vint de la crainte de perdre mon appui, car elle me donna à cette époque des marques indubitables de sa tendresse. Et même ces démonstrations qui m'étaient parfois très douces, parfois aussi m'importunaient, quand j'y voyais des entreprises contre Augusta auxquelles, quoiqu'il m'en coûtât, j'étais contraint de m'associer.

Sa proposition m'embarrassa. Que je fusse dans mes moments de passion ou de remords, je ne voulais accepter aucun sacrifice de sa part. Il y avait là une résolution qui était commune à mes deux états habituels et je n'aurais pu y renoncer sans diminuer encore ma faible liberté de passer de l'un à l'autre. Je ne me prêtai donc pas au renvoi du professeur, mais je fus désormais plus prudent et sus cacher mes accès de jalousie. Une perpétuelle irritation se mêlait à mon amour. Dans le désir comme en l'absence du désir, j'en vins à tenir Carla pour un être inférieur. Ou je la soupçonnais de me trahir, ou je ne me souciais pas d'elle. Quand je ne la détestais pas, j'oubliais son existence. C'est au monde de santé et d'honnêteté où régnait Augusta que j'appartenais ; j'y retournais de corps et d'âme dès que Carla me laissait libre.

L'absolue sincérité de Carla ne me permettant aucun doute sur sa longue fidélité, la jalousie fut certainement chez moi l'effet d'un obscur sentiment de justice : ce

que je méritais devait m'arriver. C'est le professeur
qui fut amoureux le premier. Carla me dit un jour d'un
air triomphant qu'il s'intéressait tellement à ses progrès que, si elle n'avait pu payer ses leçons, il aurait
continué, lui avait-il dit, de les donner gratuitement.
Elle voyait là son premier grand succès d'artiste et
s'attendait à des compliments de ma part. Je l'aurais
volontiers giflée ; puis, comprenant mieux les choses,
je sus m'associer à sa joie, si bien qu'elle oublia ma
grimace du premier instant (j'avais eu l'air de quelqu'un qui vient de mordre un citron) et qu'elle
accepta mes compliments tardifs. Vittorio Lali lui
avait raconté toutes ses affaires, qui se résumaient en
peu de mots : musique, misère, famille. Sa sœur lui
avait causé de gros ennuis et il avait trouvé le moyen
d'inspirer à Carla, pour cette femme inconnue, une
antipathie profonde et, à mon avis, bien compromettante. Ils chantaient ensemble des mélodies de sa
composition. Elles me parurent d'assez pauvres
choses, et cela aussi bien dans mes moments de
tendresse pour Carla que dans ceux où elle n'était
pour moi qu'un boulet au pied. Peut-être, toutefois,
avaient-elles de la valeur. A vrai dire, je n'en ai plus
jamais entendu parler. Lali dirigea, par la suite, un
orchestre aux États-Unis et il est possible que là-bas
on aime ce genre de musique.

Un beau jour Carla m'apprit qu'il lui avait demandé
d'être sa femme et qu'elle avait refusé. Je passai alors
deux vilains quarts d'heure : le premier quand je me
sentis pris d'une telle colère que je voulais attendre
Lali pour le jeter à la porte à grands coups de pied ; le
second quand je cherchai vainement un biais pour
concilier mes plaisirs avec un mariage qui était au
fond une chose belle et morale, et un moyen bien plus

sûr que la carrière artistique de Carla pour remédier aux complications de mon existence.

Pourquoi diable aussi ce sacré professeur s'était-il enflammé à ce point, et si vite ? Après un an de liaison, tout s'était si bien atténué entre Carla et moi ! Mes remords étaient devenus très supportables, et si Carla avait encore des raisons de me trouver rude en amour, elle semblait s'y être habituée. J'étais d'ailleurs moins brutal qu'au début de nos relations et, ayant supporté mes premières algarades, tout le reste, en comparaison, avait dû lui sembler très doux.

C'est pourquoi, même quand le temps vint où je me souciai beaucoup moins de Carla, il me fut toujours facile de prévoir, en la quittant le soir, qu'il m'eût été fort désagréable de revenir chez elle le lendemain et de ne plus la trouver. Certes il eût été beau de reprendre alors, blanc comme neige, le chemin du foyer conjugal. Je m'en sentais d'avance très capable, à condition de m'y exercer un peu.

Mes intentions, à ce moment, étaient à peu près les suivantes : « Demain je lui conseillerai d'accepter la demande de son professeur, mais aujourd'hui je m'y opposerai » Et, non sans un grand effort, je continuai à jouer mon rôle d'amant. Connaissant toutes les phases de cette histoire, on pourrait croire aujourd'hui que j'essayais, tout en conservant ma maîtresse, de la faire épouser par un autre. C'eût été certainement la politique d'un homme plus avisé que moi et mieux équilibré, mais tout aussi corrompu. Or, ce n'est pas vrai. Je voulais qu'elle épousât Lali et ne s'y décidât que le lendemain. C'est pourquoi, alors seulement, prit fin pour moi cet état que je persistais à qualifier d'innocent. Il ne m'était plus possible d'adorer Carla pendant un court moment de la journée et de la détester pendant les vingt-quatre heures suivantes pour recommencer le lendemain, aussi pur que l'enfant qui vient de naître, à m'étonner d'une aventure que j'aurais dû savoir par cœur. Non, cela n'était plus possible. Il fallait perdre pour toujours ma maîtresse ou dompter le désir de m'en délivrer. Et, tout à coup, je le domptai !

C'est ainsi que, ce jour-là, alors que je ne me souciais plus d'elle, je jouai à Carla une scène d'amour qui, par son mensonge et par sa frénésie, dut ressembler à celle qu'une certaine nuit, sous l'influence de l'ivresse, j'avais jouée à Augusta en rentrant chez nous en voiture. Mais cette fois, je n'avais pas bu et c'est en me grisant de mes propres paroles que je finis par m'émouvoir. Je protestais de mon amour, je déclarais à Carla que je ne pouvais me passer d'elle et que, d'autre part, je sentais bien que je lui demandais le sacrifice de sa vie, n'ayant rien à lui offrir qui pût se comparer à ce que lui offrait Lali.

Elle écoutait tout cela avec ravissement ; puis, bien plus tard, elle s'efforça de me convaincre qu'il ne fallait pas me tourmenter parce que Lali était amoureux d'elle. Elle n'y pensait même pas !

Je la remerciai de la façon la plus chaleureuse, mais toute mon exaltation était tombée et je me sentais un certain poids sur l'estomac : évidemment, j'étais plus compromis que jamais. Je redoublai pourtant l'ardeur de mes protestations et j'en vins à proférer, à l'adresse du pauvre Lali, quelques paroles admiratives. Je ne voulais pas le perdre, je voulais le sauver. Mais pour le lendemain.

Convenait-il de le garder ou bien de le congédier ? Nous fûmes vite d'accord sur ce point. Pour ma part, je ne voulais pas le priver de son gagne-pain. C'était

assez de ruiner ses projets matrimoniaux. Et quant à
Carla, elle m'avoua qu'elle tenait à son maître. Chaque
leçon lui confirmait la nécessité de son assistance.
D'ailleurs, m'assura-t-elle, je pouvais être bien tranquille : elle m'aimait et n'aimait que moi.

Ainsi ma trahison s'étendait et s'amplifiait. Je m'attachais à ma maîtresse par des liens nouveaux. Mon
amour envahissait un territoire réservé jusque-là aux
légitimes affections. Il est vrai qu'à peine rentré chez
moi, cet amour s'évanouissait, ou plutôt se reportait,
accru, sur Augusta. Et puis, je n'avais pas confiance en
Carla. Qui sait ce qu'il y avait de vrai dans cette
proposition de mariage ? Je n'aurais pas été fort surpris
si, un beau jour, sans avoir épousé l'autre, ma maîtresse m'avait gratifié d'un fils doué d'un grand talent
pour la musique. Et je recommençais à prendre, à
abandonner et à reprendre des résolutions de fer. Tout
cela d'ailleurs sans conséquence d'aucune sorte.

L'été passa ; mon beau-père mourut ; puis je fus très
occupé dans la nouvelle maison de commerce de Guido
— où je travaillai comme je n'ai jamais travaillé nulle
part, fût-ce dans mes années d'études, alors que
j'essayais tour à tour les diverses facultés ; mais, de
ceci, je parlerai plus loin. — L'hiver passa à son tour ;
les premières feuilles vertes pointèrent aux arbres de
mon petit jardin, sans me trouver aussi accablé que
n'avaient fait celles du printemps dernier ; ma fille
Antonia vint au monde ; le professeur de Carla était
toujours à notre disposition, mais Carla ne voulait pas
en entendre parler, ni moi non plus, pour le moment.

C'est alors que se produisirent des événements qu'on
aurait pu croire insignifiants, qui passèrent presque
inaperçus et ne furent révélés que par leurs graves
conséquences. J'avais accepté d'aller avec Carla faire

un tour au jardin public. C'était une grande imprudence. Mais elle avait un immense désir de sortir à mon bras, en plein jour, et je finis par la satisfaire. Il ne devait jamais nous être donné de vivre, ne fût-ce que pour quelques instants, en tant que mari et femme, et cette tentative finit mal, elle aussi.

Pour mieux jouir de la tiédeur soudaine qui tombait d'un ciel printanier où le soleil venait à peine de reconquérir son empire, nous nous assîmes sur un banc. C'était un dimanche et, le matin, le jardin était désert ; en évitant de circuler, le risque d'une rencontre me semblait encore amoindri. Et voici qu'au contraire, appuyé sur sa béquille, je vis s'approcher de nous, à lentes mais grandes enjambées, mon ami Tullio, l'homme aux cinquante-quatre muscles. Il s'assit sur notre banc, sans nous voir, puis il leva la tête et nos regards se rencontrèrent.

— Après si longtemps, s'écria-t-il, surpris. Comment vas-tu ? Es-tu enfin moins occupé ?

Il s'était assis tout à côté de moi, et je me tournai à demi de façon à lui cacher Carla. Mais, après m'avoir serré la main il me demanda :

— C'est ta femme ?

Il attendait la présentation et je dus m'exécuter.

— Mlle Carla Gerco, une amie de ma femme.

Puis, continuant à mentir (je sus par Tullio lui-même que ce second mensonge lui ouvrit les yeux), j'ajoutai avec un sourire gêné :

— Mlle Gerco s'est, elle aussi, assise à côté de moi, par hasard, sans me voir, — comme toi.

Un menteur ne devrait pas oublier qu'il faut s'en tenir aux mensonges indispensables. Quand, plus tard, je rencontrai de nouveau Tullio, il me dit, avec son bon sens populaire :

— Tu donnais trop d'explications. J'ai deviné que tu mentais et que cette jolie fille était ta maîtresse.

A ce moment j'avais déjà perdu Carla, aussi fut-ce avec volupté que je lui confirmai qu'il avait deviné juste ; puis j'ajoutai, tristement, qu'elle m'avait abandonné. Il n'en crut rien et je lui en sus gré : son incrédulité me semblait de bon augure.

Cependant, Carla avait pris un air dépité que je ne lui avais jamais vu. Je ne m'en aperçus pas tout de suite, car j'écoutais Tullio qui me parlait de sa maladie et de son traitement, et je lui tournais le dos. Mais c'est de ce moment — je le sais aujourd'hui — qu'elle commença à se rebeller. La plus patiente des femmes, même si elle admet qu'on la traite sans gentillesse, sous réserve de certains instants, ne supporte pas d'être reniée en public. C'est d'ailleurs au pauvre boiteux plus qu'à moi qu'elle fit sentir sa mauvaise humeur : elle ne lui répondait même pas quand il lui adressait la parole. De mon côté, je n'arrivais pas à m'intéresser aux histoires de Tullio. Je le regardais dans ses petits yeux pour tâcher de voir ce qu'il pensait de cette rencontre. Étant à la retraite, il n'avait rien à faire de tout le jour et je redoutais ses bavardages avec les uns et les autres dans le petit monde de notre Trieste d'alors.

Après un long silence, Carla se leva pour nous quitter. Elle murmura : « au revoir » et s'en alla.

Je comprenais qu'elle m'en voulait, et, toujours tenant compte de la présence de Tullio, je cherchai à m'assurer le temps nécessaire pour l'apaiser. Je lui demandai la permission de l'accompagner « puisque nous suivions le même chemin ». Le ton sec de son « au revoir » semblait signifier une rupture et, pour la

première fois, j'éprouvai, de ce côté-là, des craintes
sérieuses.

Mais Carla ignorait encore elle-même où elle s'ache-
minait de ce pas décidé. Elle ne faisait que donner libre
cours à une irritation passagère. Elle m'attendit, puis
marcha à côté de moi sans ouvrir la bouche. Dès que
nous fûmes rentrés, elle éclata en sanglots. Mais
comme elle s'était réfugiée dans mes bras, je ne m'en
émus pas trop. Je lui dis qui était Tullio et quel tort il
pourrait me faire avec sa langue. Voyant qu'elle
continuait à pleurer mais restait toujours dans mes
bras, je pris un ton plus résolu : « Voulait-elle donc me
compromettre ? N'était-il pas convenu que nous
ferions tout pour épargner du chagrin à la pauvre
Augusta qui, après tout, était ma femme, la mère de
ma fille ? »

Carla semblait plus raisonnable. Elle désirait seulement rester seule pour se calmer. Je me sauvai, tout
content.

Ce doit être depuis cette aventure que lui vint à tout
instant le désir de paraître en public comme ma
femme. Elle n'avait pas voulu épouser son professeur ;
elle entendait me contraindre à tenir dans sa vie —
autant que faire se pouvait — une place plus importante que celle qu'elle lui avait refusée. Longtemps elle
m'importuna pour que je prisse deux places dans un
théâtre : nous y serions allés chacun de notre côté et
nous y serions trouvés l'un près de l'autre, comme par
hasard. Avec elle, je ne me suis jamais aventuré plus
loin que le jardin public, cette borne milliaire de mes
promenades. Mais j'y allais souvent, et désormais j'y
pénétrais par l'autre bout.

Ma maîtresse finissait par me ressembler trop. Elle
avait, à tout instant, des colères subites qu'elle regret-

tait aussitôt. Mais c'était assez pour me rendre irritable comme elle, puis, comme elle, doux et repentant. Il m'arrivait souvent aussi de la trouver tout en pleurs, sans pouvoir obtenir l'explication de son chagrin. Sans doute était-ce ma faute : je ne la demandais pas avec assez d'insistance. Quand je la connus mieux, c'est-à-dire quand elle me quitta, toute explication devint superflue. Pressée par le besoin, elle s'était jetée dans cette aventure avec moi, qui n'était pas faite pour elle. Entre mes bras, elle était devenue femme, et, j'aime à le croire, honnête femme. Ce n'est pas que je veuille m'en attribuer aucun mérite ; d'autant plus que tout le dommage fut pour moi.

Il lui vint un nouveau caprice qui d'abord me surprit, puis m'émut et m'attendrit : elle voulait voir ma femme. Elle jurait qu'elle ne s'approcherait pas, et s'arrangerait de façon à ne pas être remarquée. Je promis de la prévenir quand je saurais d'avance l'heure où ma femme sortirait. Il fallait seulement que la rencontre eût lieu en pleine ville, dans une rue animée, et non près de chez moi, car notre quartier est désert et tout s'y remarque.

Vers ce temps-là, ma belle-mère eut mal aux yeux et dut, pendant quelques jours, porter un bandeau. Comme elle s'ennuyait mortellement, ses filles décidèrent de rester près d'elle chacune à son tour. Augusta y allait le matin, Ada l'après-midi, jusqu'à quatre heures précises. Par je ne sais quelle impulsion subite je dis à Carla que ma femme quittait tous les jours la maison de sa mère à quatre heures. Pourquoi ai-je dit cela ? je ne le sais pas encore bien aujourd'hui. Depuis la maudite demande en mariage de Lali, j'éprouvais le besoin de m'attacher ma maîtresse par des liens plus forts. Peut-être ai-je pensé qu'en voyant une femme très belle, elle

apprécierait davantage l'homme qui la lui avait sacrifiée (sacrifiée, si l'on peut dire) ; et Augusta n'était à ce
moment qu'une bonne nourrice bien saine. Peut-être
aussi ai-je simplement agi par prudence. Avec l'humeur que je lui connaissais. Carla pouvait se laisser
entraîner à un acte inconsidéré. C'eût été sans importance vis-à-vis d'Ada, qui m'avait déjà donné la preuve
que jamais elle ne tenterait de me desservir auprès de
ma femme. Au besoin, j'aurais pu tout lui avouer, et je
l'aurais fait, je dois le dire, avec une certaine satisfaction.

Mais ma supercherie eut un résultat imprévu.

Le lendemain matin je me rendis chez Carla de
meilleure heure, non sans une certaine anxiété. Je la
trouvai complètement changée depuis la veille. Le
noble ovale de son visage avait pris une expression de
profonde gravité. Quand je voulus l'embrasser, elle me
repoussa d'abord, puis me laissa effleurer sa joue de
mes lèvres, pour m'engager à l'écouter docilement. Je
m'assis en face d'elle, de l'autre côté de la table. Sans se
presser elle prit une feuille de papier sur laquelle, à
mon arrivée, elle était en train d'écrire et la rangea
parmi des cahiers de musique posés sur la table. Je ne
fis pas attention à cette feuille de papier ; j'appris plus
tard que c'était une lettre qu'elle écrivait à Lali.

Et pourtant, je sais aujourd'hui qu'à ce moment
l'esprit de Carla était encore en proie au doute. Son
regard sérieux et investigateur se posait sur moi, puis
se tournait vers la lumière de la fenêtre : elle cherchait
ainsi à se recueillir et à sonder son propre cœur. Qui
sait ? Si j'avais mieux deviné le débat qui avait lieu en
elle, peut-être aurais-je pu garder encore ma délicieuse
maîtresse.

Elle me raconta sa rencontre avec Ada. Elle l'avait

attendue devant la maison de ma belle-mère et recon-
nue aussitôt.

— Il n'y avait pas à se tromper, me dit-elle. Tu me
l'avais parfaitement décrite. Oh ! tu la connais bien.

Elle se tut un moment pour dominer une émotion
qui lui serrait la gorge, puis continua :

— Je ne sais pas ce qui s'est passé entre vous. Mais
moi, je ne veux plus trahir une femme si belle et si
triste. Je viens d'écrire à Lali que je suis décidée à
l'épouser.

— Triste ! m'écriai-je bien étonné. Tu t'es sûrement
trompée. Peut-être souffrait-elle d'une chaussure trop
étroite.

Ada triste ! Elle riait ou souriait toujours, et je l'avais
constaté pas plus tard que le matin, l'ayant vue un
instant à la maison.

Mais Carla, il faut le croire, était mieux renseignée
que moi.

— Une chaussure étroite ! Elle avait le port d'une
déesse qui s'avance sur les nuées.

De plus en plus émue, elle me dit qu'Ada lui avait
parlé, oh ! d'une voix si douce ! Elle avait laissé tomber
son mouchoir ; Carla l'avait ramassé, le lui avait tendu
et avait reçu quelques mots de remerciements qui
l'avaient touchée jusqu'aux larmes. Ce n'est pas tout.
Carla m'assura qu'Ada ayant vu qu'elle pleurait lui
avait jeté, en s'éloignant, un doux et triste regard de
sympathie. Tout était clair pour elle : ma femme savait
que je la trompais et en souffrait. De là sa résolution de
ne plus me voir et d'épouser Lali.

Je ne savais comment me défendre ! Parler d'Ada
avec antipathie, c'était facile, mais de ma femme ! De
ma femme qui, toute à son ministère de bonne
nourrice, ne s'apercevait pas de ce qui se passait en

moi. Je demandai à Carla si elle n'avait pas remarqué l'œil dur d'Ada, sa voix basse et rude, dénuée de toute douceur. J'aurais volontiers chargé ma femme de bien d'autres défauts ; mais pouvais-je le faire, n'ayant pas cessé, depuis un an, de la porter aux nues ?

Je me tirai d'affaire autrement. Je fus pris à mon tour d'une grande émotion qui me fit venir les larmes aux yeux. Je pensais avoir quelque raison de pleurer sur moi-même. Sans le vouloir, je m'étais jeté dans un guêpier où je me sentais très malheureux. Cette confusion entre Ada et Augusta était insupportable. La vérité est que ma femme n'était pas tellement belle, et qu'Ada (devenue pour Carla un objet de vive compassion) avait eu des torts graves à mon égard. Ainsi Carla me jugeait-elle de façon doublement injuste.

En me voyant pleurer, elle se radoucit :

— Cher Darius, tes larmes me font du bien. Il doit y avoir entre vous un malentendu. Il faut l'éclaircir. Je ne veux pas te juger trop sévèrement. Mais je ne trahirai plus cette femme ; je ne serai pas la cause de son chagrin. Je l'ai juré !

Elle finit tout de même, malgré ce beau serment, par la trahir une dernière fois. Je ne voulais pas la quitter pour toujours sans un suprême baiser, un baiser total d'amant, sinon j'aurais eu trop de rancœur. Elle se résigna. Et nous murmurions ensemble :

— Pour la dernière fois !

Ce fut une minute délicieuse. Cette résolution prise à deux avait une efficace qui effaçait toutes les fautes. Nous étions heureux et purs. Mon bon destin m'avait réservé cet instant de félicité parfaite.

Je me sentais si heureux que je continuai la comédie jusqu'au moment de nous séparer : nous ne devions jamais plus nous revoir. Elle refusa l'enveloppe que j'avais toujours dans ma poche et ne voulut même pas accepter un souvenir de moi. Toute trace des jours passés devait être effacée de notre vie. Alors je lui donnai sur le front le baiser paternel qu'elle avait souhaité d'abord.

Dans l'escalier j'eus une hésitation. L'affaire devenait un peu trop sérieuse. Si j'avais été sûr de disposer encore du lendemain, la pensée de l'avenir ne se serait pas imposée si vite à mon esprit. Tandis que, du palier, Carla me regardait descendre, je lui criai, riant un peu :

— A demain !

Elle recula, surprise et comme épouvantée, et se retira en répétant :

— Jamais plus !

Tout de même, j'étais satisfait d'avoir osé lui dire un mot qui laissait prévoir une autre dernière rencontre. Libre de désirs et d'engagements, je passai toute une belle journée, d'abord avec ma femme puis au bureau de Guido. N'ayant plus d'obligations vis-à-vis de ma maîtresse, je me sentais plus près de ma femme et de ma fille. J'étais le père, le chef de famille qui décide et commande avec sérénité et ne pense qu'à sa maison. En me mettant au lit, je me dis, comme une sorte de résolution :

— Tous les jours devraient ressembler à celui-ci.

Avant de s'endormir, Augusta me confia un grand secret qu'elle avait appris de sa mère le matin même. Quelques jours auparavant, Ada avait surpris Guido embrassant la femme de chambre. Elle avait voulu le prendre de haut, mais cette fille lui avait répondu insolemment et Ada l'avait mise à la porte. On avait été anxieux de voir comment Guido apprendrait la chose. S'il avait montré du mécontentement, Ada était résolue à demander la séparation. Mais il s'était mis à rire, en assurant qu'Ada avait mal vu. D'ailleurs il n'avait rien à objecter à ce qu'on eût renvoyé la femme de chambre qui, bien qu'innocente, lui était antipathique. Et tout semblait maintenant arrangé.

Pour moi, ce qui m'intéressait était de savoir si Ada avait eu vraiment la berlue. Y avait-il moyen de douter ? Voyons, pour embrasser quelqu'un ou pour brosser ses chaussures, la position n'est pas la même ! J'étais de très bonne humeur. J'éprouvais même le besoin d'apprécier la conduite de Guido avec justice et sérénité. Ada était d'un caractère jaloux, elle pouvait fort bien avoir diminué les distances, mal interprété les attitudes.

Augusta me répondit tristement qu'elle était sûre qu'Ada avait bien vu et qu'elle était aveuglée, maintenant, par son amour pour son mari.

— Elle aurait bien mieux fait de t'épouser, ajouta-t-elle.

Et moi qui me sentais de plus en plus innocent, je répondis aimablement :

— Reste à savoir si j'aurais fait, moi aussi, une meilleure affaire en l'épousant.

Puis, avant de m'endormir, je murmurai :

— Quelle canaille ! Sous le toit conjugal !

En toute sincérité, je lui reprochais la circonstance aggravante que je n'avais pas à me reprocher à moi-même !

Le lendemain, je me levai avec le vif désir que cette journée ressemblât en tous points à la précédente. Carla ne devait probablement pas se croire plus engagée que moi par les délicieuses résolutions de la veille, et je me sentais pour ma part tout à fait libre. Ces résolutions avaient été trop belles pour être vraiment impératives et j'aurais voulu trouver Carla toute prête à les renouveler. La vie passerait ainsi, riche de plaisirs et riche aussi d'efforts pour devenir meilleurs : à chaque jour sa part de joie, sa petite part de remords. Mais une chose m'inquiétait : dans toute cette année, où j'avais pris tant de résolutions, Carla n'en avait pris qu'une : me témoigner son amour, et elle s'y était tenue. Ne se tiendrait-elle pas aussi fermement à la détermination contraire ?

Dans mon angoisse de savoir ce qu'elle pensait, je courus jusque chez elle. J'eus la grande déception d'apprendre qu'elle était sortie. De déplaisir, je me mordais les poings. La vieille dame me fit entrer dans la cuisine. Sa fille l'avait prévenue qu'elle déjeunerait en ville et ne reviendrait pas avant le soir. C'est pourquoi le feu n'était pas allumé.

— Ne le saviez-vous pas ? ajouta-t-elle, surprise, en ouvrant de grands yeux.

Je demeurai pensif et murmurai distraitement :

— Je le savais hier, mais je n'étais pas sûr qu'elle n'eût pas changé d'avis.

Et je m'en allai après l'avoir saluée aimablement tout en enrageant moi-même. Je me promenai une demi-heure dans le jardin public pour me donner le temps de me rendre mieux compte de la situation. Elle était si claire que je n'y comprenais plus rien. Brusquement, sans pitié, je me trouvais contraint d'observer notre décision commune. Je me sentais mal, réellement mal. Je traînais la jambe en luttant contre une sorte d'angoisse. C'est un malaise auquel je suis sujet : les poumons fonctionnent bien, mais je m'applique à respirer, je compte mes respirations, l'une après l'autre, et il me semble que si mon attention se relâchait, ce serait aussitôt pour moi la mort par étouffement.

A cette heure j'aurais dû me rendre à mon bureau, ou pour mieux dire, à celui de Guido. Mais je ne pouvais pas m'arracher à ce jardin. Qu'aurais-je fait ensuite ? Ah ! comme cette journée ressemblait peu à la précédente ! Au moins, si j'avais eu l'adresse de ce maudit professeur qui, à force de chanter à mes frais, m'avait enlevé ma maîtresse !

Je finis par retourner auprès de la vieille. Je trouverais bien, me disais-je, un moyen d'amener Carla à me revoir. C'était là le plus difficile. Le reste irait tout seul.

La mère de Carla était assise dans sa cuisine près de la fenêtre ; elle raccommodait des bas. En m'entendant entrer, elle leva les yeux et me jeta craintivement un regard interrogateur. Après un instant d'hésitation :

— Savez-vous, lui dis-je, que Carla s'est décidée à épouser Lali ?

Cette nouvelle, j'avais l'impression de me l'annoncer à moi-même. La veille, Carla me l'avait dit au moins deux fois, mais je n'y avais guère prêté attention. Ses paroles avaient bien frappé mon oreille, puisque je les retrouvais, mais elles avaient glissé sur moi sans me pénétrer. Elles me pénétraient maintenant et me tenaillaient les entrailles.

La vieille me regarda, hésitante à son tour. Elle avait peur, à coup sûr, de commettre une indiscrétion qui pourrait lui attirer des reproches. Puis, tout à coup, ne pouvant contenir sa joie, elle s'écria :

— Carla vous l'a dit ? Alors, ce doit être vrai. Je crois qu'elle fera bien. Qu'en pensez-vous ?

La maudite vieille riait de plaisir. J'avais toujours pensé qu'elle était au courant de mes relations avec sa fille. Je l'aurais battue volontiers, mais je me contentai de dire qu'il serait bon d'attendre que le jeune homme eût une situation : en somme, la chose me semblait un peu précipitée.

La vieille dame était si contente qu'elle devint loquace pour la première fois. Elle n'était pas, dit-elle, de mon avis. Quand on se marie jeune, on se fait une situation après s'être marié. D'ailleurs, Carla n'avait pas de grands besoins et son chant, maintenant, lui coûterait moins cher, puisqu'elle aurait son mari pour professeur.

Ces derniers mots pouvaient être un reproche à mon avarice. Ils me suggérèrent une idée qui me parut magnifique. J'avais toujours dans ma poche certaine enveloppe qui allait trouver son bel emploi. Je la pris, la fermai et la confiai à la vieille pour qu'elle la remît à Carla. Peut-être désirais-je encore me montrer généreux envers ma maîtresse, mais je désirais surtout la revoir et la reprendre. Or, si Carla voulait me rendre cet argent, il faudrait bien qu'elle me vît ; et si elle préférait le garder, il le faudrait encore, pour me remercier. Je respirai ; tout n'était pas fini !

Je dis à la vieille que l'enveloppe contenait un peu d'argent, le reste de la dernière collecte du pauvre Copler. Puis, très rasséréné, je la priai de dire à Carla que je demeurais, pour la vie, son bon ami et que si elle avait jamais besoin d'un appui, elle pouvait, sans crainte, s'adresser à moi. Ceci me permit de lui faire tenir mon adresse, qui était celle des bureaux de Guido.

Dans la rue, je marchais d'un pas beaucoup plus souple qu'une demi-heure auparavant.

Mais, ce même jour, pour un motif des plus futiles, j'eus une violente scène avec Augusta : je trouvais le potage trop salé ; elle soutint que non. Croyant qu'elle se moquait de moi, je fus pris d'un accès de colère folle et, tirant la nappe brusquement, je fis voler à terre toute la vaisselle. La petite, qui était dans les bras de sa bonne, se mit à pousser des hurlements, ce dont je fus très mortifié, car cette bouche enfantine semblait me reprocher ma brutalité. Augusta pâlit, comme elle savait pâlir, prit l'enfant et se retira. Ceci me parut excessif : allait-elle me laisser manger tout seul, comme un chien ? Mais tout de suite elle rentra, sans la petite, répara le désordre de la table et s'assit devant son assiette pour reprendre le repas interrompu.

Je jurais en moi-même comme un païen. Mais je savais déjà que je n'avais été que le jouet des forces déchaînées de la nature. S'il est facile à la nature d'accumuler de pareilles forces, comment ne lui serait-il pas plus facile encore de les déchaîner ? C'est à Carla que j'en avais. Elle feignait d'agir pour le seul bien de ma femme, et voilà le beau résultat !

Quand Augusta me voit dans un pareil état, elle ne proteste jamais, elle ne pleure pas, elle ne discute pas. C'est, chez elle, un système auquel elle est restée fidèle toute sa vie. Toutefois, après que je me fus excusé doucement, elle tint à préciser qu'elle ne s'était nullement moquée de moi : elle n'avait pas ri, elle avait simplement souri, de ce même sourire qui me plaisait d'ordinaire et que j'avais tant de fois déclaré charmant.

Ma confusion était grande. Je suppliai qu'on nous ramenât la petite, et, l'ayant prise dans mes bras, je jouai longtemps avec elle. Puis, je l'assis sur ma tête et, sous la longue robe qui me couvrait le visage, j'essuyai mes yeux pleins de larmes. Augusta, elle, n'avait pas pleuré. Ses joues reprenaient leurs couleurs. En jouant avec l'enfant, je savais que, sans m'abaisser à faire des excuses, je me rapprochais d'elle.

La journée se termina très bien. L'après-midi fut

toute pareille à celle de la veille, absolument comme si, au matin, j'avais trouvé Carla à sa place accoutumée. Même la joie des épanchements ne m'avait pas été refusée. J'avais demandé et redemandé pardon à Augusta pour qu'elle retrouvât le sourire maternel qui excusait mes bizarreries. Ah ! que serais-je devenu si elle avait adopté devant moi une attitude contrainte, si elle m'avait privé de ce doux sourire, le plus indulgent et le plus sûr des jugements qu'il fût possible de porter sur moi ?

Le soir, nous reparlâmes de Guido, Ada et lui avaient, paraît-il, fait la paix complète. Augusta admirait la bonté de sa sœur. Cette fois, c'était à moi de sourire, car de toute évidence, elle ne se souvenait pas de sa propre bonté, qui était énorme.

— Voyons, lui dis-je, si je faisais comme Guido, si je souillais notre foyer, ne me pardonnerais-tu pas ?

Elle hésita.

— Nous, dit-elle, nous avons notre fille. Ada n'a pas d'enfants qui la lient à cet homme.

Elle n'aimait pas Guido, et j'ai pensé parfois qu'elle lui gardait rancune de m'avoir fait souffrir.

Quelques mois après, Ada donna à Guido deux jumeaux et Guido ne comprit jamais pourquoi je l'avais congratulé si chaleureusement. C'est que, songeant à ce qu'avait dit Augusta, je me disais qu'il pouvait maintenant coucher impunément avec les bonnes.

Le lendemain matin, je trouvai sur ma table, au bureau, une lettre à mon adresse de la main de Carla. Je respirai : rien n'était donc fini ; la vie continuait, munie de tous les éléments nécessaires. En quelques mots brefs, Carla me donnait rendez-vous, à onze heures, à l'entrée du jardin public, du côté de sa maison. Sans doute elle ne m'attendait pas chez elle, mais nous n'en serions pas loin.

Dans mon impatience, j'arrivai un quart d'heure à l'avance. Si je ne la trouve pas à la place convenue, me disais-je, je monte tout droit chez elle. Nous y serons bien mieux.

C'était une journée de printemps, douce et lumineuse. Quand j'eus quitté le corso Stadion, toujours si bruyant, je trouvai dans le jardin public le silence de la campagne. Nul autre bruit que le long murmure du vent léger dans les arbres.

Je me dirigeais d'un pas rapide vers la sortie, lorsque Carla vint à ma rencontre. Elle tenait à la main l'enveloppe que j'avais laissée à sa mère et m'aborda, sans un sourire, avec un air de ferme résolution sur ses jeunes traits pâlis. Son vêtement très simple, d'une grosse toile à raies bleues, lui allait très bien. Elle semblait vraiment faire partie du jardin. Par la suite, aux heures où je la détestais le plus, je lui prêtai l'intention de s'être rendue plus désirable au moment même où elle se refusait à moi. Mais non : c'était simplement ce premier jour de printemps qui l'habillait. Il faut dire qu'au temps de cet amour, long mais brusque, je ne me suis guère soucié des toilettes de ma maîtresse. Je ne la voyais guère que chez elle, et les femmes modestes, chez elles, sont toujours simplement vêtues.

Elle me tendit sa main que je serrai en disant :

— Je te remercie d'être venue.

Combien il eût été plus honorable pour moi de ne pas me départir de cette douceur jusqu'au bout de notre entretien !

Carla paraissait très émue. Elle avait, en parlant, une sorte de mouvement convulsif qui faisait trembler sa lèvre. J'avais parfois remarqué ce même tremblement quand elle chantait.

— Je voudrais te faire plaisir en acceptant cet argent me dit-elle, mais je ne peux pas, je ne peux absolument pas. Je t'en prie, reprends-le.

La voyant près de pleurer, je pris l'enveloppe que je retrouvai dans ma main après que nous nous fûmes séparés.

— Ainsi, vraiment, tu ne veux plus rien savoir de moi ?

Je ne songeais pas qu'elle avait déjà répondu la veille à cette question. Mais était-il possible, désirable comme je la voyais, qu'elle s'obstinât dans son refus !

— Zeno, me répondit-elle doucement, n'avons-nous pas promis de ne plus nous revoir ? Oui, n'est-ce pas. Aussi me suis-je engagée maintenant comme tu étais engagé toi-même avant de me connaître. Cet engagement est aussi sacré que le tien. J'espère qu'à cette heure ta femme a pu s'apercevoir que tu lui appartenais tout entier.

Ainsi, elle songeait encore à la beauté d'Ada. Si j'avais été sûr que ce fût bien là la raison de son refus, j'aurais eu le moyen de tout réparer. Il suffisait de lui apprendre qu'Ada n'était pas ma femme et de lui montrer Augusta, avec son œil louche et ses allures de nourrice. Mais n'attachait-elle pas de l'importance aux engagements qu'elle avait pris, elle ? C'est ce qu'il fallait éclaircir.

Je m'efforçais de parler avec calme, bien que je sentisse, moi aussi, mes lèvres trembler. Elle ne savait pas, lui dis-je, à quel point elle était mienne, et n'avait plus le droit de disposer d'elle. La preuve scientifique de ce que je voulais dire s'esquissait dans ma tête. Je songeais à cette fameuse expérience de Darwin sur une jument arabe (grâce au ciel, je suis à peu près sûr de ne pas en avoir parlé). J'ai dû cependant dire quelque chose au sujet des animaux et de leur fidélité physique, mais ce ne fut qu'un balbutiement dénué de sens. Bientôt, renonçant à ces arguments difficiles, hors de sa portée et même, à ce moment-là, de la mienne, je lui demandai :

— Quels engagements as-tu donc pris ? Que sont-ils ? Que peuvent-ils être en comparaison de l'amour qui nous lie depuis plus d'un an ?

Je lui saisis rudement le poignet, pour suppléer par un geste énergique aux mots qui ne me venaient pas. Mais elle se dégagea avec autant de violence que si j'avais osé la toucher pour la première fois. Puis elle leva la main, comme pour prêter serment :

— J'ai pris, dit-elle, un engagement sacré, et je l'ai pris avec un homme qui m'a fait pareille promesse.

Il n'y avait plus à douter. Le sang qui lui monta subitement au visage exprimait son ressentiment pour l'homme qui ne lui avait rien promis. Elle s'expliqua plus clairement encore.

— Hier, nous sommes sortis ensemble ; nous avons marché dans la rue au bras l'un de l'autre, et sa mère était avec nous.

La chose était évidente. Ma maîtresse m'échappait, elle s'enfuyait loin de moi. Et moi, comme un chien à qui on dispute un os, je la harcelais. Pris d'une sorte de folie, je ressaisis sa main brutalement :

— Eh bien, marchons ensemble nous aussi, la main dans la main. Prenons le corso Stadion puis les arcades de Chiozza, et tout le long du Corso jusqu'à Sant' Andrea, pour rentrer chez nous par un autre chemin pour que toute la ville nous voie !

Pour la première fois, je renonçais à Augusta, et ce

reniement me parut une libération, puisque c'était
Augusta qui m'enlevait ma maîtresse.

Carla s'arracha de nouveau à mon étreinte et répondit sèchement :

— Ce serait tout juste le même tour que nous avons
fait hier.

J'eus un sursaut de colère :

— Et lui, est-ce qu'il sait tout ? Sait-il qu'hier
encore tu as été à moi ?

— Oui, dit-elle orgueilleusement, il sait tout, absolument tout.

Je me sentis perdu et, dans ma rage, je fis comme le
chien qui, ne pouvant saisir le morceau convoité, mord
les vêtements de celui qui l'en a frustré.

— Ce fiancé, dis-je en ricanant, a l'estomac solide.
Aujourd'hui, c'est moi qu'il digère ; il digérera demain
tout ce que tu voudras.

Je ne me rendais pas bien compte de la portée de mes
paroles. Je ne pouvais que crier de douleur. Elle eut un
éclair d'indignation dont je n'aurais pas cru capables
ses doux yeux bruns de gazelle.

— C'est à moi que tu dis cela ? Et pourquoi n'as-tu
pas le courage d'aller le lui dire à lui ?

Elle me tourna le dos et se dirigea d'un pas rapide
vers la sortie du jardin. Avec une surprise profonde, je
découvrais qu'à son égard la brutalité ne m'était plus
permise. J'en restais cloué sur place, regrettant déjà ce
que j'avais dit. La petite silhouette blanche et bleue
que je voyais s'enfuir si vite était près de passer la grille
quand je me décidai à la poursuivre. Qu'allais-je lui
dire ? Je ne le savais, mais nous ne pouvions pas nous
quitter ainsi.

Je la rejoignis à la porte de sa maison et laissant
parler ma profonde douleur :

— Après tant d'amour, se séparer de cette façon !

Elle passa outre sans répondre et je la suivis dans l'escalier. Alors, se retournant, elle me regarda d'un œil hostile :

— Si vous voulez voir mon fiancé, venez avec moi. Vous ne l'entendez pas ? C'est lui qui joue du piano.

Alors seulement j'entendis les notes syncopées de l'*Adieu* de Schubert transcrit par Liszt.

Bien que, dans mon enfance, je n'aie jamais manié ni un sabre ni un bâton, je ne suis pas un homme peureux. Tout mon désir de Carla était tombé. Du mâle, il ne me restait plus que la combativité. J'avais impérieusement exigé une chose à laquelle je n'avais plus droit. Pour réparer cette erreur, je devais me battre ; sinon le souvenir de cette femme qui me menaçait de me faire corriger par son époux m'eût été atroce.

— Eh bien ! Puisque tu le permets, allons !

Je continuai donc à monter derrière elle, le cœur battant non de peur, mais de la crainte de ne pas me conduire comme il faut. Tout à coup, elle s'arrêta, s'appuya au mur et se mit à pleurer, sans rien dire. La mélodie de Schubert que l'autre jouait toujours, là-haut, sur le piano payé par moi, se mêlait à sa plainte et la rendait plus émouvante.

— Je ferai, lui dis-je, ce que tu voudras. Désires-tu que je m'en aille !

— Oui, répondit-elle dans un souffle, pouvant à peine parler.

— Adieu donc, puique tu le veux. Adieu pour toujours.

Et je redescendis lentement l'escalier en sifflotant l'*Adieu* de Schubert. Fut-ce une illusion ? Je ne sais ; mais il me sembla qu'elle appelait :

— Zeno !

M'eût-elle nommé de ce nom étrange de Darius, qu'à ce moment-là je ne me serais point arrêté. Je n'aspirais plus qu'à retourner à Augusta, cette fois encore, pur de toute faute. La pureté momentanée du chien que l'on chasse à coups de pied pour l'écarter d'une femelle !

Le lendemain, me retrouvant dans le même état que la veille, alors que je me dirigeais vers le jardin public, j'eus conscience d'avoir agi tout simplement comme un lâche. Carla m'avait appelé, non pas sans doute par mon nom d'amour, mais enfin, elle m'avait appelé, et je n'avais pas répondu ! Ce fut le premier de ces jours d'amertume et de désolation que tant d'autres jours devaient suivre. Ne comprenant plus la raison de ma fuite, je l'attribuais à la peur de cet homme ou à la peur du scandale. De nouveau, comme au moment où j'avais proposé à Carla une promenade à travers toute la ville, j'eusse accepté n'importe quelle compromission. J'avais laissé échapper l'instant favorable et je savais fort bien qu'avec certaines femmes il ne se présente qu'une fois. Cette unique fois aurait dû me suffire

Je résolus aussitôt de lui adresser une lettre. Il ne m'était pas possible d'attendre un jour de plus pour essayer de me rapprocher d'elle. J'écrivis et récrivis cette lettre, avec le souci de me montrer, en peu de mots, aussi persuasif que possible. Et puis, le seul fait d'écrire était déjà un soulagement. Je lui demandais pardon de mon accès de colère, des mots que j'avais prononcés et que moi-même je ne me pardonnais pas. Mon grand amour, ajoutais-je, ne s'amortirait qu'à la longue. Il y faudrait beaucoup de temps. Chaque jour amènerait son léger apaisement. — Et j'écrivais ces phrases les dents serrées. — Enfin, je ne pouvais lui offrir, hélas, ce que lui offrait Lali et dont elle était si pleinement digne.

J'attendais de ma lettre un grand effet. Carla ne manquerait pas de la monter à Lali, puisqu'il savait tout, et Lali pouvait trouver grand avantage à l'amitié d'un homme tel que moi. Je songeais qu'il serait possible de s'acheminer ainsi vers une bonne vie à trois. Si grand était mon amour qu'à ce moment j'aurais trouvé doux qu'il me fût seulement permis de faire la cour à Carla.

Le troisième jour, je reçus d'elle un bref billet. Sans s'adresser ni à Zeno ni à Darius, elle m'écrivait ces simples mots : « Merci. Soyez heureux avec votre femme qui mérite tant d'être aimée. » Naturellement, elle parlait d'Ada.

L'instant favorable avait passé, et avec lui l'occasion qu'il fallait saisir aux cheveux.

Tout mon désir se condensa en bile furieuse. Non certes contre Augusta ! J'avais le cœur trop plein de Carla pour n'en pas éprouver du remords, et je m'efforçais de montrer à ma femme un visage souriant, — sourire hébété et stéréotypé qu'elle croyait sincère.

Cependant, il fallait faire quelque chose. Je ne pouvais continuer à attendre et à souffrir ainsi jour après jour. Je ne voulais pas lui écrire. Ce qu'on écrit sur le papier a trop peu d'importance pour les femmes. Il fallait trouver mieux.

Sans dessein bien déterminé, je me dirigeai vers le jardin public, et de là, plus lentement, vers la maison de Carla. Arrivé sur le palier, je frappai à la porte de la cuisine. S'il était possible, j'éviterais de voir Lali ; et pourtant il ne m'eût pas déplu de me trouver face à face avec lui : ce serait la crise dont j'avais besoin.

Comme d'ordinaire, la vieille maman était à son fourneau sur lequel brûlaient deux grands feux. Elle fut d'abord bien étonnée, puis se mit à rire, en innocente qu'elle était.

— Ça me fait plaisir de vous voir, me dit-elle. Vous étiez tellement habitué à venir ici chaque jour ! On comprend que vous n'ayez pu vous en passer tout à fait.

Je n'eus pas de peine à la faire bavarder. Elle me dit que Vittorio et Carla s'aimaient beaucoup. Aujourd'hui, il venait dîner à la maison avec sa mère. Elle ajouta en riant : « Ils ne peuvent pas se quitter un instant. Il finira par décider Carla à l'accompagner à toutes ses leçons. Ils se marieront dans quelques semaines. » Elle souriait de tout ce bonheur, maternellement.

Pour moi, je remâchais mon dépit, et volontiers, j'aurais pris la porte. Mais je demeurai, dans l'espoir que ce bavardage me suggérerait quelque bonne idée, me donnerait je ne sais quelle chance. La dernière erreur que j'avais commise, avec Carla, avait consisté, précisément, à m'enfuir avant d'avoir étudié toutes les possibilités qui pouvaient m'être offertes.

La bonne idée, je crus un moment la tenir. Je demandai à la vieille dame si elle comptait décidément servir jusqu'à sa mort de domestique à sa fille. Je n'ignorais pas, lui dis-je, que Carla n'était guère douce avec elle.

Elle n'interrompait pas son travail, debout devant le fourneau ; mais elle m'entendait bien. Avec une franchise que je ne méritais guère, elle se plaignit de sa fille qui s'impatientait pour rien.

— Certainement, ajouta-t-elle, je deviens chaque

jour plus vieille et je perds la mémoire. Ce n'est pas de ma faute.

Mais elle espérait que les choses iraient mieux maintenant et que le bonheur adoucirait le caractère de Carla. Et puis, dès le début, Vittorio lui avait témoigné beaucoup de respect. Enfin, tout en continuant de pétrir un gâteau de pâte et de fruits, elle conclut :

— C'est mon devoir de rester avec ma fille. Il n'y a rien d'autre à faire.

J'essayai de lui persuader le contraire : elle pouvait très bien se libérer de cet esclavage. N'étais-je pas là ? Je continuerais volontiers à lui verser la petite rente mensuelle que j'avais servie jusqu'ici à Carla. — Je voulais ainsi tenir la vieille qui me semblait une partie de sa fille.

Elle me manifesta sa reconnaissance ; elle admira ma bonté ; mais elle se mit à rire à l'idée que j'aie pu lui proposer d'abandonner sa fille. C'était une chose à laquelle il ne fallait pas penser !

Dure parole, sous laquelle je courbai le front. J'étais ramené à ma solitude ; je retombais dans ce désert d'où Carla était absente et où je n'apercevais plus aucun chemin qui pût me conduire vers elle. Je me souviens que je fis une suprême tentative pour me donner l'illusion que ce chemin pouvait au moins rester tracé. Avant de partir, je priai la vieille dame de se souvenir de moi s'il lui arrivait un jour de changer d'avis.

Je sortis de cette maison le cœur plein de rage et d'amertume, comme si on m'eût maltraité alors que je me disposais à une bonne action. Cette vieille m'avait proprement offensé par son éclat de rire. Je l'entendais résonner encore à mes oreilles, et ce qu'il tournait en dérision, ce n'était pas seulement ma dernière offre.

Dans l'état où j'étais, je ne voulus pas aller, tout de

suite, trouver Augusta. Je me connaissais trop. J'aurais fini par la rudoyer et elle se serait vengée par cette grande pâleur qui me faisait tant souffrir. Une bonne promenade au pas cadencé me remettrait peut-être un peu d'ordre dans la tête.

L'ordre vint en effet. Je cessai de me plaindre de mon destin et me vis moi-même, comme si une grande lumière m'eût projeté tout entier devant moi, sur le sol. Je ne demandais plus Carla, je voulais seulement son étreinte et, autant que possible, sa dernière étreinte. Quelle chose ridicule ! Je me mordis les lèvres pour jeter un peu de douleur, c'est-à-dire un peu de sérieux sur ma propre image. J'étais pleinement conscient de moi-même, je connaissais mon vice ; et j'étais impardonnable de tant souffrir alors que s'offrait à moi une occasion unique de guérison. Cette Carla que j'avais tant de fois désirée n'existait plus.

A force de marcher sans but, je débouchai dans une rue du faubourg où, soudain, une femme fardée m'appela d'un geste. Sans hésiter, je la suivis.

J'arrivai tard pour déjeuner, mais je me montrai si doux qu'Augusta fut tout de suite de bonne humeur. Seulement je n'eus pas le courage d'embrasser ma petite fille ; je n'osais même pas manger. Je me sentais souillé, malpropre. Je ne feignis pas, comme souvent, d'être malade pour atténuer mon remords. Aucune bonne résolution n'aurait pu me réconforter et, chose extraordinaire, je ne pris pas de résolutions. Il me fallut des heures pour retrouver mon rythme normal — le rythme qui m'entraînait d'un présent sombre vers un avenir lumineux.

Augusta vit bien qu'il se passait quelque chose d'insolite :

— Avec toi, dit-elle en riant, on ne s'ennuie jamais. Tu es chaque jour un homme nouveau.

C'était vrai ; cette femme du faubourg ne ressemblait à aucune autre, et je l'avais en moi.

Je passai l'après-midi auprès d'Augusta ; la soirée aussi. Elle travaillait et je la regardais faire. Je m'abandonnais, inerte, à ce courant d'eau limpide : la vie honnête du foyer. Je m'abandonnais à ce courant qui me portait mais qui, loin de me nettoyer, accusait ma souillure.

Les bonnes résolutions arrivèrent pendant la nuit. La première fut la plus féroce : je me procurerais une arme et si jamais je me retrouvais dans ce faubourg, je me tuerais. Cette décision me fit du bien. Dans mon lit, je m'abstins de pousser des gémissements ; je simulai même la respiration régulière d'un homme endormi. Puis je revins à ma vieille idée de tout avouer à ma femme. Mais la confession était beaucoup plus difficile qu'aux premiers jours de mon aventure avec Carla, non pas tant à cause de la gravité de la faute commise que du fait des complications dont elle était l'aboutissement. Devant un juge tel qu'Augusta, j'aurais dû plaider les circonstances atténuantes, c'est-à-dire alléguer le déchirement de ma soudaine rupture avec Carla, et par conséquent avouer aussi cette trahison désormais passée. Sans doute était-elle moins sordide que la dernière, mais, peut-être aussi, plus offensante pour ma femme.

Enfin, à force de méditation et d'analyse, j'en arrivai à des projets de plus en plus raisonnables. Pour éviter la répétition d'une telle faute, j'eus l'idée d'organiser sans retard une autre liaison du genre de celle qui venait de se rompre — puisque cela m'était nécessaire ! Pourtant l'idée d'une nouvelle femme m'épouvantait.

Mille dangers nous menaceraient, ma petite famille et
moi. Il n'existait pas au monde une autre Carla ; et je la
pleurai très amèrement elle si bonne, si douce, elle qui
avait même voulu aimer la femme que j'aimais et qui
n'y avait pas réussi, mais uniquement parce que je lui
avais présenté comme telle une autre femme — et
précisément celle que je n'aimais pas du tout !

VII

HISTOIRE
D'UNE ASSOCIATION COMMERCIALE

C'est Guido qui me voulut dans sa nouvelle maison de commerce. Je mourais d'envie de devenir son associé, mais je suis sûr de n'en avoir jamais rien laissé paraître. On comprendra que, dans mon oisiveté, la perspective d'une vie de travail en compagnie d'un ami me fût agréable. Il y avait aussi autre chose. Je n'avais pas encore renoncé à l'espoir de devenir un bon négociant et il me semblait que je ferais plus de progrès en instruisant Guido qu'en me laissant instruire par Olivi. Nombreux sont en ce monde ceux qui ne peuvent s'instruire qu'en s'écoutant eux-mêmes, ou qui, du moins, sont incapables de rien apprendre en écoutant les autres.

Et surtout, je désirais vivement me rendre utile à mon beau-frère. J'avais de la sympathie pour lui et, bien qu'il voulût donner une impression d'assurance et de force, je le sentais faible, désarmé. J'étais donc prêt à lui accorder la protection dont il avait besoin. Outre cela (devant ma conscience et non pas seulement aux yeux de ma femme) mon indifférence absolue à l'égard d'Ada s'affirmait, pensais-je, d'autant plus que je m'attachais davantage à son mari.

En somme, je n'attendais qu'un mot de Guido pour

me mettre à sa disposition. Mais Guido ne pouvait me supposer tant de goût pour le commerce puisque je ne m'occupais jamais de mes propres affaires. Aussi tarda-t-il longtemps avant de me parler.

— J'ai suivi tous les cours de l'École Supérieure de Commerce, me dit-il enfin un jour, mais j'ai quand même peur de ne pas savoir régler tous les détails nécessaires au bon fonctionnement d'une entreprise. C'est une affaire entendue, un négociant n'a rien à savoir : s'il a besoin d'un bilan, il va chez l'expert ; s'il ignore une loi, il appelle l'avocat et pour sa comptabilité, il s'adresse à un comptable. C'est pourtant ennuyeux de devoir, dès le début, confier sa comptabilité à un étranger.

Telle fut sa première allusion claire à son dessein. Au vrai, je n'avais jamais pratiqué le métier de comptable qu'au cours des quelques mois durant lesquels j'avais tenu le grand livre à la place d'Olivi. Je n'en étais pas moins sûr d'être le seul comptable qui ne fût pas, pour Guido, « un étranger ».

Quand il en fut au point de meubler ses bureaux, il se décida à parler clairement. Pour la Direction, il commanda deux tables. Je lui demandai en rougissant :

— Pourquoi deux ?

Il répondit :

— L'autre est pour toi.

Ma reconnaissance était telle que je l'aurais embrassé.

Quand nous fûmes sortis du magasin, Guido, un peu gêné, m'expliqua comment il n'était pas encore en mesure de m'offrir une situation. Il me réservait simplement une place dans son cabinet pour que je vienne lui tenir compagnie chaque fois que cela me ferait plaisir. Je n'étais obligé à rien et lui, de son côté, restait libre de tout engagement. Si, par la suite, son commerce prospérait, il me donnerait un poste dans la direction de l'affaire.

Dès qu'il parlait de cette fameuse « affaire », son beau visage bronzé prenait une expression sérieuse. Il semblait qu'il eût mûrement réfléchi à toutes les opérations auxquelles il allait se livrer. Il regardait au loin, par-dessus ma tête, et moi, ma confiance dans le sérieux de ses méditations était telle que je me tournais pour regarder du même côté que lui et voir ce qu'il voyait — je veux dire cette future activité commerciale qui, suivant les méthodes les plus modernes, devait nous conduire à la fortune.

Il ne voulait pas s'engager dans la voie suivie avec tant de succès par notre beau-père, non plus que dans le sentier plus sûr et plus modeste tracé par Olivi. Ces hommes-là n'étaient à ses yeux que des « commerçants à l'ancienne mode ». Il fallait rompre avec leurs habitudes désuètes, et s'il tenait à m'associer à lui, c'est qu'il estimait que je n'étais pas encore déformé par les vieux.

Tout cela me sembla vrai. J'accueillis sa proposition comme le premier succès de ma carrière de négociant et, une seconde fois, je rougis de plaisir. Ma profonde gratitude eut ce résultat que je travaillai avec lui, pour lui (plus ou moins activement), pendant deux bonnes années — sans autre salaire que la gloire de siéger dans ce cabinet directorial. Jusqu'alors je n'avais certainement jamais consacré une aussi longue période de temps à la même occupation. Je n'ai pas à m'en vanter, car mes talents commerciaux ne nous ont rapporté aucun profit, pas plus à moi qu'à Guido ; or les affaires, comme chacun sait, se jugent aux résultats.

Je ne conservai guère plus de trois mois l'illusion que j'allais m'initier au grand commerce : les trois mois d'installation. Ma tâche ne devait pas consister seulement à régler certains détails, tels que la correspondance et la comptabilité, mais à assumer la surveillance des affaires. Guido n'en conserva pas moins sur moi un grand ascendant, à tel point que, sans ma bonne chance, il m'aurait bel et bien ruiné. Il lui suffisait de lever le doigt, et j'accourais. Aujourd'hui, en écrivant ces lignes, j'en suis encore stupéfait ; j'ai pourtant eu le loisir de méditer cette aventure !

Si je rapporte l'histoire de ces deux années, c'est aussi pour cette raison que mon attachement à Guido me paraît être une manifestation évidente de ma maladie. Pourquoi, m'étant associé à lui afin de m'initier au grand commerce, suis-je resté son associé afin de lui enseigner le petit ? Pourquoi cette situation me semblait-elle agréable par le seul fait que ma grande amitié pour Guido signifiait mon indifférence pour Ada ? Qui donc exigeait tout cela de moi ? Notre indifférence réciproque n'était-elle pas assez attestée par tous ces marmots auxquels nous donnions consciencieusement le jour ? Je ne voulais aucun mal à Guido, mais il n'était certes pas l'ami que je me serais choisi librement ! Je n'ai jamais cessé de voir ses défauts : quand sa faiblesse ne me faisait pas pitié, sa tournure d'esprit m'irritait au plus haut point. Eh bien, à cet homme-là, j'ai sacrifié ma liberté ; j'ai affronté pour lui porter secours des ennuis sans fin. Ne voilà-t-il pas des indices très clairs de maladie — ou de grande bonté : deux états qui ne sont pas entre eux sans de très intimes rapports !

Toutes ces questions restent posées même si l'on tient compte de la sincère affection qui, entre gens de bien, naît toujours d'une intimité prolongée. Car mon affection pour Guido fut grande. Quand il disparut, je sentis pendant longtemps qu'il me manquait, et même ma vie me sembla vide, parce qu'elle avait été à tel point envahie par lui et par ses affaires.

Je ris encore en me rappelant de quelle façon fut conduite notre première affaire, je veux dire l'achat des meubles. Nous nous étions mis un mobilier sur les bras sans savoir seulement où le loger. Nous ne nous décidions pas à choisir un local. Ce retard provenait d'une divergence d'opinions entre Guido et moi. Des leçons de mon beau-père et d'Olivi, j'avais retenu que le bureau devait être situé aussi près que possible du magasin, afin de rendre la surveillance plus facile. Guido protestait avec des grimaces de dégoût :

— Ah! non! pas de ces bureaux triestins qui empestent la morue et les peausseries !

Il affirmait qu'on pouvait fort bien surveiller de loin un entrepôt, mais en attendant il hésitait. Un beau jour le marchand de meubles nous avertit que si nous ne venions pas prendre livraison de la marchandise, il la jetterait à la rue. Sur ce, Guido courut retenir le premier local qu'il trouva à louer, bien au centre de la ville, mais sans l'ombre d'un magasin dans le voisinage. Le magasin, nous ne l'eûmes jamais.

Notre bureau se composait de deux vastes pièces bien éclairées et d'un petit cabinet sans fenêtres. Sur la porte de ce cabinet inhabitable fut posée une plaque avec l'inscription : *Comptabilité ;* l'une des deux grandes pièces fut gratifiée du nom de *Caisse* et sur la troisième porte fut gravée cette désignation bien anglaise : *Privé.* Guido aussi avait étudié le commerce en Angleterre et en avait rapporté des notions utiles. La *Caisse* fut, comme il se doit, meublée d'un magnifique coffre-fort et munie d'un grillage. Quant au *Privé*, il prit bientôt un air très luxueux avec ses tapisseries splendides en velours foncé et ses deux tables-bureaux, sans parler d'un sofa et de quelques fauteuils très confortables.

On passa ensuite à l'achat des livres et des fournitures. Là, mon autorité de directeur ne fut pas mise en discussion. Je commandais et les choses arrivaient. J'eusse quelquefois préféré être obéi moins promptement, mais mon devoir n'était-il pas de dresser la liste de ce qu'il nous fallait ? En cette occasion, je crus découvrir la grande différence qu'il y avait entre Guido et moi. Mes connaissances aboutissaient à des paroles ; les siennes, à des actes. Dès que je lui inculquais une notion, il engageait une dépense. Je l'ai parfois trouvé bien décidé à ne rien faire, mais même alors il faisait preuve de résolution. Moi, au contraire, j'hésitais à m'abstenir.

A ces achats de matériel, je portai l'attention la plus scrupuleuse. Je courus chez Olivi prendre mesure des registres de copies de lettres et des livres de comptabilité. Le jeune Olivi me montra comment il fallait « ouvrir » les livres et m'expliqua une fois de plus la comptabilité en partie double. Ces choses-là ne sont pas bien difficiles, mais on les oublie si vite ! Il m'expliquerait aussi comment on dresse un bilan, quand nous en serions là.

Nous discutions l'organisation de nos bureaux sans savoir encore ce que nous y ferions. Guido n'était pas plus fixé que moi. Pendant des journées entières nous nous demandâmes où nous installerions nos employés, quand nous aurions besoin d'employés. A la *Caisse*, suggérait Guido. Mais le petit Luciano, qui constituait alors tout notre personnel, déclarait que la caisse devait être strictement réservée au caissier. C'était humiliant de recevoir des leçons de ce galopin !

— Je crois me rappeler, dis-je, qu'en Angleterre, on paie tout par chèque.

J'avais aussi entendu dire cela à Trieste. Guido sauta sur cette idée géniale.

— Bravo ! Eh oui, je m'en souviens aussi maintenant. Comment avais-je pu l'oublier ?

Nous nous mîmes à expliquer à Luciano en long et en large que la *Caisse* n'avait pas l'importance qu'il supposait : fini le temps où l'on maniait de grosses sommes ! Les chèques circulent de main en main et l'argent reste à la banque. Ah ! ce fut une belle victoire : Luciano en restait médusé.

Notre jeune commis sut tirer avantage de nos conversations. C'est aujourd'hui un notable commerçant de Trieste. Il me salue encore avec une certaine humilité — atténuée par un sourire. Guido consacrait une bonne partie de ses journées à nous faire la leçon (à Luciano, à moi et, plus tard, à la dactylo). Longtemps il fut tenté, pour ne pas risquer d'argent, de se spécialiser dans la « commission ». Il m'expliqua l'essence de ce commerce et, comme je comprenais manifestement trop vite, il recommença pour Luciano qui l'écoutait avec une attention touchante, les yeux brillants. On ne dira pas que c'était de l'éloquence gaspillée, puisque Luciano est le seul de nous trois que la commission ait enrichi.

Sur ces entrefaites, les *pesos* arrivèrent d'Argentine. Quelle affaire ! Nous nous figurions qu'il n'y aurait qu'à toucher la somme mais, sur le marché de Trieste, cette monnaie exotique était d'une vente difficile. Il fallut encore que le jeune Olivi nous enseignât la manière de réaliser notre capital. L'opération engagée, il nous laissa seuls, pensant nous avoir conduits à bon port, en sorte que pendant quelques jours Guido eut les poches bourrées de couronnes. Nous trouvâmes enfin une banque qui nous débarrassa de cet incommode fardeau et nous remit un carnet de chèques. Nous eûmes tôt fait d'apprendre à nous en servir.

Comme Olivi nous avait facilité la tâche, Guido éprouva le besoin de lui dire :

— Je vous donne ma parole que jamais je ne ferai concurrence à la firme de mon ami.

Mais le jeune homme, qui avait une autre conception du commerce, lui répondit :

— Mon Dieu, s'il y avait un peu plus d'offres et de demandes sur les articles que nous traitons, ça ne serait pas un mal.

Guido en resta bouche bée, mais, comme toujours, il ne comprit que trop bien : il s'attacha à cette théorie et l'exposa à tout venant.

En dépit de ses études supérieures, Guido avait un concept vague du doit et de l'avoir. Il considéra avec surprise comment je constituai le compte capital et comment j'enregistrai les dépenses. Puis il fit de tels progrès en comptabilité que toutes les affaires qu'on lui proposait il les analysait d'abord du point de vue comptable. Bien mieux, on eût dit que la notion de comptabilité conférait à l'univers un aspect nouveau. Il ne voyait partout que débiteurs et créditeurs, même entre gens qui échangeaient des coups, des baisers.

Il entra dans la carrière commerciale armé de prudence. Il refusa nombre d'affaires, ou plutôt, pendant les six premiers mois, il les refusa toutes avec l'air tranquille d'un homme qui sait ce qu'il fait :

— Non ! disait-il, et ce monosyllabe semblait être le résultat d'un calcul précis, même quand il s'agissait d'un article qu'il n'avait jamais lu.

En réalité toute cette réflexion portait sur un seul problème : comment l'affaire (ainsi que son résultat éventuel, bénéfice ou perte) devrait être passée en comptabilité. C'était la dernière chose qu'il avait apprise et elle se superposait à toutes ses autres notions.

Je regrette d'avoir à dire tant de mal de mon pauvre ami, mais il me faut bien être véridique, ne serait-ce que pour mieux me comprendre et m'analyser. Et il n'est pas niable que Guido gaspillait son intelligence à édifier des théories absurdes qui paralysaient notre activité. Un certain jour, pour commencer notre travail de commission, nous décidâmes de lancer par la poste un millier de circulaires. Guido fit cette remarque :

— Que de timbres épargnés si nous pouvions savoir d'avance à qui nous nous adressons !

Cette phrase en elle-même était inoffensive, mais il se mit à jeter en l'air les enveloppes déjà fermées pour n'expédier que celles qui tomberaient du côté de l'adresse. Moi-même, autrefois, j'avais bien fait quelque chose du même genre, mais je ne crois pourtant pas être allé si loin. Bien entendu, je m'abstins d'expédier les circulaires éliminées par cette méthode : je pensais que peut-être il avait réellement obéi à une inspiration et d'autre part je devais tenir compte de son désir d'économie, étant donné que c'était lui qui payait les timbres-poste.

La bonne fortune qui m'empêcha de me laisser ruiner par Guido m'empêcha également de prendre une part trop active à ses affaires. Je le dis bien haut, car certaines personnes, à Trieste, ne veulent pas le croire : tant que dura notre association, je n'ai jamais joué le rôle d'inspirateur, jamais je n'ai proposé à Guido une affaire dans le genre de celle des fruits secs ; jamais je ne l'ai poussé ni retenu. J'étais là pour l'avertir, le mettre en garde, mais je n'aurais pas osé jeter son argent sur le tapis.

Près de lui, mon inertie était grande. Seul l'excès de cette inertie m'empêcha, en diverses circonstances, de le remettre sur le bon chemin. Du reste, quand deux hommes se trouvent embarqués ensemble, il ne leur appartient pas de décider lequel sera don Quichotte et lequel Sancho. Lui, faisait l'affaire et moi, en bon Sancho, j'examinais, je critiquais et je suivais tout doucement.

Notre essai de commission fut un échec complet, mais dont nous sortîmes sans dommages. Seul, un papetier de Vienne nous envoya de la marchandise : des articles de papeterie. Luciano, qui en écoula une partie, arriva peu à peu à savoir quel était notre bénéfice et se le fit presque tout attribuer. Guido abandonna son tant pour cent sans trop résister parce qu'il s'agissait de sommes insignifiantes : la première affaire liquidée devait surtout nous porter bonheur. Cette affaire eut pour résultat principal d'encombrer notre *Comptabilité* de fournitures de bureau qu'il fallut payer et garder. Il y en avait une masse énorme, par terre. Une maison autrement importante que la nôtre en aurait été pourvue pour des années.

Pendant quelques mois notre bureau, si bien situé et si clair, fut pour nous un agréable refuge. On y travaillait peu : en tout deux affaires de toiles d'emballage usagées pour lesquelles nous rencontrâmes le même jour le vendeur et l'acheteur et dont nous tirâmes un petit bénéfice ; en revanche, on y bavardait beaucoup, avec bonne humeur. Cet innocent de Luciano se mêlait à notre conversation et quand on parlait d'affaires, il était excité comme le sont d'habitude les garçons de son âge en écoutant parler de femmes.

Il m'était facile alors de me divertir en innocent, avec des innocents, car je n'avais pas encore perdu Carla. A chaque heure de ces jours fortunés s'attache un bon souvenir. Le soir, chez moi, j'avais beaucoup à raconter à ma femme et tout ce qui concernait le bureau, je pouvais le lui dire sans rien omettre et sans rien ajouter de mon cru pour les besoins de la cause.

Si parfois Augusta murmurait d'un air soucieux : « Mais quand commencerez-vous à gagner de l'argent ? » cette question ne me troublait pas le moins du monde.

De l'argent ? Nous avions le temps d'y penser ! Il fallait en premier lieu étudier la situation, apprendre à connaître les marchandises, examiner les ressources du pays et de l'*Hinterland*. Une maison de commerce ne s'improvise pas en trois semaines. Ces explications rassuraient pleinement Augusta.

Bientôt un hôte très bruyant fut admis dans notre bureau. C'était un chien de chasse de quelques mois, remuant, tapageur et sale. Guido l'aimait. Il avait organisé pour lui un approvisionnement régulier en lait et en viande. Quand je n'avais rien à faire ni à penser, j'avais plaisir, moi aussi, à le voir sauter à travers le bureau ou prendre quelqu'une des quatre ou cinq attitudes que nous savons interpréter et qui nous le rendent si cher. Cependant, il me semblait que ce chien n'était pas à sa place chez nous. Sa présence fut la première preuve que donna Guido d'être incapable de diriger une maison de commission. Il se révélait

totalement dénué de sérieux. Je tentai de lui expliquer
que cette fantaisie n'arrangerait pas nos affaires. Je ne
sais plus bien ce qu'il me répondit. En tout cas, je
n'eus pas le courage d'insister et il me fit taire avec une
réponse quelconque.

Je crus de mon devoir de me consacrer à l'éducation
de notre nouveau collaborateur : c'est même avec une
véritable volupté que je lui envoyai quelques coups de
pied, un jour que Guido n'était pas là. Au premier
coup, le chien aboya, puis revint vers moi, croyant que
je l'avais heurté sans le vouloir. Au second coup, il
comprit mieux : il alla se blottir dans un coin et,
jusqu'au retour de Guido, j'eus la paix. Je me repentis
bientôt d'avoir ainsi maltraité une bête innocente, mais
trop tard. Malgré toutes les gentillesses dont je le
comblai, le chien n'eut plus confiance en moi et, Guido
revenu, il me donna des signes manifestes de son
antipathie.

— C'est étrange, dit Guido. Heureusement je te
connais, car sinon je me méfierais de toi. Les chiens se
trompent rarement dans leurs antipathies.

Pour dissiper les soupçons de Guido, j'étais tout prêt
à lui raconter comment j'avais fait pour m'attirer
l'antipathie du chien.

Entre Guido et moi s'engagea une autre escar-
mouche à propos d'une chose qui aurait dû pourtant
m'être indifférente. Passionné de comptabilité, Guido
s'était mis en tête de porter ses dépenses domestiques
au compte des frais généraux. Après avoir consulté
Olivi je m'y opposai et défendis les intérêts du vieux
Cada : Guido avait à supporter personnellement ses
dépenses personnelles. Il était inadmissible que la
maison payât les toilettes de sa femme et, quand ils
naquirent, la layette de ses jumeaux. Je lui conseillai de

s'attribuer plutôt un traitement. Guido écrivit à son père pour s'entendre avec lui à ce sujet, mais le vieux Speier refusa, faisant observer que Guido touchait déjà pour sa part 75 % des bénéfices. La réponse me parut sensée. Guido n'en commença pas moins à écrire de longues lettres pour discuter la question « d'un point de vue supérieur », comme il disait. Buenos Aires étant très loin, cette correspondance dura autant que le bureau. En attendant, la victoire me restait. Le compte des frais généraux resta pur, les dépenses du jeune ménage Speier n'y figurèrent jamais et quand la maison s'écroula, le capital fut compromis tout entier, jusqu'au dernier centime.

La cinquième personne qui s'installa dans nos bureaux (en comptant le chien) fut Carmen. J'assistai à son entrée en fonctions. J'arrivais de chez Carla, tout heureux de vivre, plein de cette sérénité « de huit heures du matin », dont parle le prince de Talleyrand. J'aperçus dans le couloir obscur une jeune fille dont Luciano me dit qu'elle voulait parler à M. Speier lui-même. Comme j'avais à faire, je la priai d'attendre à la porte. Un moment après Guido entra, sans même avoir vu la demoiselle, prit la lettre de recommandation que Luciano lui tendait et y jeta les yeux. Puis il prononça un « non » décidé et, comme il faisait chaud, ôta sa jaquette. Mais presque aussitôt il se ravisa.

— Il faut que je la voie par égard pour la personne qui me la recommande.

Il la fit entrer. Je ne la regardai qu'après avoir vu Guido se précipiter sur sa jaquette, l'endosser et se retourner vers la jeune fille, les yeux brillants.

J'ai certainement rencontré des femmes aussi belles que Carmen, mais je n'en ai jamais rencontré dont la beauté fût si agressive, je veux dire si éclatante au premier coup d'œil. Une femme, en général, nous la créons d'abord par notre désir, mais cette fois tout effort créateur était inutile. En la regardant, je me mis à sourire, et même à rire. Elle me faisait songer à un industriel affichant de par le monde l'excellence de ses produits. Elle désirait une place ? J'avais envie de lui demander :

« Quel genre de place ? Une alcôve ? »

Elle n'était pas fardée, mais telles étaient ses couleurs, ses pâleurs bleutées, ses rougeurs de fruit mûr, que la nature, chez elle, simulait admirablement l'artifice. Ses grands yeux bruns réfléchissaient une telle quantité de lumière que chacun de leurs mouvements prenait une grande importance.

Guido l'avait fait asseoir et elle regardait la pointe de son ombrelle, ou peut-être le bout de sa bottine vernie. Quand il lui adressa la parole, elle leva vers lui des yeux si lumineux que mon pauvre directeur en reçut un choc. Sauf ses bottines de luxe — qui jouaient un peu le rôle de ces papiers très blancs que Velasquez mettait sous les pieds de ses modèles — son vêtement était modeste. Modestie perdue car, sur ce corps, elle s'annulait. Velasquez lui-même l'aurait campée sur un noir de laque.

Je la regardais avec une curiosité sereine. Guido lui demanda si elle connaissait la sténographie. Elle répondit que non, mais qu'elle avait une grande habitude d'écrire sous la dictée. Chose bizarre, cette silhouette élancée, harmonieuse produisait une voix rauque. Je ne sus pas cacher ma surprise.

— Vous êtes enrhumée, dis-je

— Non, répondit-elle, pourquoi ?

Elle était tellement surprise que le feu de son regard en devint encore plus intense. Elle ignorait donc qu'elle n'avait pas la voix juste, et je dus supposer que sa petite oreille non plus n'était pas aussi parfaite qu'il semblait.

Guido lui demanda si elle connaissait le français, l'allemand ou l'anglais. Il lui laissait le choix, puisque nous ne savions pas encore de quelle langue nous aurions besoin. Elle savait un peu d'allemand, mais très peu.

— L'allemand nous est moins utile parce que je le sais très bien moi-même, dit Guido qui ne prenait jamais une résolution sans peser le pour et le contre.

Carmen attendait une décision qui, visiblement, était déjà prise. Pour la hâter, elle déclara qu'elle cherchait surtout à s'instruire et qu'elle se contenterait d'un salaire peu élevé.

Un des effets de la beauté féminine sur un homme est d'abolir en lui l'avarice. Guido haussa les épaules pour signifier qu'il ne s'occupait pas de ces détails, fixa un salaire qui fut accepté avec reconnaissance, et, très sérieusement, il recommanda à Carmen d'étudier la sténographie. Ceci était dit principalement à mon intention : Guido m'avait maintes fois expliqué que le premier employé qu'il engagerait serait un parfait sténographe.

Le soir même je parlai à ma femme de mon nouveau collègue. Elle se montra très ennuyée. Elle eut tout de suite l'intuition que Guido n'avait gardé cette jeune fille que pour en faire sa maîtresse. J'essayai de la rassurer : en admettant que Guido fût amoureux, ce serait un coup de foudre sans conséquence. La demoiselle avait, en somme, l'air sérieux.

Quelques jours après — par hasard ? je n'en sais rien — nous eûmes au bureau la visite d'Ada. Guido n'était pas arrivé. Elle me demanda à quelle heure je pensais qu'il viendrait puis, d'un pas hésitant se dirigea vers la pièce voisine où se trouvaient Luciano et Carmen. Carmen s'exerçait à la machine à écrire : tout absorbée, elle tapait avec application une lettre après l'autre. Elle leva ses beaux yeux vers Ada qui la fixait. Quelle différence entre les deux femmes ! Elles se ressemblaient un peu, mais Carmen avait l'air d'une Ada chargée. Je me disais que l'une, bien que plus richement vêtue, était faite pour le rôle d'épouse et de mère, tandis qu'à l'autre, en dépit du modeste tablier qu'elle portait pour ne pas se salir, convenait celui de maîtresse. J'ignore s'il existe au monde des savants qui pourraient dire pourquoi, dans le bel œil d'Ada se concentrait moins de lumière que dans celui de Carmen et pourquoi, par là même, il était un organe véritablement fait pour regarder les choses et les gens, et non pas pour jeter le trouble. Quoi qu'il en soit, Carmen soutint vaillamment le regard de Mme Speier, regard où il y avait du dédain, de la curiosité et peut-être (si ce n'est pas moi qui l'y ai mise) de l'envie.

Ce fut la dernière fois que je vis Ada encore belle — l'Ada qui s'était refusée à moi. Bientôt survint sa désastreuse grossesse, puis l'accouchement de deux jumeaux qui nécessita l'intervention du chirurgien. Enfin, à peine relevée, elle fut frappée par cette maladie qui emporta toute sa beauté. C'est pourquoi je me rappelle si bien cette visite. Et je me rappelle surtout qu'à ce moment-là toute ma sympathie allait à elle, à sa grâce modeste, effacée par une beauté d'un tout autre ordre. Je n'aimais pas Carmen, bien sûr, je ne savais rien d'elle que ses yeux magnifiques, ses éclatantes couleurs, sa voix rauque et aussi la manière dont elle avait été introduite dans ce bureau (mais de cela, elle était innocente). Au contraire, à cette minute, j'ai réellement éprouvé de l'affection pour Ada — et c'est une chose étrange que d'éprouver de l'affection pour une femme qu'on a désirée, qu'on n'a pas obtenue et dont la possession vous est désormais indifférente. En somme le résultat est le même que si elle avait cédé à nos désirs et nous avons une fois de plus la surprise de constater que certaines choses pour lesquelles nous vivons n'ont qu'une médiocre importance.

Pour abréger son tourment, je la conduisis dans notre bureau. Justement Guido y entrait. A la vue de sa femme, il devint écarlate. Ada donna à sa visite un prétexte très plausible, et, au moment de se retirer :

— Vous avez pris, dit-elle, une nouvelle employée ?

— Oui, dit Guido.

Et il ne trouva rien de mieux, pour dissimuler sa confusion, que de me demander si personne n'était venu le voir. Sur ma réponse négative, il fit une grimace de mécontentement comme s'il avait attendu une visite importante. Je savais bien qu'au contraire, nous n'attendions personne. Enfin, il réussit à prendre un air détaché pour dire à Ada.

— Nous avions besoin d'un sténographe !

Je m'amusais beaucoup : il se trompait même sur le sexe de la personne dont il avait besoin.

Carmen apportait dans nos bureaux une grande animation. Je ne parle pas de l'animation qui était due à ses beaux yeux, à sa gracieuse personne et à son teint coloré ; je parle de notre activité commerciale.

La présence de cette enfant stimulait Guido. D'abord, il voulait démontrer à tout le monde et en particulier à moi que la dactylo était indispensable et chaque jour il lui trouvait quelque nouvelle besogne. En outre, cette collaboration (car il travaillait avec elle)

lui paraissait le moyen le plus efficace de faire sa cour.
Le moyen se révéla d'une efficacité inouïe. Guido
apprenait à Carmen comment on dispose l'en-tête
d'une lettre, il corrigeait son orthographe ; et toujours
avec la plus grande douceur. On ne voit pas quel signe
de gratitude de la part de son élève eût pu être jugé
excessif.

Des affaires que l'amour lui inspira, il en est peu qui
lui donnèrent des bénéfices. Une fois, entre autres,
nous travaillâmes longtemps sur un article dont il se
révéla qu'il était prohibé. Bien mieux, sans le savoir,
nous allions sur les brisées de quelqu'un ; et un beau
jour nous eûmes cet homme-là devant nous, le visage
aussi contracté de douleur que si nous lui avions
marché sur les orteils. Cet homme se demandait
pourquoi nous nous intéressions à une affaire de ce
genre et si nous n'étions pas les mandataires de
puissants concurrents étrangers. Il craignait le pire.
Ensuite, quand il eut deviné notre ingénuité, il nous rit
au nez et nous avertit que nous n'arriverions à rien.
Les faits lui donnèrent raison : nous fûmes
condamnés. Mais avant, nous eûmes le temps de dicter
à Carmen un très grand nombre de lettres. La marchandise était inaccessible, entourée de fils barbelés !
J'aurais préféré ne rien dire de cette affaire à Augusta,
mais elle m'en parla, car Guido en avait parlé, lui, à
Ada pour lui donner une idée du travail considérable
de son sténographe. De longtemps Guido n'oublia pas
notre mésaventure ; il y revenait sans cesse. Il était
persuadé qu'une chose pareille n'eût été possible dans
aucune autre ville du monde : l'ambiance du commerce triestin était misérable. Un négociant de quelque envergure y était fatalement étranglé. C'est bien ce
qui lui était arrivé à lui.

Les amours de Guido eurent donc ce résultat qu'une multitude d'affaires bizarres et hétéroclites nous passa par les mains. L'une d'elles nous échauda proprement. Je dois dire que celle-là, nous ne l'avons pas cherchée : elle s'est imposée à nous. Nous y fûmes engagés par un certain Tatchitch, un Dalmate dont le père avait connu le vieux Speier en Argentine.

Tatchitch vint d'abord nous voir pour obtenir je ne sais quelles informations commerciales que nous lui donnâmes. Il était beau garçon, trop beau garçon. Grand, fort, le teint olivâtre, des yeux bleu sombre, de longs sourcils et de courtes moustaches, brunes et bien fournies. Tout cela formait une admirable harmonie de couleurs. Je pensais que Carmen et lui eussent été assortis à la perfection. Comme c'était également son avis il revint nous voir tous les jours. Nos conversations, qui duraient des heures, n'étaient jamais ennuyeuses. Les deux hommes luttaient pour conquérir la femme et, comme tous les animaux en amour, ils déployaient leurs meilleures qualités. Guido était contraint à quelque réserve parce que le Dalmate, qui allait parfois le trouver chez lui, connaissait Ada. Mais rien ne pouvait désormais lui faire perdre la partie. Je le lisais dans les yeux de Carmen. Tatchitch, lui, ne comprit cela que beaucoup plus tard.

Pour créer un prétexte à multiplier ses visites, il nous acheta des wagons entiers de savon — qu'il aurait payés moins cher chez le fabricant. Puis, toujours par amour, il nous lança dans cette désastreuse affaire.

Son père avait observé que régulièrement, à certaines époques de l'année, le prix du sulfate de cuivre montait et, à d'autres époques, baissait. Il voulut spéculer sur cette marchandise et décida d'en acheter en Angleterre, au moment le plus favorable, une soixantaine de tonnes. Nous parlâmes longtemps de cette affaire et, pour la préparer, nous entrâmes en correspondance avec une maison anglaise.

Un beau jour, Tatchitch le père télégraphia à son fils que le moment lui semblait venu et indiqua le prix auquel il était disposé à conclure l'achat. Tatchitch l'amoureux se précipita chez nous pour nous confier l'affaire et eut pour sa récompense une belle, une grande, une caressante œillade de Carmen. Le pauvre Dalmate encaissa l'œillade avec ravissement sans comprendre qu'elle était une manifestation d'amour pour son rival.

Guido entama l'affaire avec une tranquille certitude. Tout d'ailleurs s'annonçait facile : la marchandise arrivait d'Angleterre à Trieste, et là, sans qu'elle eût à sortir du port, nous la remettions à notre acheteur. Guido fixa le montant de la commission à prélever et établit en conséquence notre prix d'achat qui fut communiqué à la maison anglaise. Avec l'aide du dictionnaire, nous rédigeâmes la dépêche en anglais. Dès qu'elle fut expédiée, Guido se frotta les mains et se mit à calculer la somme de couronnes que lui rapporterait cette courte et légère fatigue. Pour s'assurer les faveurs des dieux, il trouva juste de me promettre une petite part du bénéfice ; il en promit également une à Carmen, non sans quelque malice, « parce qu'elle avait collaboré à l'affaire, avec ses beaux yeux ». Nous voulions refuser, tous les deux, mais il nous supplia de faire au moins semblant d'accepter. Il craignait qu'autrement nous lui portions malchance. Je m'empressai de le satisfaire pour le rassurer. J'étais sûr de toute certitude qu'il ne pouvait subir, de ma part, aucune influence maligne, mais je comprenais qu'il en doutât. En ce monde, quand nous ne nous voulons pas de mal, nous nous aimons tous, mais nos souhaits les plus vifs ne vont qu'à la réussite des entreprises auxquelles nous participons.

L'affaire fut étudiée dans tous ses détails. Guido calcula même à un mois près le temps pendant lequel, avec le bénéfice de cette opération, il pourrait subvenir aux dépenses de sa famille et de son bureau — « de ses deux familles » comme il lui arrivait de dire — à moins qu'il ne dît « de ses deux bureaux » (ceci quand il s'ennuyait chez lui).

Là-dessus arriva de Londres un bref télégramme : *Pris note,* et l'indication du cours du sulfate à ce jour. Le prix était sensiblement supérieur à celui que notre acheteur nous avait indiqué. Adieu, affaire ! Tatchitch fut informé et peu après il quitta Trieste.

Vers cette époque je passai environ un mois sans aller au bureau. Je n'eus donc pas connaissance d'une lettre d'aspect inoffensif mais qui devait avoir pour nous des conséquences graves. Par cette lettre, la maison anglaise confirmait son télégramme et nous informait qu'elle considérait notre ordre comme valable jusqu'à révocation. Guido négligea d'annuler l'ordre et moi, quand je retournai au bureau, j'avais oublié l'affaire. Des mois avaient passé quand un soir Guido me fit demander chez moi pour me montrer un télégramme auquel il ne comprenait rien. Il nous avait été adressé, pensait-il, par erreur. Pourtant l'adresse télégraphique était bien celle que j'avais régulièrement fait inscrire aussitôt après notre installation. La dépêche ne contenait que trois mots : *60 tons settled.* Je vis aussitôt de quoi il s'agissait, ce qui n'était pas difficile puisque cette commande de sulfate était la seule commande importante que nous eussions jamais passée. J'expliquai à Guido les trois mots mystérieux.

Ils signifiaient que le cours était descendu jusqu'au prix d'achat fixé par nous et que nous nous trouvions à ce jour heureux propriétaires de soixante mille kilos de sulfate de cuivre.

Guido protesta :

— Je n'accepterai pas que mon ordre soit exécuté après si longtemps. C'est inimaginable !

Je suggérai que nous devions avoir reçu une lettre confirmant la première dépêche. Guido ne se souvenait de rien. Inquiet, il proposa de courir au bureau pour voir si cette lettre s'y trouvait réellement. Excellente idée, pensai-je. Cette conversation m'était désagréable devant Augusta, qui ignorait que depuis un mois, on ne m'avait pas vu au bureau.

Nous courûmes donc jusqu'à notre bureau. Guido aurait aussi bien couru jusqu'à Londres pour se voir débarrassé du poids de cette marchandise qui lui tombait sur le dos. Notre première grande affaire ! Aussitôt arrivés, à tâtons, dans l'obscurité, nous allumâmes le gaz. La lettre fut retrouvée sans peine, rédigée comme je l'avais prévu : on avait pris bonne note de notre commande et, jusqu'à avis contraire, on la considérait comme valable.

Guido regardait ces quelques lignes, le front contracté, comme si, par son regard, il eût voulu abolir la réalité qu'elles signifiaient en termes si simples.

— Et penser, s'écria-t-il, qu'il suffisait d'écrire deux mots pour nous épargner une telle perte !

Le reproche ne s'adressait pas à moi, bien sûr, puisque j'avais été absent. Et bien que j'eusse mis tout de suite la main sur la lettre, sachant où elle devait se trouver, je ne l'avais vraiment jamais vue. Néanmoins, pour affirmer davantage mon innocence, je me retournai vers lui :

— Pendant mon absence, lui dis-je, tu aurais dû au moins lire attentivement le courrier.

Alors son front se dérida. Il haussa les épaules :

— Après tout, cette affaire-là, c'est peut-être la fortune.

Nous nous quittâmes sur ces mots et chacun rentra chez soi.

Mais Tatchitch avait raison. A certaines époques, le sulfate de cuivre baissait constamment et nous étions en pleine période de baisse. L'exécution de notre ordre et l'impossibilité de revendre immédiatement notre marchandise au prix que nous l'avions payée nous furent une bonne occasion d'étudier le phénomène dans toute son ampleur.

Le lendemain Guido me demanda conseil. Il subissait une perte, mais légère en comparaison de celle qu'il dut supporter. Je ne voulus pas l'influencer ; je me contentai de lui rappeler que, d'après les renseignements de Tatchitch, la baisse devait encore durer cinq mois. Guido se mit à rire :

— Il ne me manquerait plus que de laisser diriger ma maison par ce provincial.

J'essayai de lui faire entendre que le provincial en question avait passé des années à contempler du sulfate de cuivre dans sa petite ville dalmate. Vraiment je n'ai rien à me reprocher. Si Guido m'avait écouté, il aurait évité le pire.

A quelque temps de là, nous discutâmes l'affaire du sulfate de cuivre avec un courtier, un petit homme grassouillet, vif et alerte qui, tout en nous blâmant d'avoir fait cet achat, ne semblait pas partager l'opinion de Tatchitch. D'après lui, le sulfate de cuivre, bien qu'il eût son marché propre, ressentait, dans une certaine mesure, les fluctuations du cours du métal. A la suite de cet entretien, Guido reprit un peu confiance. Il pria le courtier de le tenir au courant des moindres mouvements de prix. Il attendrait aussi longtemps qu'il faudrait pour vendre sans perte et même avec un petit bénéfice. Le courtier rit doucement et, un instant après, glissa dans la conversation un mot qui me frappa :

— Bien peu de gens en ce monde, dit-il, savent se résigner à une petite perte. Par contre, les grandes pertes entraînent les grandes résignations.

Guido n'en tint pas compte. Mais je l'admirai, lui aussi, de n'avoir pas soufflé mot au courtier de la manière dont nous en étions arrivés à cet achat. Je lui en fis part, et il en tira vanité. « J'aurais craint, me dit-il, de nous discréditer et de discréditer notre marchandise en lui racontant cette histoire. »

On ne reparla plus de l'affaire du sulfate jusqu'au jour où arriva de Londres une lettre par laquelle nous étions invités à payer et à donner nos instructions pour l'expédition. Soixante tonnes à recevoir, à entreposer ! Guido en avait le vertige. S'il fallait garder cette marchandise pendant des mois, cela coûterait une somme énorme ! Notre ami le courtier, qui ne demandait qu'à voir débarquer le sulfate à Trieste puisqu'il pensait que, tôt ou tard, nous le chargerions de le vendre, fit observer à Guido que cette somme « énorme » n'ajoutait qu'un bien petit pourcentage au prix de revient de chaque quintal.

Cette remarque parut étrange à Guido. Il se mit à rire :

— Bien sûr, dit-il, mais il ne s'agit pas d'un quintal. J'en ai soixante tonnes, pour mon malheur !

Le calcul du courtier était juste en ce sens qu'une hausse légère aurait suffi à couvrir avec usure les frais d'entrepôt ; et Guido aurait fini par se laisser convaincre si une inspiration, comme il disait, ne lui était venue. Quand il avait une idée commerciale bien à lui, il en était halluciné, il ne voyait plus qu'elle. Or il s'était avisé que la marchandise lui était vendue *franco* à Trieste par des gens qui devaient en payer le transport, qu'en la rétrocédant au vendeur il ferait l'économie du fret et qu'il obtiendrait un meilleur prix en Angleterre qu'à Trieste. C'était douteux. Mais pour ne pas le fâcher, personne ne mit la chose en discussion. L'affaire une fois liquidée, Guido eut un sourire un peu amer, un sourire de penseur pessimiste :

— N'en parlons plus, dit-il. La leçon a été un peu chère. Nous tâcherons d'en profiter.

Mais on en reparla. Il ne refusait plus les affaires, avec cette belle assurance des premiers temps. Et au bout de l'année, quand je lui fis constater notre déficit :

— Ce maudit sulfate de cuivre a été mon malheur, gronda-t-il. J'étais obsédé par le désir de rattraper cette perte !

Mon absence du bureau avait eu pour cause ma rupture avec Carla. Il m'en coûtait trop d'assister aux amours de Guido et de sa dactylographe. En ma présence, ils se regardaient, se souriaient. Si bien qu'un beau soir je quittai le bureau furieux et bien résolu à ne plus revenir. Je m'attendais que Guido me demandât la raison de ma défection et je me préparais à lui dire son fait. Je pouvais me montrer sévère à son égard, étant donné qu'il n'avait absolument rien su de mes promenades au Jardin Public. J'éprouvais une sorte de jalousie. Je voyais en Carmen la Carla de Guido, une Carla plus douce, plus soumise. Après Ada, Carmen ! Les meilleures femmes étaient toujours pour lui ; et ses succès, il les devait à des qualités que je lui enviais tout en les considérant comme inférieures : sa désinvolture, la sûreté de son coup d'archet.

Une chose me semblait désormais certaine : j'avais sacrifié Carla à Augusta. Quand je songeais à ces deux années de bonheur que la pauvre enfant m'avait données, je n'arrivais pas à comprendre comment elle avait pu me supporter si longtemps. Ne l'avais-je pas offensée chaque jour, par amour pour ma femme ? Guido, au contraire, auprès de Carmen, oubliait totalement Ada. Les deux femmes ne se faisaient pas tort l'une à l'autre : il leur donnait à chacune sa place dans son cœur frivole. Quand je comparais mes scrupules à sa légèreté, je me jugeais innocent, oui : innocent ! J'avais épousé Augusta sans amour et je ne pouvais la tromper sans souffrir ! Lui aussi avait épousé Ada sans l'aimer, c'est vrai, mais moi, j'aimais Ada en ce temps-là, et si je l'avais obtenue j'aurais été encore plus délicat à son égard que je ne l'étais à l'égard de ma femme.

Guido ne tenta rien pour hâter mon retour au bureau. Il observa nos conventions, d'après lesquelles je n'étais pas obligé à une activité régulière ; quand il me rencontrait chez moi ou ailleurs, il me témoignait toujours la même amitié et ne risquait pas la moindre allusion à cette place, à ce fauteuil qu'il avait acheté pour moi et que je laissais vide. Je lui en savais gré et si l'un de nous se sentait gêné, c'était moi. Ce fut donc spontanément et pour chercher une diversion à mon ennui que je retournai enfin au bureau. Guido m'y accueillit comme si mon absence n'avait duré qu'une journée, me dit qu'il était heureux de me revoir et, comprenant que j'avais l'intention de me remettre au travail, s'écria :

— J'ai donc eu raison de ne permettre à personne de toucher à tes livres.

En effet, grand livre et journal en étaient au point où je les avais laissés.

— Maintenant que vous êtes revenu, me dit Luciano, espérons que nous allons nous remuer un peu. Je pense que M. Guido s'est découragé à cause de quelques affaires qui n'ont pas réussi. Ne lui répétez pas ce que je vous dis là, mais voyez si vous ne pourriez pas lui rendre confiance.

Le fait est qu'il eût été vain de chercher dans nos bureaux les traces d'une activité intense. On y coulait plutôt des jours idylliques. J'en conclus que Guido n'avait plus besoin de recourir au prétexte de la sténographie pour faire manœuvrer Carmen sous sa direction ; autrement dit : la période des préliminaires était derrière eux et ils étaient désormais amant et maîtresse.

Je fus surpris par l'accueil de Carmen qui éprouva le besoin de me rappeler une histoire que j'avais complètement oubliée. Il paraît que je l'avais serrée d'un peu trop près, une des dernières fois que j'étais venu, avant mon absence, un de ces jours où, très déprimé par ma rupture avec Carla, je courais après toutes les femmes. Bref, Carmen m'aborda d'un air sérieux et quelque peu embarrassé : elle me revoyait avec plaisir car elle savait que j'avais de l'affection pour Guido et que mes conseils pourraient lui être utiles, et elle ne demandait qu'à entretenir avec moi, si je voulais bien, des rapports de bonne et fraternelle amitié. Après ce discours, elle me tendit la main d'un geste large. Avec effort, elle durcissait les traits de son doux visage et lui composait une gravité qui devait signifier le caractère exclusivement fraternel de nos futures relations.

Alors je me souvins, et je rougis. Si je m'en étais souvenu avant, je ne serais peut-être jamais retourné au bureau. Ç'avait été un incident si bref, entre tant d'autres de même sorte, que s'il ne m'avait pas été remis en mémoire, j'aurais pu croire qu'il ne s'était jamais produit. Quelques jours après l'abandon de Carla j'avais entrepris une révision de mes livres. Carmen, assise à côté de moi, m'aidait. Pour lire plus commodément sur la même page, je passai mon bras autour de sa taille que je serrai d'abord légèrement, puis de plus en plus fort jusqu'au moment où Carmen, d'un bond, m'échappa. C'est alors que j'avais quitté le bureau.

J'aurais pu répondre par un sourire et Carmen m'aurait compris. Les femmes sont si portées à sourire de pareils délits ! J'aurais pu lui dire :

— J'ai essayé, je n'ai pas réussi et je le regrette, mais je suis sans rancune et vous aurez mon amitié jusqu'au moment où vous aimerez mieux quelque chose d'autre.

Ou bien j'aurais pu lui dire gravement :

— Excusez-moi et ne me jugez pas sans savoir dans quel état je me trouvais alors.

Mais la parole me manqua. J'avais l'impression qu'une rancœur solidifiée m'obstruait la gorge. Toutes ces femmes qui me repoussaient créaient autour de moi une atmosphère vraiment tragique ; je n'avais jamais traversé une période aussi malheureuse. J'aurais volontiers grincé des dents, mais ce n'eût guère été le moyen de cacher mon dépit. Et puis je ne voyais pas sans chagrin s'évanouir un espoir auquel je m'attachais encore. Il faut bien que je l'avoue : à la maîtresse que j'avais perdue (si peu compromettante, et qui ne m'avait jamais demandé que la permission de vivre en ma compagnie, jusqu'au jour où elle me demanda celle

de ne plus me voir), il m'eût été impossible de trouver
une remplaçante meilleure que Carmen. Une maîtresse
partagée est la moins compromettante. Je ne me disais
pas cela en termes clairs, mais je le sentais confusément
et aujourd'hui je suis à même de préciser ma pensée.
En devenant l'amant de Carmen, j'aurais servi Ada
sans faire trop grand tort à Augusta. Chacune des deux
eût été beaucoup moins trahie que si Guido et moi nous
avions eu chacun une maîtresse.

Quelques jours après, je donnai enfin ma réponse à
Carmen. Une réponse dont je rougis encore. J'en ai du
remords plus que d'aucune autre action de ma vie. Il
faut que l'abandon de Carla m'ait mis hors de moi pour
que j'en sois arrivé à ce point. Une parole stupide qui
nous a échappé nous laisse un souvenir plus cuisant
que celui d'un acte criminel inspiré par la passion.
Naturellement j'entends par « paroles » celles qui ne
sont pas des actes. Je sais fort bien que les paroles de
Iago, par exemple, sont des actes. Les actes (y compris
les paroles de Iago), nous les commettons pour en
obtenir un plaisir, un bénéfice ; nous nous y engageons
tout entiers ; cette part de nous-mêmes qui devrait
s'ériger en juge s'y engage elle aussi, et dès lors devient
un juge plein d'indulgence. Mais la parole ne tend qu'à
la satisfaction d'une très petite part de notre organisme
et elle procède au simulacre d'une lutte alors que la
lutte est finie, la bataille perdue. Qu'ils veuillent
blesser ou caresser, les mots se meuvent dans un
monde de métaphores gigantesques ; et quand ils sont
de feu, ils brûlent celui qui les prononce.

J'avais observé que les fraîches couleurs auxquelles
Carmen devait son emploi de dactylographe avaient
pâli. Sans admettre que ce changement pût avoir une
cause physique, je l'attribuai aux ravages d'une passion

malheureuse. Nous, les hommes, nous plaignons toujours de tout notre cœur la femme qui a cédé à un
autre. Nous ne voyons pas trop quelle compensation
elle peut espérer de sa faute. Cet « autre » a beau être
notre ami (et c'était le cas), nous ne sommes pas
aveugles, nous savons comment finissent en ce monde
les aventures de cette sorte ! Donc pénétré, pour
Carmen, d'une compassion que ne m'avaient jamais
inspirée Carla, ni ma femme, je lui dis : « Puisque vous
avez été assez bonne pour me demander mon amitié,
me permettrez-vous de vous donner au besoin des
avertissements ? »

Elle se garda de rien me permettre. Toutes les
femmes, en pareil cas, confondent « avertissements »
et « voies de faits ». Elle devint rouge et balbutia :
« Que dites-vous ? Je ne comprends pas bien. » Et
aussitôt, pour m'empêcher de répondre : « Si j'avais
besoin d'un conseil, j'aurais recours à vous, Monsieur
Cosini, certainement ! »

Je ne fus donc pas autorisé à prêcher la morale à
Carmen ; malheureusement pour moi, car la prédica-
tion m'aurait mené tout droit à des discours plus
sincères, peut-être même à des gestes et je n'aurais pas
à me reprocher d'avoir voulu jouer hypocritement le
rôle de Mentor.

Guido, qui s'était pris de passion pour la chasse et la
pêche, manquait au bureau plusieurs fois par semaine.
Moi, au contraire, je venais assidûment et je travaillais
à mettre mes livres à jour. Carmen et Luciano me
considéraient comme le chef de service. Je n'avais pas
l'impression que Carmen souffrît des absences de
Guido. « Elle l'aime tant, pensais-je, qu'elle est heureuse de savoir qu'il s'amuse. » Elle devait d'ailleurs
être informée des jours où il ne viendrait pas, car elle

ne trahissait ni anxiété ni impatience. Ada n'était pas ainsi faite. Je savais par Augusta qu'elle se plaignait amèrement des absences fréquentes de son mari et que ce n'était pas son seul sujet de plainte. Comme toutes les femmes délaissées, elle mettait sur le même plan les grandes offenses et les petites : non seulement Guido la trompait, mais s'il passait une soirée chez lui, c'était à jouer du violon ! Ce violon qui m'avait fait tant souffrir était une manière de lance d'Achille pour la variété de ses usages. Il s'était fait entendre au bureau et avait contribué à la conquête de Carmen par le moyen de brillantes variations sur le *Barbier*. Puis, devenu inutile de ce côté, il avait repris sa place au logis où il épargnait à Guido l'ennui des conversations avec sa femme.

Entre Carmen et moi, il ne se passa plus rien. J'en arrivai bientôt à la considérer (comme Ada) avec une indifférence aussi complète que si elle eût changé de sexe. Pour l'une et pour l'autre, je n'éprouvais plus que de la pitié.

Guido me comblait d'amabilités. Il avait appris, je pense, à apprécier ma compagnie au cours des mois où je l'avais laissé seul. Une petite femme du genre de Carmen, c'est agréable de temps à autre mais difficile à supporter des journées entières. Il m'invita à venir chasser et pêcher avec lui. Je refusai de l'accompagner à la chasse que j'ai en horreur. Par contre, un jour que je m'ennuyais, il réussit à m'entraîner à la pêche. Le poisson n'a aucun moyen de communiquer avec nous et d'éveiller notre compassion : l'agonie, la mort elle-même ne changent rien à son aspect. Sa douleur, si elle existe, est parfaitement invisible sous les écailles.

Quand un jour Guido me proposa une partie de pêche nocturne, je me réservai de voir si Augusta me permettrait de sortir et de rester dehors si tard. Je savais que son embarcation devait quitter le môle Sartorio à neuf heures du soir. Je lui dis que je ne l'oublierais pas et que, si la chose m'était possible, je serais au rendez-vous. Évidemment il devait être sûr que je ne viendrais pas, car en pareil cas je lui avais toujours fait faux bond.

Mais ce soir-là, justement, je fus chassé de chez moi par les cris stridents de ma petite Antonia. Plus sa maman la caressait, plus la petite criait. Alors j'essayai d'un système à moi, qui consistait à crier encore plus fort qu'elle, et dans l'oreille de ce petit singe hurlant. Je n'obtins qu'un changement de rythme dans ses cris, qui devinrent des hurlements d'épouvante. J'étais prêt à appliquer une méthode encore plus énergique, mais Augusta, se souvenant à temps de l'invitation de Guido, m'accompagna jusqu'à la porte, avec la promesse de se coucher sans m'attendre si je rentrais tard. Pour me voir partir je pense qu'elle se serait même engagée à prendre son petit déjeuner sans moi au cas où mon absence se serait prolongée jusqu'au matin. Entre Augusta et moi, il existe un petit désaccord (le seul) concernant la manière de traiter les enfants insupportables : mon opinion est que la douleur de l'enfant a moins d'importance que la nôtre et qu'il y a lieu de la lui infliger si, à ce prix, on évite à l'adulte un grave désagrément ; elle, au contraire, estime qu'ayant mis les enfants au monde, nous avons le devoir de les supporter.

J'avais tout mon temps pour arriver au rendez-vous et je traversais lentement la ville. Je regardais les femmes, et en même temps j'imaginais un dispositif ingénieux qui aurait empêché tout désaccord entre Augusta et moi. Malheureusement mon appareil n'était pas réalisable dans l'état actuel de notre civilisation. Il était destiné à un lointain avenir ; pour moi, il n'avait d'autre intérêt que de me permettre de constater que mes disputes avec Augusta tenaient à bien peu de chose. Il n'aurait fallu, pour les rendre impossibles, qu'un petit tramway domestique, une chaise d'enfant sur roues et sur rails, où on aurait installé Antonia : une simple pression sur un bouton électrique, et le siège, avec le bébé hurlant, se serait mis à rouler jusqu'au point le plus éloigné de la maison. Alors, atténués par la distance, les cris de l'enfant seraient devenus presque agréables, et ma femme et moi nous serions restés bien tranquilles, en parfaite harmonie.

C'était une nuit sans lune, très étoilée ; une de ces nuits claires et apaisantes, où le regard porte loin. Je contemplai les étoiles. Peut-être gardaient-elles la trace du signe d'adieu que leur avait adressé mon père mourant. Je me disais qu'il passerait, ce temps affreux où les enfants sont bruyants et malpropres ; mes enfants deviendraient un jour semblables à moi et je remplirais sans effort mon devoir de père affectueux. Cette belle et vaste nuit me comblait de sérénité : je n'éprouvais même pas le besoin de prendre des résolutions. Interceptées par une petite construction élevée sur la digue, les lumières de la ville n'éclairaient pas la pointe du môle. L'obscurité y était totale. L'eau noire, calme et haute, semblait paresseusement gonflée.

Soudain mon attention fut détournée de la mer et du ciel par la pointe d'un soulier verni qui brillait dans l'ombre. A quelques pas de moi une forme féminine se dressait. Dans cet espace limité, dans le noir, il me sembla que cette femme grande et élégante se trouvait enfermée dans une chambre avec moi. Les aventures les plus agréables peuvent se produire quand on s'y

attend le moins, et, en voyant cette femme s'avancer
soudain vers moi, d'un air décidé, j'eus, pendant un
instant, un sentiment des plus agréables. Hélas, il
disparut tout de suite, car j'entendis la voix rauque de
Carmen. Elle tenta de feindre un grand plaisir en
apprenant que j'étais de la partie. Mais avec cette voix
et dans cette obscurité, la feinte n'était pas possible.

Je lui dis rudement :

— Guido m'a invité mais si vous voulez, je vous
laisse seuls. Je passerai bien ma soirée ailleurs.

Elle protesta : elle était ravie de me voir pour la
troisième fois aujourd'hui. Tout le bureau serait réuni
dans la petite barque, puisque Luciano aussi nous
accompagnait : si nous coulions, quelle catastrophe !
Elle m'avait parlé de Luciano pour me prouver l'injustice de mes soupçons. Après cela, elle se mit à bavarder
avec volubilité, déclarant que c'était la première fois
qu'elle allait pêcher avec Guido et avouant presque
aussitôt que c'était la seconde. (Elle avait laissé échapper qu'elle aimait s'asseoir *a pagliolo* — c'est-à-dire au
fond de la barque — et comme je me montrais surpris
qu'elle connût ce terme, elle confessa l'avoir appris lors
d'une autre promenade en mer avec Guido.)

— Ce jour-là, ajouta-t-elle pour me rassurer quant à
cette première promenade, nous avons pêché le
maquereau et non la dorade. Le matin.

Je regrette de n'avoir pas eu le loisir de la faire parler
un peu plus : j'aurais appris tout ce que je voulais
savoir. Mais déjà la barque de Guido surgissait de
l'ombre et s'avançait rapidement. Je ne savais que
faire. Peut-être valait-il mieux m'excuser et les laisser
seuls ; peut-être même Guido ne comptait-il pas sur
moi car j'avais presque refusé son invitation. Cependant l'embarcation accostait ; Carmen, malgré l'obscu-

rité, y descendit d'un pied sûr, refusant l'aide de
Luciano et sa main tendue. Comme je restais immobile, Guido cria :

— Ne nous fais pas perdre notre temps !

D'un bond, je fus dans la barque, mû par l'appel de
Guido comme par un ressort. Puis, je regardai du côté
de la terre avec nostalgie, mais une seconde trop tard :
nous étions déjà à trois brasses du môle.

Je finis par m'asseoir à la proue et quand mes yeux
furent habitués à l'obscurité, je distinguai en face de
moi, à la poupe, Guido sur la banquette et, à ses pieds,
au fond de la barque, Carmen. Luciano, qui faisait la
manœuvre, nous séparait. Je ne me sentais ni en
sécurité ni à l'aise dans cette chétive embarcation mais
j'en prenais mon parti et bientôt, le spectacle des
étoiles me rendit la sérénité. En présence de Luciano,
serviteur dévoué de la famille de nos femmes, Guido ne
se risquerait pas à trahir Ada. Donc ma présence ne
pouvait lui être importune. Je désirais vivement pouvoir jouir de ce ciel et de cette grande mer paisible. S'il
m'eût fallu éprouver des remords, et donc souffrir,
j'aurais mieux fait de rester chez moi et de me laisser
tourmenter par ma petite Antonia. En respirant à
pleins poumons l'air frais de la nuit, je compris que je
pourrais passer un bon moment en compagnie de
Guido et de Carmen. Au fond, je les aimais bien, tous
les deux.

Au-delà du phare, nous prîmes le large et aperçûmes
à quelques milles plus loin les feux d'innombrables
voiliers. Après avoir doublé un établissement balné-
aire, grosse construction noirâtre sur pilotis, nous
nous dirigeâmes du côté de la *riviera di Sant'Andrea* et
nous commençâmes à croiser dans ces parages aimés
des pêcheurs. A droite et à gauche, un grand nombre

de barques manœuvraient comme nous, silencieuse-
ment. Guido prépara trois lignes, accrochant par la
queue, à l'hameçon, les petits crabes qui servaient
d'appâts. Il nous donna à chacun une ligne et me dit
qu'étant à la proue j'avais plus de chances de prendre
du poisson ; je voyais dans l'ombre mon crabe empalé
qui remuait lentement la partie antérieure de son
corps. Ce mouvement trahissait une attention médita-
tive plutôt qu'un spasme de douleur. Ce qui causerait
la douleur d'un être plus complexe se réduit peut-être,
pour un organisme élémentaire, à une expérience
nouvelle, une excitation à la pensée. Je lançai ma ligne
et lâchai dix brasses de fil, suivant les instructions de
Guido. Carmen et lui firent de même. Guido, à la
poupe, tenait aussi une rame et dirigeait savamment la
barque pour que nos fils ne s'emmêlent pas. Luciano
n'était pas encore capable d'exécuter cette manœuvre.
Il avait d'ailleurs la charge du petit filet avec lequel il
faudrait amener hors de l'eau le poisson pris à l'hameçon.

Les lignes placées, nous n'avions plus rien à faire.
Guido n'arrêtait pas de discourir. Je soupçonne que la
passion d'enseigner l'attachait à Carmen plus que
l'amour. J'aurais préféré ne pas l'entendre, ne pas
distraire ma pensée du petit animal que je maintenais
exposé à la voracité des poissons et qui les attirait par
ses mouvements de tête, à supposer qu'il les continuât,
suspendu dans l'eau. Mais Guido me prenait sans cesse
à témoin et m'obligeait à écouter sa théorie de la pêche
à la ligne : « Le poisson touche l'appât à plusieurs
reprises ; on sent très bien sa touche mais il faut se
garder de tirer avant que la ligne ne soit tendue.
Seulement alors on donne un coup sec et on est sûr
d'enfiler l'hameçon dans la bouche du poisson. » Et là-

dessus, comme toujours, des commentaires interminables. Guido voulait à toute force nous expliquer ce que nous éprouvions dans la main au moment de la touche. Carmen et moi, nous connaissions déjà par expérience cette vibration, cette manière de répercussion sonore, mais il ne nous faisait grâce de rien. Nous dûmes renouveler plusieurs fois nos appâts. La bestiole pensive finissait, sans avoir été vengée, dans le ventre de quelque dorade habile à éviter la pointe de l'hameçon.

A bord, nous avions de la bière et des petits pains. Guido assaisonnait le tout de son inépuisable bavardage. Il parlait maintenant des énormes richesses cachées dans les mers. Il ne s'agissait pas du poisson, comme le croyait Luciano, ou de trésors naufragés, mais de l'or dissous dans l'eau. Se rappelant tout à coup que j'avais étudié la chimie, il me demanda :

— Tu dois en savoir quelque chose, toi, de cet or ?

Mes souvenirs étaient plutôt vagues, mais je fis oui de la tête et risquai une observation dont je n'étais pas très sûr qu'elle fût exacte :

— L'or de la mer est le plus coûteux de tous. Pour en tirer un napoléon, il faudrait en dépenser cinq.

Luciano, qui me regardait les yeux brillants pour m'entendre confirmer l'existence de ces richesses sur lesquelles nous étions en train de naviguer, me tourna le dos, tout déçu. Guido, au contraire, me donna raison. Il croyait se rappeler qu'en effet l'or extrait de la mer coûterait exactement cinq fois sa valeur. Il voulait me flatter en confirmant ce chiffre que j'avais lancé au petit bonheur. Visiblement il n'avait rien à redouter de moi et n'avait pas à se montrer jaloux de cette femme couchée à ses pieds. Un instant j'eus la tentation de le mettre dans l'embarras en disant qu'à y mieux penser, je me rappelais que pour extraire un napoléon de l'eau de mer, il fallait dépenser trois napoléons seulement, ou au contraire pas moins de dix.

Mais tout à coup ma ligne se tendit. Il me fallut résister à une traction violente. Je tirai à mon tour et poussai une exclamation. Guido, déjà à mes côtés, me prenait la ligne des mains. Il commença à tirer à petits coups, puis, la résistance diminuant, de plus en plus fort. A la surface de l'eau noire, nous vîmes briller le corps argenté d'un gros animal. Désormais, il ne résistait plus ; il suivait sa douleur. Je compris alors la souffrance de cette bête muette : elle la criait par cette hâte à courir à la mort. Je l'eus bientôt à mes pieds, agonisante. Luciano l'avait prise au filet et, sans ménagement, lui avait arraché l'hameçon de la bouche.

Il la palpait, la soupesait avec admiration.

— Une dorade de trois kilos, murmura-t-il.

Et il calcula le prix qu'on en demanderait au marché. Guido observa que c'était l'heure de la marée haute et qu'il serait difficile de prendre d'autre poisson : les poissons ne mangent que pendant le flux ou le reflux, mais jamais quand la mer est étale. C'était un fait connu des pêcheurs. Et Guido de philosopher sur le péril qui résulte, pour les animaux, de leur appétit. Après quoi, il se mit à rire et, sans songer que sa réflexion était peu concevable, il dit :

— Tu es le seul à pouvoir pêcher ce soir.

Ma victime frétillait encore dans le bateau quand Carmen poussa un cri. Guido, sans bouger, mais d'une voix où l'on distinguait un rire contenu, demanda :

— Encore une dorade ?

Carmen, confuse, répondit :

— J'avais cru !... mais j'ai lâché l'hameçon.

J'étais sûr, quant à moi, que, poussé par le désir, Guido avait osé une caresse un peu brutale.

Je me sentais de plus en plus mal à l'aise. Je n'avais plus envie d'attraper de poisson ; j'agitais même ma ligne pour que les pauvres bêtes ne pussent pas mordre. Je finis par déclarer que j'avais sommeil et par demander à Guido de me débarquer à Sant'Andrea. Pour ne pas lui laisser croire que je le quittais à cause de ce que m'avait révélé le cri de Carmen, je lui dis que la veille au soir ma petite Antonia avait fait une scène et que je voulais m'assurer qu'elle n'était pas malade.

Avec sa complaisance habituelle, Guido accosta. Il m'offrit la dorade que j'avais pêchée mais je refusai. Mieux valait, dis-je, lui rendre la liberté en la rejetant à l'eau — paroles qui provoquèrent, de la part de Luciano, un hurlement de protestation.

— Si j'étais sûr de lui rendre vie et santé, dit Guido avec bonhomie, je n'hésiterais pas. Mais maintenant elle n'est plus bonne qu'à manger.

De la terre, je les suivis des yeux et je pus constater que Guido et Carmen ne profitaient pas de la place que je laissais vide. Ils restaient blottis l'un contre l'autre à la poupe et la barque filait, la proue légèrement soulevée.

J'appris en rentrant chez moi qu'Antonia avait eu un accès de fièvre, ce qui me parut une punition du ciel. N'avais-je pas attiré la maladie sur elle en simulant, devant Guido, une préoccupation de sa santé que je n'éprouvais point ? Augusta ne s'était pas encore couchée, mais le docteur Paoli, venu un instant plus tôt, l'avait rassurée en lui disant qu'une fièvre subite de cette violence ne pouvait être un symptôme de maladie grave. Nous demeurâmes longtemps à regarder Antonia qui gisait sur son petit lit, dans une pose abandonnée, le front chaud, sec et très rouge sous ses boucles brunes en désordre. Elle ne criait pas, mais elle poussait de temps à autre un gémissement bref auquel succédait une invincible torpeur. Mon Dieu ! comme la souffrance me la rendait proche ! J'aurais donné des années de ma vie pour rendre sa respiration plus facile. Comment me délivrer du remords d'avoir cru ne pas savoir l'aimer, et d'avoir passé tout ce temps, alors qu'elle souffrait, loin d'elle, et en cette compagnie ?

« Elle ressemble à Ada », dit Augusta dans un sanglot. C'était vrai. Et cette ressemblance qui, pour la première fois, nous frappait, devint de plus en plus manifeste à mesure qu'Antonia grandit ; à tel point que parfois je tremble à la pensée qu'elle pourrait avoir le même destin que cette malheureuse.

Nous nous couchâmes après avoir placé le lit de la petite à côté de celui d'Augusta. Je ne pouvais dormir. J'avais un poids sur le cœur comme au temps où mes fautes de la journée suscitaient en moi, la nuit, les imaginations douloureuses du remords. La maladie de cette enfant me pesait comme une faute. Je me révoltai. J'étais innocent ! J'avais le droit de parler, de tout dire ! Je racontai à Augusta ma rencontre avec Carmen, comment elle s'était assise au fond de la barque et finalement son cri provoqué (pensais-je) par un geste audacieux de Guido. Sur ce dernier point je n'affirmais rien mais Augusta eut la certitude que mon impression était juste. Comment expliquer, sinon, l'accent rieur de Guido ? Je cherchai à atténuer l'effet de mes paroles imprudentes, mais pour cela je dus en dire davantage. Ce fut une vraie confession : j'avouai l'ennui qui m'avait chassé de la maison et mon remords de ne pas mieux aimer notre Antonia. Aussitôt je me sentis soulagé et je m'endormis profondément.

Le lendemain matin, Antonia allait mieux. La fièvre était tombée. L'enfant reposait et respirait avec calme.

Il était clair qu'elle avait pris le dessus après une courte lutte, seulement elle était pâle et comme brisée par un effort disproportionné à son organisme. Rassuré sur son compte, je me souvins avec ennui que j'avais horriblement compromis Guido et je tâchai d'obtenir d'Augusta la promesse qu'elle ne ferait part à personne de mes soupçons. Elle répliqua qu'il ne s'agissait pas de soupçons mais d'évidences, chose que je niai sans parvenir à la convaincre. Elle n'en promit pas moins ce que je voulus et je pris tranquillement le chemin du bureau.

Guido n'était pas encore arrivé et Carmen me raconta qu'après mon départ ils avaient fait bonne pêche : deux autres dorades, plus petites que la mienne mais très lourdes. Sans doute voulait-elle, par ce mensonge, me faire croire qu'ils avaient passé toute la nuit à jeter leurs lignes. Je ne suis pas crédule à ce point. (La mer n'avait donc jamais cessé de monter ? Jusqu'à quelle heure étaient-ils restés dehors ?)

Carmen, pour me convaincre, me fit confirmer la pêche des deux dorades par Luciano. J'en conclus que Luciano, pour entrer dans les bonnes grâces de Guido, eût été capable de n'importe quoi.

De cette même période idyllique et tranquille qui précéda l'affaire du sulfate de cuivre, je rapporterai encore un petit fait qui met en relief la présomption démesurée de Guido et qui jette sur mon propre caractère un jour singulier.

Nous étions au bureau tous les quatre. Le seul qui parlât d'affaires était, bien entendu, Luciano. Une phrase qu'il prononça sonna aux oreilles de Guido comme un reproche : un reproche qu'il lui était difficile de supporter en présence de Carmen, mais dont il ne lui était pas moins difficile de se défendre, car Luciano apportait la preuve qu'une certaine affaire refusée par Guido plusieurs mois auparavant, malgré son conseil à lui Luciano, avait rapporté de gros bénéfices à la maison qui s'en était emparée. Guido s'en tira en déclarant qu'il méprisait le commerce et que, s'il ne réussissait pas dans cette voie, il trouverait moyen de gagner de l'argent de façon beaucoup plus intelligente. Par exemple en jouant du violon. Tout le monde en tomba d'accord. Moi aussi, mais avec cette réserve :

— A condition de travailler beaucoup.

Ma réserve lui déplut. Il répliqua aussitôt que, s'il consentait à travailler, il aurait encore bien d'autres talents à exploiter : il pourrait faire de la littérature. Carmen et Luciano approuvèrent derechef, et moi aussi, avec un peu d'hésitation : je tâchais d'évoquer les figures de nos grands écrivains pour en trouver une comparable à celle de Guido. Alors il éclata :

— Voulez-vous que je compose des fables ? Je vous en improviserai qui vaudront celles d'Ésope.

Il était seul à ne pas rire. Il se fit apporter la machine de Carmen, et, couramment, comme s'il avait écrit une lettre sous la dictée, mais avec des gestes plus larges que n'eût requis ce genre de travail, il rédigea sa première fable. Il tendit le feuillet à Luciano puis, changeant d'idée, le remit sur la machine et recommença à taper. Le second morceau lui coûta plus d'effort, si bien qu'il oublia de simuler les attitudes de l'inspiration et dut se corriger plusieurs fois. J'en conclus que la première fable n'était pas de lui et que la seconde, en revanche, est vraiment sortie de son cerveau, dont elle me paraît digne. Dans la première, il était question d'un oiselet : il s'avise que la porte de sa cage est restée ouverte. Il pense d'abord en profiter pour s'envoler, mais il craint que la porte ne soit refermée pendant son absence — et alors, adieu liberté ! La seconde parlait d'un éléphant et on peut dire qu'elle était éléphantesque. Souffrant de faiblesse des jambes, l'énorme animal va trouver un médecin illustre, lequel, à la vue de ces membres puissants, s'écrie : jamais, je n'ai vu des jambes aussi fortes !

Luciano ne s'en laissa pas imposer par ces fantaisies, auxquelles, d'ailleurs, il ne comprenait rien. Il trouvait plutôt risible que des choses pareilles fussent présentées comme négociables. Après qu'on lui eut bien expliqué que l'oiseau craignait de perdre la liberté de rentrer dans sa cage et que l'homme admirait les jambes de l'éléphant sans voir leur faiblesse, il se mit à rire par complaisance. Mais aussitôt il demanda :

— Qu'est-ce qu'on peut tirer de deux fables comme celles-ci ?

Guido prit son air supérieur :

— Le plaisir de les avoir faites, d'abord ; et puis, si on y tient, beaucoup d'argent.

Carmen était agitée par l'émotion. Elle demanda la permission de recopier les deux fables et quand Guido lui fit présent du feuillet original, après y avoir apposé sa griffe, elle le remercia avec reconnaissance.

Qu'avais-je à voir en cette affaire ? Il était saugrenu de disputer à Guido l'admiration de Carmen, qui, je l'ai dit, ne m'importait nullement. Mais le souvenir de la façon dont j'ai agi me donne à croire qu'une femme, même quand nous ne la désirons pas, peut toujours nous pousser à la lutte. Les chevaliers du Moyen Age ne se battaient-ils pas pour des dames qu'ils n'avaient jamais vues ?

Il advint que, ce jour-là, les douleurs lancinantes de mon pauvre organisme se firent soudain plus aiguës et j'eus conscience que je ne pourrais les calmer qu'à condition de battre Guido, séance tenante, sur le terrain des fables.

Je m'assis à la machine et j'improvisai pour de bon, moi. A vrai dire ma première fable s'inspirait d'un événement auquel j'avais beaucoup réfléchi depuis quelques jours. Je lui donnai pour titre « Hymne à la vie » ; mais après réflexion, j'écrivis au-dessous « Dialogue ». Il me semblait plus facile de faire parler les bêtes que de les décrire. Ainsi naquit ma fable, sous la forme du très bref dialogue que voici : « *Le petit crabe méditatif :* La vie est belle, mais il faut prendre garde à l'endroit où l'on s'assied. *La dorade, courant chez le dentiste :* La vie est belle, mais il faudrait éliminer ces petits animaux trompeurs qui, dans leur chair savoureuse, cachent un fer aigu. »

Où trouver maintenant les acteurs de la seconde fable ? (Car il m'en fallait deux.) Le chien de Guido, couché dans son coin, me regardait, et, de ses yeux timides, je tirai un souvenir : tout récemment Guido était rentré de la chasse couvert de puces et s'était enfermé dans la *Comptabilité* pour secouer sa chemise. Je tenais ma fable. Sans hésiter j'écrivis : « Il était une fois un prince mordu par une multitude de puces. Il implora les dieux de lui infliger une seule puce, grosse et famélique, mais une seule ; les autres seraient destinées au reste du genre humain. Malheureusement aucune des puces ne consentit à rester seule avec cette grosse bête d'homme et il dut les garder toutes. »

Sur le moment, mes fables me parurent splendides. Les choses qui sortent de notre cervelle ont un aspect souverainement aimable, surtout quand nous les examinons à peine nées.

A dire vrai, mon *Dialogue* me plaît encore aujourd'hui (et j'ai acquis la pratique de la composition !). L'hymne à la vie chanté par un mourant est chose très sympathique pour ceux qui le regardent mourir ; c'est d'ailleurs un fait que beaucoup de moribonds emploient leur dernier souffle à dire ce qu'ils pensent être la cause de leur mort, et cela peut passer pour un hymne à la vie des autres, qui sauront éviter cet accident. Pour la seconde fable, il vaut mieux n'en point parler. Guido la jugea avec autant de bonne humeur que de finesse quand il me dit en riant :

— C'est moins une fable qu'une façon de m'appeler grosse bête.

Je ris avec lui et les douleurs qui m'avaient poussé à écrire se calmèrent aussitôt. J'expliquai à Luciano le sens de mes apologues, ce qui le mit en joie ; puis il exprima l'avis que personne ne donnerait un sou de mes fables, ni de celles de Guido. Mais Carmen, qui n'appréciait pas mon talent de fabuliste, me lança un mauvais regard, où je lisais, aussi clairement que si elle l'eût écrit en grosses lettres :

« Toi, tu n'aimes pas Guido ! »

J'en fus bouleversé car vraiment, à ce moment-là, elle se trompait. Je songeai que j'avais tort de mettre les apparences contre moi, alors que je travaillais pour mon beau-frère avec un désintéressement absolu. Il me fallait surveiller mes attitudes. Je dis à Guido avec douceur :

— Je reconnais volontiers que tes fables sont meilleures que les miennes, mais, remarque bien, c'est la première fois que j'en compose.

Il ne se rendit pas encore :

— Tu crois donc que je n'ai fait que cela toute ma vie !

Le regard de Carmen était déjà moins méchant. Pour l'obtenir tout à fait bon, je dis encore :

— Tu as sûrement un don spécial pour les fables.

Mon compliment fit rire la compagnie (et j'en ris aussitôt moi-même), mais de bon cœur. On voyait bien que j'avais parlé sans malveillance.

Après la liquidation de notre affaire de sulfate, le bureau prit un aspect plus sérieux. On n'avait plus le temps d'écrire des fables ! Nous acceptions presque toutes les affaires qu'on nous offrait. Quelques-unes donnèrent un bénéfice, mais petit, d'autres se soldèrent par des pertes, mais grandes. Guido, si généreux dans la vie privée, était desservi par une étrange avarice. Une affaire s'annonçait-elle bonne, il la liquidait aussitôt pour réaliser sans retard un petit profit. Si au contraire il s'était engagé dans une spéculation malheureuse, il ne se décidait pas à en sortir : il retardait le moment de mettre la main à la poche. C'est pour cela, je crois, que ses pertes ont toujours été élevées et ses gains médiocres. La capacité d'un commerçant est une résultante de son organisme tout entier, de la pointe des pieds au sommet du crâne. De Guido on aurait pu dire qu'il était un « astucieux imbécile ». Les Grecs ont un mot pour exprimer cela. Astucieux, il l'était vraiment, mais il n'en était pas moins un crétin : toutes ses habiletés ne lui servaient qu'à mieux savonner la pente sur laquelle il se laissait glisser toujours plus bas.

Ses deux jumeaux lui tombèrent du ciel en même temps que le sulfate de cuivre. Il m'annonça la nouvelle sur un ton qui laissait entendre que la surprise lui était peu agréable, mais aussitôt après il eut une boutade qui me fit bien rire et ce succès le dérida.

Assimilant ses deux enfants aux soixante tonnes de sulfate, il gémit :

— Moi, je suis condamné à travailler en gros.

Pour lui rendre courage, je lui dis qu'Augusta en était au septième mois de sa seconde grossesse et qu'en fait de marmots, j'aurais bientôt atteint son tonnage. Il me répondit, toujours avec pertinence :

— En bonne comptabilité, ce n'est pas la même chose.

Quelques jours plus tard, il fut pris d'une grande affection pour les nouveau-nés. Cela dura un certain temps. Augusta, qui passait une partie de ses journées chez sa sœur, me raconta qu'il s'attardait des heures auprès des deux bébés. Il les caressait, les amusait. Ada lui en était si reconnaissante que ce fut dans leur ménage comme un nouveau printemps. C'est à ce moment qu'il versa une somme assez forte à une compagnie d'assurances afin que ses fils, à vingt ans, se trouvassent en possession d'un petit capital. Je m'en souviens, car c'est moi qui en inscrivis le montant à son débit.

Je fus invité à venir voir les jumeaux. Augusta m'avait dit que je verrais aussi Ada, mais elle ne put pas me recevoir ; dix jours après l'accouchement, elle était encore au lit.

Les jumeaux étaient couchés, chacun dans son moïse, dans un cabinet contigu à la chambre de leurs parents. Ada me cria de son lit :

— Sont-ils beaux, Zeno ?

Le son de sa voix me surprit. Elle me parut plus douce qu'à l'ordinaire. C'était bien un cri — on sentait l'effort — mais un cri très doux. Sans doute cette douceur était-elle causée par la maternité. Je n'en fus pas moins touché car au moment où je la découvrais,

elle s'adressait à moi. J'avais l'impression qu'Ada
ajoutait à mon prénom un qualificatif affectueux tel
que « très cher » ou « mon frère ». Ma gratitude me fit
répondre, dans un élan de bonté et de tendresse.

— Beaux ! gentils ! Ils se ressemblent ! Deux merveilles !

En réalité, ils faisaient l'effet de deux petits morts
décolorés. Et ils ne vagissaient même pas en mesure !

Guido revint bientôt à la vie d'autrefois. Après
l'affaire du sulfate de cuivre, il se montra plus assidu
au bureau, mais chaque semaine, le samedi, il partait
pour la chasse et ne revenait que le lundi, tard dans la
matinée, juste à temps pour jeter un coup d'œil au
courrier avant de rentrer déjeuner chez lui. A la pêche,
il y allait le soir et passait souvent la nuit en mer.
Augusta me racontait les chagrins d'Ada dont la
jalousie était frénétique et qui, en outre, souffrait de sa
solitude. Augusta s'efforçait de la calmer en lui disant
qu'on ne rencontrait pas de femmes à la chasse et à la
pêche. Mais Ada, je ne sais par qui, savait que Carmen
accompagnait parfois Guido en barque. Par la suite,
Guido le lui avoua, ajoutant qu'il n'y avait pas de mal à
accorder ce petit plaisir à une employée si dévouée, et
que d'ailleurs, bien que la présence de Luciano dût
écarter tout soupçon, il n'inviterait plus Carmen si cela
fâchait sa femme. Mais il ne voulait renoncer ni à la
chasse (qui lui coûtait tant d'argent), ni à la pêche. Il
disait qu'il travaillait beaucoup (et en effet, nous avions
fort à faire au bureau à cette époque-là) et qu'il estimait
avoir droit à un peu de délassement. Ada n'admettait
pas cet argument : il lui semblait que ce délassement, il
ne pouvait mieux le trouver que dans sa famille.
Augusta approuvait sa sœur sans réserve. Moi, je
pensais que la famille est un délassement trop bruyant.

Alors Augusta s'écriait :

— Toi, pourtant, tu es à la maison tous les jours à des heures convenables.

C'était vrai ; je devais reconnaître qu'entre Guido et moi il y avait une grande différence, mais je n'avais pas envie de m'en vanter. Je disais à ma femme, tout en la caressant :

— Tu en as tout le mérite, tu as usé de méthodes plus drastiques dans mon éducation.

Le pauvre Guido jouait de malheur. Au début, on pensait qu'Ada nourrirait un des petits et qu'une seule nourrice suffirait. Mais Ada n'eut pas de lait et il fallut engager une deuxième nourrice. Quand Guido voulait me faire rire, il marchait de long en large dans le bureau en se frappant le front et en comptant : une femme, deux enfants, deux nourrices...

Ada avait pris le violon de Guido en particulière horreur. Elle supportait les cris des enfants, mais le son du violon la torturait.

— J'aboierais comme un chien contre cette musique, avait-elle dit à Augusta.

Bizarre ! Augusta, elle, était si heureuse quand, de mon bureau, lui parvenaient quelques grincements arythmiques !

— Pourtant le mariage d'Ada a été un mariage d'amour, disais-je avec stupéfaction. Et le meilleur de Guido, c'est son violon !

Ces bavardages furent oubliés quand je revis Ada pour la première fois. Je m'aperçus — et je fus le premier à m'apercevoir — de sa maladie. Un jour du début de novembre, je quittai le bureau et rentrai chez moi beaucoup plus tôt que d'habitude, vers trois heures de l'après-midi. Le temps était froid, humide et sombre, et j'avais hâte de retrouver la chaleur de mon petit bureau. Pour m'y rendre, il me fallait suivre un long couloir. Arrivé devant la porte de la chambre où travaillait ma femme, j'entendis la voix d'Ada. Je m'arrêtai. Cette voix était douce ou mal assurée (ce qui, je crois, revient au même), comme le jour où j'étais allé voir les jumeaux. J'ouvris la porte, poussé par la curiosité de voir comment la sereine et calme Ada pouvait parler sur ce ton. Elle gémissait, un peu comme une actrice qui aurait voulu, sans pleurer elle-même, arracher des larmes à l'auditoire. Pourtant, ce n'était pas une voix affectée. Si elle me paraissait telle c'est que, sans avoir vu encore la personne qui l'émettait, je la retrouvais, après un assez long intervalle, identique à ce qu'elle était la fois précédente. Je crus qu'elle parlait de Guido. Quel autre sujet aurait pu l'affecter à ce point ?

Je me trompais. Augusta et sa sœur, en prenant leur café, agitaient des questions domestiques : linge, bonnes, etc. Mais il me suffit d'un coup d'œil pour m'assurer que la voix d'Ada était naturelle. Son visage, étrangement altéré, était aussi émouvant que cette voix qui, si elle ne traduisait pas un sentiment, reflétait tout un organisme. Elle en était l'expression exacte et sincère. Cela, je le sentis aussitôt ; mais, n'étant pas médecin, je ne songeai pas à la possibilité d'une maladie. Ces symptômes qui me frappaient, je les rattachais simplement aux fatigues d'une maternité récente.

Comment Guido ne s'était-il pas aperçu d'un tel changement chez sa femme ? Cet œil, quant à moi, je le connaissais par cœur — cet œil dont j'avais tant redouté le regard froid quand il examinait choses et gens avant de les rejeter ou de les accueillir — et je constatai qu'il avait changé, qu'il s'était agrandi comme si, pour mieux voir, il avait forcé l'orbite. Cet œil immense dévorait une pauvre figure décolorée et sans éclat.

Ada me tendit la main et, avec un élan d'affection :

— Je sais déjà, dit-elle, que tu profites du moindre moment de liberté pour venir voir ta femme et ta petite fille.

Elle avait la main moite, ce qui est signe de faiblesse, et ce qui me confirma dans la pensée qu'en se remettant elle retrouverait ses couleurs, ses traits, ses yeux d'autrefois.

J'interprétai les mots qu'elle m'adressait comme un reproche à l'adresse de son mari et, bon enfant, je fis observer que Guido, en sa qualité de patron, avait des responsabilités plus étendues que les miennes, et qui le liaient davantage au bureau.

Elle me scruta du regard pour voir si je parlais sérieusement. Puis, d'une voix étranglée par les larmes :

— Il me semble, dit-elle, qu'il pourrait tout de même consacrer une heure de-ci de-là à sa femme et à ses enfants.

Et, avec un sourire qui implorait l'indulgence :

— En dehors des affaires, il y a la chasse et la pêche : voilà, voilà ce qui prend une bonne part de son temps !

Elle se mit à parler des excellents plats qu'on servait à leur table à la suite des chasses et des pêches de son mari. Sa volubilité me surprenait.

— Et pourtant, j'y renoncerais volontiers ! ajouta-t-elle dans un soupir. Ce n'était pas qu'elle fût malheureuse... Au contraire, elle n'arrivait pas à croire à son bonheur d'avoir mis au monde ces deux petits qu'elle adorait. Elle les aimait encore plus, disait-elle avec un sourire malicieux, depuis que chacun avait sa nourrice. Elle ne dormait guère, mais du moins, quand elle arrivait à prendre un peu de sommeil, elle ne risquait plus d'être dérangée. Comme je demandais si vraiment elle dormait si peu, elle redevint sérieuse pour me confier que c'était là son principal malaise. Puis elle ajouta, plus gaiement :

— Mais cela va déjà mieux.

Elle nous quitta de bonne heure pour deux raisons : elle voulait rendre visite à sa mère et elle supportait mal la chaleur de nos pièces, munies de gros poêles. Pour moi, cette chaleur était à peine suffisante ; la trouver excessive me parut le fait d'un organisme vigoureux.

— Tu n'es donc pas si faible, dis-je en souriant. Tu verras, quand tu auras mon âge.

Elle fut très satisfaite de s'entendre dire qu'elle était trop jeune.

Augusta et moi, nous la reconduisîmes jusqu'à la terrasse. Elle paraissait avoir grand besoin de notre amitié puisque, pour faire ces quelques pas, elle se mit entre nous deux, prit le bras d'Augusta, puis le mien — que je raidis aussitôt : je ne peux pas donner le bras à une femme sans la serrer trop fort et j'avais peur de céder à cette vieille habitude. Sur la terrasse, elle recommença ses doléances ; elle rappela le souvenir de son père et, pour la troisième fois en un quart d'heure, ses yeux devinrent humides : « Ce n'est pas une femme, c'est une fontaine », dis-je à Augusta quand elle fut partie. Je n'attachai pas d'autre importance à des symptômes que j'avais cependant fort bien distingués : l'œil agrandi, la figure maigre, la voix changée, le caractère même altéré : Ada montrait une facilité à s'attendrir qui, chez elle, surprenait, mais ceci, je l'attribuai à sa double maternité et à sa faiblesse. En somme, je fis preuve d'un magnifique don d'observation puisque rien ne m'échappa, mais aussi d'une profonde ignorance puisque je ne prononçai point le mot qui résumait tout : Maladie !

Le lendemain, l'accoucheur qui soignait Ada réclama l'assistance du Dr Paoli qui trouva sur-le-champ le mot que je n'avais pas su dire : *Morbus Basedowii*. J'appris cela par Guido qui me décrivit scientifiquement la maladie, tout en plaignant sa femme qui souffrait beaucoup. Il s'imaginait d'ailleurs que le Basedow en question était l'ami de Goethe, mais un article d'encyclopédie me révéla qu'il s'agissait de deux personnages différents. Je crois, sans y mettre aucune malice, que sa pitié et sa science n'étaient pas bien fameuses. Il prenait un air contrit pour parler d'Ada et, quand il dictait son courrier à Carmen, il retrouvait son ardeur à enseigner et sa joie de vivre.

Une grande, une importante maladie que celle de Basedow, et, pour moi, une révélation ! J'en étudiai plusieurs monographies et je crus découvrir alors le secret essentiel de notre nature. Je suppose que beaucoup de gens, pareils à moi, se sont ainsi laissé envahir, durant un certain temps, par une idée et se sont fermés à toutes les autres. Et ce n'est pas moins vrai des collectivités : des générations ont vécu de Darwin, de Robespierre, de Napoléon, et puis de Liebig ou, mon Dieu, même de Leopardi, à moins que leur univers n'ait été dominé par un Bismarck.

Moi, j'ai vécu de Basedow. Basedow, à mon sens, portait la lumière jusqu'aux racines de la vie : tous les organismes sont rangés en lignes ; à l'un des deux bouts, il y a la maladie de Basedow, qui signifie consommation follement prodigue de la force vitale, rythme précipité, battement effréné du cœur ; à l'autre bout sont relégués les organismes amoindris par une avarice congénitale, destinés à périr d'un mal qui a les apparences de l'épuisement mais qui est, au contraire, une sorte de lâcheté, de paresse ; au centre, enfin, le « juste milieu », simple étape des êtres en marche vers l'un ou l'autre extrême — improprement dénommée « santé ». A partir de ce centre, du côté de Basedow, s'échelonnent tous ceux dont la vie se dépense et s'exaspère en vastes désirs, en ambitions, jouissances, travaux de toute espèce ; de l'autre côté, ceux qui ne jettent sur les plateaux de l'existence que des miettes, ceux qui épargnent pour faire ensuite supporter aux autres le fardeau de leur abjecte longévité. Poids nécessaire, paraît-il. Le genre humain progresse parce que les basedowiens le poussent ; il évite les catastrophes parce que les autres le retiennent. Je suis convaincu qu'on aurait pu construire la société plus simplement, mais elle est ainsi faite. Il n'y a qu'à se résigner. A un bout, le goitre ; à l'autre bout, l'œdème ; au milieu, la tendance au goitre ou la tendance à l'œdème, mais nulle part la santé absolue. Nulle part.

Sauf le goitre, Ada avait tous les symptômes de la maladie. Pauvre Ada ! Quand je voyais en elle l'incarnation de la santé et de l'équilibre, j'avais imaginé qu'elle avait choisi un mari à peu près aussi froidement que son père eût fait d'une marchandise. Et voici que la maladie la guettait aux antipodes de cette froideur : au régime des perversions psychiques !

Moi aussi, je tombai malade — moins gravement, mais pour longtemps : je pensais trop à Basedow. Si nous nous fixons en un point de l'univers physique ou moral, nous finissons par y moisir. Il faut changer de place. La vie a des poisons, et puis d'autres poisons qui en sont les antidotes. Pour se soustraire aux effets des premiers, il n'est qu'un moyen : courir et profiter des autres.

Ma maladie fut une pensée dominante, un rêve, et aussi une terreur. Elle doit avoir trouvé son origine dans un raisonnement : sous la désignation de perversion, on entend une déviation de la santé, de cette santé particulière qui a été la nôtre pendant une partie de notre vie. Or je savais maintenant ce qu'avait été la santé d'Ada. Sa perversion ne pouvait-elle la conduire à m'aimer, alors qu'elle m'avait repoussé quand elle était en bonne santé ?

Je ne sais trop comment cette crainte (ou cette espérance) naquit dans ma cervelle !

Peut-être la voix douce et brisée d'Ada, quand elle s'adressa à moi, me parut-elle exprimer de l'amour ? La pauvre enfant était devenue bien laide et je ne pouvais plus la désirer. Mais je me souvenais de ce que j'avais été pour elle autrefois et je me disais que si un soudain amour la jetait dans mes bras, je me trouverais en aussi mauvaise posture que Guido, après qu'il eut passé à son ami anglais l'ordre d'achat du sulfate de cuivre. Le cas était exactement le même. La déclaration d'amour que j'avais faite à Ada, je ne l'avais jamais révoquée autrement que par mon mariage avec sa sœur. Un tel contrat n'avait pas la garantie de la loi, mais il avait celle de l'honneur. N'étais-je pas engagé vis-à-vis d'elle ? Oui, je l'étais, pensais-je, et au point que si, plus tard, dans des années et des années, elle se présentait chez moi, agrémentée au besoin d'un beau goitre, je devrais faire honneur à ma signature. Je me rappelle que malgré tout, cette perspective m'inclinait à plus de tendresse envers Ada.

Jusqu'alors, quand on m'avait mis au fait des chagrins que lui causait Guido, je ne m'en étais pas réjoui, bien sûr, mais ma pensée s'était toujours

tournée avec une certaine satisfaction vers ma propre
maison, où Ada avait refusé d'entrer et où l'on ignorait
la souffrance. Maintenant les choses avaient changé :
l'Ada qui m'avait repoussé avec dédain n'existait plus.

Elle était sérieusement atteinte. Bientôt le Dr Paoli
conseilla de l'éloigner de sa famille et de l'envoyer dans
une maison de santé, à Bologne. Cela, je l'appris par
Guido. Ma femme, plus tard, me raconta comment,
dans ces douloureuses circonstances, aucun chagrin
n'avait été épargné à sa pauvre sœur. Avec une rare
impudence, Guido avait proposé de confier à Carmen
la direction de son ménage pendant l'absence de sa
femme. Ada n'eut pas le cœur de lui dire ouvertement
ce qu'elle pensait d'un projet pareil. Mais elle déclara
qu'elle ne s'en irait pas avant d'avoir remis à tante
Marie ses pouvoirs de maîtresse de maison. Guido
s'inclina. Cependant la pensée d'avoir Carmen à sa
disposition, à la place laissée vacante par Ada, continuait à le hanter. Un jour il dit à Carmen que si elle
n'avait pas déjà tant à faire au bureau, il lui confierait
volontiers la direction de sa maison. Luciano et moi,
nous nous regardâmes, et chacun perçut chez l'autre
une expression malicieuse. Carmen rougit et mumura
qu'elle ne pourrait accepter.

— Naturellement, fit Guido avec colère, par égard
pour l'opinion, on s'interdit une chose qui n'offrirait
que des avantages. C'est absurde.

Il n'en dit pas plus. Nous fûmes surpris de ne pas
l'entendre développer un thème si intéressant.

Toute la famille conduisit Ada à la gare. Augusta
m'avait demandé d'apporter des fleurs. J'arrivai un
peu en retard, chargé d'un gros bouquet d'orchidées
que je tendis à Augusta. Ada nous surveillait, et quand
sa sœur lui offrit le bouquet, elle dit :

— Je vous remercie de tout cœur.

Ce « vous » signifiait que le remerciement s'adressait aussi à moi ; mais je ne vis là qu'une manifestation, douce bien qu'un peu froide, de ses sentiments fraternels. Basedow n'était pour rien là-dedans.

Pauvre Ada ! Ses yeux démesurément agrandis comme par l'excès du bonheur lui donnaient l'air d'une jeune mariée. Sa maladie savait feindre toutes les émotions.

Guido l'accompagnait jusqu'à Bologne, où il devait passer quelques jours. Nous attendions sur le quai le départ du train. Quand il s'ébranla, Ada ne quitta pas la portière ; aussi longtemps que nous ne fûmes pas hors de vue, elle agita son mouchoir.

Nous nous séparâmes de ma belle-mère devant chez elle ; elle embrassa Augusta puis, tout en pleurs, elle m'embrassa moi aussi.

— Excuse-moi, dit-elle en riant à travers ses larmes. Je l'ai fait sans y penser, mais si tu permets, je recommence.

A son tour, la petite Anna, alors âgée de douze ans, voulut m'embrasser. Alberta, sur le point d'abandonner, pour se fiancer, le théâtre national, et, à l'ordinaire, plutôt réservée à mon égard, me tendit chaleureusement la main. Tous témoignaient qu'ils m'aimaient bien parce que ma femme était florissante, et manifestaient du même coup leur antipathie pour Guido, dont la femme était malade.

Or, à cette époque, je courus justement le risque de devenir un moins bon mari : je causai à ma femme une grande peine, sans le vouloir, en lui racontant innocemment un rêve que j'avais fait.

Voici mon rêve : nous étions trois. Augusta, Ada et moi-même, accoudés à une fenêtre. Cette fenêtre était

celle de la cuisine, chez ma belle-mère. C'est la plus
petite de nos trois maisons. En réalité, elle ouvre sur
une courette, mais, dans mon rêve, elle donnait sur le
Corso. Nous avions à peine la place de nous tenir et
Ada, qui était au milieu et qui nous donnait le bras,
adhérait véritablement à ma personne. En la regardant,
je m'aperçus qu'elle avait, comme jadis, l'œil froid et
précis, les traits du visage très purs et sur la nuque ces
petites boucles légères qu'elle m'avait si souvent mon-
trées, en me tournant le dos. Malgré cette froideur (je
confondais froideur et santé), elle restait serrée contre
moi comme j'avais cru qu'elle l'était le jour de mes
fiançailles, près de la table tournante. Je dis gaiement à
Augusta — faisant effort pour m'occuper un peu
d'elle : « Regarde ! Elle va tout à fait bien ! Mais où est
donc Basedow ? » « Tu ne vois pas ? répondit Augusta
qui, seule de nous trois, parvenait à se pencher au-
dehors. Ada et moi, nous nous penchâmes, non
sans peine, et nous découvrîmes une foule qui s'avançait, menaçante et hurlante : « Où est donc Basedow ? » demandai-je de nouveau. Je le vis enfin. Il
s'avançait, poursuivi par cette foule. C'était un vieux
loqueteux, couvert d'un grand manteau déchiré, mais
de brocart rigide ; sa chevelure blanche et broussail-
leuse flottait au vent ; ses yeux exorbités lançaient des
regards à la fois anxieux et menaçants, des regards de
bête traquée. Et la foule criait : « A mort le semeur de
peste ! »

Puis, sans autre transition qu'un intervalle de nuit
vide, je me retrouvais seul avec Ada sur l'étroit escalier
qui conduit au grenier de ma villa — l'escalier le plus
raide de nos trois maisons. Je montais et Ada tournée
vers moi, à quelques degrés plus haut, semblait au
contraire prête à descendre. Je lui serrais les jambes

entre mes bras et elle se penchait en avant, par faiblesse
peut-être, ou pour me sentir plus près d'elle. Un
instant, elle m'apparut défigurée par la maladie, mais
ensuite je réussis à la voir telle qu'elle était à la fenêtre,
belle et saine. Elle me disait, avec sa voix de jadis :
« Passe devant, je te suis. » Je me retournai pour la
précéder. Pas assez vite, toutefois, pour ne point me
rendre compte que la porte du grenier s'ouvrait tout
doucement et que surgissait la tête blanche et chevelue
de Basedow, puis son visage à la fois menaçant et
craintif. Je voyais aussi ses jambes mal assurées et, à
travers ses haillons, son pauvre corps misérable. Je me
mis à courir — pour précéder Ada ? je ne sais ; pour
la fuir peut-être.

Je m'éveillai hors d'haleine et, dans une demi-
inconscience, cédant à mon désir ancien de confesser
mes torts, je racontai mon rêve à Augusta. Ensuite je
me rendormis d'un sommeil tranquille et profond.

Le lendemain matin je remarquai chez Augusta la
pâleur de cire des grandes occasions. Je me rappelais
très bien mon rêve mais moins bien ce que je lui avais
rapporté. Avec un air de résignation douloureuse, elle
me dit :

— Tu te sens malheureux parce qu'elle est malade
et qu'elle est loin. Aussi tu rêves d'elle.

Je me moquai de ma femme pour me défendre : ce
n'était pas Ada qui m'intéressait, c'était Basedow. Je
fis part à Augusta de mes études et des conclusions
auxquelles j'aboutissais, mais sans réussir à la convaincre. Quand on est pris en flagrant délit de rêve, il est
difficile de se disculper. C'est bien autre chose que de
revenir à la maison juste après avoir trahi sa femme en
pleine connaissance de cause.

Au surplus, je n'avais rien à perdre à ces jalousies

d'Augusta : elle aimait tellement Ada que, de ce côté, sa jalousie ne jetait aucune ombre ; elle redoublait de gentillesse pour moi, et aussi de gratitude, à la plus légère marque d'affection de ma part.

Quelques jours après, Guido revint de Bologne avec de meilleures nouvelles. Le directeur de la maison de santé garantissait une guérison définitive, à condition que la malade retrouvât chez elle le plus grand calme. Guido répéta l'avertissement du médecin avec une belle candeur et pas mal d'inconscience, sans comprendre que, pour les Malfenti, un tel verdict prononcé contre lui confirmait bien des soupçons.

Je dis à Augusta :

— Me voici en danger d'être encore embrassé par ta mère.

Guido paraissait subir sans enthousiasme le gouvernement domestique de tante Marie. Parfois il se promenait de long en large dans le bureau, en comptant :

— Deux gosses, trois nourrices, plus de femme !

Ses absences devenaient plus fréquentes : il passait sa colère sur les bêtes, à la pêche et à la chasse.

Pourtant, vers la fin de l'année, quand une lettre de Bologne nous apprit qu'Ada, considérée comme guérie, se préparait à revenir, je n'eus pas l'impression qu'il s'en réjouit beaucoup. Sans doute s'était-il habitué à tante Marie, à moins qu'il la vît assez peu pour la supporter sans fatigue. Devant moi, naturellement, il ne manifestait pas sa mauvaise humeur, ou plutôt lui donnait la forme d'une affectueuse inquiétude : peut-être Ada mettait-elle trop de hâte à quitter la maison de santé avant de s'être assurée contre une rechute. Quand, de fait, peu de semaines après son retour, au cours du même hiver, elle dut repartir pour Bologne, il me demanda triomphalement : « Qu'est-ce que je disais ? » Mais je ne crois pas que ce triomphe exprimât autre chose que sa joie d'avoir été bon prophète. Il ne souhaitait pas de mal à Ada. Il aurait seulement désiré qu'elle restât plus longtemps à Bologne.

Quand elle revint — c'était au moment de la naissance de mon petit Alfio — Augusta, clouée au lit, se montra d'une délicatesse émouvante. Elle m'envoya à la gare avec des fleurs. Elle voulait voir Ada le jour même. Je la ramènerais directement chez nous. Au cas où ce serait impossible, je reviendrais tout de suite pour donner des nouvelles. Augusta était anxieuse de savoir comment allait sa sœur et si sa beauté, orgueil de la famille, lui était entièrement rendue.

A l'arrivée du train, il n'y avait que Guido, Alberta et moi. Ma belle-mère passait presque tout son temps au chevet d'Augusta. Sur le quai, Guido, par son bavardage, cherchait à nous donner l'illusion qu'il était ravi. Alberta feignait d'être distraite afin (elle me le confia plus tard) de n'avoir pas à lui répondre. Quant à moi, j'étais si habitué aux simulations de Guido que je tenais mon rôle sans fatigue. J'avais toujours fait semblant de ne pas m'apercevoir de ses préférences pour Carmen et je n'avais jamais osé lui reprocher ses torts envers son épouse.

Au premier coup de midi, le train entra en gare. Guido nous précéda pour recevoir sa femme dans ses bras. Tandis qu'il l'étreignait tendrement — penché sur elle parce qu'elle était plus petite que lui —, en voyant son dos courbé, je me disais : « Un bon comédien. » Il prit ensuite Ada par la main et la conduisit vers nous :

— La voici rendue à notre affection !

Alors il se révéla tel qu'il était : un être faux, un simulateur ; car s'il avait vraiment regardé en face la pauvre femme, il se serait aperçu qu'elle était rendue, plutôt qu'à notre affection, à notre indifférence. Son visage était mal construit ; il avait repris des joues, mais toute cette chair, comme si elle avait oublié sa vraie place, s'était reformée trop bas. C'étaient plutôt des bouffissures que des joues. L'œil était rentré dans l'orbite mais rien n'avait pu réparer les dommages qu'il avait causés en en sortant. Il avait déplacé, détruit les lignes précises et nécessaires. Quand je pris congé, devant la gare, l'aveuglant soleil d'hiver me révéla que le coloris de ce visage n'était plus celui que j'avais jadis tant aimé. Je ne voyais plus qu'une figure pâlie, rouge seulement par places (ou plutôt tachetée de rouge) comme pour feindre encore une santé disparue.

Je racontai à Augusta qu'Ada était très belle, qu'elle avait vraiment reconquis sa beauté d'autrefois ; et Augusta en fut bien heureuse. A plusieurs reprises — après l'avoir vue — elle confirma mes pieux mensonges qu'elle considérait comme des évidences. Elle disait :

— Je la trouve aussi belle que lorsqu'elle était jeune fille. Notre Antonia lui ressemblera trait pour trait.

L'œil d'une sœur, on en conviendra, n'est pas très aigu.

De longtemps je ne revis plus Ada. Elle avait trop d'enfants, et nous aussi. Toutefois Ada et Augusta s'arrangeaient pour se retrouver plusieurs fois par semaine, mais toujours à des heures où je n'étais pas à la maison.

L'époque du bilan approchait et j'avais beaucoup à faire. Je crois n'avoir jamais autant travaillé de ma vie. Certains jours, je restais au bureau, assis à ma table, jusqu'à dix heures d'affilée. Guido m'avait offert de me faire assister par un comptable, mais je ne voulus rien savoir. J'avais assumé une charge, je devais y suffire.

J'entendais réparer ma funeste absence d'un mois, et je n'étais pas fâché de faire preuve, devant Carmen, d'une diligence qui ne pouvait être inspirée que par mon affection pour Guido.

A mesure que j'avançais dans ma tâche, je découvrais la grosse perte par laquelle se soldait notre premier exercice. Soucieux, j'en touchai un mot à Guido, seul à seul ; mais lui qui se préparait à partir pour la chasse préféra couper court à cette conversation :

— Tu verras, tu verras ! Ce n'est pas si grave ! Et puis, l'année n'est pas finie !

En effet, nous étions à une semaine du jour de l'an.

Alors je me confiai à Augusta. Elle, d'abord, ne vit dans cette affaire que le dommage qui aurait pu en résulter pour moi. Les femmes sont ainsi faites et Augusta, quand il s'agissait de nos intérêts, s'inquiétait à un point extraordinaire, même chez une femme. Elle se demandait si, en fin de compte, je ne serais pas tenu pour responsable des pertes subies par Guido. Elle voulait, sans attendre, consulter un avocat. Pour commencer, il fallait me séparer de Guido et ne plus retourner à son bureau.

J'eus beaucoup de mal à lui faire entendre que je n'avais assumé aucune espèce de responsabilité puisque je n'étais qu'un employé de Guido. Elle soutenait que quand on ne touche pas d'appointements fixes on ne peut pas être considéré comme un employé, mais plutôt comme une sorte de patron. Une fois bien convaincue, elle resta d'avis que je devais me retirer. En effet, je ne perdais rien à quitter le bureau et, en y demeurant, je finirais par perdre ma bonne renommée commerciale. Diable ! Ma renommée commerciale ! Je tombai d'accord qu'il était extrêmement important de la sauver et, bien que les arguments de ma femme me parussent faux, j'adoptai ses conclusions. Il fut décidé que je terminerais mon bilan, maintenant que je l'avais commencé, et qu'ensuite je reviendrais à mon petit bureau personnel où on ne gagnait pas d'argent mais où on ne risquait pas d'en perdre.

Je fis alors sur moi-même une curieuse expérience : il me fut impossible, en dépit de la décision prise, de renoncer à l'activité que je m'étais choisie. J'en fus stupéfait. Pour bien comprendre ces choses-là, il faut se les représenter de façon imagée. Je me rappelai alors que jadis, en Angleterre, les condamnés aux travaux forcés étaient suspendus au-dessus d'une roue à palettes, actionnée comme une roue de moulin ; ainsi la victime, sous peine d'avoir les jambes brisées, devait suivre le mouvement de la roue. Quand on travaille, on a toujours le sentiment d'une contrainte de ce genre ; et il en est exactement de même quand on ne travaille pas. C'est pourquoi je ne crains pas d'affirmer qu'Olivi et moi nous fûmes toujours également suspendus. La seule différence est que moi, je ne devais pas remuer les jambes. Différence importante sans doute, quant au résultat, mais qui ne doit pas entraîner de blâme ou d'éloge. Tout dépend du hasard qui nous attache soit à une roue fixe, soit à une roue mobile. Dans les deux cas, il est difficile de s'en détacher.

L'exercice était clos, le bilan mis au net depuis plusieurs jours et je continuais à me rendre au bureau. Je quittais la maison sans avoir où j'allais ; dans la même incertitude, je prenais une direction qui se trouvait être celle du bureau et je ne m'en rendais bien compte qu'au moment où j'étais assis à ma table, avec Guido en face de moi. J'eus un peu plus tard la chance qu'on me priât de ne pas abandonner mon poste. J'y consentis d'autant plus facilement que je m'étais aperçu dans l'intervalle que j'y étais bel et bien cloué.

Mon bilan fut au point le 15 janvier. Un vrai désastre ! Nous perdions la moitié de notre capital. Guido n'aurait pas voulu consulter à ce sujet le jeune Olivi (il craignait quelque indiscrétion), mais j'insistai dans l'espoir que ce garçon, qui avait une grande pratique du commerce, rectifierait mes calculs et que la situation se présenterait alors sous un jour plus favorable. Peut-être avais-je déplacé par erreur une somme du crédit au débit. La rectification pouvait faire apparaître une différence importante. Olivi, souriant, promit la plus grande discrétion et nous travaillâmes ensemble une journée entière. Malheureusement, il ne découvrit pas la moindre erreur. Je dois dire que cette révision à deux m'instruisit beaucoup et que je saurais désormais établir un bilan plus important que n'était le nôtre.

« Et à présent, que faites-vous ? » me demanda ce jeune homme à lunettes au moment de me quitter. Je savais déjà ce qu'il allait me suggérer. Mon père m'avait appris dès mon enfance ce qu'il fallait faire en pareil cas. Étant donné la perte de la moitié du capital, nous devions, selon les lois en vigueur, liquider la société, puis, au besoin, la reconstituer sous un autre nom. Je le laissai répéter ce conseil. Il ajouta :

— Il ne s'agit que d'une formalité.

Puis, en souriant :

— Cela peut coûter cher de s'y refuser.

Le soir, Guido, qui ne se rendait pas encore à l'évidence, examina à son tour le bilan. Il le fit sans méthode, vérifiant tel ou tel poste, au hasard. Pour l'arracher à ce travail inutile, je lui communiquai le conseil d'Olivi : liquider tout de suite, pour la forme.

Guido, dans son effort pour trouver dans mes comptes l'erreur libératrice, contractait son front et tordait sa bouche comme en une grimace de dégoût. Au son de ma voix, il releva la tête et parut se détendre. Il ne saisit pas tout de suite la portée de ce que je lui disais. Mais dès qu'il eut compris, il se mit à rire de bon cœur. Ce changement le peignait : soucieux, durci tant qu'il se trouvait en face de chiffres contre lesquels il ne pouvait rien, serein et résolu devant une proposition qu'il lui était loisible d'apprécier en maître, d'adopter ou de rejeter.

Au fond, il ne comprenait pas. Il se figurait qu'Olivi avait parlé en ennemi. Je lui expliquai qu'au contraire il n'avait eu en vue que notre intérêt. Nous étions exposés à perdre encore de l'argent, à faire banqueroute. Or le bilan de cette année une fois consigné dans nos livres, une banqueroute éventuelle serait considérée comme frauduleuse. J'ajoutai :

— La sanction prévue en ce cas est l'emprisonnement !

Guido devint pourpre. Je le crus sous le coup d'une congestion cérébrale. Il hurla :

— En ce cas, je n'ai pas de conseil à recevoir d'Olivi. Si un malheur arrive, je prendrai seul mes responsabilités.

Sa décision m'en imposa. J'eus le sentiment de me trouver en face d'un homme parfaitement conscient de ses devoirs. Je baissai le ton, pris son parti et, oubliant que je venais de lui présenter le conseil d'Olivi comme bon à suivre :

— C'est justement, dis-je, ce que je lui ai répondu. Tu es ici seul responsable d'une firme qui n'appartient qu'à ton père et à toi. Nous autres, nous n'avons rien à objecter à tes décisions.

Ce discours-là, à vrai dire, je l'avais tenu à ma femme et non à Olivi, mais en somme je l'avais tenu à quelqu'un — et d'ailleurs, après la virile déclaration de Guido, je me sentais prêt à le répéter à Olivi lui-même. La décision et le courage ont toujours eu le don de me conquérir. Souvent même, je ne suis que trop séduit par la désinvolture qui peut résulter de qualités bien inférieures.

Comme j'avais l'intention de rapporter toute notre conversation à Augusta, pour la tranquilliser, je crus bon d'insister un peu :

— Tu sais qu'on dit de moi, et sans doute avec raison, que je n'ai pas le génie du commerce. Je suis tout juste bon à exécuter les ordres, mais je ne puis assumer, fût-ce pour une faible part, la responsabilité de ce que tu fais.

Il acquiesça vivement. Il se sentait si bien dans le rôle que je lui attribuais qu'il en oubliait son bilan.

— Ne t'inquiète pas, dit-il, je suis seul en cause. L'affaire porte mon nom et je n'admettrais pas qu'un autre veuille endosser une part de responsabilité.

Voilà qui était excellent à rapporter à Augusta ; c'était plus que je n'en demandais. Et il fallait voir l'air qu'il prenait en faisant cette profession de foi : l'air d'un apôtre plutôt que d'un demi-failli. Confortablement installé sur son déficit, il redevenait maître et seigneur. Alors, comme tant de fois au cours de notre vie commune, mon élan vers lui fut brisé par l'étalage impudent de l'estime sans mesure qu'il s'accordait à lui-même. Il détonnait. Oui, il faut le reconnaître, ce grand musicien détonnait.

Je lui demandai brusquement :

— Faudra-t-il adresser une copie du bilan à ton père ?

J'avais été sur le point de lui porter un coup autrement rude, je veux dire : de lui signifier que, le bilan fini, je m'abstiendrais de reparaître au bureau. Je ne le fis pas. J'avais peur de ne pas savoir à quoi employer toutes ces heures libres qui me seraient rendues. Mais ma question, en somme, valait la déclaration que j'avais passée sous silence. Elle rappelait à Guido, entre autres choses, qu'il n'était pas le seul propriétaire de cette maison.

Mes paroles l'étonnèrent. Elles lui parurent s'accorder mal au ton qu'avait gardé jusqu'alors notre entretien. Sans se départir de sa noble attitude, il me rétorqua :

— Je t'indiquerai comment il faudra faire cette copie.

Pour le coup, je protestai à grands cris. (Je n'ai jamais autant crié qu'en parlant à Guido : j'avais parfois l'impression qu'il était sourd.) Je lui dis qu' « un comptable avait aussi sa responsabilité, devant la loi, et je n'étais pas d'humeur à présenter comme une copie exacte une salade de chiffres fantaisistes ».

Guido pâlit, reconnut que j'avais raison, mais observa qu'il restait maître de ne communiquer aucun extrait de ses livres. Je lui accordai ce point sans difficulté, et lui, reprenant courage, ajouta qu'il se chargerait d'écrire à son père. Je crus qu'il allait même commencer sa lettre séance tenante, mais, changeant d'idée, il me proposa d'aller respirer dehors. Sans doute n'avait-il pas encore digéré le bilan et voulait-il prendre un peu d'exercice pour le faire descendre.

Cette promenade me rappela celle de la nuit de mes fiançailles. La lune manquait ; elle était voilée de nuages ; mais au sol, l'air était limpide. Guido eut, lui aussi, une pensée pour cette soirée mémorable :

— C'est la première fois qu'il nous arrive de nouveau de faire une promenade ensemble la nuit. Tu te souviens ? Tu m'expliquais comment on s'embrassait dans la lune comme sur la terre. Aujourd'hui il n'y a pas de lune, mais ce baiser éternel dure encore, j'en suis sûr. Ici-bas, au contraire...

Allait-il recommencer à dire du mal de sa femme ? De cette pauvre malade ? Je l'interrompis, mais doucement en montrant que je le comprenais. Si je l'accompagnais, n'était-ce pas pour l'aider à oublier ?

— Sur terre, on ne peut pas s'embrasser toujours, dis-je. Ce que nous voyons là-haut, ce n'est que l'image du baiser. Un baiser véritable est un mouvement.

Je m'efforçais de le détourner de ses problèmes (je veux dire de son commerce et de son épouse) ; cela est si vrai que je sus retenir à temps une phrase que j'avais sur les lèvres, à savoir que les baisers dans la lune n'engendraient pas des jumeaux. Mais lui, pour oublier son bilan, ne trouvait rien de mieux que de se plaindre de ses autres infortunes ; et, comme je l'avais prévu, il entama le chapitre de sa vie domestique. Il commença par déplorer les catastrophes qui avaient marqué la première année de son mariage. Il faisait allusion ainsi non pas à ses jumeaux qu'il aimait tant, mais à la maladie de sa femme. Cette maladie la rendait irascible, jalouse et acariâtre.

— Ah ! conclut-il avec un accent désolé, la vie est dure et injuste.

Je ne me crus pas autorisé à répondre un mot impliquant une position prise entre sa femme et lui. Mais comme j'avais l'impression de devoir dire quelque chose, je me contentai de critiquer les deux adjectifs — un peu usés — qu'il appliquait à notre existence, et, en les critiquant, je trouvai mieux. Ce que nous disons n'est souvent que le résultat d'une association de mots toute fortuite. Puis on s'aperçoit que ce qu'on a dit ne valait pas le souffle qu'on a dépensé à le dire. Parfois, cependant, il arrive que les hasards de la parole engendrent une idée.

— La vie n'est ni belle ni laide, dis-je. Je trouve plutôt qu'elle est originale.

En y réfléchissant, j'eus l'impression d'avoir dit une chose importante. Ainsi désignée, la vie me parut si neuve que je me mis à la considérer comme si elle m'apparaissait pour la première fois, avec ses corps solides, liquides et gazeux. Si je l'avais décrite à quelqu'un qui n'aurait pas su ce que c'était, à un être dénué de notre sens commun, il serait resté bouche bée devant cette énorme construction sans but. Il m'aurait demandé : « Comment avez-vous pu la supporter ? » Puis, mis au courant de tous les détails, depuis les corps célestes suspendus là-haut, que l'on peut voir mais non toucher, jusqu'au mystère dont la mort s'entoure, je suis sûr que pour finir il se serait écrié : « Vraiment, oui, très originale. »

— Originale ? dit Guido en riant. Où as-tu lu ça ?

Je me gardai bien de lui répondre que je ne l'avais lu nulle part : il n'aurait plus attaché aucune importance à mes paroles. Mais moi, plus j'y pensais, plus j'estimais que le mot « original » s'appliquait bien à la vie. Il était même inutile de la regarder du dehors pour constater ses bizarreries. Il suffisait de nous souvenir de tout ce que nous autres hommes avons attendu d'elle pour nous pénétrer de son étrangeté et aboutir à cette conclusion que l'homme a peut-être été introduit par erreur dans un monde qui n'est pas le sien.

Sans nous être entendus sur le but de notre promenade, nous prîmes, comme l'autre fois, le chemin qui monte au Belvédère. Comme l'autre fois, Guido grimpa sur le parapet et s'y étendit de tout son long. Il chantonnait, obsédé par ses réflexions ; sûrement il méditait sur les chiffres inexorables de son bilan. Quant à moi, je me rappelais qu'à cette place même j'avais voulu le tuer et, confrontant mes sentiments d'aujourd'hui et d'alors, j'admirais à nouveau l'incomparable originalité de la vie. Tout à coup, un souvenir beaucoup plus récent me troubla. Ce soir, ne m'étais-je pas emporté contre le pauvre Guido ? Cette journée était pourtant assez cruelle pour lui ! Je poursuivis mon enquête : « Et maintenant même, me disais-je, j'assiste sans trop souffrir à la torture infligée à ce malheureux par un bilan que j'ai établi avec tant de soin. » Un doute étrange se fit jour en moi et, de ce doute, jaillit un souvenir plus étrange encore. Étais-je bon, ou méchant ? Voilà le doute. Et quant au souvenir, voici : tout enfant, en robe (l'image est très nette), je lève les yeux vers ma mère souriante et lui demande : « Est-ce que je suis bon ou méchant ? » Chez l'enfant que j'étais, un tel doute était simplement inspiré par le fait que tant de gens m'avaient dit que j'étais gentil et tant d'autres, par plaisanterie, que j'étais méchant. Comment un enfant ne se serait-il pas trouvé embarrassé dans ces conditions ? Mais la chose étonnante, la chose merveilleuse, c'était la survivance du dilemme. Le doute éveillé dès l'enfance, sous cette forme puérile, l'homme adulte, ayant déjà derrière lui la moitié de sa vie, ne l'avait pas résolu.

Dans la nuit sombre et à cette même place où j'avais failli commettre un crime, ce doute m'angoissa profondément. Quand je l'avais senti naître dans ma tête à peine libérée de la coiffe des nourrissons, je n'en avais pas tant souffert, car on persuade aux enfants que la méchanceté se guérit. Cette idée d'une guérison possible était encore la seule capable de me calmer : je m'y attachai et je réussis à y croire de nouveau. Faute d'y réussir, il ne me serait plus resté qu'à pleurer sur moi, sur Guido, sur la lamentable condition des hommes. Mais le bon propos ranima l'illusion ! Je résolus de ne pas abandonner Guido, de collaborer avec lui — sans nul profit personnel — au développement d'un commerce dont dépendait son existence et celle des siens, j'entrevis un avenir d'activité fébrile, d'intrigues, de travail où je me surpasserais pour aider mon beau-frère ; l'esprit d'entreprise, le génie d'un grand négociant se révéleraient en moi. Telles étaient mes pensées dans cette nuit obscure ! Dira-t-on que la vie n'est pas « originale » ?

Cependant, Guido semblait avoir oublié son bilan et retrouvé son calme. Il sauta à terre, et, concluant un raisonnement dont j'ignorais les prémisses, me dit qu'il n'écrirait rien à son père. Le pauvre vieux, mis au courant de la situation, serait capable de quitter son Argentine ensoleillée pour venir chercher l'hiver sur notre hémisphère au prix d'un énorme voyage. D'ailleurs, continua-t-il, la perte semble très lourde mais, partagée, elle le serait beaucoup moins. Il prierait Ada d'en supporter la moitié, en échange de quoi il lui attribuerait une part des bénéfices de l'exercice suivant. Lui, supporterait l'autre moitié.

Je ne répondis rien. Je pensais n'avoir pas de conseils à donner. Je ne voulais, à aucun prix, m'ériger en juge entre les deux époux.

Du reste, à ce moment-là, j'étais si plein de

bonnes résolutions qu'il me semblait qu'Ada ne ferait pas une mauvaise affaire en participant à nos bénéfices.

J'accompagnai Guido jusqu'à sa porte et lui serrai longuement la main. Ce geste silencieux affirmait et confirmait mon intention d'être un frère pour lui. Puis, dans mon grand désir de lui dire quelque chose de gentil, je finis par trouver cette phrase :

— Je souhaite que tes jumeaux passent une bonne nuit et te laissent dormir : tu as sûrement besoin de repos.

En m'éloignant, je me mordais les lèvres à la pensée de n'avoir pas trouvé mieux. Je savais pourtant que désormais ses jumeaux avaient chacun leur nourrice, qu'ils couchaient à un demi-kilomètre de lui et qu'il leur était impossible de troubler son sommeil. Enfin, il avait dû comprendre que l'intention était bonne, puisqu'il avait accueilli mon souhait avec reconnaissance.

De retour chez moi, je trouvai Augusta dans la chambre des enfants. Elle donnait le sein à Alfio, tandis qu'Antonia dormait dans son petit lit, ne montrant que sa nuque bouclée. Je dus expliquer la raison de mon retard ; aussi racontai-je tout, y compris le moyen imaginé par Guido pour atténuer sa perte. Augusta jugea ce projet scandaleux :

— A la place d'Ada, je refuserais, s'exclama-t-elle avec violence (bien qu'à voix basse pour ne pas effaroucher Alfio).

Sous l'empire de mon généreux dessein, je répliquai :

— Et pourtant, si je me trouvais dans les mêmes difficultés que Guido, ne m'aiderais-tu pas ?

Elle se mit à rire : « C'est tout différent. Nous, nous chercherions ce qu'il y aurait de plus avantageux pour eux ! » Elle désignait Alfio pendu à son sein, et Antonia dans son berceau. Après un instant de réflexion, elle poursuivit :

— Et si nous donnions à Ada le conseil de remettre à flot, avec son argent, cette affaire dont tu vas bientôt te désintéresser, ne nous engagerions-nous pas à l'indemniser, au cas où elle perdrait tout ?

C'était là une idée d'ignorante, mais, dans mon altruisme exalté, je répondis :

— Et pourquoi pas ?

— Mais tu ne vois pas ces deux enfants dont nous devons assurer l'avenir ?

Bien sûr, je les voyais ! Cette question n'était qu'une figure de rhétorique vide de sens.

— N'ont-ils pas eux aussi deux enfants ? demandai-je triomphalement.

Cette fois, elle éclata de rire et Alfio, épouvanté, cessa de téter et se mit à hurler. Elle s'occupa de lui, mais en riant toujours, et son rire me suggérait la pensée flatteuse que j'avais fait un bon mot. En réalité, ma réflexion ne traduisait que le grand amour dont je m'étais senti soudain pénétré pour tous les parents et tous les enfants du monde. Mais je ris à mon tour, et ces beaux sentiments s'évanouirent.

Du même coup, le chagrin que j'éprouvais de ne pas savoir si j'étais essentiellement bon s'atténua. Il me semblait que j'avais résolu un angoissant problème : nous ne sommes ni bons ni méchants, et il y a bien d'autres choses encore que nous ne sommes pas. La bonté est une lumière qui n'éclaire que par instants et de furtives clartés le fond obscur de l'âme humaine. Une flamme s'allume, nous brûle et s'éteint. (Je l'avais sentie en moi, tôt ou tard elle reviendrait.) Mais dans le temps qu'elle nous éclaire, nous pouvons choisir la direction que nous continuerons à suivre dans l'obscurité. C'est pourquoi il nous est toujours possible de faire preuve de bonté, et c'est là ce qui importe. Quand la lumière reviendrait, j'en soutiendrais l'éclat sans surprise ni éblouissement. Pour le moment, j'avais soufflé dessus : je n'en avais pas besoin. Ma résolution prise, je resterais dans la bonne route.

La résolution d'être bon s'accompagne de dispositions paisibles et pratiques : j'étais calme et froid, et, chose étrange, l'excès de la bonté augmentait l'estime que j'avais de moi-même ainsi que la confiance en mes possibilités. Que devais-je faire pour Guido ? Dans son entreprise, j'étais supérieur aux autres, tout comme le vieil Olivi m'était supérieur dans la mienne. Mais cela ne prouvait rien. Guido avait besoin d'un conseil utile. Que fallait-il lui dire ? Suivre mon inspiration ? Mais même au jeu, on ne se fie pas à son inspiration quand on risque l'argent des autres. Une maison de commerce ne peut vivre que par un travail de tous les jours, de toutes les heures, effort dont je ne me sentais guère capable : sous prétexte d'être bon, je ne voulais tout de même pas me condamner à l'ennui à perpétuité.

J'avais malgré tout l'impression que mon élan de bonté constituait un engagement pris envers Guido et je ne pouvais m'endormir. Je poussais des soupirs dont l'un se prolongea même en gémissement. Je me croyais lié à l'entreprise de Guido comme Olivi était lié à la mienne.

Augusta murmura dans un demi-sommeil :

— Qu'as-tu ? Tu as trouvé du nouveau à dire à Olivi ?

Voilà l'idée que je cherchais ! Je conseillerais à Guido de prendre le jeune Olivi comme directeur. Ce garçon si sérieux, si laborieux et que je voyais d'un si mauvais œil s'occuper de mes affaires — car il me semblait qu'il s'apprêtait à succéder à son père dans leur administration et à m'en écarter définitivement, — il y avait tout avantage à le caser chez Guido. En lui donnant une situation dans sa maison, Guido se sauverait de la faillite : Olivi lui serait très utile tandis que pour moi il était plutôt gênant.

Mon plan me paraissait magnifique et j'éveillai Augusta pour lui en faire part. Elle se montra, elle aussi, enthousiasmée : elle pensait que, de la sorte, je tirerais plus facilement mon épingle du jeu. La conscience tranquille, je m'endormis : j'avais trouvé le moyen de sauver Guido sans me condamner, bien au contraire.

Rien n'est plus désagréable que de voir repousser un conseil sincère, laborieusement médité et qui nous a coûté des heures d'insomnie. En ce qui me concerne, j'avais même accompli l'effort supplémentaire de triompher de l'illusion que je pouvais être personnellement utile à Guido. Effort méritoire ! Je m'étais élevé d'abord jusqu'à la vraie bonté, puis jusqu'à une objectivité clairvoyante, et voilà comment j'en étais récompensé.

C'est avec dédain que Guido rejeta mon conseil. Il ne croyait pas aux capacités du fils Olivi, et puis son air de jeune vieux lui déplaisait souverainement, sans parler de ces lunettes miroitantes sur un visage blafard. De pareils arguments semblaient n'avoir d'autre but que de me bafouer. Guido finit par me dire qu'à la tête de sa maison, c'est le père Olivi qu'il faudrait et non le fils. Mais je voyais d'autant moins la possibilité de lui assurer cette collaboration que je ne me sentais nullement prêt à assumer d'un moment à l'autre la direction de mes propres affaires.

J'eus le tort de discuter. Je lui dis qu'il ne fallait pas surestimer les capacités du vieil Olivi. Son entêtement m'avait parfois coûté cher ; j'en citais en exemple l'affaire des fruits secs qu'il n'avait pas voulu acheter à temps.

— Eh bien, s'écria Guido, si le père ne vaut pas plus, que vaudra le fils qui n'est que son élève ?

Cet argument-là était bon, et d'autant plus mortifiant pour moi que mon imprudent bavardage le lui avait fourni.

Quelques jours plus tard, ma femme me raconta que Guido avait demandé à Ada de supporter la moitié de ses pertes de l'année. Ada s'y refusait. Elle avait dit à Augusta :

— Il me trompe, et il veut encore mon argent !

Augusta n'avait pas eu assez de courage pour lui conseiller de verser la somme. Mais, assurait-elle, elle avait fait de son mieux pour amener sa sœur à revenir sur son jugement quant à la fidélité conjugale de Guido. Ada lui avait d'ailleurs répondu de manière à lui faire comprendre qu'elle en savait sur ce sujet beaucoup plus que nous ne pensions.

Quand il s'agissait de moi, Augusta pensait qu'une femme doit supporter n'importe quel sacrifice pour son mari. Mais cette règle ne s'appliquait pas à Guido.

Les jours suivants, l'attitude de Guido fut vraiment extraordinaire. Il venait au bureau de temps à autre mais n'y restait jamais plus d'une demi-heure. Il se sauvait comme quelqu'un qui a oublié son mouchoir. Je sus par la suite qu'il allait présenter à sa femme de nouveaux arguments, décisifs selon lui, pour la persuader d'accéder à son désir. Il avait l'air d'avoir pleuré, d'avoir crié ou même de s'être battu, et il ne parvenait pas, en notre présence, à dominer l'émotion qui lui

serrait la gorge et lui faisait jaillir les larmes des yeux.
Un jour que je lui demandais ce qu'il avait, il me
répondit par un sourire triste mais amical, pour me
montrer qu'il ne m'en voulait pas à moi. Puis il se
recueillit pour pouvoir parler sans trop d'agitation, et
il parvint à prononcer quelques mots. Ada le faisait
trop souffrir avec sa jalousie.

Leurs discussions, à en croire Guido, portaient
donc sur des sujets intimes. Mais je savais qu'il y avait
aussi entre eux une certaine histoire de « profits et
pertes ».

De ceci, il semblait qu'il ne fût pas question. Ada,
de son côté, quand elle se confiait à Augusta, ne
parlait que de sa jalousie. Et la violence de leurs
disputes, qui laissait sur le visage de Guido des traces
si profondes, donnait à penser qu'ils disaient vrai tous
deux.

Or, tout au contraire, la bataille se livrait autour
des intérêts matériels. Ada agissait bien sous l'empire
de sa passion malheureuse, mais, par orgueil, elle n'y
faisait même pas allusion, et Guido, à cause peut-être
du sentiment qu'il avait de sa faute et bien qu'il
devinât, chez Ada, toute la fureur de la femme
offensée, continuait à parler d'affaires comme si le
reste n'existait pas. Il courait après l'argent, tandis
qu'elle, que les questions d'affaires ne touchaient pas,
ne lui opposait qu'un argument, toujours le même : sa
fortune devait rester aux enfants. Alors il alléguait sa
propre tranquillité, l'avantage que les enfants eux-
mêmes retireraient de son travail, la nécessité de se
mettre en règle avec la loi. A tout cela elle n'opposait
qu'un « Non » plein de dureté, ce qui exaspérait
Guido et ce qui exaspérait aussi — comme il arrive
chez les êtres puérils — son désir d'obtenir ce qu'il

demandait. Elle et lui, au surplus, se croyaient véridiques quand ils affirmaient à des tiers que seuls l'amour et la jalousie motivaient leur désaccord.

Ce fut une sorte de malentendu qui m'empêcha donc d'intervenir assez tôt pour faire cesser cette irritante question d'argent. Question sans importance : il m'était facile de le prouver à Guido. J'ai l'esprit lent, c'est le propre d'un comptable ; je ne comprends les choses qu'après les avoir portées sur mes livres, noir sur blanc ; toutefois je pense avoir compris assez vite que le versement exigé d'Ada par Guido n'aurait rien changé à la situation. En effet, quel intérêt avait-il à se faire faire un versement en argent ? La perte que le bilan faisait apparaître n'en serait pas diminuée, à moins qu'Ada ne consentît à ce que cet argent fût porté dans la comptabilité de l'exercice, ce que Guido ne demandait même pas. Au regard de la loi, il resterait ceci qu'après avoir tant perdu, on voulait risquer davantage encore en attirant dans l'entreprise de nouveaux capitalistes.

Un matin Guido ne parut pas au bureau, ce qui m'étonna, car je savais que, la nuit précédente, il n'était pas allé à la chasse. A déjeuner, Augusta, très émue, m'apprit que notre malheureux beau-frère avait essayé, la veille au soir, de se donner la mort. Il était maintenant hors de danger. Je dois avouer que cette nouvelle, qui, à Augusta, semblait tragique, eut pour effet de me mettre en rage.

Ah oui ! il avait pris les grands moyens pour briser la résistance de sa femme ! Je ne tardai pas à savoir qu'au surplus il avait opéré avec précaution : avant d'absorber la morphine, il s'était fait voir, un flacon débouché à la main, en sorte qu'aux premiers symptômes de torpeur, sa femme avait appelé un médecin et qu'il

avait reçu aussitôt les soins nécessaires. Le docteur
ayant cru devoir se réserver quant aux suites possibles de l'empoisonnement, Ada avait passé une nuit
atroce, puis, comme pour prolonger son agitation,
Guido, à peine revenu à lui, avant même d'avoir
retrouvé toute sa conscience, l'avait accablée de
reproches, l'appelant son ennemie, sa persécutrice,
lui disant qu'elle seule faisait obstacle au sain travail
auquel il ne demandait qu'à se consacrer.

Ada lui accorda aussitôt le prêt qu'il demandait ;
mais ensuite, pour se défendre, elle se décida à
parler clair et exposa tous les griefs qu'elle gardait
depuis si longtemps sur le cœur. Du coup, la paix
survint, car Guido réussit (du moins Augusta le
crut-elle) à dissiper les soupçons de sa femme sur sa
fidélité. Il fut énergique. A peine le nom de Carmen fut-il prononcé il s'écria :

— Tu en es jalouse ? Eh bien, si tu y tiens, je la
renvoie aujourd'hui même.

Ada ne répondit rien, mais ce silence, dans sa
pensée, voulait dire oui et engageait Guido.

Quant à ce dernier, j'étais fort surpris qu'il ait
su, à moitié endormi, se comporter si habilement,
et j'en arrivai à croire qu'il n'avait pas avalé la plus
petite dose de morphine. Pour moi, cette sorte de
brouillard que le sommeil répand sur notre esprit
devait avoir pour effet de l'amollir, de le disposer
aux confessions les plus ingénues. Une expérience
récente ne me confirmait-elle pas dans cette opinion ? Quand j'y songeais, je sentais grandir en moi,
à l'endroit de Guido, mon indignation et mon
mépris.

Augusta pleurait en racontant dans quel état elle
avait trouvé Ada. Non, Ada n'était plus belle

comme autrefois, avec ces yeux qui semblaient agrandis par l'épouvante.

Entre ma femme et moi, il y eut une longue discussion sur la question de savoir si je devais aller tout de suite rendre visite aux Speier, ou s'il ne valait pas mieux attendre Guido au bureau, en feignant de ne rien savoir. Cette visite était pour moi une corvée insupportable. J'en étais à me demander comment, en revoyant Guido, je pourrais lui cacher ce que je pensais de lui. Je disais à Augusta :

— C'est une action indigne d'un homme ! Moi, je n'ai nulle envie de me tuer, mais je suis sûr d'une chose, c'est que si je décidais de le faire, je réussirais du premier coup.

Il me semblait que je lui faisais encore trop d'honneur en le comparant à moi. J'insistais :

— Il n'est pas besoin d'être grand chimiste pour venir à bout d'un organisme qui n'est que trop fragile. Il ne se passe pas une semaine, à Trieste, sans qu'une pauvre couturière avale la solution de phosphore préparée dans le secret d'une mansarde. Et en dépit de toute intervention, ce poison rudimentaire l'emporte dans la mort, avec sa petite figure contractée par la douleur physique et par le chagrin de son âme innocente.

Augusta n'admettait pas que l'âme de la couturière fût tout à fait innocente, mais cela dit, elle revint à son idée, qui était de me faire faire cette visite. Je n'avais pas à craindre, disait-elle, de me trouver embarrassé. Elle avait elle-même parlé à Guido, et il avait montré autant de sérénité que s'il eût accompli une action des plus ordinaires.

Je sortis de chez moi sans rien promettre. Pourtant, après une brève hésitation, je pris le chemin de la maison des Speier. Si peu que j'eusse à marcher pour être au but, le rythme de mon pas adoucit ma colère et rectifia mon jugement. Je me souvins de la ligne de conduite que je m'étais imposée et de la lumière qui, quelques jours plus tôt, avait éclairé mon esprit. Guido était un enfant ; toute indulgence lui était due. Tôt ou tard il arriverait lui aussi à maturité — à moins qu'il ne réussisse à se tuer avant.

La servante me fit entrer dans une pièce exiguë qui devait être le petit bureau d'Ada. Un jour gris, filtré par les épais rideaux d'une unique fenêtre, me permettait à peine de distinguer, accrochés au mur, les portraits des parents Malfenti et des parents Speier. Je n'eus guère le temps de les contempler. La servante revint et me conduisit jusqu'à la chambre à coucher de Guido et d'Ada, pièce vaste et lumineuse celle-ci, avec ses deux grandes baies, ses tapisseries et ses meubles clairs. Guido gisait sur son lit, la tête bandée. Ada était assise près de lui.

Il me reçut sans le moindre embarras et avec une vive reconnaissance. Il semblait assoupi mais il se secoua pour me dire bonjour et, pour me faire connaître ses dispositions, il se réveilla tout à fait. Après quoi il s'abandonna sur l'oreiller et referma les yeux. Se souvenait-il qu'il avait à simuler les effets de la morphine ? De toute façon, il inspirait plutôt la pitié que la colère et devant lui je me sentais très bon.

Je ne regardai pas Ada tout de suite : j'avais peur de Basedow. Quand je m'y décidai, j'eus une surprise agréable, car je m'attendais à pire. C'était toujours les mêmes yeux, démesurément agrandis, mais des enflures qui avaient pris la place des joues, plus trace ! Elle me parut plus belle. Elle portait un ample vêtement rouge boutonné jusqu'au menton et dans lequel son corps minuscule se perdait. Il y avait en elle je ne sais quoi de très chaste et (à cause des yeux) de très sévère. Sans bien tirer mes sentiments au clair, j'eus l'impression de retrouver une femme comparable à l'Ada que j'avais aimée.

A un certain moment Guido rouvrit les yeux, prit sous son oreiller un chèque où je reconnus aussitôt la signature de sa femme, me le remit et me pria de le faire encaisser. J'en porterais le montant au crédit d'un compte à ouvrir au nom d'Ada...

— D'Ada Malfenti ou d'Ada Speier ? demanda-t-il à sa femme en plaisantant.

Elle haussa les épaules.

— C'est à vous autres de le savoir.

— Quant aux enregistrements, je te donnerai mes instructions, ajouta Guido d'un ton bref.

Vexé, j'étais sur le point de le tirer de sa somnolence en lui déclarant que s'il voulait des enregistrements, il les ferait lui-même. Ada, cependant, lui tendit un bol de café noir. Il le saisit à deux mains et le porta à ses lèvres. Le nez dans son bol, il avait vraiment l'air d'un gosse !

Quand je me levai pour prendre congé, il me promit qu'on le verrait dès demain au bureau.

J'avais déjà dit au revoir à Ada ; aussi fus-je assez surpris quand elle me rejoignit à la porte de la maison.

— Zeno, je t'en prie, murmura-t-elle, un peu haletante, viens un instant avec moi. J'ai quelque chose à te dire.

Je la suivis dans le petit salon où on m'avait fait attendre. Dans une chambre voisine, un des jumeaux pleurait.

Nous étions debout, face à face. J'écoutais son souffle haletant et la pensée me vint que peut-être elle m'avait entraîné dans ce réduit obscur pour me réclamer l'amour que je lui avais offert.

Dans l'ombre, ses grands yeux étaient terribles. Plein d'angoisse, je me demandais ce que j'avais à faire. Fallait-il la prendre dans mes bras pour qu'elle n'ait rien à me demander ? En une seconde, une foule de possibilités m'apparurent ! Savoir ce qu'une femme veut est une des choses les plus difficiles au monde. Écouter ce qu'elle dit n'avance à rien, puisqu'un regard annule parfois de longs discours — et moi, dans cette chambre sans lumière où, volontairement, elle m'avait conduit, je n'avais même pas un regard pour me diriger.

Impuissant à la deviner, j'essayai de m'entendre moi-même. Quel était mon désir ? Baiser ces yeux, ce corps squelettique ? J'hésitais à répondre. Ne l'avais-je pas vue un instant plus tôt, sévère et chaste dans ce doux vêtement, mais désirable comme l'enfant que j'avais jadis aimée ?

A son halètement s'associait maintenant un pleur qui se prolongeait, me laissant incertain de ses désirs et des miens propres. Enfin, d'une voix brisée, elle me dit une fois de plus son amour pour Guido : j'appris de la sorte que je n'avais ni devoirs, ni droits. Elle balbutia :

— Augusta m'a dit que tu aurais l'intention d'abandonner Guido et de ne plus t'occuper de ses affaires. Je te prie de continuer à l'aider. Je ne crois pas qu'il soit en mesure d'agir seul.

Elle me demandait de ne rien changer à mes habitudes ! C'était peu, bien peu, et je voulus lui promettre davantage :

— Puisque tu y tiens, je continuerai à travailler avec Guido ; je tâcherai même de l'assister plus efficacement que je n'ai fait jusqu'ici.

Tout de suite l'exagération ! Je m'en rendis compte en ouvrant la bouche mais je ne pouvais pas me retenir. Je voulais dire à Ada (et c'était mentir peut-être) qu'elle comptait beaucoup pour moi. Elle ne demandait pas mon amour mais mon appui et je lui répondais sur le ton d'un homme prêt à lui offrir l'un et l'autre.

Ada me saisit la main. J'eus un frisson. Une femme promet bien des choses quand elle tend la main. J'ai toujours éprouvé cela. Tenir une main, c'est presque tenir une femme. La différence de nos tailles fit que je me penchai sur elle comme pour l'embrasser. J'eus l'impression d'un intime contact.

— Je vais être obligée de retourner à Bologne et ce sera un repos d'esprit pour moi de te savoir auprès de lui.

— Sois tranquille, je serai là, fis-je avec un air de résignation dont Ada dut croire qu'il se rapportait au sacrifice que je consentais à faire.

Mais si je me résignais, c'était, en réalité, à reprendre la plus commune des existences puisqu'elle refusait de me suivre là où mon rêve déjà l'entraînait.

Je fis un effort pour redescendre sur terre, et aussitôt se présenta à mon esprit un problème de comptabilité qui n'était pas des plus simples. Je devais créditer le compte d'Ada du chèque que j'avais en poche. Très bien. Mais comment opérer pour que ce versement vînt affecter notre compte « profits et pertes » ?

Comme Ada n'avait aucune idée de ce qu'était un grand livre, je préférais ne pas lui confier mes doutes, mais je ne pouvais me décider à sortir sans lui dire encore un mot. Voilà pourquoi, au lieu de parler de comptabilité, je prononçai une phrase, qu'à ce moment-là je ne fis que jeter négligemment, pour dire quelque chose, mais dont je compris ensuite toute l'importance qu'elle avait pour moi, pour Ada et pour Guido — pour moi surtout, parce qu'une fois de plus je me compromettais. Oui, c'était une phrase importante. Je me suis souvenu longtemps de la manière dont elle me vint sur les lèvres, dans cette petite pièce obscure, en présence des quatre portraits des parents d'Ada et de Guido, que l'union de leurs enfants mariait eux-mêmes, sur les murs. Je murmurai :

— Tu as fini par épouser un homme encore plus bizarre que moi.

Oh, puissance de la parole ! Elle franchit le temps, se noue aux événements passés. Événement elle-même, celle-ci, adressée à Ada, devenait un événement tragique. Dans le silence de la pensée, je n'aurais su évoquer aussi vivement cette heure où Ada avait choisi entre Guido et moi, cette rue ensoleillée où, après des jours d'attente, je l'avais rencontrée enfin et où je marchais auprès d'elle, anxieux de m'attirer son sourire que, sottement, je prenais pour une promesse ! Je me souvins même de l'embarras où me mettait la pensée des muscles de mes jambes et de l'état d'infériorité où je me trouvais de ce fait vis-à-vis de Guido, si désinvolte, plus à l'aise qu'Ada elle-même, et qui n'offrait aucune prise à la critique, sinon peut-être ce singulier bâton qu'il tenait à la main.

Elle répondit tout bas :

— C'est vrai.

Puis, avec un regard affectueux :

— Mais je suis heureuse pour Augusta que tu sois tellement meilleur que je n'avais cru. — Puis, avec un soupir : Si heureuse que cela atténue mon chagrin de ne pas trouver en Guido celui que j'espérais.

Je me taisais, toujours dans le doute. Ne venait-elle pas d'avouer que j'étais devenu tel qu'elle aurait

souhaité que fût Guido. Donc elle m'aimait ? Elle dit
encore :

— Tu es le meilleur homme de notre famille, toute
notre confiance, tout notre espoir.

Elle me tendit la main une seconde fois et moi je la
serrai trop fort peut-être, car très vite elle la retira.
Ainsi mon doute s'évanouit et, dans le demi-jour de
cette petite chambre, je compris quelle devait être ma
ligne de conduite. Ada, comme pour corriger son geste
un peu brusque, m'adressa une dernière caresse :

— Et maintenant que je te connais mieux, comme je
regrette que tu aies souffert à cause de moi ! As-tu
vraiment tant souffert ?

Les yeux tendus vers l'ombre de mon passé pour
retrouver cette douleur, je répondis :

— Oui.

Peu à peu se réveillaient en moi des souvenirs :
j'entendais le violon de Guido ; je revivais cette soirée
chez les Malfenti, où l'on m'aurait jeté dehors si je ne
m'étais accroché à Augusta ; et ces heures passées
autour de la table Louis XIV : d'un côté, deux
amoureux, de l'autre, deux spectateurs qui les regardaient s'aimer. Je revoyais aussi Carla. Ada n'était-elle
pas mêlée à cette aventure ? J'entendais la voix de Carla
qui me disait que je me devais à ma femme. Et ma
femme, c'était Ada. Tandis que les larmes me montaient aux yeux, je répétai :

— Oh ! oui. J'ai souffert beaucoup.

— Si tu savais comme je m'en veux, reprit-elle avec
de vrais sanglots.

Elle fit un effort et ajouta : « Mais aujourd'hui, tu
aimes Augusta ! »

Là-dessus, elle éclata de nouveau en larmes. Je me
demandais si j'allais affirmer ou renier mon amour

pour ma femme. Par bonheur, sans me laisser le temps
de répondre, Ada poursuivit :

— A présent, il ne peut y avoir entre nous qu'une
affection fraternelle. J'ai besoin de toi, à cause de ce
pauvre garçon qui, lui, a tant besoin qu'on le protège.
Il faut que je sois une mère pour lui, mais ma tâche est
lourde et je compte que tu m'aideras.

Dans son émotion, elle se serrait presque contre
moi, comme dans mon rêve. Mais je m'en tins à ses
paroles. Elle me demandait une affection fraternelle ;
elle se prévalait, pour faire valoir un autre droit, de
l'engagement d'amour par lequel je me croyais lié ;
c'est pourquoi je lui promis aussitôt mon aide pour
Guido, pour elle-même, pour tout ce qu'elle voudrait.
Si j'avais été plus calme, plus maître de moi, sans doute
lui aurais-je avoué, comme c'eût été mon devoir, mon
insuffisance à remplir le rôle qu'elle m'assignait, mais
j'aurais ainsi détruit l'inoubliable émotion de cet
instant. D'ailleurs j'étais trop ému pour sentir mon
insuffisance. Je ne croyais plus à l'insuffisance de qui
que ce fût. Même celle de Guido pouvait être guérie : il
suffisait de trouver les mots capables de réveiller en lui
l'enthousiasme nécessaire.

Ada m'accompagna jusqu'au palier et là, appuyée à
la rampe, elle me regarda descendre. Ainsi faisait
toujours Carla ; mais il était singulier qu'Ada fît de
même, puisqu'elle aimait Guido. Je lui en fus si
reconnaissant que je relevai la tête pour la voir une
dernière fois et la saluer, avant le tournant du demi-
étage. Les gestes qu'inspire l'amour, on le voit bien,
restent les mêmes quand il s'agit d'amour fraternel.

Je m'en allai heureux. Elle m'avait accompagné
jusqu'au palier, pas plus loin. Mon devoir était clair :
rien à changer dans mes rapports avec elle. Si mainte-

nant j'aimais Augusta, j'avais aimé Ada et mon amour ancien m'obligeait à me dévouer pour elle. De son côté, elle aimait toujours ce grand enfant, mais elle me réservait, à moi, une affection fraternelle — et pas seulement parce que j'avais épousé sa sœur ; elle voulait aussi me dédommager des souffrances que j'avais subies par sa faute et qui constituaient entre nous un lien secret. Tout cela était bien doux, d'une saveur rare en cette vie. Une telle douceur n'allait-elle pas me rendre la vraie santé ?

De fait, ce jour-là, je marchai sans difficulté ni embarras ; je me sentis magnanime, fort, plein d'une assurance nouvelle ; j'oubliai que j'avais trahi ma femme, et de la façon la plus malpropre, ou plutôt je pris la résolution de ne plus recommencer (ce qui revient au même), et j'eus le sentiment d'être en vérité tel qu'Ada m'avait défini : le meilleur homme de la famille.

Bientôt ce bel héroïsme s'affaiblit. J'aurais voulu le raviver, mais entre-temps Ada était partie pour Bologne et tous mes efforts pour trouver un nouveau stimulant dans les paroles qu'elle m'avait dites restaient vains. J'étais toujours résolu à faire mon possible pour assister Guido, mais cette résolution ne mettait plus de l'air dans mes poumons, du sang dans mes veines. A l'égard d'Ada, je conservais en mon cœur une grande tendresse qui se renouvelait chaque fois que, dans une lettre à Augusta, elle se rappelait à mon souvenir par quelques mots affectueux. Je lui rendais son affection, j'accompagnais sa cure de mes meilleurs vœux. Je lui souhaitais de retrouver toute sa santé, toute sa beauté.

Le lendemain du départ d'Ada, Guido vint au

bureau pour examiner cette question des enregistrements. Il proposa :

— Nous allons faire passer la moitié des « profits et
pertes » au compte d'Ada.

C'était là son idée — et c'était justement la chose à
ne pas faire. Si j'étais resté dans mon rôle d'exécuteur
indifférent de ses volontés, j'eusse fait tous les vire-
ments qu'il aurait voulu sans m'en soucier davantage.
Au lieu de cela, je jugeai de mon devoir de tout lui dire.
Il était moins facile qu'il ne croyait d'effacer les traces
de sa perte et il me semblait que je le stimulerais au
travail en le lui montrant. Je lui expliquai qu'Ada avait
donné cet argent, à ma connaissance, pour qu'il fût
porté au crédit de son compte à elle ; et ce n'était pas ce
que nous faisions en inscrivant à son débit la moitié de
notre déficit. L'autre moitié, il voulait la porter à son
compte à lui, Guido. Bien. Tout cela aboutissait à
éteindre — à faire mourir de mort violente — nos
« profits et pertes », mais en définitive c'était constater, et non pas annuler, notre déficit. J'y avais
tellement pensé qu'il me fut facile de tout lui expliquer.

— Imagine que nous nous trouvions (ce qu'à Dieu
ne plaise !) dans les circonstances prévues par Olivi : à
peine un expert mettrait-il le nez dans nos livres, que
notre perte lui sauterait aux yeux.

Guido me regardait, confondu. Il savait assez de
comptabilité pour me comprendre, mais sa déception
était telle qu'il refusait de se plier à l'évidence.

Pour le mettre bien en face de la situation, j'ajoutai :

— Tu vois qu'il était inutile d'exiger de ta femme ce
versement.

Quand il eut saisi, il devint pâle et se mit à se ronger
les ongles. Il avait l'air de sortir d'un rêve. Il se domina

pourtant, et de ce ton comique qu'il prenait pour
donner ses ordres, il m'enjoignit de procéder comme il
avait dit :

— Pour t'exonérer de toute responsabilité, ajouta-
t-il, je suis prêt à passer les écritures et à les signer moi-
même.

Parfait ! Il voulait continuer à rêver dans un domaine
où il n'y eut jamais place pour le rêve : la partie
double. Et moi, tout au souvenir des engagements pris
au Belvédère et des promesses faites à Ada, je répondis
généreusement :

— J'écrirai ce que tu voudras. Je n'ai pas besoin
d'être mis à couvert par ta signature : je suis ici pour
t'aider et non pour te mettre des bâtons dans les roues.

Il me serra affectueusement la main.

— La vie est difficile, dit-il, et c'est pour moi un
grand réconfort d'avoir à mes côtés un ami tel que toi.

Nous nous regardâmes dans les yeux. Les siens
brillaient. Pour me soustraire à l'émotion qui me
menaçait, je dis en riant :

— La vie n'est pas difficile : elle est très originale.

Il se mit à rire lui aussi. Puis il s'assit près de moi
pour voir comment j'allais solder notre compte « Profits et pertes ». Ce fut l'affaire de quelques minutes. Ce
compte fut éteint, mais il entraîna dans le néant celui
d'Ada, dont l'apport fut néanmoins noté par nous sur
un petit carnet, afin que dans l'éventualité d'une
catastrophe et en l'absence de tout autre document, il
restât évident que des intérêts lui étaient dus. L'autre
moitié du compte profits et pertes augmenta le débit,
déjà considérable, de Guido.

Les animaux de l'espèce comptable ne sont guère,
par nature, disposés à l'ironie. Et pourtant, en passant
ces écritures, je me disais : « Voilà un compte (les

profits et pertes) mort de mort violente ; l'autre, celui
d'Ada, mort de mort naturelle, puisque nous n'avons
pu le maintenir en vie ; quant à celui de Guido, pas
moyen de le tuer ; mais comme c'est le compte d'un
débiteur douteux, il reste là, au beau milieu de notre
entreprise, comme un tombeau ouvert. »

On parla longtemps de comptabilité dans notre
bureau. Guido s'ingéniait à trouver un moyen propre à
le mieux protéger contre les embûches de la loi —
comme il disait. Je pense même qu'il consulta un
comptable, car un beau jour il me proposa de détruire
nos livres, après en avoir fait d'autres, sur lesquels
nous aurions enregistré une vente fictive, à un nom
quelconque. La somme versée par Ada aurait figuré,
en ce cas, comme représentant le paiement reçu par
nous. Il était accouru au bureau si plein d'espoir que
j'avais peine à lui ôter une fois de plus ses illusions. Il
proposait une falsification vraiment choquante. Nous
nous étions contentés jusque-là de déplacer des réa-
lités ; nous ne risquions que de porter préjudice à Ada,
qui s'y était résignée d'avance. Mais maintenant, il
s'agissait de feindre un mouvement de marchandises.
Je le voyais bien, parbleu, c'était même la seule
manière d'effacer toute trace de notre perte. Mais à
quel prix ! Il fallait inventer aussi le nom de l'acheteur
— ou obtenir le consentement d'une personne voulant
bien se prêter à la supercherie. Je n'avais certes rien à
redire à la destruction de ces livres, que pourtant
j'avais tenus avec tant de soin, mais j'étais excédé à la
seule pensée de refaire tout ce travail.

Sans compter qu'il n'est pas facile de simuler une
facture : il faudrait encore établir de faux documents
prouvant l'existence et la propriété de la marchandise.

Mes objections finirent par convaincre Guido. Il

renonça à son plan. Mais dès le lendemain il m'en présenta un autre qui impliquait aussi la destruction des livres. Fatigué de le voir gaspiller notre temps en discussions vaines, je protestai :

— On croirait que tu te prépares pour de bon à la faillite. Tu ne fais qu'y penser ! Ou alors, pourquoi attacher tant d'importance à une diminution de capital ? Jusqu'à présent nul n'a le droit de regarder dans tes livres. Eh bien donc, au travail, au travail ! Et laissons là ces bêtises.

Il m'avoua que la pensée de la faillite l'obsédait. Et comment en eût-il été différemment ? Un peu de malchance et il allait droit à la banqueroute frauduleuse — et à la prison !

Mes études juridiques me mettaient à même de savoir qu'Olivi nous avait très exactement indiqué les devoirs d'un négociant dont le bilan est ce qu'était le nôtre, mais pour délivrer Guido (et me délivrer moi-même) de cette obsession, je lui conseillai de consulter un avocat.

Il me répondit que c'était déjà fait. Il n'avait pas demandé une véritable consultation, ne voulant mettre personne, fût-ce un homme de loi, au courant de son secret, mais il avait fait parler un avocat de ses amis, avec lequel il s'était trouvé à la chasse. Il savait donc qu'Olivi ne s'était pas trompé, et qu'il n'avait, hélas, rien exagéré.

Comprenant qu'il faisait fausse route, il cessa de chercher les moyens de falsifier sa comptabilité, mais il ne retrouva pas le calme pour autant. Chaque fois qu'il venait au bureau, à la seule vue de ses livres, il devenait sombre. Il m'avoua plus tard qu'en entrant dans cette pièce, il avait l'impression de pénétrer dans l'antichambre de la prison, et qu'il avait envie de s'enfuir.

Un jour il me demanda :

— Augusta sait-elle tout de notre bilan ?

Je rougis, car dans cette question je crus discerner un reproche. Et pourtant, puisque Ada était au courant, Augusta pouvait l'être aussi. Mais cette idée ne me vint pas tout de suite. Au contraire, je me crus dans mon tort. C'est pourquoi je murmurai :

— Elle l'aura su par Ada, ou par Alberta. Ada a tout raconté à Alberta.

J'indiquai les divers canaux qui avaient pu amener la nouvelle jusqu'à Augusta ; il me semblait qu'ainsi je ne niais pas le fait qu'elle eût tout appris de première main, c'est-à-dire par moi ; je donnais simplement à entendre que mon silence aurait été inutile. Dommage ! Si j'avais tout bonnement avoué que je n'avais pas de secrets pour Augusta, je me serais senti tellement plus loyal et plus honnête ! Un petit fait de ce genre, je veux dire la dissimulation d'un acte qu'il eût mieux valu reconnaître et proclamer innocent, suffit à jeter le trouble dans la plus sincère amitié.

Je note ici, bien qu'il ait été sans importance pour Guido et qu'il n'éclaire en rien ma propre histoire, un incident survenu quelques jours plus tard : le courtier bavard à qui nous avions eu affaire au moment de l'achat du sulfate de cuivre m'aborda dans la rue et, me regardant de bas en haut comme l'y obligeait l'exiguïté de sa taille qu'il exagérait en se tassant sur ses jambes, il me dit ironiquement :

— Il paraît que vous avez encore fait quelques bonnes affaires dans le genre de celle des sulfates ?

Puis, me voyant changer de couleur, il me tendit la main et ajouta :

— Quant à moi, je vous souhaite meilleure chance ! J'espère que vous n'en doutez pas.

Je suppose qu'il avait été informé par sa fille qui allait au lycée et qui était dans la même classe que la petite Anna. Je ne rapportai pas à Guido cette légère indiscrétion. Mon premier devoir était de lui épargner d'inutiles angoisses.

Une chose m'étonnait : Guido ne prenait aucune disposition pour congédier Carmen comme il l'avait promis formellement à sa femme. Je croyais qu'Ada reviendrait de Bologne au bout de quelques mois, comme l'année précédente ; mais, sans passer par Trieste, elle se rendit au lac Majeur où Guido, quelque temps après, la rejoignit avec les deux enfants.

A son retour — soit qu'il se fût souvenu de sa promesse, soit qu'Ada la lui eût rappelée — il me demanda s'il n'était pas possible de trouver à Carmen une place dans mes bureaux, c'est-à-dire dans ceux d'Olivi. Je savais qu'il n'y avait pas de postes vacants chez moi, mais comme Guido m'en priait très instamment, je consentis à en parler à mon fondé de pouvoir. Par un heureux hasard un de ses employés quittait la maison, mais son salaire était inférieur à celui qui avait été octroyé, quelques mois plus tôt, à Carmen par la générosité de Guido, lequel trouvait commode, pensais-je, de porter sur le compte des frais généraux certaines dépenses peu avouables. Le vieil Olivi s'enquit auprès de moi des capacités de Carmen et, en dépit de mes excellents rapports, ne voulut la prendre qu'aux mêmes appointements que son employé démissionnaire. Quand je mis Guido au courant, il se gratta la tête, bien embarrassé :

— Comment diable lui proposer une situation moins bonne ? Ne pourrait-on pas persuader Olivi de lui accorder autant que ce qu'elle gagne ici ?

Je savais que c'était impossible. Et puis Olivi n'avait

pas l'habitude de se considérer comme marié avec ses sous-ordres. C'était bon pour nous. Le jour où il jugerait que Carmen gagnait une couronne de trop pour son travail, il la lui supprimerait sans miséricorde. Pour finir nous en restâmes là. Olivi ne reçut ni ne demanda jamais de réponse ferme et les beaux yeux de Carmen continuèrent dans notre bureau leurs jeux coutumiers.

Ada et moi, nous avions ensemble un secret et il restait important justement parce qu'il restait secret. Elle écrivait régulièrement à Augusta, mais dans aucune de ses lettres il n'y eut un mot relatif à notre dernier entretien. De mon côté, je ne dis rien à ma femme. Un jour Augusta me fit voir un billet d'Ada qui me concernait. D'abord elle demandait de mes nouvelles, puis elle me priait d'avoir la bonté de la renseigner un peu sur les affaires de son mari. Je me troublai en apprenant qu'elle s'adressait à moi, et me rassérénai en voyant qu'elle ne s'adressait à moi, comme toujours, que pour avoir des nouvelles de Guido. Une fois de plus, je n'avais rien à oser.

D'accord avec Augusta, et sans rien dire à Guido, j'écrivis à Ada. Je pris la plume dans l'intention de rédiger une vraie lettre d'affaires : je commençai par exprimer ma grande satisfaction de voir que désormais Guido surveillait ses intérêts avec application et compétence.

De fait, j'avais été content de lui ce jour-là ; il avait réussi à gagner de l'argent en vendant des marchandises qu'il gardait en dépôt, en ville, depuis plusieurs mois. Il était vrai aussi qu'il travaillait plus assidûment, bien qu'il allât encore à la pêche et à la chasse toutes les semaines. J'exagérai un peu l'éloge, pensant contribuer ainsi à la guérison d'Ada.

Je relus ma lettre. Elle me sembla incomplète. Ada s'adressait à moi, voulait savoir de mes nouvelles : c'était manquer à la courtoisie que de ne pas lui en donner. Peu à peu je fus envahi par un trouble singulier. (J'en garde un souvenir si net que je crois l'éprouver encore.) J'étais devant ma table aussi embarrassé que devant Ada, dans la petite pièce sombre. Devais-je cette fois serrer dans mes mains la petite main qu'elle me tendait ?

Je me remis à écrire, puis il me fallut tout recommencer, car j'avais laissé échapper des paroles trop compromettantes : j'étais anxieux de la revoir, j'espérais qu'elle avait reconquis toute sa santé, toute sa beauté. En somme, elle me tendait la main et je la prenais par la taille. Cette main, mon devoir était de la serrer doucement, longuement, pour signifier que je comprenais tout, oui, tout ce qui jamais ne devait être dit.

Je ne reproduirai pas ici les innombrables phrases que je passai en revue, dans l'espoir d'en trouver une qui pût tenir lieu de ce serrement de main si doux, si long, si plein de signification. Je m'en tiendrai à ce qu'en définitive j'écrivis.

Je parlai longuement de la vieillesse dont la menace était sur moi. Je ne pouvais rester un instant immobile sans vieillir. A chaque tour de mon sang se glissait dans mes os, dans mes veines, quelque chose qui signifiait : vieillesse. Chaque matin à mon réveil j'ouvrais les yeux sur un monde plus gris. Je ne m'en apercevais pas, car les rapports de ton demeuraient les mêmes. Si une seule touche de couleur avait échappé à l'altération de l'ensemble, elle me l'aurait rendue manifeste, pour mon plus grand désespoir.

Très content de moi, j'expédiai cette lettre. Je ne me

compromettais pas et cependant, pensais-je, pour peu qu'Ada fût dans les mêmes sentiments que moi, elle ne pourrait pas ne pas sentir cet amoureux serrement de main. Il ne fallait pas une subtilité exceptionnelle pour deviner que cette digression sur la vieillesse n'exprimait pas autre chose que ma crainte de ne jamais être, dans ma course à travers le temps, rejoint par l'amour. Je criais à l'amour : « Plus vite ! Plus vite ! » Je me rappelle fort bien tout cela. Par contre, je suis moins sûr d'avoir vraiment voulu que l'amour me rejoignît. Et si même j'ai un doute, il résulte du souvenir que j'ai gardé d'avoir écrit en ces termes.

Je pris copie de ma lettre, pour Augusta, en laissant de côté le passage sur la vieillesse. Elle n'en aurait pas saisi l'intention, mais on n'est jamais trop prudent. Elle m'aurait en quelque sorte regardé serrer la main de sa sœur ; et, sous ce regard, j'aurais risqué de rougir. Car je savais encore rougir ! Et de fait je rougis quand je reçus d'Ada un mot de remerciement, où elle ne faisait d'ailleurs aucune allusion à mon bavardage sur la vieillesse. Il me sembla qu'elle se compromettait beaucoup plus avec moi que je ne m'étais jamais compromis avec elle. Elle ne retirait pas sa main, elle la faisait inerte dans la mienne, et chez une femme l'inertie est une forme de consentement.

Quelques jours après avoir écrit cette lettre, je découvris, grâce à l'indiscrétion d'un certain Nilini, que Guido s'était mis à jouer à la Bourse.

Je connaissais ce Nilini de longue date. Nous avions été au lycée dans la même classe ; puis, il avait dû abandonner ses études pour entrer dans la maison de commerce d'un de ses oncles. Je le revoyais de loin en loin. Pendant un certain temps, la différence de nos conditions m'avait créé une supériorité sur lui. Il me saluait le premier et cherchait parfois ma compagnie. Cela me paraissait tout naturel. Au contraire, je m'expliquai mal pourquoi, à une époque que je ne saurais préciser, son attitude changea du tout au tout. Il ne me saluait plus et répondait à peine à mes coups de chapeau. Comme j'ai l'épiderme sensible, j'en fus quelque peu affecté ; mais qu'y faire ? Peut-être savait-il où je travaillais et me méprisait-il parce que j'occupais, auprès de Guido, un poste subalterne ; ou peut-être la mort de son oncle, en lui donnant l'indépendance, avait-elle suscité en lui je ne sais quelle prétention. Ces sautes d'humeur inexplicables font partie des mœurs de province. Un beau jour, sans qu'il y ait eu entre elles le moindre geste d'hostilité, deux personnes se regardent avec aversion et mépris.

Je fus donc étonné de voir Nilini entrer chez nous, ôter son chapeau, me tendre la main et demander mon beau-frère. Je lui dis que Guido n'était pas là. Alors, très familièrement, il se laissa tomber dans l'un de nos grands fauteuils ; je l'observais avec curiosité. Il y avait des années que je ne l'avais vu d'aussi près et l'antipathie qu'il manifestait à mon égard éveillait mon attention.

Il pouvait avoir quarante ans. Il était d'une laideur rare. Sur son crâne chauve ne subsistaient plus que des oasis de cheveux noirs et drus, sur la nuque et aux tempes ; il avait la figure jaune et bouffie, le nez charnu. Il était petit, maigre et se tendait pour ne pas perdre un pouce de sa taille, à tel point que, quand je parlais avec lui, je ressentais, par sympathie, une légère douleur au cou. C'est la seule sympahie qu'il m'ait jamais inspirée. Ce jour-là, j'eus l'impression qu'il se retenait de rire, que tout son visage était contracté par une ironie méprisante, qui du reste ne devait pas s'adresser à moi, puisqu'il s'était si aimablement présenté. Je compris bientôt que, par une bizarrerie de la nature, cette ironie était imprimée sur son visage. Ses petites mâchoires ne s'ajustaient pas exactement : quand il fermait la bouche, il restait entre ses lèvres comme un trou, où son ironie habitait. C'était peut-être pour se conformer à ce masque, dont il ne se délivrait qu'en bâillant, qu'il se moquait volontiers d'autrui. Nullement sot, il lançait des pointes venimeuses, mais de préférence aux absents.

Il bavardait beaucoup et, quand il s'agissait d'affaires de bourse, son style était des plus imagés. Il parlait de la Bourse comme d'un être vivant : elle savait rire et pleurer, frémir sous la menace, s'endormir dans une douce inertie. Il la voyait monter en dansant l'escalier des cours, et le redescendre, au risque de se rompre les os ; il admirait sa façon de cajoler une valeur, d'en étrangler une autre ; et d'enseigner à tout le monde la modération et le travail : car seuls les gens sensés peuvent traiter avec elle. Il disait aussi qu'à la Bourse, l'argent traînait par terre ! Le difficile était de se baisser pour le prendre.

Je priai Nilini d'attendre après lui avoir offert une cigarette et je m'occupai du courrier. Au bout d'un instant il se lassa et me dit qu'il ne pouvait rester davantage. Il n'était d'ailleurs venu que pour dire à Guido que les actions du Rio Tinto, dont il lui avait conseillé l'achat la veille, avaient gagné dix pour cent — mais oui, parfaitement, en vingt-quatre heures ! Là-dessus, il se mit à rire de bon cœur.

— Et pendant que nous sommes ici à parler, ou plutôt pendant que je suis ici à attendre, l'aprèsbourse aura fait le reste. Si M. Speier voulait acheter

ces titres maintenant, qui sait combien il les paierait ?
Mais moi, j'ai vu la tendance !

Il se vanta de son coup d'œil, dû à sa longue pratique
de la Bourse. Il s'interrompit pour me demander :

— Où crois-tu qu'on s'instruise mieux : à la Bourse
ou à l'Université ?

Sa mâchoire inférieure s'affaissa un peu plus :
l'abîme d'ironie béant entre ses lèvres s'élargissait.

— A la Bourse, bien sûr ! répondis-je avec une
conviction qui me valut, quand Nilini se retira, une
affectueuse poignée de main.

Donc Guido jouait à la Bourse ! J'aurais pu m'en être
aperçu déjà, avec un peu plus de perspicacité et
d'attention : quand je lui avais présenté le compte
exact des bénéfices, nullement insignifiants, que nous
avaient procurés nos dernières affaires, il avait parcouru mes chiffres du regard, en souriant, mais avec
quelque mépris. Il trouvait que nous avions pris
beaucoup de peine pour un gain si médiocre. Or il
n'aurait pas fallu plus d'une dizaine d'affaires comme
celle-là pour compenser notre perte de l'exercice
précédent ! Que faire ? Et moi qui avais chanté ses
louanges à Ada quelques jours plus tôt !

Quand il arriva, je lui rapportai fidèlement les
paroles de Nilini. Il m'écoutait avec une anxiété telle
qu'il n'arrêta même pas sa pensée au fait que j'avais
forcément appris qu'il jouait. Dès qu'il fut renseigné, il
sortit en courant.

Le soir, je racontai tout à ma femme. Elle fut d'avis
qu'il fallait laisser Ada en paix, mais en revanche
avertir Mme Malfenti des périls auxquels s'exposait son
gendre. De mon côté, j'essayerais d'empêcher Guido
de commettre des folies.

Je préparai longuement le petit sermon que j'allais

lui adresser. Enfin je tenais une occasion de réaliser à son égard mes projets de bonté active et d'honorer la promesse que j'avais faite à sa femme. Je savais très bien comment le prendre pour le déterminer à m'obéir. Jouer à la bourse, lui aurais-je expliqué, c'est toujours une inconséquence, mais surtout pour un commerçant avec un pareil bilan derrière lui.

Le lendemain je risquai ma harangue. Le début alla très bien :

— Ainsi tu joues à la bourse, maintenant ? Mais tu veux finir en prison ? lui demandai-je sévèrement.

Je m'attendais à une scène et je tenais en réserve des arguments sans réplique : ses façons de procéder compromettaient notre firme et je n'avais plus qu'à lui offrir ma démission.

Mais tout de suite Guido me désarma. Bon enfant, il me raconta par le menu ses opérations de bourse qu'il avait jusqu'alors tenues secrètes. Il travaillait sur des valeurs minières de je ne sais où et ses bénéfices suffisaient presque à couvrir notre bilan. Maintenant que le danger était passé il pouvait tout dire. Si par malchance il reperdait ce qu'il avait gagné, il cesserait de jouer, simplement ; si au contraire la fortune ne l'abandonnait pas, il remettrait en ordre mes écritures, dont il sentait toujours la menace.

Ce n'était pas le moment de se fâcher, mais de nous féliciter plutôt ! Quant à la question de comptabilité, je lui dis de dormir tranquille : là où il y a du disponible c'est un jeu que de mettre en ordre les écritures les plus embrouillées : quand nous aurions rétabli dans nos livres le compte d'Ada et comblé, au moins en partie, ce que j'appelais le gouffre de notre entreprise, à savoir le compte de Guido, notre comptabilité ne ferait plus un pli.

Je lui proposai de faire ce règlement sans attendre et de porter à notre actif les bénéfices de ses opérations. Il s'y refusa et ce fut tant mieux car, autrement, je serais devenu le comptable d'un joueur et j'aurais endossé une responsabilité plus lourde. Au lieu de cela, les choses allèrent leur train comme si je n'existais pas. Les raisons de son refus me parurent bonnes : l'argent des autres porte bonheur, et payer ses dettes fait tourner la chance. C'est une superstition très répandue dans les salles de jeux. Évidemment je n'y crois pas, mais quand je joue, je ne néglige aucune précaution.

Je me reprochai un certain temps d'avoir accueilli sans protester les confidences de Guido. Mais quand je vis que Mme Malfenti ne protestait pas davantage (son mari, disait-elle, avait su gagner gros à la bourse), quand j'entendis Ada elle-même déclarer que le jeu était un commerce comme un autre, je compris que je n'avais aucun remords à garder. Je ne pouvais, par mes conseils, arrêter Guido sur cette pente qu'à condition d'être soutenu par le reste de la famille.

Guido continua donc à jouer — et toute la famille avec lui. J'y contribuai, quant à moi, en ce sens que je nouai avec Nilini une paradoxale amitié. Je ne pouvais pas le souffrir ; je le sentais ignorant, présomptueux, mais, par égard pour Guido à qui il donnait de bons avis, je lui cachai si bien mes sentiments qu'il finit par croire à mon amitié dévouée. Je ne nie pas qu'un des motifs de ma gentillesse envers lui fut peut-être le désir de ne plus éprouver le malaise que son hostilité me procurait et que l'ironie de son affreux rictus me rendait insupportable. D'ailleurs toute mon amabilité se bornait à lui tendre la main quand il arrivait et quand il partait. Lui au contraire me prodiguait les amabilités. Comment ne les aurais-je pas acceptées avec gratitude? Or la gratitude est sans doute le suprême degré de la gentillesse. Il me procurait des cigarettes de contrebande qu'il me cédait au prix qu'il les payait lui-même, autant dire presque rien. S'il m'avait été plus sympathique, il aurait pu m'entraîner à jouer moi aussi. La peur de le voir plus souvent me préserva.

Je ne le voyais que trop! Il passait des heures dans notre bureau. Et pourtant, c'était clair, il n'était pas amoureux de Carmen. Il venait me tenir compagnie, à moi. Je suppose qu'il avait l'intention de m'apprendre la politique, dans laquelle, en bon boursier, il était très versé. Il me montrait comment les grandes puissances un jour se serrent la main et le lendemain se prennent aux cheveux. Avait-il prévu l'avenir? Je n'en sais rien : je ne l'écoutais pas. Quand il parlait, je gardais un sourire hébété, figé, qu'il dut interpréter comme une marque d'admiration. De là notre malentendu. Ce n'était pas ma faute.

Je n'ai retenu que les choses qu'il répétait tous les jours. Je pus ainsi constater que son patriotisme italien était de couleur douteuse. A l'en croire, l'intérêt de Trieste était de rester autrichienne. Il adorait l'Allemagne, et en particulier les trains allemands, qui arrivaient toujours à l'heure exacte. Il était socialiste à sa manière : il estimait qu'il devrait être interdit à une personne privée de posséder en propre plus de cent mille couronnes. Un jour, en présence de Guido, il déclara qu'il possédait, quant à lui, cent mille couronnes et pas un centime de plus. J'écoutai cela sans rire; je ne crus même pas devoir lui demander si, au cas où il gagnerait encore un peu d'argent, il modifierait sa théorie. Nos rela-

tions étaient vraiment étranges. Rire avec lui et rire de
lui m'était également impossible.

Quand il avait prononcé quelqu'une de ses sentences,
il se renversait si bien dans son fauteuil que ses yeux se
fixaient au plafond et qu'il ne tournait plus vers moi que
ce trou que j'appelais son orifice mandibulaire. Le pire
est que, par ce trou, il voyait ! Un jour qu'il avait pris
cette position et que j'en profitais pour penser à autre
chose, il eut tôt fait de me rappeler à l'ordre :

— Est-ce que tu m'écoutes ?

Passé les effusions de la première heure, Guido ne
me parla plus de ses spéculations. J'étais informé par
Nilini qui, bientôt, devint à son tour plus réservé. Guido
gagnait toujours de l'argent et je le savais par sa femme.

Quand celle-ci revint à Trieste, je la trouvai assez
enlaidie. Elle avait repris des joues, mais des joues qui,
cette fois encore, n'avaient pas su rejoindre leur place
naturelle et qui lui faisaient un visage presque carré. Ses
yeux avaient continué à grandir et à déformer leurs
orbites. Ma surprise fut d'autant plus grande que Guido
et les autres m'avaient dit que chaque jour marquait
pour elle un nouveau progrès vers la santé. Or il me
semble, à moi, qu'une femme saine c'est, avant tout,
une femme belle.

J'eus d'autres sujets d'étonnement. Dès les premiers
mots qu'elle m'adressa, Ada me parla avec affection,
mais du ton dont elle eût parlé à ma femme. Notre secret
était aboli : elle ne se souvenait plus d'avoir pleuré à la
pensée de ce que j'avais souffert à cause d'elle. Tant
mieux ! Elle oubliait enfin ses droits sur moi ! Je n'étais
plus que son beau-frère, et si elle m'aimait, c'était parce
que j'avais su faire, à l'admiration de tous les Malfenti,
le bonheur d'Augusta.

Un jour, je fis une découverte qui me surprit grandement : Ada se croyait toujours belle. Sur le lac, on lui avait fait la cour, disait-elle ; et on voyait bien qu'elle n'était pas indifférente à ces succès. Sans doute les exagérait-elle : quand elle prétendait qu'elle avait dû écourter son séjour là-bas pour se soustraire aux assiduités d'un amoureux, je trouvais qu'elle allait un peu loin. J'admets qu'il y ait eu quelque chose de vrai : elle devait sembler moins laide à ceux qui ne l'avaient pas connue avant. Et encore... Avec ces yeux, ce teint, ce visage déformé ! Mais nous qui nous souvenions de ce qu'elle avait été, comment n'aurions-nous pas vu les ravages de la maladie ?

Un soir, nous l'invitâmes chez nous, avec Guido. Une vraie réunion de famille ! Je me croyais revenu au temps de nos doubles fiançailles. Seulement, sur la chevelure d'Ada, aucune lumière ne jouait plus.

Au moment de nous séparer, comme je l'aidais à passer son manteau et que nous nous trouvions seuls dans le vestibule, j'eus soudain le sentiment qu'il convenait de profiter de l'absence des autres pour lui dire un mot, je ne sais quoi, de nature à lui rappeler que nos relations n'étaient pas tout à fait celles d'un beau-frère et d'une belle-sœur. Tandis qu'elle s'habillait, je méditais une phrase :

« Tu sais qu'il joue maintenant ! » prononçai-je enfin d'une voix grave et émue. Par ces mots, dits sur ce ton, je crois bien que je voulais évoquer dans mon esprit notre dernière entrevue. Je ne pouvais admettre qu'elle l'eût totalement oubliée.

— Oui, répondit-elle en souriant, et il fait très bien. Il est devenu assez brillant, à ce que j'entends raconter.

Je riais tout haut. Je me sentais allégé de toute responsabilité. Sur la porte, Ada murmura :

— Cette Carmen est toujours chez vous ?

Mais elle partit sans me laisser le temps de répondre. Notre passé commun était aboli. Il ne restait plus entre nous que sa jalousie, aussi vive qu'au premier jour.

Quand j'y repense aujourd'hui, je trouve que j'aurais dû m'apercevoir longtemps avant d'en être avisé que Guido avait commencé à perdre. L'air de triomphe qui illuminait son visage avait disparu et il lui arriva plusieurs fois de trahir à nouveau de l'anxiété au sujet du fameux bilan.

— Pourquoi t'en soucier — lui demandai-je dans mon innocence — puisque tu as en poche ce qu'il faut pour tout mettre au point quand nous voudrons ? On ne va pas en prison quand on a de l'argent en poche.

Je sus plus tard qu'au moment où je parlais ainsi, en poche, il n'avait plus rien.

Je croyais si fermement qu'il avait enchaîné la fortune que je ne tins pas compte d'une foule d'indices qui auraient dû m'éclairer.

Un soir du mois d'août il m'entraîna avec lui à la pêche. Sous l'éblouissante lumière d'une lune presque pleine, nous avions peu de chance de prendre du poisson ; mais il insista, disant que nous trouverions en mer un peu de fraîcheur. Le fait est que nous ne trouvâmes rien d'autre. Après une seule tentative, nous renonçâmes à pêcher. Nos lignes pendaient hors de la barque, tandis que Luciano nous poussait au large. Les rayons de la lune devaient atteindre le fond de l'eau et permettre aux gros poissons de mieux voir le piège qui leur était tendu. Quant aux petits, ils grignotaient l'appât mais ne pouvaient mordre à l'hameçon. Nous leur donnions à manger : en cela consistait notre pêche.

Guido s'allongea à la poupe, moi à la proue. Au bout d'un instant, il murmura :

— Comme c'est triste, toute cette lumière !

Sans doute parlait-il ainsi parce que la lumière l'empêchait de dormir ; je fis semblant d'être de son avis : je ne voulais pas troubler par une discussion oiseuse ce grand calme de la mer où nous avancions lentement. Mais Luciano, lui, protesta : cette lumière lui plaisait beaucoup. Comme Guido ne répondait rien, je me chargeai de répliquer que certainement la lumière était une chose triste puisqu'elle nous faisait voir les choses de ce monde. Et aussi parce qu'elle empêchait de prendre du poisson. Luciano se le tint pour dit.

Nouveau silence. Je bâillais, face à la lune. Je regrettais, cette fois encore, de m'être laissé tenter par la promenade en barque. Tout à coup, il me demanda :

— Toi qui es chimiste, saurais-tu me dire quel est le poison le plus efficace : le véronal pur ou le véronal au sodium ?

J'ignorais, je l'avoue, l'existence du véronal au sodium. Il ne faut pas se figurer qu'un chimiste sait le monde entier par cœur. Mes connaissances en chimie me permettaient de trouver rapidement dans mes livres ce que je voulais chercher ; elles me permettaient en outre, il faut croire, de parler de ce que j'ignorais, car j'improvisai, sur le sodium, une élégante dissertation.

Le sodium ? Mais nul n'ignore que c'est par leur combinaison avec lui que les corps deviennent plus facilement assimilables. Je me souvins à propos de ce qu'en disait, sur un ton lyrique, un de mes professeurs (la seule fois que j'avais assisté à son cours) : le sodium était un véhicule qu'utilisaient les autres corps pour se mouvoir avec plus de rapidité ; le chlorure de sodium passait d'un organisme à l'autre, et sa gravité finissait par l'entraîner dans les gouffres les plus profonds de notre globe, dans les océans. Je ne sais si j'ai reproduit exactement le discours de mon professeur. Toujours est-il que devant cette immense étendue d'eau salée, je parlai du sodium avec un respect infini.

Après une brève hésitation, Guido revint à la charge :

— Alors, pour se tuer, il faudrait prendre du véronal au sodium ?

— Oui, répondis-je.

Puis il me vint à l'esprit qu'on pouvait avoir à simuler un suicide, et, sans me rendre compte que je faisais à un triste épisode de la vie de Guido une allusion peu charitable, j'ajoutai :

— Et pour ne pas se tuer, on prend du véronal pur.

Les questions de Guido auraient pu me faire réfléchir. Mais, tout à mon sodium, je ne comprenais rien. Les jours suivants je fus en mesure d'apporter des preuves de ce que j'avais avancé : pour accélérer l'amalgame, cet embrassement de deux corps, si étroit qu'il a les apparences d'une combinaison ou d'une assimilation, on ajoute du sodium au mercure. Le sodium sert d'intermédiaire entre le mercure et l'or. Guido ne m'écoutait pas. Il avait oublié le véronal. Probablement ses positions en Bourse s'étaient-elles améliorées.

Dans le courant de la semaine, Ada vint trois fois au bureau. C'est seulement après sa deuxième visite que j'eus le soupçon qu'elle voulait me parler.

La première fois, elle tomba sur Nilini qui s'employait à mon instruction. Elle attendit plus d'une heure qu'il partît, mais elle eut le tort de bavarder avec lui, en sorte qu'il se crut autorisé à rester. Quant à moi, aussitôt les présentations faites, je respirai, ravi de voir l'orifice mandibulaire de Nilini se tourner d'un autre côté, et je ne me mêlai plus à leurs propos.

Nilini fut spirituel. Il déclara, à la surprise d'Ada, que la médisance était en honneur au *Tergesteum* autant que dans les salons des belles dames. La seule différence était que, selon lui, on savait plus de choses au *Tergesteum*. Ada trouva qu'il calomniait les femmes. Quant à elle, elle ignorait ce qu'était la médisance. J'intervins à ce moment pour affirmer que, depuis des années que je connaissais ma belle-sœur, je ne l'avais pas entendue prononcer un mot malveillant. Je souriais en disant cela : il me semblait que je lui adressais un reproche. Elle ne médisait point parce qu'elle ne s'intéressait guère aux actions d'autrui. Autrefois, en pleine santé, elle ne pensait jamais qu'à elle-même ; puis le mal l'envahit, et le seul petit champ libre qu'il laissa en elle, sa jalousie l'occupa. C'était une vraie égoïste. Elle n'en accueillit pas moins mon témoignage avec gratitude.

Nilini fit semblant de ne pas nous croire : me connaissant depuis des années, il avait pu se rendre compte de ma grande ingénuité. Cette réflexion nous amusa, Ada et moi. En revanche, j'éprouvai un certain agacement quand, pour la première fois devant une tierce personne, il proclama que j'étais un de ses meilleurs amis ; aussi n'ignorait-il rien de moi. Je n'osai protester, mais cette déclaration effrontée m'offensa dans ma pudeur ; j'étais aussi gêné qu'une jeune fille à qui l'on eût reproché publiquement de forniquer. J'étais si naïf, disait Nilini, que Mme Speier, avec sa finesse de femme, aurait très bien pu médire des uns et des autres en ma présence et sans que je m'en aperçusse. Je pensais qu'Ada prenait plaisir à ces compliments douteux. En réalité, elle laissait parler Nilini dans l'espoir qu'il finirait par vider son sac. Mais elle eut beau attendre : Nilini était intarissable.

A sa deuxième visite, Ada me trouva avec Guido. Je remarquai chez elle une certaine expression d'impatience et commençai ainsi à soupçonner qu'elle désirait me voir, moi. Bien sûr, elle ne demandait pas mon amour, mais elle avait trop souvent le désir de se trouver seule à seul avec moi. Il est difficile à un homme de deviner ce qu'une femme veut ; d'autant plus qu'elle-même ne le sait pas toujours. Ces doutes me ramenèrent à mes rêves absurdes et m'y retinrent jusqu'au jour où, pour la troisième fois, elle revint.

Cette fois-là, elle put enfin me parler. Je fus fixé dès les premiers mots qu'elle prononça. Sa voix était brisée, mais je n'étais nullement la cause de tant d'émotion. Elle voulait savoir pourquoi Carmen n'avait pas été congédiée. Je lui racontai tout ce que je savais de l'affaire, y compris notre tentative de lui procurer une place chez Olivi.

Tout de suite elle fut plus calme, car ce que je lui disais correspondait exactement à ce qu'elle savait par Guido. Ses accès de jalousie lui venaient par périodes. Ils se déclaraient sans cause apparente et un mot suffisait parfois à les calmer.

Elle me posa encore les deux questions suivantes : Était-il si difficile de placer une dactylographe ? La famille de Carmen était-elle obligée de compter sur le salaire de la jeune fille ?

Je lui expliquai qu'à Trieste il était alors très difficile pour une femme de trouver un emploi. Quant à la seconde question, je ne pouvais y répondre, ne connaissant personne de la famille de Carmen.

— Eh bien, Guido, lui, connaît tout le monde dans

cette maison, me confia Ada avec colère. Les larmes lui
remontaient aux yeux.

Avant de partir elle me serra la main, me remercia
et, souriant à travers ses larmes, me dit qu'elle savait
pouvoir compter sur moi. Son sourire me fit plaisir : il
faisait allusion à notre lien secret. Pour donner aussitôt
la preuve que je méritais une telle faveur, je murmurai :

— Ce n'est pas Carmen que je redoute le plus : c'est
la Bourse.

Elle haussa les épaules.

— Allons donc ! J'en ai parlé à maman. Papa aussi
jouait à la Bourse, et il gagnait ce qu'il voulait.

Cette réponse me déconcerta. J'insistai cependant :

— Ce Nilini ne me plaît guère... Ça n'est pas vrai
que je suis son ami.

Elle me regarda, surprise :

— Il a l'air d'un homme comme il faut. Guido
l'aime beaucoup. En tout cas je crois que Guido,
maintenant, surveille bien ses affaires.

Ne voulant pas éveiller son inquiétude, je me tus.

Demeuré seul j'oubliai Guido pour songer à moi-
même. Décidément, Ada ne me considérait plus que
comme un frère, et cela valait peut-être mieux. Aucune
promesse — aucune menace d'amour. Plusieurs jours,
je courus la ville, inquiet et mal à l'aise. Je revivais les
heures qui avaient suivi l'abandon de Carla. C'était à
n'y rien comprendre. Rien ne m'était arrivé. Je crois,
en vérité, que j'avais toujours eu besoin d'aventures,
ou de quelque chose qui y ressemble, et que mes
rapports avec Ada devenaient trop simples à mon goût.

Un beau jour, Nilini, du fond de son fauteuil, me fit
un sermon plus solennel que de coutume. Un épais
nuage, disait-il, s'avançait à l'horizon. L'argent deve-

nait rare, tout simplement ; et la Bourse, saturée, n'absorbait plus rien.

— Jetons-y du sodium, proposai-je.

Cette interruption ne fut pas du goût de Nilini : pour ne pas se mettre en colère, il l'ignora.

— Oui, continua-t-il, l'argent est devenu rare, et donc cher, dans le monde entier. Je suis surpris de ce phénomène. Je l'avais prévu, mais pour un mois plus tard.

— On a dû envoyer tout l'argent dans la lune, dis-je.

— Il s'agit de choses sérieuses et il n'y a pas de quoi rire, reprit-il, les yeux toujours fixés au plafond. Bientôt on distinguera les vrais lutteurs : au premier choc, les faibles seront abattus.

Pas plus que je ne compris comment l'argent pouvait, en ce monde, se raréfier, je ne songeai à ranger Guido parmi ces lutteurs qui allaient éprouver leurs forces : j'étais trop habitué à me défendre des discours de Nilini par l'inattention. Cette fois-là, j'avais bien perçu le son des mots, mais leur sens ne m'avait pas pénétré.

La fois suivante — un matin — ce fut une tout autre musique. Un fait nouveau était survenu. Nilini avait découvert que Guido faisait des affaires avec un autre agent de change ! Il commença par déclarer, sur un ton de violence contenue, qu'il avait toujours été correct vis-à-vis de Guido. Et d'abord, il n'avait jamais manqué à la discrétion qui se doit : il en appelait à mon témoignage. Il ne m'avait rien confié, à moi qu'il tenait toujours pour son meilleur ami, de la position de mon beau-frère. Mais maintenant, plus de ménagements à garder, plus de secret professionnel ! Il pouvait me crier aux oreilles que Guido était en posture désastreuse. Quant aux affaires qui avaient été faites par son intermédiaire, il affirmait qu'à la plus légère reprise on aurait pu résister et attendre des temps meilleurs. Il était inconcevable que Guido l'ait ainsi abandonné à la première alerte.

On pouvait venir à bout de la jalousie d'Ada ; celle de Nilini était indomptable. J'aurais voulu obtenir de lui des renseignements, mais il s'exaspérait de plus en plus et ne parlait que du tort qui lui était fait. Si bien qu'en dépit de ce qu'il avait dit, sa discrétion ne se démentit pas.

L'après-midi, je trouvai Guido au bureau, étendu sur le sofa, dans un état singulier, intermédiaire entre le désespoir et la torpeur. Je lui demandai :

— Alors, tu es en perte jusqu'aux yeux ?

Il souleva un bras, découvrant son visage défait, puis répondit :

— As-tu jamais vu un homme plus malheureux que moi ?

Il laissa retomber son bras, se mit sur le dos et, comme s'il eût déjà oublié ma présence, ferma les yeux.

Je n'avais aucune consolation à lui offrir. Qu'il se donnât pour l'homme le plus malheureux de la terre me choquait. Ce n'était pas une exagération mais un pur mensonge. Je lui aurais porté secours si j'avais pu, mais je ne pouvais même pas le réconforter. D'ailleurs, à mon sens, moins coupable et plus malheureux, il n'aurait pas mérité davantage la compassion. Il ne faut s'apitoyer sur personne, sinon ce sentiment envahirait toute notre vie et il n'en résulterait qu'un profond ennui. La loi de nature ne donne pas droit au bonheur, elle prescrit au contraire la misère et la douleur. Quand une proie est exposée, une proie comestible, les parasites accourent, et s'il n'y en a pas, ils s'empressent de naître. Bientôt la proie suffit à peine, et aussitôt après elle ne suffit plus, car la nature ne fait pas des calculs, mais des expériences. Quand elle ne suffit plus, les dévorateurs se raréfient : la mort, que précède la souffrance, se charge de réduire leur nombre, et ainsi, pour un temps, l'équilibre est rétabli. Pourquoi se plaindre ? Tous se plaignent pourtant. Ceux qui n'ont rien en meurent en criant à l'injustice et ceux qui ont eu leur part estiment qu'ils auraient eu droit à une part plus grande. Pourquoi ne vivent-ils pas et ne meurent-ils pas en silence ? Autrement sympathique est la joie de celui qui a su conquérir la part du lion et qui se dresse en plein soleil, au milieu des applaudissements. Le seul cri admissible, c'est le cri de triomphe.

Guido, lui, ne possédait aucune des qualités nécessaires pour acquérir ou même pour conserver la richesse. Eh quoi ! il s'asseyait à la table de jeu et il pleurnichait à la première infidélité de la chance. Cette attitude, si peu digne d'un gentilhomme, me dégoûtait. Voilà pourquoi au moment où Guido aurait eu tant besoin de mon affection, il ne la trouva point. Mes résolutions les plus fermes furent impuissantes à la lui assurer.

Cependant sa respiration devenait insensiblement plus régulière et plus bruyante. Il s'endormait ! Comme il était peu viril dans son malheur ! On lui arrachait le pain de la bouche et il fermait les yeux, pour rêver sans doute une digestion tranquille alors qu'il eût dû les ouvrir tout grands et disputer la moindre miette du festin.

La curiosité me vint de savoir si Ada avait été mise au courant de la catastrophe. Je le lui demandai à haute voix. Il sursauta, et il lui fallut un moment pour reprendre conscience de son malheur qui, soudain, lui réapparut tout entier.

— Non, murmura-t-il. Et il referma les yeux.

Certes, tout homme durement touché incline au sommeil. Il y reprend force. Hésitant, je le regardais. Mais, s'il dormait, comment lui venir en aide ? Ce n'était pas le moment de dormir. Je le pris rudement par l'épaule et le secouai :

— Guido !

Il avait dormi pour de bon. Il me regarda d'un œil vague et demanda :

— Qu'est-ce que tu veux ?

Et aussitôt après, avec colère :

— Mais qu'est-ce que tu veux donc ?

Je voulais l'aider. Je ne me serais pas permis de le réveiller pour autre chose. Je me fâchai moi aussi. Je criai que le moment était mal choisi pour dormir, qu'il fallait se hâter d'aviser, de parer à la catastrophe. Il y aurait à calculer, à discuter avec tous les membres de la famille, y compris ceux de Buenos Aires.

Guido s'assit. Il était encore dans l'hébétude d'un réveil trop brusque. Il me dit d'un ton amer :

— Tu aurais mieux fait de me laisser dormir. Où veux-tu que je trouve de l'aide ? Tu sais à quelle extrémité j'ai dû en venir la dernière fois pour trouver ce peu d'argent nécessaire à me sauver ? Aujourd'hui, il s'agit de sommes considérables ! Vers qui veux-tu que je me tourne ?

Sans nulle tendresse, avec colère même, à l'idée que je devrais mettre de l'argent et me soumettre, avec les miens, à des privations, je m'écriai :

— Et moi, ne suis-je pas là ? Puis l'avarice me poussant à atténuer aussitôt mon sacrifice, j'ajoutai :

— Et Ada ? Et notre belle-mère ? Ne pouvons-nous pas nous unir pour te tirer d'affaire ?

Il se leva et fit un pas vers moi avec l'intention évidente de m'embrasser. Mais c'était justement ce que je ne voulais pas. Je lui avais offert mon aide, j'avais le droit de le malmener et j'en usai sans ménagements. Je lui reprochai sa faiblesse actuelle, succédant à une présomption qui l'avait conduit à la ruine. Il n'en avait fait qu'à sa tête, sans consulter personne. Souvent, j'avais tâché de savoir ce qu'il manigançait pour le retenir et lui éviter des déboires, mais il refusait de me rien dire et réservait sa confiance à un Nilini !

A ce nom Guido sourit. Oui, il sourit, le malheureux ! Il me dit que, depuis une quinzaine, il ne travaillait plus avec Nilini. Il s'était mis en tête que cet affreux bonhomme lui portait la guigne.

Ce sommeil, ce sourire, voilà qui peignait Guido. Il ruinait tout le monde autour de lui et il souriait. Je me posai en juge sévère : pour le sauver, il fallait d'abord lui apprendre à se conduire. Je voulus connaître le montant des pertes, et comme il ne sut pas me donner un chiffre exact, je m'emportai. Je fus encore plus furieux quand ensuite il me dit un chiffre relativement faible mais qui, se décida-t-il à avouer, représentait la somme à payer à la liquidation du 15 courant, c'est-à-dire dans les deux jours ! D'ici à la fin du mois, assurait-il, les choses pouvaient se modifier. La pénurie d'argent sur le marché ne durerait pas éternellement.

— Mais si l'argent manque sur cette terre ! hurlai-je. Tu ne penses pas en recevoir de la lune ?

Je déclarai qu'il ne devait pas jouer un seul jour de plus. Il risquait de voir augmenter sa perte, déjà énorme. Cette perte, on la diviserait en quatre parts que nous supporterions, moi, lui (c'est-à-dire son père), Mme Malfenti et Ada ; après quoi nous reviendrions à notre paisible commerce. J'ajoutai que je ne voulais plus voir Nilini ni aucun autre agent de change dans nos bureaux.

Guido était doux comme un mouton. Il me pria seulement de ne pas tant crier, à cause des voisins.

Je fis un grand effort pour me calmer, et je n'y parvins qu'en continuant à lui dire, tout bas, des choses désagréables. Sa perte était une juste punition de ses fautes. Il fallait être un imbécile pour se jeter dans des difficultés pareilles. Il méritait une leçon et devait la subir jusqu'au bout.

Ici Guido protesta doucement : Qui n'a jamais joué en Bourse ? Notre beau-père, le modèle des commerçants solides, n'avait pas vécu un seul jour de sa vie sans quelque engagement de ce côté-là. Et d'ailleurs, Guido ne l'ignorait pas, j'avais joué, moi aussi.

— Il y a jouer et jouer, répliquai-je. J'avais risqué mes revenus d'un mois, et lui, tout son capital.

Alors, il fit une tentative puérile pour atténuer sa responsabilité : Nilini l'avait poussé à jouer plus qu'il n'aurait voulu en lui faisant croire qu'il le mettait sur le chemin de la fortune.

Je me mis à rire et à me moquer de lui. On ne pouvait rien reprocher à Nilini : il faisait ses affaires. Et du reste, après avoir lâché Nilini, ne s'était-il pas précipité chez un autre agent de change, pour augmenter sa perte ? Si au moins, par ce nouvel intermédiaire, il s'était mis à jouer à la baisse, à l'insu de Nilini, ça n'aurait pas été si bête. Pour se tirer d'affaire, il ne suffit pas de changer de représentant, il faut retourner ses batteries.

Finalement, pour obtenir que je le laisse en paix, il

reconnut, avec un sanglot dans la gorge, qu'il avait manœuvré en dépit du bon sens.

Je cessai de le houspiller. Maintenant, il me faisait vraiment pitié ; je l'aurais embrassé s'il avait voulu. Je lui dis que j'allais m'occuper tout de suite de réunir les fonds que j'aurais à fournir et que je parlerais à notre belle-mère. Lui, se chargerait d'Ada.

Il me fit encore plus pitié quand il m'avoua combien il redoutait de parler à sa femme. Puisque je voulais bien lui servir d'intermédiaire, il préférait que ce fût auprès d'elle. Mme Malfenti lui faisait moins peur. Au besoin, il lui demanderait, à elle, de mettre Ada au courant.

— Tu sais comment les femmes sont faites : elles ne comprennent les affaires que si on gagne.

Cette décision prise, il se sentit plus léger. Nous sortîmes ensemble. Je le voyais marcher à mon côté, la tête basse, et je regrettais d'avoir été si dur pour lui. Quels devaient être ses rapports avec sa femme, s'il en était à craindre à ce point une explication ?

Nous n'avions pas fait cent pas qu'il trouvait le moyen de me mettre de nouveau hors de moi. Son beau plan se perfectionnait. Non seulement il n'aurait pas à parler à Ada, mais il s'arrangerait pour ne pas la voir avant demain. Il passerait la nuit à la chasse. La seule perspective de respirer un peu d'air pur, loin de tous les tracas, le rendait pleinement heureux. Sur son front jusqu'alors assombri, les nuages se dissipaient. Moi, je frémissais d'indignation. Avec cette figure-là, il aurait été bien capable de retourner à la Bourse, de se remettre au jeu et d'y risquer l'argent de toute la famille, y compris le mien.

— Je veux m'accorder ce dernier plaisir, dit-il, et

je t'invite à m'accompagner, à condition que tu ne dises pas un mot de ce qui nous préoccupe.

Il avait dit cela en souriant, mais voyant que je restais de glace, il prit lui aussi un air sérieux et ajouta :

— Tu dois comprendre que j'ai besoin de repos après un coup pareil. Il me sera plus facile, après, de reprendre la lutte.

L'émotion qui voilait sa parole n'était certainement pas feinte. C'est pourquoi je maîtrisai ma colère et me contentai de repousser son offre, alléguant que je devais rester en ville pour me procurer l'argent nécessaire. Je lui faisais sentir par là que moi, innocent, je ne quittais pas mon poste, tandis qu'il allait prendre du bon temps, lui, le coupable.

Nous étions arrivés devant chez Mme Malfenti. Guido n'avait pas retrouvé l'expression joyeuse qu'il avait eue en évoquant les plaisirs de la chasse. L'air chagrin, rappelé par mes soins sur son visage, y resta figé jusqu'au moment où nous nous séparâmes. Alors seulement il put se détendre les nerfs, en une manifestation d'indépendance et, me sembla-t-il, de rancœur. Il me dit que mon amitié le remplissait d'étonnement et de confusion. Il hésitait à accepter mon sacrifice et il exigeait — oui, il exigeait — que je ne me considérasse en aucune manière comme engagé à quoi que ce fût. J'étais entièrement libre de contribuer ou de ne pas contribuer à son sauvetage.

Je suis sûr d'avoir rougi. Pour me sortir d'embarras, je ripostai :

— Pourquoi veux-tu que je songe à me retirer puisqu'il y a un instant, sans que tu m'aies rien demandé, je t'ai offert mon appui ?

Il me regarda, incertain :

— Tu y tiens, dit-il ; eh bien, j'accepte sans plus

d'histoires et je te remercie. Mais nous modifierons notre contrat de société du tout au tout, en sorte que chacun ait sa juste part. D'abord, si tu continues à travailler, tu toucheras un traitement. Notre affaire renaîtra sur de nouvelles bases, et on ne pourra plus nous causer d'ennuis pour avoir dissimulé le déficit de notre premier exercice.

Je répondis :

— Nos pertes de l'an dernier n'ont plus aucune importance. N'y pense plus. Tâche de mettre notre belle-mère de ton côté. Pour le moment, c'est tout ce qu'il y a à faire.

Nous nous quittâmes sur ces mots. L'ingénuité avec laquelle Guido trahissait ses sentiments les plus intimes me faisait sourire. Tout ce discours pour aboutir à accepter mon aide sans m'exprimer de gratitude ! Mais je ne prétendais à rien ! Il me suffisait de savoir que cette gratitude, je la méritais.

En le quittant, je me sentis soulagé comme si, moi aussi, j'avais pu enfin respirer un peu d'air pur. Je retrouvais la liberté que j'avais sacrifiée à la tâche de faire son éducation et de le remettre dans la bonne route. Au fond, le pédagogue est plus enchaîné que son élève. J'étais bien résolu à lui procurer cet argent. Je ne saurais dire si je faisais cela par affection pour lui, ou pour Ada, ou peut-être pour me libérer de la petite part de responsabilité qui m'incombait, du fait que j'avais collaboré à son entreprise.

En somme, j'avais décidé de sacrifier une partie de mon patrimoine, et aujourd'hui encore, cette heure de ma vie, je me la rappelle avec une grande satisfaction. Mon argent sauvait Guido et tranquillisait ma conscience.

Je perdis la fin de l'après-midi à me promener

paisiblement et je laissai passer l'heure d'aller à la Bourse relancer Olivi, qui seul pouvait me procurer les fonds. D'ailleurs, il n'y avait pas urgence : pour le règlement du 15, j'avais assez d'argent à ma disposition ; pour celui de la fin du mois, rien ne pressait.

Ce soir-là, je dînais sans plus songer à Guido. Après que les enfants furent couchés, j'ouvris la bouche plusieurs fois pour tout raconter à Augusta, y compris les charges qui devaient en résulter pour moi, mais je reculai devant la fatigue d'une discussion. Mieux valait attendre que tous les autres fussent d'accord pour mettre Augusta au courant. Guido chassait, il s'amusait et moi je passerais ma soirée à me disputer pour lui. Non, c'eût été trop fort !

Après une nuit excellente, je me rendis au bureau avec un peu d'argent — pas beaucoup. (J'avais repris l'enveloppe destinée à Carla et religieusement conservée pour elle, plus une petite somme prélevée sur mon compte en banque.) J'employai ma matinée à lire les journaux entre Carmen qui cousait et Luciano qui s'exerçait à je ne sais quels savants calculs.

A midi, je trouvai Augusta perplexe et abattue. Je reconnus sur son visage cette pâleur que seuls provoquaient les chagrins dont j'étais la cause. Elle me dit doucement :

— J'ai appris que tu as décidé de sacrifier une partie de ton patrimoine pour sauver Guido. Je sais que je n'avais pas le droit d'en être informée...

Elle doutait de son droit au point qu'elle hésita avant de me reprocher mon silence :

— Mais je ne suis pas comme Ada, moi : je ne me suis jamais opposée à ta volonté.

Il me fallut du temps pour obtenir un récit exact de ce qui s'était passé. Augusta était arrivée chez Ada au moment où celle-ci discutait avec Mme Malfenti au sujet de Guido. Ada, à la vue de sa sœur, avait éclaté en sanglots et lui avait dit qu'elle refusait absolument d'accepter mon aide trop généreuse. Augusta devait même insister auprès de moi pour que je retirasse mon offre de la veille.

Je vis du premier coup d'œil qu'Augusta souffrait de son ancien mal : la jalousie à l'égard de sa sœur ; mais je n'y attachai guère d'importance, tout à mon étonnement devant l'attitude d'Ada.

— Elle t'a paru fâchée ? demandai-je en ouvrant de grands yeux.

— Fâchée ? Oh ! non, se récria ma femme sincèrement. Elle m'a embrassée... pour que je t'embrasse peut-être...

Cette manière de s'exprimer me sembla assez comique. Augusta me regardait, m'étudiait avec méfiance. Je protestai :

— Tu crois qu'Ada est amoureuse de moi ! Qu'est-ce que tu vas te mettre en tête ?

La jalousie d'Augusta m'agaçait horriblement. J'avais cette consolation que Guido ne devait pas s'amuser non plus et passait certainement un vilain quart d'heure entre sa belle-mère et son épouse ; mais enfin je prenais ma part de ses ennuis, et pour moi, qui étais blanc comme neige, je trouvais que c'était déjà trop.

Je tentai de calmer ma femme par des caresses. Alors elle rejeta un peu la tête en arrière pour mieux me voir et m'adressa un reproche voilé qui m'émut profondément :

— Je sais que tu m'aimes, moi aussi, dit-elle.

Évidemment, ce qui l'intéressait, ce n'était pas

les sentiments d'Ada, mais les miens. Désireux d'établir mon innocence j'eus une idée de génie :

— Donc Ada est amoureuse de moi, fis-je en riant. Puis, m'éloignant d'Augusta pour qu'elle pût juger de l'effet, je gonflai les joues et écarquillai les yeux de façon à ressembler à Ada malade. Augusta me regardait, stupéfaite. Soudain, saisissant mon intention, elle fut prise d'un fou rire dont, aussitôt, elle fut honteuse.

— Non ! dit-elle, je te prie de ne pas la tourner en ridicule.

Puis, toujours riant, elle reconnut que j'avais imité à merveille ces protubérances qui donnaient à la figure d'Ada un si surprenant aspect. Je le savais bien, car en l'imitant j'avais eu l'impression de l'embrasser. Une fois seul, je répétai cette grimace plusieurs fois, avec désir et en même temps avec dégoût.

L'après-midi, j'allai au bureau dans l'espoir d'y trouver mon beau-frère. Après l'avoir attendu un moment, je me décidai à passer chez lui. Je voulais savoir si oui ou non il fallait demander l'argent à Olivi. C'était mon devoir : impossible de m'y dérober, quoiqu'il m'en coûtât d'affronter de nouveau une Ada aux traits altérés par la reconnaissance. Qui sait à quelles surprises j'avais encore à m'attendre, du fait de cette femme ?

Dans l'escalier des Speier, je rattrapai Mme Malfenti qui montait pesamment. Elle me raconta en long et en large tout ce qui avait été décidé. La veille au soir, ils s'étaient quittés à peu près d'accord sur ce point qu'il fallait tirer Guido de ce mauvais pas. C'était seulement ce matin qu'Ada avait appris que je devais contribuer au sauvetage et elle s'était absolument refusée à l'admettre. Mme Malfenti l'excusait :

— Que veux-tu ? Elle ne veut pas se charger du remords d'avoir appauvri sa sœur préférée.

Au premier palier, elle s'arrêta pour respirer et m'annonça en riant que l'affaire allait se terminer sans dommage pour personne. Avant de déjeuner, Ada, Guido et elle avaient pris conseil d'un avocat, vieil ami de la maison et tuteur de la petite Anna. L'avocat avait déclaré qu'il ne fallait pas payer : aucune loi n'obligeait à régler les dettes de ce genre. Guido avait protesté au nom de l'honneur, du devoir, mais si toute la famille, Ada comprise, s'unissait contre lui, il ne lui resterait plus qu'à se résigner.

Cette solution me laissait perplexe :

— Mais sa firme sera déclarée en faillite en Bourse...

— Probablement, dit Mme Malfenti dans un soupir, avant d'entreprendre l'ascension du dernier étage.

Guido faisait sa sieste, comme d'habitude après déjeuner, et Ada nous reçut seule dans son petit salon obscur. A mon entrée, elle montra une confusion qui dura peu, mais assez pour me permettre de voir que j'en étais la cause. Puis, elle se ressaisit et me tendit la main d'un geste décidé et viril, comme pour effacer l'hésitation féminine qu'elle venait de laisser paraître :

— Augusta, déjà, t'a dit ma grande reconnaissance. Je ne saurais t'exprimer ce que je ressens ; je suis trop confuse. Trop malade aussi ! Oui, bien malade. J'aurais besoin de retourner à Bologne.

Un sanglot l'interrompit :

— Maintenant fais-moi un plaisir. Je t'en prie, dis à Guido que tu n'es pas en mesure de lui donner cet argent. De la sorte il nous sera plus facile de le persuader de faire ce qu'il doit.

A la pensée de son mari, elle fut encore secouée d'un sanglot :

— C'est un enfant et il faut le traiter comme un enfant. Si tu lui fournis de l'argent, il s'obstinera à vouloir ce sacrifice inutile. Inutile, car nous avons depuis ce matin la certitude que la faillite en Bourse est permise. L'avocat nous l'a affirmé.

Elle me communiquait l'avis d'une haute autorité sans me demander le mien. Pourtant, vieil habitué de la Bourse, mon opinion, même à côté de celle de l'avocat, aurait pu avoir sa valeur. Mais je ne me rappelle même plus si j'avais seulement une opinion. Je me souviens en revanche de m'être senti dans une position pénible. Comment me dégager vis-à-vis de Guido ? C'était en compensation de ce que je lui avais promis que je m'étais cru en droit de lui crier aux oreilles tant d'insolences : ayant ainsi empoché une sorte d'acompte sur les intérêts, il eût été malhonnête de lui refuser le capital.

— Ada, balbutiai-je, je ne crois pas pouvoir me dédire comme cela, du jour au lendemain. Ne vaudrait-il pas mieux le persuader toi-même d'agir comme vous voulez qu'il fasse ?

Mme Malfenti, avec la grande bienveillance qu'elle me témoignait toujours, dit qu'elle comprenait très bien ma position délicate. Du reste, Guido, puisqu'il ne pourrait attendre de moi que le quart de ce dont il avait besoin, serait quand même obligé de se soumettre.

Mais Ada n'avait pas épuisé ses larmes. Elle pleurait, la figure dans son mouchoir, et gémissait :

— Tu as mal fait, très mal fait de lui faire cette offre

vraiment extraordinaire. Je vois maintenant combien tu as mal fait !

Elle hésitait, semblait-il, entre la gratitude et la rancœur. Elle ne voulait plus qu'il fût question de mon offre ; elle me priait de ne pas réunir les fonds ; elle était résolue à empêcher Guido d'accepter.

Dans mon embarras, je finis par faire un mensonge. Je dis que je m'étais déjà procuré l'argent et je montrai la poche de mon veston où j'avais mis l'enveloppe de Carla. Pour le coup, Ada me jeta un regard franchement admiratif et dont j'eusse tiré orgueil si je n'avais eu conscience de ne pas le mériter. Quoi qu'il en soit ce mensonge (auquel je ne trouve d'autre explication que ma singulière tendance à me grandir devant Ada) fut cause que je me sauvai sans attendre le réveil de Guido. Si, contre toute apparence, on m'avait prié de remettre la somme, quelle figure aurais-je faite ? Sous prétexte d'affaires urgentes, je me précipitai dehors.

Ada m'accompagna jusqu'à la porte et m'assura qu'elle m'enverrait Guido pour me remercier de ma bonté et pour refuser l'argent. Cette déclaration fut faite avec une telle fermeté que je tressaillis. Il me parut que cette fermeté était, en partie, tournée contre moi. Non ! à ce moment-là elle ne m'aimait guère ! Mon acte généreux, trop lourd, écrasait les gens sur qui il s'abattait et il n'y avait rien d'étonnant à ce que les bénéficiaires aient protesté. Sur le chemin du bureau, je cherchai à me délivrer du malaise que m'avait donné l'attitude d'Ada, en me répétant que, si je faisais un sacrifice, c'était pour Guido et pour lui seul. Ada n'avait rien à voir en cette affaire et je me promis de le lui faire comprendre à la première occasion.

Ma seule raison d'aller au bureau était de m'éviter le

remords d'avoir menti une fois de plus. Aucun travail
ne m'y attendait. Il tombait depuis le matin une petite
pluie fine et continue, qui avait beaucoup rafraîchi l'air
de ce printemps encore timide. Pour rentrer chez moi,
je n'aurais eu que deux pas à faire, et je m'imposais
ainsi un trajet long et ennuyeux. Mais il me semblait
que j'avais un engagement à tenir.

Guido ne tarda pas à me rejoindre. Il renvoya
Luciano pour demeurer seul avec moi. Il avait cet air
bouleversé que je connaissais bien et qui lui était d'un
grand secours dans ses luttes contre sa femme. Il devait
avoir crié et pleuré.

Il savait que j'étais au courant des projets d'Ada et
de Mme Malfenti et il me demanda ce que j'en pensais.
J'étais pris au dépourvu. Je ne voulais pas dire que
j'étais en désaccord avec elles ; je ne voulais pas
davantage adopter leur opinion : cela aurait provoqué
de nouvelles scènes. Il me déplaisait d'autre part de
sembler hésiter à maintenir mon offre et enfin, d'après
ce qu'Ada m'avait promis, c'était à Guido à parler le
premier et non à moi. Je répondis qu'il fallait calculer,
réfléchir, prendre conseil d'autres personnes. Je ne me
croyais pas capable de trancher une question si grave.
Nous ferions mieux de nous en rapporter à Olivi.

J'avais parlé d'Olivi pour gagner du temps, mais ce
nom suffit à déchaîner la colère de Guido.

— Olivi ! Cet imbécile ? Ah, je t'en prie, laisse-le où
il est.

Je n'avais nulle envie de m'échauffer à défendre
Olivi, mais mon calme ne suffit pas à rasséréner Guido.
La scène de la veille recommençait avec cette différence
que cette fois c'était Guido qui poussait des cris. Moi,
je n'avais qu'à me taire. Un invincible embarras me
paralysait.

Il voulut absolument connaître mon avis. Grâce à une inspiration divine, je me mis à parler d'une manière admirable. J'ose dire que si mes paroles avaient eu un effet quelconque, la catastrophe qui allait se produire eût été évitée. J'expliquai qu'il fallait séparer nettement les deux questions : l'échéance du 15 et celle de la fin du mois. Pour le 15, nous n'avions besoin que d'une somme assez faible et nous pourrions amener Ada et sa mère à couvrir avec nous cette petite perte. Pour la fin du mois, nous aviserions.

Guido m'interrompit :

— Ada m'a dit que tu avais l'argent en poche. Tu l'as ici ?

Je devins rouge. Mais aussitôt un autre mensonge me sauva :

— Je viens de le déposer à la banque, voyant que les tiens n'acceptaient pas... D'ailleurs nous pourrons le reprendre quand nous voudrons, demain matin s'il le faut.

Alors il me reprocha d'avoir changé d'avis. Ne lui avais-je pas déclaré, la veille, que je ne voulais pas attendre la liquidation de fin de mois pour mettre tout en règle ? Il eut un violent accès de colère, qui finit par le laisser sans forces, effondré sur le divan. Nilini ? Il le jetterait dehors, lui et les autres agents qui l'avaient entraîné à jouer. Oh ! il avait bien entrevu, en jouant, la possibilité de la ruine ; ce qu'il n'avait pas su deviner, c'est qu'il tomberait sous la coupe de femmes qui ne comprenaient rien à rien.

Je me levai pour lui serrer la main ; s'il me l'avait permis je l'aurais embrassé. Je ne désirais rien d'autre que de le voir prendre cette décision : fini le jeu, et au travail.

C'eût été notre avenir, et son indépendance. Un dur

moment à passer, puis tout serait redevenu facile et simple.

Là-dessus il me quitta, abattu mais calmé. Je le sentais, malgré sa faiblesse, envahi par une forte résolution, et sûr de lui.

— Je retourne voir Ada, murmura-t-il avec un sourire amer.

Je l'accompagnai jusqu'à la porte. Je l'aurais bien accompagné plus loin, mais une voiture l'attendait.

La Némésis le poursuivait. Une demi-heure après qu'il fut parti, je pensais qu'il serait prudent de me rendre chez lui pour le soutenir. Je ne soupçonnais pas qu'il pût courir un danger quelconque, mais désormais j'étais entièrement de son côté et je croyais pouvoir contribuer à convaincre Ada et sa mère. L'idée d'une faillite en Bourse me déplaisait et la perte, répartie entre nous quatre, sans être négligeable, ne nous ruinait pas.

Puis je me souvins que le plus urgent n'était pas de prendre le parti de Guido dans la discussion mais de lui procurer pour le lendemain la somme promise. Je courus chez Olivi, prêt à une nouvelle lutte. J'avais combiné un plan qui consistait à me faire faire par ma propre maison une avance que je rembourserais par annuités. Dès les premiers mois j'aurais versé ce qui me restait de l'héritage maternel. J'espérais qu'Olivi n'élèverait pas d'objections car jusqu'alors je ne lui avais demandé que ma juste part des intérêts et bénéfices. Je comptais en outre lui promettre de ne plus l'inquiéter à l'avenir par de semblables emprunts. J'avais enfin lieu de penser que Guido se libérerait, au moins en partie, de sa dette envers moi.

Ce soir-là, je ne réussis pas à joindre Olivi. Quand j'arrivai à son bureau, il venait d'en sortir. On supposait qu'il s'était rendu à la Bourse. Je ne l'y trouvai pas davantage et, à son domicile, j'appris qu'il assistait à l'assemblée d'une association économique dont il était membre d'honneur. Peut-être aurais-je pu le rejoindre là, mais déjà la nuit venait et une pluie abondante transformait les rues en torrents.

On se souvint longtemps de ce déluge qui dura toute la nuit. L'eau tombait perpendiculairement au sol, drue et sans arrêt. Des hauteurs qui environnent la ville glissait une masse de boue qui, mêlée aux scories de notre vie citadine, obstrua nos pauvres canalisations. Quand, après avoir attendu longtemps sous un refuge, je compris qu'il était vain d'espérer une éclaircie et que je me décidai à rentrer chez moi, on marchait dans l'eau, même en tenant le haut du trottoir. Je courus jusqu'à la maison, pestant et trempé jusqu'aux os. J'étais furieux d'avoir ainsi perdu des heures précieuses à la poursuite d'Olivi. Il peut se faire que mon temps soit moins précieux que je ne l'imagine, mais c'est un fait que je souffre horriblement quand je constate que je me suis donné de la peine pour rien. Tout en courant, je pensais : « Remettons cette affaire à demain. Demain, il fera beau et sec. J'irai chez Olivi, et de là chez Guido. Au besoin, je me lèverai de bonne heure. » C'était là le meilleur parti. J'en doutais si peu que je dis à Augusta que nous avions décidé d'un commun accord de remettre la décision au lendemain.

Je me séchai, me changeai, et, les pieds au chaud dans de bonnes pantoufles, je me mis à table. A la dernière bouchée, j'allai au lit, et je m'endormis profondément, bercé par le bruit de l'eau qui continuait à tomber comme des cordes.

Je n'appris qu'assez tard le lendemain matin les événements de la nuit, à savoir que l'inondation avait provoqué des dégâts sur divers points de la ville, puis que Guido était mort.

Longtemps après je sus comment une chose pareille avait pu arriver.

A onze heures du soir environ, quand Mme Malfenti se fut retirée, Guido avertit sa femme qu'il avait absorbé une quantité énorme de véronal. Il voulait lui donner la certitude qu'il était perdu. Il la prit dans ses bras et, tendrement, lui demanda pardon de l'avoir fait souffrir. Puis, avant que sa parole ne se convertît en un balbutiement confus, il jura qu'elle avait été l'unique amour de sa vie. Ada, tout d'abord, ne crut ni à ce serment, ni au fait qu'il avait absorbé une dose mortelle de poison. Même lorsqu'il perdit connaissance, elle demeura incrédule ; elle se figurait qu'il jouait la comédie pour lui soutirer encore de l'argent.

Au bout d'une heure, voyant que son sommeil était de plus en plus profond, elle fut un peu effrayée et écrivit un billet à un médecin du voisinage. Son mari, disait-elle, avait avalé une forte dose de véronal et avait besoin d'un prompt secours.

Une vieille femme au service des Speier depuis peu de temps fut chargée de porter le message. Mais il n'y avait pas encore dans la maison une agitation de nature à lui faire comprendre la gravité de sa mission.

La pluie fit le reste. La servante se trouva dans la rue avec de l'eau jusqu'à mi-jambes ; elle perdit le billet et ne s'en aperçut qu'une fois en présence du docteur. Elle sut, malgré tout, lui dire qu'il y avait urgence et le persuader de la suivre.

Le Dr Mali — un homme d'environ cinquante ans — n'était pas une lumière de la science, mais, bon médecin, il avait toujours accompli son devoir le mieux possible. Il n'avait pas une grosse clientèle, mais il

travaillait beaucoup pour le compte d'une société
dont les membres étaient très nombreux et qui l'ap-
pointait chichement. Il venait de rentrer chez lui
après une journée fatigante, heureux de pouvoir
enfin se sécher et se réchauffer. On imagine dans
quels sentiments il abandonna le coin de son feu.
Quand, plus tard, j'essayai de reconstituer les événements qui avaient précédé la mort de mon pauvre
ami, je tins à faire la connaissance de ce docteur.
Mais je n'appris de lui qu'une seule chose : quand
on est dehors et qu'il pleut tellement que l'eau
traverse votre parapluie, on regrette d'avoir étudié la
médecine et non pas l'agriculture, car on se rappelle
que le paysan, quand il pleut, reste chez lui.

Au chevet de Guido, il trouva une Ada très calme.
La présence du docteur lui rendait son sang-froid et,
dès lors, elle se rappelait mieux comment son mari
s'était joué d'elle en simulant un suicide. Maintenant
elle était dégagée de toute responsabilité. Au médecin de prendre les siennes ! Mais il fallait l'informer
de tout, y compris des raisons qui pouvaient faire
croire à une simulation. Le docteur prêta l'oreille à
ces raisons en même temps qu'au bruit de l'averse
sur le pavé de la rue. Comme il était venu sans
savoir qu'il s'agissait d'un empoisonnement, il n'avait
aucun des instruments nécessaires pour procéder à
un lavage d'estomac ; et ces instruments, il ne pouvait les envoyer chercher. Il lui fallait y aller lui-
même : deux voyages de plus sous la pluie ! Il tâta le
pouls du malade et le trouva magnifique. Il demanda
à Ada si Guido dormait habituellement d'un sommeil
profond. Elle répondit : « Oui, mais pas à ce point. »
Le docteur examina les yeux : ils réagissaient à la
lumière. Il s'en alla enfin, recommandant à Ada de

lui faire boire de temps en temps une cuillerée de café noir très fort.

On m'a raconté plus tard que, rentré chez lui, il avait grommelé avec rage :

— Ça devrait être défendu, de simuler un suicide par un temps pareil !

Quand on me présenta au Dr Mali, je n'eus point l'audace de lui reprocher sa négligence, mais lui, devinant ma pensée, plaida sa cause : il avait été si étonné d'apprendre, le lendemain matin, la mort de M. Speier, qu'il l'avait soupçonné d'abord de s'être réveillé et d'avoir pris une nouvelle dose de véronal. Les profanes, ajoutait le docteur, ne peuvent imaginer à quel point un médecin est obligé de défendre sa vie contre ses clients, lesquels ne pensent qu'à la leur propre.

Une heure encore se passa après le départ du Dr Mali. Ada, fatiguée d'introduire la petite cuillère entre les dents serrées de Guido et voyant qu'il absorbait de moins en moins (presque tout le liquide coulait sur l'oreiller), s'effraya de nouveau et pria la servante de courir chez le Dr Paoli. La servante, cette fois, fit attention au billet mais elle mit plus d'une heure pour atteindre la maison du médecin. De temps à autre, elle éprouvait le besoin de s'arrêter sous une porte cochère. C'était bien naturel : elle n'était pas seulement trempée mais flagellée par la pluie.

Le Dr Paoli n'était pas chez lui. Appelé chez un client quelques instants plus tôt, il était parti en disant qu'il ne tarderait pas à rentrer. Mais sans doute préféra-t-il attendre chez son client la fin de la pluie. Sa servante, une excellente femme d'un certain âge, fit asseoir la bonne d'Ada près du feu et se mit en devoir de la restaurer. Comme le docteur n'avait pas dit où il allait les deux femmes durent l'attendre plusieurs heures : il ne rentra qu'après que la pluie eut cessé. Quand enfin il arriva chez les Speier, muni des instruments qui avaient déjà servi pour Guido, le jour pointait. Devant le lit où on le conduisit, il comprit à quoi se bornait sa tâche : cacher à Ada que son mari était déjà mort, et, avant qu'elle ne s'en aperçût, faire venir Mme Malfenti pour l'aider à soutenir le premier choc de la douleur.

C'est pourquoi nous ne reçûmes le matin que des nouvelles inexactes.

Au saut du lit, j'eus un dernier accès de colère contre le malheureux Guido. Il compliquait tout avec ses comédies. Je sortis seul : Augusta ne pouvait abandonner les enfants. J'eus la pensée d'attendre l'ouverture des banques pour voir Olivi et pour ne me présenter devant Guido que muni de l'argent. On m'avait bien dit qu'il était au plus mal, mais je n'en croyais rien.

La vérité, je la reçus du Dr Paoli que je rencontrai dans l'escalier. Je fus bouleversé au point que je faillis perdre l'équilibre. Guido, depuis que je le voyais chaque jour, avait pris une grande importance dans ma vie. Je le voyais dans une certaine lumière qui faisait partie de mes journées, et, par sa mort, cette lumière se trouvait soudain modifiée comme si elle eût traversé un prisme. J'étais comme ébloui. Il avait commis des erreurs, mais maintenant il était mort, et de ses erreurs, il ne restait rien. Je ne sais quel bouffon, traversant un cimetière parsemé d'épigraphes laudatives, demandait où donc, dans ce pays, on enterrait les pécheurs. Réflexion imbécile. Les morts n'ont jamais péché. Guido désormais était pur. Purifié par la mort.

Le docteur, ému par la douleur d'Ada, me raconta les détails de l'affreuse nuit qu'elle avait passée. Il avait réussi à lui faire croire que la quantité de poison ingurgitée par Guido était telle que tout remède eût été inutile.

— Et au contraire — ajoutait-il, navré — si j'étais arrivé une heure plus tôt je l'aurais sauvé. J'ai trouvé les flacons vides.

Il me les montra. La dose était forte mais guère plus que la fois précédente. Sur l'un d'eux je lus le mot *véronal*. Donc pas de véronal au sodium. Mieux que personne je savais maintenant que Guido n'avait pas voulu mourir. C'est un secret que j'ai toujours gardé pour moi.

Le docteur me quitta en me recommandant de ne pas chercher à voir Ada. Il lui avait administré un calmant énergique qui ne tarderait pas à faire son effet.

J'étais debout dans le corridor. Du petit salon provenait jusqu'à moi un doux gémissement, une sorte de discours entrecoupé dont je ne saisissais pas le sens, mais où je reconnaissais les mots *il, lui* : assez pour deviner le reste. Ada renouait avec le pauvre mort des relations bien différentes de celles qu'elle avait eues avec son mari vivant. Il était clair qu'elle avait mal jugé le vivant. Il mourait pour un crime que tous avaient commis puisqu'il avait spéculé avec le consentement de tous. C'est seulement à l'heure de payer qu'on l'avait laissé seul. Et il avait payé, lui, tout de suite. De tous les siens, il n'y avait que moi, le moins responsable, pour comprendre notre devoir de le secourir.

Dans la grande chambre, au milieu du lit, Guido gisait, abandonné, couvert d'un drap. Son corps déjà rigide exprimait sa stupeur d'être mort sans l'avoir voulu. Sur son beau visage brun on lisait un reproche. Mais certainement il ne s'adressait pas à moi.

Je courus demander à Augusta de venir assister sa

sœur. J'étais très remué. Augusta m'embrassa en pleurant.

— Tu as été un frère pour lui, murmura-t-elle. Maintenant seulement, je suis d'accord avec toi pour sacrifier une part de notre fortune. Il faut que sa mémoire soit sans tache.

Je me préoccupai de tous les honneurs à rendre à mon pauvre ami. A la porte du bureau j'affichai un billet annonçant la fermeture pour cause de décès du propriétaire. Je rédigeai le faire-part. Quant aux dispositions en vue des funérailles, elles ne furent prises que le lendemain, d'accord avec Ada qui avait décidé de suivre le convoi jusqu'au cimetière. Elle voulait ainsi donner à son mari une dernière preuve d'affection. Pauvre petite! Combien le remords est douloureux, sur une tombe, je le savais, moi qui avais tant souffert après la mort de mon père!

Je passai l'après-midi enfermé au bureau en compagnie de Nilini. Nous fîmes un bilan résumé de la situation de Guido. Épouvantable! Sa dette représentait le double de son capital.

Il me fallait travailler et travailler dur dans l'intérêt de mon défunt ami. Hélas! je ne savais que rêver. Ma première idée fut de passer toute ma vie dans ce bureau, de m'y sacrifier à Ada et à ses enfants. Mais étais-je sûr de bien mener l'affaire?

Tandis que je regardais au loin — très loin, Nilini, à son habitude, discourait. Lui aussi éprouvait le besoin de modifier radicalement ses relations avec Guido. Il comprenait tout maintenant : quand Guido lui avait fait tort, il était déjà sous le coup de la maladie qui devait le conduire au suicide. Naturellement il oubliait ses griefs. D'ailleurs il était ainsi fait qu'il ne pouvait garder rancune à personne. Il avait toujours bien aimé Guido et il continuerait à aimer sa mémoire.

Il arriva que les rêves de Nilini se mêlèrent aux miens et, pour finir, les supplantèrent. Le remède à la catastrophe, nous ne le chercherions pas dans un long négoce mais à la Bourse même. Nilini me cita le cas d'un de ses amis qui, au dernier moment, s'était sauvé en doublant sa mise.

Nous parlâmes des heures ; et quand, un peu avant midi, il me proposa de reprendre en main le jeu de Guido, j'acceptai sans hésitation — avec joie même, comme si de la sorte je rendais la vie à mon malheureux beau-frère — et j'achetai à son nom quantité d'actions aux noms bizarres : *Rio Tinto, South French,* etc.

Ainsi commencèrent les cinquante heures du plus grand effort que j'aie jamais fourni de toute mon existence. D'abord, et jusqu'au soir, je restais au bureau. A grands pas, en long et en large, j'arpentais la pièce ; j'attendais, avec inquiétude, de savoir si mes ordres avaient été exécutés. Je craignais que la nouvelle du suicide ne fût déjà parvenue à la Bourse et qu'il ne fût plus possible de prendre aucun engagement au nom de Guido. Au contraire, plusieurs jours s'écoulèrent avant que les circonstances de cette mort ne fussent ébruités.

Quand Nilini put enfin m'avertir qu'on avait exécuté mes ordres, mon inquiétude ne fit que croître, et d'autant plus qu'au même instant j'étais informé que, sur tous mes achats, je perdais déjà quelques points. Je me souviens de mon agitation nerveuse comme d'un véritable travail.

J'ai, dans mon souvenir, la curieuse sensation d'être resté cinquante heures de suite assis à une table de jeu, retournant mes cartes pour les regarder une à une. Je ne connais pas un homme ayant résisté si longtemps à pareille fatigue. Chaque fluctuation des cours fut enregistrée par moi, surveillée par moi et (pourquoi le taire ?) influencée par moi et inclinée dans le sens de mes intérêts, je veux dire de ceux de mon pauvre ami. Je passais même les nuits sans dormir.

Redoutant que quelqu'un de la famille n'intervînt pour empêcher l'œuvre de sauvetage à laquelle je me donnais tout entier, je ne touchai mot à personne de la liquidation du 15. Le moment venu, je payai tout. Les autres ne pensaient plus à la liquidation : ils étaient tous autour du corps et attendaient l'enterrement. La somme à payer fut d'ailleurs moins élevée qu'il ne résultait de nos premiers calculs. Dans l'intervalle, la chance m'avait aussitôt aidé.

Telle était ma douleur de la mort de Guido que je cherchais à l'atténuer en compromettant ma signature, en risquant ma fortune. Jusque-là m'accompagnèrent mes rêves de bonté, mais je passai par de telles angoisses que jamais je ne jouai plus en Bourse pour mon propre compte.

A force de m'absorber dans ma spéculation, je finis par ne pas assister aux obsèques de Guido. Voici comment la chose arriva. Le jour de l'enterrement, les valeurs que j'avais achetées firent un saut brusque. Nilini et moi, nous passâmes notre temps à calculer ce que nous récupérions sur la perte totale. Déjà le capital du vieux Speier n'était plus réduit que de moitié. Résultat magnifique et qui me remplissait d'orgueil ! Ce que Nilini avait prévu se réalisait. Naturellement, le ton dubitatif de sa prédiction disparaissait quand il me répétait ses propres paroles et il se posait, après coup, en prophète infaillible. A mon sens, il avait aussi bien prévu le contraire en sorte qu'il ne risquait guère d'être trompé. Mais je me gardais bien de le lui dire pour me conserver son appui. Son désir même pouvait influer sur les cours.

A la hauteur des arcades de Chiozza, j'aperçus à une certaine distance un convoi ; je crus même reconnaître la voiture qu'un de nos amis avait prêtée

A la hauteur des arcades de Chiozza, j'aperçu à une certaine distance, un convoi ; je crus même reconnaître la voiture qu'un de nos amis avait prêté pour Ada. Nous sautâmes, Nilini et moi, dans un fiacre et je donnai ordre au cocher de prendre la suite du cortège. Dans le fiacre, nous reprîmes notre conversation financière. Notre pensée était si loin du pauvre défunt que l'allure trop lente du cheval nous impatientait. Pendant que nous n'étions pas là pour surveiller la Bourse, qui sait ce qui se passait ?

A un certain moment, Nilini me regarda droit dans les yeux et me demanda pourquoi je ne spéculais pas pour mon compte.

— Pour le moment, dis-je (et, je ne sais pourquoi, je rougis), je ne travaille que pour le compte de mon malheureux beau-frère.

Puis, après une courte hésitation, j'ajoutai :

— Je penserai à moi un peu plus tard.

Tout au souci de cultiver et de maintenir ses bonnes dispositions à mon égard, je voulais lui laisser l'espoir de m'entraîner au jeu, mais les mots que je n'osais lui dire, je les formulais à part moi : « Jamais, jamais je ne me remettrai entre tes mains. »

Il ne lâchait pas son idée :

— Qui sait s'il se présentera de nouveau une occasion pareille ?

Il oubliait qu'à la Bourse l'occasion s'offre à tout instant. C'est du moins ce qu'il m'avait enseigné.

Quand nous arrivâmes au point où, habituellement, les voitures s'arrêtent, Nilini mit la tête à la portière et jeta un cri de surprise. La voiture suivait toujours le cortège qui se dirigeait vers le cimetière grec.

— M. Speier était grec ? demanda-t-il.

De fait, nous avions dépassé le cimetière catholique et nous allions vers quelque autre cimetière — juif, grec, protestant ou serbe.

— Peut-être était-il protestant, murmurai-je d'abord.

Mais non ! Il s'était bien marié à l'église. Alors je m'écriai : « On doit faire erreur ! » pensant qu'on voulait l'enterrer dans la tombe d'un autre.

Soudain, Nilini éclata de rire, d'un rire incoercible qui le jeta sans force au fond de la voiture, son affreuse bouche large ouverte.

— Nous nous sommes trompés ! s'exclama-t-il.

Dès qu'il put refréner son hilarité il m'accabla de reproches. J'aurais dû savoir où nous allions, être au courant des heures... Voilà que nous assistions aux funérailles d'un inconnu.

Pas plus que je n'étais d'humeur à rire je n'étais disposé à accepter ses reproches. Pourquoi n'avait-il pas ouvert les yeux, lui aussi ? Je dissimulai mon mécontentement car la Bourse m'importait plus que les obsèques. Nous descendîmes de voiture pour nous orienter et nous prîmes la direction du cimetière catholique. Le fiacre nous suivit. Les personnes qui formaient le cortège de l'autre mort nous regardaient avec surprise. Sans doute ne s'expliquaient-elles pas pourquoi, après avoir honoré le défunt de notre présence jusqu'à l'entrée de sa dernière demeure, nous le lâchions au plus beau moment.

Nilini, impatienté, marchait devant. Il demanda au concierge :

— Le convoi de M. Speier est arrivé ?

Le concierge ne s'étonna point de cette question qui me parut plutôt comique. Il répondit qu'il n'en savait rien. Dans la demi-heure, il avait vu deux cortèges franchir la porte. C'est tout ce qu'il pouvait nous dire.

Nous nous consultâmes, perplexes. Il était difficile de nous mettre à la recherche des autres. Je pris alors, pour ma part, une décision : comme de toute façon il eût été peu décent de troubler la cérémonie commencée, je n'entrerais pas au cimetière. D'autre part, en rebroussant chemin, je risquais de croiser le convoi. Mieux valait regagner la ville en faisant un détour par Servola. Nilini pensait autrement. Il ne voulait pas renoncer, par égard pour Ada, à faire acte de présence à la cérémonie. Je lui laissai donc la voiture.

D'un pas rapide, pour éviter toute rencontre, je m'engageai dans le chemin campagnard qui montait au village. Je ne regrettais plus du tout de m'être trompé de cortège et de n'avoir pas rendu au pauvre Guido les derniers honneurs. Je n'avais pas à m'embarrasser de ces pratiques religieuses. Un autre devoir m'incombait : sauver la mémoire de mon ami et défendre son patrimoine, au bénéfice de sa veuve et de ses enfants. Quand j'apprendrais à Ada comment j'avais réussi à récupérer les trois quarts de la perte (oui les trois quarts ; j'en refis encore le calcul : Guido perdait deux fois le capital de son père ; et mon intervention réduisait sa perte à la moitié dudit capital !), quand Ada saurait cela, elle me pardonnerait de n'avoir pas assisté à l'enterrement.

Ce jour-là, le temps s'était remis au beau. Un magnifique soleil de printemps brillait sur la campagne encore humide. L'air était sain, le ciel pur. Mes poumons se dilataient. Au rythme d'une marche rapide, je jouissais de ma propre force. La santé, nous n'en prenons conscience que par comparaison ; c'est pourquoi, me comparant au malheureux Guido, j'avais l'impression d'être arraché du sol, soulevé par un vent de victoire au-dessus du champ de bataille où il avait, lui, succombé. Autour de moi, dans la campagne où poussait l'herbe nouvelle, tout n'était que force et santé. L'inondation désastreuse de l'autre jour ne donnait plus que des effets bienfaisants, et la terre recevait enfin du soleil lumineux la tiédeur désirée. Certes, l'azur de ce beau ciel, s'il ne savait s'obscurcir à temps, provoquerait de nouvelles catastrophes, mais cette prévision de l'expérience, c'est aujourd'hui, tandis que j'écris, qu'elle s'impose à moi. Alors, je n'y songeais pas. Mon esprit n'était qu'un hymne à ma propre santé et à celle de toute la nature. Éternelle santé.

Mon pas se fit plus rapide. J'étais heureux de me sentir si léger. En redescendant la colline de Servola, je courais presque. Arrivé à la promenade de Sant'Andrea, où le chemin est en palier, je ralentis un peu, mais j'avais toujours la sensation d'une facilité singulière.

J'avais totalement oublié que je revenais des obsèques de mon meilleur ami. L'air me portait et j'avançais d'un pas triomphal. Et pourtant ma joie de vainqueur était un hommage rendu au mort pour la cause duquel j'étais descendu en lice.

Je passai au bureau voir les cours de clôture. Ils avaient un peu fléchi mais ma confiance n'en fut pas entamée. J'allais retourner sur la brèche, et je ne doutais pas du succès final.

Je dus enfin me rendre chez Ada. C'est Augusta qui m'ouvrit la porte. Elle me demanda aussitôt :

— Comment as-tu fait ton compte pour manquer l'enterrement ? Toi, le seul homme de la famille !

Je posai mon parapluie, mon chapeau. Un peu embarrassé, je lui dis que je m'expliquerais devant Ada pour ne pas avoir à me répéter et je lui donnai l'assurance que j'avais eu de bonnes raisons. Je n'en étais plus si sûr quant à moi. Était-ce un effet de la fatigue ? Ma douleur au côté me ressaisit brusquement. La simple question d'Augusta me faisait mettre en doute la possibilité d'excuser mon absence qui avait dû causer un scandale. J'imaginais la triste cérémonie, les assistants s'arrachant à leur douleur pour se demander l'un à l'autre où diable je me cachais.

Ada ne parut pas. Comme on me le dit plus tard, elle ne fut même pas informée de ma visite. Je fus reçu par Mme Malfenti qui m'aborda avec un froncement de sourcils d'une sévérité insolite. Je tâchai de me défendre, mais j'étais bien loin de l'assurance avec laquelle j'avais volé du cimetière jusqu'en ville. Je balbutiais. Je lui racontai aussi quelque chose de moins vrai en complément de la vérité, qui était ma courageuse initiative à la Bourse, en faveur de Guido, à savoir que j'avais dû, peu d'instants avant l'heure des obsèques, expédier un télégramme à Paris, pour passer un ordre, et que je n'avais pas eu le courage de m'éloigner du bureau avant d'avoir reçu la réponse. En fait, nous avions bien télégraphié à Paris, Nilini et moi, mais deux jours plus tôt, et deux jours plus tôt nous avions reçu la réponse. J'avais en somme l'impression que la vérité ne suffisait pas à m'excuser, d'autant plus que je ne pouvais la dire tout entière, ni donner le détail de l'opération importante par laquelle j'entendais exercer sur les cours mondiaux une pression favorable à mes intérêts.

Mme Malfenti ne me pardonna que lorsqu'elle eut compris à quoi se réduisait la perte de Guido. Quand elle eut bien saisi le chiffre, elle me remercia, les larmes aux yeux. Voilà que de nouveau je n'étais plus « le seul » homme de la famille, mais « le meilleur ».

Elle me pria de revenir dans la soirée avec ma femme. D'ici là, elle aurait tout raconté à Ada. Mais pour le moment Ada n'était pas en état de recevoir qui que ce fût. Je me retirai bien volontiers. Augusta elle-même ne prit pas congé de sa sœur qui passait des crises de larmes les plus violentes à des périodes d'abattement durant lesquelles elle ne distinguait rien ni personne.

J'eus un espoir.

— Ada ne s'est donc pas aperçue de mon absence ?

Augusta me dit qu'elle eût mieux aimé ne pas aborder ce sujet, tant lui avaient paru excessives les manifestations du ressentiment d'Ada. Celle-ci avait exigé des explications. Augusta, qui ne m'avait pas vu de la journée, eût été bien en peine de lui en fournir. Alors, ç'avait été des hurlements de désespoir : Guido, à l'entendre, mourait détesté de tous les siens.

Il me sembla qu'Augusta aurait dû prendre mon parti, rappeler à sa sœur ma promptitude à secourir Guido — et de la bonne manière. Si on m'avait écouté, Guido n'aurait eu aucun motif de tenter ou de simuler un suicide.

Or Augusta s'était tue. Émue par la douleur d'Ada, elle avait craint d'outrager cette douleur en ouvrant une discussion. Elle pensait d'ailleurs que les explica-

tions de Mme Malfenti suffiraient à convaincre Ada de
son injustice envers moi. Je dois dire que je partageais
cette confiance ; je dois même confesser que, dès ce
moment, je savourai d'avance la surprise d'Ada et ses
manifestations de gratitude. Tout, en elle, depuis que
Basedow avait passé par là, était excessif.

Je retournai au bureau, où je fus informé qu'une
reprise se dessinait à la Bourse, très légère mais déjà
telle qu'on pouvait espérer revoir le lendemain, à
l'ouverture, les cours de la matinée.

Le soir, ma femme étant retenue par une indisposition de la petite, j'allai seul chez les Speier et Mme Malfenti, qui me reçut, me laissa bientôt en tête à tête avec
Ada, sous prétexte de soins ménagers. La vérité est que
sa fille l'avait priée de se retirer, car elle avait quelque
chose à me dire que nul autre que moi ne devait
entendre. Avant de quitter le petit salon, témoin une
fois de plus de mes singuliers entretiens avec ma belle-
sœur, Mme Malfenti me dit avec un sourire :

— Tu sais, elle n'est pas encore décidée à te
pardonner ton absence à l'enterrement de Guido...
mais presque !

Il était dit que je n'entrerais jamais dans cette pièce
que le cœur battant. Cette fois, ce n'était plus par
crainte de me voir aimé de qui je n'aimais pas. Mais on
avait fini par me faire croire que j'avais manqué
gravement à la mémoire de mon pauvre ami ! Et voilà
qu'Ada à qui, pour m'excuser, j'offrais une fortune
hésitait à me pardonner. Je m'étais assis et je regardais
les portraits des parents de Guido. Le vieux *Cada* avait
un air de satisfaction qui me paraissait dû à l'heureux
succès de mes opérations boursières, tandis que son
épouse, une femme maigre, vêtue d'un corsage aux
manches abondantes et portant un petit chapeau en

équilibre sur une montagne de cheveux, avait un air de sévérité extrême. Mais après tout, chacun prend l'air qu'il peut chez le photographe, et je détournai mes regards, honteux de l'indiscrétion avec laquelle je scrutais ces visages. Mme Speier ne pouvait tout de même pas prévoir que je n'assisterais pas aux funérailles de son fils !

La façon dont Ada me parla me fut une douloureuse surprise. Elle devait avoir médité longuement son discours et elle le débita sans tenir compte de mes explications, protestations et interruptions : elle ne les avait pas prévues et ne s'était pas préparée à y répondre. Elle courut sa carrière comme un cheval épouvanté, jusqu'au bout.

Elle entra, simplement vêtue d'une ample robe noire, la coiffure en grand désordre, comme si elle se fût arraché les cheveux. Elle s'avança jusqu'au guéridon près duquel j'étais assis et y appuya les deux mains pour me regarder bien en face. Son visage, de nouveau, était amaigri, libéré de cette étrange santé qui lui poussait de temps à autre, sous forme de bouffissures mal placées. Elle n'était pas belle comme au temps où Guido l'avait conquise, mais personne ne l'eût prise pour une malade. Ce n'était pas la maladie, c'était la douleur qui donnait à ses traits ce relief. Une douleur immense dont le spectacle, d'abord, me laissa sans voix. En la regardant, je pensais : « Que lui dire qui reviendrait à la prendre dans mes bras, comme un frère, pour la réconforter et l'inviter à se soulager en pleurant ? » Puis, quand je me sentis attaqué, je voulus réagir ; mais ce fut avec trop de faiblesse, et elle ne m'entendit pas.

Elle parlait, elle, sans arrêt. Comment redire toutes ses paroles ? Si je me souviens bien, elle commença par me remercier sérieusement, mais sans chaleur, de ce que j'avais fait pour elle et pour ses enfants. Et soudain, ce reproche :

— Ainsi tu as fait en sorte qu'il est mort pour une chose qui n'en valait pas la peine ?

Là-dessus elle baissa le ton, comme pour une confidence plus secrète ; sa voix devint plus chaude : elle trahissait son amour pour Guido et (ou fut-ce une illusion ?) pour moi :

— Je t'excuse de n'être pas venu aux obsèques. Tu ne pouvais pas venir et je t'excuse. Lui aussi t'excuserait s'il vivait. Qu'aurais-tu fait d'ailleurs à son enterrement, toi qui ne l'aimais pas ? Bon comme tu es, tu aurais pu pleurer à cause de moi, à cause de mes larmes — mais le pleurer, lui... que tu haïssais ! Pauvre Zeno ! Mon pauvre frère !

Qu'on pût altérer la vérité à ce point, c'était énorme. Je protestai ; elle ne m'entendit pas. Alors, dans un effort désespéré, je hurlai :

— Mais c'est une erreur, un mensonge, une calomnie. Comment peux-tu croire de pareilles choses ?

Elle poursuivit, toujours à voix basse :

— Moi non plus, je n'ai pas su l'aimer ! Je ne l'ai pas trompé, même en pensée, mais si médiocres étaient mes sentiments que je n'eus pas la force de le protéger. J'admirais tes rapports avec ta femme ; je les enviais. Ils me paraissaient meilleurs que ceux qu'il me permettait d'avoir avec lui. Je te suis reconnaissante de n'être pas venu à l'enterrement. Si tu étais venu, je serais encore aveuglée, tandis que maintenant je comprends tout. Moi non plus je ne l'aimais pas. Autrement, aurais-je pu haïr jusqu'à son violon — l'expression la plus haute de son grand cœur ?

Alors j'appuyai ma tête sur mon bras et cachai mon

visage. Les accusations d'Ada étaient si injustes qu'il était vain de les discuter et de plus le ton affectueux qui les tempérait ne me permettait pas de donner à mes répliques cette âpreté sans laquelle on ne saurait prendre l'avantage. Au surplus Augusta ne m'avait-elle pas donné l'exemple du silence, devant cette douleur ? Quand mes yeux se fermèrent, je découvris, dans l'obscurité, que ses paroles, comme toutes les paroles non conformes au vrai, avaient fait surgir un monde. Je crus comprendre à mon tour que je n'avais cessé de haïr Guido, de guetter à ses côtés le moment le plus favorable pour l'abattre. Et puis, elle avait parlé du violon... Et si je n'avais su qu'elle hésitait elle-même entre sa douleur et son remords, j'aurais pu croire que ce violon n'avait été tiré de son étui et présenté comme une partie de Guido que pour me convaincre de ma propre haine envers ce malheureux. Enfin, les yeux fermés, je revis le cadavre de Guido étendu et, imprimée sur son visage, la stupeur d'être là, privé de vie. Épouvanté, je relevai la tête. Mieux valait encore affronter l'accusation d'Ada que je savais injuste que cette obscurité pleine de fantômes.

Ada poursuivait :

— Et toi, pauvre Zeno, tu vivais près de lui et, sans le savoir, tu le haïssais. Tu lui rendais service par amour pour moi. Mais c'était impossible ! Cela devait finir ainsi. Moi-même, une fois, j'ai cru pouvoir profiter des sentiments que tu me gardais pour lui assurer la protection qui lui était nécessaire. Mais il ne pouvait être protégé que par un être qui l'eût aimé, et nul, parmi nous, ne l'aima !

— Qu'aurais-je pu faire de plus pour lui ? demandai-je en pleurant. (Mes larmes, à défaut des cris et des discours que je m'interdisais de proférer, témoignaient de mon innocence devant Ada et devant moi-même. Elles réfutaient l'accusation portée contre moi.)

— Le sauver, cher frère ! Toi et moi, nous aurions dû le sauver ! Moi qui étais à ses côtés, je n'ai pas su le faire, par manque d'affection véritable, et toi, tu es resté lointain, absent, toujours absent, jusqu'au jour où il fut porté en terre. Ensuite tu t'es montré, sûr de toi, armé de tout ton zèle ; mais auparavant tu ne t'es jamais soucié de lui. Il était pourtant près de toi, la veille de sa mort, et si tu t'étais préoccupé de lui, tu aurais dû deviner qu'une chose grave était sur le point de se produire.

A travers mes sanglots j'arrivai à bredouiller quelques lambeaux de phrases qui devaient rétablir les faits : Guido avait employé la nuit avant celle de sa mort à chasser dans les marais et personne au monde n'aurait pu deviner ce qu'il comptait faire le lendemain.

— Il avait besoin de chasser ! Il en avait besoin ! — me cria-t-elle de toutes ses forces. Puis, comme si ce cri l'eût épuisée, elle s'écroula tout à coup et s'abattit sur le sol, inanimée.

J'hésitai un instant à appeler. Il me semblait que son évanouissement trahissait quelque chose de ce qu'elle avait dit. Mais déjà Mme Malfenti et Alberta accouraient. Mme Malfenti, tout en soutenant Ada, me demanda : « Elle t'a encore parlé de cette maudite Bourse ? » Puis : « C'est son second évanouissement aujourd'hui. »

Elle me pria de m'éloigner un instant. J'allai attendre dans le corridor qu'on me dise de rentrer ou de m'en aller. Je me préparais à des explications ultérieures. Ada oubliait que si on avait procédé comme j'avais dit, le malheur eût sûrement été conjuré. Voilà qui suffirait à la convaincre du tort qu'elle me faisait.

Au bout d'un instant, Mme Malfenti vint me dire qu'Ada, revenue à elle, désirait me dire au revoir. Elle reposait sur le divan. En me voyant elle se mit à pleurer, pour la première fois ce soir-là. Elle me tendit une main baignée de sueur :

— Adieu, mon cher Zeno. Souviens-toi, je t'en prie ! Souviens-toi toujours ! N'oublie pas...

Mme Malfenti intervint alors pour demander ce dont je devais me souvenir et je lui dis qu'Ada désirait que la position de Guido en Bourse fût liquidée au plus tôt. Je rougis de mon propre mensonge, craignant un démenti d'Ada. Mais, loin de me contredire, elle s'écria :

— Oui, oui, tout doit être liquidé ! Je ne veux plus entendre parler de cette affreuse Bourse.

Elle pâlissait de nouveau et Mme Malfenti, pour l'apaiser, lui donna l'assurance qu'il en serait fait selon son désir.

Puis elle m'accompagna jusqu'à la porte, et là, me demanda de ne pas précipiter les choses : je devais agir au mieux des intérêts de la famille. Mais je lui répondis que je ne m'y fiais plus. Le risque était énorme et je ne pouvais laisser sur le tapis une fortune qui n'était pas la mienne. Je ne croyais plus au jeu ni à la possibilité de forcer la chance par mes manœuvres. Mieux valait liquider tout de suite et se tenir pour bien heureux du résultat obtenu.

Je m'abstins de répéter à ma femme les paroles d'Ada. Pourquoi l'affliger ? Mais ces paroles — et justement parce que je ne les confiai à personne — continuèrent à marteler mon oreille pendant des

années. Elles résonnent encore dans mon âme. Aujour-
d'hui encore, je les analyse. Je ne peux pas dire que
j'aie aimé Guido, mais simplement parce que c'était un
homme impossible. D'ailleurs je l'ai secondé et assisté
de mon mieux, fraternellement. Le reproche d'Ada, je
ne le mérite pas.

Jamais plus je ne me suis retrouvé seul avec elle. Elle
n'éprouva pas le besoin de m'en dire davantage et je
n'osai pas exiger une explication par crainte, peut-être,
de réveiller sa douleur.

En Bourse, l'affaire se liquida au mieux. Je revendis
mes actions avec bénéfice et le père de Guido, avisé par
une première dépêche de la perte totale de son capital,
fut certainement satisfait d'en retrouver une moitié
intacte. Je n'ai pas retiré de cette bonne action tout le
plaisir que j'en attendais.

Ada me montra toujours de l'affection jusqu'à son
départ pour Buenos Aires, où elle alla, avec ses
enfants, retrouver la famille de son mari. Elle nous
voyait volontiers, Augusta et moi. Parfois, à cette
époque, je me suis figuré que tous ses reproches
n'avaient été que l'expression d'une douleur véritablement folle et qu'elle ne se les rappelait plus elle-même.
Mais un jour qu'on reparla de Guido, elle confirma,
d'une simple phrase, tout ce qu'elle avait dit :

— Il ne fut aimé par personne, le malheureux !

Au moment où elle s'embarqua, tenant dans ses bras
un de ses enfants légèrement malade, elle me donna un
baiser. Puis, comme personne autre que moi ne
pouvait l'entendre, elle me dit :

— Adieu, Zeno. Je me rappellerai toujours que je
n'ai pas su l'aimer comme j'aurais dû. Il faut que tu le
saches. Je quitte volontiers mon pays : il me semble
que je m'éloigne de mes remords.

Je lui reprochai de se torturer ainsi. Je lui déclarai qu'elle avait été une bonne épouse, que je le savais et que je pouvais en témoigner. J'ignore si je réussis à la convaincre : secouée de sanglots, elle ne prononça plus une parole. Je compris longtemps après qu'à l'heure de son départ, elle avait voulu renouveler les reproches qu'elle m'avait adressés au lendemain de la mort de son mari. Mais je reste persuadé de son injustice envers moi. Le reproche de n'avoir pas voulu le bien de Guido, je suis certain de ne pas le mériter.

Le temps était trouble, le jour sombre, le ciel tout entier paraissait tendu d'un voile gris. Une tartane dont les voiles pendaient inertes le long des mâts essayait de sortir du port à force de rames. Deux hommes seulement ramaient et parvenaient à peine à mouvoir le lourd bâtiment. Au large, peut-être trouveraient-ils une brise favorable.

Ada, du tillac du paquebot, saluait en agitant son mouchoir. Soudain, elle se retourna. Elle regardait sûrement vers Sant'Anna, où reposait son mari. Sa silhouette élégante retrouvait tout son charme à mesure qu'elle s'éloignait. J'eus les yeux obscurcis par les larmes. Voilà qu'elle m'abandonnait et que jamais plus je ne pourrais lui prouver mon innocence.

VIII

PSYCHANALYSE

3 mai 1915.

J'en ai fini avec la psychanalyse. Après six mois entiers de pratique assidue, je vais plus mal qu'avant. Je n'ai pas encore congédié le docteur, mais ma résolution est irrévocable. Hier, je lui ai fait dire que j'étais empêché. Pendant quelques jours, il m'attendra. Si j'étais sûr de pouvoir rire de lui au lieu de me fâcher, je serais capable de retourner le voir. Mais avec cet homme-là nous finirions par en venir aux mains.

A Trieste, depuis que la guerre a éclaté, on s'ennuie beaucoup, et, pour remplacer la psychanalyse, je reviens à mes chers cahiers. Depuis un an je n'avais plus écrit une ligne, obéissant en cela, comme en tout le reste, aux prescriptions du docteur qui m'assurait que, pendant la cure, je ne devais me recueillir que sous sa direction : un recueillement non surveillé par lui eût renforcé, paraît-il, les freins qui me retenaient sur la voie de l'abandon et des aveux. Mais aujourd'hui plus que jamais je me sens déséquilibré, malade, et je pense qu'en écrivant je me libérerai mieux du mal que m'a fait cette cure.

Je suis au moins sûr d'une chose ; écrire est le

meilleur moyen de rendre de l'importance à un passé qui ne fait plus souffrir et de se débarrasser plus vite d'un présent qui fait horreur.

Je m'étais livré au médecin avec une telle confiance que, du jour où il m'a annoncé que j'étais guéri, j'ai cru aveuglément à ma guérison et j'ai cessé de croire à mes douleurs qui continuaient pourtant à me tourmenter. Je leur disais : « Ce n'est pas vous ! » Mais aujourd'hui le doute n'est plus possible : ce sont elles ! Les os de mes jambes se transforment en autant d'arêtes vibrantes qui me déchirent la chair et les muscles.

D'ailleurs, cela ne m'importerait guère, et ce n'est pas la raison qui me fait renoncer à ma cure. Si les heures de recueillement chez le docteur avaient continué à être intéressantes ; si elles m'avaient apporté des surprises, des émotions, je ne les aurais pas abandonnées, du moins pas avant la fin de cette guerre qui me condamne à une inactivité complète. Mais je sais trop, maintenant, de quoi il s'agit. La psychanalyse ! Une illusion absurde, un truc bon à exciter quelques vieilles femmes hystériques. Comment ai-je pu supporter la compagnie de ce grotesque personnage, le prendre au sérieux, avec son œil qui veut être scrutateur et sa prétention de rattacher tous les phénomènes du monde à sa grande idée, à sa théorie toute neuve ? J'emploierai mon temps libre à rédiger ces notes. Je vais écrire l'histoire de ma cure, sincèrement. Entre le docteur et moi toute sincérité avait disparu. Maintenant, je respire. Aucune contrainte ne m'est plus imposée. Je n'ai plus à accepter — ou à simuler — aucune conviction. Pour mieux cacher ma pensée véritable, je croyais bon de lui témoigner un respect servile ; et il en profitait pour inventer chaque jour quelque nouvelle niaiserie : nous touchions au but de la cure, puisque la maladie était découverte, disait-il. Elle n'était autre que celle qui avait été jadis diagnostiquée par le défunt Sophocle sur ce pauvre Œdipe : j'avais aimé ma mère et voulu tuer mon père.

Je ne me suis même pas mis en colère. Non. Je l'écoutais, ravi. Au moins c'était une maladie qui m'élevait à la plus haute noblesse. Une maladie illustre, grâce à laquelle je me trouvais des ascendants jusqu'à l'époque mythologique ! Aujourd'hui, seul, la plume à la main, je n'ai pas davantage envie de me fâcher. Mieux vaut en rire. La meilleure preuve que je n'ai jamais eu cette maladie, c'est que je n'en suis pas guéri. Il y aurait là de quoi convaincre le docteur lui-même. Qu'il se tranquillise ! Ses inventions ne me gâteront pas le souvenir de mon enfance. Je n'ai qu'à fermer les yeux pour revoir mon amour pour ma mère dans sa pureté, dans sa naïveté — et aussi, mon respect et ma grande affection pour mon père.

Le docteur croit un peu trop à ces bienheureuses confessions. Il ne veut pas me les restituer pour que je les revoie. Mais, grands dieux ! n'ayant étudié que la médecine, il ignore ce que représente l'effort d'écrire en italien pour nous autres qui parlons (mais ne savons pas écrire) le dialecte. Une confession écrite est toujours mensongère, et nous, c'est à chaque mot toscan que nous mentons ! On racontera de préférence ce qui est facile à exprimer, on laissera tel fait de côté par paresse à recourir au dictionnaire... Voilà exactement ce qui détermine notre choix quand nous insistons sur tel épisode de notre vie plutôt que sur tel autre. On comprendra qu'en dialecte notre histoire n'aurait plus le même aspect.

Le docteur m'avoua qu'au cours de sa longue pratique il ne lui avait jamais été donné d'assister à une émotion aussi forte que la mienne quand je me trouvai face à face avec les fantômes qu'il croyait avoir vus s'éveiller en moi. De là sa promptitude à me déclarer guéri.

Mon émotion n'était pas simulée et je reconnais qu'elle fut intense — l'une des plus intenses de ma vie. Baigné de sueur quand je créai cette image, et de larmes quand je la ressentis. J'avais adoré cet espoir de revivre un jour d'innocence, d'ingénuité. Durant des mois cette pensée fut mon soutien. Elle m'exaltait. Ne s'agissait-il pas d'obtenir en plein hiver les roses de mai, par la puissance du souvenir ! Le docteur m'avait promis que le souvenir surgirait lumineux, total, tel qu'il me ferait vivre un nouveau jour de ma vie. Les roses retrouveraient tout leur parfum, et même leurs épines.

Et ainsi, à force de les poursuivre, ces fantômes, je les ai rejoints. Je sais maintenant que je les ai inventés. Qui dit invention, d'ailleurs, dit création et non pas mensonge. Les miennes étaient de même sorte que celles de la fièvre : images errantes sur les murs, et, autour de nous, opprimantes. Elles avaient la solidité, la couleur, le feu des choses réelles. A force de désir, je projetai ces images, qui n'existaient que dans mon cerveau, dans l'espace où je regardais, un espace dont l'air et la lumière m'étaient perceptibles, et où j'éprouvais aussi, douloureusement, la présence de ces angles vifs qui n'ont jamais manqué à aucun des espaces que j'ai traversés.

Quand j'arrivai à la torpeur qui devait favoriser l'illusion et où je voyais surtout le résultat d'un grand effort joint à une grande inertie, je crus que ces images étaient vraiment les images de jours lointains. Ce qui aurait dû éveiller mes doutes à cet égard, c'est qu'aussitôt évanouies elles se laissaient bien ressaisir par la mémoire, mais sans plus éveiller aucune émotion. Je m'en souvenais comme on se souvient d'un événement raconté par quelqu'un qui lui-même n'y aurait pas assisté. Si elles avaient vraiment reproduit mon passé, j'aurais dû continuer à en rire ou à en pleurer. Le docteur, lui, tenait registre de tout. Il disait : « Nous avons obtenu ceci, nous avons obtenu cela. » Il ne nous restait rien, en réalité, que des signes sur du papier, des squelettes d'images.

Si je crus vraiment à une évocation du passé, cela tient sans doute à ce que ma première vision se rapportait à une époque déjà tardive de mon enfance et qu'elle parut confirmer les vagues souvenirs que je gardais de ce temps. Il y eut une année pendant laquelle j'allais à l'école et mon frère pas encore. L'heure que j'évoquai me parut se situer en cette année-là. Je me voyais sortir de chez nous, un matin ensoleillé. Je traversais le jardin, je descendais en ville. Notre vieille servante Catina me tenait par la main. Mon frère ne paraissait pas mais il était le héros de cette scène. Je le savais à la maison, libre, heureux, tandis que moi j'allais à l'école. On m'y traînait plutôt, plein de rancœur, un sanglot dans la gorge. Mon souvenir se localisait en un point du temps, mais la fureur que je revivais je la devinais habituelle : chaque jour j'allais en classe et chaque jour mon frère restait à la maison. Jour après jour, à l'infini. En réalité, je pense que cela ne dura pas très longtemps, car mon frère, qui n'était que d'un an plus jeune que moi, ne dut pas tarder à aller en classe lui aussi. Mon rêve ne m'en semblait pas moins exprimer une vérité indiscutable : à jamais j'étais condamné à l'école, tandis qu'il était permis à mon frère de rester à la maison. Chemin faisant, à côté de Catina, je calculais la durée du supplice. Jusqu'à midi ! Et lui, il était à la maison ! Je me souvenais des reproches et des menaces qui m'avaient été adressés les jours précédents ; j'avais pensé qu'ils lui étaient épargnés. C'était une vision d'une évidence énorme. Catina, dont je me rappelais pourtant la petite taille, me semblait grande, sans doute parce que j'étais moi-même tout petit. Elle me semblait aussi très vieille, sans doute parce que les gens d'un certain âge paraissent toujours très vieux aux enfants. Le long des rues, je voyais les curieuses petites colonnes qui, en ce temps-là, bordaient les trottoirs de notre ville. Je suis assez vieux pour les avoir vues, adulte, dans les rues centrales, mais sur le parcours que je suivais avec Catina, j'étais à peine sorti de l'enfance qu'elles avaient disparu.

Je continuai à croire à l'authenticité de cette vision même après que, stimulée par elle, ma mémoire réfléchie m'eut révélé d'autres particularités de la même période. Celle-ci notamment : mon frère, lui, m'enviait d'aller à l'école et je le savais très bien. Cela ne suffit pas, d'abord, à me faire mettre en doute mon prétendu souvenir. C'est plus tard que je le reconnus purement imaginaire. Dans la réalité, il y avait bien eu jalousie, mais dans mon rêve j'avais interverti les rôles.

Ma deuxième vision me reporta à une époque sensiblement antérieure, mais non pas encore à ma petite enfance. Une chambre de notre villa, je ne sais laquelle. Très vaste. Il n'y en a pas d'aussi vaste en réalité. Je suis enfermé dans cette chambre et, chose étrange, j'ai aussitôt conscience d'un détail qui ne peut m'être révélé par la simple apparence du lieu : cette pièce est fort éloignée de l'endroit où se trouvent ma mère et Catina. Second détail : je ne vais pas encore à l'école.

La pièce est toute blanche. Jamais je n'en ai vu d'aussi blanche ni d'aussi complètement illuminée par le soleil. A cette époque, le soleil traversait les murs peut-être ? Il était haut déjà. Pourtant j'étais encore au lit. J'avais bu mon café au lait. D'une main, je tenais ma tasse vide, de l'autre, une cuiller avec laquelle je recueillais au fond de la tasse un peu de sucre. Puis comme je n'attrapais plus rien avec ma cuiller, j'essayai, mais en vain, d'atteindre le sucre avec le bout de ma langue. A côté de moi, je vois mon frère, dans son lit et buvant son café, le nez dans sa tasse. Quand il releva la tête, son visage m'apparut comme contracté sous les rayons du soleil, tandis que le mien (Dieu sait pourquoi) restait dans l'ombre. Son teint était pâle et sa physionomie enlaidie par un léger prognathisme. Il me dit :

— Tu me prêtes ta cuiller ?

Je m'aperçus alors que Catina avait oublié de lui donner la sienne. Sans hésitation je répondis :

— Oui, si tu me donnes en échange un peu de ton sucre.

Je tenais ma cuiller bien haute pour en faire ressortir la valeur quand soudain la voix de Catina résonna dans la chambre :

— Vous n'avez pas honte ! Petit usurier !

La confusion et l'effroi me firent retomber dans le présent. J'aurais voulu discuter avec Catina, mais elle, mon frère et moi — le moi d'alors, l'innocent petit usurier — nous disparûmes dans l'abîme.

Je regrettai que cette honte, trop vivement ressentie, eût détruit une évocation obtenue à si grand-peine. J'aurais mieux fait d'offrir gentiment et *gratis* la petite cuiller et de ne pas discuter une mauvaise action qui était sans doute la première que j'eusse commise. Catina aurait peut-être appelé ma mère pour qu'elle m'inflige une punition, et j'aurais enfin revu ma mère !

Je la vis quelques jours après. Du moins, je crus la voir. J'aurais dû comprendre tout de suite que ce n'était encore cette fois qu'un faux souvenir, car l'image évoquée ressemblait trop au portrait que j'ai au-dessus de mon lit. Je dois reconnaître que, dans ma vision, ma mère agissait bien comme une personne vivante.

Du soleil. Un soleil aveuglant cette fois. Tout ce soleil venu des heures de l'enfance contribua à me faire accepter mes rêves pour vrais. Notre salle à manger, l'après-midi. Mon père, déjà rentré, est assis à côté de ma mère sur un sofa devant la table. Maman marque du linge : elle y imprime des initiales à l'encre indélébile. Moi, je joue aux billes sous la table. Je me rapproche de ma mère. Sans doute pour l'associer à mes jeux. A un certain moment je veux me mettre sur mes pieds entre mes parents. Je m'accroche à un coin de serviette qui dépasse le bord de la table. Catastrophe. La bouteille d'encre se renverse sur ma tête. J'ai la figure et les vêtements arrosés. La jupe de ma mère est éclaboussée d'encre ; il y a même une tache sur le pantalon de papa. Mon père lève la jambe pour m'allonger un coup de pied.

Mais, soudain revenu de mon long voyage, me voici en sûreté — adulte, vieux. Le temps d'une seconde, la menace paternelle m'avait fait souffrir, et une seconde après je regrettais de n'avoir pu percevoir le geste protecteur que ma mère, à coup sûr, esquissait déjà. Mais comment arrêter ces images quand elles se mettent à fuir à travers un temps plus que jamais pareil à l'espace ? C'est du moins la question que je me posais quand je croyais à mes visions. Maintenant (hélas !) je n'y crois plus : ce n'étaient pas les images qui s'enfuyaient, c'était, devant mes yeux, un brouillard qui se dissipait, et mon regard plongeant de nouveau dans l'espace véritable, où il n'y a pas de place pour les fantômes.

Il me reste à parler d'une autre séance de psychanalyse, au cours de laquelle j'obtins des images telles que le docteur, enthousiasmé, me déclara guéri.

Dans le demi-sommeil où je m'abandonnai, ce fut un songe, une sorte de cauchemar immobile. Je rêvais d'un petit enfant (qui était moi-même) et j'assistais à son rêve. Il gisait, muet, saisi par une joie qui envahissait son minuscule organisme. Il croyait atteindre enfin l'objet de son désir immémorial. Il était là, seul, abandonné, mais il voyait, il percevait — comme on sait voir et percevoir en rêve — les choses lointaines. Couché dans une chambre de notre villa, il voyait donc, sur le toit, et solidement posée, une cage murée, sans porte ni fenêtre. Pleine de lumière néanmoins ainsi que d'un air pur et parfumé. L'enfant savait qu'il pourrait entrer dans cette cage sans remuer. C'était elle, peut-être, qui viendrait à lui ? Dans la cage, un seul meuble : un fauteuil ; et, assise dans ce fauteuil, une femme vêtue de noir, très belle, délicieusement bien faite, blonde avec de grands yeux bleus, des mains très blanches et de petits pieds chaussés de souliers vernis. La pointe du soulier, qui dépassait à peine le bas de la jupe, jetait une légère lueur. Je dois dire que cette femme ne faisait qu'un avec ses souliers et ses vêtements. Et l'enfant rêvait qu'il la possédait, mais de la façon la plus singulière : c'est-à-dire qu'il était sûr de pouvoir en manger de petits morceaux, en haut et en bas.

Une chose m'étonne quand j'y pense. Comment le docteur, qui prétend avoir lu si attentivement mon manuscrit, n'a-t-il pas rapproché ce rêve de celui que je fis avant d'aller trouver Carla ? Il me semble, à moi, que l'un n'est que la réplique puérile de l'autre.

Au contraire, le docteur enregistra mon récit très soigneusement, puis me demanda, en prenant un air un peu niais :

— Votre mère était blonde et bien faite ?

« Oui », répondis-je, stupéfait par cette question. « Et aussi ma grand-mère. » Mais pour lui j'étais guéri, bien guéri. Je me mis en devoir de partager sa joie et de suivre ses prescriptions. Il ne s'agissait plus maintenant de recherches, d'efforts de mémoire, mais d'une rééducation complète.

Dès lors, les séances devinrent de véritables tortures. Je ne continuais à m'y soumettre qu'en raison de cette inertie qui m'empêche de me mouvoir si je suis arrêté comme de m'arrêter si je suis en mouvement. Parfois, quand le docteur lâchait une énormité trop choquante, je risquais une objection. Par exemple, je ne voulais pas me ranger à cet avis que toutes mes paroles, toutes mes pensées avaient été d'un criminel. A cette modeste réserve, il écarquillait les yeux d'ahurissement. Quoi ! j'étais guéri et je refusai de m'en rendre compte. On ne s'expliquait guère un tel aveuglement. On me révélait que j'avais désiré enlever sa femme — ma mère ! — à mon père, et je ne voulais pas reconnaître que je me sentais soulagé. Obstination inouïe ! Le docteur admettait, il est vrai, que ma guérison ne serait totale qu'après ma rééducation, c'est-à-dire après que je me serais habitué à considérer ces choses (l'envie de tuer mon père, d'embrasser ma mère) comme tout à fait innocentes, impropres à éveiler le remords et habituelles dans les meilleures familles. En somme, qu'est-ce que j'y perdais ? Il me dit un jour : « Vous êtes un convalescent non encore réhabitué à vivre sans fièvre. » Eh bien, j'attendrais.

Il sentait malgré tout qu'il ne me tenait pas et, de temps en temps, sans préjudice de la rééducation, il revenait à la cure. Il cherchait à provoquer chez moi de nouveaux rêves : mais, de vrais rêves, nous n'en obtînmes plus un seul. Fatigué d'attendre, je finis par en inventer un, ce dont je me serais bien gardé si j'avais pu prévoir les difficultés d'une telle simulation.

Ce n'est pas chose facile que de balbutier comme si on se trouvait dans un demi-sommeil, de se couvrir de sueur, de pâlir et de ne pas se dénoncer en devenant écarlate à force d'essayer de ne pas rougir.

Dans ce rêve, de mon invention, je retrouvais la femme assise dans la cage. La cage avait un trou par lequel, à ma demande, elle me tendait son pied à sucer et à manger. « Le gauche ! C'était le gauche ! » murmurais-je, pour donner à ce détail pittoresque une précision qui l'apparentait mieux à mes autres visions. Je montrai par là que j'avais à merveille compris la maladie que le docteur exigeait de moi : l'Œdipe infantile opérait exactement ainsi. Il suçait le pied gauche de sa mère, pour laisser le droit à son père, je pense.

Dans mon effort pour imaginer des faits authentiques (il n'y a là aucune contradiction), je me trompais moi-même jusqu'à goûter la saveur de ce pied. Il m'en venait une envie de vomir.

Autant que le docteur, j'aurais eu le désir d'être encore visité par ces chers fantômes de ma jeunesse, authentiques ou non, mais du moins spontanément surgis et non pas construits par moi. Comme ils se refusaient, en présence du docteur, je tentai de les évoquer loin de lui. Seul, je m'exposais au péril de les oublier, mais quoi ? je n'avais plus le souci de ma cure ! Les roses de mai en décembre, puisque je les avais obtenues, ne pouvais-je les obtenir de nouveau ?

Même dans la solitude, je n'éprouvai d'abord qu'ennui, puis, à défaut de souvenirs d'enfance, j'eus des satisfactions d'un autre ordre : je crus avoir fait une importante découverte scientifique, tout simplement. Je me flattai d'être appelé à compléter la théorie des couleurs physiologiques. Mes prédécesseurs, Goethe et Schopenhauer, étaient loin d'avoir imaginé les résultats qu'on pouvait obtenir en maniant habilement les couleurs complémentaires.

Il faut savoir que je passais mes journées affalé sur un divan, face à la fenêtre de mon bureau, et que, de là, je découvrais un morceau de mer et de ciel. Or un soir, au coucher du soleil, je m'attardai longuement à admirer sur un horizon chargé de nuages une bande de ciel limpide, d'une magnifique couleur verte, pure et douce. Il y avait aussi du rouge dans ce ciel, aux franges des nuages, mais c'était un rouge encore pâle, sous les rayons blancs du soleil. Au bout d'un certain temps, ébloui, je fermai les yeux, et je compris que mon attention avait dû s'attacher plus amoureusement à la couleur verte, puisque, sur ma rétine, je vis apparaître sa complémentaire, un rouge soutenu qui n'avait rien à faire avec le rouge lumineux mais pâle du couchant. Je regardai, je caressai cette couleur fabriquée par moi. Mais ma grande surprise, ce fut quand, ayant rouvert les yeux, je vis ce rouge flamboyant envahir tout le ciel, couvrant même le vert émeraude que mon regard, durant un long moment, ne put ressaisir. Ainsi j'avais découvert le moyen de teindre la nature ! Je n'ai pas besoin d'ajouter que l'expérience fut répétée plusieurs fois. Le plus beau est qu'il y avait même du mouvement, dans cette coloration. Quand je rouvrais les yeux, le ciel n'acceptait pas tout de suite la couleur de ma rétine. Une courte hésitation se produisait, pendant laquelle j'arrivais à revoir le vert pâle qui avait engendré ce rouge par lequel il allait être détruit, ce rouge dévorant qui déjà surgissait du fond du ciel et gagnait de proche en proche comme un incendie effrayant.

Quand je fus bien assuré de l'exactitude de mon observation j'en fis part au docteur, espérant égayer ainsi nos ennuyeuses séances. Le docteur régla cette affaire en me disant que j'avais une hypersensibilité de la rétine provoquée par le tabac. J'étais sur le point de lui répondre que les images où nous avions voulu reconnaître des restitutions de faits anciens pouvaient très bien résulter de la même intoxication. Mais il aurait conclu de là que je n'étais pas encore guéri et il se serait mis en tête de recommencer complètement la cure.

Et pourtant il ne me croyait pas vraiment empoisonné. La preuve en est dans le mode de rééducation par lequel cet imbécile essaya de me guérir de ce qu'il appelait la maladie des cigarettes. Le tabac, disait-il, ne me faisait aucun mal. Ou plutôt, il cesserait d'être nocif dès que je ne le considérerais plus comme tel. Maintenant que mes rapports avec mes parents avaient été tirés au clair, soumis à mon jugement d'homme adulte, il m'était facile de comprendre que j'avais pris l'habitude de fumer pour n'être pas inférieur à mon père et attribué au tabac un effet nocif par un secret instinct moral : rival de mon père, je devais être puni de cette rivalité.

Ce jour-là, je sortis de chez le docteur en fumant comme un Turc. Il s'agissait d'une expérience et je m'y prêtais volontiers. Je fumai sans arrêt, jusqu'au soir. Il en résulta une nuit d'insomnie et une recrudescence non douteuse de ma bronchite chronique : on pouvait en voir les traces dans le crachoir.

Le lendemain je racontai au docteur que j'avais fumé beaucoup sans éprouver le moindre trouble. Il me regarda, souriant, gonflé d'orgueil. Très calme, il reprit ma rééducation au point où il l'avait laissée. Il procédait avec la noble certitude de voir fleurir chaque motte de terre où il mettait le pied.

Cette rééducation ne m'a guère laissé de souvenirs. Je la subissais et après chaque séance, je me secouais comme un chien qui sort de l'eau. Je restais, comme un chien, humide mais non trempé.

Je me rappelle cependant, et avec indignation, que mon éducateur approuvait le Dr Coprosich de m'avoir dit les paroles qui avaient provoqué mon ressentiment. Mais alors je méritais aussi le soufflet que mon père m'avait donné en mourant ? Je ne sais s'il a osé me dire cela : je sais très bien en revanche qu'à l'entendre j'avais détesté le vieux Malfenti qui, dans mon cœur, avait pris la place de mon père. On croit généralement qu'un être ne peut vivre sans une affection : or moi, au contraire, il me fallait quelqu'un à détester, sinon mon équilibre était rompu. Si j'avais épousé une des filles Malfenti (et peu m'importait laquelle !) ç'avait été uniquement pour mettre leur père dans une situation où ma haine pouvait l'atteindre. Après quoi, je ruinai et déshonorai la maison de mon mieux. Je trompai ma femme et il est évident que j'aurais séduit Ada si j'avais pu. Alberta également. Naturellement, je n'ai pas l'intention de nier cela, et même cela me fit rire quand, en me ie disant, le docteur prenait son air de Christophe Colomb abordant le Nouveau Monde. Quel homme ! Comprenant que j'avais eu envie de coucher avec deux femmes très belles, il se demandait gravement pour quelles raisons. Il n'y a que lui pour inventer des questions pareilles.

Je supportai moins patiemment ce qu'il se permit de dire de mes rapports avec Guido. Par mon récit même, il connaissait l'antipathie que j'avais eue pour ce malheureux au début de nos relations. Or, d'après lui, cette antipathie n'avait jamais désarmé et Ada en avait très justement vu la dernière manifestation dans mon absence de la cérémonie funèbre. Il ne tenait aucun compte du fait qu'à ce moment-là je mettais tout en œuvre pour sauver le patrimoine d'Ada. Je ne daignai pas le lui rappeler.

Il semble que le docteur ait également fait une enquête au sujet de Guido. Il affirme que, choisi par Ada, il ne pouvait être tel que je le décris. Il a découvert, tout près du local où avaient lieu nos séances de psychanalyse, un très vaste dépôt de bois ayant appartenu à la firme Guido Speier et Cie. Pourquoi n'en avais-je pas parlé ?

Pourquoi ? Pour ne pas aggraver les difficultés d'un exposé déjà si difficile. Cette omission prouve tout simplement qu'une confession écrite par moi, en italien, ne pouvait être ni complète ni sincère. Dans un dépôt comme celui-là, il existe des variétés de bois innombrables que nous désignons, à Trieste, par des termes barbares empruntés à notre dialecte, au croate, à l'allemand, au français même (par exemple *zapin*, tiré du mot *sapin*, et qui de plus n'a pas le même sens). Où aurai-je trouvé un bon vocabulaire ? J'aurais donc dû aller en Toscane, et là, vieux comme je suis, chercher du travail chez un marchand de bois ? Du reste, le dépôt de bois de la firme Guido Speier et Cie n'a donné que des pertes. Devais-je en parler, alors qu'il n'a jamais été le théâtre d'aucune activité, à l'exception d'un jour où il fut visité par des voleurs ? Ce jour-là, oui, nos bois remuèrent : sans doute étaient-ils destinés à la fabrication de guéridons pour des séances de spiritisme.

Je suggérai au docteur de s'informer de mes sentiments pour Guido auprès de ma femme, de Carmen et de Luciano — ce dernier est un grand négociant très connu. Il ne fit, que je sache, aucune enquête de ce genre, par crainte, je suppose, de voir s'écrouler sous le poids de témoignages nouveaux le frêle édifice de son accusation. Qui sait pourquoi il m'avait pris en haine à ce point ? Cet affreux hystérique, peut-être avait-il désiré en vain sa propre mère et il se vengeait sur moi qui n'avais rien à voir là-dedans.

Je finis par me sentir fatigué de cette lutte perpétuelle contre un médecin que je payais. Les rêves aussi, et la liberté de fumer autant que je voulais me faisaient grand mal. Il me vint une bonne idée : j'allai consulter le Dr Paoli.

Je ne l'avais pas revu depuis des années. Il avait blanchi, mais il se tenait encore droit malgré son âge et avait conservé sa haute et mince stature de grenadier. Il regardait toujours les choses d'un regard qui était une caresse. Pour la première fois je compris qu'il éprouvait à regarder les choses, belles ou laides, le même plaisir que d'autres éprouvent à les caresser.

J'entrai chez lui dans l'intention de lui demander si je devais renoncer ou non à la psychanalyse. Mais, sous son regard froidement investigateur, je ne me sentis pas le courage de lui en parler. J'avais peur d'être ridicule en avouant que je m'étais laissé prendre, à mon âge, à une charlatanerie pareille. Sur ce point, donc, je me tus, à regret d'ailleurs, car si le Dr Paoli m'avait interdit la psychanalyse, ma position se fût beaucoup simplifiée ; mais cela m'aurait excessivement déplu de me voir trop longtemps caressé par ses grands yeux.

Je lui parlai de mes insomnies, de ma bronchite chronique, d'une poussée de boutons au visage qui me tourmentait, de mes douleurs dans les jambes et de mes singulières absences de mémoire.

Le Dr Paoli analysa mes urines en ma présence. Le mélange se colora en noir et le docteur parut soucieux. Enfin ! c'était là une analyse, non plus une psychanalyse ! Avec émotion, je me remémorais mon lointain passé de chimiste. J'évoquais des souvenirs d'analyses authentiques et honnêtes : un tube de verre, un réactif et moi. Le corps analysé sommeille jusqu'à l'instant où le réactif le stimule. Dans le tube, la résistance est nulle, ou cède à la moindre élévation de température ; la simulation est impossible. Pour complaire au Dr S..., j'inventais sur mon enfance des détails propres à confirmer le diagnostic de Sophocle. Dans le tube, rien de pareil. Tout est vérité. Emprisonné dans l'éprouvette, le corps à analyser, toujours égal à lui-même, attend le réactif et, quand il se présente, lui donne toujours la même réponse. En psychanalyse, jamais les mêmes images ne se reproduisent deux fois, ni les mêmes mots. Il faudrait donc l'appeler autrement. J'aimerais mieux aventure psychique. C'est bien cela : au début d'une séance, on a l'impression d'entrer dans un bois où l'on ne sait trop si on tombera sur un ami ou sur un brigand. L'aventure terminée, on n'en sait d'ailleurs pas davantage. En quoi la psychanalyse s'apparente au spiritisme.

Paoli n'était pas certain d'avoir trouvé du sucre. Il voulait me revoir le lendemain, après avoir analysé le liquide par polarisation.

En attendant, je le quittai glorieux, nanti d'un bon diabète. Ma première pensée fut d'aller chez le Dr S..., lui demander comment il allait s'y prendre, maintenant, pour analyser en moi les causes de ma maladie, et ainsi les annuler. Mais j'en avais assez de cet individu et, fût-ce pour me moquer de lui, j'aimais mieux ne pas le revoir.

Le diabète, je l'avoue, me fut une grande douceur. J'en parlai à Augusta qui eut aussitôt les larmes aux yeux : « Tu as tant parlé de maladie dans ta vie que tu devais finir par en avoir une », dit-elle. Puis elle me prodigua des consolations.

Je chérissais ma maladie. Je me rappelais avec sympathie le pauvre Copler qui préférait la maladie réelle à l'imaginaire. Je tombais d'accord avec lui. La maladie réelle est si simple : il suffit de se laisser porter. De fait, quand je lus dans un livre de médecine la description du diabète, j'y découvris tout un programme de vie — je ne dis pas de mort, mais *de vie*. Adieu résolutions, adieu projets ! Finalement j'étais libre ! Tout suivrait sa voie sans aucune intervention de ma part.

Je découvris aussi que ma maladie était toujours ou presque toujours très supportable. Le malade mange, il boit ; il n'éprouve pas de grandes souffrances pourvu qu'il veille à éviter les bubons. Il meurt dans un très doux coma.

Peu après, le Dr Paoli m'appela au téléphone : décidément, il n'y avait pas trace de sucre. J'allai chez lui le lendemain. Il me prescrivit une diète à laquelle je me conformai quelques jours et une mixture qu'il décrivit dans une ordonnance illisible et qui me fit du bien pendant un mois.

— Le diabète vous a fait peur ? me dit-il en souriant.

Je protestai, mais sans lui dire que, depuis que le diabète m'avait abandonné, je me sentais bien seul. Il ne m'aurait pas cru.

Entre-temps, le célèbre ouvrage du Dr Beard sur la neurasthénie me tomba sous la main. Je suivis son conseil et changeai de médecine tous les huit jours. Je copiais ses recettes, en m'appliquant à bien écrire. Pendant quelques mois, la cure me parut bonne. Copler lui-même n'avait jamais eu de sa vie telle abondance de consolations pharmaceutiques. Mais ce bel enthousiasme dura peu. En Beard aussi, je perdis la foi. En attendant, j'avais renvoyé de jour en jour la reprise de mes séances de psychanalyse.

Mais le hasard fit que je rencontrai le Dr S... dans la rue. Il me demanda si j'avais l'intention de renoncer à ma cure. Il fut d'ailleurs très courtois, beaucoup plus que lorsqu'il me tenait sous sa coupe. Évidemment, il espérait me reprendre. Je lui dis que j'avais des affaires urgentes, des préoccupations, des questions de famille à régler, mais que je reviendrais le trouver dès que je me serais rendu libre. Je l'aurais volontiers prié de me rendre mon manuscrit, mais je n'osais pas. C'eût été avouer ma résolution de ne plus remettre les pieds chez lui. Une tentative de ce genre, mieux valait la remettre à plus tard, quand il ne serait plus question de psychanalyse et qu'il s'y serait résigné. Il ne l'était pas encore car, en me quittant, il me dit :

— Examinez-vous et vous constaterez que votre esprit s'est modifié. Vous reviendrez à moi dès que vous vous serez rendu compte du grand pas que je vous ai fait faire vers la santé, en un temps relativement court.

Moi, au contraire, je pense que le soin qu'il a pris de m'étudier n'a abouti qu'à infecter mon esprit de maladies nouvelles.

Je m'applique aujourd'hui à me guérir de sa cure. J'évite les rêves, les souvenirs. Si je m'y laisse aller, ma pauvre tête ne se sent plus en sûreté sur mes épaules. J'ai des distractions effroyables. Je parle à quelqu'un et, tout en disant une chose, je fais des efforts pour m'en rappeler une autre que j'ai dite un peu avant, ou simplement pensée, et dont je ne me souviens plus. S'il s'agit d'une pensée, je lui attribue une énorme importance. Un peu comme mon pauvre père quand il essayait vainement, lui aussi, de ressaisir ses idées, la veille de sa mort.

Si je ne veux pas finir dans une maison de fous, il faut que je laisse tomber ces petits jeux-là.

15 mai 1915.

Nous venons de passer deux jours de fête dans notre maison de campagne à Lucinico. Mon fils Alfio va y rester quelques semaines avec sa sœur pour se remettre d'un influenza. Nous irons le rechercher à la Pentecôte.

J'ai enfin réussi à revenir à mes chères habitudes et à cesser de fumer. Je me sens déjà beaucoup mieux depuis que j'ai renoncé à la liberté que ce crétin de docteur avait voulu me concéder. Aujourd'hui que nous sommes à la moitié du mois, je suis frappé des obstacles qu'oppose notre calendrier à tout régime de résolutions bien ordonnées. Pour cesser de fumer, il serait expédient de choisir la fin d'une période déterminée, une fin de mois, par exemple. Mais il n'y a pas deux mois semblables, et, en dehors des deux couples juillet-août et décembre-janvier, on ne voit pas qu'il y ait d'autres mois se suivant et ayant le même nombre de jours. Quel désordre dans le temps !

Le lendemain de notre arrivée, l'après-midi, pour mieux me recueillir, je suis allé chercher la solitude au bord de l'Isonzo. Il n'y a pas de meilleure façon de se recueillir que de contempler une eau courante. Immobile soi-même, on trouve le délassement nécessaire dans le mouvement de l'eau, dans ses couleurs à chaque instant nouvelles.

C'était une journée étrange. Un vent très fort devait sévir dans les régions supérieures de l'atmosphère, car les nuages s'y mouvaient et s'y déformaient rapidement. Mais en bas, on ne sentait pas un souffle d'air. De temps à autre, entre les nuages en mouvement, se dessinait une ouverture par où le soleil inondait de ses rayons le haut d'une colline ou le penchant d'une vallée et, çà et là, donnait relief à la douce verdure de mai, en un paysage couvert d'ombre. La température était tiède et cette fuite même des nuages au ciel avait quelque chose de printanier. Pas de doute : le temps était en pleine convalescence.

Je goûtai un recueillement parfait. Ce fut un de ces instants précieux comme la vie trop avare en accorde parfois : un instant de vraie, de grande objectivité où l'on cesse enfin de se croire et de se sentir une victime. Parmi cette verdure délicieusement éclaboussée de lumière, je souriais à mon existence — et à mon éternelle maladie. La femme y avait occupé une place considérable. En morceaux, au besoin. Ses pieds petits, sa taille, sa bouche avaient rempli mes jours.

Dominant du regard mon existence et ma maladie, je les compris alors, je les aimai. Comme elle avait été plus belle, ma vie, que celle de ces soi-disant bien portants, de ces hommes qui, chaque jour, battent leur femme ou au moins auraient voulu la battre sauf à certains moments. Moi, toujours et partout, l'amour m'avait fait escorte. En trahissant ma femme, je pensais encore à elle — à me faire pardonner par elle de penser aussi aux autres. Certains abandonnent leur femme, déçus et désespérant de la vie. Pour moi, la vie ne fut jamais sans désir, et, après chaque naufrage, l'illusion ressuscita toujours, tout entière éveillant des rêves de corps plus harmonieux, de paroles, d'attitudes plus parfaites.

A ce moment, je me souvins que, parmi tant de mensonges que j'avais fait avaler à ce profond observateur qu'était le Dr S..., je lui avais dit que, depuis le départ d'Ada, je n'avais plus jamais trompé Augusta. Ce mensonge, comme le reste, avait confirmé ses théories. Mais tout à coup, au bord de ce fleuve, je songeai avec épouvante que, depuis l'abandon du traitement psychanalytique, mon mensonge était devenu vérité. Je n'avais plus recherché de compagnie féminine. Étais-je guéri, par hasard, comme le Dr S... le prétendait ? Vieux comme je suis, il y a longtemps que les femmes ne font plus attention à moi. Si je cesse de faire attention à elles, entre elles et moi, tous les ponts sont coupés.

Si un tel doute m'était venu à Trieste, j'aurais eu les moyens de m'en délivrer aussitôt. A Lucinico, c'était moins facile.

Quelques jours auparavant, les *Mémoires* de Lorenzo da Ponte, cet aventurier contemporain de Casanova, m'étaient tombés entre les mains. Lui aussi, certainement, avait passé par Lucinico, et je rêvai d'y rencontrer quelqu'une de ses belles dames poudrées, enfermées dans leur crinoline. Mon Dieu! comment faisaient-elles donc, ces femmes, défendues par tant d'oripeaux, pour se rendre si vite, et si souvent?

Il me sembla qu'en dépit de la cure, l'évocation de la crinoline avait quelque chose d'excitant. Mais ce désir un peu factice ne suffit pas à me rassurer.

Je ne tardai pas cependant à trouver l'occasion que je cherchais d'une expérience concluante. Cette expérience, hélas! me coûta cher. Pour l'obtenir, je troublai et gâchai la relation la plus pure que j'eus dans ma vie.

Je rencontrai Teresina, la fille aînée d'un paysan qui habitait non loin de notre maison de campagne. Le brave homme était veuf depuis deux ans et sa nombreuse progéniture avait trouvé une seconde mère en Teresina, robuste enfant qui se levait le matin pour travailler et ne cessait de travailler que pour se coucher le soir et reprendre des forces en vue du lendemain. Ce jour-là, chargée d'une besogne habituellement confiée à un de ses frères plus jeunes, elle menait par la bride un petit âne qui traînait une charrette d'herbe fraîchement coupée. Elle marchait à côté de la charrette pour épargner les forces de l'animal.

L'année d'avant, Teresina n'était pour moi qu'une fillette et je n'avais pour elle qu'une sympathie souriante et paternelle. Cette année, je l'avais trouvée grandie, d'un visage plus sérieux. Ses étroites épaules s'élargissaient, sa poitrine se gonflait déjà. Mais en dépit de cette éclosion de son jeune corps, elle n'était pour moi, je le répète, qu'une gamine sans attraits, en qui je ne pouvais aimer qu'une surprenante ardeur au travail et un instinct maternel dont profitaient ses petits frères. N'eût été cette maudite cure, et cette nécessité de vérifier au plus tôt l'état de ma maladie, j'aurais quitté Lucinico, comme l'année précédente, sans avoir troublé une telle innocence.

Elle ne portait pas de crinoline et son petit minois souriant ignorait la poudre. Elle marchait pieds nus, nue jusqu'à mi-jambe. Mais ce qu'elle montrait de sa peau n'était guère propre à m'incendier. Sa figure et ses membres avaient même couleur : brunis par le soleil, innocemment exposés au soleil. Alors, ma froideur même m'épouvanta. Un effet de ma cure serait-il de me rendre indispensable l'adjuvant d'une crinoline ?

Je commençai par caresser l'âne. Puis, me tournant vers Teresina, je lui mis dans la main dix couronnes. Premier attentat ! L'année d'avant, mon affection paternelle se traduisait, pour elle comme pour ses frères, en pièces de deux sous. Mais l'affection paternelle, c'est autre chose. Teresina fut étonnée par ma munificence. Soigneusement, elle souleva son jupon pour mettre le précieux morceau de papier dans je ne sais quelle poche secrète, en sorte que j'aperçus un autre morceau de jambe, mais toujours aussi brun et chaste.

Je revins à l'âne que, cette fois, j'embrassai sur la tête. Il répondit à mes avances. Allongeant le cou, il poussa un grand cri d'amour que j'écoutai avec respect. Comme il porte loin, comme il est plein de sens ce braiment qui s'élève, se répète, puis s'atténue et meurt en un sanglot désespéré ! Mais quand on l'écoute de trop près, il fait mal au tympan.

Teresina riait et son rire m'encouragea. Je m'approchai d'elle une seconde fois, je la saisis par l'avant-bras et, tout doucement, je fis glisser ma main jusqu'à son épaule, en étudiant mes sensations. Grâce au ciel, je n'étais pas encore guéri. J'avais suspendu ma cure au bon moment !

Mais Teresina, d'un coup de bâton, remit son baudet en marche et le suivit pour s'éloigner de moi.

Riant de bon cœur, même si la petite paysanne ne voulait pas entendre parler de moi, je lui dis :

— Tu as un amoureux ? Tu devrais bien en avoir un. C'est dommage que tu n'en aies pas déjà un !

En s'éloignant toujours davantage, elle me cria :

— Si j'en prends un, il sera sûrement plus jeune que vous !

Ma joie ne s'obscurcit pas pour si peu.

J'aurais aimé donner une petite leçon à Teresina et je cherchai à me rappeler comment, chez Boccace, « Maître Albert de Bologne fait honte, honnêtement, à une dame qui voulait lui faire honte de l'amour qu'il avait pour elle ». A vrai dire, le raisonnement de Maître Albert n'obtint pas son effet, puisque Madonna Malgherida de' Ghisolieri lui répliqua : « Votre amour m'est cher, comme doit l'être celui du sage et galant homme que vous êtes ; aussi ferai-je tout ce qui dépendra de moi pour vous être agréable, persuadée *que vous n'exigerez rien que d'honnête.* »

Je tentai de faire mieux ; je demandai :

— Quand penseras-tu aux vieux, Teresina ? (Il me fallait crier à mon tour car elle était déjà à une certaine distance.)

— Quand je serai vieille moi aussi, cria-t-elle en riant de bon cœur et sans s'arrêter.

— Mais alors les vieux ne voudront plus de toi. Tu peux me croire, va ! Je les connais !

Je hurlais, fier d'une repartie directement inspirée par mon sexe.

A ce moment, en un point du ciel, les nuages

s'entrouvrirent et un rayon de soleil descendit sur Teresina qui désormais se trouvait à une quarantaine de mètres de moi, et dix mètres plus haut. Elle était brune, petite, mais lumineuse !

Le soleil ne vint pas jusqu'à moi. Quand on est vieux, on reste à l'ombre. Même quand on a de l'esprit.

26 juin 1915.

La guerre m'a rejoint. Moi qui écoutais les récits de guerre comme s'il se fût agi d'événements d'un autre siècle, dont on peut s'amuser à parler mais dont il serait sot de se préoccuper, voilà que soudain je fus emporté par le torrent, stupéfait de n'avoir pas prévu que cela m'arriverait tôt ou tard. J'avais vécu dans le plus grand calme au premier étage d'une maison dont le rez-de-chaussée était en flammes, sans penser au moment où s'écroulerait toute la bâtisse.

La guerre me saisit, me secoua comme une loque, m'enleva d'un seul coup toute ma famille, et mon administrateur par surcroît. Du jour au lendemain, je fus un homme nouveau, ou pour mieux dire chaque heure fut pour moi le début d'une vie nouvelle. Depuis hier, enfin, j'ai retrouvé un peu de calme. Après un mois d'angoisse, j'ai eu des nouvelles des miens. Au moment où je désespérais de jamais les revoir, j'ai appris qu'ils étaient à Turin, sains et saufs.

Je passe toute la journée dans mes bureaux. Je n'ai rien à y faire mais les Olivi, qui sont sujets italiens, ont dû partir et mes meilleurs employés se battent, de ce côté-ci ou de l'autre, en sorte qu'il me faut rester à mon poste et surveiller la maison. Le soir, je rentre chez moi chargé des grosses clefs du magasin. Je me sens beaucoup plus calme. Aujourd'hui j'ai emporté ce manuscrit, pensant qu'il m'aiderait à passer le temps. De fait il m'a procuré quelques instants merveilleux et il m'a appris une chose, à savoir qu'il a existé en ce monde une époque favorisée d'une telle quiétude et d'un tel silence qu'on pouvait s'y livrer à des petits jeux de ce genre-là.

Ah ! je voudrais bien voir que quelqu'un m'invitât sérieusement à me plonger dans une demi-inconscience afin de revivre une heure de mon passé ! Je lui rirais au nez ! Comment abandonnerait-on un tel présent pour se mettre en quête de choses sans nulle importance ? Il me semble qu'aujourd'hui je suis définitivement détaché de ma maladie comme de ma santé. Je parcours les rues de notre malheureuse ville avec le sentiment d'être un privilégié qui ne va pas à la guerre et qui, chaque jour, mange à sa faim. Quand je me compare aux autres je me trouve si heureux — surtout depuis que j'ai des nouvelles des miens — que je croirais provoquer la colère des dieux si je n'étais pas satisfait de mon sort.

Mon premier contact avec la guerre fut violent et, par certains côtés, bouffon.

Augusta et moi nous étions revenus à Lucinico pour y passer avec nos enfants les fêtes de Pentecôte. Le 23 mai, je me levai de bonne heure. J'avais à prendre mon sel de Carlsbad et à faire une promenade avant le petit déjeuner. Pendant ce séjour à Lucinico, je m'étais aperçu que le cœur, lorsque l'on est à jeun, travaille plus activement et irradie dans tout l'organisme un grand bien-être.

Ce jour-là même j'eus à souffrir la faim : ce fut une bonne occasion de mettre au point ma théorie.

Comme je partais, Augusta, encore couchée, se

dressa sur l'oreiller pour me dire au revoir et me rappela que j'avais promis à ma fille de lui rapporter des roses. Au jardin, il n'y en a plus, notre unique rosier étant flétri. Antonia est devenue une belle enfant. Elle ressemble à Ada. Depuis quelque temps, il m'arrive, avec elle, d'oublier mon rôle de pédagogue bourru pour jouer celui du chevalier qui, en sa propre fille, respecte la femme. Déjà Antonia connaît son pouvoir et, au grand amusement de sa mère comme au mien, elle en abuse. Elle voulait des roses. Il fallait lui en procurer.

Je me proposais une promenade de deux heures. Il faisait un beau soleil et, comme je comptais marcher sans arrêt jusqu'à mon retour à la maison, je sortis sans pardessus ni chapeau. Par bonheur, je me souvins des roses qu'il faudrait payer. Sinon j'aurais aussi laissé mon portefeuille.

J'allai d'abord chez notre voisin, le père de Teresina, pour le prier de tailler les fleurs et lui dire que je les prendrais en repassant. Dans la grande cour de la ferme, entourée d'un mur à demi ruiné, je ne vis personne. J'appelai Teresina. Le plus petit de ses frères, un enfant qui peut avoir six ans, parut sur le seuil. Je mis quelques sous dans sa menotte et il me raconta que toute la famille était partie de grand matin pour aller travailler dans un champ de pommes de terre, de l'autre côté de l'Isonzo.

Parfait. Je savais où était ce champ. Pour m'y rendre, il me faudrait environ une heure. Une autre heure pour revenir, et voilà ma promenade faite. J'étais même content de me fixer un but. Ainsi je ne risquais pas d'être arrêté trop tôt par un soudain accès de paresse. Je m'en allai à travers champs. J'apercevais, au-dessous de moi, les bords de la route et, çà et là, les couronnes d'arbres en fleurs. J'étais vraiment joyeux. En bras de chemise, sans chapeau, je me sentais léger. J'aspirais l'air pur, et même, suivant une habitude prise depuis quelque temps, j'exécutais, tout en marchant, ma gymnastique respiratoire, suivant le système de Niemeyer que m'avait enseigné un ami allemand. C'est une chose très utile pour ceux qui mènent une vie sédentaire.

Arrivé au bord du champ, j'aperçus d'abord Teresina qui travaillait près de la route, puis son père et deux de ses frères, un peu plus loin. Deux garçons de dix à quatorze ans. Sans doute la fatigue physique est-elle épuisante pour les vieux ; mais grâce à l'excitation qui l'accompagne, ils se sentent quand même plus jeunes que dans l'inertie. M'approchant de Teresina, je lui dis en riant :

— Tu es encore à temps, petite ; mais dépêche-toi.

Elle ne me comprit pas et je ne m'expliquai pas davantage. A quoi bon ? Puisqu'elle ne se souvenait de rien, je n'avais qu'à reprendre, vis-à-vis d'elle, mon attitude d'autrefois. J'avais d'ailleurs répété l'expérience, et cette fois-ci, avec un résultat nettement favorable. En lui parlant, je ne l'avais pas caressée seulement des yeux.

Je m'entendis avec son père au sujet des roses. J'en prendrais autant qu'il me plairait. Sur le prix, on s'arrangerait toujours.

Je m'étais remis en route, et il allait reprendre son travail, quand tout à coup, se ravisant, il courut après moi, me rejoignit et, à voix basse, me demanda :

— Vous n'avez rien entendu dire ? Il paraît que la guerre a éclaté.

— Eh ! mon Dieu oui, répondis-je. Il y a presque un an.

— Je ne parle pas de celle-là, fit-il, impatienté. Je veux dire avec… — et il tendit le bras vers la frontière italienne toute proche. — Vous ne savez rien ?

Il me regardait, anxieux de ma réponse.

— Tu comprendras, lui dis-je d'un ton bien assuré, que si je ne sais rien cela veut dire qu'il n'y a rien. J'arrive de Trieste, et aux dernières nouvelles, la menace de guerre était définitivement conjurée. A Rome, ils ont renversé le ministère qui voulait l'intervention et ils ont fait appel à Giolitti.

Il se rasséréna immédiatement.

— Alors ces pommes de terre que nous sommes en train de couvrir (et qui promettent d'être belles), au moins nous les mangerons. Ah ! il y en a des bavards de par le monde !

Et de la manche de sa chemise, il essuya son front trempé de sueur.

Je le voyais si content que je voulus le contenter plus encore. J'aime les gens heureux, moi. Je lui tins des discours que j'ai un peu honte de rappeler. J'affirmai que même si la guerre devait éclater ce ne serait pas ici que le choc aurait lieu. N'y avait-il pas la mer, où on ne s'était pas encore battu ? Il était temps de s'y mettre. Et puis, pour ceux qui voudraient des champs de bataille, il n'en manquait pas en Europe. Il y avait les Flandres, et toute une série de départements français. Enfin, je ne savais plus qui m'avait dit que les pommes de terre faisaient tellement défaut dans le monde que, même sur les champs de bataille, on les récoltait soigneusement. Je tins encore d'autres discours et, en parlant, je ne cessai de regarder Teresina, toute petite et menue. Elle s'était accroupie pour tâter le sol avant de reprendre la bêche.

Parfaitement tranquillisé, le paysan retourna à son

ouvrage. Mais je lui avais donné une si bonne part de mon assurance qu'il ne m'en restait plus beaucoup. Évidemment nous étions trop près de la frontière, à Lucinico. J'en parlerais à Augusta. Nous ferions peut-être bien de rentrer à Trieste et même d'aller au-delà. Bien sûr, Giolitti avait pris le pouvoir, mais, une fois à la tête du gouvernement, qui pouvait dire s'il continuerait à voir les choses sous le même jour que dans l'opposition ?

La rencontre que je fis d'un peloton de soldats se dirigeant vers Lucinico me rendit encore plus nerveux. C'étaient des soldats d'un certain âge, mal vêtus, très mal équipés. A leur ceinturon pendait la *durlindana* — comme nous disons à Trieste, — cette baïonnette longue qu'il avait fallu sortir des dépôts en 1914.

Quelques instants je marchai derrière eux, préoccupé de rentrer à la maison sans trop tarder. Puis, importuné par une certaine odeur de gibier faisandé qui émanait de leur troupe, je leur laissai prendre du champ. Ma hâte et ma nervosité n'avaient pas de sens. J'étais bien sot de m'inquiéter parce que j'avais été témoin de l'inquiétude d'un paysan ! J'apercevais déjà ma villa dans le lointain et le peloton avait quitté la route. Je pressai le pas. J'avais hâte d'arriver à mon café au lait.

C'est ici que commence mon aventure. A un tournant de la route, je fus arrêté par une sentinelle qui hurla : *Zurück !* et me coucha proprement en joue. Je voulus parler allemand à cet homme, puisqu'il avait crié en allemand. Mais, de la langue allemande il ne connaissait que ce seul mot *Zurück*, qu'il me répéta d'une voix de plus en plus menaçante.

Il n'y avait qu'à rebrousser chemin. C'est ce que je m'empressai de faire. De temps à autre je me retournais, craignant que l'homme, pour mieux se faire comprendre, ne me tirât dessus. Même quand j'eus cessé de le voir, je continuai à marcher vite.

Toutefois, je ne perdais pas encore l'espoir de rentrer chez moi. En prenant à droite, par la colline, je contournerais de loin la sentinelle.

L'ascension était facile. Elle le fut d'autant plus que l'herbe haute avait été foulée comme si beaucoup de gens avaient passé par là avant moi. Sans doute y avaient-ils été contraints parce que la route était interdite. En marchant, je retrouvais mon sang-froid et pensais que, sitôt arrivé à Lucinico, j'irais tout droit à l'hôtel de ville pour protester contre le traitement qu'on m'avait fait subir. Si on permettait que les villégiateurs fussent ainsi malmenés, c'était la fin du tourisme.

Je parvins au sommet de la colline, mais j'eus la surprise désagréable de le trouver occupé par ce peloton à l'odeur sauvage que j'avais perdu de vue un moment plus tôt. La plupart des hommes se reposaient à l'ombre d'une cabane de paysan que je connaissais depuis longtemps et que je savais inhabitée. Trois étaient en faction, mais pas du côté par où j'arrivais. Quelques autres faisaient cercle autour d'un officier qui, une carte d'état-major à la main, leur donnait des instructions.

Je n'avais même pas de chapeau pour saluer. Je m'inclinai à plusieurs reprises, avec mon plus beau sourire, et m'avançai vers l'officier qui, s'apercevant de ma présence, cessa de haranguer ses hommes pour me regarder. Les cinq mamelouks rangés autour de lui m'accordèrent aussi toute leur attention. Sous ces regards convergents et sur un terrain inégal, j'avais grand-peine à faire un mouvement. L'officier cria :

— *Was will der dumme Kerl hier ?* (Que vient faire ici cet imbécile ?)

Stupéfait d'une semblable offense, que ne justifiait aucune provocation de ma part, je voulus prendre, autant que les circonstances le permettaient, une attitude digne et, me détournant un peu de mon chemin, je tentai de gagner le versant par lequel je devais redescendre sur Lucinico. L'officier se mit à hurler que, si je faisais un pas de plus, il me ferait tirer dessus. Je redevins aussitôt très poli. Et depuis cet instant jusqu'aujourd'hui, où j'écris, j'ai toujours été la politesse même. Mais malgré tout, entrer en conversation avec un pareil homme, c'était dur.

Le seul avantage est qu'il parlait correctement l'allemand. C'était déjà beaucoup, et cela me rendit plus facile l'effort que je dus faire pour lui répondre avec douceur. S'il n'avait pas su l'allemand, bête comme il était, j'étais perdu.

Si j'avais mieux parlé allemand moi-même, il m'aurait été facile de faire rire ce personnage revêche. Je lui racontai que mon café au lait m'attendait à Lucinico et que je n'en étais séparé que par son peloton.

Il rit. Oui ma foi, il éclata d'un rire entrecoupé de jurons et, sans me laisser finir, déclara que mon café à Lucinico, d'autres le boiraient. Puis, comprenant qu'outre le café, il y avait aussi ma femme qui m'attendait, il s'écria.

— *Auch Ihre Frau wird von anderen gegessen werden.* (Votre femme aussi, d'autres la mangeront.)

Ces paroles, soulignées par le rire bruyant des cinq mamelouks, me semblèrent offensantes. J'étais le seul à ne plus être de bonne humeur. Soudain, redevenant sérieux, l'officier m'expliqua qu'il ne fallait pas espérer revoir Lucinico de quelques jours. Il me conseillait, en ami, de ne pas continuer à le demander. Cette question suffirait à me compromettre.

— *Haben Sie verstanden ?* (Avez-vous compris ?)

Bien sûr, j'avais compris, mais renoncer à un café au lait qui n'est plus qu'à un demi-kilomètre, c'est pénible. C'est pourquoi j'hésitais à partir, car il était évident que redescendre cette colline signifiait ne plus rentrer chez moi de la journée.

Pour gagner du temps, je murmurai du ton le plus affable :

— Mais à qui devrai-je m'adresser pour obtenir au moins le droit d'aller chercher mon chapeau et mon pardessus ?

J'aurais dû m'apercevoir que l'officier n'attendait que mon départ pour revenir à ses hommes, mais vraiment je ne pouvais m'attendre à provoquer tant de colère.

Il hurla d'une voix à m'assourdir qu'il me sommait, pour la seconde fois, de ne plus lui poser de questions. Puis il m'enjoignit d'aller où le diable voudrait bien me porter (*wo der Teufel Sie tragen will*). L'idée de me faire porter me souriait, parce que j'étais très fatigué, mais j'hésitais encore. Alors, s'excitant lui-même à force de hurler, et de plus en plus menaçant, l'officier appela un des cinq hommes qui l'entouraient, un caporal, et lui donna l'ordre de me conduire jusqu'au pied de la colline, de me surveiller jusqu'au moment où j'aurais disparu sur la route, dans la direction de Gorizia, et de me tirer dans le dos si j'hésitais à obéir.

— *Danke schön* (merci bien), dis-je à l'officier, sans aucune intention ironique. Je n'étais pas mécontent de quitter cette colline.

Le caporal était slave et parlait à peu près l'italien. Il crut bon de paraître brutal devant son supérieur. Il

me fit signe de le précéder et commanda : *Marsch!*
mais quand nous eûmes fait quelques pas il s'adoucit. Familièrement, il me demanda si j'avais des nouvelles de la guerre, si l'intervention de l'Italie était
vraiment imminente. Il attendait ma réponse avec
inquiétude.

Ainsi ils faisaient la guerre et ils ne savaient pas eux-
mêmes s'il y avait la guerre oui ou non ! Je répétai au
caporal les réconfortantes nouvelles que j'avais données au père de Teresina. Tout cela me pèse un peu sur
la conscience. Dans le terrible orage sur le point
d'éclater, il y a bien des chances que toutes les personnes rassurées par mes soins soient mortes. Qui
sait la stupeur empreinte sur leurs traits cristallisés par
la mort ? Mon optimisme était incurable. Dans les
paroles, dans le ton surtout de l'officier, je n'avais pas
deviné la guerre !

Le caporal, très satisfait, me remercia en me donnant à son tour le conseil de ne pas chercher à regagner
Lucinico. Les nouvelles que je lui donnais le portaient
à croire que les dispositions qui m'empêchaient de
rentrer chez moi ne seraient pas maintenues plus de
vingt-quatre heures. Mais en attendant, le mieux, pour
moi, était d'aller à Trieste, de m'adresser au *Platzkom-
mando* et d'essayer d'obtenir un permis spécial.

— A Trieste ? demandai-je, épouvanté. J'irais jusqu'à Trieste sans chapeau, sans café au lait ?

Le caporal me confia qu'à l'heure où nous parlions
un cordon serré d'infanterie fermait tout passage vers
l'Italie, créant une nouvelle et infranchissable frontière. Avec un sourire de supériorité, il me déclara que,
selon lui, le chemin le plus court pour arriver à
Lucinico passait par Trieste.

A force de me l'entendre dire, je le crus. Résigné, je

me dirigeai vers Gorizia dans l'intention de prendre le train de midi. J'étais agité, mais je dois dire que je me sentais très bien. J'avais peu fumé et n'avais rien mangé. J'éprouvais une légèreté que je ne connaissais plus depuis longtemps et l'idée d'avoir encore du chemin à faire ne m'était pas désagréable. Mes jambes me faisaient un peu souffrir, c'est vrai, mais elles me porteraient bien jusqu'à Gorizia. Le fait est que la marche me réchauffa. Je respirais à pleins poumons et, au rythme d'un pas allègre, je retrouvais mon optimisme. De chaque côté on se menaçait, mais on n'irait pas jusqu'à la guerre... Aussi, une fois à Gorizia, j'hésitai à prendre le train. Ne valait-il pas mieux retenir une chambre d'hôtel, y passer la nuit et revenir le lendemain à Lucinico présenter mes doléances aux autorités municipales ?

Mais d'abord, je courus au bureau de poste pour téléphoner à Augusta. J'appelai mon numéro : pas de réponse.

L'employé, un petit homme raide, à la barbiche peu fournie, avec quelque chose de ridicule et d'obstiné dans ses manières (la seule chose que je me rappelle de lui) m'entendait pester devant l'appareil muet. Il s'approcha de moi et me dit :

— C'est la quatrième fois aujourd'hui que Lucinico ne répond pas.

Je me tournai vers lui. Son œil brillait de gaieté et de malice (je me trompais donc : je me rappelle encore cette malice). Il me scrutait pour bien jouir de ma surprise et de ma colère. Il me fallut dix bonnes minutes pour comprendre. Après quoi, le doute ne me fut plus permis : d'un instant à l'autre, Lucinico allait se trouver sur la ligne de feu. Cette vérité s'imposa à mon esprit alors que je m'acheminais vers un café pour y prendre enfin mon déjeuner du matin. Aussitôt, je changeai de direction et courus à la gare. Je voulais me rapprocher des miens et pour cela, suivant les indications de mon ami le caporal, j'allais donc à Trieste.

C'est durant ce court voyage que la guerre éclata.

En gare de Gorizia, j'aurais eu le temps de prendre le café au lait que mon estomac réclamait depuis des heures. Mais, comme si cela pouvait me faire arriver plus tôt à Trieste, je montai tout de suite en voiture. J'étais seul. Mes pensées allaient à ma femme, à mes enfants dont je me trouvais séparé de la façon la plus étrange. Jusqu'à Monfalcone, le train marcha à bonne allure.

La guerre ne semblait pas être arrivée encore jusque-là. Je me tranquillisai : sans doute, à Lucinico les choses se passeraient-elles comme de ce côté-ci de la frontière. A cette heure, Augusta et nos enfants devaient être déjà en route vers l'intérieur de l'Italie. Cette tranquillité, jointe à celle, énorme, surprenante, qui était provoquée en moi par la faim, me jeta dans un long sommeil.

Ce fut sans doute cette même faim qui me réveilla. Le train était arrêté au milieu du faubourg que nous appelons la « Saxe triestine ». Un léger brouillard empêchait de voir la mer, qui pourtant devait être très proche. Le Carso, en mai, a un très grand charme, que seuls peuvent comprendre ceux qui n'ont pas été gâtés par les printemps exubérants de couleur et de vie d'autres campagnes. Ici, quand la pierre se montre, elle est partout entourée d'un vert délicat, mais non pas effacé ni humble, puisque, au contraire, il devient la dominante du paysage.

En d'autres circonstances j'eusse été fort en colère de ne pas pouvoir manger tant j'avais faim, mais ce jour-là, la grandeur de l'événement historique auquel

j'assistais me commandait la résignation. Le contrô-
leur, à qui je donnai des cigarettes, ne sut même pas
me procurer un croûton de pain. Je ne dis mot à
personne de mes aventures de la matinée. Je me
réservais d'en parler à quelques intimes, à Trieste. De
la frontière, vers où je tendais l'oreille, ne parvenait
encore aucun bruit de canonnade. Notre train s'était
garé pour laisser passer huit ou neuf convois qui
descendaient en trombe vers l'Italie. La « plaie gangre-
neuse » — c'est le nom que, dès le premier jour, en
Autriche, on donna au front italien — s'était ouverte et
il fallait nourrir sa purulence. Les pauvres hommes y
allaient au milieu des chants et des éclats de rire. Le
vacarme qui s'élevait de tous ces convois militaires
exprimait l'ivresse et la joie.

Je arrivai à Trieste après la tombée de la nuit.

De tous côtés s'élevaient des lueurs d'incendie et un
ami qui me vit me dirigeant vers chez moi en bras de
chemise me cria :

— Tu as pris part aux pillages ?

J'arrivai enfin à manger un morceau et, aussitôt
après, je me couchai.

Une vraie, une grande fatigue me poussait au lit. Je
pense qu'elle avait pour cause les espoirs et les
inquiétudes qui luttaient en moi. Je me sentais toujours très bien, et dans les quelques instants qui
précédèrent mon sommeil, instants dont la psychanalyse m'avait exercé à retenir les images fugaces, je me
rappelle que je donnai à cette journée une conclusion
tout empreinte d'optimisme infantile : sur la frontière,
il y a pas encore eu un seul homme tué, donc la paix
peut encore être sauvée.

Maintenant que je sais ma famille en sûreté, la vie
que je mène ne me déplaît pas. Je n'ai pas grand

travail, mais je ne puis dire que je sois inerte. Rien à
acheter, rien à vendre. Le commerce renaîtra avec la
paix. Olivi, de la Suisse, m'adresse des conseils. Le
pauvre homme ! Il ne se doute pas à quel point ses
conseils détonnent dans cette atmosphère toute changée. Moi, pour le moment, je ne fais rien.

26 mars 1916.

Depuis juin dernier, je n'avais rien ajouté à ces
notes. Or, voici que le Dr S... m'écrit de Suisse
pour me demander si j'ai rédigé quelque chose et de le
lui envoyer... La requête est curieuse, mais je ne vois
aucun inconvénient à lui faire parvenir mon petit
cahier. Aussi bien y verra-t-il clairement ce que je
pense de lui et de sa cure. A toutes mes autres
confidences, j'ajoute encore ces quelques lignes pour
son édification. Je n'ai plus beaucoup de temps pour
écrire : le commerce occupe toutes mes journées. Mais
je tiens à dire son fait au Dr S... et, comme j'y ai pensé
souvent, j'ai là-dessus des idées bien claires.

Il croit qu'il va recevoir encore les aveux d'un
malade, d'un faible. Eh bien, pas du tout ! Il recevra la
description d'une santé solide, parfaite — autant que
mon âge assez avancé le permet. Je suis guéri ! Non
seulement je ne veux plus me livrer à la psychanalyse,
mais je n'en ai plus besoin. Et si je parle de ma santé,
ce n'est pas seulement parce que j'ai le sentiment d'être
un privilégié parmi tant de martyrs. Ce n'est point par
comparaison que je suis en bonne santé, mais dans
l'absolu. Depuis longtemps, je savais que la santé,
pour moi, ne pouvait être que la conviction d'être sain,
et que c'était une niaiserie digne d'un rêveur hypnago-

gique que de vouloir me « traiter » et non pas me
persuader. Je souffre bien de quelques douleurs, mais
sans importance : elles sont perdues dans l'océan de
ma bonne santé. Je puis avoir à mettre un emplâtre ici
ou là, mais le reste doit bouger, marcher, lutter et non
pas s'attarder dans l'immobilité comme les gangre-
neux. La douleur et l'amour, la vie en un mot ne doit
pas être considérée comme une maladie parce qu'on en
souffre.

J'admets que pour atteindre cette certitude de ma
propre santé, mon destin a dû changer, et mon
organisme se réchauffer par la lutte — et surtout par le
triomphe. Ma guérison, je la dois à mon commerce et
je veux que le Dr S... le sache.

Jusqu'au début du mois d'août 1915, je n'avais su
que regarder, stupéfait et inerte, le monde bouleversé.
Mais alors, j'ai commencé à *acheter*. Je souligne ce
verbe car il n'a plus le même sens qu'avant la guerre.
Autrefois, quand un commerçant parlait d'acheter, il
voulait dire qu'il était disposé à acquérir un certain
article. Aujourd'hui, être acheteur c'est être, par
principe, acquéreur de n'importe quelle marchandise
mise en vente. Comme tous les êtres forts, je n'eus en
tête qu'une seule idée : je vécus sur elle et elle fit ma
fortune. Olivi n'était pas à Trieste. Lui, j'en suis
certain, n'aurait pas consenti à courir un risque pareil :
il l'aurait réservé aux autres. Pour moi, ce n'était pas
un risque : j'opérais avec la complète certitude du
succès. Pour commencer je m'étais mis, suivant un
usage pratiqué en temps de guerre de toute antiquité, à
convertir mon capital en or. Mais l'achat et la vente de
l'or ne vont pas sans difficultés. L'or vraiment liquide,
vraiment mobile, c'était la marchandise. Dès que je
l'eus compris, je commençai à stocker. De temps à

autre, j'effectue une vente, mais je ne revends jamais qu'une partie de ce que j'achète, et, comme j'ai commencé au bon moment, je réalise de grands bénéfices, grâce auxquels je puis continuer mes achats.

Je ne me souviens pas sans orgueil de ma première acquisition. Une folie, en apparence. Mais j'étais impatient de réaliser mon nouveau programme. Il s'agissait d'un stock limité d'encens. Le vendeur me faisait valoir que l'encens serait employé en remplacement de la résine qui devenait rare. Je savais, moi, en qualité de chimiste, que les deux produits sont différents *toto genere* ; mais je pressentais, d'autre part, que la misère du monde deviendrait telle qu'on emploierait quand même l'un d'eux à défaut de l'autre. Et j'achetai ! Ces jours derniers, j'ai revendu une petite partie de mon stock. J'en ai retiré autant d'argent que j'avais dû en débourser pour m'approprier le tout. Au moment de toucher cet argent, le sentiment de ma santé et de ma force m'élargissait la poitrine.

Après en avoir lu ces dernières pages, le docteur devrait me restituer tout mon manuscrit. Je reprendrais mon récit avec plus d'ordre. Comment pouvais-je comprendre mon existence avant d'en avoir franchi l'étape décisive ? Peut-être n'ai-je tant vécu que pour me préparer à ce dénouement !

Bien entendu, je ne suis pas un naïf et j'excuse le docteur de voir dans la vie elle-même une manifestation de maladie. La vie ressemble un peu à la maladie : elle aussi procède par crises et par dépressions. A la différence des autres maladies, la vie est toujours mortelle. Elle ne supporte aucun traitement. Soigner la vie, ce serait vouloir boucher les orifices de notre organisme, en les considérant comme des blessures. A peine guéris, nous serions étouffés.

La vie actuelle est contaminée aux racines.
L'homme a usurpé la place des arbres et des bêtes. Il a
vicié l'air, il a limité le libre espace. Et que sera
demain ? Cet animal actif et triste peut encore découvrir et asservir d'autres forces. Une menace de ce genre
est dans l'air. Il en résultera une grande richesse... en
hommes. Chaque mètre carré sera occupé par un
homme. Mais qui nous guérira de ce manque d'air et
d'espace ? Rien qu'en y pensant, je suffoque !

Et ce n'est pas tout.

Tout effort pour nous donner la santé est vain. Elle
ne peut appartenir qu'à la bête, qui ne connaît qu'un
seul progrès : celui de son propre organisme. Quand
l'hirondelle eut compris que la seule chance de vivre
résidait dans la migration, le muscle moteur de ses ailes
se renforça et devint la partie la plus considérable de
son corps. La taupe s'enterra et tout son être s'adapta
aux besoins d'une vie souterraine. Le cheval se fit plus
grand, transforma son pied. De certains animaux nous
ignorons les métamorphoses, mais elles existèrent, et
jamais ne furent nuisibles à leur santé.

Tout au contraire, l'animal à lunettes s'est créé des
organes étrangers à son corps ; et s'il y eut, chez qui les
inventa, santé et noblesse, elles manquent, le plus
souvent, à qui en fait usage. Les outils s'achètent, se
vendent, se dérobent : l'homme, chaque jour, devient
plus rusé et plus faible, et sa ruse, on le conçoit, croît à
la mesure de sa faiblesse. Ses premiers outils n'étaient
que des prolongements de sa force musculaire ; mais
aujourd'hui tout juste équilibre est rompu entre la
puissance de l'outil et celle du bras qui commande.
C'est l'outil qui crée la maladie, en abrogeant une loi
qui, partout sur la terre, fut créatrice. La loi du plus
fort disparaît, et, avec elle, la sélection salutaire. Pour

nous sauver il faudrait autre chose que la psychanalyse ! Celui qui possédera le plus d'outils, de machines,
sera le maître, et son règne sera celui des maladies, et
des malades.

Peut-être une catastrophe inouïe, produite par les
machines, nous ouvrira-t-elle de nouveau le chemin de
la santé. Quand les gaz asphyxiants ne suffiront plus,
un homme fait comme les autres inventera, dans le
secret de sa chambre, un explosif en comparaison
duquel tous ceux que nous connaissons paraîtront des
jeux d'enfants. Puis un homme fait comme les autres,
lui aussi, mais un peu plus malade que les autres,
dérobera l'explosif et le disposera au centre de la Terre.
Une détonation formidable que nul n'entendra — et la
Terre, revenue à l'état de nébuleuse, continuera sa
course dans les cieux délivrée des hommes — sans
parasites, sans maladies.

DU MÊME AUTEUR

Impression Bussière Camedan Imprimeries
à Saint-Amand (Cher),
le 17 avril 1996.
Dépôt légal : avril 1996.
1ᵉʳ dépôt légal dans la collection : septembre 1973.
Numéro d'imprimeur : 1/906.
ISBN 2-07-036439-9./Imprimé en France.